U0869239

图书在版编目（CIP）数据

紫金坦克 / 方鲁凝著 . -- 北京 : 现代出版社，
2020.7

ISBN 978-7-5143-8669-1

Ⅰ . ①紫… Ⅱ . ①方… Ⅲ . ①长篇小说—中国—当代
Ⅳ . ① I247.5

中国版本图书馆 CIP 数据核字 (2020) 第 123333 号

紫金坦克

作　　者	方鲁凝
责任编辑	倪艳霞
出版发行	现代出版社
地　　址	北京市安定门外安华里 504 号
邮政编码	100011
电　　话	010-64267325　64245264（传真）
网　　址	www.1980xd.com
电子邮箱	xiandai@vip.sina.com
印　　刷	三河市宏盛印务有限公司
开　　本	710mm × 1000mm　1/16
印　　张	33
字　　数	749 千字
版　　次	2021 年 1 月第 1 版　2021 年 1 月第 1 次印刷
书　　号	ISBN 978-7-5143-8669-1
定　　价	98.00 元（全两册）

版权所有，翻印必究；未经许可，不得转载

前言
Preface

在澳大利亚的布里斯班市（Brisbane），活跃着一支年轻的摇滚乐队，名叫“紫金坦克”（Purple Gold Tank）。他们是由三位高大、帅气且身家富有的北京男生所组成。他们天赋超然、果敢机智、重情重义，从小时候起，就一心想要成为世界顶级的摇滚明星。可是现在，这支乐队却遭遇了严重的问题，尤其是他们之中的一位……

澳大利亚还居住着一位被《时代》（*TIME*）杂志评为“世界十大希望之星”的北京女生。她聪明伶俐、充满智慧、性格坚强、大方冷静。然而，当她遇到了他之后，一切就变得完全不一样了……

在这个地方还居住着一群更加富有并颇具传奇色彩的音乐天才；隐匿着几个无恶不作的黑恶帮派；生活着和军方有着密切联系的车店老板；闪现着一位总是戴着头盔的赛车女郎；存在着一群有着高科技发明的科学家；还漂泊着一位具有某种神秘力量的占卜师……

他们聚在一起会爆发什么样意想不到的巨大化学反应呢？

没错，他们的故事，时而五彩斑斓，时而惊天地泣鬼神，时而波澜壮阔，时而危机四伏。

爱情会有结果吗？所有的努力会有回报吗？世界顶级摇滚明星梦能够成为现实吗？

本书为您完美呈现了两次精彩绝伦的音乐超级大对决；三次足以载入紫金坦克队史的现场表演；多种不同乐队风格的全方位展示，还有更多无比震撼的动人画面……

这个感人至深、情真意切的热血励志故事，就发生在那个美丽的国家——澳大利亚。现在，就让我们开启梦幻的旅程，首先从2004年的布里斯班说起吧。

序章
Prologue

场景一：

距离水晶琴碎裂地方的不远处，乔治街的一个街角，坐落着一间古老的占卜屋。它有六米高，由一个直径为十五米的圆柱形，加上一个圆锥形房顶所组成，看起来有点儿像一个大尺寸的蒙古包。只不过，这间占卜屋是由钢筋混凝土搭建而成，而非一个木结构的皮质帐篷。它的外墙是由酒红色方砖垒砌，而房顶则以假金色瓦片覆盖。

在这间专门为人们占卜运程的店铺里面，充满了奇特的物品，其中，以屋内那些高高低低悬浮在半空的，金属包边的水晶沙漏尤为明显。数量颇多的时间记录仪以瓶身最细的部分为圆心，从不同的方向在空中慢速旋转着。沙子全部悬浮在沙钟之间，一会儿飘向一边，一会儿又流向另外一边。屋子中间放有一张巨大的实木圆桌，厚实而古老，好似从一棵直径巨大（四米左右）的老树树干上直接砍下来的一样。圆桌的面板有二十五厘米那么厚，边缘部分充满了因为时间而形成的裂纹。这个店铺的主人是一位满头白发的占卜婆婆，因为喜欢佩戴水晶项链和水晶戒指，人们更愿意叫她"水晶婆婆"。此人性格有些怪异，经常身着一件黑色袍子，身高最多一米五……

场景二：

在这个下午，在这个由浓云和阴雨组成的灰色天空之下，这两辆车，就好似离弦之箭，以极快的速度驶向前方。就在这时，天色突然被更厚的浓云笼罩，完全失去了光亮，好似深夜一般。随即，两辆车的后方升起了一轮足够覆盖整个地平线的"超级月亮"，发散着橙色的光芒。这轮巨月据说几百年才能出现一次，特别罕见。它近得好像可以让人看见表面的环形山；好像可以让人伸手摘下来；好像要把地球吸引吞噬。在这轮橙色巨月的映衬之下，在高速公路上，两辆车划出了两道如同彩虹一样的激光轨迹，营造出一种超现实的质感。这一切虚幻得如同梦境一般，美丽得好似漫画世界一样。

场景三：

他们好像站在真真正正的银河中央，举办着自己专属的宇宙星际演唱会。在那神往的舞台上，有种力量让他们悬空在那神秘莫测的太空世界，星光灿烂，转动不停，闪烁不断。他们的每一件乐器都泛着宇宙的神秘，每一个音符都蕴含着银河的气息，每一个瞬间都被定格为永恒的记忆。此刻，仿佛这个星球上的每一个人，都聚集在空旷的草地或高高的山顶，仰望星空，聆听这美轮美奂的天外之音。恋人们深情地拥吻，亲朋好友们深深地祝福彼此。人们好像梦幻般地看到了战火消失，敌人之间一笑泯恩仇；好似看到了世界大同、爱洒人间；仿佛看到了一切自私与罪恶，都在这一时刻，被净化、被洗礼，全部彻底消失了。宇宙的一切生命，都醒了，都静了，都醉了……

目　录

第一章　水晶吉他
Crystal　Guitar

澳大利亚昆士兰州的首府布里斯班（Brisbane Australia）地处南半球，这里的季节和位于北半球的中国北京正好相反。所以，此地的冬天并不会有圣诞节或者圣诞老人。2004年七月的一个星期五，布里斯班的细雨罕见地从清晨一直下到了傍晚，淅淅沥沥、朦朦胧胧、不停不歇地落在这片田园面积极大的城市之中。天色转暗，街灯亮起，霓虹闪烁。此时此刻，布里斯班已经变得出奇寒冷，人们需要穿上大衣才可以出门。城市中心区（City）是一幅水雾、汽车、高楼大厦还有行色匆匆的人群交织而成的图画。虽然只是少有的天气，却像极了灰色的伦敦雾雨蒙蒙的街景，亦真亦幻，纷繁美丽。

“还要去吗?”翔（爱新觉罗 · 翔 Xiang Aisin Gioro）放下了那支刚刚还在吹的长笛，扶了扶他那黑色亚光边框的雷朋（Ray–Ban）近视眼镜，从客厅的沙发上站了起来。这位看起来酷似李小龙的男生，今年二十一岁。他坐在座位上的时候，完全感受不到他的高度。但是，当他站起来的时候，身高竟然达到了一米八八。

“还要去。搜索继续。”宇（明哲宇 Yu Mingzhe）和翔同龄。他站在门廊，准备进入别墅外面的院子。

中等长度的秀发用发蜡精心整理过，略显忧郁的眼神、白皙的皮肤和同样一米八八的身高，我们的主人公——宇——完全就是一个拥有古典气质和现代美的结合体。保罗 · 史密斯（Paul Smith）签名款彩条衬衫、经典的卡其色博柏利（Burberry）军装款风衣、黑色的直筒休闲裤和朱塞佩 · 萨诺第（Giuseppe Zanotti）品牌的金属扣袢黑色休闲鞋，这些选择与配搭，让他看起来活脱脱是一位略显失落但不失英俊的浪漫绅士。

“好吧。你知道的，我陪你去。”翔穿上了一件特别定制的深灰色中山装，稳健地走到了门廊，系好了乌黑锃亮的皮鞋。在最近的几年里，他一直秉承中国风的装扮。

“什么情况?”星（王子 · 星 /Prince Star）一边穿着一件黑白插色的软羊皮棒球夹克，一边从别墅的楼梯上连跑带跳地冲了下来。眼前的这位花样美男是一位从小生长在北京的中英混血儿，他的爸爸是英国人，妈妈来自中国。和宇一样，星的身高同样一米八八，同样二十一岁，同样留着中等长度的头发，同样皮肤白皙。虽然是盎格鲁 – 撒克逊人种和亚美人种的结合体，但是星给人的感觉更加偏向东方，一头乌黑的秀发就是证明。从气质上来说，相比于宇的阴柔，星的眉毛更浓，五官轮廓更立体，更具阳刚之气。而且，最重要的是，星似乎什么时候都不缺乏活力。

这三位英俊的男生于半年前（2004年初）抵达布里斯班，是格里菲斯大学昆士兰音乐学院（Queensland Conservatorium Griffith University, QCGU）的留学生。他们住在乡间合买的一栋中型二层别墅里。这座别墅所在的区域叫作阳光之岸（Sunny Bank），距离城市中心十多公里的样子。虽然三人同样是二十一岁，但是，翔的生日在一月，他在三人中年龄最大。而宇的生日在三月，双鱼座的他在三人中的年龄排名第二。星的生日是在六月，他在三人中年龄最小。

“今儿我来当司机。”星爽朗地说道，“来来来，划拳，划拳！”

“来吧！”翔说话的时候，总是显得文质彬彬，“那么，今天划什么？”

“晚饭吧！”星调侃道，“输了的请客呀！”

“又是晚饭……”对于星的回答，翔并不感到意外。

“谢谢你，星。”宇突然回过身来，拍了一下星的肩膀，嘴角露出幸福的笑容，轻声道，“你总是用这招来提醒我不要忘记吃晚饭，今天就由我来请大家吧！”

“是真的啦！关键是翔。他说他特别饿。”星露出一丝坏笑，斜眼歪嘴，略带一丝得意地瞄着翔。

“噢？我真的说过吗？”翔笑道，“好吧！”

“那么，今天吃什么呢？”相比于宇略显雅痞的英伦装束，星的着装属于日本范儿，运动而潮流。

“中国城新开了一家日式烧烤店，据说很不错。”翔说道，“尤其是烤鱿鱼很有特色。今天去试试吧？”

说罢，翔就从裤兜里拿出了一部当时最新的银色摩托罗拉V3翻盖手机，准备预订座位。值得一提的是，那时候，所有的手机都有实体键盘，现在看来，这样的设计已经变成奢物。这款摩托罗拉V3手机在中国上市的时候价格为八千多，可谓当时的神器。

“哇！”还没等翔拨出电话，星就惊讶地说道，“这款手机不是还有两个月才上市吗？你是什么时候拿到的？怎么拿到的？”

“就是今天下午。这是最新的样机。”翔开心地说道，“在摩托罗拉工作的朋友送的。他让我提前使用一下，回头我需要告诉他使用感受。”

说罢，翔就把手机拍在了星的手上。

“嘿！这手机可真够酷的！全钛合金外观、双屏幕显示、超薄设计！”星高兴地摆弄着手机，说着说着就拨出了电话，“就由我来订位吧！”

就在星通话的时候，三人向着院子走去。星的亮黑色奔驰E63AMG（Benz E63AMG）、翔的珍珠白色宝马M6（BMW M6）和宇的宝石蓝色的保时捷帕纳梅拉（Porsche Panamera），就停在那里蓄势待发。

“好了。各位，我们九点半到那儿就行了。”星开心地说道，“喂，宇呀，你也看看这款手机，非常不错呢！”

“从外观设计的角度来说，这部手机真的是非常好看……”宇接过手机，平静地把玩了片刻。

“来吧！”星干练地说道，“宇，来说说你独到的见解吧！”

“其实……我更关心的是，这部手机可以录多少首歌。”宇看着手机，和缓地说道，“这样，学音乐的我们就不用总是拿着一部手机和一部iPod了。而且，如果这款手机可以像车里的中控屏幕一样，通过屏幕的触控和滑动，就能一下子让我找到想要的歌曲，而不是一下一下地按实体键，那就太棒了。此外，如果这款手机的存储空间足够大，能够录制更多的现场音乐会，那就太完美了。”

“宇呀，”翔惊讶地说道，“你脑子里想的东西，真的是太有意思了！你总是会对新事物有着独到的体会。你要是不玩音乐，去做手机的话，一定也能做出点名堂来。要是摩托罗拉真的能够实现你说的这些功能，我朋友送我的这部手机，也算值了！”

“等等！”星笑道，“翔，我知道你想说什么了……”

“没错！”翔开心地说道，“这部手机的使用报告，就由宇你来写吧！你的主意比我多，手机就送给你用吧！”

“好吧。翔，那么我就先用两天，写完报告就将它完璧归赵。但是，今晚你还得先用着呀！”宇笑着把手机还给了翔。随后，他平静地打开了车门，“开我的车吧，今夜我想坐坐汽车的后排。”

“必须的，正好炫炫你在基因车行（GENE）全新改装过的帕纳梅拉。”星十分高兴地审视着宇的座驾，“那么，就由我来试试车吧！”

“昨天才改装的内饰气氛灯、二十一英寸的宽边轮圈和更加凶悍的空气动力套件。”翔高兴地说道，“今夜就来感受一下！”

“帅！”星开心地说道，“实在是太酷了！”

随即三人一边讨论着这部刚刚改装的座驾，一边坐入车内。然后，发动机的声音响起，车灯开启。在这个雨夜，他们向着市中心出发了。

雨天的布里斯班，因为“周五购物之夜”（延长购物时间）的缘故，市区熙熙攘攘，但是乡间依然宁静至极，仿佛两个完全不同的世界。路上的车辆并不是很多，宇、星、翔坐在这部德国生产的金属宝石蓝色保时捷帕纳梅拉里面，穿过了乡村的田园，穿梭于一号公路的灯火和四周点点光芒的城市夜色之中。清新的雨珠迎面而来，散落在挡风玻璃之上，变成细微的水汽，一次又一次被冲刷到侧面玻璃和车顶天窗上面，随风滑落到汽车的尾部，最终和后轮卷起的水雾聚积在一起。他们以柔和的均匀加速超越了同行的车辆，水雾模糊了后车的视线。雨中流线型的车体、车身上的点点雨雾、照射在前方浅蓝色的车灯光亮、车里淡红色的霓虹、看不清楚的汽车轮子——在那个时刻，整个画面真有一种未来飞行器穿梭于科幻都市的既视感。

宇坐在星的侧后方，翔的正后面。星一边开车，一边笑着说道：“宇，你坐的位置可是全车最好的，因为既安全，又方便。我真愿意为你开门。”

还没有等宇回答，翔就突然说道：“哎！哎！哎！此话差矣。星啊，你忘了宇小时候可是生活在军区大院呀！虽然现在宇家早已转战实业，但是如果没有记错的话，给首长开车门可是秘书的活儿呀！那可是由坐在我这个位置上的人，来完成的任务哇！”

“有点儿首长的感觉哈！”虽然宇这么应着，思想却完全游离于话题之外。此时，他的内心完全是另外一番感受。他看着车窗之外雨雾模糊的夜色，眼睛里闪烁着一丝不易察觉的茫然。汽车渐行渐远，宇轻抚着那把已经碎裂的水晶吉他，将它横放在腿上。为了修复这件遭遇重创的乐器，他已经想了太多的办法，花了太多的时间，付出了太多的精力，却没有任何结果。他知道，今夜他还要不断地寻找将其修复的机会，将这件事情继续做下去。

“《完美》(素敵だね)。”宇慢慢地把视线转回车内。

“这曲子的钢琴版本是你自己弹奏并灌录的，你都忘记了吧!”星瞟了一眼显示在汽车中控上的字幕。屏幕上并没有任何画面，只能听到音乐。

“《最终幻想 X》(*Final Fantasy X*)，”宇的表情略显呆滞，“这个版本虽然是纯音乐，但是，但是它的歌词好忧伤、好凄美……”

寄语风中，游荡的心中
带来云彩的明天急促的声音
在月光晃动的镜中
有一颗战栗的心
流动的繁星洒落饱含柔情的泪
多美好
如果两人能够携手同行
想和你同行
携手漫步在你家附近的街道
依靠在你的怀中
恍若夜晚模糊的梦
风停了
温柔的话语
在幻云破碎的明天传来遥远的声音
月光似水的镜中流动的心
闪动的星星
流淌出难以隐藏的眼泪
多美好
如果两人能够携手同行
想和你同行
携手漫步在你家附近的街道
抚摸你的面容
恍若清晨的梦。

“有种不能相爱的感觉。”翔看着侧窗的外面，看着那纷乱的细雨斜交而成的风景，平静地说着。

“对！男主角就是魔怪创造的梦中人，和女主角合力打败魔怪之后，就不得不消失了。”星从后视镜上看了宇一眼。

“美丽的爱情，总是不完美的。”宇轻叹一声。

“听点别的吧。”翔回过头，侧身看着宇，“怎么样？”

“朋友的乐队！《新裤子》(*New Pants*)吧！朋克！倍儿颓！”星唱道，“每一天，守着倒塌的信念，守着孤独的房间……”

“我向往外表繁华的世界，生机盎然的田野。”翔转过身，目视前方，跟着星唱了起来。

“不行不行，太颓了，听点给力的。”星马上进行了自我否定，“《清醒》(*Sober*)吧！”

“牛×！就它吧！”

翔把音乐换到了他们想听的情绪，来自中国北京的英式摇滚，带着远方的力量，分秒之间就爆发出来。

我就像一辆坦克！
不怕你的糖果！
也不怕你的折磨！
我的炮弹要发射！
要发射！
我就像一辆坦克！
穿过卧室的餐桌！
碾碎冰箱和沙发！
没有什么能阻挡我！
阻挡我！

“宇，一切就绪！等待命令！”星忽然间提起神来，犹如一辆超级坦克的驾驶员。

这句话在三个人一起成长的过程中，在不同的场合出现了不知道多少次。每次听到这句请示，宇就想起了小时候，他们三个人在山西的52927野战部队学军时，摆弄一部早就退役的59式坦克和一门已经废掉的迫击炮的场景。也不知道是从什么时候开始，他们就形成了星先请示，宇发指令，然后翔进行确认的顺序。但有一点是毫无疑问的，就是从那一刻开始，他们相约以后使用吉他的姿势，一定得像拿着冲锋枪的战士一样，不畏强敌，英勇无畏。

“收到，出发。”宇突然打起精神，就好像指挥官一样应声而答。

“收到！”坐在副驾驶的翔，就如同坦克上的侦察兵一样，确认指令。

恍惚间，夜空仿佛雷鸣电闪，汽车被拉长了车身，座舱下沉变形，轮圈附上了履带。四轮汽车好像进化为太空坦克，漫步在宇宙之中。

他们是“紫金坦克（Purple Gold Tank）”，一支来自北京，活跃在澳大利亚的乐队。

在这座城市里，东西走向的街道全部以男性命名，南北走向的街道一律以女性命名。各种文艺复兴时期的建筑、哥特式建筑和现代建筑混杂在一起。在市中心新古典式建筑风格的市议会堂的顶部，有一座高九十二米的钟塔。在钟塔七十六米高的地方，建有一个瞭望台，从那里可以看到蜿蜒流淌的布里斯班河以及连接两岸的维多利亚桥和渡轮。此外，布里斯班还拥有澳大利亚最大的海港，独具风情。

今夜的市区因为连绵的雨雾，呈现出一种别样的景色，好似一个颓然的繁华世界。虽然街上依然霓虹闪烁、灯红酒绿，但是行人并不很多。这主要是因为来到市区的人们，在这样的天气下，大多都会跑去购物中心、酒吧或者饭馆等室内聚集地避雨。晚上七点半左右，紫金坦克就抵达了位于市中心的乔治街。将车在街边停稳之后，三位英俊的绅士即刻开始了修琴的行程。

他们在临街的店铺走走停停，一连造访了多家拥有几十年历史的琴行。但是无论年轻的学徒，还是白发苍苍的老琴匠，都没办法修补这把已经碎裂的水晶电琴。位于皇后街的梅耶购物中心自不必说。在来到布里斯班的半年之内，他们差不多已经把这座城市甚至周边卫星城市的琴行和修琴铺都找了个遍，依然完全没有任何结果。这一次也是一样。所以，在结束寻找之后，三位青年只得怅然离开，向着停在街边静静等候着他们的座驾走去。在雨中漫步，好似就算打着巨大的雨伞，雨水也可以将他们打湿一样，三位美男那帅气的外表掩饰不住那些许的颓伤与失落。不过好在像这样没有结果的结果，似乎早就在他们的预料之中，所以这并不能让他们丧失继续找寻的动力。

一会儿工夫，三人就逐渐地接近了停靠在乔治街旁的座驾。快走到汽车旁边的时候，星按响了遥控器，黄色的双停灯就在夜色之中间歇地闪烁起来。

“宇，要不我们把这把琴寄到奥地利吧。”星将手中的黑色直滑伞收起，放进了汽车的后备厢。

“宇呀，我觉得星说得很有道理。”翔站在汽车侧面，在抖落完雨伞上的水珠之后，一本正经地说道，“芬德（Fender）虽然是美国品牌，但那一次跨界合作的另外一方却是施华洛世奇（Swarovski）。”

“这款水晶电琴可能全世界就这么一把，”星进一步解释道，“工艺实在太复杂了。”

“星啊，”翔将视线转移到星，无奈地说道，“其实你也知道，宇是担心琴在运输过程中，也许会遇到磕碰或者野蛮装卸，状况还不如现在。”

“我了解。”宇稍显疲惫的眼神中透露出一丝坚定，“不好意思二位，可是我仍然不想放弃。我相信在这个世界上，一定有一个地方可以修好这把琴，只是，我们需要时间去找寻、去发现。今天先到这里吧。走，咱们去吃晚餐吧。”

然而此时此刻，就在这一片祥和的表象之下，位于市区的梅耶购物中心突然发生了闻所未闻的恐怖事件。好像只有在神才能通过的异次元空间的那边，极乐净土上面的血迹，让人在忽然之间感到恐惧、张皇、迷茫、无助、哭泣、不知所措。

在距离事发地点并不算远的紫金坦克这边，雨一直在下，虽然正在逐渐转小，但依然没有停下来的迹象。这时，星和翔已经进入车内，而宇也把雨伞放进了后备厢，准备上车。

就在这时，突然之间从不远处没命地跑过来一位长发女生。她和他们的年龄相仿，身高在一米七八左右。她穿的那件蒙克莱（Moncler）深蓝色绗缝超薄短式羽绒服，和那款简单大方的斜纹贴腿卡其裤，本应该体现出她的品位与气质，不过，因为在雨中拼命奔跑的缘故，她的身上已经湿透，显得颇为狼狈。在这一刻，女生仍然不断地扭头看向后方，却没注意也没想到，在刹那之间结结实实地撞上了刚要上车的宇。

“砰！”一声巨响。

电吉他重重地掉在了地上，水晶琴身碎了一地。

“让我躲躲！”那女生不容分说地钻进了车里。

“什么情况？”星一脸无辜与错愕，大声喊道，“宇！进车！进车！先到车里再说！”

宇也顾不上那么多了，拿起吉他那唯一的残骸：枫木琴颈和断了线的弦，冲入车内。

随即，四扇车门被迅速关上，空气在瞬间凝滞了。在这一秒钟，汽车外面逃窜的人群从建筑物里瞬间涌出，车内却因为一个陌生人的闯入和一起突发事件变得怪诞。一秒钟的时间在此时如此漫长。外面无处躲藏的人们，好像放着慢动作，每一个人的神情和动作，都被无限放大。他们好像阿格隆河下面的僵尸，与坐在车里好似有着叹息墙保护的四位美丽青年完全不同。车里面的人似乎很安全。

但是，这样的局面只持续了一秒钟，事情需要解释。

“梅耶中心发生了枪击屠杀！”那位女生哆哆嗦嗦，神经质一般地说着，“太恐怖了！太恐怖了！大家都在找地方躲！”然后她就趴在宇的身上哭泣起来。说话的时候，她用的是中文。

“明白了，马上离开这里！”宇一把搂过这位女生，他知道现在最该做的是什么。她就像一只身负重伤、无家可归的小鸟，在最危急的时刻，暂时找到了避风港。不过此时此刻，我坚信，她根本无法看清这三位俊美男生的真实容貌。显而易见的是，突发的枪击屠杀所产生的恐惧，在一瞬间占据了这位女生的脑海。如果她还能对他们有着一点点印象或感知的话，也许就是这三位男生的高大身形所带来的一种并不确定的安全感。或者，也许是遇到同乡的第六感。

保时捷的大功率在这千钧一发之际展现得淋漓尽致。也不知道闯了多少红灯，车子在瞬间就开到了位于市区南部，距离市中心十多公里的一个工厂区。这里安静宁谧，紫金坦克经常在这个区的一个名为“索罗”（SOLO）的音乐中心排练曲目，找寻灵感。

“五梭子，还是十梭子，都记不清了。”女生呆呆地说道，“我只能听见‘突突突、突突突’的声音。一个个生命瞬间就倒下了，就在我的身边。”

“你知道吗？”女孩突然惊恐万分，抓住宇的领子，目光完全游离于宇的样子，“我无力拯救任何一个人。并没有蝙蝠侠。”

宇静静地看着眼前这位姑娘，工厂区的探照灯光，好像舞台的追身射灯一样，透过汽车特别改造过的全景天窗，毫无保留地照亮了女生的脸庞。惨白而凄美，动人而娇柔。然而，就算是在今天这样一个极为特殊的情况之下，就算如此狼狈，就算面无血色，也能令人清晰地感受到这位女生的顶级美女身份。她拥有让人羡慕的高鼻梁、大眼睛、鹅蛋脸和古典美人的气质，惊为天人，倾国倾城。

不过，对于这位姑娘而言，无论是坐在前排，转身而视的星和翔，还是坐在她旁边，面对着她的宇，这三位身形高大的男生，现在只能让她看到，他们被车外的光亮所照射不到的那一面——暗影。她看不清他们的脸，只能勉强看见三人若隐若现的轮廓。

于是，星关上了全景天窗的挡板。惨白的探照灯光被阻隔在汽车之外。

车内暗淡了。

宇伸手触摸车内照明系统的开关。

刹那之间，

光亮爆炸了黑夜。

那位女生的脸庞不再惨白，有了血色。

而男生们的样子，也第一次被女生看清楚。

他们是那样年轻、那样英俊，每一个人的嘴角都洋溢着二十一岁青年那阳光一般充满信任的微笑。

她感到被温暖，被保护，被笼罩。

也许在这一刻，她并不知道，虽然没有蝙蝠侠，但有一种正义的力量正环绕在她的周围。

叫作——紫金坦克（Purple Gold Tank）。

片刻之后，他们从车内的广播中得知，大批警员已经控制并封锁了枪案现场。此外，大批救护车、医生和各路媒体记者都已经进驻事发地点。亡者和伤员被救助者不断地用担架抬出。人们好似劫后余生一般，相互依偎，相拥而泣。新闻在持续更新着事态的进展，今夜注定无人能眠。

男生们随后得知了这位女生的名字——菲（叶菲 Fei Ye）。和他们一样，她也来自北京。与此同时，她也知道了他们的名字。但是她并不了解，眼前的这三位花样男子，就是紫金坦克。

随后，汽车稳稳地开到了女生所住的公寓楼下。菲的家地处市区，距离梅耶中心并不很远。现在她安全了。

“需要我们送你上去吗？”宇把雨伞给菲打上，温柔地说道，“你现在感觉还好吗？”

这时，宇的头发在雨中变成了一绺一绺的样子，水珠滑落在他俊美的脸庞上。星和翔也走出汽车，手臂搭在车门和车顶上面。

“谢谢你们哪。不过没关系了。我可以的。”菲坚定地做了一个看起来十分摇滚的手势，代表爱。

“因为有你们，我不再害怕！”

随后，这位女生转身就上了楼，消失在他们的视野中。然而，他们之间并没有留下任何联系方式，似乎并不想介入彼此的生活。

第二章　梦想
Dream

在澳大利亚这种移民国家，黑暗中隐藏着多个帮派。他们为钱为领地而斗争厮杀。虽然并不容易见到，但也确实存在。对于普通人来说，这个国家也生活着很多种族，每个族群里的每个人的背景都有可能极为复杂。你并不知道一个看起来仪表堂堂的人，是不是一个变态者或者杀人狂魔。所以，人们一般不和陌生人说话，也不多管闲事。必须承认，这是澳大利亚的另外一面，有时候似乎并不温柔。

“走，去乔治街。”宇招呼星和翔，“我想，碎片也许还在。”

此时此刻，夜色已经回归了它本来应有的宁静。果然，正如宇预测的那样，吉他的碎片仍在那里。只不过，地上的水晶残骸因为逃命人群的踩踏，已经变得更加凌乱和细碎。

另一边，菲在和紫金坦克分开之后，并没有直接回家，而是来到同楼的邻居菡（莫菡 Han Mo）的住所。电视机里的滚动新闻称，在此次梅耶中心发生的“枪击屠杀事件”中，枪手一共四人，全部佩戴“狮头面具”。犯罪团伙的首领已经逃脱，其他三名枪手在现场被首领全部击毙且身份不明。到目前为止，这起恶性事件一共导致二十三人死亡，四十九人受伤。

“总之……今天真的是太惊险了！”菲坐在客厅的沙发上，惊魂未定地讲述了她在梅耶中心差点命丧黄泉的遭遇之后，又讲到了那辆紫金坦克。

“不过万幸的是，后来有人把我救了。”

“菲呀，难道你遇到蝙蝠侠了吗？这又是怎么回事呀？”同样坐在沙发上的菡，在得知了菲的遭遇之后，就把电视关上了。

菡的身高为一米七七，今年二十二岁。她的相貌白净而纯美，一头乌黑的齐耳短发特别干练，瓜子脸让她显得格外漂亮。菡是一位典型的夜店女生，本已经打扮完毕准备出门，在菲到访之后，决定陪着自己的闺密再待上一会儿，为她压压惊。

“是三位北京男生，他们当时正要上车……”

于是菲又把今天她和紫金坦克之间所经历的事情告诉了菡。菡在听过之后，不但十分欣赏紫金坦克的侠义之举，也为菲的安全回归感到高兴。不过，当菲把故事讲完的时候，似乎又想起了什么。她突然间抓起头发，三分激动七分惋惜地说道：

“啊！我还把他的吉他，对，可能是吉他撞碎了！哎！菡哪，我怎么把这么重要的事给忘记了……”

菡看着菲抓狂的表情，笑着说道：“菲呀，你这是忘记什么了？”

“菡，我忘记和他们说抱歉了！”

“嘿！那就打个电话呗！”

在这一刻，菡显然认为，菲正在担心一件也许对方根本不会去在意的事情。她并不知道，摔碎的吉他对于紫金坦克，对于宇，又有着怎样重要的意义。

“话是没错……”菲继续说道，“可是，可是我却没有留下他们的电话号码。”

“啊！你没有留下电话吗？”菡想了想，接着说道，“也对！虽然说救人于危难之中是件好事，可是，毕竟他们还只是陌生人。其实，在这个世界上，就属学生之间的相识最自然、最安全了。社会上的人，真说不好。”

“我猜，”菲笃定地说道，“他们肯定也是学生！”

“是不是学生都没关系，看来他们根本就不想要那把吉他了。”菡推测道，“也许那三位也一样害怕因为认识你这个陌生人而惹上不必要的麻烦。不然你这么漂亮，他们怎么会不想留你一个电话呢？”

“可能是出于某种谨慎吧。”菲若有所思地说道，“我可以从他们身上感觉到一种什么都不怕的力量，尤其是他们三人中的一位。”

“其中的一位？”

“嗯，那人肯定是他们三个的头儿。”菲胸有成竹地说道，“因为在发生了那样的紧急情况之后，他仍然泰然自若、处变不惊。”

“菲呀，”菡笑道，“从我认识你到今天，你一直都是一个很冷静、很理性的女生。如果不是什么人有这么大的魅力，你也不会这样翻来覆去地用心琢磨吧。”

“不行不行，菡，”菲突然站起身来，利索地说道，“不行，我得去看看他们是否还在楼下。不然我会很愧疚的。”

“喂，你是不是喜欢上那个男生了？”

不等菡说完，菲已经冲出房门，迅速消失在电梯里了。

我们知道，到目前为止，紫金坦克已经在乔治街停靠了一段时间了。在此期间，那些曾经失落在恐怖和慌乱之中的水晶碎片，已经被三位男生逐一地捡起并收好。

因此，菲并没有赶上他们。其实，她早就料到他们一定会回到乔治街，所以就一路跑到了事发地点——那个他们第一次相遇的地方。在那里，她注意到地上的三种鞋印，杂乱交错地覆盖着。虽然那些鞋印已然被细雨模糊了轮廓，不过足够可以让她知道他们曾经来过。此时此刻，她和五分钟之前的他们站在了这个星球的同一经纬度。如果时空可以错乱，他们应该可以在一起说话的。猛抬头，她突然看见了那辆保时捷的背影。她尽力地挥挥手，想让那三位男生知道可以有更多的人来帮助他们。可是，紫金坦克在前面的路口，闪烁了左转向灯，最后消失在雨雾之中。菲站在那里，发着呆，仿佛在一瞬间就忘记了刚刚的危险。一切的一切好像是在梦中，发生得那么突然，又消逝得那么迅速。

“喜欢又有什么用，又没有留下任何联系方式。”菲的眼神中略带一丝失落。但是她知道，菡不会让她在今夜独自出行。就在这时，菡已经站在她的身后，陪伴着她。

“他长得很帅吗？能让你这个大美女一下子就喜欢上？”

“他很帅，有着一种忧郁的美。”菲转过身来，看着菡，若有所思地说道，“而且他那几个朋友也很帅，有点儿……像明星。”

“有这么夸张？”菡惊讶地说道，“在布里斯班我见过的人多了，如果有这样的人，我应该会知道的呀！他叫什么？”

“宇，明哲宇。”

“明哲宇……”菡想了一下，回答道，“这个人我还真是没听说过。他有英文名吗？”

“没有……”菲说道，“不过，不过，我们不是也没有英文名吗？菡，我得想办法找到他们，你能帮我吗？”

“嘿，你现在的样子，好像路易斯爱上了克拉克（美国电影《超人》的男女主人公）。”菡笑道，“我会发动全城的力量帮你寻找他们的踪影，好姐妹嘛！”

“无论如何，”菲坚定地说道，“我一定要为他找回那把破碎的电琴。”

就在此时，在人行道最外侧的一个最不起眼的地方，一小块儿三厘米见方的不规则水晶，正因为雨水的冲刷而逐渐显露出来。菲快步走过去，捡拾起这块石英结晶体，然后用衣服把碎片擦拭干净。

“有了这个的祝福和陪伴，就一定可以成功。”菲仔细地端详着，路灯那并不明亮的光芒把那块水晶照得晶莹剔透、五光十色，“这肯定是他们遗落的。你看，从这块水晶上面还可以看见一颗碎裂星辰的样子。”

菲把这块水晶递给了菡，想让她也体会一下自己的感受。

“啊！这颗水晶真的很美！”审视片刻之后，菡又将水晶还给了菲，“不过，它真的有那么神奇吗？总之我看不出来它是一颗星星啦！喂！菲，你果真是太过痴迷于探索星系和宇宙啦！”

叶菲，布里斯班昆士兰大学天体物理系和天文系的优等生。当她还在高中读书的时候，就发表了多篇相关学术论文。进入大学以后，她更是提出了多项颇具前瞻性的学术理论。她的知识，已经远远超越了一个大学生的范围，更被《时代》（*TIME*）杂志评为“十大未来希望新星”之一。不仅如此，这位女生还被保送到英国剑桥大学读研究生，即将师从霍金。菲在澳大利亚学习的重要原因，不仅仅是因为澳大利亚地大物博，是著名的观星圣地，还因为，在昆士兰州的南部，有一座自己父亲投资兴建的，更以他的名字命名的大型射电望远镜阵——“凯宁中心”（KAINING STATION）。菲很喜欢在那里学习实践，探求搜索宇宙的神秘。

“因为它碎了，并不完整。”菲若有所思，沉浸在宇宙和水晶电琴之间，“菡，你能想象那把琴的样子吗？所有的碎片拼好之后的样子，会是一幅怎样的图画？”

“我真的想象不出来。”菡又看了看那块水晶。

“那肯定是一片美丽的银河！”菲仰望夜空，忽然之间，漫天的星星好似冲破了雨夜的乌云，都亮了起来。她的声音仿佛被赋予了神的力量，空灵而浑厚。

“哈哈哈！菲呀，”菡却笑了起来，一切仿佛从幻想回到了现实，“你看我说什么来着？你就是爱上他了。不然的话怎么会为一把吉他而‘胡言乱语’呢？”

“我只看到了牌子，”菲略带疑惑地说道，“好像是‘F’什么的……”

“芬德！”作为一个昆士兰大学声乐系的学生，菡十分自信地说道，“美国品牌，一定跑不掉的！”

“水晶的部分是不可能通过琴行解决的。”菲认真地说道，“我必须找到制造水晶的地方才可以。”

“好啦。”菡应和着，似乎并不在意菲说的是什么。

“所以，”菲突然语出惊人，“我决定买明天的机票去奥地利。”

“什么？你要去奥地利？你没发烧吧？你没事吧？”

菡显然没有想到菲在突然之间下定的这个决心，竟然如此疯狂，于是故意把手伸到菲的额头上，假装要给她测量体温。

“我相信在这个世界上，一定有一个地方可以修好这把琴，只是，那需要时间去找寻、去发现。”菲坚定地说道，“奥地利是水晶之国，也是最有希望的地方。”

菲并不知道，她刚刚说的这句话，宇也在今天说过一句一模一样的。这也许并不仅仅是一个巧合吧！会是缘分吗？

“你要去奥地利，为了一个不认识的陌生人吗？”此时，菡肯定觉得菲已经不正常了，于是她大声说道，“喂！你原来的理智都去了哪里呀？”

“唉，你不了解的。”菲无奈地解释道，“那把琴对于他来说或许真的很重要。”

“可是，我了解你呀！”菡调侃着，“你叶菲大科学家外表文静，也懂得为人处世。不过，一旦你下定了决心，无论是谁，无论跟你说什么，也完全没用。”

“还是你了解我呀！”菲突然说道，“菡哪，那么，你陪我一起去吧！”

“我？我不去，”菡摆摆手，马上回答道，“我可不想跟你一起去发疯。况且，就算你在奥地利能得偿所愿，等你回来之后，也不一定能找得到那三个北京人。所以，我还是建议你别去。”

“自由自在之人，从来不做不喜欢的事情。”其实对于菡的回答，菲似乎早有准备。于是她轻松地说道，“好啦，那我自己去吧。”

“那你一个人可要小心哪！”菡继续说道，“对了，我在那儿有几个学音乐的老同学，我可以让她们带你转转！”

“没事，我可以的！”菲坚定地说着，好像已经有了计划。

“那我要走了，朋友叫我去参加一个派对。我会把电话调成振动模式，无论多吵，都绝对保证能够找到我。如果有什么事，马上给我打电话，我立刻带朋友们杀过来救你。”

“知道啦，美女！”菲高兴地说道，“谢谢你啦！”

此时此刻，菲还没有发现，就算她在当时想要留下紫金坦克的联系方式，就算她在今夜有什么急事需要请菡帮忙，也有点儿不太现实。因为，她的手机早已丢失在了梅耶枪击案的案发现场，去向不明。不过，这似乎也没有什么。因为，最晚等到她在购买去往奥地利的机票的时候，就会发现自己的手机已经失踪的事实。换个新的手机并将原有号码进行保留，并不是一件难事。但事实却是，她遗落的手机已经被澳大利亚昆士兰警察总局的警探爱德华，在勘查犯罪现场的时候所获得。手机或许很快就会回到菲的身边，但事情总不会那么简单。

警探爱德华，全名爱德华·福克斯（Edward Fox），人称“狐狸”。爱德华今年四十四岁，身高一米八三，是布里斯班土生土长的白人。他的体形微胖，中等长度的棕黄色头发中，夹杂着几缕灰白发丝。他是昆士兰警察总局历史上最年轻的局长、刑侦专家，同时也是这一次梅耶枪击案的总负责人。虽然爱德华的职级已为局长，但是，刑警出身的他，还保留着年轻时的习惯——亲自走访并获取每一个证据。

让我们再次回到紫金坦克这边。

事实上，位于中国城的这家日本烧烤店果然非常不错，而来这里用餐的客人都非常讲究、很有格调。餐厅装修简约奢华：假金色的墙壁和恰到好处的射灯装饰，衬托出了餐厅的基本氛围。

宇的英伦雅痞范儿，翔的李小龙式中国风加上星的日式潮流装束，三位穿上鞋就超过一米九〇的混搭组合，气场强大，冲击力十足。他们刚刚“莅临”此地，就吸引了无数目光。不过他们却并未过多地关注旁人，虽然那些人也同样时尚。随后，迎面走来一位身高略矮，但也一样格调十足的男领班。这位日本型仔，穿着一身深灰色的修身西服，操着那口大家都知道的“日式英语”询问他们是否订位。得到肯定的答复之后，北京三人组被引领到了一个靠近窗户的位子，八号位。

“这儿不错，和你说的一样！”星摘下棒球帽，一副开心的样子，“想不到‘布村儿’还有这种地方。”

“布村儿”，这是所有人对这座乡村面积巨大的城市的“专属爱称”。我宁愿把它想象成《指环王》（*Lord Of The Ring*）里的中土世界，或者《黄金太阳》（*Golden Sun*）里的各种村镇。

“不错吧！”翔得意地说道，“以后我再去开发一些别的地方。”

说罢，他就拿起菜单，认真仔细地开始挑选起每一道菜品来。

几乎每一次下饭馆，星都会和宇相对而坐，而翔则会坐在星的旁边靠近过道的位置。因为翔家族的缘故，他担任着紫金坦克的“行政总厨”。实际上，在家里，“空挂虚名”的他几乎从不开伙做饭，只不过每一次乐队出门聚餐，所有的菜品由他决定。因为他对世界美食的把握，是三人中最好、最全面的。

只用了分秒工夫，翔就把最优的菜品点完，绝不托大。

“翔，再来几瓶‘北冰洋’得了！”星明知道没有可能，也要调侃着说道，“或者，‘燕京纯生’也成。”

“嘿！那我真得去‘打个国际飞的’。”翔幽默地回答着，然后点了几小瓶日本烧酒和弹珠汽水。

片刻之后，日本人就以最快的速度把饮品、小菜呈上。这是餐厅必须的要求——不能耽误时间。热情的服务、一流的饭菜、顶级的环境，这一切都让大家感到非常舒服。

但是宇却突然起身，快步走向前台。

“哎！哎！哎！宇，你要干什么去呀？！”看到宇的离开，两位急忙招呼着他。

“都别动！等着我！”宇一边走一边回头回应着星和翔，心中似乎早已经有了主意。

现在，紫金坦克只剩下那二位还在聊天。

“丹尼尔（杨嘉乐 Daniel Yang）要是知道这儿，肯定特别喜欢。得空我得请他过来感受一下。”星问道，“翔，你还记得丹尼尔吗？丹尼尔·杨，在悉尼科技大学读娱乐传媒的那哥们儿。”

“记得呀！”翔幽默地说道，“改天请他来布村儿！好酒好菜地伺候着！那位兄弟可是一传奇呀！”

其实，对于丹尼尔这个名字的突然出现，翔并未感到十分陌生。这个世界上，就是有那么一种人，即便你和他可能只有几面之缘，却会对他留下极为深刻的印象。

“没错！他绝对是一另类。”星喝了一口弹珠汽水，笑着说道，“这家伙只比我们早到澳大利亚半年多，就基本上哪儿都去过了。吃喝玩乐是他最擅长的。”

“半年多？旅行了很多城市吗？吃喝玩乐吗？好像很厉害的样子……”翔夹着小菜，调侃道，“不过，您家的这位邻居难道不用学习吗？”

“我也不知道他是怎么想的。”星一本正经地说道，“据说，他家最近经济状况转差。家族企业拥有的那栋位于北京中央商务区的楼宇需要先卖再租，价钱还挺低的。”

“真可谓江山代有才人出，”翔抿了一口烧酒，笑着说道，“各领风骚两三天。”

“嘿，还真是那么回事！这么说吧，他给我的感觉一直都是那种特别能花钱，身边总有无数姑娘围绕着的花花大少。”星故作神秘地说道，“这家伙刚到悉尼（Sydney），就买了一辆最新的宾利欧陆GT（Bentley Continental GT）。”

“这车不是才发布不久吗？”

“这不是才显得他特别潮吗？”星仔细地解释道，“这还不算完，他还把汽车运到了美国著名的始建于1993年的西海岸改装工厂进行彻底改造。他将音响系统全部升级，换装了大尺寸合金宽边电镀轮圈和空气悬挂。内饰的改装也同样全部采用高端豪华部品，呈现出一种霓虹、水晶、实木和真皮的组成效果，相当浮夸。”

“听你这么一说，我就能感到奢华闪亮的改装风格，将会成为潮人的新动向。”翔感叹道，“不过，这丹尼尔好像也太能折腾了。”

“他有一句名言就是‘生命在于折腾’！”星继续说道，“每年在美国举办的西玛改装车展（SEMA），都会有大宾利和劳斯莱斯（Rolls Royce）的加入。还有一些人会把一部纯粹的行政房车，改装成‘超低趴’（Hella Flush）！”

“难道丹尼尔要进入社交界吗？”翔调侃着，“我明白了，这其实是他打造自己的一种方式。这种投资容易产生明显的社会符号，让人印象深刻。”

“没错。”星调侃道，“这家伙认为，将来他肯定能把花出去的钱都赚回来。我觉得他以后适合开个经纪公司或者当个经纪人什么的！哈哈哈哈！”

“在美国，一个牛 × 的乐队经纪人，年入几千万美金也不是什么问题，就更别说开一个大型经纪公司了。”翔笑道，“所以，如果他足够好的话，那么，赚回他的那辆宾利，还真是小菜一碟。”

“来来，”星举起酒杯，“为了所有人那牛 × 的未来，走一个。”

“为了摇滚！”翔也举杯相庆，“走着！”

又过了大概十五分钟的样子，宇回到了餐厅。令人意外的是，只见两名日本服务员分别扛了一箱北冰洋汽水和一箱燕京纯生啤酒，紧随其后。

咣咣两声，服务员将饮料放在了地上，冷气还在箱子里面不断地向外冒着。

看着此情此景，星和翔惊讶得目瞪口呆，“宇呀，你是怎么做到的？”

“中国城里只有一家小店同时进口这两款饮品。”宇平静地说道，“上次寻找修琴店铺的时候，对他们家有点儿印象。”

“但是，这里并不允许自带饮料的。”星赞叹地说道，“我刚才就是那么随便一说，你居然还真让他们扛了进来。”

“我跟他们的老板说，‘如果你想要再增加一倍的客人，这家中国城的日本餐厅不进口这两款饮料，是绝没可能的。’”宇解释着，“然后老板立刻就同意了我的建议，把那家中国店铺冷库里面的存货买了个精光。”

“所以现在我们喝的都是店里允许销售的正规商品，”宇安静地说道，“而且，这些全是他们赠送给我们免费享用的。”

“宇呀！”星赞叹道，“你这也太狠了点吧！”

“嘿！这不是因为大家都爱喝这口儿吗？”

于是，宇把风衣脱去，由服务员将它挂放在了一个位于进门之处的巨大衣帽间里。这家日料餐厅之所以提供这项贴心服务，显然是为了避免众多客人的各种名牌服饰，沾染上烧烤所散发的油烟味道。

与此同时，宇安静地坐在了座位上，整了整衣领衣袖，平静地说道：“刚才说到哪儿了？”

“丹尼尔。”星说道。

“丹尼尔……”宇若有所思地说道，“他还在玩音乐吗？”

“没有啦。”星笑道，“他那种人怎么会搞音乐。他只喜欢去夜店，白天没人能看见他。”

“但是，星，你不觉得吗？我隐约记得，当咱们还在北京的时候，他好像跟极光乐队走得很近。”翔喝了一口刚启瓶的北冰洋，“这真跟小时候的味道一模一样！橘子味的！”

“下次再来一箱橙子味的！”宇调侃着。

“幻觉，绝对是幻觉。丹尼尔和极光能有什么联系？他就喜欢慢摇！”星激动地说道，“哎哎哎！宇！这纯生牛 × 呀！”

“有那么点意思哈！”宇笑道。

“哈哈哈哈！”大家都笑了起来，“干了！ 干了！”

说罢，北冰洋和燕京啤酒在瞬间就碰撞出了来自北京的情绪，清爽而开心。片刻之后，大家转回到话题之中。

“对了，”宇和缓地问道，“那个丹尼尔，我总觉得只要我们有演出，他就一定会出现。”

“咳，”星解释道，“他这人跟谁都是自来熟，他就喜欢那种谁都认识他的感觉。”

“说真的，”翔笑道，“能认识那么多人也是真的不简单。如果丹尼尔特别擅长于此的话，也许日后还真能做出点儿什么牛 × 的事儿来。”

此时，菜品、小料已经陆续端上。随即，烧烤正式开始。

“大家，大家，”翔在试了菜之后，像煞有介事地说道，“这烤鱿鱼切割讲究、薄厚均匀，烤完之后外焦里嫩，香喷入味儿。我的评价是，已经非常接近鼓楼的小摊儿水平。”

“不容易呀！”星都快笑哭了，“在布村儿能享受到鼓楼待遇，真不易呀！”

“你们还别说，”宇在试过之后，平静地说道，“这烤鱿鱼还真有那么点儿北京的香味儿。”

“宇呀，你在澳大利亚的日本餐厅，居然吃出了北京的味道。”星感慨地说道，“我看，你是想家了。”

“咳！”宇怅然所思，竟然在一瞬间失语了。

其实星说得没错，宇是想家了。此时此刻，他的脑子里面肯定都是北京。北京部队大院的云松、北京王府井的爆肚、北京南锣鼓巷的四合院、北京的摇滚乐、北京的一切一切……

“宇，”翔突然把宇从他的思绪里拽了出来，开始谈起了那把粉碎的水晶吉他，“关于芬德的事情，你打算怎么办？”

“我一定要去奥地利！”宇回过神来，斩钉截铁地说道，“我要自己把它背过去，就算只剩残骸。”

“但是，”翔问道，“‘硬石’（The Hard Rock Cafe）的专场演出怎么办？”

“就在那天之后，我就去奥地利。”宇义无反顾地说着。

“行！”星仗义地说道，“那你是知道的，我们陪你去。”

“先生，请问可以和你们合影吗？”我想，日本人可能是要表达这个意思。

这时，旁桌一位时髦的日本女生，操着一口众所周知的日式英语，热情地来到紫金坦克的桌位询问他们合影的可能性。不过由于过度紧张，那位女生说错了话。这让宇误以为是要为她们拍照，于是就接过了照相机。但是在明白了女生的真实意图之后，也欣然同意。

“谢谢你们！”日本人深鞠一躬，很有礼貌地说道，“你们真的好帅，我们日本很多大明星都比不上你们呢！”

在得到合影之后，日本女生心满意足地回到了自己的座位上。

可是，马上，她的那几位同桌也一拥而上，各种合影。这样的举动引得旁桌的食客不断地伸颈侧目，不知道的还以为他们是许久未见的老友。

在又一轮合影结束之后，宇仍然十分绅士地说道：“谢谢你们对我们的喜欢。”

“不！客！气！”那一桌所有的女生都好似小孩儿一样一起回应着宇的礼貌，然后就开心地笑了起来。

当一切过后，星笑称意外，“喂，宇，我们什么时候被要求过为别人照相？”

“可是，”宇笑道，“那位女生分明说的是‘为她们照相’（For）。”

“可能是因为紧张吧？”翔也笑了起来。

“在国内，”星颇为得意地说道，“紫金坦克对于这样的场面也是见多了！”

“但那并不是我们能满足的。”宇坚定地说道，“我们要成为全世界顶尖的乐队，赚最多的钱！”

“宇，你们家的实业已经稳居全国前三了！”星打趣道，“你还想要多少钱？”

“还记得我们的梦想吗？”宇信心十足地说道，“我们要用自己的方式成为亿万富翁！”

那天晚上，他们多喝了几瓶，多烤了几轮，十分尽兴但又不失风度。最后，三人由代驾把他们送回了市郊的别墅，安全回家。

第三章 “基因”和翔之宴
GENE and Banquet of Aisin Gioro

基因汽车改装行（GENE）位于布里斯班的阳光之岸地区，距离紫金坦克的别墅只有五公里左右的路程，并不很远。这里经营性能改装的所有项目，德系、日系通通囊括。同时，他们也是众多世界著名改装品牌在昆士兰州的代理商。“基因”的老板是一位三十岁左右的年轻人，他叫简博瑞（Berry Chien），人们都叫他B哥（B，读一声）。

B哥是一位中国台湾裔澳大利亚人。他身高一米七九，有着小麦色的皮肤和一个精神的寸头。他的相貌粗犷、立体而硬朗，性格坚毅、细腻而果敢。B哥才只有几岁大的时候，就和家人一起来到了澳大利亚。简家当年身家万贯进军布里斯班，也可谓风光无两。遥想早前“基因”开张那天，几乎全澳大利亚的名流贵族、超跑豪车都以个人或车会的身份汇聚于此，车辆规模甚至大于一场中型车展，甚是气派。

在做“基因”之前，B哥少不了在道儿上蹚蹚浑水，对于各个帮派也曾经熟门熟路。现在的B哥早已经转变角色，踏实、勤奋地做起生意，迅速成为澳大利亚汽车改装界当仁不让的领军人物。当然，简家跟军方一直保持着极为紧密的联系，这足以保证一切秩序的有效运转和维持。

“基因”在全澳大利亚一共开设了十家分店，其中位于布里斯班阳光之岸的总店面积最大。它分为店面、车间、办公区和仓库四个部分。店面主要负责销售和待客，所有的改装工作均在车间完成。车间配有五台起重机、两台马力机和两个喷漆房。办公区位于销售区的上层，主要负责渠道部分。仓库独立于“基因”厂店，位于距离紫金坦克排练地点索罗不远的一个地方。至少五百万澳元的库存，长期供应各类豪车的随时改装。

B哥自然是“基因”的老大，为人仗义，且极具领导能力。他深受员工的信服，可以拍板儿所有的事。

凭借长期高效的疯狂宣传、出色稳定的渠道把控、先进优质的企业管理和B哥广博的人脉网络，“基因”早就已经成为布里斯班改装发烧友约定俗成的指定聚点，成为当地最受欢迎、人气最旺的性能改装行。大家有事没事，都会开着车到“基因”坐坐停停。大家一起聊车、聊球、聊生意、聊人生，很是快乐。

店面雇了几个伙计，负责补货和协助销售，一名销售经理助理名叫彼得（刘进/Peter liu）。彼得的身高只有一米六五，留着一个不长的偏分发型，白白净净、体形微胖。他也同样来自北京，是一个在高中时和父母一起来到澳大利亚的二代移民。那么，宇在“基因”具体负责什么呢？还是让他自己告诉你比较好。在家中属于宇的那间卧室里，摆放着一张结实的红木三屉桌，中间的抽屉里面放着一本宇的日记。这些日记非常隐私，记录了他在音乐以外的一些事情。

2004年7月12日 星期一

我是宇，基因改装车行是我上班的地方。

我的职位是兼职销售经理，具体负责“基因”的销售和渠道拓展。虽然厂店面积并不算小，但部门也不是很多。由于公司的运营十分高效，所以人员配置并不臃肿。虽然我的职位并不算低，但是手下只有几人可供使用。改装店最牛的人从来不属于销售部，车间的大拿才是王道。那里最棒的大师叫作阿斯特和普迪西斯，是两位来自欧洲的超级改装专家。阿斯特和普迪西斯跟我的身高差不多，三十多岁的样子。柔软的金色短发下面的金色络腮胡子是他们的特征。他们二位的五官轮廓极为立体，有着一副典型的欧洲男人的容貌。

可是，天有不测风云，人有旦夕祸福。现代商场如战场，表面流糖，暗里砒霜。貌似太平、祥和的一切，忽然在一夜间，就会翻天覆地。此时此刻，一股邪恶的力量正在入侵“基因”。我隐隐地预感到，也许我们不能再这样继续。我们需要做点儿什么。

“娘的，干什么都不爽，怎么都不爽！干！”

一大清早，店铺里还没有客人，只见B哥举着一个冰袋敷着额头，从店面外边夺门而入。可以看出，他显然还在发烧。最近的糟心事儿让他心烦意乱、焦躁不安。今天B哥穿了一件浅棕色小西服和一条黑色直筒休闲裤，这种他平时最中意的，介于正式和非正式之间的聪明穿着（Smart Casual），在这样的情况下，根本挡不住他的疲惫和愤怒。

“宇，上个星期多亏你了！放心！”B哥向着我走了过来，高声说道，“无论怎样，我答应你的年假一定办到。接下来的这两个星期换我来！”

我有两个星期的假期吗？我觉得这时休假似乎并不太好。因为B哥的身体明显没有痊愈，此外，店里的生意也并不如意。虽然每周我只需要来“基因”三到四天，但是，我还不能休假，现在还不是时候。

基因改装行从不要求员工的着装，只要符合年轻人和改装人群的习惯就好。我今天穿的也是相对随意：白色的V领T恤外面套了一件深蓝色的保罗·史密斯的绗缝超薄棉服，下身为博柏利的蜜蜂色棉毛混纺修身卡其裤，搭配一双托德斯（Tod’s）品牌的黑色小山羊皮低帮豆豆鞋。

“病好点儿了吗？”我关心地问道。

“我不好，十分不好！”B哥用力地拍了一下桌子，非常愤怒地说道，“这次我算是被气着了！”

“这两天门店的生意仍然没有之前那么兴隆，”我如是说道，“虽然跟吉布力赛道的各项合作已经有所成效，但其实仍不显著。”

“他们这是明目张胆地砍货！”B哥气愤地说道，“谁也不知道这家电商的幕后到底是谁在撑着他们。它的东家到底是谁？！”

“难道是旋风车会的投资吗？”我疑惑地进行着猜测。

“我也不清楚。他们疯狂地、不断地派传单，想让每个人都知道他们的货很便宜。”B哥用力地把宣传单往桌子上一拍，大声说道，“看！我早上就收到一张！”

“但是，我们的库存是没办法像他们那样说降价就降价的！”B哥继续说道，“一般来说，一套改装法拉利的轮圈，上点档次的就要几万澳元！因为实体店的关系，我们弄了整整一个仓库！”

“他们是在砸钱做宣传。不过像这样的广告，平均到布里斯班不多的人口上，成本也是很高的。”我劝慰道，“您先消消气儿吧。”

“算了，命比钱重要！”B哥自我安慰着，“我还想多活几年！先不管他们了！”

这时，我的助理彼得推开车间和店面之间的一道大门，走了进来。

“现在有一股不明势力入侵，来势汹汹。为了提高客户到店率，我们一定要利用实体店面的优势，把方案做好，把服务做好！”我认真地说道，“所以，我们首先要做的还是，坚持针对性地定制服务计划。也就是说，无论客人是否经常到店，咱们都要记清楚他们是谁，都有什么车，改装爱好是什么。这样我们才可以为客人量身定制改装方案和售后服务计划。”

“那我们早点开店吧！八点就开门怎么样！”彼得得意忘形地说出自己的主意，似乎想要邀功请赏。

“笨蛋！”B哥脑袋上的冰袋差点儿掉了下来，“你简直要气死我了！唉，玩车的人能在十点多起床就不错了，开早了根本没有用！”

“彼得，阿斯特叫你呢！再回车间帮帮忙吧。”我知道B哥今天心情非常不爽，所以决定赶快把刚从车间走过来的、弄巧成拙的彼得再支回去。

彼得闻听我的命令之后，也只得怏怏离去。

“哎！哎！哎！宇呀，你注意这个了吗？”在彼得走后，B哥拍在桌子上一张照片，情绪比刚才略显缓和，“最近这辆车总在咱们店门口的停车场晃悠，都已经好几天了。”

“什么车呀？！”

“一台白色WRC雪铁龙塞纳全改拉力赛车！”（World Rally Championship Citroen Xsara）B哥神秘地说道，“目测属于2000cc组别！”

“别是不明势力的间谍吧！”我拿着照片疑惑地看着，上面显示出来的影像非常模糊，车身上并没有喷上任何参赛号码。事实上，我刚刚强调了要记住每一名客人的身份，如果，那位车主是我们的潜在客户的话。可是，这位神秘人物到底是谁呢？

“唉！这是中央监控系统拍摄的照片，清晰度也就这个样子了。”B哥挠了挠头，费解地说道，“不应该呀！雪铁龙车队怎么会出现在澳大利亚东海岸？他们应该在西部的佩斯（Perth）才对。”

“也对，”我完全同意B哥的说法，平静地说道，“他们目前不是正在那边跑赛事吗？所以这一辆也许只是民间的改装，改个样子好玩儿而已。”

“有可能！”B哥稍微和缓了一些，“也许是我太紧张了。多注意它就好了！”

说罢，B哥转身就要进入车间视察。

“对了，宇呀，”B哥在进入车间之前，又突然转回身来，认真地说道，“宇呀，你还是休息两天吧，我发现你最近真的是太累了。”

好吧，那我就恭敬不如从命了。接下来的这两个星期，我可以不用去上班了。我可以去办一些别的事了。

说完了宇的日记，我们转向乐队的另外一人，来说说爱新觉罗·翔吧。

翔是紫金坦克成员中唯一一位长着古铜色肌肤的人，精瘦干练、气宇轩昂。他除了拥有缜密的思维之外，还精通琴棋书画，可谓才高八斗。他不但司职紫金坦克的鼓手和参与音乐创作，偶尔也在乐队中客串其他角色。说起来，翔的爷爷的爷爷爱新觉罗·恒然，曾经在清朝宫廷担任神乐署的署正。他掌管了一支由超过两百位歌舞乐师组成的皇家乐团，专门用于皇室的祭祀、朝会和宴会等国务活动。神乐署的前身为神乐观，兴建于明朝永乐十八年（1420），直至清朝的第六位皇帝，乾隆皇帝清高宗爱新觉罗·弘历不满道士的混乱管理而改让八旗子弟接任，并改称“神乐署”。神乐署署正为六品官职，相当于现今的正局级干部。

翔自幼就受到中国古典音乐的熏陶。除了西洋架子鼓之外，他还能够熟练地掌握笙、箫、琵琶、八角鼓等当时盛行于中国贵族的古典乐器。

更有意思的是，因为音乐在各个朝代都极具地位，所以那时的皇帝还专门为他家配备了宫廷御膳厨师。久而久之，家族都烧得一手好菜，爱新觉罗·翔也不例外。更为重要的是，翔的手艺包括但不限于中国美食——他对其他国家菜品的研究更是达到了出神入化的地步。几乎所有品尝过他手艺的人，都坚定地认为，如果不玩音乐的话，他也足以到全世界任何一家七星级饭店担任行政总厨，或者成功地开上几家顶级连锁酒店。

之前说过，爱新觉罗同学因为身怀绝技，所以一般不会轻易出手。就算偶尔下厨，他也喜欢坐着指挥别人做饭，懒于切菜掂勺之琐事。大部分的时候，他都把真功夫闲置在一边，深藏起来。但是，宇和星都知道，如果翔一旦备膳、开灶，最少也要折腾一整天。他对于膳食的要求极高，追求尽善尽美。他们把爱新觉罗领导、主厨的酒席称为“翔之宴”。

“宇，今天翔开伙了！”星打着电话，三分激动七分开心地说道，“爱新觉罗不知道发什么疯了。晚饭回来吃，在家里约起来呀！”

紫金坦克的成员虽然就像军队的战士一样，感情极好，但也并非天天在一起聚餐。好似一家人一样，家人做了饭就一定要回来的这种情况，来到澳大利亚之后就更是少之又少了。

翔之宴的每一款美饮珍馔都完美至极。美其名曰为了庆祝紫金坦克在澳大利亚的音乐旅程的正式开始，实际上完全是为了让宇能够忘记那把已经支离破碎的水晶电琴。

紫金坦克宅邸的建筑外观属于典型的意大利托斯卡纳风格（Toscana）。作为文艺复兴的发源地，托斯卡纳地区不但诞生了但丁、米开朗琪罗、达·芬奇、拉斐尔等杰出的艺术大师，出现了伽利略、布鲁诺等著名的科学家，也是久负盛名的葡萄酒产地，同时还拥有历史悠久的美食文化。所以紫金坦克作为一支极为讲究、素养极高的精致乐队，选择这个艺术气息非常浓郁的建筑作为自己的住所，其意义也是不言而喻。

另外，按照三位男生的要求，这所别墅的内装采用了中式风格。每一次从紫金坦克的屋外进入屋内，都会有一种从意大利文艺复兴时期，瞬间穿越到中国唐朝的既视感，给人带来一种意想不到的惊喜。这座别墅的餐厅和客厅相连贯通，中间装有一个并不明显的中式垭口作为分割。因为餐厅的地势较高，所以从客厅走过来需要迈上两级台阶。餐厅的面积为二十五平方米。本来这样的面积足够摆放下一张长度在三米左右的八人长形餐桌。但是，由于这个餐厅平时最多只为紫金坦克三人使用，所以他们也仅仅在房间里布置了一张直径为两米的紫檀木圆形餐桌。而旁边富余的空间里则选择了一个同为紫檀木的餐边柜进行填充。

这一次翔之宴的主题是中国古典主义，服装要求当然就是中国风。在这样的情况之下，翔作为这次宴会的邀请者，选择了一件深蓝色的中式夹克，稳重大方；星也为了配合中国主题，穿了一件浅蓝色的同款夹克，十分活泼；宇在回到家之后，也换上了一件绿色的立领夹克，非常讲究。

时间在不知不觉间就来到了傍晚时分，家庭聚会正式开始。

“来来来！干杯！干杯！”三位帅哥举杯相庆，“为了美好的未来！”

“谢谢二位！”宇故做作揖状，夸赞道，“这些菜品简直太棒了！”

“宇，此酒如何？”星看到宇已经将酒盅之物喝尽，就得意地问道。

“飘香四溢，沁人心脾，再来一杯！”宇此时来了兴致，大赞了一番这款佳酿。但是，当他刚要将酒给自己满上的时候，星就拦住了宇的动作。

“宇呀，作为这次宴会的邀请者之一，这前三杯酒都由我来给你倒上。”

在给宇满上之后，星就开心地介绍起这款酒来：“此酒没有名称，而是由当年光禄寺四署之一的良酝署的署正传给翔祖先的秘方，经过几百道工艺，特别酿制而成。”

片刻之后，宇又喝上一口，高兴地说道：“这酒真是好！竟然有些芝麻的味道！”

“此酒是由糯米、麦曲、花椒、酵母、箬竹叶和芝麻酿成。”翔耐心地解释道，“那位六品官儿在百年前专为皇室酿酒。传说他会在每年的春秋两季，亲自去取北京西山的泉水进行调配。我们现在所喝的这一瓶，虽然不是百年陈酿，也有几十年的时间了。”

“翔啊，你这老酒让我想起了中国的悠久历史，听我来改上一首盛唐的诗赋吧！”宇说着就站了起来，微醺中透着十足的豪气。此时此刻，这间并不明亮的餐厅反而营造出一种中国古代边塞的感觉。

凉州词

王翰、明哲宇

葡萄美酒夜光杯，
欲饮琵琶马上催。
乾坤之巅震天上，
强掳不复满载回。

“厉害呀宇！”翔拍案叫绝，“你把这首古时的边塞绝句改得如此壮志豪情、振奋昂扬，我得去拿一把西域的琵琶，给你配上绝美的音乐，哈哈哈！”

“身在异乡的我们，身上流淌着摇滚热血的我们。”宇傲然地站在那里，以一支队伍的最强首领的身份，发出了这样的指示，“我们万众一心，冒着敌人的炮火，前进前进前进进！”

“收到！”星突然站立起来，好似少年英雄队的童子情报兵一样，可爱万分地向着宇像煞有介事地敬起了军礼。但是，这一次，宇却没有与星玩耍，而是慢慢地把手并拢，抬起手臂，以最肃穆的方式，向着星进行回礼。看到了宇的举动，心领神会的星，也在一瞬间就变得严肃起来。他把身体站直，军姿站好，将军礼调整到那个最为标准的样子。就在这时，翔也站了起来，将右手抬起——三个中国摇滚人在澳大利亚互相敬上了崇高的军礼。此时此刻，翔之宴好像变成了一次誓师大会，乐手们仿佛变成了勇士，即将开始新一轮的摇滚长征路。

“哈哈哈！”礼毕之后，三人都有点儿不好意思地大笑起来，然后再次落座。

“这酒确实太香了。”宇又斟上一杯酒，迅速把气氛调整轻松，笑着赞道，“厉害呀！”

“不过，”翔顺势调侃着，“再怎么样也不如昨天的燕京啤酒，哈哈哈！”

“哪里，哪里。”宇称赞道，“你这才真的是一百多年前老北京的味道。”

此时，翔指着圆桌上的一款菜品，详细地介绍了起来：“此款冰糖炖燕窝乃宫廷御膳必备项目。它采用印尼产的超优级官燕精制而成，由成年金丝燕喉部分泌的具有胶黏性的液体凝结得来，对喉咙有着特别的作用！”

“官燕绝对是燕窝中的极品。”宇品尝着这上等的美味，十分惊讶地说道，“它品质优秀且盏杯完整，特别纯美。”

“没错！这种来自东方的原料，在南半球特别稀少。和北冰洋汽水儿一样，它在全布里斯班也只有一个地方才可以买得到。”说着说着，星就将视线转移到另一款菜品，神秘地介绍起来，“此款八宝鸭采用家传秘方，配以火腿、鸡肫、冬笋、香菇、干贝、虾仁、莲子、青豆等辅料精制而成。在御膳中，这些辅料绝不可以改变。这个菜品滋阴养颜、易于消化。”

还没等宇开口，翔指着早已摆在他们三人面前的紫砂炖盅，继续介绍道：“这款‘福寿全’的原料高达二十多种。包括了海参、鲍鱼、蹄筋……”

“哎哎哎！你们这还把我当兄弟吗？太见外了啊！”这时的宇已经有点儿不好意思了，急忙说道，“这可不成！改天我得和爱新觉罗学学手艺，我这都说了好几年了。”

“行啊！”翔满口答应，“没问题！不过，其实就算只是现在，你的手艺也已经很不错了！”

“星、翔，这些菜品的色、香、味、意、形全部达到了顶峰，你们真的很了不起！”宇当然知道翔和星的心意，赞美道，“这可不是一天两天就能搞定的！”

“有了星的全力支持，凭借着他超强的办事能力，一切都变得简单起来。”翔高兴地说道，“我甚至在想，如果星也学厨艺的话，肯定早就是位绝顶高手了！”

虽然此局做得有点儿太正式了一些，但看到宇的情绪相较于昨天有所好转，大家都很开心。翔之宴的目的也算达到了。紫金坦克终于将在一种良好的气氛下扬帆起航。

“小意思！”星在一旁摆摆手，并不在意。片刻之后，他突然认真地说道：“对了，各位！今天在我去中国城买原料的时候，索罗的老板泰伦·伍德（Tyrone Wood）给我打了个电话。你们猜他跟我说了什么？”

“什么呀？”翔调侃道，“星，你就别卖关子了。”

“两个月以后，在布里斯班会举行一场名为‘绝对音乐’（Absolute Music）的摇滚音乐会，”星解释道，“泰伦给我讲了一些详情，问我们要不要参加。”

“什么情况？”宇问道。

“杂趴儿（Party/ 派对）？”翔问道，“大型电联？”

“对，”星解释道，“全澳范围的地下乐队大杂趴儿，至少也要有五千名观众。”

“在哪儿？”翔接着问道。

“阳光之岸的一个小型体育场。”

“什么风格的？”宇继续问道。

“说是风格不限，但以重金属乐队居多。”星继续说道，“据说很多顶级地下乐队，甚至半地下乐队都会来。”

“只可惜，我们已经不是那支曾经拿过中国冠军的旋律金属乐队了。”翔抿着小酒，略带遗憾地说道，“我们现在只是一支以翻唱为主的轻摇滚乐队（Tribute Band）。”

“所以说……”星一边吃着菜，一边笑着说道，“正好可以借此机会，更多地玩点儿自己的东西，嘿嘿！”

“其实，”翔放下酒杯，激动地说道，“我早就迫不及待了！”

“很多顶级乐队都是从翻唱开始明星之路的。想打入西方音乐市场，让他们逐渐接受我们的文化，咱们就得从他们熟悉的歌曲开始，这也是没有办法的事情。”宇也放下了手中的菜肴，平静地说道，“不过，这一次，我们玩点儿原创的，而且只唱情歌怎么样？”

“啊？就像我们来到澳大利亚以后这样吗？翻唱或者原创情歌？”星傻傻地看着宇，说道，“咱们三人怎么也得玩儿个朋克（Punk）什么之类的吧？”

“说到底还是人数不够。”翔遗憾地说道，“不然真就可以玩点儿重的。”

“依然能够想起1986年崔健的《一无所有》所带来的震撼。”星若有所思，仿佛已经回到了那个经典的红色摇滚年代。

“哈哈哈！”翔大笑起来，“那时候你才三岁！”

“相信吗？那天我真的就在现场！在那个神一样的地方，首都体育馆！”星把碗筷放下，看着眼前的二位，神秘地说道，“那时我还太小，是我爸爸偷偷把我带进去的。我记得我爸那天激动得就跟疯子一样，光着膀子，抡着衣服从头吼到尾。”

没想到对于星的这番故作神秘、像煞有介事的话语，大家并不感到意外。

“哈哈哈哈哈哈！”

一秒钟的三方相互对视之后，大家都大笑起来。

“星啊，星啊，这个故事你都说过无数次啦！”翔打趣道，“然后你就会说‘三年以后，我就赢得了全国儿童小号比赛的冠军’。”

“买票观看现场演唱会的意义在于，”星很得意地说道，“无论未来如何，因为某种机缘巧合，那时那刻你和那位巨星在一起。”

“各位！各位！”宇把思绪回转到演唱会之中，突然说道，“我真的认为既然没有规定风格，我们就是演绎情歌也没有问题。我们可以在里面加入一些摇滚的成分。用心摇滚的人一定会从我们表演的每一个动作和每一个音符里面发现，我们的灵魂就是摇滚的。这也许比直接演唱摇滚更难。”

“我同意。”星坚定地说道，“很多重金属乐队，偶尔唱起情歌的时候，仍能让你感受到那其中的摇滚精神。”

“不过，就算如此，我们也需要足够的舞台支持。”翔谨慎地说着，“毕竟纯金属对舞台的冲击，是极具统治力量的。”

“我们可以建议主办方根据不同的音乐风格，通过灯光、背景等方式，让各支乐队找到最为合适的舞台环境。虽说以前我们也有过不少演出经历，可是这样的临场经验对于我们依然非常重要。”宇信心十足地问道，“所以，星、翔，你们都没问题吧？”

其实，在二位回答之前，宁就早已知道了答案。

“必须没问题。”

“那么，”宇高兴地说道，“咱们就这么说定了！”

“耶！”星和翔击掌相庆！

“对了，”片刻之后，宇突然问道，“有残障人士的位置吗？”

“啊？”星诧异地看着宇，完全不了解他的用意。

“宇，”翔严谨地说道，“这儿和我们在北京那会儿不一样，这次可不是我们的专场。”

“是不是专场都没有关系，是不是在北京也没有问题，”宇坚定地说道，“我们应该把最好的位置留给有需要的人。我们自己出钱预订二十张VIP门票，再请他们过来观看这次摇滚音乐会。”

“宇，可是如果没有人来看的话，最前面的位置可是空着的。”星调侃一般地稍加提醒，但是在他的心里，也同样早就知道了宇的结论。

“星，翔，据我所知，很多残障人士都十分喜欢摇滚乐。”宇郑重地说道，“你们明天陪我去一趟复健医院，我们亲自去邀请他们。”

“因为，每一个人都应该拥有摇滚的权利。”

一场突如其来的顶级地下乐队联合商演，所带来的兴奋与开心，在一定程度上缓解了紫金坦克原本的阴郁和沉闷。事实上，每一次只要提到音乐，宇的心情就会大不相同；只要提到音乐，他的眼睛就会闪烁出坚定的目光。

让星和翔并不感到意外的是，刚刚失去爱琴的宇，他在心情并不太好，且紫金坦克目前在布里斯班也毫无名气的情况下，还在关心着残疾人的摇滚世界。他一定拥有一颗能够成为巨星的博爱之心。

在翔之宴结束之后，另一方面，刚刚被打开的电视机仍在跟进报道着梅耶枪击案的后续。新闻指出，这次恐怖事件极有可能是新南威尔士州的“地狱彩虹”的成员，为其帮会争取利益而制造的某种挑衅政府的行为。当局已经发布通告，提醒市民提高自我保护意识，注意安全。此时，宇再一次想起了菲，担心她的境况。那么，菲现在怎么样了呢？虽然说保护自己的方法多种多样，然而对于每一个人来说，却是不尽相同的。

此时此刻，宇想起了当年在野战部队军训的时候，教官传授的一个实用的“土招”——自制小型防身器。于是，就在当天晚上，宇连夜制作了一个实物完成品。此器具类似于一把小型手枪，全木质的腔体里面放满了辣椒末等刺激性粉末。腔体的后部装有真空喷射装置，足够在瞬间把腔体里面的“弹药”全部喷射进敌人的眼睛里。如此一来就可以为自己赢得足够多的逃生时间。我们姑且把这个秘密武器称为“太空手枪”吧。它的功率是一般防狼器的十倍，喷射速度也是一般设备的十倍。宇认为太空手枪也许可以帮助这样一位外表文弱的女生，在极端的情况下偶尔应付突发事件。

不过，宇要怎样才能把这款“先进的”武器交给菲呢？

宇当然不会放心把这样一款“尖端武器”留存在菲所住公寓的前台。而且，在这样的非常时期，为了防止“邮寄炸弹”的恐怖事件发生，几乎每栋位于梅耶购物中心附近的公寓，也不会接受任何包裹的寄放。

宇目前知道的关于菲的全部线索，就只剩下那个连个围墙也没有的临街公寓了。所以，第二天一大早，没睡多久的宇就拿着“太空手枪”，驱车来到了这里。在天亮之后，宇才看清楚，原来菲所住的公寓楼，事实上是一幢由三栋几乎一模一样的板儿楼组成的高层连体建筑。每个独立的板儿楼都由三个空中走廊连接彼此，出口全部朝着一个方向面向街边，每幢大楼的首层为临街的商业。马路对面也是如此，临街道的餐吧和咖啡屋占据了这边建筑的一层。事实上，在来到这里之后，宇已经向公寓的管理处询问过菲的具体门牌，然而，物业人员以联系不到菲为理由，拒绝向宇透露任何信息。这很容易让人怀疑，那位女生是不是真的住在这幢楼里，是不是因为安全的考量，在枪击屠杀事件发生之后，故意告诉了宇一个错误的地址。

更为要命的是，在那个既没有推特（Twitter），也没有微博、微信，连社交网站的鼻祖脸书（Facebook）也才刚刚推出，但是完全没有大众化、智能化、手机化的时代，寻找一个只有一面之缘的陌生人的难度，是可想而知的。无奈之下，宇只能选择守候在她家附近，等待她的出现。无论那个公寓到底是不是菲的住址，他都在一瞬间就决定，在未来的一个星期之内，每天下午到晚上，独自一人到菲所住公寓的附近等她。也许，导致他这么做的原因除担心之外，最深层的理由可能是他已经对那位女生，产生了某种不确定的“感觉”。

于是，宇在详细侦察过地形之后，选择了一间位于连体大楼对面的，名叫“巴诺”的咖啡屋。在那里，他有充足的时间等待菲的出现，“基因”的两个星期假期，让宇的“巴诺计划”成为可能。不过，他却完全不知道，就在此刻，菲已经安全地抵达奥地利了。

第四章　瓦腾斯寻琴记
Searching at Wattens

现在，让我们把视线转移，说说远在地球另一边的菲吧。就在这时，已经抵达奥地利的那位女生，又有了什么新的动向呢？

事实上，由于在那个星期五的雨夜，购买机票太仓促、过急，菲不得不在经历了将近两天的时间，转飞了两班国际航线之后，才于星期日的晚上安全降落在奥地利的首都维也纳（Vienna）。维也纳和北京一样，位于这个世界的北半球。所以，气候和布里斯班正好相反，这里现在正是夏天。

菲此次欧洲之旅的行程为一个星期，非常巧合地和宇在布里斯班执行“巴诺计划”的所需时间，一模一样。

实际上，在离开布里斯班之前，为了确定水晶制造厂商的具体名称，菲已经联系过这把电琴的另外一个合作方——位于美国的芬德乐器公司。但是无论菲是打电话，还是发邮件，对方都以需要时间查询为由，根本无法马上给出任何结果。所以，到目前为止，对于这把电琴的水晶部分，菲仍然一无所知。

因为不知道水晶琴到底是由哪一家厂商生产制造的，所以，想要将这把美轮美奂的水晶吉他完璧归赵，菲就必须去拥有水晶最多的那个地方碰碰运气。无论是维修，还是买一把全新的吉他，她都需要赌上一次。

所以，就算是水晶之国的首都维也纳，也不是菲此行的最终目的地，因为那里仍然不是拥有最多水晶的城市。她真正要去的地方，是距离蒂洛尔州首府因斯布鲁克（Innsbruck）十几公里远的一个小镇，名叫瓦腾斯（Wattens）。因斯布鲁克位于阿尔卑斯山中心，是一座童话般美丽的城市，自古以来一直作为欧洲商贸的要道和枢纽而存在。而位于因斯布鲁克旁的卫星镇瓦腾斯才是水晶乐土，才是水晶天堂。因为，世界上最著名、最大的水晶制造生产商施华洛世奇的总部就在那里。全球最震撼、最华丽的水晶博物馆，施华洛世奇的水晶世界（Swarovski Kristallwelten）也在那里。

不过，既然千里迢迢地来到了“音乐之都”维也纳，因为水晶电琴既有水晶的属性，又是一样乐器，所以菲决定在这里停留两天，从寻找“成品水晶电琴”开始她的旅程。她以为在那些众多琴行的众多镇店之宝中，也许会有她的寻求之物，也许不会让她一无所获、空手而归。

于是，她联络到了一位正在维也纳音乐学院（Vienna Konservatorium）学习的好友——她的初中同学露西（Lucy）一路同行。

随即，奥地利的寻琴之旅开始了。

然而，虽然这位长居维也纳的奥地利移民，因为学习音乐的关系，对于当地乐器行的情况略有了解，可是她显然也从未听说过水晶吉他这样的东西。所以，在前两天的时间里，寻琴之旅进行得并不顺利。在此期间，菲和露西漫无目的地辗转于大大小小的众多琴行，使出全力也没能够找到一把哪怕样子接近的电琴。两天的时间就这样被消耗过去了。

不过值得庆幸的是，她们现在虽然感到身体疲惫，但好在精神还在、斗志还在。毫无收获的结果，让她们决定放弃维也纳，按照原计划，去瓦腾斯小镇寻求“专门定制水晶吉他”的可能。因为只有那里，才是拥有水晶最多的地方，才是希望之地。所以菲和露西快马加鞭，在乘坐了四个多小时的火车之后，当晚就来到了这个美丽的镇子并在一间并不很大但十分温馨的村镇旅店住了下来。

另一方面，在布里斯班，梅耶枪击案已经过去了几天的时间。虽然电视新闻依然不断地滚动播出着事件的最新进展，然而，对于已经逃脱的那个枪手的身份，警方仍然一无所知。也就是说，此人也可能会隐藏在这个世界的任何地方，随时制造下一轮的攻击。虽说布里斯班的人们现在已经恢复到了平时的样子，上班的上班，上学的上学，但是，为了确保菲的安全，为了能够把太空手枪交到她的手中，宇仍然按照原来的设想，开始执行起了“巴诺计划”。然而，就像我们知道的那样，宇和菲目前是不会相遇的。不过，就算两人并不处在同一半球，甚至还只是一对仅见过一面的陌生人，但是，此时此刻，他们的内心却在想念着彼此。这，会是缘分吗？

在小型旅店休息了一夜，准确地说是四五个小时之后，时间很快就来到了第二天的早晨。为了方便行动，两位女生决定以运动服饰轻装上阵。菲穿了一件范思哲品牌的粉色丝质棒球夹克（Versace Varsity Jacket），一条同款的米黄色收口运动裤和一双普拉达红线系列白色运动鞋（Prada Sport Linea Rossa）。而露西则选择了一身保时捷设计工作室（Porsche Design）出品的白色运动服，和菲相得益彰。另一方面，因为瓦腾斯的昼夜温差较大，为了防寒保暖，两位女生把较厚的衣服放进了随身携带的双肩背包里。这时，菲和露西已经吃完早餐，准备完毕，即将开始新一轮的寻琴之旅。

“奥地利孕育了无数伟大的音乐巨匠，贝多芬、莫扎特、施特劳斯……”整装待发的菲，站在旅店的门口，对着湛蓝的天空高声说道，“我在这里，随时可以感受到欧洲浪漫主义和古典主义的气息。所以，有着这美丽音乐的陪伴，就一定可以实现愿望。”

今天的行程，就在这个阳光明媚的早晨开始了。按照事先商量好的计划，两位女生首先走访的就是施华洛世奇的总部。然而，虽然她们信心十足，也认为这里是希望最大的地方，但是得到的结果却仍然事与愿违。和美国的芬德乐器公司一样，这家庞大的企业根本没有办法马上给菲任何回复。走出高耸的大楼，两个人略显沮丧。而时间也已经快到中午了。

“菲，我们下一站要去哪里呢？”

露西也是一位来自北京的女生，今年二十一岁。她的身高为一米七五，皮肤白净，略胖。这位女生在高中时和父母来到奥地利，学习音乐制作。虽然露西久居维也纳，可是显然对瓦腾斯镇也是一片茫然。

“我不知道。但是，但是我一定要找到它！”菲笃定地说道，“就算再难我也要找到它！”

随即，菲拿出一张城市地图，划定了一个区域。

“你看，这里就是施华洛世奇的水晶乐园。”菲坚决地说道，“我要把它方圆几公里内的水晶店铺全都找遍！”

于是，在接下来的几个小时里，她们走访了直径五公里范围内的几十家水晶店铺。然而无论她们怎么努力，却仍然没有任何结果。时间已经到了下午时分，两位女生也已经来到了她们“五公里搜索计划”中的最后一家店铺——一家名为“古老的秘密水晶”的水晶制作工坊。

“古老的秘密水晶”比其他店铺的面积要大上不少，虽然整个房屋只有一层，但是楼高却达到了五米。这个建筑的外墙为红砖立面，中间装有一个硕大的黄铜大门，旁边分别均匀地竖置着两扇巨大的长方形黑框塑钢窗户。这一切让这个门店透露着十足的英式风格，显得特别与众不同。

走进店铺，通过门廊，映入眼帘的就是一张硕大的实木柜台，店主就在柜台之后，擦拭着水晶作品。房屋内部两侧的墙壁上，除了长形的窗户部分，其余全部被深色实木的展示架所占据。顶天立地的展示空间里，大大小小摆放着各式各样琳琅满目的水晶作品。而正面的墙上，则挂满了各种尺寸的相框，这其中有店主的肖像，有家庭的合影，还有名人来访的影像，等等。屋内的气氛，除了通过三面墙壁上的窗户照射进来的光源进行点亮之外，还可以通过各种气氛灯进行明亮度的调节。其中一部分灯光聚焦在展示空间，而另一部分灯光则照射在位于柜台侧面的会客区域之内。

虽然这家工坊的面积不小，展示作品也特别多，但是菲和露西却并未对这里抱有多大希望。这两位女生以为，等待着她们的结局，会像之前的几十次一样，只用待上一分钟就立刻离开，无疾而终。所以她们进入店面之后，并没有走向会客区，而是直接来到了柜台之前。

“古老的秘密水晶”的东家是一位头发花白的“潮流大叔”，积极向上的生活态度，精神矍铄的面貌，衬托出他的独特品位，让你根本无法想象他今年已经六十岁了。今天，他穿着一身保罗·史密斯品牌的藏蓝色羊绒混纺格纹旧式西服，搭配着同品牌的缎面羊绒双拼马夹，深粉色的衬衫和金属包边的水晶袖扣，让他显得格外精神、特别时髦。棕黄色的博柏利翼尖全布洛克牛皮皮鞋（Burberry Full Brogue）让你在体会到他的优雅的同时，也能感受到他的顶级工匠身份。

“您好二位。”看到了菲和露西的身影，这位“潮叔”和蔼可亲地问道，“请问我能帮到你们什么吗？”

“您好，请问您是这里的主人吗？”菲看上去十分疲倦，但仍然尽量保持礼貌与客气。

“是的。”东家优雅地介绍着自己，“我叫艾蒙迪斯（艾蒙迪斯·席勒，Amadeus Schiele）。你们好吗？”

这位体形适中的“潮叔”身高为一米八二。因为柜台里面的地面比外面略高一些的缘故，所以他不得不把那金边儿老式近视镜，往下面搭了一下，希望能够看清楚这两位来自东方的美丽姑娘。

“恕我直言，我们的状况不是很好。”菲介绍道，“这是我的朋友，她叫露西。”

“事实上，看起来这件事情也许只有您能帮助我们了。”菲看了一下柜台后方的墙壁上的木制钟表，时间已经过了三点。显然，从现在的情况来看，留给她们的时间已经不多了。于是，菲把事情的原委详细地告诉了艾蒙迪斯，并且把那块儿从布里斯班乔治街上捡起的水晶碎片递给了他。实际上，在此之前，菲已经把这块碎片拿出来一百多次了。那么，这块失落的水晶，真的能够给她带来好运吗？它真的能够代表着整个天际、整个银河吗？

“啊！”艾蒙迪斯接过水晶，随即发出了一声惊叹。他举着那块“宝石”，紧锁眉头，好似正在全神贯注地思考着什么。他迎着阳光透过窗户照进屋内的光亮，慢慢地转换着水晶的角度，聚精会神地端详着，好似在确定着什么。

他到底在想什么？难道只是赞叹水晶的超优质感和复杂工艺吗？还是有着更深层次的其他含义？总之，这种专注的表情和之前那另外一百多位店主的反应完全不一样。

“原来是在寻找失落的水晶琴。”片刻之后，老人的眉头终于展开，和蔼地笑了起来，“其实，也许不光我一个人能帮助到你。”

“哦，我亲爱的艾蒙迪斯先生，您别告诉我们，您无法帮助我们。”菲焦急地解释着，“事实上我们已经找遍全城的商户了。”

“是的，我们甚至把互联网也搜了个遍，仍然没有任何结果。”站在旁边的露西，也赶忙说道，“请问您有什么好办法吗？”

“哦，是的，是的，你们别紧张。其实我只不过是想说，我的儿子马克西米利安（马克西米利安·席勒，Maximilian Schiele），他也能帮助你们。只不过你们看，他在擦拭我的每一件作品。我刚才忘记为你们介绍他了。他也许没有看到你们的到来。”

“不是这样的，原谅我的腼腆。亲爱的爸爸，我竟然忘记和您的客人打招呼了，恕我失礼。”

马克西米利安的身高为一米八〇，一头中等弧度的卷发略有一些发红，看起来真不像是个生活在现代的西方人。今天，他并未和他的父亲一起穿着西装，而是选择了一件保罗·史密斯品牌的灰色亚麻混纺印花马夹和一件同品牌的紫色衬衫作为上衣的搭配，下身则为一条剪裁讲究的黑色亚麻直筒西裤搭配一双纯黑色的德比头层牛皮鞋（Derby）。这样的着装让这位年轻人显得特别精神、非常讲究。

“你好，我叫菲。”菲再次介绍道，“这位是我的朋友露西。”

“你们好，我是马克西米利安。真希望今天能够帮助到你们。”说罢，马克西米利安就继续站在柜台之后，进行水晶作品的擦拭工作了。

“谢谢你。”

“我的孩子确实有点儿腼腆，他更适合出现在十七八世纪的欧洲皇宫。唉，也许是长时间跟我们一起生活在这个小镇，几乎与世隔绝的原因吧。”老人认真地打量着眼前的两位女生，“这么说，是施华洛世奇让你们来的？”

“事实上，我们还在等他们的消息。”菲略显沮丧地说道，“施华洛世奇需要时间来确认我们的问题，我到现在也不知道这把琴是不是他们生产的。”

“哦……那么……”老人微笑而神秘地说道，“你们能够找到这里可真是幸运呢！”

“您的意思是？”

“这把琴，如果真的是你们说的那样的话，”老人顿了顿，非常庄重地说道，“这把琴是我做的。”

“您说什么？”

老人的答案虽然只有那么寥寥一语，但话里的每一个字却都是那么铿锵有力、中气十足。它就如同万钧的雷霆一样，瞬间就彻底震惊了这两位几乎已经精疲力竭、消耗殆尽的女生。她们完全没有想到，会在这里遇到这把水晶电琴的最初制造者。她们原本最多也只是期待，能在这里找到维修店的可能性而已。

“是的。”艾蒙迪斯侧身微笑着看了看旁边正在工作的马克西米利安，“当然，这里面也有小马克西米利安的一些功劳。他参与了其中一部分工作，比如打磨和抛光。”

“我始终真切地记得制作那把水晶电琴的甜美时光，那是一种温暖的味道。事实上，挚爱的艾蒙迪斯是全奥地利最棒的水晶工匠。年轻时，他也是全国最著名的吉他手之一。”马克西米利安放下了手中的工作，走了过来，安静地说道，“所以，当施华洛世奇接到那张来自北京的订单时，就想到了我的父亲。”

“对，我想……”菲努力地从刚才的震惊中抽离出来，深情地说道，“我想那应该是一张北京的订单。”

“没有错。我清晰地记得，那的的确确就是一张来自北京的订单。”艾蒙迪斯抬起头，再次举起这块水晶碎片，仔细地审视着。那年的故事好似昨天的电影，清晰地一一浮现，“我还能精确地记得这块水晶属于琴体的哪个部分。我也能完整地回忆起我在雕琢这个部分时的那组场景。那碎片真的是浩瀚星河的一部分，美丽万分。事实上，那把吉他可能是我这辈子做过的最为复杂的水晶作品，一共运用了一千小时的灵感。”

“一千小时！”露西惊讶而激动地说道，“这太了不起了！”

然而，在听过艾蒙迪斯的话语之后，菲却高兴不起来。她显然听出了老人家想要表达的另一层含义。此时此刻，这位女生再一次感到身体疲惫、四肢无力，只能略显遗憾地说道：“不过……不过这听起来真不知道是应该高兴还是难过。高兴的是，这把琴一定是一款精雕极品。但伤心的是，一件如此精妙的艺术品是很难修复的。”

“没错。真的很可惜，那把电琴实在无法修复。事实上，水晶是不可能修复的。在它上面的任何一个花纹，只能以极为缓慢的速度变旧，但无法复原。”艾蒙迪斯果真给出了最后的答案。

马克西米利安在一旁微微地点了点头，对他父亲的观点表示认同的同时，也流露出了一丝遗憾。

“那我该如何是好呢？”菲尽量保持语速的平和。然而她的心情，在这一刻就像钢琴的低音键，被重重地、重复地敲击着。

但是，菲从来没有想过白来一趟，空手而归。面对着可能永远也无法修复的这把电琴，她突然想到了一个她早该意识到的问题：为什么宇会在那个雨夜拿着这把水晶吉他呢？他们会不会是一支乐队呢？宇会不会是他们的队长呢？如果真的是这样的话，这把琴对于他来说将会有着何其重要的意义啊！菲忽然想到了有朝一日，那三位巨星在十万人的体育馆迎接无限欢呼的辉煌未来，会是一个多么壮观绚丽的场面啊！无论如何，她知道他们一定需要这把吉他，她不能在这个时候就这样放弃。

所以，还没等艾蒙迪斯回答，菲就迅速打起精神，满血复活。她焦急而快速地说道："亲爱的艾蒙迪斯先生，请问您可否再次接受一张这样的订单呢？"

"我想没有问题，只要你们愿意等待。"艾蒙迪斯不假思索地说道。

"可是，我亲爱的父亲，"马克西米利安好像突然想起了什么，平静地说道，"我记得您曾经说过，水晶琴您绝对不会再做了，对吗？它应该是限量的。"

"可以带来水晶碎片，就证明了吉他拥有者的身份。我们店也承诺过永远会对客人负责，所以我只不过是在给老客户进行维修啊。"潮叔大笑起来，"这次不算！这次不算！哈哈哈哈！"

"这太好了！"马克西米利安似乎比菲更加激动，"其实我早就已经迫不及待了！"

"不过，这需要三个月的时间，你们能等吗？"

如此完美的喜讯已经让这两位女生超越预期、心满意足。所以，等上几个月又算什么呢？菲开心地说道："虽然时间漫长，但浴火凤凰死而复生、失而复得的感觉真的是太棒了！"

"还有一件事情，也许你们需要明确一下。"

"您请讲。"

"想必你们也明白，运输如此贵重的乐器，是必须提前上保险的。"老板停了一下又继续说道，"考虑到菲你不久就要返回澳大利亚，所以，请明天就去杜尔保险公司询问情况。他们那里的曼森是我的好朋友，我们的很多单子都是他作的保。你们到了那里说我的名字，他会乐意帮你们的。"

"真的十分感谢您！我们办好手续就会回来！"

说罢，菲和露西就离开了水晶店铺，向着下一个目的地出发了。

"我倒要看看，拿着这把水晶琴的人，在今后能折腾出什么名堂，能打造出什么样的未来。"看着菲和露西远去的背影，艾蒙迪斯欣慰地笑了起来。

与此同时，布里斯班的紫金坦克也在索罗按部就班地进行着严格的训练。没有错，艾蒙迪斯口中的这把水晶吉他的拥有者，就是宇。此时此刻，他并不知道他那把已经粉碎的水晶吉他，在菲的努力之下，正在另一个空间里不断地修复着，恢复着。然而，他在拿到这把吉他之后，真的会有一个美好的未来吗？他真的能够站在世界之巅吗？也许只有时间才能告诉我们答案。

第二天一早，菲和露西就来到了杜尔保险公司，并且找到了艾蒙迪斯的好友曼森。曼森今天穿着一套精致的黑色修身西服，是一位身高也在一米八几、体形适中的中年白人。

"那把琴很珍贵、很完美，我不知道你们是否看见过它的原貌。那是一把精雕细琢、无与伦比的匠心之作。琴体上面刻画着天使的翅膀和太阳星辰，如同浩瀚的银河一般。我还清晰地记得我第一次看到那把琴的时候，无法用语言形容的震惊心情！那把琴的每一个细节、每一条纹理，都是那么逼真，那么伟大。"曼森认真地思考着，思绪仿佛回到了昨天。

“所以我们并不经常为此提供单独的客户保险。”

“事实上，我们是艾蒙迪斯的朋友，是他介绍我们来的，”菲坚定地说道，“而且，既然我们已经把事办到了这种程度，无论如何也要有个结果，无论付出什么代价都可以。”

“哈哈哈，别着急，别着急嘛。”曼森笑着说道，“艾蒙迪斯是我见过的最好的人。他的忙，我真的是要帮的。我刚才在跟你们开玩笑呢。”

“亲爱的曼森，您刚刚差点吓死我了，谢谢您！”

“不用客气。”曼森礼貌地说道，“只不过，对于这样的精密设备来说，保险手续会相对繁杂。我想，我们今天也许要花上至少几个小时，才能将其全部完成。”

幸运的是，杜尔保险公司那边的事情，在曼森的协调下，很快便办好了。当天下午，菲就回到了“古老的秘密水晶”工坊。在与艾蒙迪斯和马克西米利安告别之后，菲的奥地利之行就此告一段落。

紧接着，菲于星期天的傍晚回到了布里斯班，回到了这个她熟悉的地方。在家中休息片刻之后，菲马上拿起电话，联系起她的邻居菡来。她想给她送过去特别的纪念品，然后再为她讲述自己在奥地利的奇遇。然而，菡的电话却一直没能打通。的确，对于爱泡夜店的人来说，在晚上找不到人是再正常不过的一种情况了。其实，对于菲来说，她最想找菡办的事——寻找宇，并没有马上实现。

随即，菲立刻向她的其他朋友打听了这位陌生人的消息。不过，可以预料的是，她仍然没有得到任何结果。与此同时，菲在一瞬之间就感到自己的身体已经极度疲乏。于是，她精疲力竭地躺在床上，打算另作安排。

然而，就在这时，菲的电话突然响起。深夜来电的人，并不是菡或者菲的其他同学，而是她的父亲，著名的天体物理学家、宇宙学家，“凯宁中心”大型射电望远镜阵的负责人，叶凯宁博士（Kaining Ye）。

电话里的声音浑厚、稳重而铿锵有力。

“我亲爱的女儿，菲啊。最近政府会有一项特殊的任务，需要我们几位科学家进行秘密工作。在未来的一段时间之内，我们会被禁止与家人或者任何人以任何形式进行联络。”

“什么任务，亲爱的父亲？难道望远镜阵收到了什么来自星空的信号？”作为同样在宇宙和时间中探寻奥秘、寻找宝藏的菲来说，父亲这通电话的第一句话，简直就是一颗重磅炸弹，震撼着菲的心灵。她仿佛意识到了什么重要的事情，再一次迅速地打起精神来。

“现在我们还什么都不能说，我只能告诉你，这项任务需要一段时间。这是我们被允许的最后一通对外电话。”

“父亲，亲爱的父亲，请您告诉我，我需要多长时间才能够再次见到您？”菲显得有些着急，她不想父亲挂掉电话。

“关于这个……”叶博士顿了一下，继续说道，“我现在无法给你答案。我会在被允许的时候，第一时间联络你。也请你不要对任何一个人讲到我们今天的通话内容。”

“那‘凯宁中心’怎么办？”

“我给‘凯宁’那边的理由是休病假。现在那边的事情全权由我的合伙人经办。不要告诉他们我现在正在为政府工作，他们知道得还不如你多。最后，在最近的时间里，请照顾好自己。”

随即菲的父亲便挂断了电话，夜空又一次回归了沉寂。

虽然将会在一段时间之内无法和父亲取得联系，但是以菲对于自己父亲的了解，这次叶博士之所以会去执行秘密任务，一定是因为人类科学取得了什么重大的突破。她随即在互联网上进行了地毯式的搜索，却完全没有获得一丁点儿的相关信息。不过她相信，父亲在不久的将来，就会告诉她一切真相。

由于奥地利之行实在太过累乏，菲很快就安然入睡了。然而秘密任务是怎么回事？天空出现了什么情况？无论如何，寻找水晶的旅程非常成功。宇现在还好吗？他现在在哪儿呢？对于菲来说，她的科学世界和感情世界，在这一个星期之内，经历了太多不可思议的“事件”。所以，从今以后，菲的命运注定将与以往完全不同，一切皆会因为某种机缘而彻底改变。

第五章　完美世界
A Perfect World

那么，菲在奥地利寻琴的这一个星期，在同一时间的地球另一端，紫金坦克又做了些什么呢？除了乐队的常规排练以外，宇的“巴诺计划”进行得顺利吗？除此之外，菡又有了什么新动态？就让我们把这些故事放大，看看这里面到底发生了什么吧。

在翔之宴结束之后的第二天上午，在宇决定执行“巴诺计划”并离开市区之后，紫金坦克三人组就驱车来到了位于布里斯班东部的一家残障人士康复中心。在那里，他们把自己制作的一组严谨而精美的二十人邀请函，交给康复中心负责人。然后，他们就来到了复健病区，如愿见到了残障人士。

听摇滚？虽然在来这里之前，紫金坦克已经预感到他们一定喜欢摇滚乐，但是，当他们真的收到一支乐队、一个组合的亲自邀请之时，大家所表现出来的热情仍然出人意料。残障人士们争先恐后地想要体验绝对音乐即将带来的快乐与震撼。紫金坦克也因此收获了绝大部分残障人士的笑容和喜爱。

不过，这其中只有一名白人青年，对于紫金坦克的这份爱心，反应和别人不大一样。他似乎比他的病友们想得更多一些，顾虑更多一些，他叫汤姆。只见汤姆面容冷峻、毫无表情地站在病房的走廊里，注视着正在向他迎面走来的三位中国青年。因为车祸他失去了两条小腿，但是，他看起来却十分时髦，除了强健的上肢肌肉以及华丽的文身可以证明这一点之外，他还染了一头黑发。目测汤姆十七八岁，穿上义肢的身高大概在一米八〇左右。

“请问你们是哪里的乐队？”汤姆站在那里，严肃地问道，“日本，韩国还是新加坡？”

也许汤姆的想法代表了当时大多数澳大利亚人的认识。确实，在那个年代，知道中国还有摇滚乐的西方人，实在是太少了。而且布里斯班也并非纽约那样的超级城市、音乐圣地。所以，从理论上说，紫金坦克要想在这里取得成绩，绝非易事。

“不是，我们是紫金坦克，”宇停了脚步，温和地说道，“我们来自中国北京。”

“不是你们的经纪公司逼你们来的？”汤姆的脸上仍然没有任何表情，似乎仍在琢磨着什么。也许在这位青年看来，他并不想因为某种利益的炒作而被利用。

“没有，我们目前还属于地下乐队，没有公司。”翔友好地说道，“实际上我们现在还只是在校大学生。”

“那么，请为我签个名好吗？”突然间，汤姆的情绪有所变化，仿佛只能接受这样纯粹的友爱。他拿着一个木色笔记本和一支黑色圆珠笔，把手伸向前方。

宇、星、翔接过纸笔，用中英双语分别为汤姆签下了自己的名字和乐队的名称。这些签名漂亮而精致，显然是特别设计过的。

“谢谢！”在得到了签名之后，汤姆平静地提出了另一个请求，“我还想和你们照一张相。可以吗？”

听到这样的请求，紫金坦克也欣然应允，体现着一如既往的谦虚和礼貌——四位年轻人在康复中心那充满阳光的走廊里，完成了这次合影。

“谢谢你们！”

“不用客气。”宇友好地说道，“谢谢你对我们的欣赏。”

“我会好好保存这些的。”得到了签名和照片的汤姆突然变得有点儿不好意思，接着说道，“我并不喜欢漂亮的人，但是我欣赏你们的爱心。谢谢你们！”

说完汤姆就走开了，回到了自己的房间。在离开了康复中心之后，宇就和星、翔二人分头行动了。对宇来说，下一站不是别处，就是巴诺咖啡屋了。

巴诺咖啡屋，古老而时髦、典雅而朴素。采用精选的优级牙买加蓝山咖啡豆来制作咖啡，是这里的特色。香飘四溢、沁人心脾。巴诺的品位和格调，对于在生活的各个方面都极为讲究的宇来说非常合适。但是这位花样男子之所以选择在这里等菲，更重要的是因为它刚好位于那位女生所住公寓的正对面，地理位置非常不错。这家咖啡屋的临街窗户采用了落地设计，可以让他很容易地发现菲是否正在经过这里。

每一次来到这里，宇都会选择紧靠玻璃墙的一个桌位，因为那里视野最好，也相对安静。他会在下午四点来，晚上十点走，准时准点。在此期间，他会点上一份简餐和一杯稀有、上等的蓝山咖啡。除了关注着菲的动向之外，紫金坦克的队长还会一个人静静地写歌编曲，或者偶尔翻阅一下他所喜爱的古巴比伦占星术，学习知识、寻找灵感。所以，就算只是坐在那里，因为有着音乐和星空的陪伴，“一心二用”的他并未感受到一丝枯燥。

就这样，五天的时间很快就过去了。然而，就算每天他都会等到巴诺关门才离开，却一直没有看到菲的身影。

那里根本不是她的家吗？

之前的章节里提到过，宇有理由认为，在那个雨夜，菲有可能因为某种自我保护，并未告诉他们她的正确地址。如果真是这样的话，他就很难在这里等到她了。再加上还有“硬石”和“绝对音乐”两场硬仗就在眼前，所以这位男生给自己定下了等待的最后期限——两天。如果再过两天，菲的身影还是没有出现的话，他就准备结束“巴诺计划”，将“太空手枪”的事情另作安排了。

但是，事情总是不会如此简单，命运总是那么难以捉摸。

就在这个星期，准确地说，就在“巴诺计划”结束之前的这两天之内，菲的好友菡，却在沿着街道快步走过这家她每天必经的咖啡屋时，不经意间发现了这位温文尔雅、略带忧郁的绅士。

起初，在菡的余光中出现的，只是落地玻璃那边稍纵即逝的一个朦胧影像。然而，从来都是各种男人高回头率的菡，却不好意思哪怕转身看一下窗户的另外一边，不好意思去确定一下这位男生的真实模样。不过有一点是肯定的——一个仅仅凭借模糊影像，就能让这个“夜店女王”产生强烈好奇之心的那个男人，一定有着独特而迷人的气质。她确实不好意思接近他。因为对于这位追求完美的女生来说，下学的装束和忙碌了一天的疲惫，都不能给她足够的信心认识这位男生，进入他的世界。

菡是一位从初中就来到澳大利亚的移民，她的背景说起来其实并不复杂：菡的父母在她上小学的时候离异，后来她的妈妈结识并最终嫁给了一位当时正在中国做生意的澳大利亚船商。然后，她们母女就随着这位船商来到了澳大利亚。所以，菡来到这里的时间很早，比非还要早一些。菡很少和白人同学一起混，在大部分的时间里，她基本上是和留学生或者当地华人玩在一起。只有英语的流利程度，才能让你看出她在澳大利亚居住的时间之长。菡在十八岁之后，就从家中搬出去住了。而家庭过早的解体，造成了她反叛、倔强、冲动的性格。她曾经看重每一次爱情，所以就必然受到加倍的伤害。后来，她对爱情就淡漠了，觉得就是那么回事，也不走心了。所以，就算她的身边总是传出绯闻男友，却没有一个是真真正正的对象。菡目前正在昆士兰大学（Queensland University）攻读声乐。

第二天傍晚，正在家中休息的菡，并未去学校上晚课。直觉让她拿起那架摆放在客厅、用来观星的望远镜，不自觉地对准了对面的咖啡屋。还是同样的时间，同样的地点，那位美男子优雅而从容地喝着咖啡，平静而忧郁地看着窗外，俨然一位英俊的王子。这是她第一次如此“近距离”地仔细观察那个陌生人。她真的不敢相信自己的眼睛：世界上会有这种无论西方人还是东方人都会赞叹的，融合了亚洲人那独特而细腻的白色皮肤；他的发软硬适中，柔和精致到令人叹为观止；他还有着大部分东方人并不具备的深邃轮廓，特别迷人。菡被他那年轻的俊美外貌所深深吸引了。这是她在夜店里，从来没有见过的贵族气质，是从骨子里透露出来的绅士风度。他身着一件保罗·史密斯经典的深粉色印花棉质衬衫，就算只是坐在那里，腹部也没有一丝紧绷之感。修身的咖色长裤搭配一双瘦长的藏蓝色牛津皮鞋（Oxford），不但复古而精致，更能让人判断他那模特一般的高大身形。就在这时，菡终于按捺不住内心的激动，决定扮成巴诺的顾客走进他的生活，了解他的一切。从她拿起望远镜开始瞄准他的时候，他就静静地坐在那里。当她打扮完毕，再次从望远镜里看过去的时候，他还是静静地坐在那里。不知不觉，时间已经快到晚上十点了。

可遗憾的是，当菡刚刚走进巴诺的时候，却发现宇所坐的那个位置已经没有人了。她环顾四周、仔细搜索，却仍然没有发现他的身影。他离开了，他消失了……

菡在找宇，宇在找非，非在找琴。然而，卷入这个追逐旋涡的人，却并非只有他们三位。原来，就在非正在奥地利寻琴的这个星期，还有一个人也在焦急地寻找着这位女生的身影，他就是澳大利亚警探爱德华——爱德华·福克斯。但是，当警方已经通过自己在航空公司的特别渠道，确定了非将会在未来几天返回澳大利亚的消息之后，爱德华便收起了急迫的心情，放松下来。他知道，最晚下个星期，他就能够见到那位女生，那位对于梅耶枪击案的侦破有着重要作用的女生。如果宇也知道，在这一刻，爱德华也在关注着菲，他会不会更放心一些？如果爱德华也知道，这个时候在地球的这端，有一位男生也在等待着这位女生的消息，他会不会感到自己并不孤单？

“不好意思，这位女士。我们要打烊了，所以您只能明天再来了。”看到菡走了进来，一位年轻的金发白人店员礼貌地说明着情况，她胸牌上面的名字是克莱尔。

“这我明白，”菡略显情绪低落地说道，“其实我只是想向您打听一个人。”

“您请讲。”

“刚才坐在这个位置看书的那位男生，”菡指向宇坐过的那张桌子，和缓地说道，“您知道他去哪里了吗？”

克莱尔想都没想，就回答道：“他呀，我想，他也许刚刚离开吧。”

“是吗？”

“我对他的印象特别深刻，不会错的。他最近总是下午过来，晚上走，每次都很有礼貌、很安静、很绅士，我觉得他也许是在等什么人吧，这个男人真是痴情呀！我想，他是不是在等你呢？你怎么来得这么晚呢？这已经是他在这里的第六天了吧，要不然就是第七天。”克莱尔掐指算着天数，继续说道，“我想明天他还会来吧，要不要我帮你告诉他，你来过了？”

“没关系，其实我和他也不熟悉。谢谢您了，我改天再过来吧！”

“好的，欢迎你也常到店里做客！”

“一定的！”

在巴诺的这段时间，宇一直那么平静，那么优雅。轻轻地来，轻轻地走。可是，在后来的日子里，这位男生就再也没有出现在这家咖啡屋了。他在巴诺的时光，结束了。

宇的消失，让菡产生了一股不可名状的失落感。这位任性的女生，一辈子恐怕也没有遇到过这样的情况。这个人就好像一位传奇剑客，来无影去无踪。不，她在想，这也太巧了吧？他就在她最想见到他的时候，神奇地消失了，好像故意躲她一样。难道，难道他知道她在一直观察他吗？不，显然不是。那只是一个偶然事件罢了。但是这冥冥之中又像是上天的安排，无法解释。可是，菡从来不信命，一向不会善罢甘休。她决心想办法找到他，就算动用她在澳大利亚所有的关系，也要找到他。要不然，她是根本无法释怀的。

缘分，就好似浩瀚星河之中的一颗星星，在黑夜里寻找光亮，却只有几十亿分之一的机会。两个人相遇在同一时空，从我们出生到死亡，一直都在不停地发生着。但如果仔细想想，是什么驱动两个人，就在那个时刻遇到彼此呢？原因只有一个，就是爱。

我们的女主角菲，是一位不折不扣的大家闺秀。整个家族都是从事天文、宇宙方面研究的顶级科学家。相比于同龄人的幼稚，菲给人一种难得一见的大气之感，有着一颗善良、执着、永不服输的强大内心。

菲比菡晚来澳大利亚几年，出国之前就读于位于北京市海淀区的清华大学附属中学。初中，她连续三年获得全市数学、物理竞赛冠军。这位女生喜欢理科，她最大的梦想就是将来能够拥有一所自己的天文研究中心，攻克所有人类的未解之谜。为此她跟随父亲远渡重洋，来到了澳大利亚。之前提到过，菲的父亲，叶凯宁博士合伙投资了一所以自己的名字命名的大型射电望远镜阵——凯宁中心。这让菲拥有更多机会对自己的研究成果进行实践和检验。菲现在除了在学校读书之外，还经常飞赴欧美大陆，在国际天文论坛上发表演讲，交流学术成果。菲的思维极为缜密，找到解决方案的速度奇快。她的意志力坚强且安排事务的能力极为强大，任何问题都能够轻松解决。在天文的世界以外，菲还喜欢拉小提琴。只是她的水平并不高超，但也算是一位业余高手，颇为发烧。

事实上，就在宇彻底消失在巴诺咖啡屋之后不久，菲也在那晚从奥地利回到了布里斯班。那么，菲现在怎么样了呢，一切都还顺利吗？

在甜美地睡上一觉之后，这位女生比平时起来得晚了一点。和平常一样，在洗漱之后，她就拉开窗帘，打开窗户，让清新的空气飘进房间。她站在六层的凉台上，俯瞰街道，看着繁忙的人群和车辆，明媚的阳光告诉她，今天将是幸福的一天。荷包蛋、麦片牛奶，加上丰富的水果和时蔬是她今天的早餐。

她今天并没有安排课程，有一整天的时间可以随意支配。

所以，菲在今天的计划就是：整理家务、健身和约菡吃饭。这三件事中，在菲看来最重要的就是约菡吃饭。她认为菡在布村儿的人脉很广，一定有办法打听到宇的情况。事实上，他已经在那个雨夜，在不经意间给她留下了太多的线索。比如他过于帅气的容貌和忧郁的气质；喜欢穿保罗·史密斯的彩条衬衫；他是北京人；他很高大，而且他还有两位同样英俊、同样高大的铁哥们儿……

然而，无论菲怎样尝试，菡的电话始终没有接通，完全处于无电状态。这让她不禁想到，这果然就是夜店女生的典型特征：中午起床，下午化妆，晚上活动——你很难在白天找到她，只能等着她来找你。

不过，就在这时，菲却突然收到了一组来自她另一位好友的短信息。

“我的一位玩车的朋友跟我说，你说的那个北京人，他在改车的时候见过，此人极有可能在阳光之岸的基因车行上班。那位男生无论从外形上还是气质上，都特别像你要找的那个人。

“另外，此人应该不是商学院或理工学院的学生，因为我所有的朋友都没有见过这个人。我们在艺术院校没有朋友，所以不确定他是不是那里的学生。

“不过有一点可以肯定，就是他应该才来澳大利亚不久。因为几乎所有经常在夜店、KTV 等地方出没的朋友都没有见过此人。”

几乎与此同时，菲的门铃也在瞬间响起，清脆而洪亮。

现在，菲已经得到了宇的进一步信息。这会使得一位英俊的陌生人，一位帅气的拯救者，马上变成她的朋友。这样的兴奋与开心让这位女生还没挪步，就已经预感到门的那边将会有好事发生。不过，菲刚刚从奥地利回到家中只有不到一天的时间，事情不会和水晶琴有什么关系吧？

是菡不请自来吗？不会，她还不知道菲已经回到布里斯班了呢。

在网上买过什么东西吗？没有！

朋友登门拜访？不会，如果有的话，一定会提前通知。

那一定是和水晶琴有着某种关系吧？虽然不到一天的时间，看起来根本不可能存在任何发生奇迹的可能性，但是一种预感告诉她，即将到来的，将会是希望。

不过，就算菲已经预计了所有可能性，就算希望非常渺茫，就在这位女生打开大门的一刹那，发生的一切彻底地震惊了她：马克西米利安竟然出现在门外。

不仅如此，他的手里还提着一个古老而精致的头层牛皮电琴木箱，显得颇为神秘。

马克西米利安？没错，眼前这位腼腆的帅小伙，就是远在奥地利的马克西米利安，就是昨天还在地球那边对话的马克西米利安。今天，出现在布里斯班的这位男生，行装颇有一些英伦学院派：他身着一件深棕色羊绒牛角扣大衣，深蓝色卡其裤下搭配着一双深杏仁色孟克（Monk）牛皮鞋，深绿色的衬衫最后提亮了整个装束。

“哦，我的天！是你呀，昨天我们还在奥地利！”对于这位男生的突然出现，菲感到极为震惊。

“哦，是的，我亲爱的菲！又见到你真的很开心！”马克西米利安儒雅地说道，“我按照你在店里留下的地址，找到了这里。”

“快请进。”

“哦，不了，谢谢！因为我会不好意思的。”马克西米利安腼腆地笑了笑，接着说道，“而且我觉得下一步，你将会对琴箱里面的东西，比对我更感兴趣。哈哈！”

“但是，这是待客的礼节呢！”

“没关系，菲，”奥地利青年认真地说道，“艾蒙迪斯把所有的解释，都附在了一封信里，并且对我说，‘如果他真的是那把琴的主人，我们肯定还会再相见的。’”

马克西米利安将琴箱轻轻放了下来，捶了捶胸，“相信我。”

看着面前的男生就要离开，菲急忙问道：“可是，你接下来要在布里斯班待上几天吗？”

“亲爱的菲，秘密水晶工坊还有很多订单要做。返程的航班很快就要到时间了，我要马上搭乘下一班飞机回国。我有种预感，我们一定还会再相见的。”

“一定。十分感谢！”

随后，马克西米利安挥了挥手，就消失在了走廊的尽头。

接着，菲关上房门，平复心情。

琴箱被缓缓地打开了。

随着琴箱的开启角度越来越大，琴身露出的面积就越来越多。原来，那正是一把奢侈华丽的水晶电吉他。

菲将琴小心翼翼地拿起，在朝阳的照耀之下，转换着角度，仔细地端详。水晶琴被慢慢地旋转着，反射着七彩的光辉，闪烁着金色的光芒。就算艾蒙迪斯和曼森已经形容过水晶琴的真实样子，就算已经将想象推向了极致，但是，当你亲眼看到它的真身的时候，一切的一切却是用任何语言也无法形容的。

对菲来说，所有的努力，在这一刻，都值得了。

五彩斑斓！晶莹剔透！彩虹天使！日月星辰！

浩瀚的银河如凝固的时光隧道，被刻画在琴身之上，静止了。

今天的世界，好似诗人笔下的完美世界。没有罪恶，只有伟大而稀有的快乐。

“这是在一天之内就可以完成的作品吗?”

菲不断地问着自己。似乎一切答案，都已经写在了艾蒙迪斯的书信里面，等待着她来开启阅读。

亲爱的菲，希望你在收到这把华丽的水晶琴之后，会感到满意。在你离开之后，我想，你肯定急需这把琴。不然，也不会不远万里来到奥地利，来到我这里。

但是，现在你手中的这把水晶琴，并非我在一天之内为你打造而成的。我昨天说过，制作这样一个精工极品，至少需要三个月的时间。不过，你也许不知道，关于这款水晶琴，“古老的秘密水晶”一共生产过两把。这一把，比你寻找的那一把，早了将近四十年。

事实上，当你昨天来到我家工坊的时候，我就有一种冲动，想把这把封尘已久的水晶琴让你带回去。但是，我清晰地记得，这把吉他在三十年前经历过一次重伤，虽然远不如你那把琴的碎裂程度，但也有伤痕、战损与残缺。于是我决定让它退役，并珍藏至今。虽然这把水晶琴的电子元件几乎毫无问题，但水晶部分的损伤让我认为，也许将它作为礼物赠送给你并不合适。

可是，当你走后，当我走到我那间并不很大的私人“博物馆”，再次打开这把尘封了三十年的水晶琴的时候，它居然变得完美无缺，焕然一新。是我记错了吗？不可能啊，它在三十年前经历过重伤的！

好吧，也许是水晶具有自我修复的能力吧？也许我昨天说的那个水晶无法修复的理论并不准确！但是我这辈子确实没有看见过能够自我复原的水晶。为此我更是擦拭了不下十遍我那沉甸甸的近视眼镜，来确定这把四十年的老琴已经完好如初，没有任何损伤。

这样不可思议的复原，让我决定马上让马克西米利安搭乘下一班航班飞到澳大利亚，亲自保驾护航，把琴背过去送给你。而你在杜尔保险公司的保单，已经被转移到这把琴上。今后有任何问题，杜尔公司都将会履行承诺进行赔付。

虽然我还未见过这把琴未来的主人，不过我想，琴如其人。他应该和这把琴一样，奢华而内敛、古朴而浩瀚、精致而敏感、勤奋而坚韧。如果他就是这把琴真正的拥有者，总有一天，他和这把水晶琴一定能够交相辉映，放射出最耀眼的光芒！

现在，我把它交给你。下面的一切，就看你的了。

爱你的，

艾蒙迪斯·席勒

菲在信的下面还看到了一张退订支票……老人真的把琴送给了她。

在这一刻，菲想起了曼森说过的话。确实，那位“潮叔”真的是一位很好的人，很仗义、很传奇。

在电话答谢了艾蒙迪斯之后，菲的心情一下子好了起来。您应该很清楚，没错，她立刻改变了早晨的安排——

出发！基因车行！

然而，菲应该不会在“基因”和宇相遇的。至少不是此时此刻。因为紫金坦克目前时间紧迫，除去学校学习之外，他们还在为即将到来的硬石专场演出进行着紧张的排练。这场足以被记录在紫金坦克队史的演出，将会采用翻唱和原创相结合的方式进行演绎。之前说过，就在巴诺咖啡屋等菲的时候，宇已经为硬石的演出写下了多首原创歌曲，也将诸多欧美经典名曲进行了改编和重新创作。宇是紫金坦克的灵魂和指挥官，他写歌写词的灵感极多、不拘一格、速度奇快、匪夷所思。

中午时分，菲就抵达了位于阳光之岸的基因车行。此时，B哥刚刚离开店面，进入车间，因为午休的缘故，所以店里只有彼得一人在那里值班。之前提到过，彼得的身高只有一米六五且身材浑圆，他今天身着一件米黄色工装直筒裤、一件印有齿轮发动机等抽象图案的黑色圆领T恤，脚下穿着一双白色的帆布鞋。就在菲停稳汽车，通过自动门进店之后，不靠谱的彼得就一脸谄媚地迎了上来。

“这位女士，欢迎光临基因。请问有什么可以帮到您的吗？我是销售顾问彼得。”彼得伸着脖子看了看门外停着的那辆特别限定的辣椒红色JCW迷你库柏（John Cooper Works MINI Cooper），又注意到了菲今天穿的那件博柏利经典的金色绗缝短款羽绒服、那条贴腿牛仔裤和那双普拉达（Prada）漆皮浅口细跟高跟鞋，就知道这位身材高挑的顶级长腿大美女一定不差钱，自然也就显得格外殷勤。

“您好，我叫菲，”菲礼貌地说道，“其实我今天来，只想找个人……不买东西。”

“什么？难道不买东西吗？”彼得心里琢磨着，认为这位女生肯定又是找宇的，于是服务态度立刻来了个一百八十度大转变，不耐烦地说道，“是不是不买东西呀！”

菲马上就看出了彼得的小心思和势利眼，打算小小地教训一下他那略显狂妄的气焰。此时，菲已经确定地知道，她在这里一定可以找到宇。

“你看，彼得，”菲指着停在屋子外面的迷你库柏，认真地说道，“其实，我觉得我的车灯还不够亮……”

“哦，对对对！我们这里有八千开尔文（K）的氙气车灯，改装之后，颜色会有些发紫不说，还特别帅气。我建议您用这个。”闻听客户有了要改车的打算，彼得的服务态度产生了些许的转变。

“那请你再看看我的音响，我觉得也还有很多提升空间。”

“是呀，是呀，您的‘迷你’虽然顶级，但原厂音响的音色无论如何也无法和发烧级的专业音响相提并论。”彼得激动地说道，“所以我强烈建议您把这个音响给换了。”

“所以，你有什么推荐呢？”

“这款来自丹麦的顶级发烧音响，表现超级优秀，高音超超超清晰，中音超超超稳定，低音超超超浑厚。”彼得的鼻子简直就要翘到天上了，服务态度又一次产生了巨大的转变，“因此，我强烈推荐您使用这一款。”

“嗯……还有，我的车似乎没有配备倒车影像……”

“是呀，迷你的后窗视野很小，如果没有影像的辅助，会不太方便。”彼得的眼睛里露出了一丝狡猾的满意，奉承起来，“女士，没想到您还真聪明，一看就知道自己的车最需要的是什么！”

“所以，彼得，你的意思是，你觉得我应该换装这些东西，对吗？”

“是呀！”彼得骄傲地说道，“我觉得您太需要更换它们了！”

“真的吗？”

“真的。”

“可是我就是不换！”菲突然厉声说道，“我走了！”

话音刚落，这位女生转身就要离开。因为现在她早已确定宇一定就在这间店里上班。她知道自己就算改天再来，也百分之百可以找到他。

被小小教训了一下的彼得当然也不傻，知道菲反正怎么样都可以找到宇，要是为此损失了自己的业绩，就太不值得了。于是他不情愿地说道：“喂，女士，不是吧。好吧，你说吧，你想找谁。”

“宇，明哲宇。”

“啊！又是一个来找他的，我猜得一点都没错。”

“是吗？他在吗？”

“他……”

“喂！彼得！我都说过很多次了，做生意不要那么急功近利！”还没等彼得开口，B哥突然从车间后门走了过来，一副严肃的样子中透露着些许诙谐，“我都听到了，女士是来找宇的，而不是来改车的。办事情不要那么着急，知道吗？彼得！”

在有着强力暖风加热的基因门店，B哥只穿了一件迪赛（Diesel）白色V领T恤、一条D&G（Dolce&Gabbana）藏蓝色立体剪裁牛仔裤和一双迪赛卡其色帆布鞋。

此时，彼得一脸尴尬，不知如何应对。

刚要离开基因的菲，见到这个貌似老大的人物不但阻止了彼得的无礼，看起来也很讲道理，就临时决定多待一会儿。她脱下了羽绒服，继续说道：“其实，彼得说得也有道理。我的车确实需要换点儿东西来增加更多的安全感。”

站在一旁的彼得由刚刚的尴尬转为了一丝得意，说道：“老板，菲女士说的是。”

“刚才的事情，实在不好意思。”B哥认真地说道，“基因还有很多地方需要提高，还请你多多包涵。”

“没有关系的。”菲大方地说道，“您好，我叫菲，您就是这里的老板吧？”

“我呀，咳！”B哥诙谐地说道，“就是大家一起玩车呗，叫我阿B就好。”

“原来您就是B哥，我早就听说过。”看到布里斯班的名人B哥，菲的态度也好了起来，“真是百闻不如一见，原来真的如此年轻。”

此时，B哥好像突然之间想起了什么，他迅速拿起手上的《时代》杂志，惊讶地看着眼前的这位女生：“菲……难道你就是这本杂志上说的，拿着昆士兰大学最高全额奖学金的天体物理学天才，‘十大未来之星’之一的布里斯班女生，叶菲？”

“彼得，”B哥回头看了一下他的助手，又转过身来，赞叹道，“这个成就可不一般哪！”

“没错！没错！”彼得继续秉承着他一贯阿谀奉承的作风。

说着，B哥就翻起了杂志：“你看看，你看看，这篇文章我刚刚才看过，真是给咱布村儿争气！让我看看哪……”随即他又抬起头仔细地打量了菲，继续夸赞道，“果然没错！原来真人是这么漂亮！”

站在旁边的彼得又一次尴尬至极、无言以对。

“B哥实在过奖了。”菲不好意思地说道，“想不到，B哥还关注天文领域！”

“我其实很喜欢天空啊宇宙哇，我总是幻想有一天能不能和外星人来一次亲密接触，哈哈哈……”

还没等B哥说完话，彼得仿佛发现了扳回一局的机会，“其实，B哥关注这期杂志的主要原因是这期的《时代》重点介绍了“基因”。他们用了六个单独的版面对“基因”进行了大幅报道！其中两个版面专门介绍了……”彼得把视线转向他的老板，得意地说道，“我们超级无敌牛×犀利的——大B哥！”

“咳，都是软文，都是软文。”B哥摆摆手，并不在意。

“对了，”还没等彼得说些什么，B哥紧接着说道，“彼得呀，你去后面和大师们学学手艺，我和女士单独聊聊。”

彼得好像永远都会出现在他不该出现的地方。就像宇曾经说过的那样，对于这位愣头愣脑的男青年来说，去帮大师等同于赶快离开。

“真不是软文儿……”彼得只能怏怏地走了出去，心有不甘地说道，“老板，您也许不记得了，这次真的不是。”

彼得离开之后，B哥就和菲一起来到了店面隔壁的休息大厅。

“想不到B哥这么厉害呀！”

“咳，没什么啦！”B哥把菲让在座位之上，自己也随后落座，认真地说道，“你来这里是找宇的吗？”

“事情的过程说起来有点儿不合逻辑。”

于是菲把她和宇的相遇，简单明了地向B哥进行了说明。但没有想到，就算如此传奇的邂逅，B哥却并没有答应她在之后的要求。

“所以现在我需要把这把琴给他。”菲礼貌地问道，“原谅我的直接，您能给我他的电话吗？”

“虽然我也很想给你，不过，这恐怕确实不行。”B哥调侃道，“这是他交代过的哟。”

“为什么呢？”

“我猜是不是因为找他的人太多了的缘故？你知道吗？现在来找他的人都已经超过了找我这个

老板的人数啦！哈！哈！哈！”B 哥大笑道，“所以请你也别介意彼得的态度。”

“哦……这样啊！”菲仍然不肯放弃，继续说道，“不然请您给我一个他家的地址吧。”

“这恐怕就更不方便了。我们玩车的这一行……比较‘危险’，哈！哈！哈！”B 哥又一次大笑起来，“不然你把东西放在这里？等我再看到他的时候，帮你转交给他？”

菲透过休息室的玻璃，看了看店里五花八门的改装配件、嘻哈风格的涂鸦和机械性的陈设。一种典型的力量型工业装潢，让菲不放心把这件来自千里之外的珍贵礼物寄放在这里。

“其实，这把琴真的非常容易碎裂。”菲坚持说道，“我觉得，我还是直接交给他比较好。”

“你真的很着急吗？”

“我想尽快给他，”菲解释道，“因为我真的觉得他很需要这个。”

“在这个周末，他们会有个演出。”B 哥认真地说道，“你可以到那里去找他。”

“难道，”菲问道，“他们果真是一支乐队吗？”

“对呀，”B 哥激动而意外地说道，“你不知道吗？他是玩乐队的。”

“我果然没有猜错！”菲在突然之间就激动起来，仿佛印证了她在奥地利时的感知。

“看来你和他还真的不是很熟悉呢。要不是你连他的电话都不知道，我还以为你认识他很久了呢。”B 哥笑着说道，“因为你给我的感觉，确实和其他来找他的女生完全不一样，具体是怎样我也说不出来。”

“您刚刚说他玩乐队？”

“没错。”B 哥若有所思，仿佛回到了从前，他和缓而开心地说道，“说起来我与他们的相识，还有一段特别的奇遇呢。”

第六章　一定要做最好的自己
Fight To The Win

半年前，在紫金坦克刚刚抵达布里斯班的时候，三位青年曾经去过多家琴行多次购置乐器。确实，一位顶尖乐手，一支顶尖的乐队，顶级乐器的数量怎能少得了呢？

虽然作为顾客，理所应当被奉为上帝。但是，在澳大利亚，并不是所有人的态度都和奥地利的席勒父子一样平易近人、和蔼可亲。受到冷眼、嘲笑，甚至不公也是在所难免。纵使紫金坦克帅气无比，但是有时也会遇到傻 ×。

那一次因为挑衅、无礼、傲慢和不尊重所导致的斗琴，就发生在位于国王街上的立顿乐器行。

立顿是一家中等规模的乐器行，由四个房间组成，分别为维修区、教材区、架子鼓展示区和以吉他、贝斯为主的核心乐器展示区。其中核心区域的面积大概为三百平方米，布局结构很有气势，除了临街的窗户采用了落地式设计之外，各种各样的吉他和贝斯，高高低低地挂满了其余的三面墙壁。在悬挂着吉他和贝斯的下方，放置着各式各样的音箱和效果器。在靠近落地窗的一个五十平方米左右的区域内，摆放着几架钢琴。在钢琴区域的临侧则是一个属于民族乐器的区域和一张很长的收银台，上面摆放着三个收款机。除此之外，这个展示间还布置了多把木质的黑色高脚凳，用来让客人试用各种吉他和贝斯。

那天下午，宇正坐在展示大厅中央的一把高脚凳上试着吉他，星和翔也和其他客人一样，在旁边试着或研究着其他乐器。然而，就在这一片温馨的气氛之下，一声刺耳的咆哮打乱了音乐本应拥有的优雅与绅士气度，和周围的美妙环境极为不符。

“喂，你买不买呀？不买就别瞎拨了，这琴很贵的。”

一个身材奇胖、满身文身和穿孔的光头白人站在收款台的后方，扯着脖子，冲着宇大声嚷嚷着。然而，此人并不是普通的收银员，而是这家乐器行的主管之一。

“为什么别人都在试，我们就不能？”还没等宇开口，正在弹着钢琴的翔就站了起来，愤怒地进行了回击。

“因为别人都是经过我的同意才试的。”胖子不屑一顾地说着，显得特别嚣张。

“你这是什么意思？我们不是问过你吗？”正在挑选贝斯的星气愤地走了过来。他十分确认，他们在试琴之前征得过这个胖子的许可。

“我现在不同意你们试了，这把琴今天停止试用了。”胖子从收银台的后方绕了出来，叫嚣着仿佛想要动手。

“我们走吧。”宇猛然起身，平静地说道，“像这样的人，我们都不应该和他说话。而且，卖琴的又不是只有他这一家。”

随即，星和翔跟随着宇一起向着门外走去。但是就在这时，又有一位客人从门口进入店里，坐在座位上试起琴来。然而，他试的琴，正好就是宇刚才用过的那一把。

与此同时，三位青年已经走到了门口。可是宇却不容分说地一边突然转身，一边急促地说道：“不行，我得回去。”

“哎，哎，哎，宇，你要干什么去呀？”翔根本没有反应过来，招呼着宇停下。

不过，只用了一瞬间，紫金坦克的队长已经快步来到了胖子面前。根本没人发现这几秒钟之内这位男生所做的任何动作。

“我问你！”说时迟那时快，宇的头几乎顶到了那个胖子的脑袋。他们俩差不多高，但那人有宇两个宽，“你不是说，那琴今天不可以试了吗？”

“对！”胖子仍然十分猖狂，嚣张地说道，“现在又可以试了！”

宇并未理会胖子的态度，转身就坐在了一架卡瓦依（KAWAI）全键盘三角钢琴前面。他的平静掩饰着即将喷薄而出的愤怒，“胖子，你敢跟我比吗？”

宇不是不知道，一般在乐器行上班的人，技术都非常棒。胖子跋扈的态度似乎更说明此人绝非等闲之辈。

“小子，行啊！我倒要看看你有什么本事。”胖子的脸上依然透露着无限的傲慢，非常欠揍。

“胖子，钢琴我已经很久没有弹了。”宇厉声说道，“我就用钢琴来跟你比！你随便选你的乐器！”

随后，胖子拿起了一把杰克逊（Jackson）品牌的重金属吉他，接好电线，打开开关。然而他并没有坐在任何一把高脚凳上，而是一屁股坐在了一个吉他音箱上面。

“你弹什么，我就跟你弹什么。”宇胸有成竹地说着，一点也不害怕。

“你就不怕输吗？这样好像我更占先手。”胖子傲慢地说着，一副胜券在握的样子。

“没关系，你随便。”宇信心十足地说着，仿佛他才是音乐王国的王者。

只在一瞬间，胖子就用电吉他的金属失真音效，弹奏出一段速度在500BPM（Beats Per Min）以上的《D大调卡农》（*Canon in D*）。很难相信，眼前的这个胖子，虽然貌似呆头呆脑，并不灵活，但是他弹奏的却是难度系数极高的旋律金属独奏。这曲华丽的乐章走位精确，行云流水，居然没有半点杂音。

此时此刻，琴行里零星的琴声停止了响动。正在试琴的顾客们不自觉地放下了手上的乐器，围了过来。

钢琴斗吉他！难得一见哪！

但是胖子的这种程度，怎么能难得倒宇呢？也是在一瞬间，紫金坦克的队长就用同样甚至更快的速度，轻松地完成了同样的曲目。一曲过后，胖子已经不敢小瞧这位男生了。这就好像两位剑客，刚刚把刀剑刃一碰，就足以判断对方的深浅！

“胖子，你继续。”

“小子，看看这个你行不行。”

胖子随即弹奏了一首速度超越600BPM的《野蜂飞舞》(*Flight of the Bumble Bee*)。这个琴行主管的速度飞快无比，相当于一秒钟弹奏了十个音符。观众无不惊讶得目瞪口呆，着实为宇捏了一把汗。

可是，站在旁边的星和翔却一下子笑出声来！这不是当年宇在破格参加全国少年古典钢琴大赛时，赢得总冠军的那首曲目吗？那时他才六岁！

宇怎么能够输给这种程度的力量呢？没有错，紫金坦克的队长再次用更快的速度，水银泻地一般，甚至用一只手就完成了这曲《野蜂飞舞》！胖子惊得一头冷汗，心想，这哪里是“野蜂飞舞”，这分明就是“牛蜂疯了”。“600BPM+”这个区间，显然已经是胖子的极限。这一轮比拼下来，他再次完败。

现场的观众开始议论起宇的技术、弹法，然后把更多的赞誉给予了眼前的这位亚洲青年。

“你还能干什么？”宇严肃地问着，打击着对手的信心。

此后胖子更换了无数音色，也变化了无数乐风。但是宇无一例外地可以用更快的速度进行对抗，完全没有半点错误和杂音。

精准的速度，是决定一切的最重要因素。

这时，观战的人越来越多、越来越多，多到已经堵到了立顿乐器行的大门口。人们在围观此起彼伏、精彩绝伦的斗琴之余，也给予了双方最为热烈的掌声！在比赛之时，可以听到人们的赞扬和肯定，是一件多么幸福的事情。

这时，立顿琴行的大老板被如此华丽的音乐吸引出来，对着宇大声嚷嚷道：

“店里所有的乐器，你都随便用，打败这狂妄无礼的胖子，让我看看你还有什么本事。”

此后，宇拿起他最擅长的吉他，用金属的失真音色，弹奏了一首难度极大的《月光奏鸣曲第三乐章》(*Moonlight Sonata 3rd Movement*)。最初的部分，宇全部使用“点弦”技术，渐入佳境。当乐章来到了中段的时候，宇已经呈现出一种冥想状态，完全忘记了身边的一切。在这一刻，他的脑子是完全空白的，只有他的双手还在飞速地运行着、弹拨着。所有的狂怒、压抑、阴郁全部随着强劲的音乐爆发出来，申诉着心底的一切，也流露出一种难以名状的坚定的意志力。当最后一个音符，融化、消失在空气尽头的一刹那，全场寂静了。

然后，瞬间爆发出山呼海啸一般的掌声和口哨声。

胖子傻到无言以对，完全愣在了那里。他的手指已经在刚才的对阵中全部磨破，特别狼狈。

“这可是你们西洋乐器呀！”然后，宇如同开足马力的宇宙坦克，在太空中乘胜追击。

他走到一旁，拿起一样中国传统乐器——一把二十八品琵琶，准备将比赛进行到底。这把琵琶的背板用紫檀木制作，覆手采用老竹，琴头镶嵌着翡翠宝石，精美绝伦。

宇采用极为精湛的轮指手法弹奏了一曲难度极高的中国民乐《阳光照耀着塔什库尔干》，然后泰然自若地说道："这个，感觉怎么样，你也来一下如何？"

围观的观众此时已经从震惊转化为完全、彻底的傻眼。

此后，宇又拿起一支来源于玛雅文明的紫砂奥卡利那笛，以极慢的速度，悠扬地吹起了一曲来自日本最著名的角色扮演战斗游戏《最终幻想 X–2》（*Final Fantasy X-2*）的主题曲《久远，光与波的回忆》（久远～光と波の记忆～）。

当最后一个音符静止之时，所有的一切都凝固了。观众久久无法从宇制造的音乐世界里走出来，每个人都停留在那里，无不感慨万千、潸然泪下……

"我不知道音乐对于你来说意味着什么，钢琴、吉他、贝斯、架子鼓……这些乐器对于你来说都意味着什么。但我从你的音乐里听得出来，它们只是机械的工具。钢琴的八十八个按键、吉他的二十四个音品，它们不应该如此被禁锢，音乐应该是无限的。"

"这是宇当时在立顿留下的最棒的一句话。"B 哥感叹道，"真赞！"

"我真的很难理解这种情绪。"菲若有所思地说道，"我想，成年人的世界之所以缺少感动，也许就是因为他们还不曾真正亲临现场，体验过那种倾国倾城的震撼。"

"他一直在做最好的自己。"B 哥感叹道，"也许我们有一天才能完全理解吧。"

"您还没有说您是怎么认识他的呢！"菲的眼中闪烁着泪花，心中满是感动。她从未在时空交错的时候，穿越时光隧道，相遇那个半年前的宇。她多么想见识那位在音乐王国里的最强王子；她多么想在那次惨烈而华丽的战斗中，好似一位音乐少女一样，选择一把她挚爱的小提琴，绚烂地出场，然后和他并肩战斗，而不是在一次狼狈的逃生中与他相识，至今无法联络。

B 哥的话语如同音乐的魔力，穿越了一切，飞到了这一时空菲的心里。展开想象力，让她能够感知到那时那刻所发生的一切。

"说起来会不好意思……"

故事还没完，回到半年前的那时那地——所有在场的观众爆发出雷鸣般的掌声……

"这把琴，我买了。"

宇看着眼前的这位比他年纪长上十岁左右的年轻人，他不正是刚刚进店，和他试用同一把琴的那位吗？

"这把琴我买了！我要送给这位青年！"

"我们就这样认识了。我知道他喜欢那把琴，我也知道在经历了那样的事情之后，他肯定不会去买那把吉他。所以我就买给他，只为了那足以颠覆世界的才华，只为了那一瞬间久违的感动。"B 哥看着菲，激动地说道，"在音乐的王国里，他是王子。一提到音乐，他就变得才华横溢，没有什么能阻挡他。"

"这周五，宇会在黄金海岸的硬石餐厅演出。如果你很着急的话，就在那天晚上，到硬石去找他吧！到时候他和他的乐队都会在。"

“他们的乐队叫什么名字呢？”

“紫金坦克。”

“好嘞！我想我知道了！谢谢了！”菲正要离开基因的时候突然停了下来，继续说道，“哦，对了，B哥，您帮我约个时间吧！下个星期，我想把我的车改装上刚才彼得推荐的那三样配件。顺便您再看看我的车子还有什么需要改进的地方。我现在就给您定金。”

“哦？没问题！”B哥认真地看着眼前的美丽姑娘，问道，“你当真想改吗？彼得的话……”

虽然菲坚持付款，但B哥仍然把改装过程中将会遇到的一些看似复杂的技术问题，用简明扼要的语言和生动形象的比喻，进一步解释得清晰、彻底。在菲彻底明白之后，B哥才收下了改装汽车所需的定金。

在菲离开之后，彼得从车间回到店面。看到销售记录上又多了他推销出去的货品，就得意地说道：“怎么样，B哥，我说她的车需要这些配件吧？您还说我急……”

“你知道什么！这都没看出来？”B哥对于彼得的不着调已经彻底无语，并不愿意搭理他。

“看出什么，这位女士喜欢宇是吗？显而易见哪！”彼得傻傻地说道，“来店里找宇的女生，哪一个不是因为喜欢他呀！”

“哎，你可真是笨得可以了……”

“啊……真的吗？”

“她是不一样的，远远不是一位普通粉丝看起来那么简单。”B哥望着菲远去的背影，坚定而充满期待地说道，“我一定要让她在硬石看到宇，看到那个最光鲜、最靓丽、最闪耀的宇。”

次日上午，澳大利亚警探爱德华和他的助手珍妮弗终于在菲的寓所找到了她。他们围坐在客厅进行了问询对话。不过，爱德华他们并不是来归还手机的。

“这位女士，因为你的手机里面记录了梅耶枪击案案发现场的一些重要证据的关系，”爱德华严肃地说道，“所以，我有必要告诉你，这部电话还需要在警察局放上一段时间。”

“我的手机里面有你们需要的证据？”菲不解地问着，一头雾水。事实上，在梅耶那夜，除了正常通话之外，她压根不知道自己还用那部电话干过什么。

“是的，女士。”珍妮弗的身高在一米七五左右。她是一位典型的澳大利亚白人，有着一头金色的长发，大眼睛高鼻梁。她今年刚刚从警校毕业。

“想必你也通过新闻有所了解，梅耶枪击案一共有四名枪手，其中三名当场被其同伙击毙，一人逃跑。我们至今也无法确认那名在逃枪手的身份，就更别提怎么通缉他了。”说着说着，珍妮弗就拿出了菲的手机，播放出里面的短暂内容，继续说道，“但是，你的手机里面却记录了那名在逃枪手的背影。当时他并没有戴上狮头面具。”

“你知道，梅耶枪击案的所有犯罪嫌疑人，全部都戴上了狮头面具。”爱德华顿了顿，继续说道，“商场那仅有的几个清晰度并不高的监控录像，也只是拍到了四个戴着狮头面具的枪手而已。”

“所以，”爱德华顿了顿，十分严肃地说道，“你看见那名在逃枪手的正脸了吗？”

菲并没有马上回答爱德华的问题。事实上，她并不知道这个短视频从何而来，是不是自己误触手机的结果。可是，就算这段录像非她所为，就能代表这位女生在当时没有看到什么吗？她知道，这件事绝不仅仅是手机被扣在警察局那么简单。这牵扯到做笔录、做指认、做人证。其实，就算上法庭都不是最主要的问题。现在，这位女生更在乎的是自己的安全。她并没有打算把爱德华来询问她的这件事告诉任何人，不想更多的人被无端地卷入这件事情中。因此，只要她对警察说：

“不，我没有看到。”便没有她什么事了，所有人便没事了。

可是她真的什么也没有看到吗？

她的回答是：“你们让我想想。”

在警探爱德华和珍妮弗走后，菲饱饱地睡了一个午觉，打算把这件事暂时抛在脑后，忘个干净。

几天之后，菲终于联络到了菡。她们之间有一个不成文的规定，那就是每周四都要在一起共进晚餐。两位女生准备在学生时期，把布里斯班和黄金海岸这两座旅游城市所有的，来自不同国家的全部美食都吃个遍。

菲和菡的相识其实很简单。因为布村儿的华人圈很小的缘故，所以大家几乎都互相认识，至少七七八八地互相听说过。就是不认识，也没有听说过，也有可能不知道在哪一天，就会通过某个朋友，或者某个朋友的朋友左拐右拐地认识……事实上，两位女生的相识并不传奇，就发生在她们一位共同朋友的聚会上。后来那位朋友在大学毕业之后，回到了新加坡。所以，在她们的朋友离开澳大利亚之后，原本三人的关系就变成了两个人的。菲和菡也许是因为性格互补的原因，很快就成为无话不说的好朋友。她们也许并没有意识到，在自己的潜意识里，可能都希望得到对方所拥有的那一半性格吧。无论如何，她们的关系在后来变得更近了。

今天晚上，两位女生相约在黄金海岸的一家比利时海鲜餐厅共进晚餐。菲为此选择了一件香奈儿（Chanel）品牌的经典黑白双色千鸟格羊绒短大衣，一件迪奥（Dior）的黑色连衣短裙和一双菲拉格慕（Ferragamo）的黑色漆皮浅口芭蕾鞋作为搭配，复古而性感。而菡则选择了一件经典的浅金色博柏利小立领夹克，一条同品牌的浅咖色贴腿长裤，搭配一双普拉达的黑色软羊皮长靴出席，颇有一点骑士风范。

“菲呀，你知道吗？奶油牡蛎火锅是品尝正宗比利时美味时必须点的一道菜品，喷香鲜美、五味俱全。”菡认真地介绍道，“但是，这里的水果啤酒才更有特色，我已经点好了，一会儿就会送上来。”

“听起来很不错的样子，谢谢你的推荐！”菲愉快地说道，“可是喝酒不会影响开车吗？”

“啊？菲呀，虽然你我才升级到‘开放型’（Open）驾照不久，不过，你不会不知道吧？我们这种最高级别的驾照，按照昆士兰现行法律，允许司机喝一瓶啤酒呢。”菡继续解释道，“而且，这种上好的比利时水果酒在发酵时增加了很多道工序，味道甘甜、酒精度很低，是绝对不能错过的佳酿。”

“天哪！除了具备足够登上意大利斯卡拉歌剧院的嗓音之外，你果然还是一位美食专家！”菲赞叹道，“基本上，每一次都是让你带我来吃东西，看来下一次我也要选一个你不知道的地方，带着你去试试了。”

“嘿！主要是因为在这儿待长了。别看布村儿地方小，但吃的特别多！”菡拿起一块儿大餐巾，将其对折成一个三角形放置在腿上，做好了进餐的准备。

“菲呀，你已经在满天繁星的指引之下，开始那探寻宇宙、时间的旅途。我呢？有朝一日，我肯定会去米兰。不止如此，我要‘用声音走遍全球’！”菡抬着手臂，比画着，好似指向夜空那绚烂的银河，“柏林德意志歌剧院、慕尼黑巴伐利亚国立歌剧院、罗马阿波罗剧院、英国皇家歌剧院、美国大都会歌剧院、阿根廷科隆歌剧院、俄罗斯波修瓦歌剧院，我都要去。”

“菡，我相信你！你有着特别独特且非常洪亮的声线。你的梦想肯定会在不远的将来变为现实！”

“唉！一年前，我还只是在暑期得到了在悉尼歌剧院打杂的机会而已。”菡略显沮丧，刚刚的英气几乎消失了，“虽然澳大利亚比德国的机会多一些，但梦想和现实总是需要时间来弥补的。”

“菡哪，虽然这句话听起来有些俗气，但机会真的总是留给有准备的人！”菲坚定地说道，“我发现我们现在都在做最好的自己，不是吗？我们的未来应该像美丽的音乐一样，是无限的！加油！”

“对！音乐无限！加油！加油！加油！”

“菲呀，”菡话锋一转，感慨地说道，“我刚才在你家看到的那把水晶琴，真是大器天成、独具匠心哪！直到现在我还处在震惊之中。”

“明天晚上，”菲激动地说道，“水晶琴在硬石那充满魔力的舞台上，才会更加光芒四射、与众不同。”

“为什么呢？”

“因为，因为那把琴，就应该属于舞台，就应该属于他的主人。”菲开心地说着，心中充满期待。

“菲呀，”菡笑道，“一说起那把琴，你就陶醉在音乐的世界里了。”

确实，菲早已经沉浸在那一幅美丽的画面之中了。她真的希望硬石的摇滚音乐会马上到来。

就在此时，正在陆续入位的餐具把菲从幻想中拽回来了一些。她也把餐巾叠起铺好，准备进餐。

“你说他们为什么叫紫金坦克（Purple Gold Tank）？”菲若有所思地说着，脑子里全都是那辆紫金坦克。

“因为酷呗！”

“我倒是觉得，坦克意味着哪里都是他们的地盘，有一种舍我其谁、无所畏惧的霸气！”菲来了精神，越说越起劲儿，“你知道，我觉得，他好像就是那种能把地球踩在脚下的人，无论走到哪里，都会体现出强有力的统治力，把那里变成自己的主场。”

“哈哈！”菡捂着嘴，大笑起来，“菲呀，那夜在乔治街的时候，你已经说过一次了。”

“菡，你知道吗？”菲坚定地说道，“这辆紫金坦克，迟早会开到世界之巅的！他们的能力，绝不仅仅属于布里斯班！”

“哈哈！不过你还没有听过他们唱歌呢！”

“一个拥有完美至极的气质、容貌和穿着的男人，如果玩起乐队的话，声音也绝对差不了!”菲自信地说道，“我甚至能感觉到他唱歌的声音是什么样子。”

“你是爱上他了，说喜欢都轻了!”

菲嘴上没有说，但是心里早就爱上了宇。她不得不承认，表面聪明伶俐、平易近人的自己，骨子里潜藏着一种强烈的倔强。小学时的一次离家出走，她硬是拿着区区五块钱从北京跑到了上海。而在那个年纪，大部分离家出走的小朋友，最多坐上两站公车，就会哭着闹着回家找妈妈了。另一方面，在一次奥林匹克竞赛中，菲为了夺得冠军，曾经三天三夜几乎没有睡觉。而大部分的学生，能够按时完成作业就谢天谢地了。原来天才的背后也有着辛勤的努力和超越常人的意志力。

菲的好朋友，菡，自然能够隐隐约约地感触到她的那种倔劲儿。所以她不会和菲共同面对那种一定要分出个谁对谁错的事情。况且大部分，应该是绝大部分的时候，菡需要的只是菲的另外一面。

现在，这种潜在的倔强性格，却第一次出现在了菲的感情世界里。应该说，她之前从来没有对哪个男生动心过。就是这一次，她觉得，她已经强烈地爱上了宇。虽然她自己都不相信，这个世界上，居然会发生那种一见如故、一见钟情的事情。至少她从来不相信，这种事情会发生在她自己的身上。可是，它现在的确发生了。

菲品了一口菡推荐的比利时水果酒，赞叹道：“嗯……没想到这款酒这么好喝，顺滑而紧实、饱满而丰盈。”

“我说得没错吧!”菡得意地说着，颇为开心。

“你知道吗？菡，我最喜欢和你出来吃东西。因为除了能吃到最好的美食之外，还真长见识。”菲感叹道，“我猜，品位也应该是在懂得之后，才可以真正拥有的吧。”

“咳！其实也没什么啦!”

“说了半天我！说说你吧!”菲问道，“我去奥地利的这几天，你怎么样？”

“我？还不是就那样，除了上课之外，就和我的一群朋友混。”菡平静地说道，“其实，你和我的那些朋友根本就是完全不同的两类人，可是我就喜欢和你聊天、吃饭。你说，是不是我内心更加向往平静的生活？”

“我觉得你拥有的应该是一种自由自在、无拘无束的性格吧。”

“不过我发现，我现在越来越喜欢安静了。”菡笑道，“也许我已经快到了从夜店‘退役’的年纪了。”

“不会啦!”菲迎合着，“你那么年轻!”

“真的，我最近真的特别安静。也许是因为我遇到了一个同样十分安静的人。”

“谁呀？”

“我跟你说……”菡把身子稍微探向前方，三分神秘七分开心地说道，“这几天，我在经过咱们公寓对面的巴诺咖啡屋的时候，遇到了一位男生，特别特别帅。无论穿着打扮还是容貌、气质，都无与伦比。”

“菡呀……”菲并没有认真在听，漫不经心地说道，“这样的男生在你的圈子里，不是该有很多吗？”

“长得好看的男生，我是认识很多，可是这个男生，他给我的感觉确实是不一样的。你说他不会也是新搬到咱们公寓的吧！在巴诺，我真的连续两天都看到过他……”

“不会那么巧啦！”菲迎合着，仍然并不在意。

“他给我的感觉很绅士，现代中透露着古典的气息。”菡若有所思、幸福而花痴地说道，“他喜欢坐在那里，一个人静静地看着窗外，或者写点什么。”

此时，菲和菡，她们二位还都沉浸在自己喜欢的男生所带来的感受之中，没有在意也不可能猜到，她们竟然喜欢的是同一个男人。

“他很高吗？”菲好奇地问道。

“其实我没看到他的身高，他总是坐在那里。”

“但是，你可以去认识他呀？”

“刚刚开始的时候并没有。”

“为什么呢？”

“因为我也不确定他是什么背景呀！”菡解释道，“一开始就冒冒失失地去问，会很奇怪吧？”

“啊？”菲惊讶地说道，“这可不像你的作风啊！你不是那种会将所有美男全部拿下的女生吗？每一次你从夜店出来，第二天绝对会收到一大堆求交往的短信。那个他，也是没有问题的吧？”菲真的不知道，现在菡喜欢的那个花样男子，就是也同样让她着迷的宇。

“不是这样的，他给我一种和我认识的人完全不同的感觉。是那种很成熟、很稳重，会给人压力的感觉。我可以想象，如果我坐在他身边，会感觉到紧张和约束。想来想去，这种稳重和压迫的感觉，都不像是他这个年纪应该表现出来的样子。”

这时，比利时最有名的火锅已经到位了。原汁原味的牡蛎和浓郁丰润的奶油汤底所中和出来的馥郁香气，迎面扑来，沁人心脾。

“在他面前，所有我引以为荣的东西，我觉得全部都会失灵吧。比如自信，比如品位。”

“不是吧，你不是在和我讲故事吧！”菲惊讶地说道，“谁还能比你更强呢？我记得你不是还曾经当过澳大利亚《芭莎》（*BAZAAR*）杂志的兼职模特吗？”

“没有，那种感觉是真的。”菡平静地说道，“不过，虽然我是真的很紧张，但是在那天晚上，我还是做了决定去找他，不然我担心以后会后悔。于是我决定第二天，还是在同样的时间去巴诺看看。”

“然后呢？”

“他消失了。”

“什么？”菲调侃道，“难道他知道你要来，就走了吗？”

“没有，”菡和缓地说道，“因为就在我做决定之后的第二天，他就再也没有来过巴诺，他真的消失了。”

“唉，真可惜呀，公主还是没有和王子相遇！”菲笑着说道，“菡呀！你知道吗？你说这句话的时候真的好可爱。”

“是吗？”

“对呀，一点都不像夜店女生。”

“那夜店女生应该是什么样呢？”

“应该是……很酷的吧。”

“不会啦！”菡摆摆手，然后马上做了一个代表摇滚的手势，认真地说道，“不过，如果是摇滚女生的话，就会很酷！”

“菡哪，”菲认真地确认着，“所以说，明天晚上陪我去看紫金坦克，没有问题吧？”

“绝对没问题！”菡满口答应，爽快地说道，“我倒要看看他们有着什么不可思议、与众不同的地方。”

随着时间的推移，两位美女的约会在不知不觉间结束了。事实上，就在今天的晚餐之前，就在菡第一次在菲的寓所看到那把水晶吉他的时候，本来就是摇滚迷的她就已经接受了菲的邀请，决定在明晚和这位天才美女一起去黄金海岸观看紫金坦克的硬石专场演出。然而，直到晚餐过后，菡也依然完全不知紫金坦克是何方神圣。也许，此时此刻，在她的心里，紫金坦克作为一支乐队也只是千千万万支地下乐队之中的平凡一员，并没有什么与众不同。所以，她也并未期待明晚的硬石能够给她带来什么特别之处。之所以她会答应菲去硬石，除了因为闺密和摇滚迷这两个理由之外，她也隐隐地想要知道，那个让菲迷恋痴情的男生，到底是个什么样子，有着什么风范？然而，当菡在硬石和自己最好的朋友，在突然之间看见了她们共同喜欢的男人的时候，又会发生什么意想不到的事情？看来只有到了明晚才能揭晓答案了。

另一方面，就在菲和菡的晚餐结束不久，紫金坦克这边也为硬石的专场演出开始了最后的准备工作。此时此刻，三位男生刚刚结束了晚餐，在别墅的院子里加盖的一个三十平方米左右的小型排练房中，讨论起演出将要使用的乐器来。此排练房虽然面积不大，但却安装了最为先进的中央控温器和中央加湿、除湿器。这样一来，屋子里的温度和湿度就可以被控制得刚刚好，非常适合存放各种名琴古器。因为在家的原因，今天三位青年的着装也相对比较随意：宇穿了一件白色T恤和一条黑色居家长裤，非常休闲；星和翔则分别穿了一件白色的紧身背心和一条深灰色的灯笼裤，十分惬意。紫金坦克的准备会，就在这样一种轻松愉快的气氛下开始了。

“第一首摇滚布鲁斯，一定要完美地复刻1955年的‘魅力海底舞会’的一切。”宇认真地说道，“所以我准备用这把来自美国田纳西州的吉布森ES345（Gibson ES345）。”

说罢，宇就蹲下身来，打开了平置在地上的吉他箱子。当那把由纯金色金属配件组成的红色吉布森电吉他，华丽地出现之时，一切仿佛回到了那个经典的摇滚、爵士和布鲁斯年代。

“厉害呀！宇，这把琴就是史上最牛的时光旅行科幻电影《回到未来》（*Back To The Future*）中的主人公马蒂·迈克弗莱（Marty McFly）使用的那个型号！吉他大师B. B. 金（B. B. King）也曾经用过这款神器！魅力海底舞会是《回到未来》的一个重要场景，也是你最爱的电影桥段。”星也把刚刚还在拨弄的贝斯放在了琴架之上，开心地说道，“这把吉他让主人公马蒂的死里逃生成为可能，帮助他在最危难的时候成功大逆转，从1955年回到1985年，安全回家。”

“虽然这把ES345并非当年那把，可以说进化了不知道多少代，”宇拿起这把吉他，站起身来平静地说道，“但是经典永恒。20世纪50年代，摇滚乐正在为进入60年代而全力加速。小理查德（Little Richard）因为摇滚歌曲《露西尔》（*Lucille*）的大卖而一举登上榜单的首名，‘猫王’（Elvis Aron Presley）有至少九首热门歌曲在榜上。杰克·凯鲁亚克（Jack Kerouac）写下了他那经典不朽的小说《在路上》（*On The Road*），激励了无数美国人沿着艾森豪威尔总统大力兴建的州际公路，驾车寻找生命中的‘应许之地’。”“可是……吉布森ES345也是当年《回到未来》三部曲之中，一个被忽略的问题。”翔坐在架子鼓的后面，严谨地说道，“在电影中，1955年的马蒂用的是这把ES345没有错。但据我所知，在1955年的时候，ES345还没有生产。所以严格地说，我们应该纠正海底舞会的这个细小误差。”

“不仅要完美复刻那场魅力海底舞会，一定还要超越经典。就算只为那一首歌曲也不过分。”翔指了指宇放在这把ES345旁边，琴架子上的一把古老电琴，“宇，其实你应该用这个老家伙——吉布森ES225T（Gibson ES225T）。”

“对嘛，虽说《回到未来》中的那一个误差也许是导演的刻意为之，但这把老琴显然更符合年代。”星托着下巴，略加思索，“这把原木色ES225T由枫木琴身、桃木琴颈和玫瑰木护板组成。它在1955年上市，但早在1959年就停产了。所以相比于这把全新的ES345，ES225T才算是一个有着半个世纪历史的古董。只要拿出这把镇山之宝，肯定震惊全场、惊艳四方。”

“没错，我改变主意了。我们必须超越经典。”宇早已陶醉在无限的憧憬之中，开心地说道，“做就做最好的自己，那么，我就用这把ES225T吧！”

“这么说起来，我也有了全新的主意。”星兴奋地说道，“演出第一首歌曲的时候，我打算放弃我原本要用的贝斯大师比利·席安（Billy Sheehan）的签名电琴——海绿色的雅马哈‘姿态’电贝斯（YAMAHA Attitude）。”

“难道……”宇瞬间就想起了魅力海底舞会上的“马文·博瑞和星光者乐队”（Marvin Berry And The Starlighters）的经典配置，惊讶地看着星，难以置信地问道，“难道你要用的是……”

“等到时候你们就知道了。”星神秘地说着，十分开心，似乎早已胸有成竹。

与此同时，在布里斯班警察局内部，警方在没有充分证据的情况下，通过线人的消息和菲手机中所记录的背影，锁定了一名犯罪嫌疑人。现在，他们缺的，就是能够证明这名犯罪嫌疑人就是那个逃脱罪犯的确凿证据。

“就算手机中的视频是叶菲的无意为之，但是通过上次的对话，我却认为她肯定看到了犯罪嫌疑人的正脸了。”警探爱德华一边在刑侦办公室内踱着步子，一边对助手珍妮弗说道，“因为，如果那位女生真的什么也没有看到，她当时就会告诉我们没有看到。”

“没错，她正在良心和安全之间挣扎。”珍妮弗看着爱德华说道，“没有她，我们就无法实现批捕犯罪嫌疑人。”

“她是个好女孩儿。”爱德华戴上了警帽，走出了刑侦办公室，“继续追问她，问个确切的结果出来。”

第七章　硬石的现场演出
Live At The Hard Rock Cafe

硬石餐厅恐怕大家早已耳熟能详。没错，从1971年6月14日美国人的酒吧在英国伦敦正式开业至今，硬石早就已经成为全世界最著名的连锁摇滚主题餐厅，每天前来这里进餐、喝酒的客人摩肩接踵、络绎不绝。

首先，地道的美国烧烤、牛油面包、超大号的薯条和最棒的啤酒当然是餐吧的最大特色之一。用他们自己的话来说，就是用并不昂贵的价钱就可以享受到正宗的、一流的美式佳肴。

此外，客人们还经常能够看到摇滚明星出没于此。这又是为什么呢？

原来，摇滚文化也同样是酒吧的最大卖点之一。这里简直就是一个炫酷的摇滚编年史。从猫王到迈克尔·约瑟夫·杰克逊（Michael Joseph Jackson）；从涅槃乐队（Nirvana）到绿日乐队（Green Day），几乎所有的音乐大腕、摇滚大师的形象，都被装饰在酒吧的各个角落。他们用过的吉他、用过的鼓槌儿、用过的贝斯、他们的金牌黑胶唱片、他们的亲笔签名，甚至在舞台上摔烂的东西和穿过的演出服，都被悬挂在墙壁之上。走进硬石餐厅，就好像来到了一个巨大的摇滚天堂。千万不要认为这家古老餐厅的设备也很古董。实际上，最先进的音响才说明了这里音乐的顶尖之处和无处不在。

其次，值得一提的就是纪念品。上面说到，硬石自己本身就是一个最大的摇滚纪念品收藏者。世界上的硬石崇拜者，经常用自己拥有的，来自不同城市的硬石收藏品的数量和种类，来显示自己的摇滚身份。

最后，不得不提的就是乐队的现场演出（Live At The Hard Rock Cafe）。摇滚圣地怎么能少了最牛×的乐队呢？很多乐队都以能在硬石演出为荣耀，这是硬石餐厅的一个传统。

与普通酒吧的助兴演出完全不同，硬石这一次为紫金坦克安排的演出为售票的专场商业演唱会。这对于一支毫无知名度的乐队来说，非常不易。事实上，很多世界级的大牌艺人，甚至在成名之后仍然在硬石做专场演出，并且直接将其演出录制成名为“硬石的现场演出”（Live At The Hard Rock Cafe）的CD或DVD专辑进行发售。

而且，获得澳大利亚黄金海岸硬石的演出机会，比在其他地方的硬石要难得多。因为旅游业发达的原因，从世界各地来到这里演出的牛×乐队更多，音乐风格也更多元化，所以能在这里做专场的乐队水平可想而知。

紫金坦克在入驻布里斯班的时候，根本没有人知道他们是谁。所以三位青年只是抱着试一试的心态，向硬石寄了三张视频小样。一张属于原创的摇滚布鲁斯风格，另外一张为同样风格的翻唱曲目，第三张则是原创和翻唱都涵盖的美式乡村摇滚。

这样的无心插柳，竟然在两个月之后，得到了硬石黄金海岸店的舞台总监利奥波德（利奥波德·唐尼 Leopold Downey）的疯狂追捧。在看过紫金坦克的排练之后，他立刻被他们出色的技术、俊美的外形和气质所打动。他当即决定给这支年轻的乐队一次表演的机会，时间就是这个星期五的晚上。

黄金海岸是一座美丽的海滨城市，距离布里斯班不到一百公里。这里阳光明媚、景色宜人。白色的海鸥、黄金般的海沙、完美的浪头、火热的比基尼美女和来自世界各地的美食，是这座城市最重要的组成部分。所以，黄金海岸也就成了全世界旅游者的必访之地。这里就是冲浪者天堂（Surfers Paradise）。

今天是紫金坦克第一次在黄金海岸的硬石亮相，所以，他们演出的一半曲目，都是翻唱当地人耳熟能详的欧美经典名曲。当然，这些歌曲不但经过了他们的重新编排，而且曲目的版权问题也早已被硬石方面解决。而另外一半则是他们自己的原创歌曲。经过宣传，今天将要来到这里的观众，不但西方人很多，而且亚洲人也很多。他们万分期待一睹紫金坦克的风采。

当天下午，宇和翔率先来到了演出现场。这是他们第一次来到黄金海岸的硬石餐厅。就在他们刚刚把装满乐器的白色迷你货车停在硬石门前的同时，舞台总监利奥波德就迎了出来。

利奥波德是一位澳大利亚白人，今年四十四岁，身高一米八五。他的脸形和身形都显得较瘦，不长的头发总是染成海军蓝色。今天，他穿了一双黑色皮靴和一条蓝色牛仔裤，黑色的皮带上面全都是碎钉装饰。上衣为一件白色V领T恤和一件很有年代感的皮衣。脖子侧面若隐若现的彩色文身，让你能够想象刻画在他身上的文身面积和数量。同时，他的手指上和脖子上都分别带着骷髅样式的925纯银戒指和项链。这一切让他颇具一种20世纪80年代美国摇滚乐手的风范。

因为并不是第一次见面，在简单寒暄之后，宇和翔就把乐器设备全部搬进演出大厅了。但是，此时此刻，乐队的贝斯手星还没有出现。这是怎么回事？

然而，仅仅过了一会儿，星就突然杀到了这里。他开来了一辆澳大利亚霍顿汽车公司（Holden）生产的黑色皮卡。汽车的拖斗部分，装运了一件巨大的乐器。听到汽车停车的动静和发动机熄火的声音，宇和翔立刻就从硬石的场地里面冲了出去。看见星的到来，宇和翔也高兴地击掌相庆。

“什么情况？”翔惊讶地问道。

“魅力海底舞会的贝斯手用的是一把纯白色的低音提琴（Double Bass）来打贝斯部分。”星跳下了汽车，掀开了拖斗上面的盖布，很幸福地说道，“于是我也弄了一把。”

“太酷了！”当翔看见了车上的物件的时候，甚是激动。

“宇，你又做了一件让我意想不到的事情！”星拍了一下宇的肩膀，开心地说道，“你是怎么猜到的？”

“别忘了我最爱的电影就是《回到未来》。”宇平静而开心地说道。

“啊?”翔摸着头发，顿时感到莫名其妙，匪夷所思。

“这家伙在我去取这把低音提琴之前，已经提前把钱付了!”

随后，舞台总监利奥波德就带着紫金坦克三人组，简单地参观了这座摇滚博物馆里的所有宝贝。紧接着，澳大利亚人就赠送给他们每人一件印有“硬石黄金海岸”(The Hard Rock Gold Coast)金色字样的黑色圆领T恤。他高兴地赞扬紫金坦克是第一支来这里演出的中国乐队，并预祝他们演出成功。事毕，三位青年和利奥波德以硬石巨大的标志为背景，拍照合影、留作纪念。他们四人肩并着肩，全部露出阳光一般自信而灿烂的笑容。这一瞬间，在黄金海岸硬石的巨大标志下，被定格为永恒……

因为今天的演出地点是在摇滚餐吧，所以紫金坦克也就特意选择了靠近乡村风格的着装登台。值得一提的是，为了《回到未来》中那个经典的1955年，宇特别挑选了一条里维斯高端复古系列中的1955年版牛仔裤(Levis Vintage Clothing 501 1955)示人。这款特别具有年代感、历史感的牛仔裤，和他将要使用的那把同年生产的原木色吉布森ES225T一样，能够让人立刻回到那个无比经典的爵士、布鲁斯年代。除此之外，宇还选择了一件印有金色抽象图案的迪赛墨绿色V领T恤和一双同品牌的棕色帆布鞋，特别帅气。星则穿了一件猿人头(Bape)品牌的黑色V领T恤、一条依唯休品牌(Evisu)的低裆牛仔裤和一双白色帆布鞋，非常时髦;而翔则直接选择了一件蓝白相间的海魂衫，一条军绿色工装裤搭配一双黑色软羊皮马丁靴(Dr. Martens)，向早年的中国海军致敬。

晚上七点，演出就要正式开始了。在主持人的介绍之下，三位英俊的中国人，迎着众人的欢呼和期待，走向黄金海岸硬石的舞台中心。没有人知道他们是谁，观众只知道有本事在硬石做专场的乐队就是世界上顶尖的乐队。他们带着无限的期待前来观看这支中国乐队的表演。当他们看到帅气十足、炫酷至极的三位中国男生的时候，所有人都沸腾了。他们高举着代表“和平与爱”的手势，高举着酒杯，好似仅仅因为看见了他们的颜值，就已经赚回票价一样。

紫金坦克会成功吗?

几乎与此同时，菲和菡在晚上七点准时抵达硬石。当时正值紫金坦克登场亮相。由于现场气氛已经爆棚，歌迷数量非常庞大，所以菲和菡不得不选择先在楼下的纪念品商店逗留片刻。

在此之前，菡并未过多地关注这场摇滚音乐会，她甚至都没有看过一次演出的海报，不过身为摇滚迷的她还是为此选择了一身摇滚装束。烟熏一般的黑色眼影、亮黑色的皮衣皮裤和乌黑的高帮马丁靴，让菡在今夜完全化身为一位摇滚美女。而菲的打扮还是一如既往地复古时髦。她今天身着一身香奈儿白色连衣短裙，脚踩一双丽派朵品牌的(Repetto)红色漆皮小高跟芭蕾鞋，清新得让人觉得她一定是一位来自童话王国的公主。菲的样子和菡的装扮形成了鲜明的反差，但是她们一白一黑，同样美丽。

就在此时，整个硬石已经火热了起来。两位美女显然已经等不及了。

转回硬石现场。演出正式开始。

“大家好!我们是一支来自中国北京的乐队，我们是紫金坦克!很高兴能在这里演出。我们知道在这里的乐队，就是最棒的!第一首歌，翻唱一首老歌，一首美国歌。”宇信心十足地说着，目光中闪烁着坚定的意志力。

“《强尼 · 古德》(*Johnny B. Goode*)!”

话音刚刚落下，宇拿着闪亮的银色拨片，瞬间就划出了那段熟悉的摇滚布鲁斯五声音阶。那电光石火般的爆发，将一切的一切飞快地带进了癫狂的状态。

没错,《强尼 · 古德》就是紫金坦克完美复制于《回到未来》的摇滚经典。他们为了这一首歌，配置了最豪华的装备。

宇背着那款已有半个世纪历史的限量木色吉布森ES225T，帅气无比；星弹奏着只有经典年代的贝斯大师才会使用的低音大提琴，华丽俊逸；翔选择了美国发烧级品牌瑞克（Trick）的轴承结构踩锤儿，配合美国顶级定制品牌DW 架子鼓，犀利至极！这首歌美国范儿十足，发生在澳大利亚，但这千真万确就是中国人的演出。那个曾经的声音，不断地敲击着非的心灵。

“你的王子哦！还不快上楼去!”

听到这样富有磁性的嗓音和具有魔力的音乐，菡突然变得激动万分、无法自制、兴奋异常、热血沸腾。也许此刻的菡，凭借多年的经验，仅仅根据听觉，在一瞬间就改变了自己之前的想法，就已经判断出这注定是一场物超所值、与众不同、无与伦比的摇滚盛宴。

“我们走!”

在十六个小节前奏之后，宇带着几乎和原唱查克 · 博瑞（Chuck Berry）一模一样的唱腔进入主歌部分。他刚刚唱响第一个字，全场就立刻沸腾了！现场的每个人都知道紫金坦克在做什么，来自世界各地的歌迷全部跟着音乐舞动起身体来。需要说明的是，早在执行“巴诺计划”的时候，宇就把这首歌的故事背景从美国的新奥尔良改到了中国北京。大段歌词的变更，让强尼 · 古德从一位几十年前的美国乡村小伙，瞬间变身成为新世纪的中国都市青年。这种特别的改编在今夜产生了完完全全意想不到的美妙既视感，仿佛带着观众乘着超级火箭穿梭在时空之中。此时此刻，帅气的外形、强烈的节奏、华丽的旋律、完美的灯光，都成了紫金坦克牛 × 的理由。那些见了帅哥就没谁的日本女生，甚至在音乐还没进入独奏的部分时，就已经高喊“我爱你们”了。疯狂的歌迷零距离包围了舞台。全场的气氛在演唱会刚一开始就达到了高潮。

这时，站在舞台侧后方不远处的利奥波德，迫不及待地给一位神秘人物打去电话。好似如果这个电话不打，他就会马上死掉一样：

“杰克，杰克，你不是一直想找天才吗？好吧，你听听这个。”

话音刚落，他就激动地把电话的听筒对准了那星光璀璨的舞台。

“啊，博瑞？查克 · 博瑞?”电话那边突然传出一个震惊的声音。

“不是博瑞，不是!”

“休伊 · 路易斯（Huey Lewis）?”

“不是，不是!”

此时，利奥波德把话筒更近地对准了舞台，激动地吼道：“他们是……”

“紫金坦克。”

伴随着《强尼 · 古德》轻快而分明的节奏，菲和菡努力地挤到了硬石二楼的演出主厅。前排的歌迷又高又壮，把现场挤得水泄不通，几乎很难让这两位女生找到哪怕一丝空隙接近舞台。

片刻之后，《强尼 · 古德》在雷鸣一般的掌声中结束了！甚至超越原版的唱腔加上全新的演绎，俨然爆炸出一种别样的美丽。

“我们是紫金坦克乐队！贝斯兼和声——王子星！鼓手——爱新觉罗 · 翔！我是吉他手和主唱——明哲宇！”宇高昂的声音清晰而洪亮，充满了年轻的巨大力量。

每位成员的名字，都引起了台下的尖叫与掌声。许多十七八岁的女孩子们，早已开始用照相机、手机疯狂拍照，闪光灯已然亮成一片。当菲听到宇的声音时，更是兴奋得不能自已。她拉着菡努力地挤到了舞台的前方。

终于，在那美艳的舞台灯光的照射之下，她看到了那个无比阳光、无比英俊的宇，还有那台最完美的紫金坦克。

事隔两个星期，却又像是隔了两个世纪一样漫长。那个曾经的宇的影像，又一下子出现在她的面前！那个在梅耶枪击案之后的那次光亮爆炸了黑夜的瞬间，嘴角浮现着阳光一般微笑，连眼神都能给人带来巨大安全感的宇，又一次神奇般地出现在她面前！

菲竭尽全力、撕心裂肺地大喊了一声：

“宇！！！”

然后把那架水晶电琴举过头顶。

人群、音符、空气，一切的一切都在一瞬间凝滞了。好像在这一刻，只有菲和宇可以不受束缚，能够行动。

宇简直不敢相信自己的眼睛——整整两个星期都没有等到的那位女孩儿，那位他已经不抱任何希望以为已经消失的女孩儿，在这个梦幻般的舞台，好似梦境中的时刻，神奇地出现在他的面前。他深情地看着她，他不敢相信，她竟然给他带来了那把熟悉并挚爱的水晶吉他。现在他知道她没事，她很安全，她是帮他寻找那把曾经失落的宝物去了。

她，回来了。水晶电琴在舞台灯光的照耀下，五彩斑斓、晶莹剔透，闪烁着奇异的光辉。在水晶电琴黄金般光芒的映衬之下，菲显得那么光彩照人，那么美丽……

刹那间，宇忽然跳下舞台。他接过那把水晶电琴，一只手以琴头向下的姿势，握住了琴颈的最高把位，好似战斧、宝剑一般反拿着，另外一只手臂紧紧地搂住了菲。

时间静止了。

菲无法呼吸，只能听到他和她彼此的心跳。一切的喧嚣与躁动都不重要了，也听不到了。她知道，就算她此时昏倒过去，也不会摔倒！因为她清楚，有他在身边，就什么都不怕。

现在，菡终于明白，在此之前一直被她嘲笑，不知道被什么样的男人弄得失去理智的菲，竟然和自己喜欢的是同一位男生。除此之外，这三位顶级英俊的花样男子，组合起来的冲击力，远远地、远远地超越了她对于“普通地下乐队”这个概念的一般认知。紫金坦克，简直就是一支由顶级时装超模组成的超级乐队。也许，只有具备了这样的等级、能力、气场与气质，将来才真的有可能在世界的舞台上做出点什么事来。她此时的心情复杂极了，既欣赏，又懊恼。她完全无心继续观看演出，独自走到吧台，买了几杯玫瑰龙舌兰（Tequila Rose），一饮而尽，沉醉下去。

与此同时，宇又一次回到那绚丽的舞台，背上了这把远道而来、无与伦比的水晶电琴，开始弹奏起原创音乐来。只有亲耳听到才能知道，紫金坦克真的是一支可以轻松驾驭任何音乐风格的天才乐队。几首不同类型的歌曲，爵士、乡村、英式等，全部被他们三人演绎得淋漓尽致。每一首歌曲都实实在在地赢得了所有歌迷的喜爱与欢呼。此时此刻，菲已经被紫金坦克的力量融化了。特别是宇那极具统治的舞台表现力和超强的个人魅力所带来的震撼，让她完全没有注意到菡在这个时候的心情和举动。与周围无数痴迷的女生们相比，菲坚信自己和她们是不一样的，是完全不一样的。

菡也许是第一次对一个人，产生了那种一见钟情、一见倾心的感觉。她发现在那天眼神中略带几分忧郁的宇，一旦到了舞台之上，就像变了一个人，成为一个英姿勃发、充满自信的阳光男生。而他的心……她却看不透。她第一次想把自己交给一个人，但现在却好似已经全没可能，彻底没戏。

自从上大学开始认识菲，到现在也有一段时间了。菡知道菲从未交往过男朋友。这位女生从来没有想过，有谁会让菲痴迷心动。她甚至认为，菲是那种不可能去追求别人，只会在学校研究学术理论，只会等着别人率先发起攻势的女生。不过现在，她终于明白菲为什么喜欢和她在一起了。因为她文静的外表下，其实掩饰着对爱情的执着和向往。也许她太过于要求完美了吧。那种执着和向往，一直等到那个雨夜，在那把水晶电琴破碎在乔治街的一瞬间，才全部好似星辰爆炸一般地迸发出来。原来，她一直在等待这样一位如此优秀的男生啊！

她从来没有想到，她在选择男朋友的事情上，会和菲有着惊人的交集和冲突。她亦从来没有想过，她和菲之间会出现那种一定要分清楚是你退出、还是我退出的严肃局面。她知道，她永远无法和菲讨论那种一定要分出个胜负的事情，因此她们总是把事情控制在彼此的原则之上。

其实，最好的方式可能就是离开。这也许是一个一了百了的彻底办法。但是，菡第一次产生了这种不一样的恋爱冲动，怎么可以就这样轻易地放弃？而且，无论容貌、身材还是品位都完美至极的菡，根本不存在望菲项背的理由。她甚至认为，她和宇牵着手一起走在大街上，才是天造地设的一对儿。这回，她在恍惚中感到，一次真正的殊死争夺似乎再也无法避免了。

在菡看来，虽然菲在这两个星期里已经倾尽所有、精疲力竭，然而，那位女生仍然奇迹般将那把好似稀世珍宝一般的水晶电琴，从遥远的地球另一端带到这里交给宇。菲就好像一个重量级拳击手，在第一回合就抓住机会使出一记重拳，几乎直接把她打倒在地、炮轰出局了！菡深深地感受到，在这次的争夺战中，她已经失去先机、远远落后了。

美丽的时光总是稍纵即逝，就在这时，紫金坦克精彩绝伦的表演在一曲艾瑞克・克莱普顿（Eric Clapton）的《完美今夜》（*Wonderful Tonight*）中完美地结束了。余声未平，余音回荡。不出所料，紫金坦克被疯狂的歌迷团团包围，索要签名，寻求合影。

紫金坦克的演出也因此获得了利奥波德的大加赞赏。在歌迷散去之后，他也来到后台，和三位帅小伙庆功道贺。不过，在简单的寒暄之后，宇就迅速沉默下去。他知道菲一定还在外边等着他。他知道此时此刻，那位女生就在硬石的某个角落。

“星，翔，你们帮我收拾一下，”宇突然急促地说道，“我这边还有一件非常重要的事情要去办，拜托了。”

然后，紫金坦克的队长就立刻冲了出去，消失在后台的尽头。

“小伙子很兴奋嘛!”利奥波德看着宇远去的背影，笑着说道，“真的很厉害呀!”

星和翔显然还处于未平复的亢奋状态，高兴地说道：“宇从来都会带给我们惊喜。你从来不会知道，他到了舞台上会做出什么惊人之举。”

“没错，你们知道吗？这才是天才的特征。这样的天才，我见过的就有很多。你看他们平时普普通通，不言不语。你不知道他们什么时候就会彻底爆发。”利奥波德语重心长地说道，“因为这种人，他们的身体里潜藏着成为巨星的‘小宇宙’，关键就看能不能用在正确的职业道路之上。”

“在属于自己的舞台上，展现最完美的自己。”翔认真地说着，完全明白这其中的含义。

“是的!”利奥波德凝视着星和翔，认真地说道，“可是，人总是无法预知自己最擅长的是什么。比如有的人明明就喜欢数学，却学了一辈子的乐器；有的人明明就喜欢乐器，结果学了一辈子的数学。这些都是不好的。这让他们不但学得辛苦，而且浪费时间。最好的结果是，擅长乐器的人，学了乐器；擅长数学的人，学了数学。他们都在自己的领域里面克服了困难，并且最终取得成功。但是遗憾的是，并不是谁都那么幸运，能从小就知道，自己到底具备什么样的能力。可是今天，我要告诉你们，你们就是那群幸运的年轻人！我的小天才们，加油吧，未来是属于你们的!”

“谢谢你的鼓励！这简直太棒了!”听到这样的肯定和赞扬，星和翔十分开心。

“不过有一点我也要提醒你们。天才，往往具有超强的能力，但也同时拥有独特的性格。就好像水，水能载舟亦能覆舟。天才在成功的路上，一直都是用自己超人的能力，和自己同样超人的性格在打仗。这样一种光明的自己与黑暗的自己的终极对抗，赢了便能成功，输了……恐怕……”

“怎么样?”

“犹如一颗美丽的流星，瞬间绽放。随之而来的就是坠落、坠落，直到粉身碎骨，消失在世界尽头。”利奥波德威严地说着，他的身躯仿佛在一瞬间变得无比高大，他的眼神似乎在刹那间变得无比肃穆。

“天才，是不能按照常人来对待的。他就是宝贝，我们应该尽可能地保护他，发挥他的长处。而不是让他去做他做不来的事情，消耗掉他的能量。

“你们知道吗？布里斯班最著名的乐队，‘野人花园’(Savage Garden)，当年就住在我家后面。我天天可以听到他们的琴声，天天可以看见他们的努力。我可以说是看着那两位青年一步步走向成功的。你们的明星范儿甚至比他们那时候还要更加犀利。所以加油吧年轻人!”

现在，让我们转回硬石现场，再次说说宇这边的情况吧。事实上，就在这位男生刚刚跑到硬石演出正厅的时候，疯狂的歌迷狂潮已经消退，只有几名员工还在收拾东西。随后，宇看见了不远处正在等待着他的菲和菡。于是他走到两位美女的桌位前，稳健地坐了下来。而他们的座位关系则为：宇和菲相对而坐，靠近窗户；而菡则坐在了菲的旁边，靠近过道的地方。

“今天，真的谢谢你了！”宇深情地说道，“关于那把水晶电琴，我是真的完全没有想到……”

“没有关系，我只是还给你本来就属于你的东西。”菲也同样温情地凝视着宇，温柔地说道，“可是，你却救过我的命，我甚至都没有机会好好地说一句谢谢。”

“咳！换了谁都会那样做的！”宇温暖地说道，“你是怎么知道我会在这里呢？”

“嗯……我想这并不难，你会知道的。”菲的话锋突然一转，平静地问道，“对了，今天和你一起演出的那两位，也是那天一起保护我的那两位吗？”

“是的。我们是一个乐队的，紫金坦克。那天太仓促了，原谅我的疏忽。”宇看了看旁边的菡，继续说道，“一会儿我正式介绍你们认识吧。”

“这是我的好朋友，菡。”菲介绍道，“她也来自北京。这位就是救过我的那位北京男生，宇。”

“你好，很高兴认识你，我叫宇。”宇显得十分镇定，气场强大。

“你好，我是菡。”菡虽然回应着，但是表现却显得略不自然。

“说实话，我现在还不敢相信，水晶琴可以失而复得。真是不可思议。”宇问着菲，“你是怎么找到它的？是不是很麻烦？”

“不麻烦，不麻烦。”

已经把水晶电琴亲手交给了宇的菲，知道自己的寻琴计划已经完成，就变得没有太多力气。这反而让她的样子显得更加妩媚、更加动人。

菡本想说的是，菲是费了好大的力气才得到这把来之不易的水晶琴的。她甚至想把菲在寻琴路上所遇到的种种困难和奇闻逸事全盘托出，但是她的话已经到了嘴边，却始终没有说出口。事实上，帮自己的好朋友说好话，各种“捧哏”，本来应该是一件天经地义的事情，应该是一种理所应当的习惯。可是菡却因为对宇的好感，产生了嫉妒之心，最终没能把这话说出来。她只是在慌乱中说道：“确实挺不好找的。”

不过，菲根本就没在意菡到底想说什么，并未把她的几句话当回事。

在后来的对话中，菡把宇向菲询问奥地利之行中的每一个细节，都无限放大成了一种对自己的孤立，于是她索性也就缄口不言了。但她这么一做，却没有想到会给他人留下不大方的扭捏印象。宇虽然并不清楚菡此时的想法，但是他知道他是为了菲而来，而不是菡。菲当然不明白，从来都是“自来熟”的菡为什么这一次发闷，所以她有时也主动和菡聊上几句来活跃气氛。

后来，菡发现如果再这样继续下去，她就会彻底被弹开在话题之外，所以也就逐渐加入对话之中。虽然宇也和菡产生了对话，但是宇对于水晶琴所提出的问题，让话题始终集中在菲的奥地利之行上，菡等于吃了一颗非刻意的软钉子。菡并没有去奥地利，怎么可能插得上更多的话呢？而且，宇本来就是话不多的那种人。所以，她越发感到孤立无援了。她现在的心情，能好得了才怪呢！她后悔怎么就没有陪菲去奥地利。可是，话说回来，如果她去了奥地利，也无法在那天的巴诺遇到宇了。实际上，她难受极了！

随着时间的推移，这颗非刻意的软钉子终于让菡的忍耐到达了极限，她猛地站起来，转身便要离开。宇和菲小吃一惊，看着突然站起的这位女生，完全不了解发生了什么情况，异口同声道："菡，你怎么了？"

不过就在这电光石火之间，星和翔已经收好所有的乐器走了过来。他们俩热情地跟菡打着招呼，让菡在一瞬间就决定还是不打破这个局面为好。

"哦……"菡假装摸了摸头发，把本来想说的话和想做的事都收了回去，说道，"刚才我多喝了几杯。没事，我还好。"

星和翔的出现，让菡第一次清清楚楚近距离地看见了，那次拯救菲于水火之中的，就是眼前这三位花样美男。是音乐让他们三位走在了一起。必须承认，音乐是如此伟大和神奇！

然后，星、翔和菡落座。鼓手和贝斯手分别坐在了宇这一边中间的位置和靠近过道的位置，而长桌的那一边则仍然是菲和菡。

星外向开朗的性格一下子就把话题多元化了，气氛也显得好多了。但是，宇却相反地沉默下去。他已经彻底不关心自己是不是在话题之外了。星看到宇的不语，便没有叫他继续加入话题之中，而是更加能说会道地介绍起自己和翔。翔也很快和菡有了对话，让他们三人马上说到一起去了。他们三个在长桌的一侧喧闹无比，与此同时，菲却和宇一样，宁静如水。她和宇相对而坐，在长桌的另外一端靠着窗户，静静地看着外面的美丽夜空。

冬天的布里斯班，竟然满天繁星，闪烁不断，亮得仿佛可以登攀上去，近得似乎能够采摘下来。

菡虽然和星、翔聊得热火朝天，表面上一副繁荣的景象，但是她的心思却全在宇的身上，可是她又有什么办法呢？想说话的人完全不理她，完全无视她的存在，她简直郁闷至极！第一次遇到这种情况的菡，努力地压制着自己的不悦。但是，实际上她已经快要憋死了！

后来，在星的提议下，大家交换了电话号码。经过商议之后，菲和紫金坦克一起离开了硬石，菡则独自离开，没有人知道她要去哪里。

深夜十二点，紫金坦克带着菲，首先回到了他们位于布里斯班的宅邸。在那里，宇终于把自制的那把"太空手枪"交到了菲的手上。然后，三位青年再一次护送菲回到了她的寓所。又过了半个多小时，紫金坦克才再次返家。

随后，在装卸乐器的过程中，宇将这把珍贵的水晶电琴放在了一个他认为最安全的地方——他的卧室，而不是小型排练房。由于在硬石专场演出中已经倾尽全力，在将所有乐器归位之后，星和翔很快就睡着了。唯独宇迟迟不能入眠。今夜发生的一切，美丽绚烂、精彩纷呈，这又一次激发了紫金坦克队长的灵感，让他索性写起歌、作起词来。直到清晨六点他才真正放下一切，进入梦乡。

第八章　大天使乐队和赛车女生
Archangel and Girl Racer

宁静的夜晚，并不会如此简单地结束。让我们把时间倒转回深夜十二点，探寻菡那边发生了什么故事。事实上，就在紫金坦克刚刚离开硬石的同时，菡一个人开着车，飞快地杀回了布里斯班。从黄金海岸回到那个熟悉的地方，在这样的速度之下，只要几十分钟。

她来到了市区那熟悉的酒吧，很快就沉浸在无穷无尽的黑暗和喧嚣之中。在酒精的强烈作用下，她仿佛什么也听不到，什么也看不见。仿佛一切都是虚幻的，似乎一切都是梦境。菡是如此美丽，如此漂亮，她无法相信也无法容忍被自己喜欢的人“冷暴力”，她甚至已经被菲击倒在地了，她难受极了。

不过是一会儿工夫，菡就感觉压抑得喘不过气来。她突然从距离自己较近的一扇侧门冲出酒吧。一种愤怒好似恶魔一样，从她的心脏油然而生，穿过血管，全部嘶吼着释放出来：

“啊！”

那声音似乎穿透了所有的一切……回荡在空气中。发泄过后，她弯着腰，扶着墙壁，大口大口地喘着粗气。

“哎呀呀呀呀！这样可对身体不好，尤其是声线。”

一个声音从菡的后方而来，空灵而清透：“外面的空气，似乎比里面好太多了。并不像是地狱，锁着没有灵魂的人。天上的星星近得好像可以摘下来。星星又像是一滴滴的眼泪，会坠落。”

“你是……”菡转过身。酒吧侧面的外墙和另外一栋高耸的建筑物之间，形成了一个狭长的小巷。月亮、星空、云，在这里只能看到一个狭窄的部分。黑色的墙砖，大块大块地垒砌出黑色的一切。阴冷而潮湿。

“你是谁?”菡瞪大了眼睛，惊异地问道。

她简直不敢相信眼前发生的一切。就算是在黑暗之中，他的样子，也是那么清晰。

那人今年二十二岁，皮肤白皙，金黄色的短发精神地竖立着。目测他的身高接近一米九（一米八八），头部和身体的比例至少是一比九。此人有着一双水蓝色的眼睛，唇红齿白，眉宇间透着一种坚定。

“我是路西法（Lucifer）。”那年轻的声音柔中带刚，平静中仿佛可以听到巨浪翻滚，竟带有一种神圣的感觉。

菡揉了揉眼睛，试图驱除这一幻觉。眼前的他却越来越清晰。他身着黑色的紧身皮质机车服和黑色的皮靴，指环和项链上有着天使的翅膀。

她踉跄地向着路西法走了过去。

“我是瑞典人。”

路西法看着眼前的菡，并没有去搀扶她。他知道她不会摔倒。

“你也玩乐队吗？”路西法看着这位一身摇滚装束的女孩，他可能并不知道，她平时几乎并不这么穿。她刚从硬石出来。

“乐队？哈哈哈！可笑！”菡如此狼狈，她已经醉了，可能都不知道自己在说什么，“你知道什么是真正的音乐吗？你能带我看看，什么是真正的音乐？”

“你想看看真正的音乐？”路西法平静地看着菡，“你确定？”

“嗯。”

“好吧，跟我来。”

路西法转过身，径直地朝着巷子的入口走去。菡踉跄地跟在他的身后，越向外走，就越光亮。月亮的光芒在云层的遮盖之下，若隐若现、亦明亦暗，有一种幻想世界的感觉。

在巷子的出口，酒吧正门旁边，路西法停住了脚步。菡也来到了他的侧面。

就在酒吧正门口的正对面，三辆纯黑色兰博基尼蝙蝠（Lamborghini Murcielago），就停靠在那边的马路边上，蓄势待发。昏黄的路灯和街边蓝紫色的闪烁霓虹，照射在最先进的超级跑车之上，颇有些科幻未来的既视感。

那些兰博基尼低沉地咆哮着。

没有任何商标。

“路西法！我们可以走了吗？”一个人靠着一辆兰博基尼的侧面呼喊着。此人皮肤同样白皙，但非常粗糙。和路西法一样，他也身着一身黑色的皮衣。但不一样的是，眼前的这位彪悍的年轻人，身高竟然超过两米一。他的身材十分魁梧，有两个路西法那么宽。此人留着一头齐腰的金色长发，头发全部披向后方。他那直直的长发在中部之处被一个发带束紧，显得非常利索。他今年二十一岁，名叫拉斐尔（Raphae）。

与此同时，另外两辆兰博基尼的车窗已经关上，车主们早已等在座驾之上原地待命。

“走！”

于是，所有兰博基尼全部都在原地一阵一阵地狂吼着，汽车的排气装置，早就流下了爆炸过的汽油。

然后，三辆兰博基尼在一瞬间就蹿了出去。

可是，路西法并没有坐入任何一辆兰博基尼。

“坐稳了吗？抱紧我！”

话音刚落，路西法就带着菡，骑着一辆纯黑色的杜卡迪超跑（Ducati Superbike），风一样地跟着那群兰博基尼飞驰而去。他们很快就开上了高速公路（一号公路）。

“太帅了！”虽然有着全盔的保护，赛车的流线设计降低了车身高度，但是，菡仍然毫无保留地感受着空气阻力所带来的快感，“我好想飞！”

在这一刻，半醉半醒的菡感觉自己已经完全释放了，完全自由了。

“你想飞吗？”路西法加速超越了兰博尼基们，穿越了一号公路。最后，所有的战车全部停在了一个空旷的私人飞机场内。

一架好似未来太空梭一般的私人飞机，就停靠在停机坪上整装待发。

这时，三辆兰博基尼上的驾驶员全部走下汽车，走向飞机。然后，他们在飞机前方的侧面和路西法一起站成了一排，似乎正在迎接菡的到来。机场的探照灯，让所有的男人们亦明亦暗，如黑色水晶一般闪烁着黑暗的光芒。

这黑色的光芒和紫金坦克在梅耶枪击案之后，好似太阳一般绽放的金色光亮完全不一样。

菡第一次看清了他们的样子。

他们全部都是纯种的金发瑞典白人，着装均为黑色。他们一概身着紧身机车服，脖间和手指有着天使的装饰。他们一共四人。除了路西法和拉斐尔以外，另外两人的身高也同样接近一米九。在这两位当中，其中长得颇似女人，气质阴柔，留着一头金色披肩长发的那位名叫米达伦（Metatron）。而另外一位相貌粗犷，颇似特种兵的人，名叫雷米尔（Remiel）。另外，拉斐尔的准确身高为两米一五。

“我们是，大天使乐队（Archangel）！”

路西法第一次说出了乐队的名字。这个名字如神话一般。

“我们要去哪里？”菡半醉半醒地说着，仍然游离在现实与虚幻之间。

“凯恩斯（Cairns）。”路西法回答着，平静的脸上并没有更多的表情。

“那很远的，要向北一千七百多公里。”

“如果飞，就不会很远。”路西法继续说道，“我爷爷的爷爷的城堡，之前借给一个西班牙人住了半个世纪。但是现在，已经由我接管了。”

于是，菡就跟随大天使乐队飞去路西法位于凯恩斯的古老城堡了。那么，那里究竟发生了些什么呢？

时间很快来到了星期六上午。就在硬石的演出结束的次日，警探爱德华和其助手珍妮弗再次找到了菲。然而，这一次的造访与上一次并不相同——他们带来了一张犯罪嫌疑人的照片。而对话地点同样发生在菲的公寓客厅。菲此时只穿了一身灰色的棉质长袖居家服，显然是刚刚起床不久。昨夜的疲惫在一晚的充分休息之后，令她的体力已经基本恢复，让这位女生可以充分应对警方接下来的问询。

“叶女士，我想，你也许记得那名犯罪嫌疑人的样子，对吗？”警探爱德华拿出了一张照片，举在菲的面前，郑重而严肃地说道，“根据我们的推断，那次枪案的另外一名枪手，极有可能就是他。”

照片中所呈现的是一名白皮肤的光头男子。此人凶神恶煞，满脸横肉，目测大概四十岁。原来，在梅耶枪击案中，射杀同伙并逃之夭夭的那名犯罪嫌疑人，正是地狱彩虹帮的大佬之一，里克豪斯(里克豪斯·金，Rickhors King)。这个人在澳大利亚作恶多端、声名狼藉，几乎无人不知、无人不晓。

菲知道在上次的询问当中，自己并没有给警方明确的答案。所以这一次，她必须给予正面回应了。就是这一次了。

“不，”菲镇定地说道，“我没有看清楚他的样子。”

“女士，请你再仔细想想。”警察珍妮弗严正地说道。

“真的，我真的没有看清楚！”

“好吧，既然这样，我们也不再为难你。谢谢你的配合。”警察爱德华戴上警帽，起身向着门口走去。

“对了，难道没有我，你们就抓不了他吗？”

“事实上，现已查明，另外三名被杀的枪手全部来自他所在的帮派。我们怀疑这里面存在着团伙的内部矛盾。我们已经质询过照片上的这个人了，但是他否认一切。”已经走到门口的爱德华回过头来，认真地说道，“在这种情况下，质询已经是我们能做到的最大限度了。”

“我听说他准备雇用一个十分强悍的律师团，以备不时之需。”珍妮弗接着说道，“不过，因为我们现在没有人证，所以就算所有的推理都已经指向他，我们也是无能为力的。是的，至少到目前为止，我们抓不了他。”

“你是不是又想起了什么？”爱德华虽然警觉地问着，但并没有真的认为菲在此刻还能够再提供什么有效信息。

“哦……没有。”菲显得有点儿犹豫，似乎还在确定着什么。

“谢谢你，女士。如果你以后还能再想起什么，请务必第一时间联系我们。”

说完，警探爱德华和助手珍妮弗就离开了菲的寓所。一句没有看到，终结了所有的质询。这下，菲不必担心，紫金坦克、菡，以及她所有的朋友们不会因此而受到牵连了。

但是，她真的什么都没看见吗？

至少现在看起来，这是一个对大家都好的结果，一切都风平浪静了。

时间已经到了星期六的下午，菡一直处在昏睡之中。她的位置应该是位于凯恩斯的城堡里。不过，星期五晚上(星期六凌晨)的凯恩斯到底发生了什么，也许只有等菡醒来才能知道了。

在星期六的晚上，我又一次在宇的日记中发现了一些有意思的事情。下面我们就来看看在星期六，在硬石的演出结束之后的那一天，宇都遇到了什么样的事情！

2004年7月24日　星期六

我是宇，星期五之夜的演出效果实在是出乎意料。我要是早知如此，就应该再放开一点吧。但是，无论如何，我们三个在硬石留下了一点儿印记。这很好，很好。就算那只是一瞬间的快乐，我也感到心满意足。菲的出现真是让我意外。她的安全最重要了。水晶吉他竟然再次出现，真是不可思议！我要怎么谢谢那位女生呢？

在歇了两个星期之后，我终于又开始在基因上班了。不过，今天是星期六，严格地说，我算是加班。事实上，从凌晨到现在，我一共才睡了四个小时。不过，那也没什么。我想这并不耗费我多少精力，因为我们都还年轻嘛。今天（星期六）B哥又病了，没来店里。我不得不撑起基因的责任。虽然我在巴诺执行保护计划的时候，曾经给B哥写了一些不错的方案，并且在一个星期以前就拿给老大看过。但是，从现在的情况来看，虽然来店的客人数量比最差的时候有所增加，然而，基因并未完全摆脱不明势力的攻击。

今天，阿斯特和普迪西斯依然在车间认真地工作着，而我们销售部也按部就班地进行着一切事务。但是，突然之间发生的一件奇怪事情，引起了我的注意。虽然说从基因成立那天一直到现在，来到这里改车的客户形形色色，重名、“撞车”的客人越来越多，可是，今天到店的这位亚洲女生却十分特别，令人印象极为深刻，过目难忘。

她驾驶的是一辆标准的拉力赛车。此车看起来已经全部改装，暂时没有任何的升级空间。这辆车的速度应该奇快，操控应该奇好。

最重要的是，驾驶员的技术应该非常非常棒。

果然不出我的所料。

她驾驶着那辆WRC改装战车，以奇快的速度，一把拉着手刹的锁轮漂移甩尾，就稳稳地倒入了一个极为狭窄的空间。虽然还有一毫米就碰到了两旁的汽车，但居然没有碰到。她安全入库。

太稳了。

她应该是一位非常牛×的赛车手。她的座驾已经超越了民间改装的范围。只是她的车上并没有任何车队的标志。定睛再看，难道她的座驾就是B哥所说的，之前总在店门口出现的那辆拉力赛车吗？没错，应该是她。可是，她来我们这里的目的是什么？难道她真的是不明势力——旋风车会的间谍？

不过，最让我惊讶的还不只如此。她居然从车顶上跳了下来，随后，她那飘逸柔顺、乌黑靓丽的大波浪长发，也随着地球的引力散落下来。她身穿一身白色赛车服，显得特别美丽。她肯定是一位亚洲女生，目测身高接近一米八〇，不过，由于基因的店面距离她停车的地方太远，我不能看清她的脸。

确实，她的车停在了如此狭窄的空间里，也只能选择从车顶跃下。而且，这辆汽车的顶棚居然也可以打开，这在拉力赛车的范围内从未见过。这位女生真有个性！真牛×！

但是，更不可思议的是，她整理了一下头发，戴上了一副白色的全盔。在车上的时候，她并未佩戴；在下了车之后，反而才戴上。这是什么习惯？什么情况？真怪异！

如果她不是旋风车会的间谍，肯定就是来找两位大师的。她也许是要调校什么部件？过一会儿我得到车间去看看。

可是，她并没有去车间，而是直接来到了店面。这时，她翻起头盔上的护目镜，露出一双迷人而平静的大眼睛。

“你们店里卖水晶内饰吗？那种VIP风格的！”那位女生仍然戴着头盔，声音镇定而冷静。

什么情况？一般来说，像她那样的赛车，里面一定都是金属防护架。那种车根本没有后座，已经轻量化到几乎只剩下铁皮的程度。然而，她居然还要改装水晶内饰？！总体上说，水晶内饰只适合大型房车或者大尺寸轿车。比如，远在悉尼的丹尼尔所开的那部汽车，才最适合改装水晶内饰。

“你说的是那种奢侈浮夸的内饰改装？”

水晶，这位女生是不是有什么故事？

“对。”

那位女生展现了强烈的气场，我只能故作镇定。她太神秘了，太难以捉摸了。

“没有。我们店里只改装汽车的性能和外观，就是机械的部分和空气动力的部分。”

赛车女生沉默了片刻，平静地说道：

“实际上，我只想要一个水晶挡把。”

“实在抱歉。”我无奈地说道，“我们店里真的没有这样的东西。也许，你可以去施华洛世奇找找。”

正在此时，一辆黑白相间的三厢警车突然出现在基因门口的停车区。我并未在此地（南区）看过那样的警车，那似乎是西区的编制。

赛车女生看见了警车，紧锁眉头。她的面部被头盔包裹，我看不见她的脸，只能通过翻起的护目镜看见她的眼睛。那眼睛乌黑而明亮，如黑宝石一般。

“好吧。那谢谢了。”那女生平静地说着，似乎心有不甘，颇为无奈。

随后她便驾车离开了这里。

那辆警车也随即离开了基因。

那警车是来干吗的？难道那位赛车女生果真是竞争对手的商业间谍吗？难道她一直戴着头盔，只是为了不让警察认出吗？我看不像，她没有必要穿戴成这样来当间谍呀！

这时，阿斯特和普迪西斯从车间走了过来，他们身穿一身橙黄色和黑色相间的工服，颇为职业。

“你们认识她吗？”我好奇地问着，指了指门外。

“不认识，”阿斯特笑着调侃道，“我还以为是斯蒂格（Stig）来了呢！”

“斯蒂格？”

“对呀！斯蒂格。”普迪西斯略微惊讶地问着我，“宇呀，你不会不知道吧？”

“我还……”我一脸茫然地看着两位大师，“我还真不知道。”

“斯蒂格是英国老牌汽车测试节目《极品车测》（*TopGear*）于2002年推出的一位神秘的试车手。他（她）拥有顶级赛车技术。”阿斯特看着我，像煞有介事地说道，“由于他（她）总是戴着一副头盔的原因，目前还没有人知道他（她）的真实身份。”

“唔。”

第一次听说斯蒂格这个神秘人物的我，仔细地回忆着刚刚发生的一幕幕，似乎沉浸在和那位赛车女生接触的短暂瞬间之中。

“总之就是特别神秘！”普迪西斯大笑起来，“大多数人都会猜测斯蒂格就是车王迈克尔·舒马赫（Michael Schumacher）呢。”

“哈哈！”我回过神来，笑道，“谢谢两位大师的教导。这位斯蒂格，是个女生。”

“我看你这想入非非的表情啊，”普迪西斯调侃道，“你肯定是喜欢上她了，如果那位神秘人士真的是女生的话，那她可够高的。”

“她真的是女生，”我努力地解释道，“她翻着护目镜呢，我可以看见她的眼睛。斯蒂格肯定不翻护目镜吧？”

“我看哪，”阿斯特笑道，“你肯定是喜欢上她了。想要认识就快去追吧！”

说罢，阿斯特和普迪西斯就笑着离开了销售部，回车间去了。

我也想认识她呀！

但那位女生实在少言寡语，只是来买水晶配件，并不像是回头客。但是，她的车技是真好，也许她真的就是斯蒂格？不过，斯蒂格会来澳大利亚买水晶配件吗？西区警车又怎么解释呢？她从头到尾一直戴着头盔，我根本看不清楚她是谁，就更别提距离更远一些的阿斯特他们了。

她是顾客、间谍还是斯蒂格？

通过头盔，我只能看见她的眼睛。

她的眼睛太美了。太美了。美丽得可以融化一切。

完了，我也许是真的喜欢上她了。

她是谁？我一定要找到她！

这并不难，因为布里斯班的汽车圈并不大。我一定能够找到她！

星期日的早上，菡终于清醒了。她醒来的时候已经位于布里斯班市区的家中。此时此刻，空荡的房间里只有她自己。

回想起前天晚上的疯狂，竟然亦真亦幻，好似梦境一般不真实。星期五的晚上，不，准确地说，应该是星期六的凌晨，她都在干什么？她努力地想要回忆起一切细节。

大天使乐队真实存在吗？还是仅仅是她醉酒之后的幻觉？

机车、天使、兰博基尼、杜卡迪、古堡和太空梭……

这一切都真实地存在吗？

醉酒后，真的有一种状态是完完全全空白的。

她缓缓地从床上爬了起来。身上依然是硬石那场的摇滚装束，没有任何变化。

那一切真实发生过吗？

她冲进卫生间。

镜中人的娇艳的妆，已经花了。

然后，她卸掉了所有的伪装，又露出了那个纯洁如白雪公主一般美丽动人的外表。

我太喜欢她这个样子了。惊艳得连上帝都会动容的脸，身体却穿着一身连魔鬼都会害怕的黑暗装束。

那一定是假的。昨天凌晨发生的事情，一定是假的。

但是，就在菡以为自己已经完全变回来的时候，她突然发现在她的颈间挂着一个她从来不曾拥有的饰物。

一条精致而厚重的纯银项链。

那项链上的纯银链缀，竟然是一个天使的样子，凄美而动人。

这，不是路西法的那条吗？至少，样子是一样的。

再顺势一看，她的手指上也戴上了一枚那样的戒指。

她猛然间意识到，之前经历的一切，也许都是真的。

一些记忆碎片就好像一部坏了的放映机所投射出来的影像一样，时有时无地闪现出来。

那是私人“太空梭”抵达凯恩斯之后的事情。

场景一：一辆1955年款的首代劳斯莱斯银云（Rolls-Royce Silver Cloud I）和一位白发苍苍但精神矍铄而绅士的管家，把他们从机场接到了目的地——希尔古堡（Hill Castle）。

场景二：希尔古堡依山而建，走过漫长的山路，穿过巨大的瀑布和茂密顶天的云松树林，一座尖形塔顶、尖形门窗的哥特式古堡就浮现在她的眼前。跨过山涧石桥，穿过城门就进入了前院。高塔、城墙、雕塑、长廊，全石结构的古堡威严而神秘。穿过中门，进入后院，就是城堡的主体建筑和两座中世纪高塔。攀上塔顶，森林风光尽收眼底。在主体建筑内，是哥特风格的拱顶房间、小教堂、供吟诗唱歌的大厅，再配以雕刻华丽的石柱和回廊。

场景三：管家推开古堡沉重的石门。里面万盏灯光聚合之后的光芒，犹如激光一样，从越开越大的两扇大门之间刺射而出，让人睁不开眼。

场景四：古堡里面的每一个细节，壁灯、吊灯、壁画、石台，甚至水龙头都透露出浓郁的巴洛克时期的风格。

场景五：这是一段对话。

“我的爷爷的爷爷卢卡特别喜欢歌剧。他和当时的德国作曲家瓦格纳是好朋友。”

“瓦格纳？就是那个威廉·理查德·瓦格纳（Wilhelm Richard Wagner）？”

“没错！就是德国莱比锡大学毕业的理查德·瓦格纳。所以，卢卡就把这里设计成为专门表演歌剧的演出厅。”

“没想到，一个多世纪之前的那个人，那个我穿越了时间的校友，竟然在今天和我形成了阴差阳错的缘分。”

“你在莱比锡大学上学？”

“曾经吧，但是我没有毕业。”

“你学的是……”

“歌剧。对了，我叫莎拉。”（Sara，菡在乱醉的状态下，下意识地临时给自己取的一个英文名字）

场景六：城堡里面古老的歌剧厅，在并不破坏一切外观的情况之下，内部的所有配备都被现代科技所取代，包括电路、水路、制冷、供暖等。这样一来，一切现代化的演出就变得容易起来。

场景七：现在是大天使的表演时间。恢宏的交响速度金属似乎超越了现存的所有音乐。融合了古典、交响、速度、史诗的交响摇滚，被高音主唱路西法完美诠释。

场景八：“莎拉，你要来亮亮你的嗓子吗？”

于是，菡的演出开始了，以莎拉的身份，以一位莱比锡大学歌剧系肄业生的身份。

片段到此结束。神秘的凯恩斯发生的一切场景又在瞬间被拽回转换到菡位于布里斯班的公寓。已经够多的了。菡的脑袋像快要爆炸了一样，她不停地挤压着自己的头。大多数人可能一辈子也无法接近那个最最真实的自我。可是，昨夜的一切，却真真正正地让这位女生，找到了那个可能最靠近本质的她自己。也许，她是属于音乐的。她或许就是一个音乐天才，并不应该在德国放弃。但是，那发生在凯恩斯的一切虚幻，又都来得好似没有边际、不见其身的异度空间一样，仍然不可名状。

她需要更多的证据。

这时，菡突然注意到餐厅的桌子上面，放着一封精致的信。这封信的信纸极为考究，几张超过一百克厚度的纯白色布纹纸的右上角和左下角，都烫上了大天使乐队那黑色宝剑与金色天使组成的标志。中间便是信件的内容。

菡，你好！很高兴认识你。

我是路西法。

我是怎么知道你的名字的？我并非有意为之，可是我必须这么做，才能知道你的住址，开着你的车，把你送回家。我更愿意叫你莎拉。

事实上，我们大天使乐队刚刚来到澳大利亚不久。我们来到这里的第一个任务，就是为了参加明年七月在悉尼举行的一个大型比赛。如果我们能够如愿夺冠，就会继续留在澳大利亚，配合有关方面做长期发展，但万一失利，当然我觉得这种可能性几乎不存在，我是说如果意外发生，我们则可能在比赛结束之后飞赴美国。

所以，为了确保能够拿到最后的冠军，除了乐队正常的训练和演出之外，我们计划在距比赛开始之前这差不多一年的时间里，走访澳大利亚几座主要城市，挑战不同的对手。距离希尔古堡最近的大城市，昆士兰州的首府布里斯班，就是我们计划的第一站。然后是新南威尔士州的首府悉尼，再后是更远的维多利亚州的首府墨尔本（Melbourne），最后则是最远的西澳首府珀斯。

然而，我们的终极目标并非只是为了比赛。我们要做世界上顶尖的摇滚乐队。

昨夜在希尔古堡的演奏厅，你的声音，如圣女一般。这让我突然获得了灵感。如果大天使是由男女不同的两个声音共同演绎，则会宇宙无敌。另一方面，我也可以把更多的精力放在吉他上面，编织更多的多重旋律交响摇滚。

虽然大天使现在已经足够强悍，但是，通过昨天一夜，我想，我们需要你。我们需要你帮助我们成为世界上最厉害的乐队。如果你能够加入大天使，那就太完美了。

如果你做好决定，请给我打电话。

路西法

第九章　索罗和一吻
SOLO and One Kiss

硬石之后，紫金坦克以极快的速度沉淀下来。为了两个月之后的“绝对音乐”，他们稍做调整就马上恢复了精神状态，再次启动排练模式。

星期日的天气又和我在第一章说的类似，天空被浓云覆盖，雨淅淅沥沥地下着。每到这个时候，自觉总是一个彻底休息的好机会。人们总有一种把手机关好，把电话线拔掉，隔绝一切社交网络，一觉睡到自然醒的欲望。

宇就这样一觉睡到了午后。

醒来之后，宇坐在床边，他健美而柔和的肌肉和他那完美的气质融合在一起。腹肌的轮廓略微可见，没有那么突兀却又如此恰到好处。他喜欢在起床之后发呆，不知道这个习惯已经持续了多长时间，但是这种状态和澳大利亚缓慢的生活节奏倒很是协调。看着那把失而复得的水晶芬德，回想着前天疯狂的场面，现在的一切又都显得那么的安静。他躲藏在一个被田园风光环绕的别墅里，远离现实的喧嚣和纷乱。

打开手机，便立刻进来了三条短信息：

第一条是星发来的。10：00 a.m.“我猜你应该是两点才起床，别忘记了下午四点还有排练。我们直接约在那里好了，你知道的，老地方。”

第二条是翔发来的。11：21 a.m.“等一下给你看个东西，到了就知道了。老地方。四点。”

第三条是菲发来的。12：00 a.m.“宇，你起来了吗？给你打了几次电话都没通，你还睡呢吧……想告诉你呀，今天天气挺冷的，多穿点。就算是在你起床的时候，估计天气还是会很冷的呀！”

看着这第三条信息，宇久久凝视，想了很多。但遗憾的是，来自菲的这份关心，本来是那么体贴，可是，宇目前对这位女生却并没有更进一步的感觉。他并不想和菲进入恋爱关系。事实上，他的心已经被那位神秘的赛车女生所占据了，已经分不出来什么给别人了。所以，这条信息在宇的心中，并未起到多大的化学反应，和今天十分惬意的天气极不协调。

不过，出于对水晶吉他必需的回礼，宇邀请菲在晚上八点排练之后共进晚餐。虽然时间偏晚，但菲欣然答应。

紫金坦克排练的“老地方”，是在一个已经废弃的工业区内的一座三层楼房里，之前提到过，叫作“索罗”。这栋楼房的外墙透露着砖头的纹理，被漆成了黄色。而所有的窗户框、门框则为黑色。

黑色和黄色组合在一起，营造出一种浓厚的工业气息。

这是一所距离繁华最近，距离喧嚣最远的排练中心。

索罗旁边除了一个风力发电站和一个废弃的炼钢厂之外，几乎没有更多的建筑了。它孤独而时髦地矗立在旷野里。工业区里面有一个大广场，在那儿摆放着无数个大型集装箱。那些密集的货箱实际上已经被改造为商业仓库，长期对外出租。索罗建好之后，那里就逐渐演变成了各种乐队存储大型演出设备的地方。大院的大门上设有电子密码锁，里面的集装箱上还有一个，安全性是足够可以保证的。紫金坦克喜欢来这里，喜欢来到这个由旷野、工业废墟、集装箱、用于风力发电的大风车等元素组成的灰黄色调的地方。

以前，我认为在这个与世隔绝、杳无人烟的地方建立排练中心，最大的好处就是不扰民，但后来我才知道，索罗的气氛是独特的。现在，索罗已经成为布里斯班绝大部分乐队的集散地，排练预约每天爆满。众多乐队每时每刻都会开着不同的汽车，载着不同的乐器，来到这里追求理想。虽然紫金坦克的宅邸已经建有自己的私人排练房，但是他们还是喜欢时不时地来到这里感受气氛。索罗二十四小时营业，一天分为四个时间段：从早上八点到中午十二点；从中午十二点到下午四点；从下午四点到晚上八点；然后是从晚上八点到次日零点。

所以，你每天都会看到这样一幅图画：

各种风格的乐队从四面八方会集于此，从不同的汽车上装卸不同的乐器，然后把乐器运进运出。这些音乐人看起来都是那么时髦，那么光鲜，和工业废墟的背景形成鲜明的反差。相熟的人们站在一起谈论着与音乐有关的事情，甚是惬意。那是一副摩登的艺术家带着自己的梦想，在这片希望的废墟中忙碌的景象。他们只有灵魂与灵感，没有半句废话。

下午三点半，宇率先抵达索罗。就在他刚刚下车的一刹那，星和翔也正好分别开着一辆橙红色的奔驰AMG E63和一部纯白色的宝马M6来到了这里。三位青年把车暂时停在了索罗门前。那是一个由较大的空场改造的卸货区。

宇靠在保时捷帕纳梅拉的性感腰身上，自信、从容而镇定。他身穿一件保罗·史密斯黑色机车款皮夹克，里面是一件印着抽象图案的白色贴身V领T恤，贴腿的卡其裤下面是一双黑色软牛皮马丁靴，酷酷的雷朋飞行员眼镜下的嘴角带着一丝年轻的微笑。宇身材清瘦，打扮时髦，极具明星气质。

星今天依然选择了一身日范儿行头：一件米黄色棒球夹克和蓝色低裆牛仔裤搭配着一双蓝黑相间的乔丹十八代战靴（Air Jordan 18），特别帅气。而翔则穿了一身深灰色中山装和一双黑色三接头军用皮鞋示人，极为精神。

看到了宇的身影，星和翔就走了过去。在分别与他拥抱和祝福之后，他们也没有忘记相互击掌。你可以想象，三位拥有模特身材、顶级英俊的超级帅哥，在这个灰黄色调的工业区，在这个空旷的地方，为了共同的理想而相聚在一起的景象。与此同时，在他们身后则是一幅以三辆不同方向停靠着的顶级汽车、五花八门的乐器和摩登音乐人所组成的时髦画面。

宇看着星和翔，丝毫掩饰不住心中的喜悦。

“说！”星让出了一个视野。

“太酷了！”宇立即跑了过去，里里外外地查看起星的座驾，惊叹道，“这橙红色也太正了，有点儿专业范儿！”

“把原车外观的黑色改成橙红色，也是颇费心思呢！”星站在一旁，十分高兴地说着，颇为得意。

“简直不敢相信吧。”翔也站在一旁，开心地说道。

“简直神气！”宇兴奋地说道。

“翔就没有我那么闷骚。”星愉快地介绍起翔的座驾来，“他维持了宝马M系列经典的白色外观，不过机械部分再一次进行了升级。”

“全部为德国的大厂改件，怎么样？”翔打开发动机盖，得意地说道。

“速度肯定非常快，改装非常到位。”宇站在翔的宝马面前，兴奋地审视着仓盖下面的机械，问道，“这是在哪里弄的？”

“还用问吗？ B哥那儿呀！”星激动地说道。

“今天B哥他特意在早上七点爬起来，然后叫着大师们和彼得带着全部工人给我们装了这些。一切终于在下午一点结束。他们整个上午都没忙别的，就调我们这两辆车了！”

“非常了得！”宇赞叹道。

“这还不算什么。”

说罢，星就从汽车后备厢里拿出一个精致的吉他箱子，拎到了宇的面前。

“我说过的，”翔神秘地说道，“给你看个东西。”

“什么？”

“看了就知道了。”

当琴箱打开的一瞬间，宇就立刻傻掉，静止在那里。箱子里面的物品他曾经在位于皇后街上的米伦琴行看到过。那正是一把由詹姆斯·泰勒（James Tayor）特别为澳大利亚国宝级的吉他大师托米·艾曼努尔（Tommy Emmanuel）定制的民谣木琴。此琴只曾用于展示，从未标价卖出过。

“哇！这琴可太犀利了！顶级的‘录音室精英’（Studio Elite）……让我看看！”宇低着头，仔细地端详着这把琴的每一个细节，认真地说道，“这把吉他跟随着托米·艾曼努尔演出多年。你们看看这老旧的痕迹，都把岁月刻画在了上面。雀眼儿枫木的琴颈、杉木的护板，旋钮应该刚刚才更换过，十分用心。”

“猜猜我们怎么弄到的？”星卖起了关子。

“琴体采用的并非桤木，而是一种马来西亚的神秘木材（Mamywo），音色纯正。”宇激动地说道，“得到它肯定很不容易吧！”

“前天晚上的演出结束之后，你那时候不在，趁大家都开心，我就告诉利奥波德我们想买下米伦琴行的这把吉他。”翔开心地说道，“硬石经常收集不同名家的名琴，所以我想他一定和所有的经销商都有着良好的合作关系。不过我仍然没想到，虽然那会儿已经时间不早，但是他居然一个电话就把米伦琴行的老板给吵起来，然后就预订了这把名琴。”

“我们今天改了车之后，就拿到手了。”星高兴地说道。

“宇！”翔把琴递到了紫金坦克队长的手中，开心地说道，“这把琴是送给你的！”

“送我的？”宇接过了这把名琴，一时还不能相信星和翔给了他一个如此巨大的惊喜。

“没错！‘绝对音乐’的时候就用这把琴吧！”星笑着说道，“泰勒和艾曼努尔都会祝我们成功的！”

“谢谢！”宇深情地凝望着星和翔，感谢着他的两位兄弟。

“哎哎哎，别再客气了！”翔摆摆手，高兴地说道，“再说，一位牛 × 的吉他手，谁在家里没个几十把牛 × 的琴哪！”

“对于利奥波德的话，我昨天还半信半疑。今天我们一去米伦琴行，人家早就把这把名琴从展示窗里拿下来了。”星夸张地比画着，兴奋地说道，“我们刚一到店，所有的员工都把我们当贵宾接待，就差搞个仪式了。”

“他们认为能拿走这把琴的人……”翔顿了顿，七分高兴三分神秘地说道，“肯定不是等闲之辈。”

“那么，”宇认真地问道，“你们都打算用什么设备？”

“别担心我们啦！”星开心地说道，“翔送了我一把芬德的爵士贝斯。”

“星又送了我一套顶级踩锤。”翔幽默地说道，“这分明是要累死我。”

“有一天，我们一定会进行世界巡演。在拿到钱之后，我们每个人买好几个大别墅。然后把乐器全都挂墙上，就在不远的将来！”宇兴奋地抬起头，望着天空，目光中闪烁着坚定的意志。

“咱们再一起开好几个摇滚博物馆，必须售票！”星调侃着。

“哈哈哈哈！必须的，必须的。”

听到了星的博物馆计划，大家都笑了起来，似乎梦想马上就能实现，大家沉浸在一片欢乐的海洋里。

稍后，紫金坦克把所有的乐器放在了排练房所提供的平板拖车之上，习惯地推到前台签到。在这个距离硬石很远的地方，很少有人知道他们是谁。宇一贯的装束让前台的几位白人女生每一次都以为这是一支英式乐队。而且，宇总是对她们说，如果她们有时间就可以进去听紫金坦克的排练。事实上，在每一次听过离开的时候，那些女生都露出开心的笑容，说他们是最好的乐队。

将乐器和设备妥善地放置在排练室内之后，三位青年就走出索罗，把车开到了不远处的一个专属停车场停车。

然而，就在紫金坦克刚刚离开索罗正门之后，大天使乐队就飞一般来到了这里。你很难想象，在经历了凯恩斯一夜和连续的两地折返之后，他们好像什么事也没有发生一样，身体和精神状态都在极短的一天多的时间内调整过来，极其出色。我想，这是因为所有的速度金属乐队，都需要大量的体能储备，以应对持续、高强度、高频率的音符输入的原因。

就像他们第一次出场的时候一样，黑色的皮衣、黑色的汽车、黑色的摩托和黑色的一切。他们卸下乐器，队列整齐地站在索罗门前的卸货区远端，好似一支训练有素的特种部队。

大天使几乎没有和任何一支乐队进行哪怕一丝的目光接触，只是迅速地扫视了他们的设备。

北欧人刚一出现，就几乎让所有正在外面搬运乐器的乐队，都停下了手上的事情，用一种惊异的目光看着这群好像从异世界来的不速之客。他们不知道几个北欧人是谁，甚至没有人见过他们。坚毅而感性的高音主唱兼主旋律吉他手路西法自然不必多说，身形巨大的拉斐尔是乐队的鼓手；而柔美的米达伦是乐队的节奏吉他手；健壮的雷米尔则是大天使的贝斯手。除了鼓手永远不用携带架子鼓之外，路西法、雷米尔和米达伦都分别拎着一个特别定制的超薄碳纤维箱子。当然，那些箱子里面放着的，全部都是那如同宝贝一般的乐器。

不过，因为紫金坦克已经离开卸货区，去了停车场的缘故，大天使暂时并未和紫金坦克以任何一种形式直接接触。片刻之后，大天使乐队就径直向着索罗的正门走去。他们并未使用排练中心提供的平板车运送手中的乐器，而是提着乐器直接进入大楼，来到了前台，准备签到。

“紫金坦克（Purple Gold Tank）。”高大的拉斐尔站在路西法的侧后方，看着前台签到册上的名字，呆呆地说道，“好奇怪的名字。”

“我看，我们自己盖一所私人排练中心吧，在布里斯班，我们需要一个基地。”正要签字的路西法，突然放下了手中的笔，转过身看着拉斐尔，鬼魅地一笑，“现在站在门口的那些乐队，无论怎么看，都还是显得太初级了。我真的不想和他们一起玩。走吧！今天不练了！”

“哈哈哈！我就知道你得这么说！”拉斐尔大笑起来，转身跟着路西法，兴奋地说道，“那我们就开始大兴土木吧！到时候我在旁边给兰博基尼们搭个棚子！石头加瓦片组起来的那种！”

“哈哈！拉斐尔，到时候我给你找几辆卡车运石头哇！”雷米尔调侃着，然后也转身跟随着路西法向着门口走去，“那么，路西法，你打算在哪儿兴建排练中心呢？”

拉斐尔冲着雷米尔伸了一个大拇指。那意思是说，雷米尔那卡车队的想法十分犀利。

“我听说昆士兰大学附近有个废弃的仓库。”走了大概五米的样子，路西法突然停在了签到大厅靠近门口的一个位置，侧身仔细地看起了贴在侧面墙上的海报，“我想把它买下来，作为我们在布里斯班的一个专属基地。我们平时把乐器放在那里就行了，省得运来运去。”

“太棒了！”米达伦激动地说道，“这样一来，就可以得到更高的效率！”

“如果布里斯班的乐队毫无挑战的必要，我们是不是可以去悉尼挑战其他乐队了？比如名气最大的半地下乐队——皇家玫瑰？”拉斐尔也停在了门口，但是他却粗心大意、骄傲自满地没有哪怕看一下墙上的那些海报，只顾得意地说道，“也许我们应该在每个城市都建一个排练中心。这样，无论去哪里，都用不着运着乐器来回飞了。”

“现在就去挑战其他城市的乐队还不是时候。”路西法气定神闲地继续审视着墙上的这些海报，老成持重地说道，“也许门口这些乐队还不能代表布里斯班的乐队水平。这墙上的海报这么多，乐队这么多，也许我们还需要进一步到处走走看看。”

“关于皇家玫瑰，我们就更不用着急了。”路西法优哉游哉地说道，“你们看看这个，真是得来全不费工夫!”

路西法指向了贴在墙上的多张海报之一，平静地说道：“过些日子开始的‘绝对音乐’，他们会出现。我们先去看看他们的表现再说吧。”

片刻之后，大天使们就走出了索罗大门，来到了仍然停在卸货区远端的黑色汽车旁边。他们一边收拾乐器和设备，一边欣赏着这片与北欧的冰雪世界完全不同的旷野。可是，就在他们将要离开之际，紫金坦克三人组正好返回索罗正门。

就在这时，大天使突然发现了这支来自北京的乐队。

不过，由于时间、角度和路线等原因，紫金坦克并未与大天使正面接触。在紫金坦克后方的大天使们，事实上只清楚地看见了这三位北京青年的背影和一点点侧脸。

刹那间，就在紫金坦克快要进入索罗大门之前，星和翔下意识地半回头，扫了一眼站在他们身后还有一些距离的路西法。

但就是这不到一秒钟的视觉接触，好像已经成为千日之战的挑衅，电光石火之间碰撞出了一切后来的故事。

宇并未回头。但是他的余光，早已感受到了大天使那强大的杀气。路西法把目光从星和翔的身上，转移到宇那可能仅仅几度角的余光。彼此并未打一声招呼，两人的气场就迅速对撞上，然后瞬间就抵消了。

“走吧,”路西法再次发号施令，“去昆士兰大学看看场地吧。”

“太好了！出发吧!”大天使们十分激动地回应着，早就已经迫不及待了。

随即，所有的黑色在一瞬间就离开了工业区，离开了索罗，消失在众人的视野里。

骑着机车低空飞行在高速公路上，路西法笑着自言自语道：“紫金坦克（Purple Gold Tank)，难道就是刚才那支乐队吗？有意思！好像，好像他们有那么点不一样。”

此时此刻，紫金坦克已经进入了紧张的排练之中。对于将要开始的“绝对音乐”联合演出，三人选择了布鲁斯和轻爵士作为排练重点。不知不觉，两个小时就过去了。在经历了多次修改之后，他们终于在预约的时间进行到一半的时候，排练完成了四首歌曲。

“刚才进门那会儿你们看见了吗?”星站在一旁，用电子调音器校准着背在身上的贝斯。不用问，宇和翔就知道他在说谁。

“他们肯定不是本地乐队，有点儿特种部队的感觉。”翔坐在属于鼓手的位置上，一会儿调节一下踩镲距离地面的高度，一会儿调整一下踩锤距离地鼓的远近，测试着架子鼓的所有性能。

“北欧人，死亡旋律金属，或者哥特旋律金属，但肯定不是‘死亡唱腔’。”宇坐在一个木色的圆凳上，似乎正在进行中场休息。他并未调试任何乐器，十分沉着冷静。这位男生仅仅凭借那几度的余光，就对大天使乐队进行了深刻的分析。

“何以见得?”

翔把鼓槌儿放在了位于他的正前方，距离自己最近的军鼓之上，然后扶了扶眼镜，认真起来。

“他们之中的一个，”星紧接着说道，“阴柔鬼魅得让男人都会喜欢。”

“所以，应该是华丽的旋律金属。”宇肯定地说道，“这是我们以前的风格。”

“天使代替了骷髅和魔鬼。”翔谨慎地说道，“你看到他们的配饰了吗？”

“他们的歌，肯定含有大量的双踩和独奏。”宇笃定地说道，“说真的，我感觉我们未来的对手，应该是他们。”

“他们确实不太一样。”翔肯定地说道。

“不过，我们遇到强手就会变得更强！对吗？”宇坚定地说道，“继续排练吧，时间快不够了。对了，星，我们在‘绝对音乐’的演出中，一共可以上五首吧。”

“我想是的。”星确定地说道，“我们现在还有四首歌要排练。”

“那咱们把接下来这四首歌全部排完，之后再从中选出那最后的一首怎么样？”宇建议道。

“好哇！”星快速而激烈地打起了贝斯，激动地说道，“就让我们各种疯狂吧！”

“这台摄像机会提醒我们的。”翔起身，从放在地上的包里拿出一架小型摄像机，然后把它架设在房间的一个角落里。

“它会把我们每一次排练的重点和即兴的东西，全都记录下来。”宇并未看着镜头，眼神中有些惆怅。

“那些都是我们的青春。一部关于梦想、欢乐与痛苦的纪录片。”翔深情地说道，“等到哪天我们老了，再看看当年的一切，会不会流泪？”

就在这时，独自一人坐在角落里的宇，忽然哼唱起当年香港殿堂级乐队“BEYOND”的贝斯手黄家强于1994年创作的歌曲——《一辈子陪我走》。宇的歌声天真而动人，没有任何乐器的伴奏。

寻寻觅觅的每一个梦
有苦有甜有痛
手牵着手心连着心
世界会变不同
起起落落的喝彩声中
就是我的感动
把握明天珍惜现在
一辈子陪我走
风吹雨打过后
有阳光暖心头
细水长流的爱
点滴惦记心中
让真心没有保留

与您相依相守
人生中去去留留
是您陪我最久

“谢谢二位的陪伴，你们对我的好，我都明白。我无以为报，只能说声，我爱你们。”

听到了宇那真诚的话语，翔就拿开了眼镜擦起了泪珠。而星的眼泪更是在一瞬间就掉落下来。他们什么也没有说，只是，紧紧地拥抱在一起。

一会儿工夫，紫金坦克的排练就结束了。因为星在晚上不想总是一个人开车的关系，在回到家中卸下了乐器之后，翔就开着车带着星共进晚餐了。

宇在今夜的约会对象是菲。刚刚说到，他必须为水晶吉他的失而复得做点什么，仅此而已。他并不想让他们的关系更进一步。是的，他没有想到菲竟然会去奥地利。但是即便如此，这位男生也只想把菲当成普通朋友。因为，之前说过，在这一刻，他的心里已经全都是那位头盔女生了。而且，直到现在，他也仍然没有找到她。她失踪了，无影无踪、无迹可寻。

另一方面，正如我们可以想见的，星期日，菡在家中趴了整整一天。从早上到傍晚。突如其来的一切，让她不知道如何面对。一切都来得太快了。

她不知道是否应该答应路西法的邀请。准确地说，她并不知道，在自己内心那好似沉船一般的音乐基因，是否可以重见光明？那个藏在心底，用声音去环游世界的梦想还能实现吗？

就算，潜伏在她体内的音乐细胞已经如暗涌一般喷薄欲出；就算，是路西法在希尔古堡的那一夜激发了这一切，但是，只有路西法才能做到这一切吗？别忘记了，是谁让她遇到了路西法？

是宇。

是紫金坦克。

硬石的一场小型演出，就让一个曾经在莱比锡大学学习的歌剧系学生，失魂落魄到这种程度。这是一种何等巨大的能量！

所以，就算她已经打算重拾音乐，就一定要投向路西法吗？为什么不是紫金坦克呢？为什么不是宇呢？到底加入哪支乐队，到底以一种什么样的形式出现在音乐之中，真的是一个谨慎而艰难的决定。

但是，把音乐作为原因，去把紫金坦克乐队列为自己音乐之路的选择之一，或许仍然只是一个借口。

也许，一切只是因为那一瞬间产生的爱慕之感。就算再多的金银，也抵不过属于青年的爱慕。

可能，那才叫爱情，那种最纯粹的爱情。

于是，她换上了一件耐克（NIKE）的深粉色运动卫衣，一条同样品牌的灰色运动裤搭配一双白色的跑步鞋，以一个运动女生的姿态来到了楼下。外面清新的细雨冲刷了城市的尘埃，一切都变得清澈透明。她大口大口地呼吸着新鲜空气，想让自己更加清醒一些。

这位女生终于明白，原来她爱上了宇，爱上了那个在望远镜的那头，一瞬之间的镜中人。

不过，即将发生的一切，把她生生地拽回到了现实世界。

她终于看到了现在这个场面；那个她最不愿意看到的场面——那位优雅的、绅士一般的花样男子，护送着那位洁白如雪的美丽女生回家。

在这一刻，宇和菲的第一次约会刚刚结束。

刹那间，一种巨大的委屈涌上心头。菡好似被魔鬼吞噬了心灵，瞬间变得邪恶起来。她是路西法眼中的制胜法宝、秘密武器。但是在宇的心中，在那个自己喜欢的人的心里，居然完全比不上自己的朋友。

比较是一切嫉妒的原罪。

她没有过马路，而是下意识地在一个街灯后面把自己隐藏好。这位女生并不知道宇只是会送菲到公寓大楼的门口，还是电梯旁，还是干脆就到家里坐一会儿，还是……一直到明天早上才能看见他。这时，宇和菲的每一个动作，在菡的眼里都被无限放大，都被设想为爱情的举动。

片刻之后，宇和菲已经同时走进了公寓的大门。菡慌了，她后悔自己为什么没有在第一次看到宇的时候，就立刻走进巴诺与他相识，进入他的生活。

菡跑到十字路口的另外一个街角，这个角度可以直接透过公寓硕大的玻璃大门，看到乘客电梯。宇如果上去了……那么她知道，她就没有希望了。

幸运的是，宇并没有上楼，而是仅仅在电梯门口和菲道别。这样的举动让菡那邪恶的嫉妒之心，暂时平静了。只是奇怪的是，等到电梯门关好之后，宇并未及时转身。只见他紧锁着眉头，对着电梯那紧闭的铁门足足待了五分钟，然后才慢慢地从公寓走了出来。

不过，正是宇那短暂而诡异的沉默，让菡敏锐地捕捉到了自己的机会。她感觉到，在宇的心中一定有着什么其他原因，让他不想主动追求菲。这位男生到底在想着什么？难道他已经有喜欢的人了吗？他对菲不温不火的态度，也许说明了这一点。

之前说过，从某种程度上，菡对于菲是心有忌惮的。菲具有一种与生俱来的倔强性格，一种让人害怕的坚韧性格。菡深深地意识到，这位理科天才一定会把这种品质运用到爱情争夺战之中。她完全能够感知到，如果菲爱上了一个人，就会不顾一切地爱他。她会去爱他的全部，他的优点，他的缺点。她会给自己一个非常明确的爱他的理由，然后一直爱下去。

菡马上感觉到，就算宇已经喜欢上了别人，那个人也不一定是菲的对手。

不过，就算菲无比强大，但是为什么最终的胜利者一定是菲？为什么不是她自己呢？

还没来得及再次仔细端详宇的容貌，菡甚至已经觉得，这就是她的最后一战。宇刚刚在电梯门前那短暂的沉默，就是她最后的机会。至少，她隐隐地认为只要和宇产生了身体接触，他就可能和菲产生矛盾、误会，这样她就可以在这场争夺战中有可乘之机。她准备先下手为强。她的思想在那时那刻实际上已经混乱了，她已经被宇的颜值和突发的局面冲昏了头脑。

于是，她走过马路，假装和已经走出大楼，走到街边的宇碰上。随即，两人面对着面，停下了脚步。

“宇，这么巧哇。”菡故作轻松地说道，“还记得我吗?”

“当然，你是菲的朋友嘛。”宇平静地说道，“如果我没有记错的话，我们应该是在前天晚上见过。”

“在硬石。”菡干练地说道，“没想到今天就在这里遇见你。”

“我刚刚送菲回家。”宇和缓地回答着，“所以我才会正好在这里出现。”

“那么……”菡突然变得咄咄逼人，“你喜欢她吗?”

“你没事吧。”宇惊讶地看着眼前这位美女，不敢相信自己听到的一切。

“那就是喜欢喽。”

“我想，我要先走了。”宇仍然克制地说道，“菡，说真的，很高兴认识你。”

“我也是。很高兴能认识你。”菡仍然提出了进一步要求，急忙说道，“不过，你要陪我上去坐坐吗?”

“我想，今天就不要了吧，我现在已经太累了。不好意思，我要走了。你也早点回去休息吧。”

宇说完就起步绕过了菡。可菡却一下子拉住了宇的小臂，宇因此被迫转过身来。菡早就变得面色通红，满眼娇羞。他们这样相对而视、四目相接了大概一秒钟的时间。空气好像已经凝固，时间似乎已经停滞，宇和菡根本无法顾及其他，仿佛只能听到彼此的心跳。

这时候，菡踮起脚，把手放在宇的肩头，亲吻了这位英俊青年的嘴唇。如果我要定格这一时刻，如果抛开他们之前的所有事情不说，那一定是一对俊男美女在繁华城市的街头浪漫亲吻表示爱意，而背景中有着路人为之侧目的美丽画卷。没错，他们的美丽与品位，优雅与格调，就算是在从来不缺帅哥靓女的布里斯班，这样的一吻，仍然使得许多路人为之惊叹、羡慕不已。

可惜的是，这只是一个一闪而过的短暂画面，一共也没有持续五秒钟。然而，在这还不足五秒钟的时间之内，都发生了什么?

第一秒和第二秒，宇的表现为措手不及、无所适从。因为这位男生根本没有想到，这个他才见过两面的女生，会对他做出如此冲动无礼的事情。紧接着，在第三秒，他对菡却变成了一种欣赏。他简直不敢相信，当眼前这位他根本不想接近的美丽女人，动了情之后，竟然是那么美如天仙、倾城倾国。也许，每个男人在被一个貌美如花的女人动情地亲吻之后，就算是被强行亲吻之后，也都会下意识地对那个女人产生一种可能是欣赏的感觉吧。宇在那第三秒，也许就处于那种情绪之中。不过，在接下来的第四秒钟，宇突然看见了一个位于不远之处，停在十字路口旁边的不明物体。他看不清楚那是什么，但是，这物体只以一种极为模糊的影像，就让他对菡的感觉从欣赏瞬间变成了一种极度的惊恐。最后，在第四秒到第五秒之间不到一秒之内，他睁大了眼睛惊惧地看着菡，惶恐地一下把她推了开来。

菡看着宇那瞬间露出的狰狞惊恐的表情，刹那间感觉到一种好似宇宙黑洞一般的可怕力量。顷刻之间，菡也同样惊恐地说道：“都错了。我想，一切都错了，你可能永远无法恋爱。我不知道这到底是怎么回事。我感觉到了你内心的彷徨、挣扎、恐惧与无助。这不是我想要的……不过……对不起。”

说完，她就跑开了，冲进楼去。

然而，这一切却被正在楼上的菲完完全全地看到了。

菲本来打算目送宇离开，或者，她想从一个不同的角度，欣赏一下这位她所喜欢的气质美男。只是，真的很遗憾，她看见了最好的朋友和自己最喜欢的男生亲吻的场面。这让她一下子变得极度混乱，不知如何是好。她呆呆地坐在客厅的沙发之上，城市的景色，夜空的星星，反而都暗淡了下来，失去了光芒。

不过，菡的这一吻，会让菲自乱阵脚，无限地暴露每个人都或多或少存在的嫉妒之心吗？

可以想见，菲当时的心情必定异常复杂、难以名状。她第一次遇到自己那么中意的男生，第一次想要倾尽全力去爱一次，却被自己最好的朋友菡，抢得了先机。当她看见他们接吻的时候，才明白，原来菡一直和她提起的那位男生，竟然就是自己喜欢的宇。以前并没有在意的，菡用来形容宇的每一个细节，现在想想都是那么毛骨悚然。她疑惑着，这位忧郁的男生究竟具备什么样的魅力，让他可以同时吸引她们两个完全不一样的女人的爱慕……不，也可能还有其他女人。这个男人，应该不是天使，就是魔鬼。

可是，善良的菲并未责怪菡在刚才的作为。因为她又何尝不是抢了菡所喜欢的男生？从理论上说，无论谁先发起的攻势，只要爱情还没开始，只要宇还没答应，对于谁，都是公平的。

菲唯一感觉不舒服的是情分。因为，她们是多年的闺密，并不是敌人。菡明明知道是菲先开始的，还要迫不及待、刻不容缓、连招呼也不打一下地追求，是不是太不够意思了。你不能期待一个女生对于这样的情况没有一丝的想法，无论她有多么好。但是这样的想法也仅仅是一闪而过……

打开窗户，清新的空气迎面吹来。漫天的星星又一次闪闪发亮，一切都变得豁然开朗。

“菡之所以在我和宇的一切还未开始之前急于插手，是因为我，是因为还想和我做朋友嘛！”

菲又何尝不想和菡做一辈子的朋友呢？

所以，从菲自己的角度来说，她一点儿也不生菡的气了。事实上，她并不知道，菡已经因为宇的黑暗而退出了这场争夺战。她也完全不了解，菡冲昏头脑的行为背后，本来也许还潜藏着要利用这一吻在日后所发酵出来的结果，勾起她那邪恶之心的用意。

但无论菡退出与否，对于菲来说，现在都不重要了。

不过，紧接着，一个全新的问题又出现了。

因为通过几次和宇之间短暂的接触，菲隐隐地感觉到，菡如此不管不顾的急迫一吻，也许会阴差阳错地对宇造成巨大的伤害。宇在音乐世界里面是王者，是一个绝对的天才，可是在真实的世界里，他可能十分脆弱，远远不及常人。就像那把水晶琴，虽然在美丽的舞台上灿烂无比，但是在真实世界中却脆弱至极。只是，证据在哪里？她并不知道，菡的一吻也许在一定程度上，歪打正着地触摸到了宇心灵最深处的秘密。

宇站在原地，愣了足足一分钟。他什么话都没有说。寂寞的样子，又回到了他的脸上。然后，他向前走了几步。这时，他终于看清了马路对面的不明物体——正是那辆纯白色的雪铁龙拉力赛车。他又一次看见了那位赛车女生。

“嘿，又见到你了。”女生坐在车里调侃着。她依然身着一身赛车服，依然没有摘下头盔，只露出了她那双黑亮的眼睛，特别美丽。

“我找了你好久，都没有找到。”宇呆呆地站在她的汽车驾驶舱外，愣愣地说道，“你是谁？你是旋风车会的？还是斯蒂格？你根本不在布里斯班吧？”

“哈哈哈！”女生大笑起来，调侃道，“当我在那天第一次看见你的眼神的时候，我就知道你会来找我。不过，你看看我的车牌，我真的不属于这座城市。我不是旋风车会的车手，也不是斯蒂格。哥们儿，来一场比赛吧！如果你今天能赢我，我就让你看看我的样子！行吗帅哥？”

片刻之后，宇就开着那辆宝石蓝色的保时捷，和那位赛车女生一起驶向位于布里斯班南部的格雷麦特山的山顶了（Mt Gravatt）。那里除了坐落着格里菲斯大学的另一个校区之外，还有一个观星台和一帮玩车的年轻人。

“嘿，姑娘，又是你呀！”

这伙人和赛车女生打着招呼，看起来和她很熟。

然后，比赛就开始了。虽说宇的保时捷也经过了改良，但是在蜿蜒如发卡一般的山路之上，长轴距的轿跑车基本不可能跟短轴距的纯赛车比拼速度。虽然宇在途中无数次无限接近对手，但是依然无法实现超越。然而就在这时，前方的雪铁龙拉力赛车突然降挡减速，似乎要给宇一次超越自己的机会。与此同时，两位车手也已经冲到了下山之前的最后一个弯道。宇看准这最后的机会，试图实现超越。可是就当保时捷和雪铁龙几乎并驾齐驱的时候，宇突然看见一根路障和一辆警车横在了他的前方。他下意识地掰了一把轮，随即车以飞快的速度侧向滑行了一段距离，停在了路边。白色雪铁龙则从警车的另一侧，撞飞路障扬长而去。此时，宇终于看清了那辆警车的样子——正是曾经出现在基因门口的那辆西区警车。不过，那辆警车并未跟宇进行任何接触，而是立刻掉头以飞快的速度追踪着雪铁龙，迅速地消失在宇的视野之中。

这时，从山上陆续开下来了多辆颜色鲜艳的超级跑车，声音巨大、速度奇快。

“兄弟，快跑，快跑，警察来了。”飙车少年们叫喊着。

刹那间，所有的车都散了，比赛就这样结束了。宇因为撤离迅速，并没有因此惹上任何麻烦。

他安全地回到了家中。

宇开始为搅在这个局面里而烦恼，这不是他喜欢的。那位赛车女生是谁？她实在厉害，可以轻而易举地在分秒间就看穿他的内心。可是，他甚至没有见过她的脸。他也许真的已经毫无保留地爱上了她。被菡强吻之时突然产生的那种恐惧，就是因为他的内心深处已经爱上了这位女赛车手，所以产生了痛苦的良心谴责。这完全不是因为菲。他对菲最多也只是有着一种说不清楚的感觉。

但是，那夜，当菲举着那把精致的水晶电琴，五彩斑斓、五光十色地出现在他面前的时候，那动人的双眼，迷人的笑容，就好像一支在冥界里聚集了太阳能量的黄金箭一样，差一点就摧毁了他对于她，好似叹息之墙一样的所有抗拒。差一点就让他喜欢上了她。

可，就差那么一点点。

与此同时，那位赛车女生走进了宇的生活。

菲也许很好，比如她的大方、她的诚实、她的美丽，还包括她的倔强。

可是现在，这些对于宇来说，好似通通没有任何意义。这一切，竟然因为那位赛车女生的突然出现而完全改变。如果说，菲就差了那么一点儿的话，那位赛车女生的出现，已经完全攻克了宇那忧郁的、被动的爱情世界。

她完胜菲。

不过，此时此刻，那位女生在哪里？她安全了吗？已经逃脱了西区警探的追击了吗？

宇终于想要恋爱了。

当前，宇要做的，就是找到那位赛车女生，或者等待她的再次出现。

也许，他需要的只是时间。

另一方面，在被宇用那无法名状的恐怖眼神拒绝之后，菡羞愤地冲回家中，沮丧极了。她也许需要用黑暗来释放她的一切情绪。谁也不知道，也不确定她那么做是否正确，但她至少在一瞬间就做了一个决定。

她拿起电话，告诉路西法：

“我要加入大天使。”

第十章　爆发吧，冰冷的爱
Explosion, The Coolest Love

在菡强吻宇的那天晚上，菲并没有在楼上看到那位赛车女生。神秘女生停靠的位置正好可以让宇看见她，而菲却看不见，好似成心一样。所以菲并不知道除了菡以外，实际上，她还有一位超级竞争者。

过了三天，菲在基因预订的改装部品已经全部到店。然而，从那夜的约会到现在，菲却完全联系不到宇。她完全不知道宇现在在想什么，难道他在躲她吗？宇无缘无故地玩消失，把直截了当、敢爱敢恨的菲弄得心烦意乱。在今天，菲的迷你库柏汽车就将得到升级。改装界有个说法，叫作“小改怡情”。这第一次改车的日子就像是初次得到的圣诞礼物，对于所有车迷来说都是值得纪念和期待的。但是，现在菲却有些烦恼，心情并不太好。

“呦……菲姐来了！”彼得穿着一件白色T恤，一条黑色工装裤和一双米黄色帆布鞋，一脸堆笑地迎过去，“您的货都到了！”

“谢谢。”

菲今天的穿着十分休闲：一件深蓝色的蒙克莱超薄棉服里面是一件简单的白色圆领T恤衫，贴腿的巴宝莉卡其裤下面是一双同品牌的黑色漆皮尖头平底鞋。

“菲姐，昨天没睡好吧。感觉眼睛有点儿红肿……是不是也是夜猫型的？”彼得本来想和菲套套近乎，却弄巧成拙，好似哪壶不开提哪壶。

“如果我是夜猫的话……”菲逗着彼得，继续说道，“那你就是夜鼠？”

“菲姐瞧您说的，”彼得一边为自己圆着场，一边笑着说道，“为什么您是猫，我就是鼠呀？”

“那这样吧！”菲继续调侃着彼得，说道，“那么，请你当猫总行了吧？”

“嗯，”彼得开心地琢磨着，若有所思地回答道，“这听起来还不错。”

“那我就来当猫的主人吧！”菲一下就乐了出来，“这有点儿意思哈。”

一向后知后觉的彼得终于看出名堂来，知道今天菲是带着脾气来的，就打算马上闪人。他尴尬地笑道：“哈哈哈，这个笑话真的很冷啊。菲姐，我帮您把车开到车间吧。老板在那里，我去叫他，看您还有什么需要的。”

“嗯，劳驾了。”

过了一会儿，B哥就从车间走了过来。他身着一件白色的V领T恤，一条黑色贴腿牛仔裤和一双白色的帆布鞋，精神抖擞、十分帅气。见到菲站在展间有些发闷，就笑着迎了上去："哈哈哈，菲呀，这一看就是彼得又犯愣来着。别介意，别介意呀！"

"没关系，"菲笑道，"我知道他其实是一位很热心的人。"

"哈哈哈，我们的货今天全部到齐。"B 哥笑过之后，就认真地介绍道，"而且，音响的部分，我们订到了产品线上更高端的系列。当时厂家在做促销，价钱和原来的等级是完全一样的！所以我就自己做主给你定了下来。"

"没问题。"菲平静地说道，"您的眼光没错的。"

"现在车子已经在改装了。"B 哥进一步解释道，"这些全部都是顶级部品，放在车上之后立马就会产生很好的效果，很容易就能感觉到物超所值。"

"基因的信誉，我很放心的。"

"哈哈哈哈！"B 哥大笑起来，"你这辆迷你库柏的基础本来就很好，加强版本的哦！"

"其实还好了。"菲谦虚地说道，"B 哥，其实，我真的可以叫您B 哥吗？"

"当然了，大家都这么叫。哈哈哈！虽然我已不混江湖很多年，但是仍然可以叫我B 哥！哈哈哈！"B 哥看着菲，继续说道，"菲，你今天好像情绪不太好。我猜都是因为宇吧？"

"您怎么知道？"菲略显惊讶地说道，"那么，宇今天在店里吗？"

"他今天不在这里。菲呀，你稍等一下！"B 哥用对讲机把店里的事务简单和彼得交代了一下，然后穿上了一件黑色的薄棉服，继续说道，"咱们出去聊吧，外面没有店里这么拘束。我觉得那里比休息室的气氛可是好多了。"

"谢谢您！"

说罢，两个人就一边聊着，一边向着屋外走去。

基因车行的正门外面是一个属于自家的私用停车场。这个停车场的面积很大，至少可以停下五十辆车，每天都有各种各样的、五花八门的改装汽车停放在此。停车场的一侧有一个马路牙子。马路牙子前方中部的一块儿区域，是基因的卸货区。除了定点而来的货车之外，平时并没有其他车辆在此停放。马路牙子的后方是一排灌木丛和一个巨大的斜坡，而在斜坡的下方就是公路。B 哥经常蹲在这个马路牙子上，背对着公路和员工们一起进行"猜车游戏"。游戏的规则很简单：通过只听发动机和排气管的声音，辨别改装车的款式或者动力改装部件的品牌。久而久之，这个距离公路三十米左右的斜坡上的马路牙子和其前方的卸货区，就自然而然地形成了基因的一个室外休息场地了。大家有事没事就会跑到这里抽口烟、说会儿话什么的。在眼前这么多酷车的陪伴下，在澳大利亚迷人风景的映衬下，那样的休息区显得特别范儿、特别酷。

片刻之后，B 哥和菲就来到了这个"自然休息区"。B 哥递给菲一瓶矿泉水，自己也打开了一瓶，喝上一口。然后，他们就蹲在了马路牙子边，聊起来。

"刚才听你提到宇。"B 哥关心地问道，"我猜上次他们在硬石的演出，你一定去了吧？"

"必须去，"菲十分激动地说道，"紫金坦克太帅气了！"

“哈哈哈哈！那么我的目的就达到了，我就知道你一定可以找到他的。”B 哥高兴地说道，“这么说来，上次的物品，你也已经给到他了吧？”

“嗯。”

“那我也算完成任务啦！”B 哥张开手臂，做出一副拥抱大自然的样子，十分开心。

“您也是个相信感觉的人吗？”菲若有所思地问道。

“相信哪！”B 哥干脆利落地回答着，“上次我就说过，我觉得你们两位好像很早就认识！”

“我以前根本不相信感觉的……”菲深情地说道，“但是，现在就算是为了那曾经的一丝感动，无论怎么付出都是值得的。”

“然后呢？”

“不过，在我和他共进晚餐的时候，我能强烈地感觉到，除了音乐和汽车，他好似对什么东西都没有兴趣。他少言寡语，内心好像压抑着什么。”菲进一步解释道，“这和舞台上那充满信心、英气十足的他完全判若两人。”

“那么……我再告诉你一个他的爱好。嗯……”B 哥托着下巴，想了一下，微笑着说道，“我印象中他十分喜欢喝正宗的‘蓝山’，可以说是百喝不厌。”

“说起咖啡……”菲若有所思地说道，“我的朋友告诉我，宇上星期在巴诺出现过。”

“你说的是巴诺咖啡屋？”

“嗯。”

“喔……”

就在这时，彼得拿着无绳电话从店里走了出来。他一边捂着话筒，一边示意B 哥有人找他。但是，只见老板挥了挥手，示意现在并不是时候。

“这么说来……”在彼得离开之后，B 哥继续说道，“他确实是那种能够让人一见钟情的男生啊。”

“是的……”

“就连我也嫉妒呀！哈哈！不过，就像你感觉到的那样，宇的心里确实压抑着什么。”B 哥语重心长地说道，“也许，他需要你。”

“您的意思是……我是对的？”

“嗯。”B 哥点点头，完全同意菲的观点。

“他压抑着什么呢？”

“如果你和他真的有缘分，”B 哥深情地说道，“你自然就会知道的。”

“但是，我觉得他喜欢你是肯定跑不掉的。”B 哥看了看手机中的客户登记，紧接着问道，“你驾照上面的地址，仍然是现居住地吗？”

“是的。”

“所以你家应该是在巴诺对面，对吗？”

“嗯，您真聪明啊，脑子好像卫星定位系统一样。”

“嘿！我们玩车的，就属地址记得牢靠！而且，你住的公寓在市区也很有名气，几乎尽人皆知呀！”B 哥耐心地问道，“其实你想过没有，他为什么要去巴诺？那间咖啡屋距离他的住所至少有二十公里哟！”

“可能是去买琴，抑或去喝‘蓝山’？”

“据我所知，如果宇去买乐器的话，大多数的时候，星和翔都会和他在一起。若是喝咖啡的话，现在巴诺已经不是最好的了。宇他们的别墅附近倒是新开了一家，我们最近去那里比较多。”B 哥似乎早已知道了答案，笑着说道，“哈哈，菲，你觉得有没有一种可能性，他是去那里找你的呢？你想想，那几天市区可并不太平。”

菲听后恍然大悟，她终于明白，就在她去奥地利的时候，宇为什么会出现在巴诺。

“啊！我真的太傻了！”菲抓着头发，一下子从马路牙子上站了起来，激动地说道，“如果真的像您推断的那样，他也没有告诉我，他在那里等了我一个星期……”

“一个星期？”B 哥也从马路牙子上站了起来，疑惑地问道，“什么情况？”

“我的朋友告诉过我，宇曾经在那里待了足足一个星期。”菲心有所想，豁然开朗地说道，“原来……他在那里等了我一个星期，是为了给我那把太空手枪啊！”

“太空手枪？”B 哥狐疑地笑道，“这到底又是什么情况？”

于是，菲把太空手枪的事情向B 哥做了简单的说明。

“哈哈哈哈！”B 哥大笑道，“我就知道，他肯定喜欢你！不过，现在看起来，那位男生已经掩饰了最真实的感情。也许你可以告诉他，应该更勇敢地面对一切。虽然我知道他已经非常勇敢了！”

“我想，我有点儿明白了。”菲的眼中闪烁着坚定的目光，笃定地说道，“做就做最真实的自己。”

“嗯！”

“单纯从智商来说，宇绝对聪明过人。管理、汽车、乐器样样精通。对于一个二十出头的人来说，这显然已经是超常了。而当你问他的时候，他从来都说是在家里后院学的。可是拥有超高智商的人，往往有很多地方不如常人。所以，菲，不要放弃呀！”

时间又在不知不觉间就来到了星期四的午后。按照不成文的习惯，菲和菡本来要在今夜共进晚餐。但是，因为彼此心里已经产生了隔阂，所以一切并不自然。菲并不记恨菡的冲动，事实上，我之前已经说过了，对于菡是否退出，就在菡强吻宇之后短短的瞬间，对于菲来说就不重要了。菲现在更担心宇，只担心宇。她想和菡取得联系，想找到她的好朋友，就好像什么也没发生过一样。可是，无论菲怎么尝试，菡的电话就是打不通。刚才说了，虽说菲对于菡的一吻可以释怀，但是她并没有热情到还要去菡的房间找她共进晚餐。

于是，星期四之约告吹了。

其实，此时此刻，菡就在自己的家中，和菲在同一幢楼里。但是，强吻宇的那件事让菡不知道该用一种什么样的姿态去面对菲。所以，她选择了冷处理，把和菲的约会暂时搁置下来。别说菲没来找菡，就算菲敲响了菡的大门，她也会假装不在家，把约会回避掉。

在这个阳光的午后，菡就这样独自坐在客厅的窗前，那台望远镜自然而然地再次出现在她的面前。原来，自从那次看见宇之后，这架望远镜的位置和角度，就一直没有改变过。虽然说菡已经单方面退出了对宇的争夺，但是，睹物思情。她又一次拿起了望远镜，打算最后一次看向那个方向，看一次那间巴诺咖啡屋，看一次那扇曾经看见过宇的窗户。然后，她就把这台望远镜转向天空，作为对宇的这段单相思的终结。

果然，就像菡和我们所有人想象的一样，她是不可能再从这台望远镜里看见宇了。可是，谁知，在菡的望远镜里，在巴诺咖啡屋的那扇窗的那边，竟然出现了另外一个人。这个人和宇很像，尤其是从上而下的这个角度，让菡差点认为，在对面楼下的那个人，就是宇。

“这不是星吗？”菡心有所想，“紫金坦克的贝斯手？”

这个场景和一个多星期之前那一天，她第一次看到宇的场面几乎一模一样。一切也发生在一个阳光的午后，一切也发生在巴诺。她仿佛在恍惚中感觉时光倒流，无法停止。如果这个人真的是宇的话，她甚至应该马上冲下去，和他认识，和他聊天，进入他的生活。可是，她的那种感觉，只是在一闪念间就过去了。

因为，镜中人，不是宇。

她不得不承认，就算她已经选择了退出，可是在她的心底还是有个结。是制造了这个结的宇，让这位占有欲极强的女生，在爱情和友情上都遭受了巨大惨败。她必须承认，那个曾经定格的镜中画面，已经在她心里留下了印记。那么现在的这种感觉是什么呢？是爱吗？显然不是。那是什么呢？是遗憾吗？也不是。

她最终决定去和星说说话，聊聊天。

只为了一种对于过去时光的怀念。

于是，她把自己打扮到最美丽的程度，迎着阳光，迈着轻盈的步子，走过马路，走进了那间位于街角的巴诺。然后，她停在了刚一进门的门廊，转过身，向着她的右侧靠近玻璃墙的位置看了过去。她又一次近距离地看到了星。菡真的不敢相信，眼前这个人如果不是自己已经认识的星，她简直觉得他和宇就没有什么两样。和以往不同，星今天闪烁着和宇一样惆怅的眼神，凝视着窗外，沉浸在自己的世界里，俨然另一位忧郁王子。她不禁感叹着，这个世界上竟然会有这种巧合。她站在那里，仔细审视着星，发现他也和宇一样，拥有黄种人里罕见的白色皮肤，白种人里更为罕见的细腻肤质。他的头发软硬适中，精致柔和到令人叹为观止。此外，他还拥有大多数东方人不具备的分明轮廓。对了，从硬石的那一次聊天之中，菡知道，星的爸爸是一位帅气的英国绅士，妈妈是一位温柔的中国美人。所以他能融合东方和西方的美，也是理所应当的。不过，他今天并未选择自己中意且经常穿着的日范儿装束，而是采取了一身英伦打扮。这身行头甚至连颜色的搭配和品牌的选择都和那天的宇十分类似，让他看起来完全就是一位时髦、忧郁的摩登绅士。

菡走了过去，来到了星的旁边。她以为星今天有什么心事，于是轻声地问道：

“我……可以坐下吗？”

星慢慢地抬起头，仿佛刚刚从自己的世界里抽离出来。突然，他惊讶地发现，这位有着完美身材比例的女生，竟然如此白净、如此美丽。菡今天选择了一身极为华丽而精致的纯白色洛丽塔式（Lolita）洋装打扮，所有的配饰都配搭得刚刚好。一位清新素雅、美如仙子的女生，就这样落落大方地出现在他面前。这和那天晚上一身纯黑、失魂落魄的菡形成了巨大的反差。

“啊！你是……菡？”星忽然站起身来，惊讶地说道，“我都认不出来你了！请坐！请坐！”

“谢谢你，星。”菡略显羞涩地说道，“你觉得我今天怎么样？”

“和硬石那夜相比，今天的你简直判若两人哪！”星赞叹道，“太美丽了！你真的是我见过的最美丽的女生！真的！像个时髦的公主！”

菡的两种截然不同的装束所带来的巨大反差，外加突如其来的“偶遇”，让星有些语无伦次。只是，这对于性格外向的星来说，倒也没有什么。

“听到你这么说，我真是太高兴了！”菡落座，问道，“今天就只有你一个人吗？”

开心的样子，又回到了菡的脸上，天真烂漫。她高兴极了。她喜欢别人夸奖她。确实，天下有哪位女生不喜欢别人的赞美呢？

“对呀，”星回过神来，随即落座，回答道，“今天就只有我一个人而已。”

“那你来了很久了吧？”

“嗯，有一会儿了。”

“我猜也是，因为会品蓝山咖啡的人，怎么可能一下子就把它喝完呢？”这时，菡发现星的咖啡已经见底了。

此时此刻，星还不知道那天菡跟宇发生的事情；也并不了解，菡在过去对宇的念想；更不知道宇在此之前来过这里。他只是很巧合地和那天的宇，坐在了同一个位置之上。

“哈哈，你还真细心啊。对了，美女，”星笑道，“你想喝点儿什么呢？”

“不用那么客气，我自己来就好了。”菡微笑着，起身准备去吧台。

“还是让我来吧。”星温柔地说着，然后再次站了起来。纵使菡穿上小高跟鞋的高度超过了一米八，但是，星那穿上了鞋之后就超过一米九的高度，还是让菡感觉到了压力。

“那好，我就不客气了！”菡愉快地说道，“就来杯摩卡吧，你呢？”

“我改喝冰沙吧。”星干脆地说道。

“从蓝山改为冰沙吗？”菡捂着嘴，差点笑出声来。

为了点单速度更快，菡随着星一起走到了吧台。他们站在那里，特别协调，好似情侣一般。摩卡在巧克力酱、牛奶、咖啡豆、可可粉等原料的作用之下，根据工艺所要求的步骤，很快就做好了。而冰和果汁，在搅拌机的旋转之下，很快就也变成了冰沙。两个人随后再次落座。

“咖啡呢，我几乎就只知道那一款的味道。”星比画着，平静地说道，“宇，你还记得吧？就是那天你看到的那位主唱。他喜欢喝蓝山已经有一阵子了。正宗的蓝山咖啡豆每年在牙买加只生产九十吨，他真是会喝。他总是说蓝山咖啡香醇而温和，一如蓝山的深远意境。”

菡庆幸此时此刻，星确实不知道她和宇之间发生了什么。和宇的那一吻之后，他脸上闪现的恐怖怪异表情，让她坚信他什么也不会说。至少，在这一瞬间，她可以尽情地、毫无顾忌地、肆无忌惮地享受这美丽时刻。

“但是，但是你今天为什么会来这里喝蓝山呢？”菡好奇地问道，“你看起来并不忧郁呀！”

“我的确不太喜欢悲伤。”星慢慢地摇晃了一下杯子，平静地喝了一口冰沙，“今天我来到这里，只是为了体会宇的心境。”

“宇的心境？”

“有时，他并不善于表达感情，就算他遇到了什么困难，他也不会去说，似乎把一切都写在了音符和歌词里面。”星抬起头，看着菡那美丽的眼睛，若有所思地说道。

“我们呼吸着同样的空气，看着同样的景色，听着同样的声音，唱着同样的歌。

“只有，只有味觉，是不一样的。

“所以，如果我也喝到一杯蓝山，我就会知道他是怎么想的。

“我就能感觉到，宇最近越来越不一样了……更加让人难以捉摸。”

菡虽然不了解，星话语中的“不一样”，到底是什么意思。但是，她一定不会把她已经感知到的，暗藏在宇心中的黑暗告诉星。她隐隐地感觉到，也许星比她清楚，那会是什么。也许，有时候，味觉就是最准确的一切。她曾经体会过那样的感觉。

后来，他们在巴诺聊了很多有趣的事情，讲了很多愉快的故事。那时，星早已经体会到了宇的心境，变回了幽默乐天的自己。这让菡十分开心。每当星做出一些搞笑的动作，旁桌的人都会注意到他们。她既有点儿不好意思，又想让大家知道，她是和多么帅气而有趣的男生在一起。在那一瞬间，她觉得她是这个世界上最幸福的女人。

但是，美丽的一切总是稍纵即逝。不知不觉，天色又一次进入了黑暗。

菡看着远去的星的车尾，心里再次涌上一种莫名其妙的痛苦。我想，埋藏在她内心最深处的那个人，还是宇。

她曾经幻想过宇开车的样子——挂挡、加速、超越；她也曾经幻想过宇拿着吉他冲着她微笑；她甚至幻想过，她可以站在宇的旁边，和紫金坦克一起登台演出，享受那无尽的欢呼与光荣。可惜这些她全部未曾经历过，亦不可能在未来将其变为现实。

最后，菡一个人回到了家中。这一次她并没有去夜店，没有去派对，没有去任何地方。

另一方面，紫金坦克的队长，宇的精神状态却越来越消沉，越来越糟糕。其实，歌曲创作和吉他技术对于这位实力派美男来说根本不是问题，是那位赛车女生的突然出现，彻底打乱了他的生活。在最近的这些日子里，宇对那位女生的爱慕已经急剧发展到了一种痴迷的地步。他也因此花了大量的时间和精力在网络上搜索她的消息。然而无论宇如何努力，却没有任何结果。就是这样一种疯狂的迷恋，直接导致这位忧郁男生产生了如下症状：重度失眠、特别封闭、不愿见人。虽然宇从未向星和翔透露过赛车女生的任何信息，但是，作为从小玩到大的最亲密的朋友，此时此刻，他们已经深刻地体察到宇的异动和堕落，能够感受到一种暗能量正在紫金坦克的别墅里滋生蔓延。对于星和翔来说，这种恶劣的局面似曾相识，并不陌生。所以他们不得不采取一些措施，提前进入防守保护模式。

他们把在索罗排练的时间改为晚上八点到十二点。这样一来，三位男生就不得不在每天凌晨两点才能回家。除此之外，星和翔还决定减少外界对宇的直接接触。所有乐队的外部事宜，全部由星来包办。

就这样又过了几天。

与此同时，菲已经连续多日联系不上宇了，无论是拨打他的手机，还是拨打基因的电话都找不到他。一方面，菲担心宇是不是出了什么状况，无法回电；另一方面，菲完全不能理解，如果宇不是因为出了什么意外，为什么在突然之间玩起了消失？就算菡的冲动并不礼貌，但是，这也不至于殃及她吧？她和菡就算是好朋友，但毕竟也还是两个不同的女生啊！她的确不了解，宇其实是在为另外一位女生的下落而烦恼。对于菲来说，宇这几天的行为与他那极为绅士的外表和彬彬有礼的态度大相径庭、有天渊之别。一想到这里，性格耿直的菲就非常生气。她决定无论如何也要找到紫金坦克的队长，看看事情究竟是一个什么情况。

后来，星和翔也接到了菲的寻人电话。但是，对于是否让菲和情绪负面而且并不愿意见人的宇进行进一步接触，星和翔第一次产生了分歧。翔认为菲根本就不了解宇，她的介入不但不会让宇的状态向着积极的方向扭转，可能还会适得其反。所以，在翔看来，菲应该和其他人一样，在目前的状况之下，不和宇联系。他甚至准备让星出面去挡掉菲，一了百了。而星的观点和翔则完全不同，倒是和B哥的想法有些类似——他认为菲是不一样的女生，不应该把她当成局外人来对待。

不过，无论翔的观点是如何正确、如何在理，如果根本不让这位从奥地利把水晶琴带回来的女生，和宇就接触哪怕那么一次，是不是太过分了？再说，翔也明明曾经感觉到菲的与众不同。所以，经过讨论，星和翔还是做出决定，把索罗的地址和紫金坦克的最新排练时间告诉了菲。

又过了几天，紫金坦克终于把所有即将在“绝对音乐”中演出的曲目全部都确定下来。他们今天排练的目的，是对于歌曲细节的进一步完善。

在排练开始之前，在这个寂静的夜里，菲终于在索罗的正门口见到了宇。除了翔的深灰色中山装，星的黑白插色棒球夹克和黑色牛仔裤之外，宇今天只穿了一件深灰色的帽衫，一条蓝色的运动裤和一双白色的帆布鞋，而菲也不约而同地穿了一件粉色的卫衣，一条灰色的运动裤和一双白色的运动鞋。此时此刻，宇和菲的情绪都不高，好似非常疲惫。

最要命的是，宇把帽衫包在了头上，不知是在躲避严寒，还是在躲避着谁。在漆黑的夜里，帽兜的暗影让菲根本看不见他的脸，就更别说他的眼了。如果目前他不是和星和翔在一起，你甚至根本认不出，此人就是紫金坦克的队长；也根本看不出，他就是那个曾经俊美潇洒的明哲宇。

到目前为止，宇和菲已经将近半个月没有见面了。可是已经启动了自我封闭模式的宇却完全把菲当成透明人。就算星和翔都主动和菲打招呼，试图把僵局化解，但是，宇仍然就这样头也不抬、一声不吭地进入了索罗。

宇知道菲和菡是朋友，所以并不想解释菡所做的一切，他更不想解释关于美女赛车手的一切。他不知道说什么。此外，忽略菲，也许还有一个更重要的原因，就是音乐。宇只要一进入音乐，就什么都不管了。任凭菲做什么。只可惜，刻意忽略她的第一个原因，也就是菡和宇的那一吻，菲早就不在意了。第二个原因，关于那位赛车女生，事实上，菲根本就不知道宇此刻正迷恋着另外一个女人。第三个原因，也就是音乐，在她或者任何一个正常人看来，都是借口。

他今天冰冷得可以，黑暗得可以。如果宇的名字，来源于浩瀚的宇宙，那么他今天的情绪，就好似宇宙中无穷无尽的暗物质和人类无法触控的黑洞一样，负能量无法抑制地释放着。什么话也不说，在这种情况下，比死亡更可怕。布里斯班的冬天，冻得可以，刺骨得跟冰河一样。一种好似西伯利亚冰川一般的冷，已经降临在索罗。

紫金坦克随后就进入了排练状态。距离“绝对音乐”的开始，还有不到一个月的时间，所以，在此后的排练之中，哪怕只是在一秒钟之内一闪而过的细节，他们都会进行一次又一次的反复修正，直到完美无缺。而且，那些在排练中由于过度投入而没有发现的状况，也全都会被数码摄像机记录下来，以便日后改进。虽然宇对于完美的追求，已经到了近乎疯狂和偏执的程度，好在，相比于他在家里的黑暗和对菲的无视，在音乐中，在排练中，宇的表现仍然非常优秀。

不过，今夜，宇只要一放下琴，就会变得完全不一样了，就会进入沉默不语的封闭状态。这样的表现比前几天更过分，更黑暗。

菲就在靠近正门口的一个公共休息室里，等待着宇的现身。她不走，就那样静静地坐在那里，哪里也不想去。菲的脾气也随着时间一分一秒地流逝着，一点一点地积蓄着。但是，倔强的她也绝不进入不远处的排练室半步。菲和宇二人好像就这样隔空较上了劲儿。

气氛僵持住了，特别的窒息。

终于，翔在排练的间隙，把星从排练厅里面叫了出来。

“星，你看，菲就在休息室里等着，心中带着怒气。这样下去的话，我们也练不踏实。不然咱们还是叫她先回去吧。”翔焦急地说道，“也不知道等一下他们会不会吵起来，我担心宇会承受不了这些。”

“可是，是我们把菲叫过来的，宇自始至终都没说一句话，”星坚持说道，“就这样让她回去也未免不好。”

“但是，你不是知道吗?”翔看了看不远处休息室那紧闭着的大门，继续说道，“宇不想说话的时候，谁怎么样也不行，我们也不能强迫他做什么。”

“反正排练还有一会儿就结束了。他们怎么样，还是让他们自己来决定。”星笃定地说道，“这两位之间的事情，也许有我们并不了解的情况。还是让他们自行解决比较好。”

“好吧。”听到了星的回答，翔也没有再坚持，无奈地说道，“也许我们能做的只有这么多了。”

“是我最先提出把菲叫来的，我得去看看她现在怎么样了。”星转身向着休息室走去，一边走一边回头说道，“翔，你先回去陪陪宇吧。”

星随即来到了休息室，见到了独自等待的这位美丽女生。星虽然嘴上那么说，希望菲和宇自行和解，但实际上，他也并不认为翔的话就一点道理也没有。所以想来想去，他也选择劝菲先回去。可菲只是倔强地摇摇头。星也没有再坚持，只能让接下来的一切发生了。

两个小时过后，紫金坦克的排练终于结束了，乐队来到了索罗的大门口。此时已是凌晨，索罗的正门之外几乎一片漆黑，只有工厂区的几个探照灯能够让人们勉强看清楚彼此的样子和停车场里面的汽车轮廓。这时，宇终于出现了，而星和翔就站在他两侧稍后的位置。

刹那之间，菲也从休息室快步跑了出来，站在了他们面前大概五米处的地方。她停住了脚步，转过身来，截住了紫金坦克的去路。

三位青年就那样静静地站在那里，一动没动，似乎等待着菲的爆发。

她弓着腰，喘着粗气。几秒钟之后，才支起身子。大家都以为她有什么话要说，可是她却什么也没说。

她就这样静静地凝视着宇，凝视着站在最前方的这位高大男生。她想看清他的嘴唇和他的眼神，却怎么也看不清。这时宇终于把帽兜褪了下来，索罗的探照灯再一次把宇的脸庞照亮。然而，今天的宇和梅耶枪击案那晚的俊美男生已经完全判若两人。这一次，失魂落魄的人，轮到了紫金坦克的队长。他就好像是从枪击屠杀现场逃出来的灵魂一样，面色惨白、头发凌乱、眼神无光。原来，宇之所以戴上帽兜，既不是因为冷，也不是躲避菲，完完全全是因为自己的堕落。

看着眼前的宇，一直运着气的菲本来有好多好多话要说，比如：

“你这浑蛋，你为什么一直躲着我？”

“你这是唱的哪一出？为什么不接也不回我的电话？”

“你怎么那么冷酷无情？太过分了吧！”

但是，这些话语，却在即将吼出的一瞬间全部被菲给生生地咽了下去。憋了半个月外加这刚刚过去的四个小时的话，全部都被咽了下去。

菲就这样静静地、深情地凝望着眼前这位颓废而凌乱的男生，思绪万千。她在想，如果谁敢把他欺负成现在这副模样，她恨不得马上把那人拎出来臭揍一顿，然后千刀万剐。

她的嘴唇动了又动，动了又动，怜惜、心痛、伤感、难受，所有情绪交织在一起，然后，她只静静地说了一句话：

“宇，现在的你，好像不是我认识的那个你。那么，你能不能再冲着我微笑一次？就像我们初识那样，就像在梅耶枪击案之后那样。”

这句深情的话语是如此真挚而有力，让星和翔瞬间就湿润了眼圈。那一夜，他们也在现场，知道宇的笑到底是什么样子。

然而，同样还是这句话，对于站在最前方的这位男生，却完全没有起到作用。他就那样木然地站在原地，呆呆地一句话也没有说，一个字也没有回答。

更没有一丝的笑容。

四个人就那样站在那里，僵持了差不多一分钟。菲的表情，由美好的期待逐渐地转化成了强笑欢颜的失落。

最终，这位美丽的女生选择了离开。她终于无法忍受宇的种种怪异和对自己的无视，转身冲到了不远之处的停车场。刹那之间，刚刚改装完成的蓝紫色氙气头灯就把三个人同时照亮，车子瞬间消失。

宇仍然站在那里，星和翔也是一样，一动没动。他们彼此之间没有进行哪怕一个字的对话，继续保持着沉默。

就这样过了十分钟的样子……气氛极为沉闷。

“不行。”

突然之间，宇的一声大喊打破了夜空的沉寂。他的情绪在转瞬之间产生了剧烈的变化，坚定地说道：“我得追她去！”

话音刚落，那辆宝石蓝色的保时捷帕纳梅拉就以最快的速度，消失在黑夜之中。曾经那位激情四射的翩翩少年，似乎又回来了！

“翔啊，菲的眼神真的很厉害呀！”星微笑着说道，“嘿嘿！宇就好像被猛击一拳，说不定情绪也会有所好转！”

“星，”翔看着远方，平静地说道，“也许今天，菲的坚持确实产生了出人意料的效果。宇刚才的眼神我也许久未见，但是我仍然认为，也许宇根本承受不住更多的刺激。这种火星撞地球的力量，别给他们俩惹来什么大事。”

“翔，”星调侃着，斜眼儿歪嘴地笑道，“你也对我微笑一个？”

“啊？”翔仿佛才从刚刚的情绪中回过神来，不自然地傻笑道，“您看这（zhei，四声）笑行吗？”

“我的天，”星大笑道，“您还是别笑了。完全不是那意思。”

“说实在的，”翔和缓地说道，“菲想要的那笑容，对于宇来说真的是太难了。”

“翔，”星平静地说道，“菲刚才的那句话，不但差一点把咱俩大老爷们儿给弄哭了，而且还把宇在瞬间击醒。也许，菲真的就是一位与众不同的超级女生。”

“好吧，”翔转过身看着星，将信将疑道，“菲今天确实创造了一些不一样。那么，咱们就走走看吧。”

第十一章　亚历山德拉公主医院
Princess Alexandra Hospital

宇飞快地开着车，一边打电话，一边焦急地寻找着菲的身影。然而时间就这么一分一秒地流逝着，这位北京青年依然没能追到那位美丽女生。在多次电联未果之后，宇迅速改变计划，准备从最快的一号公路直接开到菲的公寓。他知道她住在那里，他曾经多次送过她回家。

之前提到过，一号公路是一条贯穿澳大利亚重要城市的高速公路，其中有一部分连通布里斯班的市区和市郊。每当夜幕降临，行驶在这条路上的车辆就会大大减少，但是车速和危险指数反而会因此大大增加。

然而，此时的宇已经全然不顾这些危险了。只见他把保时捷的速度提到了一百四十公里每小时，以为这样能够让自己快点见到菲。可是就当宇刚刚将车稳定在这个速度的时候，却突然发现了异样——就在他的正后方，有一辆同样高速行驶的汽车，正在连续地用大灯和小灯的高频变换，对他进行干扰。不过由于深夜的原因，宇仅仅靠着那巴掌大小的三块后视镜，根本看不见后车的真正样子。

“什么？一百四十公里还不够快？”宇顺势加速，想要甩掉闪晃。然而后车的加速度更快，迅速地接近了他的座驾。

“那么，就让他先过吧。”紫金坦克的队长随即将车变线，心想，“后车这是有什么事比我还要着急？”

谁知，就在那辆车即将超过宇的时候，竟然在突然之间狠狠地别了他的座驾。要不是这位北京青年反应神速，这次恶意侵犯差一点就酿成大祸。

就当那辆汽车超越了宇的座驾之后，这位男生马上看清了前车的样子——这正是那部重改雪铁龙拉力赛车，宇曾经在山路上输给过这辆车。这位北京青年最近一直在找的，念念不忘的那位女生，就在这辆车里。

宇好像突然明白了赛车女生的意思。莫非她在他后面追车的时候，就已经识别出了他的车型和他的那个名为“BJ-TANK-YU”的个性车牌号了吗？而之后的闪晃，只是通知他再来一次比赛吗？

莫非在经历了山路弯道竞赛之后，还要再来一次高速追逐赛？

此时此刻，一种极度复杂矛盾的心情，瞬间占据了宇的大脑。最近让他心力交瘁、朝思暮想的那位赛车女生，竟然在今夜，在他疯狂寻找菲的时候，再一次出现在他面前，好似就是不想让他找到菲一样。宇知道，按照上一次山路赛的约定，只要赢得比赛，他就能够看见那位女生的样子。

然而，几十分钟之前，在索罗门口，菲那深情凝望的眼神却又真率诚挚地出现在他面前。一个是真心实意地爱你的人，另一个是时近时远的梦中情人，该怎么选？两位女生的眼睛在一瞬之间，反反复复错错落落地闪现在宇的脑海之中，来不及思考。面对着那双情真意切的双眼和那双美丽动人的双眸，该怎么办？

就在这左右为难的关键时刻，宇却没有迟疑，果断地给自己做出了一个决定——继续向着菲的寓所前行。因为，紫金坦克的队长深知自己还欠着菲一个微笑、一声抱歉。这也是他在这个深夜超速行驶在高速公路上的唯一原因。

现在，宇就是要找到菲，找到那位美丽女生。

他也因此继续提高车速，但并不是为了和赛车女生飙车。

谁知，前方的那位女生好似瞬间就明白了这位青年的心思。她突然降挡减速，在他的前方左晃右晃，对他的座驾进行了全方位压制。这样的做法让他无论如何也无法超越。雪铁龙好像根本就不是来和他比赛的，而是来捣乱的。

最后，那辆雪铁龙以一个奇快的速度，超越了所有汽车，消失在高速公路的尽头。

又过了一会儿，宇突然发现前面的行车不知何故，全部都在减慢速度。他也无奈顺势降挡，跟着车流缓慢行驶。那辆雪铁龙可能也被前方的行车挡住了身影，完全看不见踪迹。

原来，在前方路段上发生了一起严重的交通事故。在事发现场斜停着一辆已经被撞变形的中型皮卡和一辆将其追尾的小型汽车。两车因为剧烈碰撞而压在了两条车道中央，十分惨烈。在事故现场后方的不远处，还放着一个汽车安全三角警示牌，示意原来的四条路已经变成了两条。

就在这时，宇接到了翔的电话。

“宇，你那边怎么样了？”

“我得晚点回去了，你们就先别等我了吧。”宇并未和翔提及刚才出现的赛车女生和她的行为。他更在意的是前方到底发生了什么，菲到底在哪里。

“怎么了？那边发生什么事了吗？”

“堵车了，前面应该是一起交通事故。”

“唉！宇，你开车一定要注意安全，我们也很担心你呀！”翔语重心长地说道，“对了，你联系到菲了吗？”

“还没有。”

“嗯，等一切都好了之后，给我们打个电话吧。”翔关心地说道，“宇，那我和星先吃点去了。你也自己吃点。”

“好的。”

挂了电话，宇继续随着车流缓慢前行。只见他的车速越来越慢，越来越慢，宇终于来到了那个最狭窄的路段——事故现场。行驶在事发地点的中心，宇很好奇地将头转向左边，看看那里到底发生了什么。虽然在进入狭窄路段之前，宇就早已看见了些许，但是，当他从副驾驶窗看过去的时候，仍然彻底傻了眼，那果然是一起重大的交通事故。

这起事故的双方正是一辆中型皮卡和一辆辣椒红色的迷你库柏。皮卡的损伤刚刚已经介绍过了，然而迷你库柏的情况则更为惨烈：这辆小车的车头已经凹进一半，前风挡玻璃粉碎，双安全气囊全部打开，头灯还在短路一般地不停闪烁。

宇前面的司机均未在这里逗留，在看清情况之后便加速走远。可是，正当这位青年也准备离开现场的时候，却猛然意识到这辆车似曾相识。一瞬间他又看到一个由于过大的撞击力而被弹挤出来的车牌躺在车边，黑字白底分明刻着“FEI FEI”的字样。

他在顷刻之间五雷轰顶，动弹不得。

片刻之后，急促的喇叭声猛地把这位青年拽回到了现实世界。宇迅速给后车让开路线，在事故现场的前方停了下来。他踉跄地走下车，摇摇晃晃地接近了事故现场。后面的行车一辆辆从他的侧面飞驰而过，根本不愿意多管闲事。突然之间，宇就像疯了一样猛冲过去，声嘶力竭地喊道：

“菲——”

他那歇斯底里的疯狂吼叫，仿佛震动了世界上的每一个人，那么无助、那么悲伤、那么凄凉、那么彷徨。

菲被卡在汽车里面，已经完全失去了意识，鲜血顺着手臂正在往下流。宇竭尽全力，试图把汽车调整到一个足以让菲顺利出车的角度。只不过，面对汽车的重量，一个人根本不可能有什么办法。这辆汽车好似一块绝望的巨石，静止在那里一动不动。

另一方面，被菲追尾的皮卡司机，亦昏迷在了事故现场后方的安全指示牌旁边。似乎是在完成了安全指示的操作之后，也不省人事。

就在此时，宇在突然之间又一次看见了那辆白色拉力赛车。原来，那位赛车女生早就来到了事故现场，停靠在宇侧面不远处的一个并不影响汽车通行的地方。那位赛车女生走下车，靠着车子的侧门，就这样看着眼前的一切。她依然穿着白色的赛手服，戴着白色的头盔，就这样静静地看着宇，眼神冷漠而木然。

“喂，是你呀，刚才你是什么意思？”宇焦急而气愤地说道，“要想比赛的话，以后再说。”

那女生用手势比画了一下，然后摇摇头。那意思是在说：“我不是来跟你比赛的。”

“喂，你也来帮帮忙，帮帮菲吧，她快死了。”宇也顾不了那么多了，顾不上了解那位赛车女生到底是谁，有着什么背景了。看到这里多了一个人，他就仿佛多了一丝希望。

那位女生没有说话，纹丝没动……依旧那么麻木地盯着他。

“喂，快来帮忙啊！”宇焦急万分地说着，好似世界就要毁灭了一样，“我一个人不够，快来呀！”

但是，依然没有人应答。

“喂！”

宇吼叫着从地上站了起来。他迅速跑到那辆白色赛车旁边，试图把那位头盔女生拉过来。

可是，那女生却面露不悦把手狠狠一甩，转身就冲进车内，不容分说地将车飞快地开走了！

“喂，你怎么能这样？”宇对着白色拉力赛车嘶吼着，“你走吧，你走吧，我不想再见到你！”

雪铁龙消失了。

这一次，宇并没有看到那辆西区警车。也许这是因为负责这起重大事故的交警已经到来，那位女生才刻不容缓地马上离开？但是，那也仅仅是也许罢了。

这时，一名身材魁梧、皮肤黝黑的警察突然抱住了宇并且厉声说道：“先生！这里是事故现场，你需要马上离开！否则我将以妨碍警察执行公务以及藐视法律的罪名，把你送进监狱！”

“啊！你们终于来了！我的天！”宇挣脱了警察的熊抱，简直快急疯了，“我是她的朋友，你们快点把她救出来呀！”

“先生，我请你冷静点，我们接到群众的报警电话之后，第一时间就赶到了现场。你也看见了，现在汽车的驾驶室已经严重变形，她整个人都被卡在里面！对此，我们带来了最先进的设备，将马上对汽车进行拆解。”

与此同时，已经有其他警员正在对迷你库伯进行切割拆卸。电锯和金属摩擦产生的金色火花，遮挡了汽车的主体，却能让人隐隐地感到一丝希望。

警察随即严肃地说道：“你现在不如直接去‘亚历山德拉公主医院’（Princess Alexandra Hospital）等她吧。”

宇当然说什么也不肯走，就要等到菲被抬上救护车为止。

“好吧！”那位警察叹了口气，认真地说道，“既然你就是不想走，那我就借此机会和你说两句。”

“什么？”

“她也许要在几个星期之后上法庭。如果……如果她还活着。”

“你说什么？”宇简直不敢相信他所听到的话语，愤怒地说道，“人都这样了，还要上法庭？”

“对。”

“公诉？”宇激动地质问道。

“对。”警察平静地说道，“检察院会代表政府起诉她。”

“你们是不是人哪！”宇勃然大怒，“她人都已经这样了！还要起诉！”

“我理解你的心情，其实这样的事情我们也不是第一次遇到，难以理解是不是？我的先生，不过我们必须这么做，这是法律，我们也只是照章办事。”警察和缓地说道，“对了，如果她确实行动不方便，就得找委托人了。”

“她会被关进监狱吗？”宇突然目光呆滞，愣愣地说道，“会吗？”

“这可说不好哇！”警察解释道，“罚款还是什么的，都要看认罪态度。”

“你们怎么能够这样！”宇再一次歇斯底里地疯狂吼叫起来，“她还只是一个女孩儿！”

“我们只能这么做。”警察耐心地解释道，“因为，你看，今天这个事故她是全责。”

“你们就知道责任！”宇已经快疯了，继续吼道，“还有没有点儿人性啊！”

“正因为毫无人性的严格处罚，才可以避免更多毫无人性的伤害发生。”警察突然严肃起来，厉声说道，“其实坦率地说，现在你的车都不能停在那里！你快走吧！别让我们拘留你！要是那样的话，今晚你就肯定见不到她了！”

说完，警察便返回事故现场，只留下了宇一个人形单影只地待在那里。

“啊——”

宇突然跪在地上，撕心裂肺地狂吼一声，释放着心中的全部怒火。他就好像刚从地狱爬出来的人一样，现场所有的灯光，把他的脸庞照得惨白，呈现出一种怪异并绝望的表情。

不过好在警察的动作毕竟还是非常专业，他们三下五除二就把菲从库伯残骸中解救出来。宇当然没有直接去医院，他一直守候在警戒隔离带的外侧。随后，紫金坦克的队长才跟随着救护车，一起奔向距离事发地点不远的亚历山德拉公主医院。

抵达目的地之后，菲很快就被推进了手术室。而宇则把车停在医院正门那根本不是停车位的地方，然后三步并作两步地冲到急诊室门口。因为地广人稀的关系，这么大的医院却只有一组夜班医生，候诊室里居然也只有几个患者。整个医院显得空空荡荡，安静得仿佛可以听到手术刀的声音。

宇逐渐冷静下来。一个人，就他一个人，坐在手术室的门口。他使劲儿抱着头，紧紧地揪着自己的头发。他后悔他对菲在今晚所做的一切行为。

一种无限自责的情绪正在这位青年的心中滋生。

他开始不停地祈祷，祈祷她能够转危为安。他开始想起她过往的一颦一笑，一幕一幕是那么可爱；他想到刚才排练的时候，她傻傻等待的样子；他想到他们的约会，她高兴地和他讲有趣故事的样子；他想到在硬石演出，她扛着水晶电琴、痴痴祝福紫金坦克的样子；他想到在梅耶枪击案之后的那个雨夜，他们第一次偶遇的时候，他的责任，不就是应该去保护她吗？不然的话，在那一夜，他又为什么要救她？然而，现在她却躺在医院里，躺在这间今夜基本无人问津的手术室里……

他骂着自己……

算是个什么东西！

这个时候，宇的手机响了起来。铃声回响在空空荡荡的医院里面，显得那么洪亮而透彻，让人更感悲凉与无助。

“喂，宇呀？”

“是我。”

“喂，我是星啊，你看见菲了吗？”

“星……你听我说……菲……她出事了……”宇颤抖地说着，几乎拿不住手中的电话。

“啊？怎么回事？你慢慢说，别着急。告诉我，我和翔马上杀过去。”

“她出车祸了……”宇哽咽着，霎时间又一次怒吼起来，“喂，星，你说，上天为什么要这么对待我，为什么？”

宇狰狞的怒吼，反射出无数的回音，在并不明亮的走廊里如激光一般飞速穿行，几秒钟之后，才消失在空气尽头。

“宇呀，我相信菲她会没事的。她和别人不一样，一定能够渡过难关。你告诉我，你现在在哪里，我们马上就过去。”

二十分钟后，星和翔也来到了医院，和他们的兄弟一起守候在手术室门口。在此期间，宇一直抱着头，一会儿疯狂自责，一会儿又一言不发。而星和翔也是看在眼里急在心上——菲能够转危为安吗？

两个小时之后，菲终于从手术室被推出来，宇他们冲了过去：“医生！医生！”

“你们之中谁是她的亲属？”

“我是！我是！”宇焦急万分地说着，完全顾不上菲是否还有其他家人。

“好，那么我现在来跟你们说说伤员的情况。基本上，是好消息。”医生顿了顿，进一步解释道，“经过我们的全力抢救，患者现在已经脱离了体内大出血的最危险状态，只是目前还处在昏迷之中。这种昏迷就好像是被人猛击一下之后的反应，仅是暂时情况。我想，她应该在今天或明天就会苏醒。目前患者有着多处软组织挫伤，还有一只胳膊骨折。不过这些都不是什么大问题，我也已经处理完毕。值得一提的是，这位女生的汽车应该是安装了一款新型风挡玻璃防爆膜，所以她的面部并未受到任何伤害，容颜还在。可以说，这一次意外非常危险，但是她却非常非常幸运，不但很快就能渡过难关，也不会留下任何后遗症，更不会影响日后的生活。”

“太感谢您了，医生。”

“同时我们还为这位女生安排了最好的护士对其进行护理和检查，所以你们可以放心，无论发生什么情况，都会在我们的掌控之中。”

“谢谢您！”

过了一会儿，菲被转移到了病房，三位青年就守候在她的身边。宇凝望着菲那平静而美丽的脸，纵使他什么话也不说，就静静地坐在那里，他那高大的身躯也让人觉得那么温暖、那么安全。他们今夜哪里也不会去，就留在医院，直到菲苏醒过来。

此时此刻，菲的父亲，叶凯宁博士，还在和科学家们一起执行政府的秘密项目。他根本不知道菲出事的消息，更是完全不了解菲已经在大家的共同努力之下化险为夷。如果他知道有一辆紫金坦克，正停靠在布里斯班，正停靠在菲的身边，会不会更加放心呢？

第二天一早，星就驱车前往布里斯班交管局，处理菲那损毁座驾的相关事宜。翔把排练无限期延后，然后去学校帮助乐队其他成员听记课程。他还同时做起了后勤保障工作，负责所有人在此期间的餐饮伙食。B哥则安排了自己的私人律师，准备为菲在法庭上争取最大的利益，为她解除后顾之忧。

所有的人都在这时积极地行动起来了。

当天下午，菲终于苏醒了。这位女生的样子美丽动人，好似天使一般。此时此刻，菲的身边只有宇一个人。她蒙蒙眬眬地看见了这位男生的容颜。在纯白的医院，宇的容貌显得更加纯洁，惊为天人。

“菲，你醒了。”宇凝视着菲，温暖地微笑着，“又见到你真高兴。”

“宇，你来了。”菲也同样凝视着宇，轻声说道，“真高兴又见到你的笑。”

现在，菲已经完全脱离危险，彻底安全了。

“昨天是我的错……”宇愧疚地说道，“我太……”

还没有等宇说完，菲就轻轻地抚摸着宇的手，温柔地说道：“没关系，是我太固执了。”

这一次突然之间的猛烈撞击，反而让彼此的内心得到净化。减少了杂念之后，年轻的灵魂变得更加纯洁了。

“宇，”菲轻声说道，“你说，这次意外，是不是上天对我的惩罚？”

“惩罚？别瞎说了。”宇自责地说道，“要惩罚也应该惩罚我。你没事才是最重要的。”

“其实……”菲突然说道，“其实有一件事情，我一直没有告诉你们。”

“什么事情比生命更重要？”宇凝望着菲，深情地说道，“没关系，等病好了再说吧。”

“不好，如果现在还不说的话，我的内心会不踏实，身体也恢复不好的。”

“那好吧，”宇温柔地说道，“不能说太长时间。”

“嗯。”菲答应着这位男生，继续说道，“宇，你还记得，你还记得我们相遇那天，发生的那起枪案吗？”

“嗯。”

“所有的罪犯，全部都带着狮头面具，对吗？”

“是的，”宇镇定地说道，“这一看就是一起蓄谋已久、精心策划的恐怖事件。如果没有目击者，警方几乎没有可能破案。”

“有。”

“啊？”

“虽然我不知道我的手机里面为什么会出现那样的视频，不过，我可能是那天唯一看见过罪犯样子的人。”

于是，菲把警探爱德华和珍妮弗来问询过她的事情，全部对宇说了出来。这让她整个人如释重负，好受多了。实际上，任何谎言在菲的心中，都会令她不安。事实上，如果总用选择题来考验人性的脆弱或阴暗，是完全没有必要的。因为对于所有的动物来说，最后的底线就是活着。这条法则对于高级动物人类来说，也不会例外。所以，在面对生命危险的时候，无论对警察说什么，都是可以理解的。

“我要去指认他，然后，然后我再出庭作证。”

在这一刻，菲仿佛化身成为一位美丽的折翼天使，医院好似在一瞬之间变成了纯白如雪的上帝宫殿。年轻的勇气和光亮，好像一把宝剑，可以刀削斧劈一般什么也不恐惧。就算面临邪恶的势力和未知的一切，也什么都不怕。

一切，都要对得起自己的良心。

唯一不能失去的，就是人性最光辉的——正义！

“菲，”宇温柔地说道，“其实，你知道紫金坦克的意义吗？”

菲摇了摇头。

“紫金坦克代表了和平，”宇看着菲坚定地说道，“所以，对于邪恶的力量，我是不会害怕的！就算牺牲，也没有关系！我会一直在你身边，保护你。”

“可是，”菲急促地说道，“这件事真的不能再连累你了，你已经救过我一次了。”

“菲，有的时候，世界总是分不清现实和虚幻。不过我现在真的很清醒我在做什么，因为我正在保护世界上最善良的女生。”宇坚定而有力地说道，“你现在最重要的任务就是养伤。等你的伤痊愈了，我陪你去指认，去做证。好吗？”

撞车虽然是每一个人都不愿意看到的结果，然而通过这次突发事件，大家的凝聚力反而增进和加强了。所有人的热情，在突然之间又一次爆发出来。他们各司其职，让一切都变得顺利起来。宇和菲的相互关心，拉近了彼此之间的距离。菲也因为宇的照顾而收获了更多的信心和快乐。两位青年约定，一定要进行一次说走就走的旅行，庆祝菲在日后的伤愈归来。

在医院疗伤的日子里，菲一直没有和宇说出自己的父亲为何不来医院看望她的真正原因。叶凯宁博士需要她的女儿保守的，是一个绝对的国家机密，谁也不能告诉。事实上，自从上次通话之后，在这一个月左右的时间里，他们父女还没有以任何方式联系过彼此。菲成长在单亲家庭，最亲的亲人就是父亲。好在紫金坦克的出现，不但让这位折翼天使暂时忘记了父亲没有出现的遗憾，更能全力以赴地投入治疗康复之中。

另一方面，受到菲本人的委托，宇也在第一时间来到了布里斯班警察局的刑侦办公室。他把菲提供的线索和想要成为证人的意愿，转达给了梅耶枪击案的总负责人——我们的老熟人爱德华警探。

宇和爱德华的这次对谈十分流畅，非常顺利。证人的出现意味着这位警官可以马上对地狱彩虹的大佬之一——里克豪斯进行拘留控制、审查取证、出庭受审。另一方面，对于这起枪案当中的唯一目击证人，菲的警力保护申请，也在当时就十分顺利地得到批准。爱德华答应宇，在案件查个水落石出之前，将会对菲进行最高级别的全方位警力保护。

在随后的日子里，这位美丽女生在紫金坦克的悉心照顾之下，身体恢复得很快。在爱德华警探和其助手珍妮弗的几次来院造访问询之后，一切都暂时变得风平浪静、河清海晏了。

第十二章　审判日，最大的笑话
Judgment Day, The Biggest Joke

与此同时，澳大利亚顶级的音乐电视台——考拉卫视，正在紧锣密鼓地筹备着一档大型对决真人秀，名叫“最强组合和乐队”(The Best Group and Band)。此节目总投资高达一亿澳元，每集制作成本更是超过五百万元，预计于明年八月开始，每周六晚播出。

这档节目的评委团将由八人组成。来自四支殿堂级乐队的评委占据四个名额，来自四支现象级组合的评委占据另外四个名额。

参赛者必须为“地下”或者“半地下”的组合或乐队，每支组合或乐队的成员至少三人。他们必须具备良好的音乐基础，唱功优秀，且拥有极为帅气的外形。一旦进入正赛，所有晋级者都将签约发片，做大型的世界巡回演唱会。

只有一个“外卡”的机会将会提供给来自海外的选手。

为此，节目制作组将会在全国范围内招募参赛者。他们也将派出一个五十人团队，去各种酒吧、街头，甚至豪华邮轮上发掘人才。

刚才提到了，此节目计划在一年之后，也就是2005年的八月首播。

不过，从上次路西法招募菡的信件之中，我们可以看出，大天使乐队已经通过自己的渠道，比别人都更早地获知了“最强组合和乐队”大赛的相关消息。参加这次历史上成本最高的比赛，也是他们来到澳大利亚的最重要目的之一。

另一方面，就在里克豪斯的审判即将开始之际，大天使位于布里斯班的私人排练中心也完美竣工了。在极为庞大的资金注入和顶级高效的配合之下，只用了短短一个多月的时间，大天使就把一个废弃仓库的重度改造全部完成。

大天使私人排练中心位于昆士兰大学附近，面积有一个大型别墅那么大，四周并没有更多的建筑物，显得颇为安静。

排练中心分为上下两层，上层面积覆盖了一层面积的三分之一，也就是说，一层有三分之二的空间是挑空的。排练中心的上层为休息区和健身区，墙壁为浅灰色，带有一丝工业设计的质感。而超越四百平方米的首层则为纯白色设计，是大天使乐队的核心排练区域，里面的设备一应俱全、应有尽有。高为六米、宽为三米的落地窗在每一面墙上都安装了四个。这十几扇巨大的落地窗非常隔音，甚至防弹，并不需要窗帘。那是因为它们全部采用单项透光技术，从里面可以看见外面，而从外面则看不见里面，只能看见绿色表面。

一天上午，阳光明媚，大天使乐队第一次在设备运抵之后，来到了这所全新的排练中心。不过，这里的演出设备虽然种类繁多，但显然没有各就各位。它们被随意地摆在首层的地面之上，略显杂乱。大天使此次来到这里，也仅仅是为了体会一下整体感觉，并未打算进行任何排练。他们今天依然身穿顶级皮衣、皮裤和皮靴，只是相对于之前，款式略有不同。在清点了所有物品的数目之后，成员们一边调试着各种设备，一边讨论起最强组合和乐队大赛的事情来。

“终于要启动了！”雷米尔坐在排练大厅之中的一个黑色的贝斯音箱上，沉稳地说道。

“是的，这也是我们不远万里来到澳大利亚的目的之一，我早就迫不及待了。”米达伦快速拨着一把没有插电的红色电吉他，激动地说道，“拉斐尔，你怎么看？”

“最终拿到外卡的，肯定是大天使。这难道还用讨论吗？哈哈哈哈！”拉斐尔显得极为傲慢，他一边走走看看已经购置的设备，敲敲这里，摸摸那里，一边不屑地说道，“我们的对手应该锁定在外卡赛之后的本土乐队上面。”

“也不知道澳大利亚考拉台是怎么想的。”贝斯手雷米尔严肃地说道，“怎么只设定了一个外卡名额。来自全世界的乐队，就争夺这一个席位。澳大利亚的乐队就这么强吗？”

“不是澳大利亚的乐队强，”米达伦放下了吉他，认真地说道，“是澳大利亚的节目强。他们花了一个多亿澳元的制作，这样的成本在瑞典肯定没戏，所以他们绝对要捧澳大利亚本土乐队。想想，如果咱们夺冠之后，哪天跑回瑞典，电视台可怎么办？”

“不对，”路西法站在排练室的中央，终于说话了，他根本不关心制作的环节，他在意的就是比赛，“我们并不保险，外卡赛才需要警惕。来自世界各地的顶尖之人，就争夺这一个席位，可谓群狼猎肉、虎视眈眈。”

“路西法，所有可能参赛的欧美乐队，咱们猜都猜得到是谁。”拉斐尔试着全新的架子鼓，颇为得意地说道，“不用太担心。”

“拉斐尔，有一群人，你可能没有想到，”路西法转过身看着所有乐队的成员，严肃地说道，“就是留学生。”

“啊！”米达伦十分错愕，“不至于吧？留学生的根基不在澳大利亚，经常有人连学都没上完就跑回国了。他们建立一支稳定的乐队的可能性都很小，更别提发展出来一个像样的乐队了。”

“那天在索罗……”路西法警觉地问道，“你们看见那支乐队了吗？”

“哪支？”拉斐尔放下了鼓槌，略显紧张，明知故问。

“难道你说的是……”雷米尔站了起来，谨慎地说道，“在我们离开时才入场的那支乐队？”

“没错，”路西法猜测道，“从装束上看，我猜他们肯定不是一支本地乐队。”

“同意。”米达伦认真地说道，“那天，那三人给我的感觉和其他乐队完全不同，很有异域特点。”

“我看哪，”拉斐尔尴尬地假笑一声，“你们是担心过度啦！说实在的，留学生能掀起什么波澜。”

“不对，”雷米尔突然说道，“我有点儿明白路西法想说什么了。”

“他是说……”

还没有等米达伦说上话，雷米尔就继续说道：“如果，那天那支乐队的质素代表了留学生这个群体的话，那么我们就没有理由小瞧他们。而且，大天使尤其要提防那支乐队，以免骄傲轻敌，酿成大错。”

随后，拉斐尔、雷米尔、米达伦和菡，就一起去了排练中心的二层，开始检查健身设备。而路西法则来到屋子外面，独自一人围着排练中心的外围走动起来。他一边检查房子的外立面是否存在着建筑缺陷，一边琢磨着他在索罗所看见的三位花样男子。

他自言自语道：“也许他们就是签到册上的紫金坦克（Purple Gold Tank），应该没有错吧？那天出现在索罗的，只有这三张亚洲面孔啊。不过也没有关系了，管他叫什么名字呢，这重要吗？重点是要提防他们。索罗的海报也写得很清楚了，如果他们真的就是紫金坦克，他们一定会出现在‘绝对音乐’的。”

其实，在刚才大天使的整个对话过程中，菡也隐隐地意识到，他们四人说的那支乐队，就是紫金坦克。但是，在当前的局面下，她认为根本没有必要让大天使知道她和那支北京乐队所发生的故事。所以，在这次对话中，她一句关于紫金坦克的话也没有说。就好像从来也不认识他们一样。

路西法是大天使乐队中洞察力最高的领袖。他总是能够在大家都觉得风平浪静、毫无危险的时候，通过细致的观察，发现其中的不安全因素，从而让乐队在和对手对抗的过程中，总是处于优势地位。这也是大天使的其他成员佩服他的原因之一。

这一次，深谋远虑的路西法，在那么多乐队里，仅仅通过些许观察，就联想到了“留学生”这个极其容易被忽视的群体，也意识到了紫金坦克这个潜在对手。不得不说，他的头脑真的极为缜密而聪明，是一个绝对不好对付的优秀指挥官。

那么，紫金坦克这边现在怎么样了呢?

两个星期之后，菲在大家的悉心照顾之下，终于出院了。除了绑在手上的石膏还要保留一段时间以外，剩下的伤痛几乎消失。她将车祸带来的所有法律事务，全权委托给B哥的私人律师办理。其余的时间，这位女生就待在家中静心休养，等待身体的彻底康复。

时间很快就到了梅耶枪击案的第一次公开审判，地点就在布里斯班的昆士兰最高法院（Supreme Court Of Queensland）。

这天上午，白云朵朵，阳光洒满大地，似乎预示着一个美好的结果。这次庭审几乎聚集了世界各地的媒体，可谓盛况空前。澳大利亚更是万人空巷，每一个人都在关注着这次审判。紫金坦克三人组也获得了难得的旁听资格，来到了现场。就算不必如此，但是为了表达庄重严肃的态度，宇和星在今天仍然选择了一套非常正式的黑色正装修身西服搭配白衬衫和黑色领带列席，而翔则依然穿着一身中山装示人。和他的两位兄弟一样，这位顶级鼓手的行装也为黑色。

果然，为了脱罪，此次辩方花了巨大的价钱，聘请了世界上最著名的大律师团——来自美国的凯瑟·林奇（Kaiser Lynch）及其智囊团队为其辩护。在此之前，里克豪斯还专门雇用了澳大利亚最著名的刑侦专家，甚至是科学家为他提供各种有利的证据。

很快，庭审就在法官的主持之下开始了，没有任何铺垫，迅速进入针锋相对的博弈之中。然而，在短暂的僵持之后，控方就在大律师凯瑟及其团队的不断攻击之下漏洞百出，很快便毫无招架之力。爱德华警队花了几百万纳税人的钱才取得的间接证据，几乎当庭全部失效。

确实，在没有任何直接证据能够证明狮头面具之后的人就是里克豪斯的情况下，谁也无法将被告席上的犯罪嫌疑人绳之以法。似乎判官追求的“程序公正”，甚至超越了“事实真相”本身。

法律就是这样，一切都由证据决定，不相信直觉。

此时，作为梅耶枪击案的唯一现场目击证人，菲的证词就显得尤为关键。她的证词不仅决定着控方和辩方谁付出金钱，更重要的是，事实真相将会浮出水面。

地下的冤魂们，将会得到安息。

法庭首先呈现了菲手机里的那段记录了犯罪分子背影的影像。这个视频虽然不是高清，也只有半分钟而已，但里面人物的动作、姿态、体形等各个方面，都强烈地向众人传达着一个信息——此人就是里克豪斯。在这种极端自信的前提之下，公诉人继续提请证人上庭，准备乘胜追击。

“所以，法官先生，请允许我请上我方的现场目击证人——叶菲女士。”

“允许。”法官威严地说道。

菲缓缓地走上法庭，不卑不亢、镇定自若。这位美丽女生并非不知道，等待她的将会是怎样的一种刁难与折磨。今天她穿了一套纯棉质地的白色运动服出庭，简单大方，纯洁自然。同时这样的服饰不但有助于精神的放松，也更有助于伤势的恢复。

在宣誓过后，这位世界顶级大律师就摆出一副不可一世的样子，向着这位姑娘走了过来。

凯瑟·林奇是一位留着一头棕黄短发的美国白人，今年五十四岁。他的身高为一米八七，身材肥胖，气场极为强大。那浑圆的眼睛和一脸的横肉让人胆寒。一身大而不垮的深灰色顶级定制西服，乌黑锃亮的超优皮鞋、大金戒指和名牌配饰，足够显示出来他的财富和地位。

“这位女士，”大律师走到了证人席前两米之处，语速并不很快地厉声问道，“请问，你，当天是在枪案现场吗？”

“是的。”

“那么，”凯瑟眼珠子一转，继续问道，“你在做什么呢？”

“我在购物。”

“你是如何看见我的当事人戴上狮头面具的？”大律师并不想给证人喘息之机，紧接着问道，“你能解释一下吗？”

于是，菲把所有她看见的一切和盘托出，似乎无懈可击。

“但是，”凯瑟想都没想，快速问道，“你确定你看清楚了吗？你确定你所看见的那个人，就是我的当事人？就是在被告席上的眼前这位？就是里克豪斯·金先生吗？”

“是的，他的样子，我永远也忘不了。”

凯瑟继续咄咄逼人地问道:“你确定,在当时那么紧张的环境下,你竟然一下子就记住了他?”

“我确定,我不会忘记的。”

“荒谬!”凯瑟厉声说着,随即转而看向法官,继续说道,“尊敬的法官先生,我认为眼前的这位叶菲女士,是在说谎。”

“我没有说谎,”菲急了,极力解释道,“我说的千真万确。”

“等一下我就可以证明,我是正确的。”凯瑟信心十足地说道,“尊敬的法官,我想在这里做一个小小的试验,请法庭给予批准。”

“允许。”

“下面,请叶女士转过身去。”

在菲照做之后,这位顶级大律师继续说道:“接下来,我要请上三位体态接近,但相貌其实不大一样的人,来到我的当事人,里克豪斯·金先生的身边。并且,我会让他们全都带上相同的狮头面具,然后将他们站立的位置进行任意的调换。”

随即,从法院庭审区域的侧门,走进来了三个体形健硕的中年白人。他们果然和里克豪斯的体态十分接近,但相貌确实不大相同。随即,他们站立在庭审区的中间,距离证人席大概三米,面向菲。而里克豪斯也被允许暂时从被告席走出,与那三位壮汉排成了一排。

“叶女士,”凯瑟·林奇高声说道,“我的试验就要开始,你可以转过身来了。”

再次照做之后,她的眼前赫然出现了一队身材魁梧的狮头面具人,十分骇人。这四人的装束像极了梅耶枪击案当晚的枪手,令那不堪回首的血腥一幕,再次逼真地重现在众人面前!

菲感到不寒而栗,甚至下意识地咽了一下口水。

“叶女士,刚才还站在被告席上的里克豪斯·金先生,我的当事人,他现在就在这四个人当中。你,能否再次指认一下,哪位是他吗?”

大律师凯瑟的话语没有半个脏字,但字里行间都显得那么咄咄逼人、盛气凌人。

说罢,四位壮汉齐刷刷地将狮头面具摘了下来,露出了本来的容貌。

然而此时此刻,他们的位置已经发生了变化。

天哪!看到此情此景,菲心里一惊,“这下坏了!虽然自己已经在澳大利亚生活了多年,但她对于白人的识别度仍然很低。”

慌乱中,她匆忙地指认道:“我觉得,站在左边的是里克豪斯。”

“你觉得?”大律师转过身,胜券在握地冲着审判席高声说道,“法官大人!我有理由相信,眼前的这位女士在说谎!她根本就没有看清楚罪犯到底是谁!事实证明,那天在那混乱的事发现场,叶女士最多也只是对犯罪分子有着那么一个大概的认知。但这绝对不足以让她确认,梅耶枪击案的真正罪犯就是我的当事人——里克豪斯·金先生!”

刹那间,凯瑟又把视线瞄准了菲,像锋利的刺刀一般厉声说道:“实际上,最右边的这一位,才是我的当事人!”

“而且，法官大人。”凯瑟胸有成竹地继续说道，“我还可以提请一位我方证人，证明里克豪斯当时根本不在事发现场，而是正在喝茶。”

顶级大律师放出的几个大招，让公诉人立即变得神情惨淡、狼狈不堪、无法招架。他们没有想到，凯瑟·林奇竟然为了胜利，使用了如此卑鄙的手段。虽然警方安插在地狱彩虹帮的一位内线卧底，已经不止一次地告诉了爱德华警探，里克豪斯就是梅耶枪击案的主谋，但是由于他并不是第一现场的目击者，又碍于警察身份，所以不可能作为证人出席。

“除此之外，法官大人，”凯瑟乘胜追击，厉声说道，“根据我的调查，这位证人，也就是眼前的叶女士，她本身就因为极不负责任的危险驾车行为，背负着一项妨害公共安全的罪名指控，即将作为被告被检控。”

闻听此言，坐在一旁的三位青年义愤填膺，面无血色，两眼直冒火星！他们不能接受这位律师把这件跟本案毫无关联的车祸，拿来侮辱这样一位善良纯洁的美丽女生。怒火在瞬间就充满了身体的每一个细胞，他们简直现在就想枪毙了这个颠倒黑白、唯利是图的卑鄙小人——凯瑟·林奇！

“而且，”美国人继续发难，不依不饶地厉声说道，“她和基因车行的老板简博瑞，也就是以前混迹布里斯班的江湖大哥，B 哥，也有着千丝万缕的联系。”

随后，凯瑟进行了最后的陈述：“所以我向本院提请，当庭释放我的当事人里克豪斯·金先生，并且恢复他的声誉。同时，对证人叶菲是否存有故做伪证、栽赃陷害我的当事人的行为，进行进一步调查。”

现在，就算全澳人民已经认定里克豪斯有罪无疑，但在无罪推定的原则之下，由于控方不能提出更加有力的证据作为支持，所以这个帮会大佬最终只能被当庭释放。

虽然从上半场的庭审，控方节节败退的情况上看，不难推测出里克豪斯脱罪的可能性，但是，当一切变为现实的时候，所有人都大跌眼镜，舆论一片哗然。

不过，里克豪斯会放过菲吗？他可是新南威尔士州最大的帮派——地狱彩虹帮的大佬之一呀。全澳洲的警察都知道他的十恶不赦，但就是没人可以动他分毫。

在审判结束之后，紫金坦克三人组和爱德华警探在法庭外面的走廊里再一次相遇。

“为什么会这样？！”宇愤怒至极，怒不可遏。他简直就像一头凶猛的野兽，突然之间几乎无法控制自己的情绪。这位青年的两眼冒着灼热的火星，头几乎顶到了爱德华的脑袋。

见势不妙，站在宇两旁的星和翔以最快的速度用左右双肩合力把宇往后顶了一下，紫金坦克的队长和布里斯班的警探，总算挨得没有那么近了。

但是这并不能阻挡宇的怒火。他冲着爱德华，疯狂地继续质问道：“这就是你承诺的，肯定能把里克豪斯绳之以法吗？菲，这么善良的一位女生，怎么可以在这里被当庭羞辱？你知不知道她还未完全康复，你知不知道她为了这一次出庭做证，担负了多大的人身风险！而且，这又跟简博瑞有什么关系？然后，菲居然还要被调查是否做过伪证，你最清楚这是怎么回事了！不是吗？这实在是太过分了！”

“对不起，我实在没有想到凯瑟·林奇会使出这一招。”爱德华无辜地解释道，“就算所有人都认为，梅耶枪击案的主谋就是里克豪斯，然而，一切仍然需要证据去解释。如果我们无法证明他有罪，那么法院就只能放人了。这也是没有办法的事情。”

“什么？”

想着里克豪斯谋划滥杀了这么多无辜百姓，现在却是一副扬扬得意的样子，宇简直快被气疯了。这次颠倒是非、指鹿为马的审判几乎要把这位青年的世界观彻底颠覆了。

“这就是律师的一贯手段，他们为了达到目的，会去羞辱证人，甚至是公诉人。”爱德华无奈地说道，“我曾经有一位伙伴，因为起诉里克豪斯而被找上麻烦，最后被迫辞去了职务。”

“什么情况啊？”星惊讶地说道，“这也太夸张了点吧！”

“错判一个坏人，但很难冤枉一个好人。”爱德华凝重地看着星，认真地说道，“这就是法律的规则。”

“你们就没有办法将他绳之以法吗？”翔严肃地说道。

“难道我们不想抓他吗？我们想，我们比谁都想，可是现在看起来确实没有办法。对不起。”这位警官又拍了拍翔的肩头，郑重而低落地凝望着他，似乎在请他相信自己已经尽力而为。

“可是，可是菲的安全怎么办？”宇的脑袋都快气炸了，厉声说道，“本来这事根本就是因为菲太过于善良。”

“如果法律不是这样的话，就还会有更多的生命受到威胁。”爱德华义正词严地说道，“不过你放心！我会按照我们之前的约定，继续为菲提供最高级别的安保措施。而且，里克豪斯的一举一动一定还会在我们的控制范围之内。虽然法律暂时不能将他缉拿归案，但是我们迟早会拿出办法。相信我，警察才是这座城市的蝙蝠侠。罪恶与黑暗可能会在某时占据上风，但是正义与光明才会获得最后的胜利。”

不过，无论爱德华说得有多么好听，这次在昆士兰最高法院审判的梅耶枪击案，依然被媒体定义为澳大利亚司法历史上最大的笑话。一个本应在开庭之前就十拿九稳的结果，竟然以这样一种滑稽的场面告终，让人们唏嘘不已。通过各大网站的民意调查显示，超过八成的网民相信，无论里克豪斯如何为自己辩解，他肯定就是梅耶枪击案的真正主谋。只是现在事情已然于事无补，人们只能寄希望进一步强有力的铁证在未来的某天浮出水面了。

就这样，一个多月很快就过去了。幸运的是，在B哥和其私人律师的鼎力相助之下，菲只缴付了五千澳元的罚款，就摆脱了危险驾车和威胁公共安全的两项指控，既没有被吊销驾驶执照，也没有留下任何案底。另一方面，菲在梅耶枪击案的审理过程之中是否做伪证的调查，也因为警探爱德华的关系而不了了之。里克豪斯虽然被无罪释放，但暗地里，他的行动也被警方暂时布控起来。警方的这一举动完全属于非法的自作主张，并没有得到来自更高级别部门的任何批准。

最终，梅耶枪击案造成的恐怖影响随着时间的推移而逐渐地减少了。虽然一切并不美好，但似乎暂时得到了平静，貌似没有了下文。人们按部就班地忙碌起来，新的开始即将到来。

第十三章　绝对音乐
Absolute Music

不知不觉，时间的列车就开到了“绝对音乐”开始的时间——2004年的九月二十日。地点就在位于布里斯班阳光之岸的一座小型露天体育场内。摇滚音乐会将于晚间七点到十一点进行，比一般为时三小时的普通演唱会要多出一个钟头。

紫金坦克是唯一一支以流行布鲁斯和爵士乐风格参加此次摇滚盛宴的乐队，他们也因此受到一定的关注。虽然在音乐会的各个版本的宣传单和广告上均提到，紫金坦克是在黄金海岸的硬石唯一做过专场演出的大陆乐队，不过他们的知名度，却远远没有在澳大利亚摇滚圈里混了多年的老牌乐队，来自悉尼、以重金属风格扬名的“皇家玫瑰乐队”(Royal Rose)和来自墨尔本、以新金属风格立万的“蓝黑乐队”(Blue Black)那么响亮。今天，多数歌迷专门为了这两支乐队从全国各地、四面八方赶来，可谓声势浩大。需要说明的是，皇家玫瑰和蓝黑也是这次演出之中，唯一两支发行过专辑的乐队。事实上，他们已经和地下摇滚的范围形成半脱离的状态。这次这两支乐队回归地下，来这里参加演出，完全是因为他们和主办方的私人交情。而主办商也把皇家玫瑰和蓝黑，作为镇场之宝重点宣传。

上午时分，所有参加“绝对音乐”的乐队，都准时来到了演出现场适应场地。三位中国男生的到来十分安静，并没有引起太多的关注。宇、星和翔在体育场内最前面的几十米区域内，很快找到了属于自己的地方，将乐器放置妥当。因为今天紫金坦克的表演装备相对简单，所以他们并不着急排练。

一会儿工夫，一名穿着黑色T恤和黑色工装裤的总调度员来到现场，开始讲解今天演出的流程和细节。他拿着一只巨大的银色扩音喇叭，告诉所有表演者上场的顺序，以及一些应对意外情况的方案和办法。剩下的就要靠参演乐队的水平和经验了。

在结束了协调程序之后，所有乐队就开始轮流上台彩排了。除了调试乐器的用时之外，每支乐队还有半小时左右的彩排时间。在第一支乐队上台之前，那些已经知道紫金坦克在黄金海岸的硬石，有过一次足以灌录唱片级别的高质量专场演出的乐队成员，就主动走过来和三位中国帅哥握手、打招呼。可是相比于已经相互熟悉的另外一些乐队，无论从被重视的程度上，还是名气上，紫金坦克都小了很多。不过，大家的气氛依然十分融洽、非常友好。

在刚刚入场的时候，紫金坦克就十分欣赏另外九支乐队那精良的装备和特立独行的装束。那些乐队的成员，绝大多数都是澳大利亚本地人，也有刚刚从美国过来的移民。他们对于演出器材、设备的操控和理解，普遍非常熟练透彻，令人印象深刻。

那些乐队所用的设备可谓世界顶级，绝对优秀。但是，澳大利亚乐队最厉害的地方还不是硬件设备。事实上，他们对于各种乐器、设备的运用，才更为犀利。

澳大利亚摇滚人才的储备非常雄厚，基础牢靠。在那里，几乎每个男孩子都会弹几下吉他，玩一下乐队。在澳大利亚，大部分家庭住在别墅里面，而这其中的多数家长，都把钢琴、吉他或者架子鼓作为培养孩子音乐兴趣的基本配置。很多当时在中国大众范围之内，刚刚兴起的最新技术和音色，在澳大利亚的民间早已推广开来。更有一些青年，他们甚至已经开始改造、自制吉他、效果器等设备，让演出变得更加独具个性、更加精彩流畅。也正是这种整体的软实力优势，让紫金坦克感到直接用英语学习音乐的必要性和重要性。索罗的老板曾经告诉过星，这次来到“绝对音乐”的乐队都来自澳大利亚本土，只有紫金坦克一支乐队来自海外。所以三位中国青年此次参加演出的目的，更多的则是学习交流。

不过，中国摇滚乐的土壤与西方的差距，并不意味着个体实力的差距。独立乐队可以通过自身努力外加有条件家庭的资助，来实现单体抗衡。而且，个体上的提高，久而久之就可以促进整体水平的上升。单从个体上讲，紫金坦克在各个方面早已经完全不输其他乐队。

事实上，中国从来不缺牛 × 的音乐人，不是吗？

紫金坦克缺的，只是名气。

所以，这支来自北京的乐队并未被这样的场面所震慑或吓倒。虽然他们在名头上没有任何优势可言，但是舞台的表现力才是关键中的关键。三位中国美男被安排在第六位次彩排，是这次“绝对音乐”中唯一一支担任着调节整场演出节奏任务的轻摇滚乐队。在其他九支乐队之中，有七支属于重金属流派，还有两支走的是朋克路线。

随着时间的推移，彩排开始了。超优的现场设备、出色的音光效果，一个地下乐队的大杂趴儿，竟然做到了一个顶级商业演出的水平，说起来也实在是不简单。在紫金坦克之前出场的每支乐队，在彩排完成之后几乎获得了台下乐队成员的热烈掌声和回应。这不仅仅是因为他们彼此之间非常熟悉，好像朋友一样，还因为这里每一支乐队的水平均非常了得，无论哪种风格的乐队上场，他们都会竭尽所能，把那类音乐的精髓发挥到极限。

刚刚说了，因为紫金坦克是以轻摇滚乐风进行出演，设备相对简单，所以主办方只安排他们彩排了五首正式演出曲目中的两首。在这支中国乐队的排练刚刚开始的时候，正在台下休整的其他乐队，有的不以为然，有的满怀期待，有的目光呆滞，有的面带笑容。不过，等到三位实力美男的彩排结束之后，在场的所有乐队无不伸颈、侧目、默叹、微笑，以为妙绝。哪怕是带有偏见的欣赏，都无一例外地变成了热烈的掌声。因为，毋庸置疑，乐队的水平才是这个舞台的唯一准则。

音乐是不分国界的。

下午，B 哥的一队人马驾驶着多辆豪车抵达演出现场，声势浩大、场面壮观。原来，基因车行也是这次演出的主要赞助商之一，所以拥有三十个 VIP 席位的免费入场券。B 哥的人除了车间技师、彼得等基因人员之外，还有他的家人、女友和一众好友们。但是，这位基因的老大并没有马上出现。他在干什么呢？等一下就会揭晓答案了。

VIP免费门票在今夜的意义并不仅仅代表具有免费入场的权利，更重要的是，能和乐队坐在一起，能和赞助商、主办商坐在一起，会有一种强烈的归属感和参与感。这和买普通门票入场，是完全不一样的。

到了晚上五点，所有演出乐队都被请到后台做最后的准备。而为了防止混乱出现，更不允许有名气的大牌乐队随便走动。宇、星和翔借此机会换上了早已准备好的演出服——在迪奥·桀傲(Dior Homme)定制的超瘦黑色西服和同品牌的白色V领T恤。熟悉迪奥·桀傲的朋友大概都知道，由时任设计师艾迪·斯理曼（Hedi Slimane）打造的好似吸血鬼一般华丽的西服，只有身材极好、极瘦的人才能穿上，被称为诡异而高贵的浪漫。

这时候，聚集在礼堂之外的粉丝们早就已经人潮涌动。各路潮流人开着千奇百怪、五花八门的汽车来到这里。他们有的已经三五一群地站在场外，有的才开始停车，有的还在找车位。这里的人，有夜店动物，有歌厅麦霸，有台球王子，有玩车的，有买卖衣服的，有倒腾球鞋的，当然也有好好学习的。总之哪路人都有，什么人都有。

当然，最主要的人群还是属于玩音乐的。

铁粉们举着偶像乐队的旗帜、标语和横幅，挥舞着。拥趸们穿戴着崇拜乐队的衣服、护腕和方巾，呐喊着。场地的四周早已变成了浓郁的音乐海洋，特别热闹。

来到这里的每一个人都深深地爱着音乐，爱着摇滚。

潮流人的定义，就是他们永远都走在时尚的最前沿引领潮流，他们的理念可以决定大众对于时尚的审美和消费趋势。所以这种在当时的布村儿并不多见的，全国范围的顶级地下乐队大电联，潮流人们必须拍马杀到。这次演出的外场，看起来就像是各路潮流人的聚会。帅哥靓女们七七八八全都互相认识。他们互相说着话，聊着天，问长问短，说些有的没的。这时候，如果你能认识一位乐队成员，那样的感觉不单单是有面子，更能说明，你的交际能力非常了得。大家还会明白，你和这支乐队是一伙的，你们是朋友。

因为紫金坦克被安排在下半场演出，而且并不需要连接过多的设备，再加上也不是今天的大牌，所以主办商对于他们的要求也就不甚严格。于是，宇、星和翔三人早就迫不及待地来到了大门口，准备完成一件他们必须做的事情。

但是没有想到的是，那绚丽的服装、英俊的脸庞、穿上鞋就超过一米九的身高，刚一走出体育场，就引起了不同圈子的潮流人的关注。他们三三两两地议论起紫金坦克，好像发现了明星一般。宇、翔、星也友好地和所有人点头微笑，表示礼貌。起初，大家并没有走过去打扰他们，一切都还显得相对平静。但事情的转变发生在一些女生和紫金坦克合影的小范围事件之后，一切就变得无法控制。逐渐地，和这支超帅乐队合影的人群，已经几乎和排队买票、等待入场的粉丝一样多了。紫金坦克在一瞬间就赢得了歌迷的拥戴和支持，虽然没有任何人举起关于他们的旗帜，也没有任何人穿上关于他们的衣服。

事实上，对于紫金坦克来说，他们站在场外的目的只有一个：那就是以最完美的姿态，迎接菲和她带来的障碍青年们直接入场。三位乐手不想他们的客人，因为拥挤而遭受任何伤害，因为混乱而遇到任何意外。演出的时间迫近了，菲他们还没有到。

就在等待之时，只见六辆最新款的黑银双色劳斯莱斯幻影（Rolls-Royce Phantom）徐徐驶来，所有场外的人们随即让出了一条路线。最后，汽车稳稳地停在了体育场的正门前。

劳斯莱斯的前门慢慢地打开，从车上下来的不是别人，正是B哥。B哥这一次并未叫助手，而是自己当上了司机。基因的老大穿了一身米黄色修身西服，搭配一双深蓝色正统牛津皮鞋，非常有派头。他很绅士地把对开式车门的后门打开，伸出手接应着后面即将下车的客人。那并不是B哥的女友，而是我们的女主人公，菲。

这位美丽的女生也伸出手回应B哥，优雅地走下车来。一身由白领和粉色裙身所组成的简约派洛丽塔公主裙，让她显得十分淑女端庄。菲的另外一只手臂还绑着绷带，让人更加怜惜眼前这位折翼天使。

宇迎了过去，星和翔就站在他的身后。所有的歌迷粉丝都被眼前那无可比拟的帅气一幕惊呆了。随即而来的是一片让人睁不开眼睛的闪光灯。宇、星、翔、菲、B哥，就好像超级明星一样，天神下凡，帅气至极。

“宇，我答应过你，一定会把菲安全地带来。”B哥郑重地说道，“所以你别担心，今天有我在，谁也别想动她分毫。你就负责安心地去演出，不要分心！”

看着这位楚楚动人、如花似玉的美丽女生，这位冒着被里克豪斯打击报复，还冒险到场给自己加油助威的勇敢女生，这位北京青年的眼睛湿润了。他抚摸着她的脸庞，深情地凝视着她。

“宇，其实，今天我可不是主角。”菲动情地说道，“你请B哥带来的二十位残障青年才是主角呢。”

只见B哥做了一个手势，于是后方五辆劳斯莱斯的司机一起下车，分别打开了所有车门。这些不同位置身患残障的青年，都以他们自己的方式，好似健全人一样骄傲地站在了会场之前。一瞬间，他们的力量统治了整个时空。这些人代表了摇滚乐中所蕴含的永不服输、超越梦想的精神，他们在那时那刻和摇滚灵魂完美地融为一体。

汤姆身穿一件黑色卫衣和同色的卡其裤，走到了紫金坦克三人面前。他看着紫金坦克的队长，沉稳地说道：“宇，很高兴你能邀请我们来看现场摇滚。虽然我们的力量也许微不足道，但是我们仍然带来了这个。”

随即，残障青年拿起了一个卷轴，和他的朋友们一起展开。五米长的白色横幅上面赫然印着“紫金坦克”四个醒目的黑色汉字。

宇震惊了。

然而，那四个字并不是普通的打印字体，而是另有玄机。

“谢谢你，汤姆，谢谢你们。”宇动情地说道，“但是，但是你们是怎么做到的？”

“记得你当时给我的签名吗?”汤姆开心地说道，“就是用那个制作的。”

“太棒了!”宇环顾四周，激动地说道，“其实，我们在今天并不出名，知道我们的人更是少之又少，所以，你们可能是在今夜，唯一一群会举起‘紫金坦克’旗帜的歌迷。这份用心制作的礼物，完美而珍贵。它会时刻鼓励着我们永不放弃、永远向前。谢谢你们!”

随后，紫金坦克的队长就牵着这位美丽女生的手，和他的朋友们一起，开开心心地向着满是灯光的体育场走去。所有候场的歌迷全部都为这个美丽的画面而开心感动。

这是宇和菲第一次牵手，二人都感到特别温暖，特别幸福。

与此同时，瑞典的神秘之师大天使乐队，也神不知鬼不觉地来到了演出现场。他们极为低调，依然以一身黑色装束示人，把自己隐藏在会场的一个角落。北欧帅哥此行的目的是刺探军情，为他们日后在其他几个城市的挑战做好准备。这次的音乐盛会，集结了澳大利亚最高水平的地下、半地下乐队，盛况空前。对于大天使来说，这是一个再好不过的了解对手的机会，怎么能够错过?!

接下来几个小时的等待，就如同一秒钟一样迅速，“绝对音乐”终于在傍晚时分开始了！首先出场的乐队流派，都是以强劲的强力和弦为基础的重金属，或者是快速下拨的三和弦为基础的朋克。那震撼的力量瞬间就统治了全场，让所有观众在刹那之间爆棚。每一支牛 × 的乐队的各个位置之间的相互配合，都达到了心有灵犀。他们制造的每一轮冲击波，都激发着歌迷的疯狂响应。在布里斯班这座宁静的城市，这摇滚乐所爆发的巨大能量，山呼海啸一般地把布村儿掀翻了！它是完美的、华丽的、激烈的、暴力的……

很多很多的事情，根本无法用语言来形容。鼓手的位置，在舞台后方的中央，被架设到了最高之处。现场的灯光和三台跟踪摄像机，把每位队员的英姿都凸显出来，把每位乐手的身影都投放在了位于舞台上方，三块横向排列的巨大银幕里面。众多电台、报纸、网站的新闻记者，也都在用长枪短炮记录着现场发生的一切……场地外面还有大批因为买不到门票而寻求哪怕一个站位机会的歌迷。整台摇滚音乐会的气氛简直火爆之极，令人血脉偾张，激动不已。

B 哥更是兴奋得振臂高呼：“这次的赞助真的是超值得！还没有开场，广告和门票就已经几乎赚回成本。更为重要的是，这次‘绝对音乐’将会在布里斯班的摇滚历史上留下难以磨灭的印记。所有人都会因此记住基因车行，以后会有更多青年加入改装汽车的队伍之中。摇滚和汽车，说起来就是一回事嘛!”

但是，美好的事情总会飞快地消逝，来不及细细品味。人们甚至还没有搞清楚是怎么一回事，“绝对音乐”就已经来到中场休息的时段了。

下半场一开始，就是紫金坦克首发。整个舞台的质感，也随着乐队的登场，瞬间变成了美国百老汇歌舞剧场的气氛。一切的一切都显得温馨无比、美丽至极。拥有古典和现代两种气质的三位英俊青年，穿着如此华美闪耀的演出服装，在这样美丽的灯光映衬之下，俨然一群优雅的贵族王子。真的难以想象，三位具有顶级颜值、超模身材、冲击力巨大的花样男子，在那个时候对全场的统治力是多么强大。他们刚一上台，还没等准备就绪，就把正在休息的歌迷以光一般的速度吸引回来。口哨和尖叫，掌声与欢呼，此起彼伏、经久不息。歌迷们现在终于知道，刚刚在场外就已经帅到不行的紫金坦克，走上舞台以后，又进化成为一种什么级别的无可匹敌的完美气质。

中国乐队演奏的第一首歌曲，是他们原创的一首柔和而温暖的爵士乐。相对安静的音乐和刚才激烈的场面，瞬间形成了巨大的反差，同时起到了意想不到的动人效果。柔美的情歌通过精致细腻的技术技巧完美演绎，让所有观众如醉如痴、沉浸其中。现场的几台摄影机，分别把宇、星和翔那俊美的脸庞，投射到三块大银幕之上，英气逼人。此时此刻，每一位歌迷都疯了，陷入了无法自拔的状态之中。他们本是来看一场摇滚盛宴，却完全没有想到竟能聆听如此空灵、美妙的情歌，竟能看到如此气质古雅、面容俊美的帅气男生。

这三位花样男子绽放着年轻而阳光的灿烂笑容。那自信而自然的微笑爆发出惊人的能量，仿佛圆桌骑士的圣剑一般可以斩断任何悲伤，收获快乐。

当第一首歌曲进行到中段的时候，一部高吊摇臂摄像机，把视角切换到那些跟着音乐的韵律挥舞手臂的歌迷。这些摇滚铁托们从不用荧光棒助阵，而是点亮了手机上的照明系统。那点点的光芒，如星河一般照亮黑夜的苍穹，特别美丽、温馨至极。另外一部摄像机定格在以菲为中心的障碍青年区域，他们的样子和那被皇家玫瑰旗帜包围的紫金坦克的大型卷轴，被投射到了位于舞台最中间的屏幕之上。那位漂亮的女生和那群坚强的朋友们，顿时成为一道美丽的风景。第三部摄像机干脆就把焦点锁定在紫金坦克队长那青春无敌的脸庞上面，久久不愿离开。歌声已经达到了最华丽的部分，特别抒情、无比好听。所有人都被现场的温暖所感动，激动得尖叫起来。全场再一次沸腾，进入了紫金坦克的专属时间……

随后，这支来自中国的乐队，又一连演绎了四首歌曲，让人目不暇接，大呼过瘾。这三位花样美男展现出来一种巨星盛世一般的超级能量，完全把一个联合演出做成了自己的专场，令人难以忘怀，久久不能平静。最终，他们的表演在全场最高潮的时候结束了，余波未平、余音未了。在整场“绝对音乐”最终谢幕之后，三位青年果然被歌迷团团围住，索要签名、寻求合影。就连被抢了风头的几支乐队之中的部分成员也走上前来，祝贺紫金坦克的华丽亮相。

演出结束之后，大天使们却依然坐在场地后方，似乎还停留在刚才发生的一切喧嚣狂躁之中。陆续离开的人群，让他们越来越显形单影只。事实上，他们并未和任何一支乐队打招呼，只关心着自己的世界。

“行了，我看所谓皇家玫瑰，也不过如此。除了歌词听不懂之外，其余的全部都是模仿。不可思议的是，他们的现场，远远不如唱片。”拉斐尔站起身，活动了一下筋骨，骄傲而轻蔑地说道，“真让我失望！”

“你是对的。”路西法也站了起来，他看着拉斐尔，轻轻地一笑，“皇家玫瑰对我们根本构不成威胁！如果悉尼顶尖的乐队也就不过如此的话，我甚至在想，我们是不是还应该按照原计划，去那边挑战其他乐队了。”

“哈哈哈哈！”大家都大笑起来。

“但是，问题不在于皇家玫瑰……”路西法马上严肃起来，继而问道，“更大的问题出现了，你们发现了吗？”

“难道你是说……”米达伦微微地甩了一下他那金色长发，露出了一只眼睛，惊讶地说道，“难道你说的是，他们——拿着澳大利亚国宝托米·艾曼努尔的私人木琴的那支乐队？”

“紫金坦克！”路西法把视线转回到已经谢幕的舞台，“就是他们。那次在索罗，我就觉得他们有点儿不一样。今天的绝对音乐，不但让我确认了他们的名字，还领教了他们的技术。真没想到，我们在澳大利亚的第一站，就遇到如此之强悍的对手。我觉得大天使也许来对布里斯班了。我们似乎要在这里待上一段时间了。”

“路西法，不至于吧，他们吗？”拉斐尔仰着头，笑了笑，“那支轻摇滚乐队吗？”

“拉斐尔，”雷米尔冷静地说道，“你不要总是掉以轻心。我觉得路西法说的是对的，他们的基本功远远好过皇家玫瑰，不可低估。”

“不过，就算他们无懈可击，却还是有着情绪波动。虽然非常细微，但依然能够察觉。也许，只有我们这样级别的队伍才能发现这种稍纵即逝的问题。”路西法分析着，随即发号施令，“走吧！哪天会会他们吧，尤其是那位主唱。”

紧接着，大天使的队长就向着停车场走去。他的步伐并不很快，好似还在寻找着紫金坦克的弱点之所在。大天使的其他成员也跟着路西法离开了体育场，有些意犹未尽。

“只是，一支叫作紫金坦克的乐队，怎么会是轻摇滚乐队呢？不可思议！他的手，太快了……从他拨弦的方式来看，完全是速度金属的表现。”大天使乐队的节奏吉他手米达伦一边走着，一边回味良多地说道，“此外，别看那位鼓手的身体精瘦，可是他的速度奇快、鼓点奇稳、力量十足。这样的人，我猜他以前一定打过多年的速度金属、旋律金属。对吗，我们的鼓手先生？”

“是的。”拉斐尔虽然略显尴尬，但是他也完全承认并同意乐队吉他手的评价。

“现在想想……”米达伦诙谐地说道，“他们居然把残障人士请来现场，也真是不简单呢。”

“米达伦，不要过分解读。”路西法严肃地说道，“他们那空灵的歌声让我敢断定这肯定不是在作秀。嫉妒是万物毁灭的根源，这绝对不应该发生在大天使的身上。”

“莎拉，”路西法一边走着一边扭过头，冲着走在他侧后方的菡突然问道，“你听说过他们吗？”

“没有，我不认识他们。”

菡并没有加入刚才的对话，她的思维似乎凝滞在“绝对音乐”的紫金坦克之中，无法闪回。此时此刻，菡浓妆艳抹，透着一股阴气。恐怕就算是菲，也认不出来她吧。

就在大天使乐队离开之后，紫金坦克的车也驶离了音乐会现场。宇带着菲在前面开路，星和翔也分别驾车紧随其后，和劳斯莱斯们一起护送着障碍青年们回到康复中心。后来，宇在送菲安全回家之后便迅速返回了紫金坦克的宅邸。最终，所有人都离开了“绝对音乐”，离开了那个喧嚣、躁动的地方，在一瞬间就回归了宁静与安详。

第十四章　旅行到悉尼
GO！ Sydney！

在“绝对音乐”结束之后的一个星期之内，紫金坦克不出所料地收到了各种酒吧、Live House（小型演出厅）、演出中心、剧场等表演现场的邀请。甚至还有颇为著名的制作公司欲请他们拍摄广告、录制节目。然而，三位青年却有着自己的打算，暂时没时间去考虑这些。他们准备用一次快乐的旅行，忘却以前的种种烦恼，庆祝“绝对音乐”的成功和菲的顺利康复。寒假就是一个最好的时机，不容错过。

要去哪里呢？这可是个颇为棘手的问题。澳大利亚地大物博、幅员辽阔，有着太多地方可供选择。事实上，紫金坦克登陆布里斯班的时间并不长，因为忙于乐队和学习的关系，所以澳大利亚的地标城市悉尼、墨尔本还从未去过。巧合的是，菲虽然早已移民澳大利亚多年，却也不是一个旅游达人。可能对于这位要求极高的女生来说，旅行，就应该和自己喜欢的人一路同行才对。毕竟一个人的旅行是孤独的。所以四人一拍即合，决定向着澳大利亚的南部进发。

正巧，就在此时，三位男生收到了丹尼尔从悉尼发出的邀请，旅行的目的地也就此确定。

经过商议之后，四人放弃了飞行计划，决定只开一辆车到悉尼。他们认为，旅行就是要有旅行的存在感，必须得有公路才行。

然而此刻，并没有人能够联系上菡。但实际上，她也准备前往悉尼。大天使乐队要在新南威尔士的首府做什么呢？路西法不是已经说过暂时不去那儿了吗？稍等片刻，答案在下一章就会揭晓了。

从地理位置上看，悉尼同样位于澳大利亚东海岸，处于布里斯班的南方。因为靠近南极圈更近的关系，所以那里的冬天也就自然更冷一些。从路程上来说，这两个州的首府相隔大约一千公里，车程基本上在十个小时左右。

说到旅行，四位青年对此有着极为相同的认知：旅行的装束必须是全新的。一切都应该是全新的。

所以，在出发之前，他们为彼此购置了最好看的衣服和最别致的礼物。

宇一口气为菲买了三样东西作为水晶吉他的回礼——一款深棕色的葆蝶家编织包（Bottega Veneta），一个印有经典格子图案的路易·威登旅行箱（Louis Vuitton），还有一条镶满钻石、玫瑰金色的卡地亚项链（Cartier）。其实，在紫金坦克的队长看来，这些礼物的分量远远不如那把珍贵而完美的水晶吉他，所以这一次，他并未接受菲的任何回礼。

紫金坦克的贝斯手专门从日本为菡预订了一只超级可爱的哆啦A梦。这只小叮当达到了一米八多的高度，是那家商店唯一的超级古董。然而，星并没有告诉任何人他的这次购物，而是打算从悉尼回来，收货之后，再给菡拿出这个惊喜。我猜星是开始喜欢上菡了。但是，如果星知道菡已经加入大天使，成为他们之中的一员的话，又会怎么样呢？除此之外，这位混血儿帅哥还为自己买了一台非常实用的顶级莱卡（Leica）照相机，外加一只广角镜头，专门用于拍摄风景。

翔的礼物则全部买给自己。这其中当然不能少了他最喜欢的雷朋板材太阳镜和特别定制的老式中山装。除此之外，宇和星还分别送给他们的鼓手一双黑色皮鞋和一条同色皮带。这让这位皮肤呈古铜色的美男不但有如李小龙灵魂附体，同时也颇为神似精武英雄陈真。

然后，四位青年就开始修剪头发，整理行装。他们备好了所有的必需品，一切都准备就绪。第二天中午，宇、星、翔和菲就收拾心情，朝气蓬勃、精神抖擞地向着悉尼出发了。

澳大利亚最宝贵的财富就在于其自然风光，岂止可以用美丽来形容呢？！如果你是户外、野外运动的爱好者，这里会是最合适的地方。如果你仅仅喜欢旅行，这里也是首选之地。你会被大自然的神奇力量所深深吸引，一切烦恼都会抛在脑后。

宝石蓝色的保时捷穿行在太平洋高速公路（Pacific Highway）上，火箭一般贴地飞行（太平洋高速公路：一号高速公路中，昆士兰州首府布里斯班到新南威尔士州首府悉尼的路段名称）。四位青年听着节奏感十足的欢快音乐，把汽车玻璃和天窗全部打开。他们呼吸着自然的新鲜空气，秀发被风吹拂着、飘动着。车外的风景独好：蓝天白云、鸟语花香、金色田野、山明水秀。年轻的人们好像已经把身体的每一个细胞都与美丽的大自然融合在一起，一切的一切都是那么美丽，那么自由。大家一路走着，唱着，就连并不爱说话的宇，也情不自禁地微笑起来。清风吹拂着每一个人年轻的脸庞。这又是一个与青春有关的画面，一个与青春有关的日子。

现在，让我们暂时将目光转回到布里斯班的阳光之岸，看看那里又发生了什么。事实上，当紫金坦克向着悉尼进军的时候，路西法却突然杀到基因车行，特别强悍、气场十足。大天使的队长今天依然以一身黑色系行装示人：黑色的杜卡迪、黑色的皮夹克、黑色的皮靴、黑色的头盔和护目镜。不同的是，今天路西法只是自己来到这里，并没有叫上他那群开着顶级超跑的队友们。否则，彼得不会是下面的这种吊儿郎当的服务态度。这位稀里糊涂的店员只认识汽车，并不知道，其实玩摩托的，身边怎么可能少了玩汽车的朋友呢？更何况，路西法的这辆超级座驾，正是来自意大利的顶级超跑杜卡迪。

“哟嗬，”彼得站在店面门口，欠扁地吆喝着，“先生，车够酷的呀！”

这位身高不到一米七，圆圆胖胖的店员今天依然穿着黑色的T恤和卡其裤，颇为休闲。看见眼前的这位超级帅哥，就知道他肯定是个有钱的主儿。不过彼得一想到也无法马上从他身上赚到什么钱，就顿时没了兴致。于是，目光短浅的他指着店面招牌，像煞有介事地说道：“我们店可不改摩托车，看见牌子了吗？专门改装汽车。”

“小子，我今天不是来改车的。我是来找紫金坦克的。”路西法严肃地说着，并未从机车上下来，而是仅仅摘下了头盔而已。

“啊！又是一个来找宇的，”彼得已经被找那位男生的人群烦得透透的了，于是不耐烦地说道，“我跟你说，他不在这里，他现在人在悉尼。”

“悉尼？他当真去了悉尼？”

“这位先生，我还能骗你不成？”彼得不屑一顾地说道，“他们玩去了，紫金坦克去悉尼玩去了。”

“小子，我叫路西法，我是大天使乐队的。”北欧帅哥厉声说道，“如果你看见他，务必告诉他——下个月的第一个星期六，下午场。我会在索罗等他。”

“什么西法？还珍妮佛呢！”彼得自言自语道，“唉！这世道！女的找宇，男的也找宇，莫非宇这哥们儿是双性恋不成？”

此时此刻，路西法早已骑着摩托一骑绝尘了，只剩下这位基因的销售顾问喃喃地说着：“这位兄弟，我看你的性取向有问题吧。”

随后，彼得摇着脑袋，怏怏地回到了店里。

“索罗排练中心，下个月第一个周六的下午场，好吧。”

十个小时的路程在欢声笑语的伴随之下，不知不觉就过去了，紫金坦克的自驾之旅十分顺利。仅仅加了一次汽油之后，四位青年在晚上九点多到达了悉尼的中心街——乔治街。旅途的劳顿在抵达了目的地之后，就凸显出来。所以他们在当晚并没有安排活动，并且与丹尼尔相约在第二天下午见面。事实上，下午时段符合所有人的要求，尤其是丹尼尔。像他这样的夜店动物，下午对他来说是早上，下午茶对他来说是早饭，晚上才是他最精神的时候，才是他的世界。

第二天下午，和丹尼尔的聚会终于开始了。五人相约在一家位于酒店附近的小型餐吧，作为晚餐之前的小聚时光。

到了四点钟，我们这个故事的另外一个关键人物丹尼尔，终于出现了。他乘坐着我们之前提到过的，奢华而浮夸的改装宾利前来赴约。他的穿着高端时髦，身材消瘦，有点儿嘬腮，身高为一米八七。无论从打扮上还是气质上，此人一看就是一个花花公子。今天，他全身穿的都是意大利顶级品牌——乔治·阿玛尼（Giorgio Armani）的黑色低开领修身西服，小翻领的金扣白色衬衫和一双菲拉格慕（Ferragamo）的黑色亮面皮鞋。你很难想象，这位青年长得怎么也算说得过去——拥有模特身高和最好的行装。可是他怎么就没有那种绅士气质呢？这我也很难说清楚。只是觉得，人的气质一部分是天生的，还有一部分是后天环境所造成的。丹尼尔平时并不好好上学，天天混在各种夜店。我们就姑且称他为“夜店王子”吧。

之前提到过，丹尼尔和星在北京是邻居，算起来也认识多年了。不过，这位夜店王子和紫金坦克并不属于一伙儿的。但是，只要每次星有演出，丹尼尔都会不请自到，久而久之，也算和宇他们混了个脸儿熟。事实上，丹尼尔在北京的时候和很多乐队都有联系，所以在乐队这个圈子里，他也算是个百事通。

在北京那会儿，星的妈妈和丹尼尔的妈妈关系不错，所以在出国之前，两位母亲特别交代自己的儿子，虽然不在一个城市，但是彼此之间有必要互相帮助。其实，像他们这样的人，怎么会需要一个远在其他城市的朋友照顾呢？不过，因为家里这层关系的缘故，加上丹尼尔和星在北京多少有点儿交情，所以就算前者没有邀请，只要来到悉尼，星是怎样也要找找丹尼尔的。这位东道主也许可以带他们去一些好玩的地方，感受一下不一样的气氛。总之，他乡遇故知，怎么也算是一件值得高兴的事情。

“哈哈，好久不见了，你们呀还那样，依旧那么帅气。”

只见丹尼尔高声说着，随即使劲儿双手一拍，得意扬扬、嘚嘚瑟瑟地从餐吧门口走了进来，紧接着就给了星一个大大的拥抱。这时，原本已经落座的三人也都站了起来，表示对丹尼尔的礼貌。

“你也没变哪，还是那么潇洒！”

星笑着回了丹尼尔一个拥抱，特别开心。紫金坦克的贝斯手今天穿了一件咖色的小羊皮棒球夹克、白色V领T恤和一条黑色窄版牛仔裤，十分休闲。

“宇，最近怎么样？”他指了一下宇，一脸坏笑。

“我还可以，你呢？”

宇显得很平静，只是多了一点儿遇到熟人的亲近。他今天选择了一身博柏利品牌中比较休闲的一个系列（Burberry Brit）——上身为一件深蓝色的绗缝菱形格休闲夹克搭配一件白色圆领T恤衫；裤子为一条修身剪裁的棉质斜纹卡其裤；脚踩一双深蓝色鞋面白色鞋底的麂皮休闲运动鞋。这样的搭配让宇显得高端、大气而非常放松。

“嘿，我呀，我还行。”丹尼尔随即把视线转向了翔，“翔，你也不错吧！”

“不错，不错！”翔今天选择了一身浅灰色的中山装搭配亮黑色皮鞋的打扮，应和道，“看样子，你的魅力依然不减当年呀！”

“嘿！必须的，必须的。”

“我介绍一下哈，”星紧接着说道，“这位是菲，我们在布里斯班的好朋友，也来自北京。”

“嗯。”花花公子总会把面子上的事情做得很到位，让人在刚开始的时候会觉得他其实也挺懂礼貌。比如，他也会十分文质彬彬地说：“你好，我是丹尼尔。”

“我叫菲，你好！”

菲今天走的是普拉达（Prada）路线，浅粉色的羊绒短大衣搭配一条同品牌的卡其裤，让她显得非常典雅，十分淑女。

“嗯，行，大家就算认识了，”星开心地说道，“坐下聊吧！”

“哈哈！早就想坐下了。”丹尼尔笑道。

于是，五位青年围着这张木色圆桌坐了下来，并且分别买好了饮品。宇和星依然点的是蓝山和冰沙；翔仍然享受红酒；而菲则选择了起泡蒸馏水。丹尼尔非常喜欢喝威士忌，他为此雇了一位专职司机，专门接送他出入各种需要喝酒的场合。

“不是，哎，我说兄弟们，你说我要带你们去哪儿玩？”丹尼尔十分幽默地说道，“难不成是悉尼歌剧院?”

还没等大家说话，这位夜店王子就把身子探了过去，迫不及待、故弄玄虚地说道：“那地方和世界上所有的名胜古迹一样，听起来特别美好，一去才发现原来不过如此。”

“随便你,”翔诙谐地说道，“反正这儿是你的地盘。”

“悉尼歌剧院的房顶,”丹尼尔拍了拍星的肩膀，好似生怕没有人听他说话一样，像煞有介事地说道，“哎哎，就是好像贝壳一样的几片房顶，都已经黄了。”

“什么叫‘黄了’?”星十分惊讶地问道。

“原来是白色的，现在已经发黄了，就是旧了，也没人管。什么世道哇！唉，其实悉尼就那么几个地儿，可真没办法跟北京比。”丹尼尔想了想，眼珠子一转，“悉尼最牛 × 的地方在于夜里。”

“那就由你来决定吧。”星干脆地说道。

“去歌剧院，你们得带着我转。紫金坦克和悉尼歌剧院都属于音乐。”丹尼尔拿起了一支有着厚厚杯底和杯壁的老式低球威士忌酒杯（Old Fashion Lowball Tumbler），喝了一口纯粹的尊尼获嘉蓝牌（Johnnie Walker Blue Label），欠欠地笑道，“而我，只属于夜色。夜里，我带着你们转。哈哈哈!”

“好啦!”菲有一些不好意思，也笑了起来。

“哎，我说,”丹尼尔转变话题，继续说道，“听说你们不错呀!”

“你说的是哪方面?”翔问道。

“还能有哪方面，乐队呀!”

“哈哈，那好的地方可太多了。”星淡淡地一笑，显得颇为得意。

“远了不说，就说硬石战役，那是真给咱北京人提气。”

“咳，我们原来老怎么说来着?”星故作吟诗状，“俱往矣……”

“数风流人物……”翔捏着红酒的杯脚，晃着手里的红酒，拉长了声线，突然说道，“还看今朝!”

“哈哈，你们知道吗?”丹尼尔故作神秘地说道，“我听说，前几天那场‘绝对音乐’，紫金坦克是最牛 × 的!”

“这才刚过几天！你就知道了。传得够快的!”星幽默地说道，“丹尼尔，代我跟悉尼人民问好哇!”

“必须的，必须的!”丹尼尔激动地说道，“对了，皇家玫瑰乐队的主音吉他手美乔（柯·美乔 Migio Ke）是我的好朋友。他回来之后都和我说了，他说你们乐队是当天最牛 × 的。我还以为我听错了，那可是全澳大利亚范围的现场啊!”

“太夸张了吧，兄弟!”翔假装惊讶地附和着，然后喝了一口红酒。

“哎哎，你们看，我这文身，就是在美乔那里文的，特别牛 × 吧!”说着，丹尼尔就撩起右小臂，上面赫然文着一排花体英文——My only love sprung from my only hate（我唯一的爱来自我唯一的恨）。夜店王子意犹未尽地说道，“你们哪天选一个牛 × 的图案或文字，也去文上一个，你们玩重金属的，必须得文身哪!”

“不过，”宇平静地说道，“我们现在还只是一支以翻唱为主的轻摇滚乐队。”

“咳！早晚还得是重的！真的！”丹尼尔眼睛直放精光，接着说道，“老实说，我一直不怀疑紫金坦克的能力，但是你们能和澳大利亚最棒的九支老牌地下乐队分庭抗礼，甚至更胜一筹，我还真是没有想到。当时我特意又和美乔确认了一次。他说是，就是紫金坦克，而且他还告诉我，在那之前，他从来没有听说过紫金坦克，不敢相信你们居然是一支留学生乐队。”

“我知道了，”星忍不住又想笑，“你是澳大利亚的万事通。”

“咳，你不知道，”丹尼尔言归正传，继续说道，“我其实一直都挺留意你们那边的情况的。”

“是吗？”宇抿了一口蓝山咖啡，轻轻地说道。

“在北京那会儿，你们的演出我可是一场都没落过呀！”丹尼尔兴奋地说道，“没想到，才短短半年多的时间，你们就在澳大利亚的地下音乐圈混得小有名堂了！这对于一支留学生乐队来说，确实不易呀！”

“如果技术出众，”菲喝上一口水，继续说道，“走到哪里都没问题吧。”

“这可不尽然。你知道皇家玫瑰为什么惊讶于留学生乐队会有这样的表现吗？”

“为什么呢？”翔和缓地问道，“‘绝对音乐’并不是比赛，所以我们确实没有像在北京那样，对其他乐队进行过仔细的研究和侦查，也还没有来得及了解整个澳大利亚地下乐队的圈子。”

“因为留学生群体极不稳定啊，受制于签证的原因，太漂泊了。”丹尼尔摊开双手，认真地说道，“你们是音乐学院的学生还好说。对于别的科系的学生，想要组成一支像样的乐队都是一件十分困难的事情。”

“确实是这样。”星喝了一口冰沙，平静地说道。

“你要是想折腾点事，不是得在一个地方扎住吗？不是得有乐器和设备的支持吗？”丹尼尔继续说道，“总不能扛着一堆乐器在全球跑吧？无论谁都是一样的。”

“丹尼尔，一年没见，你对于音乐又有了新的理解！”星假装兴奋地说道，“我得祝福你！来，我用冰沙和你干了。”

“咳，就别开我玩笑啦！”丹尼尔一边用威士忌和星的冰沙举杯相庆，一边诙谐地说道，“一年的时间不算短了，想想，上中学那时候三年都觉得很长。总觉得人生有过也过不完的时间。”

“这里的大学，”星放下冰沙，感慨道，“如果想的话，可以十年不毕业。”

“澳大利亚的大学大部分都采用走读制。上学来学校，下学就回家。”翔顿了顿，继续说道，“还有根本不去上课的……就更别提什么情怀了。”

“不去上课吗？”星冲着丹尼尔做了一个鬼脸，“就比如你这样的。”

“哈哈，还是你了解我。”丹尼尔毫不害臊地坏笑道。

大家也都笑了起来。

“主要是没有那种情怀，”翔回到刚才的话题，接着说道，“搞不好同一个系的同学，到了毕业彼此还特别生疏，甚至不认识呢。总之，没有国内大学那种大家吃住在一起的气氛。所以，现在身在澳大利亚的紫金坦克就很幸运。因为，我们不仅是音乐系的同学，而且在国内的时候，我们就已经凑在一起玩音乐了。有了稳定性，混出名堂的机会就会相对多一些吧。”

“是的，”宇坚定地说道，“我们本来就是一支成型的乐队，不需要再去组合了。”

“对，就是这个意思！”丹尼尔激动地说道，“别人觉得不可思议的事情，在你们看来，就不是什么难以想象的事。”

“咳！”星自谦一声。

“对了，最近还出现了一个比较牛 × 的趋势，”丹尼尔问道，“不知道你们注意了吗？”

“什么？”

“估计在布里斯班就没有那么好了。”丹尼尔环顾四位青年，装作十分严肃的样子继续说道，“悉尼现在已经开了多家Live House 了。”

“Live House 是从日本开始的。”宇平静地说道，“相比于酒吧，这样的演出场所的功能和设备更加专业。那儿就是专门为乐队演出的地方。”

“对呀，在日本，光在东京就有两百多家，太火了！”星激动地说道，“歌迷很容易就可以近距离观看表演，和乐队互动得特别好！”

“Live House 就是著名的‘挖星场’！众多星探经常集结于此！”丹尼尔一拍桌子，“我看你们以后来悉尼得了！”

“我看……还是算了吧。”翔看了看并不多话的宇，和缓地说道，“布村儿的音乐市场虽然并不繁荣、非常安静，但却很适合我们目前的情况。”

“也对，也对。”丹尼尔很会随声附和，“安静适合创作，安静适合创作。”

的确，所有的包装与打造都要建立在实力的基础之上。宁静的气氛对于累积经验和增强实力很有必要。成名之后，很多人就很少有机会可以回到安静的地方，静心创作了。紫金坦克的目标绝不仅仅是出版一两张专辑，他们要做世界上顶级的摇滚乐队。

“对了，”丹尼尔突然小心翼翼地问道，“你们还记得前年跨年的时候，在‘北斗风暴’酒吧发生的那次演出意外吗？”

“哦……”

星仰起头，若有所思，但是好像没有继续话题的意思。翔也安静地坐在那里，没有搭腔。

“算了，”宇挥了一下手，利索地说道，“都过去了。”

“哈哈，各位兄弟，我们先去吃点好的吧！然后，晚上找个地方去喝点，好不好？”

丹尼尔的反应很快，迅速转变了话题。确实，有他在，就从来不会出现尴尬的局面。这是一位在夜店里，各种游戏都会玩，各种情况都见过的小爷，社交能力极强。

悉尼市区的夜色是一种典型的港湾城市气氛。船舶、港口、灯塔、高楼大厦、情侣、街灯、汽车、饭店和购物中心，密集地构成了悉尼市区的主要特征。

今夜，五位青年相聚在位于情人港的一艘顶级豪华邮轮之上，开始了美味的晚餐。事实上，这艘邮轮的设施一应俱全，豪华程度堪比七星酒店。顶级、优质的服务和美食，好似一百年前的泰坦尼克号。英伦范儿的宇，意大利范儿的丹尼尔和菲，日本范儿的星和中国风的翔，五位世界超模一般的时尚贵族相聚于此，星光灿烂，好似童话世界走出来的人物一样。写到这里，我真想定格这个画面，真想把时间就停止在这美丽、天真而又年轻的一刻。然而，时间的摩天轮注定还要继续转动，未来的一切，无论是痛苦还是欢笑，悲伤还是快乐，都将注定来到我们身边，没有人能够躲闪得掉，逃避得开。

所以，时间的指针再一次前进了它的刻度。让我们回到七星邮轮的餐桌之上，继续这年轻的故事。实际上，在这个豪华餐厅里面，所有美食都按照正统的西餐搭配，有不同尺寸和用途的刀叉摆放在餐盘旁边，还有不同说法的酒品和与之相对应的酒具可供选择，西方人最喜爱的各式调味品更是琳琅满目、一应俱全。对此，五位青年早就深谙此道。他们并没有对这一套餐桌礼仪感到陌生，反而优雅地享受着每一道菜品。相比之下，丹尼尔更像是这里的主人。他发出的小费远超一般水平，总是让服务的氛围特别完美。

“兄弟们！为了友谊干杯！为了北京干杯！为了中国干杯！”丹尼尔举着红酒，坐在长桌的桌首，高声提议。

“干杯！”

这一次，大家喝的全部都是来自顶级香槟区的顶级红酒。需要说明的是，在这次晚餐中，宇和菲坐在长桌的另一侧，与星和翔相对，和丹尼尔相邻。

“兄弟们，为了庆祝你们来到悉尼……”丹尼尔放下手中的红酒杯，神秘地说道，“我特意给你们准备了一个巨大的彩蛋！”

“什么情况啊？”星颇感意外地说道，“你竟然没有提前告诉我！”

“突如其来的惊喜才是人生快乐之所在，”丹尼尔像煞有介事地说道，“我跟你们说一件特别牛×的事啊。”

“什么事那么神秘啊！”菲在一旁打趣道，“你就别卖关子了！”

“话说，那天的悉尼有一个大派对……”丹尼尔得意扬扬地说道，“几乎所有的名流贵族全都到齐，你说，能少得了我吗？”

“当然少不了你了，哪儿都得有你啊！”星在旁边岔着他，“不过，哎？兄弟，这好像和我们没有什么关系呀。”

“本来悉尼和布里斯班好像很遥远……”丹尼尔捏着杯脚，又愉快地喝上一口红酒，然后他再次把酒杯放在桌子上，故作神秘地说道，“但是，这时候，派对里面的一个人突然接了一个电话！”

“电话？”宇靠着椅子背，好奇地问道。

“对，”丹尼尔突然大声说道，“那电话就是利奥波德打来的。”

“啊？”星一下子没有反应过来，问道，“利奥波德？哪个利奥波德？”

“还有哪个利奥波德！就是黄金海岸硬石的那个舞台总监哪！一身文身、染成蓝毛的那个。”丹尼尔激动地比画着，兴奋地说道，“当时电话里就传来了‘查克· 博瑞’的声音。”

“不会吧！有这么巧的事情？你在千里之外居然听到了布里斯班的歌声！”翔的思绪马上回到了黄金海岸的“硬石之战”，他十分惊讶，甚至还拍了一下大腿。

“是呀，这位仁兄在电话这头振臂高呼，‘这简直就是查克· 博瑞的翻版！’”丹尼尔激动地说道，“他挂下电话，就说了一句，‘紫金坦克真牛 × ！’”

“不会吧，”星十分惊讶地说道，“这到底是什么情况？”

“真的！我一听‘紫金坦克’这四个大字，就马上凑了过去。我神秘而小心翼翼地问道：‘哎，这位兄弟，您说的紫金坦克，可是‘布里斯班的紫金坦克’？”

“你还管人家叫兄弟呢，”菲忍不住直想乐，“人家也不认识你。”

“咳！派对不就是这样吗？各种瞎认识呗！”丹尼尔幽默地说道，“然后，然后他就认识我了，他必须得认识我呀！哈哈哈！不过重点是，他说，‘是呀！就是他们，那支乐队的配合太完美了！那个主唱的声音太棒了！简直精彩绝伦！绝无仅有哇！’”

“我立马说道，‘我真的和那几位是好朋友，你想认识他们吗？’所以今天，我就把你们约来了。”丹尼尔顿了顿，故意清了清嗓子，提高了嗓音，继续说道，“对了，兄弟们，你们就不想知道他是谁？”

“谁呀？”星好奇地问道。

“考拉电视台的老总杰克（杰克· 道格拉斯，Jack Douglas）。”丹尼尔激动地说道，“他说他特别想见见你们，就在明天，咱一起去见见他啊！”

“这真是个好消息，太棒了！”在听到了这位大名鼎鼎的人物之后，菲十分开心，仿佛看到了一片美好的未来。

“真是太好了！”星兴奋地说道，“不过，不过，我们都还没有做好准备呢！这也太突然了吧！”

“这么说……”菲高兴地问道，“紫金坦克可以告别地下圈，可以出专辑了，是吗？”

“岂止出专辑那么简单，唱片只是第一步。”丹尼尔得意地说道，“最要命的是，杰克捧谁，谁准红，这也是你们组建乐队的终极目标吧！出它十张、二十张的金牌唱片，每一首歌都在热门榜单上悬浮很久。”

“哈哈哈，还‘悬浮’呢！”星笑道，“那是‘停留’很久。”

“停留！停留！哈哈哈！”丹尼尔也大笑起来。

随后，大家也都乐了起来。

丹尼尔随即把“最强组合和乐队”选秀比赛的事情，详详细细地告诉了紫金坦克。

“我估计现在还没有什么人知道这事。”丹尼尔神秘地说道。

“太好了！这么巨大的成本投入！这么精良的制作团队，还有什么比这更好吗？”菲十分激动地拍了拍紫金坦克队长的肩膀，开心地说道，“宇，咱们一定要参加。”

“可是，这可是青春之路要如何去走的关键问题……”翔谨慎地说道，“需要仔细考虑好。”

“虽然说，你们需要的是安静，但这事还有差不多一年才开始。再说，这次机会如若不抓，更待何时？杰克多牛，大腕儿呀！”

“没关系，星、翔。如果真的不麻烦，我们就见见他！”宇进行了总结发言，做出了一个重要决定。然后他又礼貌地说道：“谢谢你，丹尼尔。”

“别那么客气，”夜店王子开心地说道，“都是兄弟，都是兄弟。”

“可是，宇，”翔问道，“你确定你没问题吗？”

“如果哪天，我们老了，一定会有很多事情留在我们各自的时间摩天轮上。无论对与错，都不重要。等到那时，不管未来是什么样子，也不管曾经是否精彩，一切都会变成珍贵的、美好的。如果有一天我们终将老去，就请在年轻时代多一些胆量，多一些勇气！加油吧！年轻的心！”

然而，光明闪现的同时，就意味着黑暗的存在。就在此时，一个来自意大利的黑手党家族正式宣布进驻澳大利亚，成为悉尼最新的黑帮势力。虽然他们才刚公开示人，但是“业务”早就已经开始进行，同时与意大利西西里的黑手党总部保持着密切的联系。这个家族的名字叫作斯卡列蒂（Scaglietti），位于松山街（虚构街名）的斯卡列蒂俱乐部是他们的基地。这个黑帮主要通过影响工会和议院，为他们在澳大利亚的势力谋取利益。为了达到这个目的，他们经常不择手段，包括但不限于暗杀、非法交易、贩卖毒品。另一方面，他们也在澳大利亚本地吸收会员，收取保护费，等等。

斯卡列蒂家族的二老板（Underboss），叫作胡里奥（胡里奥·斯卡列蒂，Julio Scaglietti），是乔托·斯卡列蒂（Giotto Scaglietti）的弟弟。这是一个午夜时分，在俱乐部足足有十米高的巨大会客大厅里，胡里奥正坐在那超长的深黑色崩扣牛皮沙发的正中央，夹着雪茄大口大口地吐着烟圈——他在给一位神秘人打着电话。没有人能看清他的脸。沙发后面是几扇巨大的窗户，足足有两层楼那么高。窗户外面是黑夜中的树枝和一轮半月，给人一种月黑风高的阴森感觉。

“我要找的人，”二老板的口气十分严肃，甚至还透露着一丝恐怖，“你给我找到了吗？”

“目前还没有，先生，请您再给我一点时间。”

“怎么搞的！”胡里奥很是生气，“还不快点去找！”

与此同时，一个人正骑着杜卡迪飞驰在一号公路上，全速向着悉尼进发。他不是别人，正是大天使乐队的队长路西法。不过，这位北欧青年此次的行程，跟紫金坦克没有任何关系，而是为了寻找他的团员，拉斐尔。

“米达伦，我现在正在去往悉尼的路上。”路西法冷峻地说道，“你和雷米尔迅速赶过来，我担心拉斐尔会惹祸！”

“可是，不是已经推迟了去悉尼的计划了吗？”大天使乐队的节奏吉他手问道，“叫着莎拉吗？”

“不用叫了，她和拉斐尔在一起呢，都在悉尼。”

第二天上午，在丹尼尔的引荐之下，紫金坦克如约见到了考拉电视台的老总、“最强组合和乐队”的投资人和制作人——杰克·道格拉斯。在这次会面之中，双方聊得非常投缘、十分开心。紫金坦克也在这里再次明确了竞赛规则和注意事项。杰克让这支年轻的乐队录一份小样，然后鼓励他们在节目正式接受报名的时候，也就是半年之后前来参赛。更重要的是，杰克将会在那时成立一个公司，专门负责签约所有晋级艺人。

晚餐过后，丹尼尔提议下一站向着位于中央商务区，悉尼最好玩的夜店之一的“洛克”进军。但是，宇却哪儿都不想去，他甚至已经打算回酒店了。

不过，他们不正是处在一个应该到处去玩、到处去闹的年纪吗？不然，年轻的荷尔蒙何处释放呢？

最终，五人决定分头行动。宇、翔和菲准备到一家台球俱乐部打花式九球，而丹尼尔和星则选择去“洛克”消遣。青年们相约在凌晨两点钟于台球俱乐部会合，不见不散。他们把手机全部调到震动模式，这样反而能够在必要之时，第一时间找到彼此。夜店里震耳欲聋的一切，往往除了噪声以外，什么也听不到。

今夜，宇穿了一件亚历山大麦昆（Alexander McQueen）品牌的灰色卫衣，一条博柏利的酒红色锥形棉质运动裤搭配一双迪赛白色休闲鞋，特别放松；星选择了一件安逸猿的白色棒球夹克、一条同品牌的黑色直筒牛仔裤和一双白色帆布鞋，非常时髦；翔则穿了一身黑色中山装搭配黑色皮鞋，十分帅气；菲今天的穿着相对运动，一件普拉达深蓝色卫衣和一条灰色运动裤搭配一双白色运动鞋，让她显得特别轻松，十分低调。丹尼尔仍然选择乔治・阿玛尼，只不过，这位夜店王子今天的这身黑色定制西服和昨天的款式略有不同，双排扣的设计很符合他那高挑而精瘦的身材。

在澳大利亚，悉尼的夜店普遍比布里斯班的大得多。那里的潮人更多，音乐更好，也更有意思。然而，并没有人提到“洛克”除好玩之外，也曾经被政府认定为全新南威尔士州最暴力的场所之一。

在洛克的舞池，星凭借着那俊俏的脸庞，健美的身材，很快就吸引了众多女生的目光。不过，紫金坦克的贝斯手虽然不是第一次来到夜店，但显然也不是常客。这位男生固然拥有一个聪明的脑袋，但从舞步上依然可以看出他其实经验不多。然而，聪明之人总是能够在不属于自己的环境下，扬长避短、找到门路。所以，星在观察了一下旁人之后，很快就凭借自己出色的身体协调性，熟悉了音乐的节奏，适应了这里的气氛。只用了不到二十分钟，他就俨然一副老手的样子了。但是，围过来的女生越多，星反而越发不自在——此刻他想起了美丽的菡。这位混血儿觉得现在这些姑娘，全都不如菡。夜店里的灯光迷乱、音乐喧嚣，星想着，要是菡能够在这里，能够和他在一起，该有多好。在这种思维的驱使之下，这些围过来的姑娘的美丽和气场，都渐渐暗淡下去，没有了魔力。片刻之后，星就回到舞池旁边的沙发上，坐了下来。

丹尼尔这个老炮儿，来“洛克”就像回到自己家一样，如鱼得水，很受欢迎。因为和夜店的几位黑人保安都混得很熟，而且每次都给大把小费的关系，所以他进场从来不被检查。在入场之后，他很快就和现场的所有人七七八八地打起招呼来。确实，在北京会玩的，到了悉尼也一样。就算来到悉尼只有一年多的时间，但是深谙夜店之道的丹尼尔，很快就打开了局面。此时，两位金发女郎走过来，看起来和丹尼尔很熟悉。丹尼尔给她们叫了洋酒，一沓百元绿钞往桌上一拍，派对开始了！他一把搂过一位姑娘，有说有笑，甚是欢快。照着丹尼尔的意思，另外一位金发女郎，今天晚上是来陪星喝酒的。在星从舞池回来之后，大家很快就进入状态，畅饮起来。

“星，我跟你说吧，”丹尼尔搂着一位金发女郎，兴奋地说道，“我觉得泡妞儿有两种形式，你知道吗？”

然而，星并未说话。事实上，此时的他已经喝得有点儿微醉。不过，“泡妞儿”这三个字，紫金坦克的贝斯手却听得真切。这让他再一次想起了菡。在这种要醉不醉的时候，星感觉到，也许他真的喜欢上菡了。他根本无暇顾及旁边的金发女郎。

“这两种形式就是……”丹尼尔似乎还很精神，自鸣得意地说道，“简单来说，就是‘钱’和‘骗’。”

“得得得，丹尼尔，你别跟我说这些。”没有菡的陪伴，星现在着实烦着呢。他摆摆手，说道，“那是你的路数。”

“哈哈哈！”丹尼尔笑道，“你只说对了一半，用钱泡姑娘的人是大亨，骗姑娘的可是骗子呀。”

“你是说，你是大亨？”星在微醉中带着一丝坏笑。

“我肯定是大亨啊！我必须是大亨啊！”说罢，丹尼尔从桌上拿起几张钞票，塞给身边的金发女郎。

“其实丹尼尔……”星又一次笑道，“钱也有花完的时候，骗子也有被识破的那天。”

“那我肯定不能让钱花完哪。”丹尼尔靠向沙发，目光迷离地说道，“我以后要当就当世界上最牛×的音乐经纪人，再开个著名的经纪公司，把世界上最牛的乐队歌手都网罗其中。你觉得这事儿怎么样？”

“这事靠谱，你的性格适合干这行。”星肯定地说道，“而且，现在甚至很多地下乐队，都需要职业经纪人了。乐队干乐队的事，其余来钱的路子，全部由经纪人来蹚。各司其职，一起分钱。这样效率就会特别高！”

“来来来！”丹尼尔举起酒杯，高声说道，“为了赚大钱，干了！”

“干了！”星大喊一声，将手里的威士忌一饮而尽。

此时此刻，斯卡列蒂家族的二当家，胡里奥也来到了“洛克”。这一次，我们总算看清了他的样子：此人目测四十岁出头，身高一米八五。他梳着整齐而锃亮的背头，大鼻子长在一脸横肉之上，体态略显臃肿。意大利人身穿一身黑色名牌西装，并没有系领带。大翻领衬衫上的每一个扣子都闪烁着金光，纯金的戒指上镶嵌着巨大的绿宝石，纯金的项链证明了此人的金钱和职业。

“哎，星，星，”丹尼尔拍着星的肩膀，好像百事通一样地说道，“你注意到那人了吗？”

“谁呀？”

“此人名叫胡里奥，是澳大利亚最新的黑手党，斯卡列蒂家族的二老板，也是乔托的弟弟。”丹尼尔嘴里叼着雪茄烟，双臂搭靠在沙发上，跷着二郎腿，斜着眼瞄着他所形容的那个人，无所不知地说道，“胡里奥今天怎么会来‘洛克’？他应该在俱乐部才对。”

“丹尼尔，你和他们很熟吗？”

星一脸疑惑，有些茫然。刚刚还和他谈论音乐的那个人，现在是什么情况？毕竟两人已经有一阵子没见了，丹尼尔最近具体在做什么，谁也不知道。此时，胡里奥已经消失在众人的视线之中，去了夜店内部更加隐蔽的地方。

“咳，没呢，我认识他，他不认识我。没事，没事。”丹尼尔招呼服务员继续把酒满上，吐了口烟圈，自嘲道，“像我这么牛 × 的人，什么人我不得认识认识呀。否则哪天跟人家牛 × 了，就是有眼不识泰山，人家非把我崩了不可。我这纯是为了安全，为了安全，哈哈哈！”

“咳，我还以为你多牛 × 呢！”星笑道。

“我这不是装X呢吗？”丹尼尔说着说着，自己都想乐，突然好像又想到了什么，接着找补道，“哎，不是！嘿，星，我跟你说啊！其实我这才是真正的牛 ×，我这叫‘识时务者为俊杰’！”

“你也知道认人哪！那就行啦！”星喝下一大口纯粹的威士忌，大声说道，“这种人你惹不了！”

没过多久，又有两个人从“洛克”的正门口走了进来。没错，男的就是大天使乐队的鼓手拉斐尔，而那位女士正是菡。或者，你也可以叫她莎拉。拉斐尔依然是永远的黑色，而莎拉的装束也变成了彻底的黑色。只是，此次的黑色，和菡在“硬石”的那一次并不一样。这一次，这位美丽女生黑得更彻底、更纯粹。这黑色和几天之前美若白雪公主的那位纯洁少女，更是根本无法联系起来。

胡里奥那纯粹的黑帮装束，华丽得甚至有些俗套。虽然金光闪闪，但特别真实。而大天使们闪烁着黑色的光芒，特别不真实，好似漫画里面的人物。

黑手党和大天使，虽然全都气场十足，但显然不是一路的。他们属于两拨人。不过这两伙儿人，虽然一前一后来到洛克，但显然是要在这里做些什么，也许是要交易什么。拉斐尔和菡站在门廊，与夜店经理一边说着话，一边四处张望。

“哎哎，星，”丹尼尔又拍了拍北京帅哥的肩膀，看着拉斐尔，急促地问道，“你看到那个男的了吗？”

“看到了，怎么，你又认识呀？”星喝了一口洋酒，把手搭在双膝中间，双手交叉，低着头运着烈酒冲头的顶劲儿。

“这个我就真不认识了！”丹尼尔笑了笑，眼睛眯缝成了一条线，头头是道地说道，“不过你看那个男的，两米多高！他的皮肤惨白，肯定是火星来的！这大个儿一看就不是一般人，绝对是一个有钱人。按道理说，我应该认识！哎，你看那女的，够酷的，这个头儿怎么也得有个一米八几吧！”

“哎，行啦，你还真够色的！”

虽然如此调侃着丹尼尔，不过先前还一直低着头的星，也不自觉地晕晕乎乎地朝着夜店王子所说的那个方向看了过去。然而，紫金坦克的贝斯手好像并没有发现什么让他感兴趣的事情，于是再次低头醒酒。但是，只在片刻之后，他突然回过神来，猛地抬起头，大叫一声。

第十五章　功夫大师与神枪手
Kung Fu Master and Marksman

“菡!”

“啊? 什么情况，你认识?” 丹尼尔被星的叫声吓了一跳。

“菡，就是她!” 说罢，星起身就向着门口走了过去。

“哎哎! 兄弟! 什么情况啊! 你等等我，我跟你一起去。” 丹尼尔把那有着厚厚的玻璃底的威士忌酒杯，向着大理石桌面一砸，也晕晕乎乎地跟了过去。

分秒之后，菡、星、丹尼尔、拉斐尔，这三个大个儿和一个巨大个儿就站在了一起。如果你不知道他们其实根本就不是一伙儿的，你会以为这是一组奇帅无比的外星人。

“菡!” 星一把拉过莎拉的手，让她整个人转了一个一百八十度。

菡睁大了双眼，不敢相信今天会在此地遇到星。紫金坦克的贝斯手一身潮人装束，和她刚认识他的时候一模一样，什么也没有变。

星也在酒精麻醉的迷幻之中，终于看到了菡完全 “黑化” 之后的另外一种样子。

此时，如果我们把他们俩定格，画面就应该是两位属于不同风格漫画的主人公，走到了一起。

黑暗对光明，美妙绝伦。

两人对视着彼此，时间凝固了。夜店好像在一瞬间土崩瓦解，喧嚣不再。所有的人都好似被按下了快退键，脱下了华丽的舞会服装，换上了属于光明的休闲服饰，去户外、去运动、去工作、去和家人团聚，喝着澳大利亚著名的奔富红酒 (Penfolds)，享受着火鸡带来的快乐。

星和菡就这样原地不动，但好似又回到了他们第一次不期而遇的那个阳光午后。俩人的笑容是那么灿烂，那么迷人。一切都因为太阳，而显得纯洁无比。

但是，这样的感觉在一瞬之间就碎裂崩溃了。所有的人，就好像被按下了快进键一样，又迅速地回到了这里。

声音回来了，灯光回来了，黑暗回来了，夜店动物们都回来了。一切又回到了现实。

与此同时，拉斐尔也转过身来。

“你认错人了。” 莎拉把视线从星的脸上移开，厉声说道。

然而，星却并不想松手，他已经喝多了。

“放开她，她不认识你。” 这是拉斐尔和星的第一次对话。他脸色冷峻，没有一丝表情。

星一抬头，两眼就冒出了火星。他心想，这跟你有什么关系？

就在这关键时刻，还没等星说什么，丹尼尔就走上前去，连忙冲着拉斐尔解释道：“这位兄弟，不好意思，肯定是认错人了，肯定是的！”

然后，丹尼尔转过身，扶着星的双肩，背对着菡，急忙说道：“兄弟，走吧！走吧！肯定是认错了。”

丹尼尔一把搂过星，带着他往后走去。星什么也没说，只是眼睛直直地盯着前面那两个人。

“不好意思！”丹尼尔一边推着贝斯手向后撤，一边回头冲着拉斐尔和莎拉摆手示意，然后再一次转过身来，跟星说道，“不会那么巧啦，你第一次来悉尼就撞见熟人，除了我还能有谁？哈哈哈……你说对吧？”

丹尼尔的声音随着越来越远的步伐，越来越小。最后两人消失在另外两人的视线之中，离开了这里。

现在，让我们再把时间倒退一小时，说说在另外一边的台球俱乐部，宇、翔和菲的情况吧。

也许因为今天是个周中的关系，这家台球俱乐部显得比较冷清。才刚到深夜十二点，二十多张台子就只剩下几桌客人了。不过，安静的环境却正好符合大家的意愿，可以令人专心打球，不被打扰。即便如此，三位青年还是在靠墙的位置选择了一张台桌，距离最近的另一伙人还相隔三个台位。这样的距离使得打球的气氛更加隐私，更加宁谧。因为菲还是一位纯粹的台球菜鸟，所以宇决定利用此次机会，把这位女生领进台球世界。今天，他们打的是花式九球。相比于斯诺克，这种球的规则相对简单，球台小、球洞大，比较容易上手，更适合初学者。

对局开始之后，宇和翔先打了一盘给菲做示范。不过，这一盘从头到尾都只有紫金坦克的队长一个人在打，并没有给对手留下任何的机会。凭借精准的出杆和老谋深算的走位，宇干净利落地不到五分钟就清了一台，特别利索。

“宇，你以为我在第二盘会给你任何的机会吗？”很显然，翔对此早已习以为常，他搽着巧粉，准备开始下一局的战斗。

“翔，”宇三分认真七分调侃地说道，“我知道，如果你认真起来，我们的对决会形成千日之战的。”

菲虽然几乎没有打过台球，但也知道像宇这样零失误下的速度，绝对算是顶级水平，不可小觑。后来，在师傅手把手的指导下，菲的进步非常明显，很快就对台球有了更为深刻的理解。虽然在技巧上这位美丽女生还和新手没有区别，但是她很快就能够分析解释场上局面，好像台球老手一般了。

一切好似在平静之中正常地进行着，波澜不惊。

不过就在此时，台球俱乐部的大门哐的一声，被一群人猛地踹开。霎时，从门口横行无忌地闯进来四五个身材健硕的男人。这些人身着黑色西服，凶神恶煞，貌似也是来这里消遣的。正在打球的几桌客人，看见此情此景之后，都退了台子，慌忙走掉了。片刻之后，这群人很快就在宇旁边的两个台子上打起球来，一边打一边有说有笑。他们击球的力量很大，动作很大，搞出的动静也很大，看起来无比粗鲁、气势汹汹。

“宇，这伙人酒气熏天，满口脏话，感觉来者不善。我们还是撤吧。”翔走到了宇的身边，和他的兄弟嘀咕了几句。这位鼓手的第六感此时启动了自我保护模式，预感到危机的即将来临。

“看来千日之战要改期啦！”宇的想法和翔在此时不谋而合，他们立刻决定不再继续，准备马上离开这个是非之地。

然而，正当三位青年收拾桌台准备离开的时候，一个穿着白色西服的秃头白人从台球俱乐部门口闯了进来。那人凶神恶煞，看起来是与那两桌人会合的。先进来的那群西服男里面的其中一个，立刻给那秃头点上了雪茄，以示尊敬。定睛一看，那人不是地狱彩虹帮的大佬之一，梅耶枪击案的犯罪嫌疑人——里克豪斯吗？

里克豪斯来这里做什么？难道是来找菲报仇的吗？然而从这个粗人那无所事事、游手好闲的行为来看，显然不是这样。年轻人与里克豪斯的狭路相逢只是一个纯粹的巧合，没有什么更多的原因。在与帮会大佬寒暄了几句之后，那伙人便继续打起球来。与此同时，里克豪斯在旁边的一把椅子之上坐了下来，挺着肚子，喘着粗气。他似乎喝多了，醉意十足地不停地东张西望，一个人显得兴味索然，百无聊赖。

然而，只在突然之间，帮会大佬晃动的脑袋上像牛眼一样的两只眼睛，就猛地聚焦在不远处一位长发女生的身上。他突然发现了菲。就在这一瞬间，里克豪斯好似想起了一切。他想起了在梅耶枪击案的审判现场，菲曾经指认他为幕后真凶，想要将他绳之以法。他本来就想收拾这个胆大包天、不知好歹的女生，只是因为最近布里斯班警方对菲的安保比较严格，且悉尼警察对他的监视也不同以往，这才暂时作罢。但是，帮会大佬怎么也没有想到，菲今天却正正好好地出现在了他的面前，好似送到嘴边的一道美味佳肴。

“真是得来全不费工夫！”想到这里，里克豪斯目露凶光，突然精神起来。他向旁边的手下示意了一下，那个示意代表着杀戮的开始。

“关掉监控，然后滚蛋，否则你得死！”其中一个西装男冲着俱乐部的管理员怒吼着，想要尽快清场。看起来，地狱彩虹今夜并不想进行“屠杀”，只想“点杀”。所以对于菲他们来说，今天恐怕是在劫难逃了。

分秒之后，台球俱乐部里就只剩下里克豪斯的人，还有这三位看起来并不强壮、不谙世事的青年了。此时此刻，帮会大佬从身上掏出一把华丽的手枪……慢慢地对准了菲。

然而，出人意料的是，就算是手枪也并没有什么作用。面对这已如囊中之物的菲，地狱彩虹完全没有想到，接下来的剧情将会是怎样的一种巨大逆转。

“嘿，胖子，看你后面是什么？”一瞬间，翔突然指着里克豪斯的后方，像煞有介事地大喝一声。

正当里克豪斯回过头去，以为真的有什么要事发生之时，翔眼疾手快，抄起那颗决定胜负的黑色台球，用尽全力瞄着帮会大佬就扔了过去。咣的一声，台球不偏不倚正好打到里克豪斯的后脑勺，然后弹到了天花板上。那巨大的冲击力让结实的吊顶在顷刻之间就被砸出了一个坑，制造出来极大的声响。

里克豪斯被这个突然袭击打了个措手不及，在一瞬之间就被揍蒙。他疼极了，要生不能、要死不行。不要忘了，砸过来这颗夺命飞球的人，正是紫金坦克的鼓手爱新觉罗·翔。为了鼓点的稳定、强劲和有力，这位青年的肌肉群，尤其是手臂肌肉极为发达，精瘦而脂肪含量极低。通常这样的肌肉类型，也意味着极为强大的爆发力。

被打之后，里克豪斯极度痛苦地捂住后脑，疯狂地开枪乱打一通。当然，所有的子弹都不可能命中目标，几乎全部扫到了天花板上。

说时迟那时快，只见宇的眼神露出了极为罕见的愤怒和狰狞。他突然变成了一头疯狂的猛兽，好似拥有熊的力量和豹的速度。紫金坦克的队长二话不说就冲了过去，使出全力在地上一蹬，将全身所有的力量通过腰部的转动和肩部的传递，像光束一般地集中在右拳，像核武器一般地打了出去。这记重重的直拳正中里克豪斯的鼻子，特别凶狠。这好似雷鸣闪电般的一拳，把他平时的温文尔雅和忧郁悲伤全部一扫而空。紧接着，宇又打出了一记好似可以将星辰粉碎的下勾拳，狠狠地击碎了里克豪斯的一嘴门牙。帮会大佬根本没有任何办法招架，瞬间就被打倒在地上，鲜血从鼻子和嘴里不断地冒了出来。

这两记猛拳，拳拳到肉、异常准狠！差一点打死里克豪斯。

菲哆哆嗦嗦地蹲在一旁，在瞬间就被吓傻。她的恐惧来自宇那愤怒的眼神，甚至大于里克豪斯的手枪！菲从来没有见过紫金坦克队长的这种山呼海啸一般的突然爆发。这和平常温文尔雅、彬彬有礼、性格内敛的那位贵族绅士，简直判若两人。

他怎么了？他的内心到底压抑着什么，暗藏着什么？

宇愤怒的眼中喷火，狂暴的血盆大口好像喷吐着万钧怒焰。这个时候，如果头发可以变色的话，紫金坦克队长的黑发肯定会爆发出火焰一般炽热的红色，让人感到怒火中烧、怒不可遏。

说时迟那时快，转瞬之间，里克豪斯的所有手下一拥而上，拿着砍刀把三位青年团团围住。这时，宇和翔终于拿出了他们的看家本领——中国功夫。紫金坦克的队长拿起了一根台球杆作为武器，好似拿着金箍棒的齐天大圣孙悟空一般，如虎添翼。在别人看来，这根杆子普通至极，可是对于从小就在部队苦练棍法的宇来说，简直比拿着枪还好用。翔则背靠着宇，把另一根台球杆，用大腿一顶，一下将其撅成两半，然后一手拿上一根。穿着一身黑色中山装，富有古铜色肌肤的翔，此时就好似李小龙加陈真的灵魂附体，手里拿着没有锁链的双节棍。

就在此刻，所有的流氓混混蜂拥而上，扑了过来。但是，宇和翔施展的棍棒和腿功，使敌人好似中了气功一样地被飞速弹开，重重地撞在了墙上和附近的台球桌之上。

那些流氓混混似乎没有想到，这两个看起来并不彪悍的亚洲男生，竟然表现得如此训练有素，仿佛专业打手一般。就在这时，他们深知自己已经无法与紫金坦克抗衡，都不敢再次轻易出手。双方形成了短暂的僵持。而菲更是已经目瞪口呆、彻底傻掉。她躲在两位男生的身后，不停地哆嗦着、颤抖着，不知所措。

片刻之间，流氓们全部拿起手机，试图呼叫更多的混混前来助阵。翔见势不妙，马上给星打去电话寻求支援。但是，紫金坦克的贝斯手那边，现在是什么情况了呢？就让我们把时间倒退半个小时，再次回到“洛克”。

自从丹尼尔架着星回到座位之后，星就开始止不住地狂喝起烈酒来。他并不惧怕拉斐尔，但菡的一句“我不认识你”，让星完全迷失了方向。阴冷而潮湿，一点也不华丽。星也许真的爱上菡了。他专门从日本订购的巨大号哆啦A梦还能送得出去吗？这时，酒精的后劲儿已经让星头晕至极，神志不清。于是，丹尼尔只得扛着他的哥们儿到洗手间醒酒。在这一刻，夜店王子还保持着清醒，显然比星可会喝多了。

“哎哎！兄弟，什么情况啊！你表面看我能喝吧，都是装 × 的！”丹尼尔一边儿给星拍着后背，一边得意地揶揄道，“我喝酒可从来不进肚，哈哈哈哈！”

而星哪里还知道回答什么，只是在不停地狂吐。

“我纯是喝点之后就找地方吐，然后再喝，谁像你这么傻喝呀！”

在经历了一阵猛吐之后，丹尼尔就架着星向着沙发走去。

然而，在另一个方向的一个悠长的黑暗之中，却透露出了一丝光亮和一些声音。原来，一个位于角落的包厢房门并未关好，处于半掩的状态。正扶着他的哥们儿向回走的丹尼尔，远远地顺着门缝往里一看，瞬间大喜。他好似捡到财宝一样发现了一件颇具价值的事情。

“兄弟，等一会儿你要是还吐，你就吐在地上，没事！”丹尼尔把星架到沙发上，又吩咐那两位金发女郎，将紫金坦克的贝斯手照顾妥当。然后自己便穿过舞池，消失在嘈杂的黑暗之中。

狂吐之后，星总算清醒了一些，没有那么难受了。此时此刻，只见一位金发女郎为这位帅哥送上了一支超大口径的高球杯，里面盛满了放着冰块的水。这冰水冒着逼人的寒气，好似西伯利亚的冰川，特别冰冷，特别刺骨。

星先是喝了一口，感觉又舒服了一些。紧接着，他把剩下的冰和水，一下子全部都浇在了自己的头上。然后，他疯狂地大叫一声，释放着心中的愤怒。但是，在这杂乱而密闭的空间里，没有人能够听见星的号叫。

然后，一沓纸巾递了上来。

星抬眼一看，是那两位金发女郎的容颜。他多希望那人是菡。可不是。

“丹尼尔呢？”

金发女郎指了一个方向。

随即，星也穿过迷乱的舞池，朝着黑暗中的那束光亮走去。虽然他的步伐仍然有些踉跄，但是依然没人能够阻止他的前进。直到这位帅哥在走廊的尽头发现了丹尼尔，才让他停下了脚步。

“丹尼尔！”

星看着这位夜店王子，眼前的重影消失了，眩晕消失了。他清醒多了。

“你在干什么呢？”

只见，丹尼尔正拿着手机，对着包厢里面偷拍着什么。

“我X，兄弟，你怎么来了？”丹尼尔赶忙把电话收起，十分慌张地说道，“你还是别看了，哎，金发女郎呢？你赶快回去呀！”

“喂，让我看看。”

星大吼一声，一把推开了丹尼尔。然后，紫金坦克的贝斯手在门缝之中隐隐约约地看到了菡的影子。

“星，”丹尼尔试图阻止星的举动，急忙说道，“刚刚的那群人，在嗑药。”

与此同时，星却猛地踹开了那扇房门……

此时此刻，就像夜店王子刚才所说，意大利黑手党的二号人物胡里奥、北欧大天使乐队的鼓手拉斐尔，还有来自北京的布里斯班女生，菡，正聚在巨大的豪华包厢的长桌周围，坐在一起嗑药。

他们缓慢地抬起好似吸血鬼一般苍白的脸，呆滞怪异地看着突然出现的这个人。在他们的眼中，一切影像就好像正在播放的慢镜头，迷乱而并不清晰。

就在这时，丹尼尔已经消失得无影无踪了，没有任何人能够发现他在哪里。

“菡！你知道自己在干什么吗？”星看着这位美丽女生，怒吼着，“现在的你，还是那个洁白如雪的菡吗？”

菡并没有做出任何回答，只是眼神迷离地看着紫金坦克的贝斯手，仍旧好似陌生人一样，冰冷而木然。

而高大的拉斐尔更是坐在另外一张黑色牛皮沙发之上，靠着靠背，闭目仰天。他已经完全进入了冥想状态，根本不知道包厢里正在发生着什么。

坐在星正对面的二老板则缓慢地将身体支起并探向桌子。只见他叼着一根粗大的、混合着海洛因的雪茄，露出了三颗黄金假牙，但什么也没有说。

紧接着，胡里奥颤颤悠悠地从桌子上拿起了一把刻有斯卡列蒂家族徽章的手枪，慢慢地举了起来，试图瞄准星的眉心。

但是，刀光剑影之间，星的反应速度显然更快。他们俩就好像西部牛仔或者剑客在决斗。谁快，谁就赢得胜利和尊重。

胡里奥已经举起枪的时候，星才开始拔出他的武器——一把美式M1911特别定制款手枪。

紫金坦克的贝斯手之所以可以带枪进入酒吧，完全是因为丹尼尔的关系——他并未接受安检。这位男生为了这次旅行，准备了最棒的防身武器。

电光石火之间，他们同时对准了对方。

“嘭！”

“星！”菡惊叫一声，捂住了双眼。妆花了纯白的脸，似哭非哭、似笑非笑。

胡里奥的枪被打飞了。

这时，二老板和拉斐尔两人才如梦方醒，惊愕地望着眼前这位一身正气的美男子，不知所措。

菡一脸花妆，破涕为笑。因为她知道，星没事，他赢了！

“我有一位很好的朋友，他的爸爸曾经是军人，更是军队的神枪手。我们从小就在野战部队练习枪法，所以，胡里奥，今天你赢不了我的！”

说着说着，紫金坦克的贝斯手就拿着枪，用五发子弹，连续命中了摆在包间吧台之上的五个水晶红酒杯。

二老板这才发现，自己身上已经没有任何武器可以继续这次对决。他知道，至少在这场局部战斗之中，主动权已经完全掌握在对面的这位男生手里。胡里奥可以清晰地识别出星手上的武器非同一般、不可小觑。那神器具有双排十五发子弹的弹匣，至少可以再打九发子弹。以星刚才展示的那般精准程度，足足可以让自己死上九回。

“这位兄弟，我看，你是认错人了吧？”胡里奥此时要起了太极，他摊开双手，咧着嘴，大笑道，“我们这里有谁得罪过你吗？”

“我只想带走菡。”星冷静地说道。

“我看哪，兄弟，”胡里奥还试图欺骗星，狡猾地说道，“我看你的身手还真是不错，不如你加入我们的组织，成为我们的‘荣誉之男人’（Made Man），如何？”

星当然知道，这哪里是招安，分明是想要了他的命。

“我再说一遍，我只想带走菡。”

“我跟你走。”菡突然站了起来，晃晃悠悠、晕晕乎乎地说道，“只不过，我的车不在这里。英雄救美、天若有情的时候，不是都有摩托吗？那么，帅哥，你可以骑机车吗？”

“骑机车当然可以！”

在这一刻，星的身后突然出现了一个同样高大的身影。他不是别人，正是大天使乐队的领袖，路西法。

“这位兄弟，今天我的杜卡迪，你拿去开。”

“哟嗬！哟嗬！这是什么世道哇！哈哈哈哈哈哈！”胡里奥大笑起来，他的嘴比原来咧得更大了，那三颗金牙感觉比之前更亮了，“想不到，希尔家族的王子今天都来了！”

“胡里奥，”路西法上前一步，和星站在了平行的位置上，严肃地说道，“希尔家族和斯卡列蒂家族在意大利就渊源颇深，在此相遇也并不意外。”

“当年你在意大利学习歌剧的时候，才这么高。”胡里奥一边说，一边比画着。从二当家的举动来看，这两个家族肯定已经相识已久了。

“我就知道拉斐尔来找的就是你，今天我必须将他带走，”路西法看着自己的鼓手，气愤地说道，“我和米达伦开车带你回去，以后绝对不能再嗑药。”

“得啦，你们今天都走，都走，我难得清静。”胡里奥立刻给自己找了个台阶下，装作无辜地说道，“我还以为多大点事呢，我们开个派对而已嘛，至于那么兴师动众、舞刀弄枪吗？哈哈哈！”

就在这时，星的手机突然响起，时间和宇那边的节点，交会了。

“喂！星，我们这边出事了。”翔那急促的声音在刹那之间就传到了星的耳朵里，“真背，遇到里克豪斯了。”

“什么？里克豪斯？”星惊讶地说道，“我这就过去。”

“等等我，”菡在后面喊道，“我和你一起去。”

随即，二人迅速离开了“洛克”，消失在众人的视线之中。

“坐稳了吗？抱紧我。”星的这句话，和菡第一次坐上这部车时，路西法对她说的一模一样。这位女生竟然在一瞬之间，产生了一种斗转星移、时空交错的感觉。星骑上了路西法的杜卡迪，菡就坐在他的后面。这是这位男生第一次骑路西法的摩托车，而这位女生却不是第一次坐。

“出发吧！”

迎着夜空的繁星，驰骋在美丽都市的海岸线之上，一切都显得那么安静，那么自由。同样享受着风阻，享受着飞翔一般的感觉，菡从后方扶着星的腰身，却和触碰路西法的感觉并不相同。相比于路西法的冷峻与铁血，星的身体蕴含着更多的感情，潜藏着一种亚洲人特有的深邃情绪。

“终于承认你就是菡了？”

此时此刻，星的头发被迎面而来的风吹起，柔美地飘扬着。他们俩并没有头盔的保护，反倒显得浪漫无比。

“星……”菡的脸颊紧紧地贴着紫金坦克贝斯手的后背。她知道，这位男生今天拼出命来，却只是希望她不再嗑药。她并未回答星的问题，只是深情地说了一声，“谢谢你，在灵魂的最深处……”

讲到这里，菡的眼泪唰的一下就流了出来，随风飘逝。

闻听此言，星的眼睛也湿润了。怜惜、心痛、伤怀和对那天下午在巴诺的美好记忆，所有情绪在一瞬间就交织在了一起。他不明白，这位美丽女生为什么要选择这样的人生，为什么不能对自己更好一点。男子汉不会轻易流泪，但是他的心却十分难受，难以释怀。

继续骑着这款顶级摩托，机车不停地咆哮着驶向前方。贴地飞行所产生的速度，让两人的情绪慢慢地平复下来。紫金坦克的贝斯手刚刚经历了一场好似史诗决斗一般的枪战，现在他逐渐地收拾好心情，变得淡定起来。

“对了，星啊，”菡突然说道，“不管你信不信，刚才在包厢，我似乎听到胡里奥他们也在寻找梅耶枪击案的证据，貌似还非常着急。”

星当然更想知道梅耶那晚发生的一切。只不过，一个连澳大利亚警方用尽全力，都解决不了的巨大问题，菡在无意中听到的只言片语，又能起到什么作用呢？所以他只是毫无目的地问了一句：“那么，他们具体说了什么呢？”

“不是和拉斐尔，他仅仅是在寻找灵感的时候，偶尔找胡里奥弄点货而已。”菡想了想继续说道，“那时，胡里奥正用意大利语打着电话，试图让电话那头的人找出证据。难道，他也在收集证据，准备把里克豪斯绳之以法吗？”

“我看不像，胡里奥有他自己的地盘，我想他不会插手地狱彩虹的事。”星想了想，话锋一转，冷静地说道，“不过，这也说不好，也许他们和地狱彩虹帮并不对付？”

那么，里克豪斯和胡里奥有什么关系？地狱彩虹和黑手党又有什么联系？似乎在这个冷冬，真相一时半会儿并不会出现，更不容易寻找。

没过多久，星就在距离台球俱乐部的不远处停下车来。

“菡，”星凝视着这位美丽的女生，严肃地说道，“我真的不能让你和我一起去参加战斗，那实在是太危险了。”

“星，我知道不管我怎么坚持，你无论如何也不会带我去……好吧，我的车正好就停在不远处了。”菡指着前面的方向，平静地说道，“开去吧，那样也许能够乘坐更多的人。”

片刻之后，星就找到并坐进了菡的座驾（黑色宝马3系轿车）。但是，这位美丽女生却也跟了进来，说什么也不肯下车。她坚持要和星生死与共，并肩战斗。

但是说时迟那时快，星只在一刹那间，就把菡击晕，然后把她抱下车，放在了杜卡迪的旁边。紫金坦克的贝斯手知道，以这个力度，只要两分钟，菡就能醒来，不会有任何的危险。

星亲吻了菡的脸颊，开着她的车飞驰而去。

而菡也果然在两分钟之后就醒了过来，并不知道星去了哪里。她站在这款超级摩托旁边，回想着今天发生的一切，如此不可思议。虎口脱险、九死一生的一幕还震撼于心，却在顷刻之间变得那么宁静如水、波澜不惊，好似什么也没有发生一样。

菡随即骑上了杜卡迪，瞬间消失在黑夜之中。没有人知道她要去哪里。也许是，重回布里斯班。

与此同时，台球俱乐部这边仍然激战正酣，毫无结束的迹象。翔看到对方正在不断地叫人赶来，知道如果这样继续僵持下去，危险就会越来越大，对他们就会越来越没有好处。于是他果断地说道：“宇！暂时的震慑不是长久之计！我们应该马上撤离！”

心有灵犀一般，翔的建议和宇的想法不谋而合。随即，紫金坦克的队长拉着菲，和他的鼓手一起慢慢地往出口挪动，准备死里逃生。

但是就在这关键时刻，本来已经休克的里克豪斯，却突然从地上爬了起来。宇完全没有料到，此胖子居然如此抗击打，竟然在濒死的时候还能够再次站立起来。这时，更多的流氓混混已经赶到这里，把台球俱乐部围了个水泄不通、密不透风了。

宇一惊，心想：“坏了，这下走不了了！”

顷刻之间，里克豪斯双手一挥，大喝一声，带领他的所有手下再次向着三位青年扑了过来。

就在这命悬一线、千钧一发之际，菲拿出了宇曾经特别为她制作的“太空手枪”，朝着跑在最前方的里克豪斯就喷射过去。地狱彩虹的大佬被这突如其来、热辣无比的气流在一瞬之间就蹦了出去。他完全没有想到，这把太空手枪的冲击力如此巨大，好似真枪一般。更要命的是，枪里面的各种刺激性粉末已经让这个胖子睁不开双眼、看不见东西，令他痛不欲生、痛苦至极。

菲的这一枪把那些打手全都吓傻，暂时把他们震慑在了那里。流氓混混完全没搞明白菲手中的武器到底是个什么来路，到底还有多大威力。

这位美丽女生的机智和勇敢，为大家争取了至少五秒钟的时间。事情也因此向着积极的方向发展。

就在这伙黑帮回过神来，打算再次反扑的危急时刻，台球俱乐部那硕大的双开式侧门突然被一辆车撞开了一个大洞。只见一辆汽车反着开了进来，破门而入。没有错，前来拜访的人正是紫金坦克的贝斯手，王子星。

“宇！”星降下玻璃，大喝一声，“你们赶快上车！”

正当所有人都被这突如其来的巨大冲击力所吸引的时候，宇也大喝一声：“翔！菲！我们走！”

转瞬之间，两位高大的男生合力拽着菲，以最快的速度冲进了星的座驾，把车门撞上。紧接着，这辆后驱轿车的后轮就开始疯狂地摩擦着地面，冒出了滚滚白烟。片刻之后，这辆宝马就载着四位青年，如离弦之箭一样，飞一般地冲出俱乐部，令他们虎口脱险、绝处逢生。想不到这位顶级贝斯手的车技也十分高超，汽车在拐了两个弯之后，就消失得无影无踪，无迹可寻了。我猜，当时那帮吃了一鼻子烟的流氓混混，还没有来得及上车吧，又怎能追得上这些足智多谋、胆识非凡的年轻人呢？

巧合的是，警探爱德华因为州际巡逻的缘故，刚好路过事发现场，正好看到了紫金坦克金蝉脱壳的整个过程。但是他什么也没管，仿佛故意放走这群北京孩子。在激斗现场，他只听见里克豪斯疯狂而绝望地怒吼着：“你们这帮臭流氓！还有人管吗！还有法律吗！还有天理吗！”然而，这件事从始至终都并未有任何警方力量的介入。无论是悉尼的警察，还是布里斯班方面，都希望这次乱战大事化小、小事化了。

“兄弟们，要不是我刚好赶过来……”

星是今夜唯一经历了两场战斗的人，自认有点儿侠客的意思。

“你小子来得还挺及时。”翔分析道，“说实在的，要是他们真的全都围过来的话，我们还真打不过。”

“我猜是宇先发制人，把他们打蒙了吧。”星一边开着车，一边笑着说道，“那帮家伙肯定没有见识过宇的拳头。”

“我能说什么呢？”宇淡定地搭着腔，思维却是空白的。

“不打就死定了。”翔得意地说道，“最后还是菲的太空手枪犀利，哈哈！”

“真没想到这把枪的威力这么大。”菲若有所思，似乎还沉浸在刚才发生的危险之中，“这可是我这辈子第一次‘开枪’啊！”

这时，翔突然打量起星开的车来，疑惑而兴奋地说道：“这车是什么情况，不是你的吧！”

“这应该是菡的车。”菲一下子就把这部座驾认了出来，笃定地说道，“她车里的样子和味道，是不会变的。”

“对！”星肯定地说道，“菲说得没错！”

“这又是什么情况啊！”刚才还得意扬扬的翔，瞬间惊出了一身冷汗，感叹道，“今晚可够热闹的，她人在哪儿呢？”

“等稳一点了，我再跟你们细说。”星看了看后观镜，在确定没有人跟踪之后，接着说道，“我那边发生的事，肯定出乎你们的意料。”

宇靠在后排，瞬间就沉寂下去。他好似一点也不激动，又回到了一种特别阴郁的状态。也许在紫金坦克的队长看来，这次被动的自卫，完全是一种不得已而为之的行为，并不值得炫耀。而且，他亦强烈地感觉到，地狱彩虹绝不会善罢甘休，一种前所未有的危险，可能随时会找上身来。菲抚摸着宇红肿的双手，泪水在眼眶里打转。此时此刻，在这位女生的心里，她的爱人受到一点儿伤害，对她都是无情的摧残。

“去便利商店吧。”翔突然说道，“买点酒精，宇受伤了。”

“没关系，我这都不叫事。”宇平静地说道。

“可是你的手……”菲的眼泪唰的一下就掉了下来，无法控制。

“没事……没事……”宇和缓地问道，“对了，星啊，丹尼尔呢？”

“他呀！咳！别提了！”星显得特别无奈，说道，“这事我也等会儿再跟你们细说。同样是非常不可思议！”

“哎！哎！等等，我看到他的车了，”星突然指向斜前方，说道，“我闪他一下。”

“前面的车一点反应都没有。”

于是，星又闪了一下汽车头灯。

“你确定那是他的车吗？”翔问道。

“车牌是‘DANEIL’的全改装宾利欧陆GT，全澳大利亚也就这一辆吧！”星十分确定地说道，“再闪他一下好了。”

然而，侧前方的汽车仍然没有任何反应。

“哎？”星无奈地说道，“丹尼尔关上了车窗，加速离开了。也许他没有看见我们，我再给他打个电话。”

“没有人接……”

“星，还是别打了。”宇平静地说道，“如果可以的话，我们现在就开回布里斯班吧，此地不宜久留。”

当天晚上，四位青年就回到酒店办理了退房手续，星夜兼程向着布里斯班折返。残破的汽车以极快的速度行驶在高速公路上，好在并没有警察发现他们，并因此进行任何一种形式的追逐或拦截。这一次的返程好似“人在边缘”的逃亡，和两天前开往悉尼路上的阳光与快乐形成了鲜明的对比，一切仿佛还处在危险之中，一切显得并不美好。

在路途中，星把刚才在洛克发生的事情原原本本地告诉了宇他们。片刻之后，他就突然接到了丹尼尔的回电：

“哥们儿，刚才真是不好意思，太刺激啦！”丹尼尔顿了顿，接着激动地说道，“那情况我是真得跑哇！您前几分钟还说那帮人惹不起，后脚就直捣黄龙！那可是黑手党，黑手党啊！”

“没事，丹尼尔，我也不会怪你。”星平静地说道，“是我太冲动了！”

“咳！是呀，我是拉都拉不住你，你以前不是这样的呀！”丹尼尔急促地说道，“哎，我说，那女的是谁呀？什么情况啊！”

“我要是知道那是什么情况就好了。”星显得特别无奈，明显不想和丹尼尔提起关于菡的一切。实际上，星到现在也不知道菡加入了大天使，更不知道她为什么会碰毒品。

“唉！咱也不说她了。实际上她也不是事情的重点。”丹尼尔继续说道，“哎！星，话说，你刚才干什么去了？”

于是，星又把在台球俱乐部发生的事情告诉了丹尼尔，三言两语、言简意赅。

“我X，那可够热闹的！”夜店王子闻听之后惊觉意外，大声说道，“你们居然遭遇了里克豪斯！最近最热的新闻不都是关于他的吗？真不敢相信，那家伙居然被当庭释放了！但是，我完全没有想到，宇和翔居然能把他给揍了！”

还没等星说上话，丹尼尔就抢先说道：“星啊！你让我跟宇说两句。”

“咳！我看大家一起聊几句得了。”于是，星把电话调成了免提模式，这样大家都可以听到彼此在说什么。

“宇，我是丹尼尔，你一定要记得。以后千万不要那么冲动，你知道你的手有多值钱吗？你还记得杰克说过，要把你们打造成为全世界最牛 × 的摇滚乐队吧？”丹尼尔激动地说道，“而且，未来我要是成立了经纪公司，我还打算签你们呢！你这手要是坏了可怎么行啊！我还打算挣大钱呢！”

丹尼尔的这句话在一瞬间就彻底触动了，正在远离悉尼那座城市的紫金坦克。他们没有想到，一个“外人”，居然用一句话就刺入了他们的骨髓深处。无论是因为个人感情也罢，还是经济利益也罢，丹尼尔的这句话真的非常重要而且温暖人心。然而就在刚才，星和翔甚至还在对那两场战斗存在着一些得意扬扬和沾沾自喜。是呀，在这个世界上，所有的乐器不都是用手来弹的吗？如果出现了什么闪失，要拿什么来完成梦想呢？

我们知道，除了丹尼尔之外，还有一个人一直心痛着宇，那就是这位善良勇敢的女生，菲。不过，和丹尼尔那也许略带商业利益的关心完全不同，菲对宇的每一分关注与关怀，全部都来自她最纯真的感情，来自她内心的最深之处。这位女生一直紧紧地扶着紫金坦克队长的臂膀，你能够清晰地看到她流过的眼泪干涸在脸庞的痕迹。菲一直凝视着窗外，高速公路上的街灯，就那样一个接着一个地，从她的视线中不间断地一闪而过。现在，这位女生也同样意识到，这件事绝对不会这样过去，也感知到她和紫金坦克都要面临的巨大危险即将来临。在这一刻，在菲的眼神里面，除了心痛，还闪烁着坚强和勇敢。这位女生清楚地知道，宇今天是拼出命去才把她从里克豪斯的枪下救出，所以，在今后的日子里，她决定无论遇到任何艰难险阻，都将和宇生死与共，一路同行。

“谢了，丹尼尔……”宇平静地说道，“我真的没有想到，你比我自己还关心我。”

“咳！”丹尼尔叹了口气，再次劝道，“谁不喜欢听牛 × 的音乐，不是吗？你以后一定要保护好你的这双手，这双手是用来弹乐器而不是打架的呀！”

“好在这次只是皮外伤。”宇淡定地说道，“看着吓人，实际上没什么事。”

“丹尼尔，”翔也在瞬间意识到了这位夜店王子那善意提醒的重要性，和缓地说道，“谢谢你的关心。”

“唉！”丹尼尔在电话那头自责道，“都怪我，昨天我忘记跟你们说，别去台球俱乐部了。因为地狱彩虹帮的人经常在那里出没，很不安全。”

“咳！”星感叹道，“都是点背呀！”

“星啊，我现在打电话来是想告诉你们，”丹尼尔突然严肃起来，建议道，“如果可以的话，你们不如先回国躲躲，反正最强组合和乐队的比赛还有一年左右的时间才正式开始。”

“什么？”听到了丹尼尔的话，大家都十分惊讶，竟然一时语塞。

“星啊，就算你在包厢一时占了上风，可黑手党最擅长的是暗杀。”丹尼尔小声而有力地说道，“他们不会就这么善罢甘休的。”

“不过话说回来，”丹尼尔叹了口气，继续说道，“如果当时我不站在他们那间包厢门口，也就没事了。”

“对了，丹尼尔，”星突然问道，“话说，你站在那里干什么呢？”

“咳！兄弟一场，我就都和你们说了算了，省得惦记着！”丹尼尔停顿了一下，神秘地悄悄说道，“其实，我本来想敲诈他们一笔。”

“这都是什么情况啊？”

听到了丹尼尔的回答，星更加摸不着头脑了。悉尼的一个花花少爷，难道要去挑战黑手党的二老板吗？这可能是一个比用枪指着胡里奥更加可怕而愚蠢的做法。星认为黑手党最讨厌的就是敲诈。

可是丹尼尔却不这么认为，电话里传来了胸有成竹的声音：“你知道的，我们家的经济状况出了点问题，但我是真的打算弄点钱来开个音乐经纪公司……虽说使用敲诈的手段好像并不光彩，但资本主义的原始积累，也完全是赤裸裸的抢劫……”

“你没吸毒吧。”翔突然问道。

“你放心吧，那东西我是怎么也不会碰的。它会毁了你的人生不说，还能把你的钱都花进去……绝对是个无底洞。”丹尼尔小声说道，“刚刚说到哪里了？哦，对了，我家的经济状况转差……然后，我就加入了地狱彩虹帮。”

“啊？”

闻听此言，大家顿时大为震惊。刚才还在关心着宇手伤的丹尼尔，什么时候变成黑帮成员了？

“放心，我跟的大哥和里克豪斯根本不是一伙的。里克豪斯现在在圈里的情况也很不妙。因为他到处闹事，所以很多人想要除掉他呢。你以为黑社会是什么？不是像里克豪斯那样打打杀杀，而是要挣钱哪兄弟们！”

“所以你加入了地狱彩虹帮……”星镇定地说道，“打算挣钱！你也不想想，你能通过黑社会挣钱吗？”

“刚开始，地狱彩虹说，只要我每年交钱给我的上家，就能获得很好的军火贩卖渠道和发放高利贷的权利。”丹尼尔一本正经地说道，“但是后来，他们因为种种原因没有兑现，所以我最近正准备退出。拿回会费是没戏了，但我肯定能安全退出来。”

“所以，”翔谨慎地问道，“你就打算敲诈黑手党，挣点快钱？”

“翔，你还真聪明。”丹尼尔停了停，继续说道，“没错，当我刚才如获至宝地录下了乔托的弟弟胡里奥在吸毒的时候，别提多高兴了！要是用这段录像敲诈他们一笔，至少也要值个几百万澳元吧！”

“我X！这水这么浑哪！”星诙谐地说道，“看来我的出现差点让你的几百万澳元泡汤啦！”

“可是，我严重怀疑黑手党会不会真的给你钱。”翔严肃地说道，“他们也许会杀了你灭口，你不担心吗？也许星无意中救了你一命。也许你也应该回国躲躲。”

“不会，爱新觉罗。”丹尼尔信心十足地说道，“在美国西部，黑手党曾经控制了整个娱乐业，风光一时。他们每年有固定的费用来收买证据，比很多正经的企业还正规呢！”

“而且……”丹尼尔再次小声地说道，“我不会告诉他们，这录像到底是谁拍的。我打算把它寄到斯卡列蒂俱乐部，然后再给他们一个我在瑞士的匿名账户……”

“所以，”翔惊讶地说道，“你还打算继续敲诈他们吗？”

“是呀”丹尼尔尴尬地笑道，“可是，现在再去敲诈胡里奥，可就不是为了钱了，而是为了保住星的命啊！事已至此，钱恐怕也没有那么容易拿了。不然可以一举两得，哈哈哈！”

“我明白了，”星微笑地说道，“兄弟，我们还是报警吧。”

“哥们儿，你不报警还有活路，你报警就死定了！录像也救不了你了！”电话里再次传来了丹尼尔信心十足的声音，“放心，一般对于录像证据，黑帮都很守信用。因为他们不知道我有多少备份！”

“丹尼尔，纵使这是唯一的办法……”就在这时，宇终于说话了，严肃地说道，“可我们决不能让你去冒险！报警也许就是目前的唯一方案！”

“没事，没事，千万别报警，千万别报警。放心，我知道该怎么办。今天晚上在洛克发生枪战之后，条子肯定已经盯上胡里奥了。所以我暂时应该不会有什么事，放心吧！”丹尼尔激动地说道，“你们快回布里斯班，可能的话，回国避避吧！”

此时此刻，丹尼尔并不知道现在的紫金坦克，已经在返回布里斯班的路上了。

在结束了和丹尼尔的通话之后，宇、星、翔和菲四人就加快了汽车的速度，在第二天上午就回到了他们的家——布里斯班。他们终于远离了悉尼那个混乱的是非之地，回归到了一片安详与宁静。在那个距离新南威尔士州首府一千公里以外的地方，四位青年似乎避开了突发的危险，暂时安全了。

第十六章　约会
The Dating

在悉尼的两场激斗中，除宇有擦伤之外，紫金坦克方面并没有其他人受伤。在回到了布里斯班之后，四位青年最终听从了丹尼尔的建议，并未选择报警。而警方除了进一步加紧对地狱彩虹和斯卡列蒂家族的盯防监控之外，也没有了更新的动作。事情也貌似暂无下文，告一段落。紫金坦克又回到了相对正常的轨道之上，继续音乐的旅程。此时，星准备送给菡的巨大号哆啦A梦终于从日本东京寄到。但是，因为已经得知菡与大天使的关系，紫金坦克的贝斯手并未立刻把这份可爱的礼物送出，而是将它安全地存放在了壁橱之内。这位男生把这隐隐的懵懂藏在了心里，没有让它马上发酵出来。

乐天的星、沉稳的翔、忧郁的宇，在平日里，这三位青年除了上学以外，还要进行排练和演出，事务繁多。不过，无论遇到什么困难、任何分歧，三人都能因为高远的理想和相互的欣赏而求同存异，共渡难关。所以，在旁人看来，他们的关系什么时候都是那么融洽，坚不可摧。外人羡慕紫金坦克是一支出色的乐队，其实也是向往他们拥有的那种极为少见的集体荣誉感。宇、星和翔，他们三位好像一家人一样关心着彼此，一直梦想着成为全世界顶尖的乐队。

在紫金坦克的宅邸附近，有一家中型酒吧，名叫“南十字星”。虽然规模算不上大，但是这里的酒类多种多样、应有尽有。无论啤酒、红酒，还是威士忌、伏特加、白兰地等众多品种在这里都能喝到。更为重要的是，这些好酒全部来自世界顶尖的酿酒产地。就拿红酒来说吧，来自澳大利亚南部或者法国香槟区的酒王，在这里经常可以买到。此外，在南十字星还可以享受到来自五十多个国家的两百多种不同类别的啤酒。可谓琳琅满目、一应俱全。

这家酒吧属于美式风格，桌子之间距离较大。主厅的房顶采用了原色的木结构框架吊顶搭配低色温射灯的设计，营造出一种高雅而隐秘的氛围。

宇、星和翔非常喜欢南十字星的环境和感觉。自从来到布里斯班之后，他们经常会在这里小坐一下，喝上几杯，聊上一会儿。

从悉尼回到布里斯班已经一个星期了，一切都在按部就班地平稳进行着，风平浪静、波澜不惊。这天早上，天色十分灰暗阴沉，大片大片的浓云低矮而厚实，好似要从天上掉下来一样。在吃过早点之后，星和翔就驱车来到了这家酒吧，准备小酌几杯。而此时的宇还没有起床，仍然处在梦乡之中。来到南十字星之后，两位青年选择了一个成半弧形的靠着窗户的卡座，彼此之间成差不多九十度角坐了下来。这是从悉尼回来之后，他们俩第一次来到这家酒吧。星今天并不多见地穿了一身藏蓝色羊毛修身西服，搭配一件小翻领白色衬衫和一双棕黄色牛津皮鞋。而翔则依然以一身黑色中山装搭配黑色皮鞋示人。

现在，紫金坦克的生活中已经有了菲，是机缘巧合还是命中注定？事实上，从悉尼回来的这一个星期之内，宇和菲虽然没有约会，但也一直保持着联系。然而，对于菲的出现，星和翔却持有不同意见，分歧也在此时凸显出来。

“星啊，你觉得菲这位女生的到来，到底给我们带来了什么？”紫金坦克的鼓手开门见山，表情略显严肃。他今天选择的是一款2003年法国拉菲红酒（Chateau Lafite Rothschild），馥郁而醇香、紧致而顺滑。

“翔，我就知道迟早你得问我这个问题。你是想知道，菲的到来，到底是好，还是不好，对吗？我也不兜圈子，直接告诉你我的答案。”星直言不讳地回答道，“我觉得，菲这位女生真的挺好的，特别善良、勇敢而且非常执着。因为她，我最近经常能够在宇的眼神中感受到一些正面的东西，虽然非常短暂，但十分积极。”

今天，星喝的仍然是冰沙，抹茶味的。为了这些各种口味的冰沙，紫金坦克的贝斯手曾经送给这家酒吧一款来自德国的顶级冰沙搅拌机。老板看在翔经常在此品尝各种酒王的面子上，就在酒单里加入了冰沙这个选项。但没想到后来此款饮品也卖得很好，颇受欢迎。

“是吗？”翔摇着手中的红酒，似乎并不赞同星的观点。此时，这款拉菲已经完全觉醒了，细腻而芬芳、饱满而均衡。

“对。我觉得菲挺好的。”星认真地说道，“从某种程度上说，我甚至认为她的到来可能会改变宇的一些现状也说不定。”

可是对于翔来说，这个一向沉稳的人对菲介入他们的关系里十分担心、有所顾虑。

“虽然我认为你说的不无道理，甚至也曾经认为菲的到来能够把宇带向一个积极的方向。而且我也和你一样，看到了宇因为这位女生的出现，而产生的积极变化。不过，那毕竟还是太短暂了，好似流星一般。事实上，自从菲进入我们的生活之后，乐队接二连三地卷入是非，而宇也因此做出了很多不可思议的举动。”翔靠向沙发，小喝一口红酒，严肃地说道，“因此，我认为，菲的出现，也给宇带来了更多的消极影响。可以这么说，宇在激动的时候，比原来更加可怕了、更加恐怖了。然而在此之前，宇的情绪虽然不甚积极，但是怎么也算四平八稳、波澜不惊。”

“翔啊，这几件导致宇情绪失控的事件，完全是因为梅耶枪击案而引起的，根本无法避免。”星平静地说道，“无论是在布里斯班的那个雨夜，还是在悉尼的台球俱乐部，无论是谁遇到了那样的情况都会挺身而出的。实际上，当我们第一次救了那位姑娘的时候，就应该知道，这后面一定会存在一系列的危险。不是吗？”

“是说危险吗？事实上，两个帮派给我们带来的危险是绝对有的。可是我们什么时候害怕过？我现在说的是宇，是紫金坦克的队长。”翔顿了顿，继续说道，“我是说，如果为了宇的那短暂的积极变化，反而给他带来更多的负能量，因而付出巨大的代价，是不值得的。”

“不至于吧！”星疑惑地甩出一句，“什么代价呀？”

“星！”翔顿了顿，更加严肃地说道，“你不是知道吗？这次在悉尼，宇简直愤怒到了极点，差一点就打死里克豪斯！我当时还没觉得这么严重，总觉得那是一种自我防卫的表现，甚至还一度扬扬自得。但是，在回到布里斯班冷静下来之后，我越想越害怕，总觉得宇在那时的行为已经远远超越了自卫的范畴，非常恐怖，不可思议。”

“那你说怎么办？”星的语气虽然平缓，但字里行间都充满了对翔观点的不认同。

“这几天，我的第六感总是在告诉我，我们也许还会遇到更麻烦的事。如果那真的发生了的话，宇也许会承受不了。我们都不想事情发展到最差的结果。”翔的情绪略显缓和，继续说道，“所以，我觉得我们甚至可以考虑丹尼尔的建议，先回国待个半年。”

“啊？”

星惊了，差点把冰沙喷了出来。他怎么也没有想到，翔能把著名的“夜店王子”丹尼尔的话当真。

“这样一来，首先能够避免未知意外的发生，但最重要的则是可以利用这次机会，让宇一个人冷静一下。”

紫金坦克的鼓手打算使用这样的方法，让宇和菲暂时分开。他认为，只要宇能够离开这位女生，一切就会水平如镜、海不扬波了。

“翔，最近的事情虽然来势汹汹、猝不及防，但是我们还不能因此回国。”星喝了一口冰沙，冰凉的感觉让他冷静了一些，“一方面因为学习、音乐、生活和梦想，另一方面就是为了宇。”

“为了宇？”

“对，我们不能因为危险而放弃音乐，也不能因为宇那被动甚至负面的情绪而干涉他的私事。”星平静地说道，“哪怕遇到各种危险和困难。”

“星啊星，我真的觉得你有点儿乐观过度了。你知不知道，有的时候，退一步是为了更进一步。回国其实并不意味着放弃。”翔提高了声音，严肃地说道，“事实上，如果不是悉尼警方没管我们这事，我们现在早就该被遣返了，都用不着再讨论什么。”

“翔，那毕竟没有发生，不是吗？我们现在还在这里，不是吗？”星拿起桌上那瓶产自法国波尔多的干红葡萄酒，认真地说道，“翔，你经常跟我说，1982年罗斯柴尔德酒庄（Rothschild）的赤霞珠（Cabernet Sauvignon），本来因为太过于成熟，根本不适合作为生产顶级红酒的原料。但谁知那一年的拉菲，却口感异常浓郁，十分好喝。”

“我们谁也无法预测未来，不是吗？”星拍着翔的肩膀，平静地说道，“我们谁也无法预计现在的选择是对还是错，不是吗？我记得宇曾经说过一句话——一切都会因为时间而变得美好。那么，就让我们继续走走看吧！”

另一方面，我们的主人公宇，却注定要卷入爱情旋涡了。可是，现在的这位男生，对于菲的好，她的纯洁、懂事、家教、涵养、博学、有趣、体贴和孝顺，又能懂得多少呢？也许比他第一次在中午十二点钟收到菲的信息的那个时刻，要多一些吧，但这对于他那谜一样的爱情世界，又有多大的作用呢？对于宇来说，菲的出现，到底是不是一件好事呢？

如果说，一号公路上的那一次车祸之后，宇在医院里的陪伴，更多的是因为一种责任；如果说在布里斯班审判现场所产生的愤怒情绪和在悉尼台球俱乐部那犹如野兽一般的疯狂爆发，只是为了正义和拯救，那么，一切都在菲触碰着他那因为打架而受伤的双手之时，产生了些许不同。宇第一次真真切切地感觉到了来自这位女生的关心与爱。紫金坦克的队长也第一次真真正正地对菲产生了一丝爱意。所以那一次触摸，就好像黑暗中的一束光亮，虽然弱小，但也许可以指引航向。

刚才说到，四位青年从悉尼回到布里斯班已经一个星期了。现在，宇终于决定试一试约会的滋味。于是，他打算在今天晚上做一件重要的事情。

一个星期以前，菲带着惊吓和恐惧虎口脱险、回到家中。显然，对于一个女生来说，这次意外所带来的心理冲击，并不是短时间就能全部消除的。但是，在回到布里斯班的这一周之内，意志坚强的这位女生，在生活和学习的过程中不断地调整自己的心态，用健康的生活方式摆脱连续的意外所带来的阴影。终于，她没有让那次突如其来的事件过多地影响到自己的心情，而是有条不紊、循序渐进地忙碌起来。

这段时间里，菲满脑子琢磨的，全都是宇在那优雅的外表之下，所爆发出来的神经质一般的可怕变化。在悉尼的台球俱乐部里，宇那巨大反差对她所造成的影响，居然超越了地狱彩虹所带来的恐惧。紫金坦克的队长究竟是怎么了？是什么让他如此地与众不同、博采众长、才高八斗、能文能武，但却性格怪异、偏激愤怒、神秘莫测、难以捉摸？又是什么让他在斯文和野兽、光明与黑暗这两个极端之间来回地震荡？

应该说，悉尼之行以后，菲对宇的好奇之心与日俱增。同时，对于宇的认识也比她在那天十二点钟，第一次给他发短信的时候，更加立体、深刻和真实了。

但有一点从来没有变过，那就是她对宇的爱。

如果说，菡的一吻只是触摸到宇那黑暗迷雾的边缘，看到的只是他的恐惧、抗拒和沉默，那么菲在第一次遇到这位男生的时候，就看到了这层迷雾笼罩之下，宇内心深处那真正的光亮。

那就是他的善良、勇敢、正直和无与伦比的才华！

于是，和宇一样，这位女生也决定在今天做一件重要的事情。

中午时分，菲给宇打去电话，试图将自己的安排告诉这位男生。然而，另外一端却正在占线，无法接通。这让菲感觉有些意外。在她看来，宇通常不是都在下午才起床的吗？过了三分钟，菲再一次拨打电话，但是宇那边依然占着线，找不到人。

三分钟之前没有找到菲的宇，这次还是没能打通这位女生的电话。难得起一次“大早”的他决定先去吃个“早饭”，再做尝试。就在这时，手机铃声终于响了起来，一个甜美的女声从听筒那边传了过来……

“宇，早安！”菲十分开心，声音明快地打着招呼。

“啊，是菲呀，早安！”宇爽朗地说道，“我刚才给你拨过电话，却没有打通。”

“啊，真巧啊！刚刚我也给你打电话来着呢，也没有拨通。”菲开心地说道，“看来我们都在同时想着对方呢。那……你现在在忙什么呢？”

“我吗？我刚起床，正准备吃早餐。”

“你这么早给我打电话……”菲开心地问道，“是不是有什么事情想告诉我呢？”

“是呀，”宇高兴地说道，“我的确有件事情想和你说。”

“我也是，我也有事情想要和你讲呢。”

“是什么事呢？”

“不，我要你先说。”菲有时也会撒娇，特别可爱。都说会撒娇的女生会有美好的未来，对于菲来说，也是这样吗？

“女士优先吧？”

“要不然一起说吧。”

“不如这样，我们做个游戏吧！”宇高兴地说道，“我给你发封电子邮件，你不许看，然后你再告诉我你找我有什么事，好不好？”

“嗯！邮件吗？这个主意真不错！”

在这一刻，幸福的菲马上就想看看电脑，查查信箱。可是她答应过宇现在还不能看，只能稍等片刻了。

“我回来了。”一会儿工夫，电话里再次传来了宇开心的声音。

“嗯，那么我说。”

“好。”

“嗯……那我说啦……我想……”菲甜美而腼腆地说道，“我想约你在今天晚上看最新的电影——《人生遥控器》(*Click*)。”

“嘿嘿……”宇已经快忍不住笑了出来，高兴地说道，“去看看邮件吧！”

于是，这位女生满怀期待地打开了电脑，进入了信箱。

“菲呀，今晚我们一起去看最新电影吧。《人生遥控器》。七点半，我会在叶女士的公寓门前等候，成为你的专职司机。”

记得在故事刚开始的时候，我曾经描述过布里斯班市区周末的夜色。那是一个宁静而美丽的雨夜，特别地颓然繁华，好似科幻世界一般。但是如果天气晴朗，这座城市则会给人一种完全不同的迷人气质，会显露出来一番雍容华贵的氛围和正正好的人气。在那个每人都会使劲儿疯狂的“星期五之夜”，人们全部都会打扮光鲜，全城出动——赴宴、跳舞、唱歌……生活五颜六色、丰富多彩。其实，这种热闹不仅仅属于年轻人，就连中老年人也会出门找点乐子、寻寻开心。星期五的约会是一种习惯。这就好像英国人在星期六，意大利人在星期日一定要看足球联赛一样，是种传统。星期五晚上的外出，就算只是很小的约会，也不管对象是谁，人们都会精心打扮，然后才会心满意足、信心满满地前去赴约。

紫金坦克的队长驾驶着那辆宝石蓝色的保时捷，穿越了一号公路，进入城区。纷乱的车流、夜晚的霓虹、时髦的人群、摩天的大楼、通明的灯火，还有繁华的街道和闪烁的繁星，勾画出布里斯班的迷人夜色。在今夜，宇和菲约会的地点是“南岸AMC电影院”（South Bank AMC Cinema），也是南半球最大的豪华巨幕电影院。

在抵达市区之后，一会儿工夫，两位青年便来到了目的地。宇绅士地走到菲的座位那边，打开车门，把这位女士让了下来。今天晚上，司机、助手外加秘书的活儿，宇一个人全部包揽，特别贴心。菲一直微笑着接受自己喜欢的男生为她做的所有事情，十分满足高兴。他们虽然没有牵手，却好似情侣一般心有灵犀。

有些人虽然牵着手，然而完全不像情侣；有些人纵使什么都没做，但一切尽在不言中。

在这个浪漫的夜晚，宇仍然选择了一身英伦装束示人：那永远经典的彩条衬衫、精致的咖色直筒裤、复古的黑色布洛克牛皮鞋、劳力士蓝色潜航者（blue and gold Rolex submariner）和恰到好处的香水味。我不得不再次赞美道，这位男生简直就是一位完美的摩登绅士。与其对应，为了这次重要的约会，菲穿上了一件粉红色的奥斯卡红毯走秀款普拉达抹胸连衣裙（Prada），衬托出她完美的身材和香丽的肩膀。一双高跟系带水晶凉鞋，让她更具动人的曲线和女人的味道。菲在今夜把她的长发盘起，露出了十足的古典美人气质。美丽如花的脸庞配上这淡雅的装束，像极了最红的超级电影明星。

我们知道，大部分澳大利亚人穿衣普遍比较随意，既没有法国人的罗曼蒂克，也没有英国人的精细考究。然而这两位年轻人的气质和外形，除浪漫和讲究这两点之外，还融合了亚洲人特有的柔美和细腻。是的，没有错，纵使只是在电影院里排队买爆米花，高大帅气的宇和高挑美丽的菲，也会成为旁人关注侧目的对象，几乎让在场的所有人都对这两位亚洲青年轻声议论起来。他们十分好奇，这两个人到底是谁？他们来自哪里？他们是在约会吗？宇和菲在今夜受到了明星一般的待遇，特别与众不同，特别光彩照人。

《人生遥控器》是一部科幻爱情喜剧电影，因为本人对其钟爱有加，所以把它用在这里，作为小说的元素出现。这部电影不但十分有趣，还很富哲理。它告诉我们，人生最该珍惜的是什么，不能错过的又是什么。

言归正传。在观影过后，我们的主人公，宇和菲也没有能够逃离人生最基本的两个元素，那就是笑和哭泣。电影确实有一种神奇的、能够超越一切的魔力，可以唤醒灵魂深处的挚爱。我想在那一瞬间，两位青年应该更加深刻而真实地倾听到了彼此的声音，感知到了相互的需要。

退场那刻，很多在进场之时看起来平平常常的情侣，都含情脉脉地依偎在一起，倾诉着彼此的感情。众多全家出动一起观影的老少爷孙，看起来更加其乐融融、欢乐和睦。那是一副温馨浪漫的良辰美景，特别令人印象深刻、难以忘怀。

夜深之时，繁星点点，菲和宇站在电影院的门口，不约而同地停了下来。两位青年面对着彼此，凝望着对方，什么也没说。片刻之后，宇拉起菲的手，一起消失在美丽的夜色之中。那感觉是朦胧的、美丽的、梦幻的、超越现实的。

可是，灰暗就在宇和菲即将分开的一刹那间，再次回到了这位男生的心中。在公寓门口，正当这位女生踮起脚，准备亲吻这位男生的时候，他却下意识地躲闪开来，仿佛刻意回避那唇间的触碰。这一次，宇的眼中所闪现的恐惧，虽然没有被菡强吻之时那么夸张、那么过分，但是就是这样的刻意躲避，也足以让菲不得其解，感到难受。不只如此，就像第一次送菲回家一样，宇并未和她一起上楼。电梯里面的这位女生，在电梯铁门就快合上的最后一瞬间，哪怕只有百分之一秒的刹那之间，也清晰地看见了宇那天壤之别、极具变化的面部表情，极为僵硬，毫无血色。

在电梯上行之后，这位北京男生再次对着那紧闭着的金属铁门原地不动地发起呆来。不过，这一次并不是五分钟，而是足足十分钟。从邻侧电梯进出的人们，都疑惑地打量着眼前这位奇怪的年轻人，不知道他出了什么问题。

他显得陌生而阴冷，令人感到恐惧而胆寒。

就在这时，明亮如镜的电梯铁门再一次反射出了那位赛车女生的身影。她仍然没有摘下白色的头盔，仍然穿着一身纯白的赛手服。宇看不清那位女生的样子，只能通过她翻起的护目镜，模糊地感受到从她眼中所发出的神秘光芒。与此同时，赛车女生也看见了宇，可是她并没有说话。然而，就在那赛车女生即将向着紫金坦克的队长走过来的时候，西区警车突然停靠在了公寓的正门口。于是，女生掉转方向，径直地搭乘对侧的电梯上了楼，消失在宇的视线之中。

但是出人意料的是，这次西区警探并未下车追击，而是选择守株待兔，静观其变。

“这到底是怎么回事？”宇不断地问着自己，“那位头盔女生到底是谁？难道，她真的有什么话要对我说吗？”

“不行！我今天一定要找到她！”

只用了一瞬间，宇就跑到走廊的另外一边，疯狂地按着电梯的按钮，准备追上那位赛车女生。

片刻之后，电梯就降落下来，为宇把门打开。

紫金坦克的队长就这样好似摆脱了地心引力一般，上升，上升，一直到了赛车女生停靠的楼层才停了下来。这是这位男生第一次进入这所公寓的上层。此时他才发现，公寓走廊狭窄的空间，就如同大型酒店的设计一样，包裹着无数个房间。宇并不知道一个楼层究竟一共塞进了多少个单元，如此繁多，无法快速辨别。而且，他还注意到，在这个走廊的左右尽头，分别设有通道可以连接旁边两栋同样的大楼，这就意味着一定会有更多房间的存在，寻找那位女生的难度也就更大。实际上，宇应该熟悉这个格局，他在执行“巴诺计划”的时候，知道这三幢板楼一共有六个空中走廊连接彼此。

顺势而为，宇只能挨家挨户地不断询问赛车女生的行踪和去向，但却毫无结果。有的住户告诉他否定的答案，有的房间则根本无人应答。难道，头盔女生已经从走廊另外一边的楼梯离开大楼了？还是躲在家里根本不愿意理他？她到底是谁？她到底在哪里？令人沮丧的是，寻找在今天又一次没有答案、无疾而终。最后，大楼保安在监控里看到了这位不断狂乱敲门的怪异男生，随即把他请出了公寓。

紧接着，西区警车也迅速地驶离了大楼，消失在黑夜之中。

与此同时，另一方面，大天使乐队正式进驻布里斯班，不需要再在凯恩斯和布市之间两地往返。而且，他们也将训练改在了全新的大天使私人排练中心进行，更加高效，更加便利。

夜幕降临，这所排练中心里传出了震耳欲聋的金属噪声，特别地激情澎湃、紧张激烈。没有错，那是大天使乐队正在训练。事实上，这支北欧乐队在此之前的悉尼之行，原本绝不是为了枪战。而拉斐尔和菡的嗑药，也仅仅是希望获得更多的音乐灵感。但是，就算一切来得并不顺利，大天使们也在“洛克事件”之后，如愿见到了考拉电视台的老大杰克·道格拉斯。意料之中，他们也在那里了解到了最强乐队和组合节目的整体规划和具体细节。不过，这位老板并未向这几位年轻人透露紫金坦克的任何信息，似乎想要躲在幕后坐山观虎斗。可是，这支北欧乐队就算凭借直觉也能够猜得到，紫金坦克这个宿命的冤家，肯定已经来过杰克这里。大天使们真切地预感到，这支来自北京的乐队，注定会在将来成为他们最强劲的对手。为此，黑色军团不敢怠慢，进行了紧张而刺激的魔鬼式特训。

路西法在一段即兴的重复节奏（RIFF）之后，紧接着就弹奏了一段速度奇快的独奏，激进而充满了愤怒。他的速度越来越快、越来越快，已经到了完全听不见架子鼓的频率和节奏的地步。直到拉斐尔、米达伦、雷米尔和菡都停止了表演，只剩下大天使的队长一个人的独自疯狂。他们都呆呆地看着这位北欧帅哥，不知他还要将故事讲到什么时候。突然之间，路西法那宝贝一般的ESP金属电琴的第一弦，也是最细的那根E弦，在推到最高音的时候崩断了线。所有的音乐戛然而止。在刺耳的余波之后，只剩下音箱残存的电流噪声。

“啊！依然无法更快！”路西法怒吼一声、仰天长叹。大天使的队长现在仅仅穿了一条黑色皮裤和一双黑色皮靴。他的上身赤裸，后背上露出了天使与宝剑的黑白文身，极为性感。

“路西法，已经达到八百BPM了！”拉斐尔此时已经彻底无语，感叹道，“你这速度等于一秒钟要弹奏十三个音符！”

“这还不快！”米达伦也在旁边帮腔，“你再用这么个弹法继续下去，琴都得给你弹出火来！”

“还不够快！”路西法威严地说道，“这样可不行！还要继续特训！绝对不能掉以轻心！”

“是的。”雷米尔非常赞同队长的说法，也十分认真地说道，“和紫金坦克的对决马上就要开始了。直觉告诉我，他们可是一块难啃的骨头，并不容易对付。”

“别太紧张了各位。”拉斐尔三分得意七分平静地说道，“那支中国乐队到底是个什么成色……无论如何，再过几天就会水落石出、真相大白了。”

在悉尼，夜店王子丹尼尔在敲诈黑帮大佬胡里奥时被抓。他估计的一点都不对。黑手党怎么会跟一个手无寸铁、势单力薄的青年学生交易呢？他想得实在过于简单了。

再说回紫金坦克这边。自从AMC电影院之约以后，宇果不其然连续几天都没有和菲进行任何联络。那一晚的约会又算什么呢？非常奇怪，特别不可理解。这位男生把自己关在房间里，很少吃饭也不愿见人，似乎又一次进入了一个人的封闭世界。

时间就这样又过去了几日，又来到了一个阳光灿烂的下午。此时此刻，星和翔正在车库为各自的座驾保养打蜡。一身白色的运动服是今天贝斯手的随意穿着，十分休闲。而一件白色跨栏背心和一条黑色棉质裤子，则让鼓手也显得比较放松。不过，宇最近的异动不得不让星和翔再次为他担心起来。这样的顾虑和两人看似轻松的着装毫无联系、并不搭界。

“翔，我觉得你现在可能要担心别的了……”星一边擦着汽车，一边感叹道，“叶菲、李菲、于菲还是王菲都不重要了。你看看宇，已经几天了……他似乎真的对爱情没有任何感觉了……”

“这可真是出乎意料。我本来还担心菲会对宇产生更多的负面影响。”翔停下了手中的动作，沉思了片刻，严肃地说道，“可是我们在此之前，明明能够感受到宇对菲的那种情感。现在，宇又和上次在索罗时一样，完完全全不理人。而且，这一次甚至比那回更加阴冷，更加过分。他这样反复无常、周而复始到底是怎么回事？也许，宇在最近三番五次的变化，就是因为菲吗？这就是这位女生所带来的负面影响吗？”

“我也有所察觉。”星和缓地说道，“从我们认识菲到今天，好多次宇在和菲接触之后，回到家中都自我封闭很长时间。而这一次他更是好似直接对爱情毫无兴趣……”

“难道……”紫金坦克的贝斯手也不再擦车，睁大了眼睛，惶恐不安地说道，“难道，‘她’，又出现了吗？”

“你是说……”翔也瞪大了双眼，盯着星，惊讶地说道，“‘她’，吗？”

“对。”

“难道，”翔缓了口气，谨慎地问道，“难道，你有什么证据吗？”

“目前……还没有，”星稍微平复了一点情绪，摊开双手，若有所思地说道，“我只是觉得而已。不然的话，宇怎么会不喜欢菲呢？”

“星啊！”翔和缓地说道，“可能是我们过于紧张了吧。也许宇的闭门，仅是因为忙于音乐的关系呢？”

“音乐吗？自闭吗？”星十分担心地说道，“翔啊！如果真是这样的话，你说宇这不会是走火入魔了吧！他真的已经把自己关在屋子里面好几天了！”

“只能像你之前说的，再走走看看吧！不管宇是因为什么原因封闭自己，也许，我们需要更多地关注他的举动了。”翔叹了口气，接着说道，“走走走，星！我真憋得慌，你先陪我打打高尔夫球去！”

片刻之后，星就开着他的橙红色奔驰，载着乐队鼓手，在一瞬间就离开了紫金坦克的宅邸，消失在了马路尽头。

与此同时，位于悉尼的斯卡列蒂俱乐部里又一次响起了急促的电话铃声。就算是在这个阳光明媚的午后，硕大的主厅也显得并不明亮，充满了令人战栗的气氛。

“胡里奥先生。”电话那头的声音低沉而略显平稳，“我终于抓到您一直想找的那个人了。”

“说！”胡里奥踱着步子，并不激动，似乎一切都在他的预料之中。

“经过我们的严刑拷打，他终于招供了！”

“接着说。”胡里奥沉稳地说道。

“他说……”那人顿了顿，紧跟着说道，“他确实有您想要的证据。那是一部经过改装过的小尺寸手机，它记录了一切。您猜得一点都没错。”

“那么……”胡里奥清了清嗓子，继续说道，“那么，那部手机现在在哪儿?”

“说了您都不敢相信!”

“别逗闷子!”胡里奥突然暴怒，停下脚步，厉声骂道，“快说!”

“他说……”那人又顿了顿，继续说道，“他说他把证据偷偷放在了一个女生那里。她的名字叫……叶菲。”

“你说什么?”胡里奥感到极为不可思议，极为震惊地问道，“你说的可是前几天在法庭上，指证里克豪斯的那个北京女生，叶菲!”

“是的，先生，就是她!”

“我X!”胡里奥再次暴怒。

“不过，”那人好似心中有底，继续说道，“先生，您先别激动。我觉得事情还不至于太糟糕。”

“你说。”

“第一，在上次的审判之中，从叶菲的反应来看，那个女生一定不知道，在她的手上还留有这么重要的证据。第二，这部手机是经过改装的。那人说了，为了方便日后找回手机，他在那部电话上安装了GPS自动定位系统。只要手机开启，他就会通过手上的一个特殊的‘地图定位仪’，找到这部手机的下落。那人还说，到目前为止，这台定位仪从来没有通知过他关于手机的下落。”电话那头的声音顿了顿，接着说道，“先生，我可以马上把这台小型地图定位仪给您送过去。”

“拿过来吧!”胡里奥想了想，平缓地说道，“把那人解决了吧，他已经没有任何利用价值了。”

第十七章　对决大天使和入侵
Duel and Housebreaking

时间很快就到了和大天使约战的时刻，星期六。已经把自己锁了整整一个星期的宇，终于从房间里缓慢地走了出来。在这个布里斯班的冷冬，他只穿了一身深灰色的贴身长袖居家服，光着脚踩着一双深蓝色的薄棉圆头拖鞋，显得身板单薄，有些虚弱。一反常态，今天宇起床的时间是在早上，准确地说是一夜未眠。自从上个星期五和菲的电影院之约结束之后，宇就一直没有见光，没有洗脸，也没有刮胡子。对于星和翔来说，眼前的宇就好似从夜幕的坟墓里爬出来的骷髅一样，蓬头垢面、胡子拉碴、颓废至极。

不仅如此，星和翔还看见宇吃力地抱着整整一厚摞纯色A4纸，向着他们走来。在这样的情景之下，贝斯手和鼓手全都疑惑地看着这位青年，仿佛在说："那些沉重的东西到底是什么？"

然而，就在这两位还没有来得及帮上一把或者问上一句的时候，宇就把这摞沉重的纸张撂在了位于客厅的方形花梨木茶几上，平静而有力地说道："终于完成了！"

话音刚落，自己就后退几步，站到了客厅一边。

原来，在这几千张A4纸上，所写的全部都是乐谱。其实，在这几天里，紫金坦克的队长把全部精力都投入了创作的天空，倾注到了音乐的海洋。

今天，星身着一身深蓝色的居家服，而翔则穿着一套白色的。二位就在客厅的茶几旁边，成九十度角相邻而坐。他们刚刚吃过早饭，本来正在聊着什么。可是，就当星和翔拿起宇写的音乐之时，只用了片刻就全部惊讶地瞪大了眼睛，张大了嘴巴：

"宇，你写的这……"当星看到这些乐谱的时候，瞬间感到头皮发麻，快要读不懂这是什么了。他揉了揉眼睛，抬起头，用惊异的眼光看着宇，惊叹道，"你写的这哪里是给紫金坦克的摇滚乐？！"

"是吗？"

宇目光迷离地迎合着，仿佛完全未在对话之中。这几天的闭关，让他在颓废和崩溃的临界点上，居然爆发出了更强的小宇宙。从音乐上，在那一瞬间，超越了星和翔。

"宇，你写的这完全就是交响乐呀！这个谱子涉及了不下五十种乐器，采用了严谨的多重编写模式。更为夸张的是，你居然一口气完成了几百个乐章……"翔凝视着宇，推了推眼镜，好让自己看得更加清楚一些。

鼓手感慨道："宇，有时候我觉得你根本不属于这个世界。"

“你们知道吗？其实我都不知道自己到底写了什么……”

此时此刻，宇仍然沉浸在自己的作品之中，仍然没有抽离出来。他仍然没有坐在沙发上，仍然就这样站在那里，站在距离星和翔不远的地方。早上的阳光，透过客厅的窗户照在宇的侧颜上，可以看见他的脸，一半是光明，一半是暗影。

“我就幻想啊！幻想啊！幻想我们在宇宙之中行走，浩瀚的星河与我们同行。我们不需要氧气，不需要太空服，也不需要宇宙飞船。然后我们穿越了时光，穿越了黑洞，穿越了一切。进入了扭曲的多维超空间，进入了一个未知的世界，一个更美好的世界。”

“宇，你这个乐谱，恐怕连现今最好的交响乐团也无法独立完成。”翔闭上眼睛，感慨万千，“它至少需要三个大型交响乐团集结在一起排练半年，然后还要找到相当于三个悉尼歌剧院最大的演出厅——‘音乐厅’那样巨大的场地才行。如果真的有谁能够将其实现，那将是一副怎样的壮观景象！那肯定会是一片美丽的银河！”

与此同时，星也闭上了眼睛，和翔一起努力地理解着乐谱所要表达的内容，极力地幻想着乐章所要传达的情绪：

时而波澜壮阔，时而小溪流过，时而阳光满地，时而暗如深海，时而漫天繁星，时而白云朵朵，时而末日未来，时而创世时代……整个配乐气势磅礴、高潮迭起、朝晖夕阴、气象万千……

“宇，”星不禁流下了眼泪，在深吸一口气之后，突然激动地说道，“我真的能够明白你的内心是多么多么痛苦，多么难受，多么多么想要摆脱所有的束缚。”

“星、翔，”宇将视线平静地转向窗外，他的容颜逐渐地被阳光全部照亮，那么俊朗，已经毫无暗影。然后，这位青年平静地说道，“有时候，我宁愿自己没有这么强，也写不出来什么。我只要当一只羽翼未丰的小小鸟，克服地球的引力，在那湛蓝的天空之中无拘无束地自由飞翔。”

“给杰克的，我再写。希望他别等急了。”

话音刚落，宇就将头转了回来，把视线再次投向客厅之中。刹那间，阳光通过客厅的窗户所射进来的光亮，照在这位青年的背后。逆着光，星和翔已经完全看不清他的容貌，只有暗影。

“宇，”星的神情美好而惆怅，从刚刚的情绪中慢慢地摆脱出来，“需要我帮你预订晚饭吗？”

“不用，我会记得。”宇走到星的身后，捏着他的肩膀，平静地说道，“谢谢你们二位。”

“咳！”星笑道，“就别客气了吧！”

“走吧，去索罗吧！”宇利索地说道，“对决大天使的时间就快要到了。”

为了这次决战，宇在今天特别穿上了一件已经有些泛旧的黑色斜拉链骑士皮夹克（Double Rider），一条黑色贴腿牛仔裤搭配一双同色马丁靴。这身行头让他一扫近日阴霾，凸显狂放叛逆，以此向20世纪70年代的经典摇滚时代致敬。需要说明的是，这件皮衣是著名乐队雷蒙斯的吉他手约翰尼·雷蒙（The Ramones/Johnny Ramone），在机缘巧合之下赠送给宇的。不过，自从2002年底，在北京“北斗风暴”酒吧举办的大型跨年电联之后，他就再也没有穿过这件皮衣。这次紫金坦克的队长又将这件战袍拿出，足见他对这次对决的认真与重视。

星和翔也心领神会地穿上了那次电联的演出服。贝斯手身着一件黑色飞行员款皮夹克搭配黑色贴腿裤和同色皮靴，而鼓手则在白色的背心之外套上了一件黑色长款立领风衣，同样搭配黑裤黑皮鞋示人。在整理好行装、打扮精神之后，中午时分，紫金坦克就朝着那个决战之地快速进发了。

另一方面，就在紫金坦克和大天使的首次正面对抗即将开始之时，胡里奥派人秘密入侵了菲位于布里斯班市中心的寓所。和预想的一样，他们是来这位女生的家中搜寻证据的。也许黑手党的二老板根本已经等不及，他手中的地图定位仪在不知道过了多久之后，才会告诉他那部改装手机的下落。从现场的状况来看，菲家里的东西一样也没少，但每一个房间都被翻得乱七八糟、凌乱不堪。

和上次不同，这次菲果断地选择了报警。而负责这次案件的警察，依然是“狐狸”爱德华和其助手珍妮弗。然而，这位女生没有将此事告诉紫金坦克。原因有二。首先，在一切还没有搞清楚之前，菲并不想盲目地把其他人拉下水。其次，和宇之间微妙的关系，也是她不准备联系那位男生的一个重要原因。

对决的时间终于到了——星期六的下午场。此时，大天使乐队已经在索罗门前等待了片刻。就在这时，紫金坦克也抵达现场。宇走在最前方向着路西法迎面而来，而星和翔就分别跟在队长的左右稍后一点的位置。

一眼看去，这支北欧乐队的装备齐整精良、世界顶级，造型无与伦比、奢华庄严。而紫金坦克这边自然也是毫不逊色。所以，双方刚一接触，就爆发出了旗鼓相当的气场阵势，就显示出了不相上下的英俊帅气。

几位身高均接近一米九的男生，再加上那位巨大个儿，他们只要站在一起，世界就好像变矮了。

一身黑色的莎拉站在路西法旁边稍微靠后的位置。可是，她的目光却直直地和在另外一方站在最中间的宇，对撞上了。然而，他们什么都没说。片刻，这位女生又把视线转移到星的身上，然后又移开。接下来，她第一次仔细打量了酷似李小龙的翔。

路西法什么都清楚，但是他什么也没说。大天使的队长在介绍菡的时候，仍然以莎拉的身份，就好像她和紫金坦克从来都不认识一样。

紫金坦克那边也都知道菡已经加入了大天使，但他们同样只字未提。

双方就像中世纪的骑士一样，在终极对决开始之前，全都分别站在各自一边，不再轻易向前半步。我就不再赘述开场白。年轻的人们没过多久就知道了彼此的名字，很快就开启了战斗模式。

“星！这位兄弟，”路西法坚毅地说道，“我们好像有过一面之缘。”

“杜卡迪确实不同凡响。”星微笑而不失硬朗地回应道，“那天谢了！”

“宇，别藏着了，今天就亮亮你的绝活儿。”这是大天使的领袖与紫金坦克队长真正意义上的第一次对话。

“路西法，”宇冷静而严肃地说道，“你确实与众不同，竟然在‘绝对音乐’之上发现我们的历史——曾经是一支金属乐队。”

“那么，我们就开始吧，”路西法果断而强硬地说道，“以金属的名义。”

警探爱德华刚刚从非那被入侵的寓所结束勘查，正在焦急地寻找着紫金坦克的踪迹。“狐狸”需要这些北京青年做些什么，不得而知，然而，在这对决即将开始之际，双方乐队所有成员均关上了手机，没有任何人能够联络到他们。

大战马上开始，决战一触即发！

需要特别说明的是，这次的决战之地，并不在索罗的任何一间房间之内，而是位于楼顶的一个超过两千平方米的超大天台之上。在这一刻，金属的碎屑好似浓云一般布满天空，昏黄的天穹衬托出末日一般的既视感。这里就像是与世隔绝的另外一个世界，什么也没有，只有音乐。

这是一场不同流派的史诗对决，火星撞地球。紫金坦克采用的是北欧哥特旋律金属风格，但身为北欧人的大天使却使用了意大利交响金属乐风。

比赛正式开始。

两支乐团华丽的噪声，如同无穷无尽的核武器，似乎要把地球轰平，要将宇宙毁灭！你方唱罢我登场。摇滚人轮番上阵，震动着所有的生命，震撼着一切的生灵。紫金坦克和大天使交替演绎了十首歌曲才好似刚刚完成热身，大有形成千日之战的趋势。

接下来的十首曲目让比赛进行到了白热化的阶段。这两支乐队一度势均力敌、齐头并进、并驾齐驱、僵持不下。

但是，最终，在这场没有评委和标准的对抗之中，貌似大天使以更加恢宏的音乐和气场，在一定程度上占据了上风。就在紫金坦克的摇滚进行到最高潮的时候，宇却突然停止了演奏……

一瞬间，所有的音符全都摔在了地上，碎了。

“你赢了，”宇平静、强硬、倔强而心有不甘地说道，“也许，我这样的努力是徒劳的。”

然后，星的贝斯、翔的鼓点……所有的喧嚣都在五秒之内停止下来，安静下来。

“我也觉得我们赢了……只是……”站在宇的对面，聚气凝神、一直观战的路西法感慨道，“我们只是胜在了人数之上。”

“比拼重金属乐，”身材巨大的拉斐尔交叉抱臂，站在路西法的斜后方，略显侥幸地补充道，“在其他条件几乎一致的情况下，你们只有三个人，本来就不占优势。”

“不过，你们在少我们两人的情况之下，居然和大天使一度势均力敌。”路西法投去了一种惺惺相惜的目光，赞叹道，“非常了不起！”

“输了就是输了。”吉他挂在宇的右肩膀上，琴头朝下，琴颈垂在了手上。紫金坦克的队长好似拿着一把冲锋枪，面对敌人却没有了子弹，那么坚强不屈、英勇无畏。

“你一个人几乎弹出了两把吉他的声音……”路西法继续称赞道，“已经非常厉害了。”

可是，失败的一方并没有谁能听得进去大天使队长的话语。紫金坦克已经开始收拾乐器，整理残阵，准备离开这片没有硝烟的战场。

“也许，你说的是对的。”翔一边拆着自己特意为这次对决所带来的踩镲，一边倔强地说道，“三个人是无法对抗五人金属的。”

事实上，翔为了这次比赛，通过聆听敲击瓶口的声音，专门从三千副鼓槌儿之中精选出来了三副最优产品。然后又用这三副鼓槌儿，从五百副踩镲里，得到了自己最满意的一副。

在今天的决斗中，翔的鼓点稳健、均匀、准确、快速而有力。他那超越1600BPM的双踩速度，打破了由鼓王蒂姆·沃特森（Tim Waterson）在2002年的世界最快鼓手大赛（World's Fastest Drummer）中创造并保持的1407BPM的世界纪录。

“等等……”路西法似乎意犹未尽，突然说道，“宇，就咱俩较量独奏！我听说你赢了立顿琴行的胖子！”

“今天就算了吧。我已经没有任何心情了。”

就在这时，一种无比阴郁的表情又在一瞬间回到了宇的脸上，特别颓废，十分木讷。

“这算什么？”拉斐尔在旁边不忿儿地说道，“只不过输了一场比赛而已！难道你们输不起吗？”

“算了，没事！”路西法回过头，半侧着身，示意拉斐尔不要再说话，“那我们就改天……”

然而，就在路西法刚刚转回身，目光还未锁定任何目标之时，一连串华丽、激昂而快速的吉他独奏，以金属的失真模式，如同浩瀚宇宙里的星辰激光线一样，飞快地发射出来。那声音震撼银河、所向披靡、水银泻地、完美无缺。

刹那之间，现场的所有人都目瞪口呆地看着眼前这位北京男生。他们都被紫金坦克的队长在这突然之间的超级大爆发所震惊了，随即立刻转为了一种极度完美的欣赏与享受。

只见宇仍然在将自己的能力值不断提高，毫不停歇地飞速运行在吉他的六根琴弦之上，好似拥有超级神功的琴魔一般。

那音乐仿佛可以逆转时光，仿佛可以冲下地狱，仿佛可以击败死神。那声音又仿佛可以让时间加速，仿佛可以冲上天堂，仿佛可以让上帝动容。他越弹越快，越弹越快，模糊了所有指法运行的轨迹。

终于，琴弦在最高音的时候，断碎如花落一地。

在这一刻，这位吉他手也顺势停止了一切动作，让万物在瞬间寂静下来。

所有人都围着他，看着他。他就这样傲然地站立着，好似英雄一般。

没错，他就是紫金坦克最强的灵魂——明哲宇。

然后，现场爆发出了雷鸣般的掌声。

再之后，还没等路西法开始演奏，三位男生就走出了索罗，消失在大天使的视线之中。这一次，紫金坦克经历了失败。在宇的心里，索罗就好似一片满是废墟的战场，熊熊的烈火还在燃烧，无穷无尽的硝烟还在弥漫。然而，他们就如同一队受伤的士兵，打光了全部的子弹，心有不甘地撤离了战地。

“路西法，”拉斐尔在一旁平静地说道，“你输了。”

随即，大天使们也离开索罗，向着停车场走去。但是，在经历了刚才的史诗对决，又见识到宇那无与伦比的超级大爆发之后，无论哪位队员，心里都无法平静，难以释怀。

“啊!”路西法走着走着，仰天长叹，“他已经突破一千了，超越了我的最快速度。这个变态的弹速就是全新的世界纪录。”

“我真没想到在这个星球之上还会有这样的人。”米达伦感叹道，“他到底是谁?”

“他们居然用残阵，演绎出那么完美的旋律。”拉斐尔心悦诚服地说道，“如果他们有四个人，都不用五个，今天谁赢还真不一定。”

“真是不可思议。”雷米尔感慨道。

“不要自乱阵脚、麻雀炸窝。”回过神的路西法突然说道，“那人是谁? 紫金坦克因为他而很强，也会因为他而很弱。我们现在谈论的是乐队，而不是个人。”

路西法的观察力，是大天使里最敏锐的。他完全不认同拉斐尔的观点，傲娇而倔强地说道：“你们看出来了吗? 明哲宇并非无懈可击。”

“宇的心，就是他们的致命弱点。”此时，莎拉突然说出了重点。

“对!”路西法严肃地说道，“你们听听他们的音乐，充满了挣扎与挣脱，充满了让人落泪的无助。”

“紫金坦克，成也是他，败也是他。”雷米尔厉声说道。

“没错。如果，如果那位叫宇的男生，无法找回最真实的内心，继续这样彷徨下去的话，再找十个人来帮他也没用。所以，现在他身边的那两位，可真够厉害的。”路西法骑上杜卡迪，戴上了头盔，继续说道，“如果他们解决不了这个短板的话，紫金坦克永远也赢不了我们。拉斐尔，不要妄自菲薄，毕竟我们击败了他们。”

“但是，即便如此……”米达伦再次感叹道，“他们也值得我们尊敬了。”

随即，大天使乐队飞一般地离开了战场，消失在索罗尽头。

晚上八点时分，天色已经完全暗淡下去。让我们把目光再次转到中国乐队这边。此时此刻，警探爱德华终于在紫金坦克的宅邸找到了宇。这位青年把爱德华让到了客厅沙发上，自己在相邻的一侧坐了下来。

“你说什么?”刚刚输了决斗的宇异常震惊，面如死灰地问道，“菲的寓所被入侵了?”

“对，从现场来看，犯罪分子可能是在寻找什么。”爱德华郑重地看着宇，认真地问道，“你知不知道，除了在上次的庭审中提供的证据以外，菲的手中还有没有什么其他关于地狱彩虹的证据?”

“警官先生，”宇严肃地说道，“我认为菲已经提供所有的证据了。”

“好吧，”爱德华顿了顿，继续说道，“可是，从被入侵的现场看来，这件事确实不那么简单。我真希望这次入侵和地狱彩虹没有关系，只是一个纯粹的巧合而已。但是，我的直觉告诉我，这个事件肯定是里克豪斯的人干的。”

“啊?”

“别着急，”爱德华冷静地说道，“我想再仔细了解一下你们上次在台球俱乐部所发生的事情。”

这时，星和翔从各自的房间里面走了出来，在和客人打过招呼之后，也围坐在客厅茶几的周围，加入对话当中。一会儿工夫，翔就把当晚发生在台球俱乐部的所有事情，向爱德华进行了复盘和说明，并强调他们当时只是为了逃命才进行自卫。

“哈哈！”爱德华笑道，“别慌，这次你们可走运了。”

“此话怎讲？”星问道。

“首先，现场没有任何监控录像能够证明你们曾经出现在那里。”爱德华胸有成竹地说道，“此外，台球俱乐部的老板也不干净，所以决定自己承担损失。而且，根本没有警察愿意帮里克豪斯。因此，你们全当这件事没有发生过吧！”

“我以为你们会实现诺言，将里克豪斯控制在警方的范围之内。”宇面色僵化，毫无表情地说道，“我们在台球俱乐部差点被枪打死。你现在来告诉我们，不用负责已经是最大的恩赐。去死的人，难道不应该是里克豪斯吗？”

“宇，”爱德华严肃地说道，“为了在阳光之岸举办的‘绝对音乐’摇滚音乐会上确保你们的安全，我们一共动用了三十辆防爆警车，一百名全副武装的警员，荷枪实弹地驻守在会场的各个角落。此前杰克逊在布里斯班的大型个人演唱会，警力配置也就不过如此。一般像‘绝对音乐’那类规模的音乐会，我们最多只派三辆警车执勤。警方这次一反常态，就是为了履行安保承诺。同时，如果里克豪斯胆敢顶风作案，我们则可以立刻抓他个现行。”

“不过，唉……”爱德华拍着宇的肩膀，歉疚地说道，“对不起，宇，我还是低估了他的能力。但是，我会一直和你们在一起。里克豪斯跑不掉的！”

“可是，”翔焦急地问道，“我们现在该怎么办？”

“我刚刚去过菲那里。”爱德华看着宇，“她也否认自己还有其他证据，我觉得也是有道理。”

“对呀！”星逐渐平复了情绪，继续说道，“如果菲真的掌握了这么关键的证据，早就拿出来了，否则，这对于她来说，是极不安全的。”

“也许……”爱德华若有所思地说道，“她自己还不知道。”

“不可能吧！”星惊讶地说道。

“你们曾经遇到过一种情况吗？”爱德华耐心地解释道，“比如，你的鞋上踩了一张纸条，但是你很久之后才发现？”

“你的意思是……”

这时，翔已经感觉到爱德华将要说些什么，可是还没等鼓手开口，爱德华就继续说道：

“我的意思是，可能别人的证据放在了菲那里，而她却并不知情。”

“这么说……”星沉思了片刻，若有所思地说道，“我倒是想起来点什么了……”

“啊？”

闻听此言，所有人都极为震惊地看着紫金坦克的贝斯手，不知道在他那边还有着什么重要信息。

“倒也没什么，”星摆摆手，并不在意地说道，“也可能我听到的并不准确。”

“赶快说呀！”

“还记得那天我是开着菡的车，赶到台球俱乐部的吗？”星看了看他的左右，继续说道，“在这之前，菡曾经跟我说过，她在‘洛克’的包房，曾经听到胡里奥用意大利语在电话里很着急地催促他的手下，寻找什么关于梅耶枪击案的证据。”

星探过身子，更加靠近四周的人，顿了顿之后谨慎地说道：“你们说，菲的寓所遭到入侵这件事，会不会是胡里奥他们干的？”

“不会吧！”爱德华警探感到极为震惊，十分诧异地说道，“你确定你没有听错吗？”

“说实在的，我当时并未特别在意菡那关于胡里奥的只言片语。难道黑手党也在收集地狱彩虹的证据吗？”星摸了摸头发，继续说道，“不过菡应该是不会听错的。她是学歌剧的，意大利语相当好。”

闻听此言，屋子里面顿时一片沉寂，鸦雀无声。大家仿佛都在思考星带来的信息，到底成色几何，有多少价值。

几秒钟之后，爱德华沉稳地说道：“黑手党是不会这样收集地狱彩虹的证据的。让我们假设，如果入侵菲的寓所的人，真的就是胡里奥他们……”

“我说的是如果真的就是胡里奥他们干的，”爱德华警探顿了顿，继续分析道，“他们肯定不是在寻找一个对于里克豪斯不利的证据。因为黑手党完全可以用更多的手段来达到这样的目的。我想，胡里奥在找的，肯定是一个对他自己极为不利的证据。”

听到这里，大家全部沉默了，都没想明白这到底是怎么回事。因为到目前为止，他们之中还没有一个人知道事实真相，全都处于推测之中。

“这件事……貌似还真不那么简单，也许，我需要重新梳理一下思路了。”爱德华慢慢地站起身来，戴上了警帽，认真地说道，“另外，菲现在非常不安全。如果她实在找不到任何证据，就让她先回国待上一阵子。”

随后，爱德华就离开了别墅，开着警车飞驰而去。

在这样的情况之下，紫金坦克的青年们沮丧极了。刚刚输了与大天使的对决，现在菲又处于极为危险的境地。这可怎么办？杰克的小样什么时候给他？摇滚明星梦呢？难道已经沉在大海的最深之处了吗？

然而，地狱彩虹和黑手党这两股黑帮势力所带来的威胁，并不是仅靠冲动和固执就能解决的。这时，无论是警探爱德华，还是紫金坦克，他们还不能完全确认，入侵菲的寓所寻找证据的，就是黑手党。只是，如果那人就是胡里奥的话，那么他为什么需要寻找证据呢？那证据又是什么呢？无论如何，这群年轻人已经处于极度的危险之中，下一步该怎么办呢？

这时候，星的电话突然响起，是菡打过来的。

“星啊，”菡焦急地问道，“我听邻居说，今天警察去过菲的家里。而我到现在也还没有联系上她，你们知道发生了什么吗？”

于是，星把目前各位所处的状况告诉了菡，并不知道这位女生能够帮上什么。

谁知，仅仅过了五分钟，菡就又一次打过来电话，利索地说道：“这样！先让菲躲到一个地方，那里很安全！”

没错，菡说的地方，就是大天使乐队位于凯恩斯的希尔古堡。路西法得知此事之后，非常支持这位女生的做法。于是，菲于当天晚上，就被这位北欧乐手的私人飞机直接接到了凯恩斯。而大天使乐队也全员进驻希尔古堡，确保菲的安全。现在，这位女生已经暂时摆脱危险，可以放心了。

曾经，菡因为邪恶的念想而加入大天使，现在，对菲的雪中送炭，让她驱散了心中的魔鬼，以后终于能够以一个正义的化身，继续和大天使们并肩战斗了。

只是，在音乐方面，她已经没有选择，注定要与紫金坦克对抗到底了！

在凯恩斯的第一个夜晚，菲独自睡在一间位于一层的卧房。这个房间属于希尔古堡的十间客卧之一，面积至少五十平方米，层高至少四米，十分巨大而且非常方便。

路西法的前人在修建这座古堡之时，把最容易观察到敌人的卧室设计在了顶层，这样利于士兵随时到最高的塔楼侦察敌情。但是，在没有敌寇进犯的时候，在顶层居住就显得十分不便。为了尽量保存历史的痕迹，大天使更是没有在古堡之内加装电梯。所以，从顶楼卧室折返一趟楼下花园，就无异于一次大运动量的训练。

不过，为了保障菲的人身安全，大天使乐队依然选择了进驻顶楼，以防万一、以备不测。为了方便撤出，路西法还把私人飞机停在了古堡顶端的一个不常使用的小型停机坪上。

一切暂时安全了。

可是，在这一夜，菲虽然人在凯恩斯，但满脑子想的，却全部都是身在布里斯班的宇和紫金坦克乐队。这一次，告诉菲她已经处于危险之中，请她暂时离开布里斯班的人是星和菡，却不是她的心上人明哲宇。菲完全不明白，为什么在自己最危险的时候，紫金坦克的队长却没有和她进行任何联络。这位女生清晰地记得那一次在医院里，在病床上，她睁开眼睛看到的第一个模糊影像，是宇。

“所以，他不应该是一个连最起码的责任感、正义感都没有的人哪！”

但是，就在电影院之约结束以后，在公寓的电梯门关上之前那极短的一瞬之间，菲就和宇，莫名其妙地，好似宇宙撕裂一般地，以一种极快的速度被拉远到十万八千里以外。那种想爱就爱，说甩就甩的行为又怎么解释？所以宇难道就是那样极端善变、自私自利的人吗？菲还想到，如果自己不去联系这位男生，那么他们是不是一辈子也见不到对方了？

这算什么！那两次同一时间的占线，又说明了什么？缘分吗？这都是怎么回事？

但是，医院的守候、审判的愤怒、台球俱乐部的激斗和电影院之约的感动，明明让这位女生深刻地感知到了宇碎裂在内心最深之处的情感所在。

“对！他不应该是这样的！”

深夜，这位女生果然收到了一条来自宇的信息：

“菲，你还好吗？我已经知道你人在凯恩斯了。在那边，有大天使保护你，我就放心了。这几天，紫金坦克发生了很多事，所以原谅我没有联系你。事实上，到目前为止，我仍然无法调整自己的状态，无法拨打电话。所以，在这段时间里，星和翔会和你保持联络，为你提供一切帮助，确保你的安全。同时也请不要担心我，我会没事的。明哲宇。”

宇的来信，让菲安心地度过了希尔古堡的第一夜。此时此刻，她知道，这位男生的心里一直有着她，惦记着她。

可是这位女生不会想到，发出这条信息的人，并不是宇，而是紫金坦克的贝斯手，王子星。星用宇的手机发过这条信息之后，就迅速地删除了发送记录，然后把他的电话关上了。原来，自从警探爱德华走了以后，宇就一直把自己锁在房间里面。时而无语，寂静得好似死灰一般；时而怒吼，疯狂得好像猛兽一样。在这一刻，这位青年根本无法把握自己的情绪，处于完全失控的状态。

星和翔待在客厅之中，胆战心惊，根本不敢睡觉。

“翔啊，”星表情严肃地感叹道，“我不知道代替宇发出这条信息是否正确，但我也只能如此、别无选择了。”

“我觉得你是对的，没有问题。事实上，菲现在处于一种极度危险的境地，送上一句祝福，让她安心，本应该是一件天经地义、理所应当、再容易不过的事。”这一次，翔直接把眼镜摔在了桌子上面。这样，一切都会变得模糊一些，没有那么清晰，“但是你看看现在的宇……喜怒无常、性情怪异，似乎已经到了崩溃的边缘。也许，现在只能由我们来代表他做点什么，只能以咱俩的能力来保障菲的安全了。”

“翔！”星坚毅地说道，“之所以发出信息，是因为我知道菲的心里只有宇。人之所以感到伤心、难过、失望、生气，不是因为没有人关心，而是因为在乎的人在自己危难之时不管不顾、不理不睬。今夜，如果没有宇的祝福，菲是无论如何也想不明白，更无法入睡的。她不了解的事太多了，并不知道宇正处在人生最艰难的阶段。也许，等到宇知道要去关心她的时候，一切就都错过了。希望我的这次冒犯，宇他能够原谅我，不要记在心里。”

与此同时，当天深夜，在布里斯班警察局的刑侦办公室内，警探爱德华和他的贴身助理珍妮弗开了一个秘密小会。这个会议的内容仅限于他们两人之间，没有别人知道。事实上，如果梅耶枪击案真的和胡里奥有关，如果入侵菲家的罪犯就是二老板的人，那么，警长有必要把谈话范围缩小，尽可能地在调查期间，不去打草惊蛇。

此时此刻，爱德华已经把在紫金坦克那边获知的信息，转达给了珍妮弗，并且和后者围绕这个话题展开了讨论。

“珍妮弗，”爱德华踱着步子，严肃地说道，“事已至此，你觉得胡里奥他们卷入这起梅耶枪击案的可能性有多大？”

“这我也不太清楚，因为证据实在是太少了。”珍妮弗站在爱德华警探的办公桌对面，思考了一下之后，接着说道，“不过，先不说今天下午的入室，到底是不是黑手党所为，单从他们也在寻找证据这一点来看，我的直觉告诉我，这些人肯定和梅耶枪击案脱不了干系。说不定梅耶枪击案幕后的主谋不是一个？难道它是黑手党和地狱彩虹两派为之？”

“两个帮会一同策划梅耶枪击案的可能性也并非没有，但非常非常低。”爱德华顿了顿，继续说道，“斯卡列蒂作为一个新进澳大利亚的意大利黑手党家族，虽然刚刚公开对外示人，但是业务其实早就已经开始了。只不过……他们的进展一直不顺，和本地帮派地狱彩虹的明争暗斗就从来没有少过。所以，两派勾结的可能性几乎为零。

“因此……”爱德华警觉地说道，“我倒是有了一个更大胆的假设……”

听到这里，珍妮弗的眼中投去了期待的目光。

“梅耶枪击案……”爱德华走回自己的办公桌，双手撑着桌子，俯下身子，眼珠一转，好似他的外号“狐狸”一样地盯着对面的助手珍妮弗，谨慎地说道，“梅耶枪击案也许就是胡里奥他们干的！”

“啊！”珍妮弗十分惊讶，“这又……何以见得？”

“刚才，我从紫金坦克他们那儿回来之后，就把所有事情的前因后果都串联起来，进行了一个复盘……”

这时，爱德华在办公室之内又一次踱起步来。

“请您继续。”

“也许凯瑟·林奇，他在无意当中帮了我们一把。”

“您说的，可是那个美国大律师？”珍妮弗诧异地说道，“那天的审判不是已经被定义为‘睁眼瞎’了吗？”

“我在想……”爱德华谨慎地说道，“也许他说的是对的。”

爱德华再次走回办公桌，把身子探向桌子对面的珍妮弗，颇具信心地推测道，“你想想看，菲的手机拍到的是犯罪嫌疑人的背影，没错吧？”

“对的。”

“也就是说，没有任何物证……我是说物证，”爱德华坐在了办公座椅上，身体稍微靠向椅背，顿了顿继续说道，“能够证明里克豪斯当时就在梅耶购物中心的案发现场，对吗？”

“对的。”

“后来我们又一次找到了那位证人，就是那位亚洲女生，叶菲。对吗？我们问过她，是否看见了嫌疑人的正面。对吗？”

“对的，不过那位女生也没有立刻就告诉我们，她看见的就是里克豪斯。”珍妮弗想了想继续说道，“当时，我们认为她是因为害怕而没说真话。”

“对，她是害怕！”爱德华突然高声说道，“这绝对没错。可是，实际上，这就是我为什么说，也许凯瑟·林奇在最后帮了我们一把。”

“喔……”珍妮弗站在那里，倒吸一口凉气。

“那位亚洲女生，因为经历了那么恐怖的枪击屠杀，担惊受怕是在所难免的。但是，当时她不肯出庭做证，有没有一点点的可能性，就是，其实她也没有完全看清楚罪犯的正脸呢？也许凯瑟·林奇在法庭上的实验，告诉了我们结果。那就是，叶菲，的确无法百分之百地识别嫌疑人的相貌特征。”警探爱德华顿了顿，颇有信心地继续说道，“不要忘记了，菲在法庭上对于犯罪嫌疑人的指认，确实是错误的。这正说明，她对罪犯的识别度真的没有那么高。”

“对的！我想起来了！”珍妮弗突然说道，“就在出庭做证之前，菲她还经历过一场严重的车祸。也许交通事故之后的劫后余生，让她做出了一个冲动但是错误的决定。”

“没错！”爱德华情绪激动地说道，“后来我又想到，被告在庭审的时候还提供了一个证人。那人说里克豪斯那时正在喝茶。其实喝茶这件事在后来也被证实是真的了。然而，我们一直以为他们是在狼狈为奸、串通一气。”

“所以，也许当时，里克豪斯真的就是在喝茶？”

“很有可能。”爱德华顿了顿，继续说道，“刚才，我把菲手机中的录像，用目前最高科技的手段进行了逐帧比对，从几万张里克豪斯的背影之中进行甄别，你猜怎么样？”

“怎么样？”

“电脑显示，虽然确认是里克豪斯的可能性很大，但并不能百分之百证明，那天出现在现场的人就是里克豪斯。”

“明白了，爱德华警探，”珍妮弗兴奋地说道，“也许里克豪斯还真是无辜的。”

“很有可能！”爱德华一拍桌子，一下子站了起来，继续说道，“当然，我们刚才说的也只是一个假设。不过，如果我的假设成立，这里有一点我还没有完全想明白。”

“您请讲。”

“如果从梅耶枪击案中逃跑的枪手就是胡里奥，那么，胡里奥是怎么让菲误以为他就是里克豪斯的呢？里克豪斯是个秃头，而胡里奥却有着浓密的中长头发！这是怎么回事？难道，难道……”爱德华托着下巴，沉思片刻，在突然之间七分震惊三分警觉地自言自语道，“难道真的就是这样吗？！”

“快！马上给我调阅所有胡里奥的个人资料。包括他的爱好、常去的地方、最近购买过的所有东西等。我倒要看看这些信息能不能给我的这个假设，一个肯定的答案！”

“遵命。”

“同时密切关注胡里奥的一切行动，不要让他狗急跳墙，再次掀起什么血雨腥风。”

“遵命！”

就当珍妮弗正准备出门的时候，爱德华又叫住了她，严肃地说道：“不要告诉任何人我们将要干什么。今天的对话仅限咱们两个人知道。”

“遵命。”

事实上，如果爱德华的假设成立，也就是说，胡里奥才是梅耶枪击案的主谋，那么，一直给他放消息，说里克豪斯才是真凶的那个卧底，就要被重点怀疑了。实际上，“狐狸”现在也意识到了这一点，所以，从今以后，一切针对二老板的秘密调查，只有极少数的人才能够有权获知了。

第十八章　符牌和绑架
Talisman and Kidnap

宇就这样又把自己锁在房间之内，一锁就是几天。没有排练，没有上学，这一次，他也没有创作。没有人看到他在此期间是否走出过房间，这位男生也没有联络任何人。他断绝了和外部的一切联系，独自一人体会着冰一样的寒冷和刺骨、忍受着死一般的封闭和孤寂。

但是就在这个阳光明媚的早上，赛车女生再一次出现在宇的世界。她来到了紫金坦克的宅邸，敲响了这座别墅的大门。此时此刻，家里除了紫金坦克的队长之外，没有别人。星和翔正在不远之处的集市买早点，过一会儿才能回来。

听到门铃响起，宇终于走出了房间，迎了过去。他只穿了一身深灰色的居家服和一双蓝色的圆头薄棉拖鞋，把别墅的大门轻轻打开——

赛车女生就这样轻松洒脱地站在门口之外。

片刻之后，她终于慢慢地摘下了白色头盔，让这位男生看清楚了自己的样子：

她是那么迷人、那么可爱。阳光把她照耀得美丽无比，好似从绝美的漫画里面走出来的人物一样。这位女生的准确身高为一米七九，皮肤白皙，一头大波浪的长发，乌黑、柔顺而靓丽。她今天并未穿着那件纯白色的赛车服，而是以一身时装示人。一件博柏利的米黄色风衣、一件浅绿色同品牌衬衫、一条窄腿蓝色牛仔裤和一双深粉色细跟浅口高跟鞋，让她气质非凡、无与伦比。

“静！（林静）”

宇看着眼前这位姑娘，瞬间惊呆了。几秒钟之后，他才回过神来，喜极而泣地说道：“怎么会是你？”

“是的，宇，”静开心地说道，“就是我呀！不是斯蒂格，也不是旋风车队的间谍。”

“对呀，你怎么可能是别人呢？你就是静啊！”宇擦拭了眼泪，哽咽着说道，“这么长时间，你跑到哪里去了？也不联系我！”

“宇，”静高兴地说道，“我玩赛车去了，赛车可有意思了，自由自在，无拘无束！你的音乐太封闭了、太痛苦了！这些日子你还好吗？开心吗？”

“我不开心，不开心。”宇看着静，深情地说道，“你知道……你知道我有多么想念你吗？”

“原谅我上次在一号公路上，没有帮你的忙。”

“没关系，没关系的……”

看着静的容颜，就在这时，宇突然注意到了一丝并不容易察觉的变化：赛车女生以前几次出现的时候，在她的头盔护目镜之下，只能看见纯黑色的眼睛，然而这一次，静的眼睛居然闪烁着纯金色的光芒。

“静啊……”宇略带疑惑地说道，“你眼睛的颜色怎么会是……”

“咳！”静摸了摸头发，微笑地说道，“宇，这是强生公司（Johnson & Johnson）的最新产品，美瞳啊（Cosmetic Contact Lenses）！”

“美瞳？”

“就是带颜色的隐形眼镜。”静歪着脑袋，可爱地看着宇，开心地说道，“它不但可以让眼睛变得更加明亮有神，而且还有很多颜色可以选择呢！这是一个趋势，以后肯定会流行起来的！”

“静啊，”宇凝视着这位女生，感慨地说道，“你的眼睛那么迷人、那么动人，其实完全不需要装饰什么的。”

“可是你不觉得这样很漂亮吗？”静的脸上充满着天真烂漫的喜悦之情。她拉着宇的双手，和这位男生相对而视，萌萌地说道：“好啦！要是再看着我的美瞳，你就落伍啦！宇，你愿意带我转转布里斯班吗？”

“好哇！好哇！”宇擦干眼泪，满口答应。

刹那间，这位男生再也不用承受房间的寂寞和幽闭，一切在一瞬之间就变得纯洁而光亮。紫金坦克的队长和那位赛车女生开心而轻快地跑了出去，进入美丽如画的风景之中。

一会儿工夫，星和翔就买完早餐回到了紫金坦克的宅邸。刚一走进别墅的门廊，他们远远地就发现宇的房门处于半掩着的状态。于是，两位男生一边接近宇的房间，一边试探性地喊着他的名字，试图确认他们的队长是否仍然还在自己的屋子里面。但是，几声之后，别墅中根本无人应答，完全没有动静。一切迹象表明，宇貌似已经不在这里了。紧接着，他们来到了宇的卧室门口，准备一探究竟。但是，当星和翔推开那半掩的房门，想看看这几天屋子里面到底发生了什么的时候，眼前的景象把他们吓傻了……

转瞬之间，星和翔立刻就在整个布里斯班对宇展开了地毯式搜索，试图找到他们的队长。贝斯手和鼓手寻遍了这位男生经常活动的地方，包括学校、图书馆、琴行、餐厅、酒吧、咖啡屋等地点。他们甚至还去了麦格雷特山和库萨山的顶端。不过，所有的努力全都是徒劳的，没有人知道这位男生现在在哪里。

事实上，宇正在享受着属于自己的快乐时光，不想别人打搅他的。

这位美男载着静，驾驶着汽车一路驰骋。他们开心极了，高兴极了。阳光毫无保留地洒在两位青年俊俏的脸庞之上，朝气蓬勃、青春无敌。在这一刻，他们正在肆无忌惮地挥霍着汽油，无拘无束地享受着美丽的大自然所带来的一切快乐与温馨。

“宇，”静看着这位男生那俊美的侧颜，调侃道，“你的驾驶技术在这些日子里可没有进步哇！”

“哈哈哈！说起来惭愧！”宇摸了摸脑袋，不好意思地回应道，“不过你的车技可真是让人刮目相看、不可小觑呢!”

又过了一会儿，汽车终于停靠在了乔治街——那个距离梅耶中心不远的地方。两人走下车，一同来到了水晶琴第一次破碎的位置，打算停留片刻。

“静啊，当年你送我的那把水晶琴就碎在这里了……”宇愧疚地说道，“原谅我没有保护好它。”

“哈哈哈！宇呀宇，你的心思也太重了吧。那把水晶琴怎么说也是我先弄坏的。”静大笑起来，说道，“所以，如果要责怪也是要责怪我呀!”

“我怎么，我怎么会怪你呢？不会的，不会的!”宇凝视着静，深情地说道，“更何况，现在还有一位朋友，送了我一把几乎一模一样的。”

“是那天在高速公路上，你要去搭救的那位姑娘吗？”

“是她。”

“啊!”静内疚地说道，“我真应该去帮助她啊。”

“没事，没事，都过去了。”宇开心地说道，“最重要的是，静，你回来了。”

“宇，这么长时间没见……”静拉起宇的手，故作神秘地说道，“我有一样东西要送给你。”

“会是什么呢？”

“一个护身的符牌，想要就跟我来吧。”

说着说着，静就拽着宇兴奋地跑了起来，消失在水晶琴碎裂的地方。

距离水晶琴碎裂地方的不远之处，乔治街的一个街角，坐落着一间古老的占卜屋。它有六米高，外观是由一个直径为十五米的圆柱形，加上一个圆锥形房顶所组成，看起来有点儿像一个大尺寸的蒙古包。只不过，这间占卜屋是由钢筋混凝土搭建而成，而非一个木结构的皮质帐篷。它的外墙是由酒红色方砖垒砌，而房顶则以假金色瓦片覆盖。

在这间专门为人们占卜运程的店铺里面，充满了奇特的物品，其中，以屋内那些高高低低悬浮在半空的、金属包边的水晶沙漏尤为明显。数量颇多的时间记录仪以瓶身最细的部分为圆心，从不同的方向在空中慢速旋转着。沙子全部悬浮在沙钟之间，一会儿飘向一边，一会儿又流向另外一边。屋子中间放有一张巨大的实木圆桌，厚实而古老，好似从一棵直径巨大（四米左右）的老树树干上直接砍下来的一样。圆桌的面板有二十五厘米那么厚，边缘部分充满了因为时间而形成的裂纹。这个店铺的主人是一位满头白发的占卜婆婆，因为喜欢佩戴水晶项链和水晶戒指的关系，人们更愿意叫她“水晶婆婆”。此人性格有些怪异，经常身着一件黑色袍子，身高最多一米五。

“水晶婆婆，我来啦!”静拉着宇，十分开心地夺门而入。

“静，你可来了。我还以为你不要你的东西了呢！害得我老是惦记着。”水晶婆婆一边在圆桌前面踱步，一边说道，“我差点把这东西给扔了。”

“我知道您是世界上最善良的人了。”静高兴地说道，“您才不会扔呢，对吗？”

“谁说我善良？”婆婆晃晃悠悠地绕到圆桌后方，没个好脸色地说道，“静啊静，难道你忘记时间了吗？你再晚来一点，神力就消失了。”

“静，你什么时候开始相信神棍了？神棍求的符什么时候靠谱过？”宇拉着静，转身就想走，“符牌需要用诚心去求的。”

“你看看这些沙漏，它们之所以可以悬浮在空中，分明就是那种以空气重量配比和光线的折射为基础的古老障眼法。”宇抬起头，指着其中一个沙漏，不悦地说道，“想不到现在还有这种骗术，这可不能相信哪！”

“什么什么！你这孩子，太无理了！”婆婆很是激动，甚至用她那小圆手，捶了一下桌子。

“老婆婆，刚才是我和宇多玩了一会儿，不好意思啦！”静做了一个鬼脸，试图逗老人开心。然后她转过身，拉住了宇，耐心地解释道，“宇，你不知道，这位老婆婆可是一位好人！这块符牌肯定能够给你带来幸福！咱们就相信她一次，好吗？”

说罢，婆婆在圆桌后面的一个木头墩子上面坐了下来，她的背后是占卜屋那巨大而敦实的木质后门。而静和宇，也在圆桌一侧坐了下来，使三人的位置形成了一个等边三角形。

在宇和静坐定之后，水晶婆婆就神秘地把礼物拿了出来。

“这位年轻人，就是这个。”

老人慢慢地把一个类似中尺寸首饰盒的金属盒子打开，一块一半巴掌大的闪烁着蓝绿色神秘光芒的金属符牌，就慢慢升起，浮现在他们眼前。那符牌飘浮在那巨大的圆木桌子上面，反重力悬停。水晶婆婆稍微对其加以推力，它就从老人所处的位置之上，好似一台可以在地球上自由飞行的UFO（不明飞行物）一样，悬浮着滑向并最终静止在宇的面前。

宇看着眼前的物品，仔细端详起来。只见那符牌有着三毫米厚，正反两面均刻画着一个漏斗图案。它的样子和悬浮在空中的漏斗几乎差不多，似乎在告诉宇，此物是有期限的，只是为了执行某项任务而存在。

“这个符牌蕴含着意想不到的力量。”老婆婆神秘地说道，“我是费尽周折才为你求得，必须马上转交给你。我相信它一定会保佑你的。”

“保佑我？”

“宇，”静看着这位男生，严肃地说道，“今夜，你的守护星座双鱼座的主星‘外屏七’将会十分暗淡，是不祥的征兆。所以，收好这块符牌，赶快回家去吧。”

“小静，”宇疑惑地说道，“你怎么会知道我的安危？”

“和你一样，我也喜欢占星啊！”静微笑地看着宇，平静而神秘地说道，“我最近也研究了很多星相学的知识呢！”

“啊，真的是这样！这样的事情我居然完全没有注意到。”宇一向喜欢占星，当他听到“双鱼阿尔法”今夜必将暗淡的时候，十分沮丧、无法开心。

“老婆婆，原谅我刚刚的态度。”宇愧疚地说道。

“谢谢你，水晶婆婆。”静说道。

“哎呀！哎呀！你们让我缓缓，让我缓缓！我太累了，太累了！”水晶婆婆大声说着，在突然之间就浑身哆嗦起来。

此时此刻，静也变得紧张起来，左顾右盼、四处张望。

“静，”宇惊叫一声，“你们都怎么了？”

“没事的。”静颤颤悠悠地说道，“宇，我们先要离开这里一下。”

“为什么？”

“宇，你在今夜星光暗淡。”静突然大声说道，“记住，千万要佩戴好符牌。”

话音刚落，静就迅速绕过圆桌，来到水晶婆婆那一侧。随即，老人就带着这位女生，慌慌张张地从占卜屋的后门跑了出去。硕大而沉重的木门被撞上，正好把宇反锁在屋内。

然而宇怎么能够允许她们就这样不明不白地消失呢？刹那间，这位男生就翻过身前那张硕大的圆桌，撞击后门，试图一探外面的究竟。然而无论宇怎么发力，硕大的木门就杵在那里纹丝不动。只见时间一分一秒地流逝，来不及思考到底发生了什么。

突然，屋内所有悬浮在空中的沙漏转动得更快了，好似有什么事情将要发生。

“这门怎么这么紧！”宇心急如焚地自语道，“我就不相信今天撞不开它！”

终于，在反复尝试之后，这位男生用尽所有的力量，猛地把门一脚踹开，来到屋外。

不过，就是这撞门的分秒时间，静已经消失了，水晶婆婆也消失了，无迹可寻。

她们到哪里去了？

宇站在原地，环顾四周，惊奇地发现城市的繁华已经变成了一片陌生的沙漠，漫天黄尘、一无所有。片刻之后，狂风突然大作，天空、大地所有的一切物换星移，昏黄而暗淡得好似末日降临。但是仅仅几秒钟之后，一切又以一种奇快的速度回到了正常状态。蓝天白云回来了，城市人群回来了，一切再一次回归了安详与平静。

就在这时，宇又一次看到了那辆西区警车。

“难道……”这位男生心想，“难道静是因为被警方追缉，才不容分说地逃跑的吗？那位所谓的水晶婆婆到底是谁？她们俩在一起到底做了什么？”

宇下意识地把符牌挂在胸前，迅速跑到自己座驾的驾驶席，打算潜伏在那里观察西区警车的一举一动。然而在这一刻，目标却突然消失在宇的视野里，不见踪影。几乎与此同时，静急急忙忙地跑了回来。只见她打开副驾驶的车门，一下子就坐到了宇的汽车里面。这位女生的表情冷漠，眼睛已经变回了黑色。

“静，”宇惊讶地问道，“你的眼睛怎么又……”

“我刚刚把美瞳摘下来了。”静冷冷地说道，“这不重要吧？宇，你不是很喜欢我黑色的眼睛吗？快点坐到后面，我来开车。”

于是，这位男生迅速地跑出驾驶舱，钻进了汽车后排。而静则坐进了驾驶席，准备驱车离开。不过，出乎意料的是，习惯了雪铁龙拉力赛车的静，并不熟悉保时捷汽车的设计构造，让汽车的启动耽误了片刻。

与此同时，两个穿着黑色西服戴着黑色墨镜的打手，开着一辆黑色中型货车，缓慢地停在了距离宇不远的一个街角。

“老大，我们已经发现了宇的汽车。”

在入侵菲的寓所未果之后，黑手党已经将搜索范围扩大到了菲的朋友身上。而第一个被盯上的人，就是紫金坦克的队长——明哲宇。

“你们确定吗？”

“绝对没错！老大，车牌为‘PG-TANK-YU’的定制号码，全布里斯班就这一辆！”

“监控他、跟踪他！等他下车，再去车上搜查手机的下落！”

“直接将其做掉不就行了？”

“行什么？你们是不是傻呀！”胡里奥激动地说道，“我们现在找的是证据，难道你们还嫌最近的事不够多吗？”

“好吧，他现在还在车内，那我们就再稍微等等。”

就在此时，正在后排而坐的宇，感到他的大长腿突然在前座之下触碰到了什么。那触感很微弱，也就是脚尖稍微碰到的地方。宇本来无心理会，可是出于好奇，他仍然选择了确认。

原来，这果然是一部黑色的金属手机。

“这是怎么回事？这又是谁的？”宇看着眼前的这部手机，发现它显然不属于自己，也不是星或者翔的东西。然而，最近还有谁坐过他的汽车吗？

对，还有一个人也曾坐过这辆车的后排，就是他目前所在的这个位置。没有错，那个人就是菲。联想到这位女生的寓所刚刚被不明入侵……

难道？

难道这里藏着罪犯正在疯狂寻找的证据吗？

时隔许久，手机当然早已没电。但所幸的是，宇的车里长期备着可以给不同品牌的手机充电的万用充电器，以供星和翔还有其他乘客使用。于是，宇够到电源，将手机很快地调整到虚电启动状态。

突然，一幅画面赫然出现！这不是梅耶枪击案的事发现场吗？

“这不是？”

“我的天！我的天！”宇惊恐地看着眼前的视频，又拍了拍前方的那位女生，大声叫道，“静，哎哎，你看你看，这是什么？”

然而，静只是瞄了一眼视频，却一声不吭、没有说话。此时，宇发现这位女生已经将汽车启动，就要逃跑。

“哎哎哎！有情况，有情况！”就在这时，跟踪宇的打手冲着另外一位打手突然大声疾呼，“我手中的地图定位仪响了，快报告老大，这么多天，它终于响了。”

“什么？”电话那边的胡里奥十分激动，高声问道，“你们能确定方位吗？”

“还需要再等一下！”打手盯着手中的定位仪，肯定地叫道，“片刻就好！”

此时此刻，刹那之间，一直跟踪赛车女生的西区警探却再一次出现，将警车横在了保时捷之前。而后方突然出现的另一部警车，则死死地堵住了静的后路。

“都别动！全部下车！”警察大喝一声，拿着手枪顶住了保时捷的风挡玻璃。

“你是谁？”宇打开车门，走下车来，终于看见了那人的脸。

“我是西区警探韦恩。静，你被捕了！”

这位黑人警察人高马大、十分健硕，足足有两米高。他体态彪悍、肌肉发达，卷曲的黑色贴头圆寸下面是一张国字脸，显得刚强正直、一身正气。

“静，她怎么了？”

“看来你和她也不熟，”韦恩看着宇，大声说道，“小子，你别被她骗了！这儿没你什么事！”

“她到底怎么了？”

“此人来到澳大利亚之后，加入了三大车会之一的旋风车会。”韦恩厉声说道，“她现在是此车会的间谍，涉及多起商业欺诈以及不正当交易！”

“我没犯法！”静试图为自己辩解，严厉而镇定地质问道，“你有什么证据，凭什么抓我？！”

“你有权保持沉默。”西区警探韦恩义正词严地说道，“你所说的一切将会成为呈堂证供！”

“不行，你们不能带走她！”宇此时已经快要崩溃了，心急火燎地吼道，“最近发生的，都是怎么回事？”

“宇，你放心，我没有犯错，更未犯法，我一定会得到清白的。”静疯狂地叫道，“我一定会完好地回来的，你放心。”

但是，无论静如何挣扎、如何反抗，最终还是被韦恩带离了这里。宇呆呆地望着这位女生远去的身影，直到她消失在自己的视线之内，无影无踪。

“浑蛋！”宇站在汽车侧面，反复地敲击着车窗，愤怒地吼道，“为什么会是这样，这是怎么了？我身边的女人就一定要和犯罪扯上关系吗？还是我怎么了？浑蛋！宇呀你真是不可饶恕哇！”

“不行，我必须找到静！她到底犯了什么错？凭什么抓她？这是为什么？”宇疯狂地吼叫着，转身就要上车。就在这时，宇那偏执的疯狂再一次爆发。虽然这嘶吼和他在悉尼暴打里克豪斯之时的属性完全一致，但这一次爆发的力度似乎比那次强大几百万倍。

“老大，定位结果已经有了！”黑色货车中的一名打手激动地叫道，“您都不敢相信，我们今天真是得来全不费工夫，手机就在宇的汽车里面。”

“我X！居然还有这么巧的事情，那还不赶快行动！”电话那头更加激动地吼叫着，“快把手机给我拿回来！如果找不到证据，就马上把他绑了！听见了吗！否则我拿你们是问！”

“遵命！”一个打手打了一下另外一个打手的后脑勺，兴奋而焦急地说道，“咱们拿证据去。”

就在此时，刚刚坐进汽车驾驶舱的宇，忽然在反光镜里看见两个打手正在悄悄地向他靠近。一瞬间，这位男生忽然想起手机里的证据还在他的车上，认定这两个人一定就是为此而来。于是，他迅速启动汽车，踩下油门，一场公路追车大战即刻上演。

黑手党和北京青年一路追逐、一路狂奔。然而因为路况不佳，就算已经犬牙交错地跑了差不多五公里的样子，宇也无法彻底摆脱后车的穷追猛赶。无奈之下，紫金坦克的队长只得关上手机，将其扔出车外，心想就算被抓，也绝对不能把证据交出。幸运的是，那两个打手均未看见宇的这一举动，只是与手机突然失去了联络。

“我X！”其中一个打手恨恨地说道，“电话信号消失了。”

“估计是没电了。”另一个打手随声附和着。

“老大，”第一个打手立刻跟胡里奥汇报情况，焦急地问道，“我们现在怎么办？”

“那就只有把他绑了！”黑手党的二老板做出最后的指示，厉声说道，“也许他已经知道了视频的内容，说不定已经通过什么手段，备了几份了。”

终于，宇在进入郊区以后被别了下来，未能逃出魔掌。一个打手打碎了保时捷的玻璃，另外一个打手在他的后脑重重一击。宇顿时感觉眼前一黑，彻彻底底地晕倒在车里，完全动弹不得。随即，这位男生被黑手党拖到了那辆中型货车的车厢之内，不知要被带到什么地方。

与此同时，在布里斯班警察局刑侦办公室，珍妮弗正在向爱德华警探汇报着工作，念着关于胡里奥的一切资料。

“他的爱好有，射击、格斗、游泳、马球、赌博，喜欢看的书有《贝多芬传》《莫扎特传》《基度山伯爵》《怪盗鲁邦》……”

“什么？”闻听此言，爱德华突然一惊。

“射击……”珍妮弗正准备重复，却又被打断。

“你刚刚说到《基度山伯爵》？《怪盗鲁邦》？”

“对呀！”珍妮弗想了想，继续说道，“但是这又能说明什么问题呢？”

“快！”爱德华突然高声说道，“马上查查，在梅耶枪击案之前，胡里奥是不是回过意大利，或者去过法国。”

片刻之后，珍妮弗就结束了调查，返回刑侦办公室。

“老大，您猜得真是一点都没错。就在前不久，胡里奥刚刚去过意大利的撒丁岛（Sardinia）和法国的科西嘉岛（Corsica）。不过，不过这和梅耶枪击案又有什么关系呢？”

“马上调动所有警力，”闻听此言，爱德华厉声下令，“全力抓捕胡里奥，不要将这次行动告诉咱们的内线，那人也许现在已经变节，正在为黑手党卖命。记住，这是一次绝密搜捕，绝不能走漏半点风声。”

不知道晕倒了多长时间，被关在货车车厢的宇，隐隐约约地感觉到有两个打手在他旁边说话，内容他却听不清楚。与此同时，他们给这位男生灌了一种药物，想让他尽快清醒过来。

又过了一小会儿，宇终于转为了半醒的状态，但是特别乏力。这时，他隐隐约约地发现在车厢之中的劫匪不但人数增加，而且竟然全部戴着狮头面具，和梅耶枪击案发现场的伪装一模一样。

这是怎么回事？现在到底在哪儿？

宇下意识地动了一下，并没有傻到想和这些人搏斗，只是想要通过车厢侧面距离自己不远的一个巴掌大的透气窗，确定货车目前所在的方位。可是这位男生发现自己已经被死死地捆绑起来，根本动弹不得。确认地点的想法破灭了。就在这时，其中一个面具人走过来把他的眼睛也蒙了起来——似乎要到目的地了。

再后来，宇被那几个蒙面绑匪拉到了一个没有存储任何东西的陈旧仓库里面。那里黑暗潮湿得一塌糊涂，只有一点点亮光隔着仅有的两个铁网破窗透射进来。这位男生被绑在了一把铁椅子上面，置于仓库中央，动弹不得。随即，一个马仔在黑暗之中打了个手势，然后另外一个马仔就把宇眼睛上蒙的那块黑布摘了下来。宇挣扎了一下，费力地睁开了被封许久的双眼。他几乎看不到东西，只觉得这是一个十分陌生而凄凉的地方，只觉得有几个人影在身边走动。

“你们想干什么？这是哪儿？”

这一刻，宇虽然歇斯底里地大声吼叫着，但是内心却非常没底，十分惊恐。他的回音到处都是，弥散在空气之中，在仓库里环绕。不过，无论这位男生怎么叫喊，却根本没有响应、无人应答。

分秒之后，他听见一个微弱的声音在黑暗中游走，若远若近、若即若离。

“老大，”一个打手似乎正在打着电话，低声说道，“还需要一小会儿，药物就能让宇完全醒来。”

“你们是谁？你们到底想干什么？”一会儿工夫，宇果然彻底清醒了。

但是，相比刚才的耳语，这一次，这位男生听到了脚步渐渐远去的声音，直到绑匪已经全部离开，只留下自己一人在这阴森可怖的仓库里面，独自体会着悲凉与绝望。

一个小时过去了，宇仍然被绑在这漆黑一片的仓库里，无法挣脱、不能逃离。无论他怎么叫喊呼唤，也仍然无人应答，没有回应。渐渐地，他适应了这个环境，不再发声。与此同时，这位男生已经变得异常疲劳，脸色发青，嘴唇发白，甚至失去了挣扎的力气。不仅如此，他还发现，这种捆绑方式非常职业，自己每一次用力，绳子就会变得更紧一些。更要命的是，他的双手已经被一副铸铁手铐禁锢，让他更加失去了重获自由的希望。随着时间的流逝，宇逐渐发现，在死亡的威胁之下，寂静的空间已经不是那么颓废，而是异常恐怖。

“此时此刻，这伙人肯定正在寻找梅耶枪击案的证据，寻找刚才那部手机。”宇心想，“他们绝对是先里里外外地搜查了我的车，然后又搜索了追车的路线。”

“最后才会再次回来找我！”

然而就在宇心如死灰的时候，这个黑暗的空间终于有了动静。原来，仓库的尽头并不是一堵实墙。让这位男生误以为是墙壁的东西，实际上是一组上翻式的电动铁门。刹那之间，门缓缓地向上卷起，宇渐渐地看到了两束平行的光照射进来。那光线很低、很亮，而且越来越近，晃得他根本就睁不开眼睛。随即，仓库里面巨大的顶灯被开启，一共只有四盏。那灯光并不是很亮，甚至有些昏暗，不过已经足以让人看见所有的东西。这时，平行的两束灯光熄灭，一辆金属黑色的奔驰S600超豪华轿车出现在宇的面前。

紧随其后，另外一辆奔驰S600超豪华轿车也开了过来，停在了前车的斜后方。随着凉风从硕大的“门口”不断灌入，一个人从前车缓缓走出。此人穿着黑色的西服，戴着纯金项链和镶嵌着绿宝石的纯金戒指，特别奢华浮夸甚至有些俗气。紧接着，后车又下来了几个穿着黑西服的人，看起来是前面那人的打手。这些人全部戴着狮头面具，让人毛骨悚然、不寒而栗，根本无法识别他们的真实面目。

“这帮浑蛋……”宇心想，“应该就是刚才那伙劫匪吧？而站在最前面的，一定就是这帮人的头儿了。”

就在这时，仓库的卷闸门再一次关上，令这位北京青年的世界又一次进入无尽的深渊。片刻之后，首先下车的那人摇头晃脑地朝着宇走了过来，好似跳着“雨中曲”中的爵士舞、踢踏舞等“百老汇”舞蹈一样轻松自如、潇洒自在。说时迟那时快，就在那人无限接近他的猎物之时，竟然把狮头面具给扯了下来，瞬间露出了面具之下的可憎嘴脸。

“你是谁?”宇睁大了眼睛，惊恐地看着眼前这个人。

“宇呀宇，我才是梅耶枪击案面具后面的那个人……那个唯一成功地离开现场的枪手。”他把头探到宇的身前，幽暗的光从上方把此人的丑恶嘴脸照射得阴森恐怖，“你看……我像里克豪斯吗?”

宇仔细地看了又看，感觉眼前这个人神似地狱彩虹的大佬，又不是百分百一模一样。

“你到底是谁?”

虽然这位北京青年刚才在车中已经粗略地看到了视频的开始部分，知道那里的内容为梅耶枪击案的另一视角。但是，因为时间紧迫，他确实还没有能够看到这个证据的核心价值——那就是主谋的真身。

“我是……意大利最著名的黑手党家族的二老板。”那人笑了笑，阴森地说道，“我是，胡里奥· 斯卡列蒂。”

“不对……胡里奥……”宇惊恐万分地说道，“我知道他的样子……”

“那么……”胡里奥稍微远离了宇一些，令他的样子可以被识别得更加完整。

“你再仔细看看?”那人平静而阴险地说道，“仔细看看?”

“你和里克豪斯很像。”宇费力地审视着面前的这个人，疑惑地说道，“难道你是他的亲戚吗?”

“是吗？真的是这样吗?”

意想不到，只见胡里奥说着说着，竟然在一瞬间，就把自己的脸皮整个撕了下来……

宇惊出一身冷汗，从头凉到心。

“啊，这……是怎么回事?”

“现在，你看清楚我是谁了?”

“你……你……”

“对，没错，我帮你说了吧，我就是胡里奥！胡里奥· 斯卡列蒂。”二老板进一步把脸靠近宇，冰冷僵硬地说道，“感到特别恐怖吧!”

“不可能！”宇疯狂地质疑着自己，声嘶力竭地怒吼道，“难道，难道是我产生了幻觉吗？这会是幻觉吗？”

“这个世界，本来真实和虚幻就分不清楚。”胡里奥迅速地退到了仓库尽头的阴影之处，一直到看不见他的样子，只能听见踱步的声音回荡在黑暗之中。

“我用了好几年的时间，才从法国得到几个世纪以前法利亚长老秘传给唐太斯的易容配方。”声音从一个黑暗的角落里传了出来，“而怪盗鲁邦的第三代传人，也就是鲁邦三世（Lupin the Third）又教会了我怎么使用它。”

“易容术？”

“难道你从来都没有听说过吗？”胡里奥踱步到仓库的另外一边，声音又从另外一个黑暗的角落传出来。

“易者改变，容者容貌……”胡里奥高声说道。

“你……”宇颤抖地说道，“你为什么要这么做？”

“我本打算借助这古术不战而屈人之兵。”胡里奥突然从黑暗的正中心以极快的速度走了出来，停在了一个相对光亮的地方。他把那个酷似里克豪斯的人脸面具扔到宇的身边，好似一个真真切切的人头落地，特别可怕。

“所以……你打算陷害里克豪斯！”

“哈哈哈哈哈哈！”胡里奥突然狂笑起来，声音震颤了整个房顶，“你以为在梅耶发生枪击的那天，为什么菲看到了我的背影，但是她却没有死？”

“为什么？”

“我是故意留着那个女人，让她活着的。”

“啊？”

闻听此言，宇震惊了，无法相信眼前这人所说的一切。

“你既然这么想知道真相，那我就全部告诉你吧！”

“话说既然想要嫁祸地狱彩虹，我就必须找到一个随机的证人和证据，能够证明在即将发生的梅耶枪击案中开枪的人是里克豪斯，而不是我胡里奥。”胡里奥看着宇继续阴冷地说道，“所以，我事先派人偷到了当时正在附近购物的一个女人——叶菲的手机，并录下了我在戴上易容面具之后，酷似‘里克豪斯的背影’。随即，再通过一些手段，确保这个女人也已经看到了‘那个背影’之后，我便将她的手机随意地放在了作案现场，并派人确保它的完整和安全。同时我相信，这么重要的证据，警察也一定会注意得到。”

“那么……那么，你为什么不自己带个证人？”宇继续问道，“如果警察没有注意到你留下的证据，怎么办？”

“自己带证人极有可能穿帮，特别不保险。如果警察没有发现手机的下落，我会想办法让他们拿到。这并不难。”胡里奥厉声说道，“因为我收买了警探爱德华安插在地狱彩虹的一个卧底。那人不但会让爱德华确定无疑地拿到菲的手机，还可以在爱德华的侦查过程中，将矛头不断地指向里克豪斯。此外，三个地狱彩虹的枪手也是我收买的。可笑的是，那三个蠢货还真以为我会分他们钱吗？根本不可能！我只是利用他们来混淆警方的视线，让条子误认为那三人的死亡是地狱彩虹帮内部产生的利益不均而已！所以在枪击结束之后，我便把他们都杀了，自己逃走。事实上，在我们四个之中，只有我戴了易容面具。”

“如此说来，既然你已经戴上了易容面具，为什么还要再戴上狮头面具？”宇激动地问道，“你只要堂而皇之地，以里克豪斯的身份杀人就好了。这样一来，大家都会清晰明了地认为梅耶枪击案就是他干的！”

“哈哈哈哈哈哈！你真是太天真了！活在真实世界的每一个人，哪个不是戴着两个以上的面具光鲜亮丽地生活着？哪个人能让你看到内心深处那真正的灵魂？谁会告诉你真相？！感觉靠谱吗？你透明吗？你有什么秘密别人根本不知道？你又骗过或者正在骗着谁？所以，只靠一个里克豪斯的易容面具，行得通吗？”

胡里奥又退到了黑暗之中，反反复复地踱着步子，让人根本看不见他的样子。

“不行，还是不行……”胡里奥神经质一般地自语道，“警方的刑侦专家，依然可以通过最先进的手段找出破绽。所以，只能另谋它途，让少部分人看到我的‘里克豪斯’身份。实际上，我所做的一切，只要能够达到让证人出庭做证的力度，就可以了。”胡里奥神秘地说道，“警方在一番调查之后，好不容易发现‘里克豪斯’的身份，比让他们直接看到‘里克豪斯’更容易让人信服。但是，在审判现场，我万万没有想到，凯瑟·林奇突然杀了出来。我本来差一点点，就用警察的手杀了里克豪斯。我只差一点就成功了。”

“这！到底是怎么回事？”宇竭尽全力嘶吼着他那本来已经哑了的嗓子，试图弄清事实真相。

“亦真亦幻！”胡里奥突然高声喊道，好像世界顶级男高音一般。

与此同时，突然之间，仓库里面的所有顶灯全部亮起。漆黑一片的仓库在一瞬之间就变成了纯白色。原来，这里的光源，远远不止已经打开的那四盏顶灯，而是在二十盏上下。

宇就坐在仓库的正中央，慢慢地睁开被强光晃着的双眼，试图看清一切。只见胡里奥带着一帮戴着狮头面具的黑色西服男，触目惊心地站在他的对面。“啪”的一声，二老板猛地拍了一下手掌，回音立刻就在空荡的空间里激荡起来。

“说，手机在哪里？”

“我……”宇试图将装傻进行到底，坚持否认道，“我不知道你们在说什么。”

“别骗我了，”胡里奥厉声说道，“梅耶枪击案那天，实际上，我收买并雇用了四个地狱彩虹帮的成员，你知道为什么现场只死了三个同党吗？”

宇目光呆滞，游离于问话之外，并未回答，更未说话。

“那天，就在我们即将展开枪击行动之前，我看见那个‘没死的’，在梅耶中心用手机，趁我不备，偷偷地录下了我戴上易容面具的全过程。”胡里奥继续说道，“也就是说，那人知道我的真实身份。

我猜，他早已猜到自己最后根本拿不到钱，没有他的另外三个同党那么傻。”

“他现在在哪里？”宇虽然这么问着，但是心里早就有了答案。

“这家伙录完像就跑了，并未参与枪击。”胡里奥阴冷地说道，“我找了他好久也没有找到。直到后来我收买的那个卧底终于发现了他。经过严刑拷打，那人终于告诉了我的卧底，那天他匆忙地把一部偷装了跟踪器的手机，放到了当时正在商场购物的那个女人——叶菲的衣兜里面。”

“所以……”胡里奥顿了顿，平静地说道，“所以他现在人在天堂。”

宇终于知道了一切的真相。事情就是那么巧，胡里奥从菲的兜里偷出手机，想要嫁祸里克豪斯。而被匆忙放在菲身上的偷装了跟踪器的手机，则是证明胡里奥才是真凶的终极证据。

“快说！”胡里奥厉声说道，“那部改装手机到底在哪儿？”

“我不知道你说的是什么手机！”

“哦？真的是这样吗？”胡里奥打了个响指，随即一个人被带了出来。

此人身着一身黑色西装，显得衣衫褴褛、受尽折磨。

“丹尼尔！”宇惊叫一声，简直不敢相信自己的眼睛。这位北京男生竟然在这个凄惨黑暗的仓库，在这个悲惨绝望的时刻，看见了他的同乡，感到特别突然，极其意外。

“今天在来这里的路上，我就想着是不是带上丹尼尔。”胡里奥奸猾地说道，“他可是你乐队的贝斯手——星的好朋友哇！”

“你不要太过分了！”宇挣扎一下，嘶吼起来，“我不允许你伤害我的任何朋友。”

“哈哈哈！你还挺仗义的嘛！不过呢，对于贪婪的人，只有死路一条！”胡里奥厉声说道，“但是，对于贪婪的丹尼尔来说呢，他的确还有一次机会。哎呀呀，我是真没想到，他居然会拿我嗑药的录像来敲诈我，我最讨厌录像了。”

“丹尼尔，如果你能让宇交出我想要的东西，”胡里奥狡诈地笑了笑，高声说道，“我就放了你。”

“要不然，你先死。”

此时此刻，仓库里面除了四壁的回音，剩下的只有死一般的沉寂。

胡里奥突然厉声说道：“宇，你不想让你的朋友先死吧？”

“宇，你别管我！”丹尼尔吼叫着，“如果真的是他们制造了梅耶惨案的话，就算你给了他们证据，咱们一个也跑不出去。”

“如果，靠着恐吓威胁来达到目的，就别费工夫了。”紫金坦克的队长冲着意大利人厉声说道，“你还不如把我杀了。”

“是吗？”胡里奥微微一笑，信心十足地说道，“我知道你们都不怕死。”

“这好办，”二老板紧接着阴险地威胁道，“人生最恐怖的事情，莫过于生不如死。”

“啪！”胡里奥重重地扇了丹尼尔一个大耳光，跟着又狠狠地一脚踹到他的腹部。夜店王子应声倒地，动弹不得。

紧接着他又拿起手枪，对着丹尼尔开始瞄准，从四肢扫到大脑。片刻之后，意大利人抬起头，盯着不远处的宇，漫不经心、轻松惬意地说道："你说，我是从他的胳膊开始呢？还是从他的大腿开始呢？"

"慢！"就在这时，宇已经完全知道这个穷凶极恶的浑蛋还能干出什么，随即立刻改变主意，冲着胡里奥喊道，"我给你手机。"

"你终于开窍了？"

"不过，"宇停了停，继续说道，"我已经把它扔在路边了，并不在车上。"

"什么？"闻听此言，胡里奥就跟疯了一样，冲过来一巴掌打在宇的脸上，紧接着又一脚把这位男生和他的座椅一起踹飞。

宇痛苦地倒在地上，哆哆嗦嗦地侧着身蜷缩在那里。

"胡里奥，如果你打死我，你就找不到录像了……"宇悲惨发声，手和腿依然被绑在椅子之上。

"你放了丹尼尔，我带你去找手机。"宇喘着粗气，有气无力地说道，"郊区的路上人少，手机可能还在那里。"

"你还敢跟我谈条件？"

说着，胡里奥又照着丹尼尔的脸上狠狠地踢了一脚，立刻令其口鼻流血、满脸瘀青，痛得死去活来。

"别这样！"宇突然竭尽全力地嘶吼一声，"好吧，我带你们去找手机。"

但是就在这千钧一发的危急时刻，仓库的铁皮墙，轰然一声被凶狠地撞出了一个大洞！十台悍马H2型军用防弹越野车嚣张犀利地横空而入，闯了进来！

紧接着，一个人从第一辆车里冲了下来。此人穿着一身军用迷彩服，头盔、护具一应俱全。定睛一看，他不是别人，正是基因车行的老板——曾经混迹江湖的B哥！紧随其后，大约四十个特种大兵也从悍马车队之中跳了下来，荷枪实弹、全副武装。

一瞬间，胡里奥的黑色西装党和B哥的武装硬汉形成了对峙。

"B哥？"宇惊叫一声，似乎看到了希望。

与此同时，丹尼尔也把目光转向这位貌似并不彪悍的亚洲青年，疑惑地看着眼前这个人，心里想着："他是谁？"

"别慌！"B哥威严地盯着胡里奥，厉声说道，"胡里奥，你刚来澳大利亚就这么嚣张，虽说地狱彩虹也不干净，但你也用不着搞出这么大的动静吧。"

"你是哪位？"胡里奥看着B哥，疑惑而镇定地说道。

"当年里克豪斯远走悉尼，就是因为'洛根之战'（Logan City）输给眼前这位，"旁边一名副手小声提醒着胡里奥，"江湖人称'大B'。"

"那么，"二老板继续问道，"你来这里做什么？你想要什么？"

"早在刚才追车的时候，宇就已经把你们想要的手机扔掉，并告诉了我它的具体位置。"B哥拿着胡里奥一直要找的黑色电话，继续说道，"现在这东西就在我手上，绝对保真。我需要用它来换回我的小兄弟的自由和安全。”

随即，B 哥将视频内容和二十米开外的胡里奥进行了初步确认。虽然因为距离较远，几乎看不见图像，但是二老板仍然可以清晰地从声音辨别得知，这段录像就是自己费尽心机苦苦寻找的绝密证据，绝对没错。

“我怎么相信你不会有备份！”胡里奥厉声问道。

“这东西已经给我们带来了这么多麻烦，”B 哥高声回答道，“我可不想和它再有任何牵连。”

“大B，咱们在这里也算是幸会！”胡里奥走了过来，狡猾地说道，“好吧！我从不食言！只要你给我我想要的，我就放他们走。”

“B 哥，别相信他，当时我就是因为如此才会被抓。”丹尼尔突然悲惨地发声，这是他与B 哥的第一次对话。但是紧接着，这位男生就遭到了一顿暴揍，痛不欲生。

不过，B 哥并没有理会丹尼尔。实际上，轻机枪、小手枪和轻型火箭炮……双方要是以这个阵势火并起来，就是两败俱伤、玉石俱焚。所以，彼此理应对自己的话负责。

“好，那咱们就这么说定了。”B 哥冲着胡里奥，严肃地说道，“我先把手机放下，然后双方同时撤出，你来拿手机就好。”

说着，基因老大就慢慢蹲下，把电话放在了地上。二老板随即叫人把宇和丹尼尔松绑，并朝着手机的方向走了过来。两位北京青年则向着悍马车队的方向撤出，显得极为顺利。

但是，就当丹尼尔和宇一前一后正在接近汽车，在他们不远处的B 哥和他的人也正要撤向悍马之时，一起意外却突然发生。只听一声巨响，警探爱德华带着一队荷枪实弹的防暴警察突然杀出。他们开着数辆警车破门而入，迅速停在悍马车队旁边，立刻进入了作战状态。

“都别动！你们已经被警方完全包围了！”爱德华大喝一声，“胡里奥，简博瑞，你们这是在干什么？”

此时此刻，看见警探爱德华的出现，胡里奥知道，自己的秘密无论如何也无法保住。现在，他已经成了瓮中之鳖，根本没有任何脱罪的机会了。

于是二老板打出了第一枪！

“砰！砰！砰！砰！”

警察与黑手党爆发了激烈的枪战，火并起来。乱战之中，“狐狸”爱德华阴差阳错地拿到了胡里奥想要的黑色手机。

“快上车！”B 哥大声指挥着手下的大兵撤出，并不想要加入激斗，不想形成三方乱战。

可是宇已经被子弹的声音惊疯了，完全失去了方向。只见他捂着耳朵蹲在悍马的侧门之外。子弹就在他的左右穿梭，几乎就击中了这位青年。

而丹尼尔则趁乱钻进了相邻的一辆警车之内，然后冲着宇大声喊着：“宇，快上车！快上车呀！你还在那儿蹲着干什么呢？”

然而就在这时，紫金坦克的队长却突然发现黑手党的二老板已经将手枪对准了基因老大，准备扣动扳机。

“B 哥小心。”

说时迟那时快，只见宇一个箭步冲了过去，竭尽全力把B 哥推进悍马。

B 哥暂时安全了。

但是就在此时，几颗子弹却不偏不倚地击中了这位北京青年……

“啊！我的手！”宇撕心裂肺地大叫一声。

几秒钟之后，他看到自己的左手和胸口正在不断地流血，非常可怕。更为恐怖的是，当这位花样男子试图止血的时候，却发现自己的左手无名指已经彻底断掉……只连了一层皮……此时此刻，他没有一丝的知觉，有的只是麻木。在那一刻，他一点也不痛苦，一点也不。然而当这位男生确认那根跟随了自己二十多年的手指，确确实实血淋淋地断了的时候……他慌了，再次惨叫一声：“我的手……”然后紫金坦克的队长感到身体发轻，虚弱地昏了过去。随后，在几个大兵的掩护之下，另外几名壮汉把这位青年迅速地拽上了一辆拥有加强防弹装甲的超级悍马里面，令其暂时获得了安全。与此同时，汽车外面仍是警方和黑手党密集恐怖的枪林弹雨，不知何时能停。

B 哥已经完全顾不得外面的世界，只是俯身在宇的面前，大声而镇定地喊道：“宇，你醒醒，坚持住。”

然而这位男生并未应答，没被叫醒，仍然处于昏迷状态。

见到紫金坦克的队长伤势不妙，基因老大立刻做出决定，很快率队撤离了这个血雨腥风的仓库，撤出了这个子弹乱飞的事发现场。二十分钟之后，枪战终于结束。警方拘捕了胡里奥和其手下，也把丹尼尔带到了一个安全之地。最终，在这次混战之中，共有五人死亡，十人受伤。警方暂时控制住了局面，让一切一时摆脱了危险，回归平静。

第十九章　可怕的真相
A Horrible Truth

将宇营救出来之后，B哥就护送着这位男生直奔距离事发地点最近的医院——伊丽莎白女王二世医院（Queen Elizabeth II Hospital）。此时此刻，天色已经到了傍晚，光亮逐渐暗淡下去。

“李博士，(托马斯·李 Thomas. Li)”在途中，B哥所做的第一件事就是联络他的挚友，“从我这位小兄弟的情况来看，他现在已经来不及去你那里了。但是，如果性命能保的话，最重要的就是他的手。这位青年今天是为了救我才会受此重伤，所以，这个忙你一定要帮！我知道你是最棒的、最牛的顶级大拿，除了你，我真的不知道再去找谁！”

正如基因老大所说，李博士是全世界最优秀的神经修复医生。他拥有并领导的私人研究所，获得了全球在此领域的最先进研究成果。这位医学博士今年四十三岁，澳籍华人，身高一米八三。此人的一个显著特点就是喜欢把他的“鸡窝头”染成紫色，颇有点儿科幻博士的味道。

“没问题！既然这小伙子的手值那么多钱，我倒要看看那会是个什么成色！”在闻听今天发生的故事详情之后，李博士答应得非常干脆，没有任何的拖泥带水。从他和B哥的对话之中，甚至可以感受到一种大佬之间的惺惺相惜、相互欣赏。

“今天真的没时间派我的私人飞机接你去了。”B哥一边焦急地说着，一边观察着平躺在他身前仍然昏迷不醒的宇。

“没问题！”李博士爽快地说道，“那么，我飞过来就好。要比赛吗？本人新买的这架比你的快！哈哈哈！伊丽莎白女王二世？二十分钟之后见吧！”

抵达医院之后，宇很快就被推进了手术室。同时，B哥通知了星和翔。菲和菡也用最快的速度从凯恩斯赶了过来。一会儿工夫，星、翔、菲和菡四人就在医院会合了。也许是因为在闻听意外之后毫无心情加之时间紧迫的关系，四人今天的行装全部非常低调。星和翔只是分别穿了一身纯白色和深蓝色的运动服，而菲顺手乱穿了一件红色的帽衫和一条贴腿卡其裤，菡则是以一件深灰色圆领卫衣外加一条牛仔裤示人。

和上次菲受伤的情况非常相似，整个伊丽莎白女王二世医院同样显得空空荡荡，只有急诊科的医生还在值班。年轻人的闯入打破了空旷的静寂，感受到了医院那压抑的气氛。星、翔、菲和菡坐在手术室的门口，万分焦急，祈祷着宇能够逢凶化吉、转危为安。

与此同时，李医生驾驶着一部可以垂直起降的私人喷气式飞机，降落在医院顶层的停机坪上。

只见他一边跑着，一边换上一件深绿色的手术服，以最快的速度直接从楼顶进入手术室。飞机的超静音设计，使得没有人看到他的降落，让其更显低调和干练。

就在这时，B 哥在补办完手术手续之后，快步跑了过来，与等在手术室之外的四位青年会合。

“B 哥，”翔喊道，“今天真是谢谢你了！”

“别客气了，都是小意思。”基因老大干脆地说道，“最棒的李博士已经到了，我们可以做的只有祈祷了。”

菲听到这话瞬间泪如泉涌，哭道：“宇不会有事的！不会的！”

时间一分一秒地过去了，到目前为止，这位男生已经在手术室里待了一个小时。但是，在B 哥他们看来，这一个钟头过得却又像一个世纪一样漫长。所有人都祈福着宇能够逃过此劫、避开不幸，期待着他能够化险为夷、绝处逢生。

又过了将近一个小时，手术终于结束了。随着宇被护士推了出来，大家都急忙围了过去。可是，院方并不允许任何人以任何方式接近伤员，最终把宇的朋友们阻拦在病房外。

看到铁哥们儿、好兄弟身受重伤、生死未卜，翔在所有人发声之前，第一个大吼一声。他在病房的门外，隔着众人喊道：“宇！哥们儿今儿就在这儿陪着你！谁要是再敢撒野，我就立刻废了他！”

爱新觉罗这一次真的愤怒了，什么保持肃静的规矩也不管不顾了。

“现在没事了，没事了……”这一次，星反而显得十分平静，和缓地说道，“我们今天都在这里守护着你……”

一会儿工夫，李博士将一切安排妥当，从手术室最后一个走了出来。年轻人见状一拥而上将其围住，想要一问究竟。

“李医生，”还没等这位专家说话，菲就焦急地问道，“宇现在是什么状况？什么时候能够苏醒？”

“不用担心，现在患者基本上已经脱离生命危险了。”李博士平静地说道，“这一次宇真的十分幸运，因为子弹完全没有伤到他的心脏。我和其他配合手术的医生已经把心脏周围导致流血的弹片取了出来。我们分析，那颗子弹一定是打到了挂在他身体上，那块可能是护身符之类的东西上面。随后这块符牌在子弹的作用力下，嵌进了这位男生的皮肤。这东西本身坚硬无比，被爆燃的弹药击中居然没有任何损伤。目前，医疗组也同样将这块符牌从宇的皮肤中取了出来。我需要再次强调的是，这块符牌起到了至关重要的保护作用。不然的话，这位男生今天必死无疑，绝无可能活着回来。”

“这么说……神佑这孩子？”B 哥托着下巴思考着，欣慰之余有一些惊讶。

“说实话，我真的特别想知道他的那块符牌是用什么东西做的！我搞了这么多年高科技研究，还从未见过这么坚硬的东西。”李医生顿了顿，接着说道，“宇现在需要的是静养，至少要在医院住上两个星期。另外，他那只左手的无名指，我也竭尽全力，帮他保住了。”

在听到这个天大的好消息之时，所有人都格外高兴，有种浴火重生的感觉。

不过，李博士却没有那么开心，反而严肃地说道：“但是，我想说的是，他那只伤手的灵活度，即使完全恢复，也仍然会比普通人要差一些。”

“为什么？”闻听此言，翔瞬间就意识到了这句话的可怕之处，脸色霎时变得惨白至极。

“基本上，在手术之前，他的无名指筋键已经全部断裂。”李博士耐心而平静地解释道，“由于那是被具有超高温度的子弹弹片所切断，所以烧伤的部分本已经无法复接。本来术后的效果根本不可能再有任何达到正常人的一半水平的希望。但是好在，我把我刚刚研发的一项当今世界上最棒的科技成果，运用在了这位男生的手上。因此如果宇恢复得好的话，我觉得那只伤手的灵活度应该可以接近正常水平。”

在命已经保住的前提之下，这句在常人看起来已经是不幸中的万幸的话语，现在对于所有人来说，都无异于晴天霹雳、当头棒喝。

“可是，李博士，”菡焦急地问道，“宇他可是超级琴师，顶级吉他手，如果手术效果仅仅是这样的程度，他不就几乎等于废了吗？”

“我非常理解你们的心情。可你知道，我们研究神经外科的，谁不想把患者的身体修好到完美？可是人都是血肉之躯，不是神。他现在还能够正常生活，从医学的角度来说，已经非常成功了。”

“谢谢你，李医生！我刚刚想起来，你的这项专利最近被《时代》杂志评为全球年度十佳发明之一。如果没有你的帮助，宇的手也许已经彻底完蛋了。”在给李博士戴了半天高帽之后，B 哥冷静地追问道，“但我依然不死心！还有没有其他的办法？”

“很可惜，目前还没有更好的方案。”李医生平静地说道，“我曾经治过很多乐手，也有着相当多的临床经验。这要是在以前，有的人因为手被门夹了一下，手指就会丧失原有的灵活度。还有很多运动员，也因为类似的伤病最后选择退役。相比之下，宇这种程度的受伤，术后还能保持并不影响日常生活的状况，已经是一个巨大的奇迹了。”

“能不能再想想办法？”星几乎绝望地问着，明知道根本就没有什么希望，但还是不甘心。

李医生叹了一口气，无奈地说道：“我真的特别理解你们的心情。之前博瑞跟我说宇的手那么值钱，我还无法确认。但是当我一看到这位男生，看到他那修长而富有力量的双手，就觉得这话说得没错！应该说，我的发明让宇具备了重新成为优秀乐手的可能，但是想要再次达到顶尖的程度，概率几乎为零了。”

“唉！”闻听此言，菡长叹一声，唏嘘不已。

“不过人这一辈子，能活到优秀就已经挺厉害的了，也不能苛求太多。”李医生叮嘱道，“在宇出院以后，一定要让他不间断地进行手指灵活度和肌肉强度的训练，这对于他的复健很有好处。更要注意的是，他需要建立一种接受事实的心态，重新平衡自己的人生定位。否则他将会堕落。”

夜色终于沉寂下来，一切都恢复了平静，十月的布里斯班，就算是春天的季节，在深夜也会产生一种卷着海风的冰冷。一切看起来都是如此糟糕，那么颓伤。大家都在那空空荡荡的医院走廊里守候着宇，谁都不想离开，也心无旁骛，只是全心期待着这位男生的苏醒。

随后，警探爱德华驱车赶到医院，并且找到了基因老大。“狐狸”的此番来临并不是为了探望伤员，而是准备请B 哥对刚才的火并进行解释说明并配合调查。片刻之后，他们站在住院大楼的外面展开对话，抽起烟来。在这寒冷的夜晚，爱德华抽的是卷烟，而B 哥抽的是雪茄。

“简博瑞，我今天也算给足你面子。”警探爱德华稍带调侃地说道，“要不是因为咱俩都是为了救这位年轻人，你搞出这么大的动静，我刚才就该把你抓了。”

“那我是不是还要承蒙你的照顾了，爱德华警探?”B 哥没好气地大口地抽了一口雪茄，然后把烟圈吐向另外一侧。

“我也是今天才发现，原来胡里奥竟然使用了易容术!”爱德华十分无奈地解释道，“而且，我的内线也被他收买，反而成了他的卧底。此人一直在放错误信息，试图误导我们逮捕里克豪斯。”

“这些都是你的问题，跟我们有什么关系？而且，你今天的出现打乱了我本来的部署。”简博瑞厉声说道，“现在这年轻人的手都快废了！本来完全可以避免!”

“简博瑞，你也别太过分，本来我们也对此有着充分的准备。”爱德华气不过地说道，“你带了十辆悍马，一个排的特种部队，还有一堆军火，你说我能怎么办?”

“要不是你在梅耶枪击案的侦破上面接二连三地发生重大失误，”B 哥严肃地说道，“根本就不会出现今天的局面!”

“好了，简博瑞，去走个流程吧!”爱德华略显愧疚地圆着场，劝道，“你只是一个营救的角色而已嘛！今天没有你什么事，我自有办法。”

“可那年轻人怎么办?”B 哥十分愤怒，根本不领爱德华的情，质问道，“你可知道，他的那只手可能值几十亿澳元!”

“没那么夸张吧！皮外伤而已。我说你还别得寸进尺，你现在需要我帮你啦，你需要一个人说‘你当时正好准备在仓库存放悍马和一些设备而已’。”爱德华拍了拍B 哥的肩膀，尴尬地说道，“好了，走吧。”

爱德华哪里知道，这些在大兵、特警看起来的皮外伤，放到顶级琴师那极精密的手上，完全就是一种无法挽回、彻彻底底的致命重创。这颗炸弹的巨大威力，足以毁掉一个人本来似锦的前程，颠覆一个人本来美好的人生。

当天深夜，托马斯 · 李博士一个电话就打到了叶凯宁博士那里。没错，叶凯宁博士，著名天体物理学家，也是天文天才叶菲的父亲。自从上次离家为政府秘密工作以后，这位科学家就再也没有联系过除此事之外的任何一个人。叶凯宁今年四十九岁，身高接近一米八五。他的身材适中，喜欢以不同品牌的深色西服示人。一头灰白的短发让他显得格外精神睿智。

“托马斯?”叶博士在电话那头，略带疑惑地说道，“好久不见！不过，你是怎么联系到我的?”

“你我都是各自领域顶尖的选手。”李博士大笑道，“实际上，我不但可以联系上你，我还知道你现在在做什么。”

“那么……”菲的父亲谨慎地说道，“我在做什么呢?”

“哈哈哈!”李博士再次大笑道，“政府的秘密项目虽然只是控制在极小的范围之内，但是，怎么说我也算是其中一员吧。实际上，无论什么项目，若有人受伤，总是需要医生的，是吧?”

“那么，你今天找我有什么事呀？”叶博士仍然放心不下，将信将疑地问道。

“老叶，”李博士叹了口气，调侃道，“我可是通过政府的秘密专线联系到你的。怎么？还不相信我呀！”

“老李呀，你就快说吧。”

“嘿，老叶，你的嘴还真严。”李博士幽默地说道，“是这样的，我这边有一块非常特别的符牌……”

“继续。”

于是李博士把今天在医院的经历和对于这块符牌的理解向叶博士进行了详细的描述和说明，希望后者能够对其进行专项研究，从而对人类的科学事业做出贡献。

“这事不用和当事人说一下吗？”在听过此事之后，菲的父亲紧接着问道。

“你先用着。”李博士继续说道，“回头我再跟那位叫宇的男生解释。”

“这样也好！”菲的爸爸马上说道，“你等着，我马上就过去拿！”

“不用，老叶！”托马斯笑道，“我已经来到秘密基地的门口啦，政府也发了我一个‘门禁卡’，大门能够辨识我的视网膜。”

“嘿！”叶博士惊喜地感叹一声，调侃道，“你还真够快的，刚刚不是还在布里斯班吗？”

“我买了……”

“等等！让我猜猜啊！”叶博士说完就乐了起来，“你又买了新的飞机，是吧！”

在进入秘密基地之后，仍然未脱白大褂的托马斯医生就把宇的神秘符牌给了叶博士，但并未跟他提到他的女儿，那位著名的天体物理天才叶菲。李博士并没有提及，菲在今天下午也曾经出现在医院，守候着那个几乎差点丧了命的人——明哲宇。他不想叶凯宁担心自己的女儿，不想给其增添忧虑和不安。

时间很快就到了第二天的早晨。因为宇仍然没有苏醒的关系，昨夜只是在医院的板凳上迷瞪了片刻的翔和菲，就选择了继续留守。而星则首先开车送菡回到了她的寓所，然后自己便回家进行短暂休息。按照计划，下午将会由紫金坦克的贝斯手来接替翔和菲，继续照顾身负重伤的宇。

“我出去买早点，请你留下照顾宇吧！”翔从病区走廊的椅子上站了起来，问道，“想吃点什么？”

“什么都行，谢谢！”没错，菲现在真是一点心情都没有，不过对于翔的关心，她也感到些许欣慰。

“那么，就由我来定好了。”

“路上小心。”

随后，翔就离开医院，直奔阳光之岸。为了伤员，他得早点回来。

过了差不多半个小时，住院处终于开放了。菲被允许进入病房探视。这时，她的眼睛因为流过太多的泪水和过度疲劳，已经出现黑眼圈。但是，这位女生看起来依旧镇定，似乎把所有的担心、痛苦和惊慌，都化作爱埋藏在心底。她一直留在宇的身边，就那么凝视着他，安静地守护着他。她觉得只要能和他在一起，哪怕他什么都不说，哪怕几夜都不睡，就算牺牲一切，就算付出所有，也是幸福的。

菲就这样默默地陪伴着受伤的宇，在他的左右忙前忙后。二十分钟之后，积极的迹象突然闪现。在一瞬间，菲看见这位男生的手指有了微弱的动静，有了苏醒的迹象。就在这时，菲发现宇的唇正在微微张开，好像想要说些什么。

“宇……”看到了这位男生有了苏醒的趋势，菲又惊又喜，但是又不敢影响到宇的恢复。她只能按捺着心中的喜悦之情，控制着自己的期待。

与此同时，这位女生把身子探了过去，轻轻地问道：“宇，你醒了吗?”

“啊……”

“你说什么，”菲凑得更近了一些，继续问道，“我听不清楚……”

“静……啊……静……”宇断断续续地呼唤着赛车女生的名字。但是，现在这位男生的身体太虚弱了，要是换成别人，一定听不到他在说些什么。

可是菲却听得真真切切、一清二楚。

“静……又见到你……真是太好了……”宇刚刚经历了手术，几乎无法开口说话，可是在这危难之时，他仍然迷迷糊糊地自语道，“但是，但是你现在在哪儿?”

当菲再一次听到“静”这个名字的时候，百感交集、心如刀割，眼泪唰的一下就流了下来。她不得不承认，自己终于发现了一直藏在宇心里最深处的那位女生。她曾经找过无数个理由和借口，为宇的被动和怪异开脱。她甚至隐隐约约地已经察觉到他心中的秘密。可是这次，她真的听到了，听到了宇在最虚弱的时候，用尽全部力量去呼唤的那个名字。可是那位叫静的女生又是谁？她现在在哪里？她无法去想。

“小静……”

“我是小静！宇呀，我就在你身边。”

菲强忍住泪水，以静的身份和宇进行对话。这位女生以为这样可以尽量让宇不去胡思乱想，安心养伤。

“水……”

“你等等。”

宇现在需要的是喝水，可能以为静在这里，却不知道原来是菲在身边。

“宇，水来了。”菲轻柔地把水递了过来，放到了他的嘴边。

“啊……嗯……”宇抿了一口，继续说道，“静……小静……你能回来真的是太好了!”

就在刹那间，菲终于抑制不住心中的难过与痛楚，抽泣起来。她激动地说道：“宇，静在这里呢，就在你的身边。”

此时此刻，翔也哭了。刚刚从阳光之岸赶回来的他，站在菲的后面哭了。而宇则在短暂的苏醒之后，再一次陷入昏迷之中。

这时，医生把菲和翔从病房之内请了出去，暂时接管了患者有了苏醒迹象之后的全部工作。

菲擦拭着泉涌一般的眼泪，飞快地冲到病房之外那位于走廊一侧的卫生间。寂静的医院，硕大而空灵，可以清晰地听见这位女生的哭泣。翔坐在走廊另一边的椅子上，也在流着眼泪，好似一位天真烂漫的翩翩少年。

过了一会儿，菲走到了翔的旁边，也坐了下来。他们俩的情绪在沉淀了片刻之后，好了些许，缓了过来。

翔把早餐递给这位女生，轻轻地说道："这是布里斯班最棒的北京油条，只有一家有得卖。还有这豆浆，也是新鲜的。趁热喝了吧！"菲看见翔的脸上有着流过泪的痕迹，知道这是因为什么。

"谢谢你，翔。"

"你哭了？"

"你是不是觉得我很脆弱。"

"其实……"翔顿了顿，继续说道，"你还不太了解他的那一段。"

"他刚刚一直在叫……一位叫静的女孩儿……"

"对……静……曾经的一个名字……"翔叹了口气，强作平静地说道，"一个熟悉而又陌生的名字。"

"我想知道。"

"他的心伤，至今未愈，知道的人越多，对于他来说就越没有好处。尤其是让一个爱上他的人知道了这一切，那就更没有好处。"

"翔！"

菲刚才产生的那一丝脆弱，在一刹那间就消失殆尽。她的声音变得坚强、勇敢而有力，好似一位美丽的骑士一般。

"嗯？"翔看到菲的眼睛里透露出坚定的神情，知道她有话要说。

"宁不应该是这样的。"菲提高了声调，坚定地说道，"如果只是因为失恋，那并不可怕。因为宇他迟早要面对他的爱情，面对他的人生。难道不是吗？"

"我知道，我们都知道。"翔平静地回答道，"可是，那需要让他自己去面对。不是吗？"

"但是，你们把宇保护得这么好，他要怎么去面对这一切？他有机会吗？让那位男生活在自己的世界里，他能赢吗？你说他迟早要面对爱情，难道我要袖手旁观吗？"

翔已经很久没有看过菲如此激动了，上一次还是在索罗门前。

"菲，可是这件事情，并不是看上去那么简单。你没办法的。"

"翔，你听我说。"菲站了起来，坚定地说道，"宇是一个完美主义者，也是我第一个爱上的男人。我要让他知道，其实爱情并不完美，世界上亦没有什么是完美无缺的。在这略显残缺的世界里面，就算失恋，也不应该那么难过，理当坚强面对。"

"但是你凭什么能够做到这一点？"

"翔啊，"菲深情地说道，"这都是因为爱呀！因为爱呀！"

“哦，真的是这样的吗?”翔也有点儿急了，站起来质问道，“菲，冠冕堂皇的话谁都会说。难道我们就不爱宇，不关心宇吗？菲，实际上你的出现，已经让他的状态远不如从前了。”

“翔，这个咱们不是已经讨论过了吗？这些和菲又有什么关系!”就在这时，星突然出现，比预计回到医院的时间早了好几个小时。原来，这位男生在回到家中之后，只是洗了个澡就杀了回来，根本就没办法睡觉。

“你不应该这样的。”星就站在翔的身后，表情严肃地说道。

这是紫金坦克的成员，极为少见地在外人面前争吵，和以往给人的那种固若金汤的感觉大相径庭。

“星，你……你怎么可以……”翔半转过身，惊讶地看着星。

“你们难道不知道吗?”还没等翔说完话，菲就在突然之间厉声说道，“其实所有问题的根源，就在于宇心底里的那个人。其实你们在他的心里，哪一个也代替不了静！你们凭什么把友情凌驾在爱情之上？你们干涉宇的爱情，怪罪别人。难道，你们的心里只有音乐？难道宇就不能恋爱吗？是这样的吗?”

闻听此言，星和翔在一瞬间就愣在了那里。他们瞪大了双眼，惊讶地看着眼前的这位倔强女生，竟然一时语塞。

菲的这番话就像一把利剑，深深地刺到了他们灵魂的最深之处。星和翔不得不承认，他们三人之间这么多年的感情，也无法拯救宇对一位女生的思念。星和翔必须明白，他们之中谁也无法代替静的这句话，才是把他们之前对宇的所有努力全都化为乌有的真正根源。

确实，星和翔曾经认为紫金坦克的感情坚不可摧，可是现在看起来却抵不过一种思念。他们犯了一个巨大的错误，说要让宇去面对一切，然而自己却无时无刻地保护着他，误以为朋友的感情可以代替爱情。可能他们在一起太久了，已经被宇给传染了。其实，星和翔也明白，任何人都必须去面对爱情。只是，贝斯手和鼓手总是放心不下，总是在保护着他。

菲说她会帮助宇认清这个并非完美的世界，会激发出宇的真正能量。所以星和翔应该相信这位女生，因为，她是唯一一个用一句话，就摧毁了三位男生看似牢不可破的感情的那个人。也就是从这句话开始，他们已经完全不能把她当局外人看待了。

事实上，星和翔应该相信的是——爱情。

“菲，既然，既然你觉得我们这么自私，我就告诉你所有的真相。”翔转过身，愣愣地看着星，“你说呢?”

布里斯班今天晴空万里、白云朵朵，街上并没有多少车辆和行人。阳光反而怪诞无比，似乎仅有的路人都各怀鬼胎。一切都显得如此平静，仿佛一种大乱之后的萧条，空旷静寂得有点儿可怕。

星开着车，就他们三个，飞快地向着紫金坦克位于阳光之岸的宅邸杀去。这座别墅距离伊丽莎白女王二世医院并不近，但是他们在路上却一句话也没有说，车内的气氛压抑得几乎快要窒息。

终于，三位青年在半个小时之后，来到了宇那窗帘紧闭、密不透风的卧室门口。

“菲，”翔冷峻地说道，“在进去之前，你一定要做好心理准备。”

菲第一次推开宇的房门，迅速打开顶灯。紧接着，时间似乎停止了一秒钟，三位青年就那样静止在房间之内，没有任何动作。转瞬之间，时间又开始继续，一切都回归了现实。可是，飞一般映入眼前的一切，却彻彻底底地把这位女生给吓坏了。

“天哪！”

在那昏暗的房间里面，只见地上横七竖八地满是三百毫升大小的玻璃瓶。然而，在这些相等尺寸的玻璃瓶里，装的全部都是宇的尿。不仅如此，房间的墙壁之上，七颠八倒地充斥着各种大小的血字，有喷溅的，有涂抹的，十分可怕、特别恐怖。

这无数的血字只写了一个人的名字——静！

菲看着这些字眼，好似上万只蚂蚁爬在身上，毛骨悚然、不寒而栗。

“静是谁？她到底在哪儿？”菲哆哆嗦嗦地问道。

“静已经死了很久了。”

菲一下子停止了所有的动作，蹲在地上，愣在了那里，没有了力气。她伏在地板上，眼泪一滴一滴地流了下来。几秒钟之后，这位女生猛地回头，惊恐地看着身后的星和翔。

高大的星和翔，傲然地站立着。他们的眼睛被头发的阴影挡住，完全看不见脸的样子，只能看见嘴唇。

他们在哭泣，好似流着黑色的眼泪。

除此之外，床上、桌子上、地板上铺满了纯白色的A4纸。但是，至少在这几万张A4纸上，没有一张是乐谱。

菲转过头来，再次面对着地面。她下意识地捂住鼻子，来抵御着宇的尿和混乱的一切所混合出来的刺鼻味道。这位女生完全无法把眼前这个场面，和在她和他初次相识的那个雨夜里，那个阳光一般的花样男生联系在一起。

“你现在看到的，是宇最真实的一面。”翔站在菲的身后，冰冷地说道，“那个灿烂无比的宇，是幻影。”

“幻影？”

“对，幻影。”

“这些都是什么？”菲蹲在地上，阅读着A4纸上的内容。然后放下一张，又拿起一张，继续阅读。

“这些是宇的日记。”星站在翔的侧后方，阴冷地说道，“他反复、重复地写着同样的日记，很多内容都完全一样，仿佛他的记忆里面就只有几个特定地点。其中一部分和国内发生的事情有关，另一部分则和基因车行有关。”

这一次，菲并没有回头看哪怕一下星和翔。她继续蹲在地上，阅读并捡拾着那些混乱不堪的日记。

“B哥的基因车行。”菲两眼发直，愣愣地说道，“那个宇工作的地方？”

“但是，菲，”翔哭着说道，“你什么时候看见宇在基因上过班？”

“啊？！”菲惊叫一声，仿佛预感到接下来她会听到一种怎样可怕的解释说明。

“宇，从来从来，就没有在‘基因’上过哪怕一秒钟的班。”星战栗地说道。

“你！说！什！么？！”菲惊讶地瞪大了眼睛，充满了恐惧。但是这一次，她完全没有做出任何动作，整个人跪在地上，动弹不得。这位女生现在终于明白，为什么彼得对来找宇的人总是那么不耐烦，B 哥为什么不给她宇的电话，一定要让她在“硬石”看见他。

“真正在‘基因’工作过的人，”翔严肃地说道，“是星。”

片刻之后，三位青年从宇的房间来到客厅，围坐在一起。此时此刻，大家的情绪都平复了一些。而菲的脸庞已经哭花了，完全看不见她那美丽的容颜。

“有一天，宇癫狂地跑到学校，精神失控、四处乱转。然后他突然找到了发泄的出口，跳到一张食堂的餐桌之上，跟所有人说，自己在‘基因’做事，请大家多去捧场。”翔摘下眼镜，平静了些许。他每次拿下这两片凹透镜，视线就模糊了，就可以说得更多一些，“后来，为了完成宇的‘基因’日记，星确实在‘基因’工作过一段时间。”

“这么说，”菲叹了口气，继续说道，“我的朋友那天在基因看见的原来是……星……”

“刚到澳大利亚的那一阵子，我必须天天去基因。”星难过地说道，“生怕在宇发疯的时候，我不知道和他聊什么。”

“菲，”翔冰冷地说道，“宇患了严重的偏执型精神分裂症。”

“他总是会幻想一些根本不存在的事情。”星严肃地说道，“他以为只要去车行，就能看到静。”

“星、翔，”菲抬起头，她的眼睛已经哭肿了，“你们说，宇的内心是多么痛苦哇！”

“有时，他分不清楚哪些是真实的，哪些是幻影。”星走向窗前，面向窗外，尽量平复着自己的情绪。他和缓地说道，“每到夜晚，宇的症状就会加剧，然后我们就要提醒他服药。我和翔总是用‘吃晚饭’来暗示他，避免伤害到他的自尊心。每当他服下那些抵抗精神分裂的强效药剂，就会得到短暂的正常状态。然而，前一阵子的演出成功，让我们误以为宇的病情有所好转，甚至误认为他已经恢复到了一个很少犯病的正常状态。我们甚至还在讨论他是否能够恋爱，讨论你的出现对于他来说又意味着什么。但是现在看来，尤其是最近几天，药剂已经控制不住他的病情了。这些日子，紫金坦克的队长可以在一天之内写出一年也排不完的乐谱，也可以在一个星期之内写出一万份完全幻想出来的日记。”

“这太残忍了。”菲面无血色，呆呆地说道，“那么，这些尿瓶子又是怎么回事？”

“那是从这两天才开始的。我想，宇的病情因为最近接二连三的突发事件而加重了。”翔叹了口气，谨慎地分析道，“我认为，宇他肯定是把喝空的药瓶子的瓶纸撕掉，然后用来接尿。因为他根本不愿意出门，不愿意见光，在和代表正义的药物不断地对抗着。”

“事实上，在来到澳大利亚之后，我们已经去过几次医院了。不仅是精神分裂，宇同时还患了极端的强迫症，”翔严肃地说道，“抑郁、强迫和精神分裂全部属于一个家族。”

“哎！星、翔。”菲顿时感到万般沮丧，她激动地站了起来，自责道，“我觉得你们说的是对的，我真的不该介入宇的生活之中。我这样穷追不舍，反而适得其反、弄巧成拙。也许真的是我的到来，让宇陷入了万丈深渊。而宇还在竭尽全力地保护着我。我实在太过一意孤行、自命不凡了。真正自私的人，原来是我呀！”

翔坐在沙发上，低着头，没有回应。

一直站在窗前，面向窗外的星却突然转过身，颤抖地说道：

“菲……我其实和翔，有着不同的意见。”

贝斯手倔强地接着说道：“就算宇现在每况愈下……但是，但是，你的出现，曾经无数次地照亮过宇阴冷的内心。”

听着星的话语，翔仍然坐在那里，沉默无言。他的内心在挣扎，在斗争。

“菲，你知道吗？当世界黑暗一片的时候，我们要看到光明。对吗？”星又看看窗外，然后又把视线转到菲的脸上，继续说道，“我记得马丁·路德·金（Martin Luther King, Jr.）曾经说过：‘黑暗永远无法驱散黑暗，只有光可以。’所以，菲，哪怕只是一丝微不足道的光亮，我们也要坚定信念，不是吗？”星坚毅地看着菲，眼神中闪烁着乐观的信念。

“第一次遇到你的那夜，我猜你觉得宇肯定什么都不怕，特别具有领袖气质吧！没错，你的感觉都没有错。因为在以前，那就是真实的他。其实，那天晚上他刚服过药物，精神状态也不是很好。是你的出现，让他在一瞬间找回了失去已久的、阳光一般的勇气。”

“我……”

还没等菲开口，星就继续说了下去。

“你还记得‘硬石’吗？在上台之前，宇也同样服用了大量的药剂。但是当你把水晶电琴举过头顶的一刹那，舞台反而都暗淡了。我站在台上，看见他向着你俯冲下去的背影，是那么坚定。那一次的坚定，也是曾经真实的他。你又一次在一瞬间，让紫金坦克的队长找回了那个最真实的自己。”

“说到那次和你的电影院之约……”星停了一下，继续说道，“在赴约之前，宇的笑容几乎持续了一整天。事实上，我们已经很久很久没有看到宇那么持久的笑容了。平日里，精神病患者一秒钟的微笑，对于我们来说都是奢侈的。

“这些都不像翔说的，是‘幻影’。这些全都因为你的出现，而真实存在。只是，太短暂了。只是，对于一个患有精神分裂症的患者来说，一秒的幸福都要付出极大的努力。

“我知道宇想要回到从前。因为如果能够回到过去，这样的勇气、坚定、快乐就会很平常，就会很长久。

“可是他又不能回到从前，没有人可以回到从前。时光没有任何可能逆转倒流。

“所以，菲，你真的很厉害。有谁能做到你做到的事情呢？没有！我曾经感到，你差一点就成功了。所以，请你一定坚持下去。”

“菲，请你帮忙。”就在这时，沉默良久的翔终于说话了。他戴上眼镜，也同样站起身来，让世界又一次清晰了它本来的样子。

“你愿意吗?”

“嗯。”这一刻，菲反而没有更多的言语，但是她的眼睛里面早已闪烁着无比坚定的回答。

过了一会儿，翔从自己的卧室里面拿出了一张乐队较早前的合影——那是紫金坦克刚刚成立之时的样子。菲接过这张照片，一下子就注意到了宇。这位青年好像在什么时候都是那么帅气迷人，总是富有一种花样美男的精神与气质。星和翔就站在他的两边，同样的英俊潇洒、酷劲十足。在这张照片的最右边，还站着一个她不认识的人。此人身高为一米八九，身着一件黑色皮衣和牛仔裤黑皮靴，看起来比另外三位男生的年纪都大一点，阅历也更多一些。在这张照片里，他也拿着一把电吉他，留着长长的头发，显得十分摇滚、充满野性。

“他……”菲轻声问道，“他是谁?”

“他是我们原来乐队的头儿。”翔平静地说道，“他叫月(谭辉月)。”

“那后来呢? 现在他在哪里?”

然而，屋子里面并没有人回答她的问题——全部低头不语。见到此情此景，菲也没有继续发问，仿佛已经知道了答案。可是，就在她再一次仔仔细细地端详这张照片的时候，一瞬间，就在一瞬间，她发现照片里面每个人的面庞，都浮现着纯真无邪、孩子一般的灿烂笑容。至少，至少这样的幸福在现在的明哲宇的脸上，从未见过。

于是菲打破了沉寂，坚定地说道:“星、翔，你们都是我最好的朋友。现在既然两位把我带到了这里，就不要见外，请告诉我那些有关紫金坦克的故事吧!”

第二十章　超级银河乐团和刺客
Super Galaxy and Assassin

2001年初，因为音乐与梦想，宇、翔、星、月，这四位出生在北京的年轻人，组成了紫金坦克的前身——“超级银河乐团”（Super Galaxy）。当时乐队的情况是，宇担任节奏吉他手兼主唱，星为贝斯手兼和声，翔依然是鼓手，月则担任乐队的主音旋律吉他手兼和声。月天生具备领袖气质，是超级银河乐团的队长。因为他的独奏能力十分强悍，所以乐队采用了北欧哥特式旋律金属风格来诠释摇滚精神。那时，超级银河乐团的曲风是由一种异常强劲、快速、优美的金属旋律加上高昂而锐利的声音组成。

当时中国摇滚欣欣向荣，一片繁华景象。在走过了崔健引领的新长征路上的摇滚，经历了唐朝、黑豹、超载、魔岩三杰的辉煌之后，涌现出了一大批青年摇滚力量。他们继承了前辈的光荣传统，并且把自己所处时代的新思想、新元素，通过更先进的设备器材，融到了新生的音乐作品里面。这些乐队的音乐风格多种多样，包括但不限于朋克、新金属、英式摇滚、重金属、死亡金属等。得益于中国大陆改革开放政策的不断深入，当时的时尚青年已经具备了购买精良设备的能力；具备了形象包装的能力；具备了登上舞台的能力；初步具备了完成梦想的能力。

那时，宇、星、翔、月四人均居住在北京二环路的里面，在钟鼓楼的旁边玩耍。北京，北京。如果时光倒流四十年，他们一定就是一群穿着将校呢大衣，骑着28锰钢引领时尚的先锋人物。现在，已经有太多的事物可以证明一个潮流人的身份：服装、球鞋、模型、户外、高尔夫、汽车、夜店……什么都能够引领时代的动向，带动流行的趋势。而乐队，也当之无愧地成为潮流人们必须涉猎的范围，也是潮流人们聚集的领域。

正是因为处于一个前赴后继、新秀辈出、竞争激烈、群雄争霸的全新时代，所以多数乐队的组成和解散都非常之快，可谓来也匆匆、去也匆匆。去年还在演出海报上出现的团体，今年就所剩无几，甚至消失殆尽了。所以，只有志存高远、坚定信仰的队伍，才会笑到最后，成为永恒。

现在，让我们再把时间的指针倒退几年，回到新世纪之前。1999年，宇当时还是一名稚气未脱的高中学生。学习期间，他在北京琉璃厂拜了盛唐琴行的老板，也是著名吉他手——秦天为师。秦天比宇大十五岁，身高为一米八六，相貌粗犷且正义感十足。一头灰白的长发、中式长衫和超级完美的吉他技术是他的典型特征。

“宇，能不能告诉我，你为什么要学吉他？”

“师傅，”宇坚定地说道，“我的理由只有一个，那就是成为世界上最棒的摇滚乐手、摇滚明星。我要站在十万人的舞台之上，演绎最完美的音乐，获得财富、荣誉和尊重。”

“可是实现梦想，本来就是一件不容易的事情。你凭什么兑现自己的诺言，站在世界之巅？”

“因为我有着最为坚定的信念，可以付出一生去寻找那好似流星一般一闪而过的感动，坚持不懈地去迎接那仿佛谜题一般未知难解的挑战。我永远不会放弃，永远不言失败。每一次被击倒我都会以一种更加强硬的姿态站立起来，勇敢坚强地奋起反击，直到梦想成真的那一天。”

这就是宇的人生哲学，六个无比重要的关键词——坚持、勇敢与坚强，荣耀、尊重与财富。

由于完美的钢琴功底、出色的领悟能力、勤学苦练的决心外加无与伦比的身体协调性和手指灵活度，宇只用了短短几个月的时间，就摆脱了初学水平，迅速成长为一位吉他大师了。一般来说，想要达到宇当时那样的程度，正常人除了需要具备一定天分之外，至少还要再练十年以上。

不得不说，这就是超级天才的可怕力量。

那时，宇、星、翔、月四人经常光顾盛唐琴行。他们到那儿除了购买设备之外，还会不约而同地聚在一起合练音乐。当时，盛唐琴行的大厅里总是摆放着一组已经接好电源和效果器的电吉他、电贝斯，在展厅的另外一边则架设了一套珍珠牌架子鼓。这四位青年谁先到了店里，就会拿起不同的乐器玩上两下。等人到齐了，他们就合上几首自己喜欢的歌曲，特别心有灵犀、不谋而合。那时候四人还没有涉猎太多的原创音乐，大多数时间还是在翻弹别人的作品。只有少数时间里，他们才会把自己写的乐谱发给彼此，合上一下。有时候，琴行老板兼老师的秦天，也会跟着来上两下，气氛融洽随意、开心尽兴。

“月，我们成立乐队吧！”宇成为超级银河乐团的最初发起者，“你的技术比我们都好，舞台经验也更丰富，所以我想请你来当队长。然后，咱们再邀请星和翔加入。”

2001年九月，高考结束的三个月之后，超级银河乐团正式成立。

随即，四位青年为此选择了更加专业的合练地点，并将其固定在北京琉璃厂附近的一间排练中心。除了每周末的排练之外，每周三，他们还会约在位于鼓楼附近的“时光”咖啡屋小聚一会儿，探讨关于音乐的一切事务。从那时起，他们决定放弃翻唱，全心全意地创作属于超级银河乐团自己的音乐。

值得一提的是，那时的宇，脸上充满了灿烂阳光一般的稚嫩表情，显示出一种初生牛犊不怕虎的锋利气质。曾经，这位花样美男喜欢的并非蓝山，而是对花式咖啡中的意大利产皇家咖啡情有独钟（非蓝山咖啡豆制作）。拿破仑发明的皇家咖啡，需要加入烈酒并点燃火焰，具有绅士和英雄的高贵特质，还蕴含着浪漫和典雅的独特芬芳。

经常赏析不同类型的音乐，加上异常刻苦地研究乐理知识，为宇带来了独一无二的完美灵感。乐队的创作来源，很多时候都来自他灵光一闪的突发奇想，特别与众不同，令人印象深刻。

事实上，星的第一乐器并不是贝斯，而是吉他。早在宇初学钢琴的儿童时代，他就已经开始了吉他训练。后来，在到达了一个比较高阶的程度之后，星发现自己已然迷恋上了贝斯那浑厚的音色，随即在初中时顺利转成贝斯手。这位男生最强的地方在于他对于律动（Groove）的理解和掌握。他能够完美地通过精确、稳定、持久而变化多端的律动，告诉每一位听众什么是最为优美的低音旋律。

之前说过，翔成长于音乐世家，精通多样乐器，可谓才高八斗。不过，在这么多不同种类的乐器效果当中，他却对强劲有力的节奏情有独钟，从小就对其产生了浓厚的兴趣。所以从那时起，这位男生就开始学习架子鼓，并且立志成为世界上最棒的鼓手。翔的身体协调性特别好，极具天赋，很快就展现出来远远超越常人的能力。那时，他只要看别人击一遍鼓，马上就可以完美地模仿出来，因此被称为天才少年。翔的技术以强劲、稳定、精准著称，可谓出神入化、炉火纯青。

超级银河乐团的队长，谭辉月是一名天赋超群的顶级吉他手。任何类型的音乐，他只要入耳一听，马上就能配出绚丽而高频的华彩。大家和他一起玩音乐，都感觉十分踏实、特别放心。这位青年从很小就开始学习吉他，到了后来就变得驾轻就熟、无所不能了。月之所以能够成为队长，另一个原因在于他那丰富的阅历和舞台表演经验。虽然月的年龄和宇他们相仿，但却是更早一拨儿玩乐队的乐手，见证过多支乐队的组建和解散。因此，月对于“乐队”这个概念的理解，也比当时其他成员都更为深刻、准确、透彻，对于如何才能在梦想与现实之间求得平衡，从而让乐队拥有更好的发展，有着独到的见解。当时，他在队里起到了精神领袖的作用，具有极为强悍的领导力和凝聚力。

正是因为超级银河乐团四位成员的水平都超高，所以他们把乐队的风格设定为难度很大的旋律速度金属。通常这种类型的摇滚乐，需要具备很高的技术和极佳的配合度才能完成。

当时，超级银河乐团队员的技术水平各有高低，但又是在伯仲之间，在客观上起到了互相促进、共同进步的作用。没有人因为鹤立鸡群而孤独求败，也没有人由于技不如人而妄自菲薄。这种其他乐队要变换多次才能达到的人员结构，很偶然地在超级银河乐团第一次“合体”之时就已经形成了。这种客观上的机缘巧合，也是紫金坦克能够在后来持续进步、取得优秀成绩的重要原因之一。

2002年初，超级银河乐团以顶级锦标赛，“亚洲最强乐队大赛”为事业的起点，正式开始登台表演。这项在全亚洲影响力最大的赛事每年一届，分为预选赛和总决赛两个阶段。根据规则，只有在各个参赛国获得预选赛冠军的乐队，才有资格前往赛事主办国参加最终决战，争夺亚洲之王的至尊地位和无限荣光。因此，这项赛事每年都会吸引各方神圣前来比拼，对于当时刚刚成立的超级银河乐团来说，也无疑将是一个前所未有的巨大挑战。

之前说过，因为那时中国的新晋摇滚乐队如雨后春笋般的纷繁众多，各路精英更是全部会聚于此项赛事之中，所以，中国赛区预选赛的冠军争夺战就显得更加精彩纷呈、紧张刺激、异常激烈、令人窒息。

然而，那时还毫无名气的超级银河乐团凭借优秀的技术和出众的外形，第一次登台就博得了满堂喝彩。他们一路披荆斩棘、过关斩将，最终勇夺中国赛区总冠军，顺理成章地获得了代表中国参加最终决战的资格。多家娱乐媒体跟踪报道了超级银河乐团在国内参加的所有比赛。他们甚至惊呼，这支无与伦比的超级乐队已经成为中国摇滚界的新生代领军人物、第一天团。在此之前，四位青年从未以超级银河乐团的名义，参加过任何杂趴儿（多乐队电联）或者在酒吧、Live House等地进行小型演出。不过那次中国系列赛的成功，让四位青年迅速累积了一大批忠实粉丝和狂热拥趸，一夜成名。

本届亚洲最强乐队的总决赛将会于2002年5月在轮值主办地日本东京举行。从预选赛到总决赛之间，有着一个多月可供参赛乐队休整准备。对于超级银河乐团来说，一切也同样在计划范围之内，按部就班、有条不紊地进行着。

不过就在这时，宇突然通过电子邮件收到了一封来自新加坡飞翼乐队的战书。这支乐队的实力卓越而顶级，外形俊朗而稳重。他们可以说是超级银河乐团在亚洲最强乐队大赛的总决赛里，将会遇到的最直接、最强悍的对手。

于是在一个星期三的下午，宇、翔、星、月相聚在位于鼓楼东大街的时光咖啡屋，开始讨论计划、商量策略。记得那天晴空万里、白云朵朵，四位青年全部身穿黑色皮衣、不同款式的牛仔裤和黑色皮靴，围坐在靠近窗户的一张木色圆桌四周，进入“时光会议”之中。

“好啦！”月首先发言，幽默而轻松地说道，“现在战书已到，请问你们各位对此有什么想法吗？”

“既然是比赛，就必须为了冠军而去。”星摸着头发，坦白地说道，“无论对手是谁。”

“对，星说得没错！”翔气定神闲地回答着，“我们既然是去参加比赛，就是要争亚洲之王的嘛！”

“其实，如果我们这次只是为了比赛而去，冠军当然就是唯一的目标。不过我们做音乐，并不是一定要夺奖杯，而是要真真正正地取得观众的认同。”月若有所思，认真地说道，“得了第一，而失去了歌迷，最终还是会失败的。”

“有了观众，才有市场。有了市场，才有乐队。”宇坐在月的旁边，喝着咖啡。他的话并不很多，但却十分精辟。

“是的！”月非常赞同宇所做出的解释，继续问道，“那么，说起来，怎样才可以做到名利双收呢？”

“技术！”翔同学抢先发言，“我认为不论走到哪里，技术都是王道。摇滚迷会特别热衷一支乐队技术的成色和特点，久而久之就会形成口碑和影响。”

“形象！”星一边喝着冰沙，一边调侃着，“我认为所有优秀的乐队，都有着一个极为显著、令人印象深刻的形象。比如披头士乐队，再比如枪花乐队。总之我们必须酷，特别酷哇！”

“共鸣。”宇坚定地说道，“无论是用一把吉他躁翻全场，还是就那么静静地站在台上，只用轻轻的歌唱再让几万人安静下来，都只有一个原因，就是共鸣。”

“你们说的都没有错。”月认真地总结道，“技术、形象、共鸣，这三点全都十分重要，一个也不能少。不过，还有一样东西，虽然完全看不见踪影，却是一切成功的基础所在。它没有形状，无法把握，却有着足以改变世界的力量。”

“会是什么呢？”

“那就是团结的信念。”月语重心长地说道，“随着比赛的级别越来越高，困难就会越来越多、越来越大。人生亦是如此。那时候，只有坚持梦想、坚定团结，才能取得胜利，成为王者。当敌人的堡垒出现一丝裂痕的时候，就算不易察觉，但团结的信念就会变成一把宝剑，让对手最终七零八落、溃不成军！事实上，以前我也和一些乐队排练演出过，觉得人员的流动才是影响一支乐队的最大因素。当然了，也并不是说，乐队的成员在音乐的理念上产生巨大分歧之后，还一定要聚在一起做音乐。只是，一旦确定了共同的目标，就要奋战到底，坚持到最后一刻。”

“飞翼乐队，不应该是我们的对手！”

那次时光会议的内容全部都是围绕决定乐队成功的重要元素所展开，并未针对飞翼乐队进行任何具体的战术布置。更为重要的是，超级银河乐团在鼓楼的那家咖啡屋里，第一次明确地提出了乐队的核心价值——团结的信念。

应该说，这四位乐手拥有同样高超的技术，同样帅气的外形。他们之中的任何一位，到其他任何一支乐队，都足够成为队魂，都可以独当一面。可是就是这样一群精英中的精英，组成了这么一支超强乐队。所以，在这样的情况之下，团结一心就显得尤为重要。只有强上加强，才是最强。如果强强对抗，就会产生零分甚至负分。所以，团结一致、求同存异一直是贯穿超级银河乐团的核心思想，也是这支乐队无论在多么困难的情况之下，都能够一直坚持下去的原因所在。如果有一天，现在的紫金坦克取得了成功，也绝不仅仅是因为天分，更重要的是因为他们的心一直连在一起，从未分开过。

在时光会议之后，主办单位就开始为乐队办理相关的出国手续。而超级银河乐团也开始为亚洲最强乐队大赛进行着最后的准备工作。当时，网络购物和音乐下载并不像现在那么发达，所以四位青年就请他们在日本、韩国、马来西亚、新加坡等地的朋友们帮忙，弄到了几乎所有竞争对手的一手资料。这些资料包括只有在当地才能买到的区域专辑、限量专辑和地下专辑以及朋友们在当地酒吧、Live House 等场所拍摄的演出影像等。

虽然超级银河乐团对于这些来自全亚洲不同地区的顶尖对手欣赏有加，也非常喜欢这些乐队所带来的多种多样、不同风格的音乐模式，但是四位乐手对此并不惧怕、没有胆怯。他们通过聚会、讨论和排练等方式，很快就得出并制定了战胜对手的最佳策略，演练并确定了比赛将用的全部曲目。

美丽的五月很快就到来了，亚洲最强乐队大赛的总决赛也将于十六日正式开始。超级银河乐团计划于当月十二号出发，二十号返回北京。八天的时间，足以让这支乐队在客场得到足够的休息。

到目前为止，一切已经准备就绪，小伙子们早已迫不及待、跃跃欲试，就等着登上舞台的那一刻。确实，在乐队成立半年就拿到中国总冠军，就能够代表中国大陆参加亚洲顶级赛事，不得不说是一个不大不小的成功！此时此刻，超级银河乐团的每位成员都显得极度开心，异常兴奋。他们认为地球已被踩在脚下，认为自己就是世界之王。

可是，现在的宇，不但未能站上世界之巅，反而已经在布里斯班的医院里面，待了整整一个星期。虽然他在较早前已经苏醒并且能够进行简单的下地活动，然而这位青年的精神分裂症，却因为经历了绑架、火并和枪击之后，继续恶化下去——他目前已经完全记不清菲是哪位了。

又是一天的深夜，宇在服药之后，再一次昏睡过去。星和翔暂时离开医院，回到家中准备物品，只有菲独自一人守在病房，守候着身负重伤的宇。她今天只穿了一身浅灰色的棉质运动服，十分轻盈方便，适合照顾患者。

此时此刻，宇的房间已经熄灯，只留下几丝光亮通过未关窗帘的窗户透射进来。而大楼之外却浓云密布、寒风瑟瑟，似乎预示着未知的危险即将发生。

果不其然，这时，在医院的大院里面，突然闪现出来两个一身黑衣的蒙面之人。这两人用来掩面的东西，既不是梅耶枪击案的狮头面具，也不是胡里奥的易容工具，而是一款亮白色的椭圆形面罩。这个按照人脸的样子立体塑模的面具，只能令人看见眼睛和鼻孔，甚至连嘴部都是封死的形态，特别恐怖。

原来这两人正是胡里奥的党羽残部，此次潜入医院的计划更是属于自作主张的个人行为。然而，他们此行的目的只有一个，那就是干掉宇和菲，为已经被拘捕的二老板出口恶气。

可是，星和翔还要过一会儿才能返回医院，而爱德华对菲的警力保护，也因为胡里奥的被捕而减少了兵力。所以，宇和菲目前就处于一种极度的危险之中，杀手极有可能随时出现，迅速结束他们的生命。

不过，鉴于医院的安保和陌生地形，这两个杀手并未选择就地解决这两位亚洲青年。他们准备先将宇和菲弄晕劫走，再把他们活埋在一个神不知鬼不觉的地方。这两人认为这样可以把二人的死亡变成失踪，从而大大增加警方的破案难度。

一会儿工夫，两个杀手就绕过驻守警察，潜入宇的病房内。在短暂观察之后，其中一人一把把正趴在宇身边休息的菲，从病床旁边的椅子上面拽了起来。只见那人在一瞬间就勒住了菲的脖子，并用麻醉纱布将她的嘴巴捂住，令她无法出声、动弹不得。而另一人则把另一块麻醉纱布扣在了正在熟睡的宇的脸上，不料却让后者顿时惊醒。

就在这时，戏剧性的一幕突然发生。只见宇条件反射一般地一个挣扎，竟然把放在他身边的一个监测仪器打翻，不偏不倚地正好砸在了那个刺客的后脑并将其击晕。随即紫金坦克的队长在突然之间就从床上一跃而起并站在地上，一动不动地观察着周围的一切。此时此刻，他只穿了一身纯白的病号服，并未说一句话。与此同时，另一个杀手却仍然处于清醒之中。他一手捂着菲的嘴，一手将其脖子勒住靠在墙边，那意思是在警告宇不要说话，否则将会立刻杀了这位女生。就在这时，用来麻醉菲的那块纱布，也已经因为菲的用力挣脱而掉在了地上。但纱布之前的效用，也让其进入一种半昏迷的不清醒状态。

突然之间，几声惊雷从夜空劈下，在这位男生身后炸响。亦明亦暗的闪光，通过窗户，间歇地照亮着他的轮廓。并没有人能看见他真正的样子，只能感受到他那高大的身形和全黑的暗影。

在这短暂的几秒钟之内，三个人僵持住了，谁也没有挪动半步。那刺客显然没有想到，他的同党会被意外击倒，让他进入到一种进退两难的境地——既不能立刻在医院杀人，也不能放弃他的同伙留下证据离开。所以，此人现在只能选择拖延战术，给了自己五分钟时间。如果在这五分钟之内，他的同伙能够醒来，他则继续执行原定计划。但若没成，他就会使用最极端的手段，在这个房间把宇和菲解决，然后再扛着他的同党神不知鬼不觉地离开医院。

然而，就在那刺客不知所措之时，却惊奇地发现，宇根本就没有想要接近他的意思。只见这位男生摸着脑袋，左看看，右看看，好似正处于疑问之中，完全不知道前面两位是谁。

菲当然明白宇为什么会有如此的表现。他这次住院的目的只是治疗手伤，而不是治疗精神分裂症。于是这位女生只能因势利导，努力地瞪大她那双处于半昏迷状态的迷离眼睛，期待着紫金坦克的队长能够想起她的身份，可以意识到正在发生的危机。

那位女生数次用眼神凝望着宇，仿佛说着："宇呀，我是菲呀，你还认识我吗？我知道如今你身患重病，但是你能不能爆发出最强的小宇宙，拯救我们于危难之中？"

可是，就算已经接收到菲的信息，宇却仍然没有任何动静。此时此刻，留给他的时间已经不多了。然而就在这时，之前倒下的杀手却猛地在宇的身后站起，向着这位男生扑了过来。

就在这千钧一发之际，菲用尽她全部的力气，扒下了刺客的大手，声嘶力竭地大喊一声："宇！"

刹那间，宇被菲这一声震耳欲聋的吼叫所惊醒，不但认出了眼前这位女生，同时还意识到了身边发生的一切。只见他一个侧身，就让后方的刺客扑了个空，然后用他那只完好的右手，在桌上抄起一个苹果，向勒着菲的杀手扔了过去。这一击是如此快速而有力，直接打到了杀手的面具之上，将其击晕。而另一个刺客见状则反扑回来，欲从正面袭击这位男生。谁知宇却突然采取咏春拳法，在只有一只手臂可用的情况之下，几下辗转腾挪，就将敌人扭压在地上，令其动弹不得。

就在这生死攸关的危急时刻，在不远处驻守的警察，听到菲的大叫赶到了宇的病房。看见眼前的一幕，警方迅速采取措施，将这两个刺客彻底制伏并立刻扭送警察局。然而，刚才那一瞬之间的觉醒，却让宇用光了全部的力气。只见他重重地摔到了地上，再一次进入昏迷状态。

在随后的日子里，随着爱德华警探再一次把安保级别调到最高，并将胡里奥的党羽残部全部控制，宇和菲终于彻底安全了。但是紫金坦克的队长那瞬间爆发的勇气与抵抗，虽然令其短暂地认清了现实的一切，但却让他进入了一种更加混沌的状态之中。也许只有时间才能告诉我们，宇何时才能真真正正康复如初，紫金坦克何时才能完完整整重出江湖。

第二十一章　真与幻的摇滚明星梦
True Or Lie？ The Rock Star Dream！

现在，让我们将时钟的指针拨快，来到2004年的十一月。在经过了一个多月的治疗之后，宇终于出院了。在伊丽莎白女王二世医院的这段时间里，虽然托马斯·李博士和其医疗团队的鼎力救治，加上菲、星和翔的共同照顾，使得这位男生的手伤已经达到了出院的标准，然而距离彻底恢复到一般人的手指灵活度，仍然遥遥无期。

大不如前的手指灵活度加之遭遇刺客袭击，让本来就患有精神分裂症的宇再遭重创。原本出院应该拥有的高兴和庆祝，却因为精神状况的恶化而失去了全部意义。在那夜用一瞬之间的觉醒，将菲和自己拯救于危难之后，宇就完全失去了力量，彻底堕落下去。

回到家中以后，除了极少数疯癫的话语是他唯一的对外出口之外，这位男生就将自己彻彻底底地封闭起来。他不爱吃饭也不愿见人，甚至已经不在墙上胡写乱画。他只是把自己关在房间里，与世隔绝、日渐消瘦。与此同时，紫金坦克的队长更是十分排斥外界对他的帮助和关心。也许，在他的潜意识里面，在那个他创造的完全幻想的世界外面，他似乎仍然想要让别人觉得自己还挺坚强的。这位男生下意识地逃避着现实的一切，不愿意让别人以最直观的方式看到自己的堕落。他变得神经兮兮、极度崩溃，情绪更加瞬息万变、无法理喻。他有时悲哀，有时哭泣，有时愤怒，有时狂笑。此时此刻，以前服用的药剂对他来说，已经完全控制不住症状，不起作用了。

宇疯了。

在这个现实世界之中，几乎没有人愿意相信一个精神病患者。确实，在所有正常人看来，现在的宇绝对已经太过疯癫怪诞、莫名其妙了。对于大多数人来说，躲避疯言疯语，远离精神病患者，也许是最正确的做法。但幸运的是，宇的朋友们，星、翔和菲却从来没有这么做过，从来没有离开过这位男生半时半刻。

不仅如此，除了付出了和星、翔一样的关心之外，菲并不认为已经疯了的宇所说的话，就一点价值也没有。事实上，自从上次从宇那好似地狱一般的房间走出来之后，菲就把他的日记都复印了一份，带回自己的寓所进行缜密而细致的研究。她坚信，就算这位男生所说的全部都是疯话，就算他的日记不甚完整，但是在这其中一定也潜藏着某种逻辑。她认为只有读懂了宇的日记，才能够顺利进入精神病患者的幻想世界，才能够真真正正地帮助到这位男生。

在菲忙于对宇的病情进行干预的同时，星和翔也将更多的注意力集中在这位男生的身上。然而就算鼓手和贝斯手天天围在宇的周围，却根本不敢随意走进他的屋子。两位男生不会去打搅那个已经禁闭自己的宇，不会去伤害他的自尊。对于现在的局面，大家好似根本帮不上忙，更不敢通知北京方面。宇这样下去让大家都十分担心，生怕他会做出什么伤害自己的举动。

这又是一个阴天的午后，浓云密布在天空中，细雨淅沥地下个不停。在这个时间，星已经出门为大家采购下个星期所需的蔬菜、肉蛋和水果，翔则在家中留守，确保宇不会发生意外。

和前些日子一样，宇在今天又一次把自己锁在房间之内，一直没有出来。而翔也只是穿了一身深灰色的居家服，盖了一条毛毯，靠在客厅壁炉旁边的躺椅上取暖。然而，压抑的气氛很快让这位鼓手感到胸闷憋气，无法呼吸。于是他不得不来到位于院落的小型排练房，疯狂地打起鼓来。那里有着顶级隔音效果，绝不会和外面的世界产生半点联系，更不会让宇听到半点响声。

刹那间，快速而激进的鼓声包裹了翔的大脑。可是，就算身在这巨大能量所产生的噪声之中，这位鼓手却仿佛什么也听不到，什么也看不见。在这一刻，他的鼓声和思维处于完全不同步的状态，令其陷入深深的沉思之中：宇到底还能好起来吗？有什么灵丹妙药吗？如果可以恢复正常的话，那会是什么时候？确实，对于三位青年来说，每一个人的青春都是有限的，没有人能够和一个精神病患者组建乐队，并最终成为顶级摇滚明星。没有人能吊死在一棵树上，不去找个别的活法。就在这时，翔想到了一个更为深刻，但是大家都不愿意面对，然而如果再继续这样下去，可能就不得不正视一个敏感问题——解散。

虽然在紫金坦克的历史上，乐队经历过数次重创，但却远远不如这一次那么恐怖，更没有发展到像现在这样深不见底、不可收拾的境地。三位青年曾经立志成为顶尖的摇滚明星，用音乐改变这个世界。但是现在，这个伟大的梦想，好像远方星辰，越来越不清晰。成功浸泡在真与幻之间。当曾经的梦想变成了无法负重的压力，面临的危机和困难、无奈与沮丧，远比已经知道的多得多，还可以继续吗？还是不要被现实打倒，不要放弃，为了梦想爆发出最强的终极力量呢？

翔放下了鼓槌，不由得抽动了一下嘴角。只见这位男生用双手揪住头发，在激烈的思考之中问了自己三个问题：

第一，乐队是他们一辈子的事业吗？

答案是非常肯定的。从紫金坦克建队之初，三位青年的唯一目标就是成为摇滚明星，成为世界上顶尖的超级摇滚明星。他们从未想过转行去干别的。之前说过，人能在很小的时候，就知道自己长大以后想要干什么，是一件非常幸福而幸运的事情，是上帝给予的礼物，绝不能够放弃。

第二，他们三人是最佳拍档吗？

答案也是非常肯定的。宇的天赋，星的乐天和翔的谨慎，让乐队以一种最完美的形式组合在一起。只可补充，不可代替。所以，就算这样的答案显得有一些主观和固执，但是，无论如何，乐队都要继续下去，没有任何停下来的理由。

第三，宇的病情还有逆转的可能吗？

这第三个问题的答案就没有前面两个那么肯定、那么清晰了。因为精神疾病存在于无形之中，很难控制，世界上几乎没有持续有效药可用。所以，当梦想照进现实的时候，会不会显得特别不切实际？作为全队的队魂，宇的幻觉对于紫金坦克的打击几乎是毁灭性的。这种生不如死的消耗，就等于慢性自杀，比直接宣告死亡更加可怕。

所以，他们还有机会，还有可能吗？

可是，面对如此强大、能量值极高的敌人，不尽到最大的力量，又怎么知道不会赢得这场战争呢？因此，在前面两个肯定答案的支持下，翔下定决心把自己能够做的做到最好，同时选择相信医学的力量。他认为，即使现在找不到更好的办法，但是，只有坚持不懈地努力下去，才有可能在未来得到解药，最终把宇救回来。他甚至已经做好了打持久战的准备，一年还是十年，都决意和宇一路同行，决不放弃。

就在翔在排练室里做出决定，准备和宇共同进退的时候，星回到了家中。他把刚刚采购的所有东西，都一股脑儿地装进了位于厨房那巨大的双开门冷柜。除了把外衣挂在了门廊以外，这位男生仍未换下刚才在外所穿的黑色水洗牛仔裤和白色V领T恤衫，显然还要准备出门。与此同时，翔也推开了别墅的大门，慢慢地回到了客厅。在经过了激烈的思想活动之后，这位鼓手已经稍显疲倦，有些累乏。

然后，星也来到了客厅，焦急地问道："翔，宇现在怎么样了？"

"依然没有出来，"翔无奈地说道，"这都快一天了。"

"这么下去可不是办法。"星努力克制着自己焦躁的情绪，坚定地说道，"我们必须为此做点什么。"

"我打算维持几天现状，再观察观察。"翔分析道，"如果到时候依然没有任何进展，我们就带宇去找世界上最好的医生。"

就在这时，星和翔已经转移到了车库里面，绝佳的隔音效果绝对不会让宇听见半点声响。在这个九十平方米左右的空间之内，属于三位青年的三部座驾整齐地停放着，好似蓄势待发的群狼。那橙红色的奔驰、珍珠白色的宝马和宝石蓝色的保时捷，因为星和翔在这些日子的擦拭保养，一尘不染、闪闪发亮。可是，在别墅之内这样阴郁的气氛之下，这些豪华机器反而越显落寞孤寂，失去了往日的生气。

"翔，有时候我真的在想，如果我听了你的话，选择回国半年躲避风头，是不是就能避免这一切，是不是宇的手就不会断，是不是宇就不会疯到如此地步。"星坚定地说道，"不过，我很快否定了这个想法。因为，如果我们不把宇的病治好，那么正所谓躲得过初一躲不过十五。断手和堕落，早晚都会降临到他的身上。也许，现在的状况可能是紫金坦克有史以来遭遇的最大危机，但是，幸亏我们还年轻，还有力量去面对这一切。我想，精神疾病不可怕，我们一定可以渡过难关的，对吗？"

"其实在经历了这么多事情之后，我的想法也有所转变。"翔顿了顿，同样坚毅地说道，"我觉得你说的没有错，年轻需要勇敢，年轻没有失败。也许年轻的我们遇到这样的麻烦，总比等我们年纪大了才遇到要好得多。你的话让我想到了我们的最初梦想——成为世界上顶级的摇滚明星！我们都还没有尝到那份快乐，怎能轻易放弃！”

“没有错！精神疾病，虽处于无形之中，是一个强悍的敌人，但是我们真的还要坚持下去。”星看了看手表，继续说道，“时间不早了，我得去菲那儿看看情况如何。我想，她肯定还在没日没夜地揣摩宇的心境，也许会有什么新的发现。而且，我得替宇给她送点吃的东西去。你还不了解她吗？她会把自己给累死的。翔，你继续留守哇！”

说完，星穿上了一件黑色的牛皮夹克，开着车就离开了紫金坦克的宅邸，向着菲的寓所出发。

没过多久，紫金坦克的贝斯手就抵达了菲的公寓。只见这位女生穿着一身深蓝色的居家服，略显憔悴，状态不佳，分明是因为长时间行走在这位精神病患者的内心世界所致。走进客厅，首先映入眼帘的就是散落在地板上那七零八落的日记。这些疯癫的日记已经被这位女生用红笔圈上了大大小小的重点，显然经过了细致的阅读。因为这些日记的存在，就算紫金坦克的宅邸和菲的寓所有着二十多公里的距离，但是宇依然能够清晰无误地影响着菲的思绪。好在这位女生并未因此抑郁，逐渐接近了宇那疯癫的内心逻辑。

“星，请坐吧！”菲强打起精神，招呼着眼前这位男生坐下。

“菲，”贝斯手关切道，“这几天麻烦你了！”

“其实，你和翔战斗在一线，才是最辛苦的人！”

“没事，”星摆摆手，继续说道，“这都不叫事，都是应该的。”

“喝点什么？”菲站在与客厅相连的开放式厨房，问着客人的需求。

“都行。”这一次，星已然没有冰沙可喝，没有冰冷可以让自己迅速冷却下来。

“宇这两天怎么样？”菲关心地问道，“好一些了吗？”

“唉！简直是越来越糟糕。”星感叹道，“现在基本上是翔在负责宇的伙食，有时他也会利用吃饭的时间，观察一下宇的状况。可是，家里的气氛真的是非常压抑，我真的担心哪天翔也控制不住局面了。”

“在这个时候还能顶住压力，我相信翔他一定有着一颗强悍而坚韧的心脏。但是，即便如此，我这边也会竭尽全力，不然你们就太累了！”

几句话的工夫，菲就沏好了一壶上好的铁观音，然后给自己也倒上一杯。现在的谈话让她的能量恢复到八成，比刚才好了不少。将茶水端回客厅，这位女生就坐在一张奶绿色布艺单人沙发上，继续刚才的话题。

“星啊，其实你来得还正是时候！”菲刚刚坐稳就激动地说道，“通过这几天的阅读，我还真从宇的日记中发现了点什么！”

“怎么讲？”星疑惑地问道，“你说说看。”

“我们已经知道，宇现在生活在两个完全不同的世界里面。”菲认真地说道，“而我认为其中虚构的世界有着一整套逻辑在支撑。”

“请继续。”

“想必你们也了解，静是在最近才出现在宇的日记里面。”菲谨慎地说道，“也就是说，宇原来也知道静根本不可能死而复生，他知道那位女生真的已经离他而去了。”

“没错。”

“不过，你们发现了吗？”菲清了清嗓子，继续说道，“在宇最近的日记里面，除了那个能够让他和静约会的基因车行之外，还出现了一个重要的人物——韦恩警探。”

“韦恩警探？”星感到十分意外，无奈地说道，“事实上我和翔从来没敢仔细琢磨他的日记，都怕被他的思想吞噬进去。毕竟我们都是音乐人，有时会六感相通。”

“其实呢，韦恩是最近才在宇的脑子里面出现的一个人物。每一次静出现之后，这位警探就会随之而来，然后再把她带走。”菲停顿了一下，继续说道，“也就是说，在那个时候，宇仍然希望有人能帮助他自己回到真实的世界。”

“所以，你知道……”菲神秘地问道，“这个韦恩代表着谁？”

“不会是我们吧？”

“你说对了，不是你们。”菲坦白地说道，“你们在他的故事里的名字叫作‘阿斯特’和‘普迪西斯’。”

“啊？”星感到十分惊讶，疑惑地问道，“你说谁？阿斯特和普迪西斯？”

“古巴比伦语中的‘星’和‘翔’，”菲进一步解释道，“车间的两位大师阿斯特和普迪西斯与宇一起构建了一个虚幻的‘基因’。”

“也就是说，”星沮丧地说道，“我们并未帮助到宇。”

“基本上可以这么说。”菲看着星，严肃地说道，“这个西区警探韦恩代表着‘清醒的宇’或者‘正义的宇’。”

“我明白了！”星恍然大悟，“你是说，虚幻世界中的静，实际上代表着‘堕落’或者‘反派’？”

“对，那个静是宇分裂出来的反面人格。”菲看着星，笃定地说道，“所以在静每一次出现之时，宇都会幻想出来韦恩警探，通过跟踪、破坏、抓捕等方式把静带走。而你们对于宇的作用，只是在宇的虚幻世界里，用调侃的语气告诉过他，静，那个头盔女生，可能是传奇试车手斯蒂格。阿斯特和普迪西斯的方法并不能阻止宇不去找静，或者阻截静的再次出现。在宇的日记里，你们的做法显然没有他自己幻化出来的韦恩警探那么厉害。也许在宇的潜意识里，他只是希望你们扮演一个好好先生的角色而已。”

“原来是这样……”星靠向沙发后背，深吸一口气，然后又把身子探向桌子，继续说道，“所以，只要把静带走，宇可能就正常了。”

“从理论上说，是的。”菲平静地说道，“但是，矛盾的是，他对静的思念产生了强大的牵引力。所以静还会反复出现，然后他又希望韦恩站出来解决问题。周而复始、循环不息。”

“所以问题根本没有得到解决，宇的世界更是从来就没有太平过。”星进一步分析道，“这也就是他为什么整天喜怒无常、性情多变的原因所在。”

“对，他天天都在虚构的世界做猫鼠游戏，天天都在打仗。”星在突然之间激动地说道，“我想的一点都没错。”

“什么？”

“我一直坚信你的出现改变了点什么。”星坚定地说道。

“其实……可能翔说的没有错。”菲感叹道，“也许我的出现加剧了‘静’出现的频率，加重了宇的症状。”

“唉！”菲深深地叹了口气，“也许，我的出现真的让宇的病情恶化了。”

“菲，”星凝视着这位女生，深情地说道，“这说明，就如同双鱼座的双重性格一样，内心如此挣扎矛盾的宇，已经爱上你了。”

“你真的那么认为吗？星。”

“是的。”

“我甚至认为宇对于静的思念的加剧，是很正常的，你的出现肯定会导致宇心中的‘静’的嫉妒。”星走到窗户前面，凝望天空，深情地说道，“对吧，静，你能听到我星在说话吧？”

“哈哈哈！”星转过身来，幽默地说道，“在宇的世界里，突然之间出现一个你，要是静活着的话，肯定得闹哇！”

“但关键就是静已经死了。”听到了星的说法，菲却高兴不起来，平静地解释道，“宇现在把死人当成活人，而静也已经完全占领了他的世界。”

“但是菲，你怎么知道静已经彻底留在了宇的脑子里？”星和缓地说道，“警探韦恩毕竟曾经多次把她带走过！”

“你知道吗？”菲看着星，严肃地说道，“那一次，韦恩只是赢得了短暂的胜利。那可能是因为宇在看到胡里奥一直寻找的‘枪击证据’之后一瞬间的觉醒。为什么B哥在他幻想的世界里总是生病？原因是宇不想让B哥击败静和她所代表的旋风车会。星，我不知道现在宇还写不写那些寻找静的血字，如果不写的话，就说明他已经彻底丧失了判断真实和虚幻的能力，沉迷于幻想出来的，与静一起分享的二人世界里面。”

“天哪！”星震惊地说道，“翔说宇的最新症状表现为更加自闭，说他早已不在墙上乱写乱画。这么看来……宇已经不再找静，而是和她正在一起。这就意味着韦恩已然对那位女生毫无办法，彻底失败了。”

“如果我估计得没错的话，他现在应该非常介意别人介入到他的生活里面。他虚构的世界有着一套完整的体系，那里没有音乐，却有着分别代表着你们的所有人，阿斯特、普迪西斯、经常生病的B哥和静。所有他希望见到的人都在他虚构的世界里真实存在。任何现实中的你们的打扰，都会被视为侵略者甚至死敌。”

“啊，翔还不知道这些。”星惊恐地看着菲，大叫一声，“他总是试图进入宇的世界。”

“宇说不定会杀了他。”

“我们赶快回去吧！”

说罢，星和菲就三步并作两步地奔到地下车库，迅速驾车离开了公寓。身着一身白色运动服的菲，驾驶着自己父亲的白色宝马E39 M5型高性能轿车，在一号公路上飞速穿梭。而星也开着那部橙红色奔驰低空飞行，和这位女生并驾齐驱。一号公路能让他们从坐落在布里斯班市中心的菲的寓所，快一点到达位于阳光之岸的宇的家中。

在这个下午，在这个由浓云和阴雨组成的灰色天空之下，这两辆车，就好似离弦之箭，以极快的速度驶向前方。就在这时，天色突然被更厚的浓云笼罩，完全失去了光亮，好似深夜一般。随即，两辆车的后方升起了一轮足够覆盖一个地平线的“超级月亮”，发射着橙色的光芒。这轮巨月据说几百年才能出现一次，特别罕见。它近得好像可以令人看见表面的环形山；好像可以让人伸手摘下来；好像就是要把地球吸引吞噬。在这轮橙色巨月的映衬之下，在高速公路上，两辆车划出了两道如同彩虹一样的激光轨迹，营造出一种超现实的质感。这一切虚幻得如同梦境一般，美丽得好似漫画世界一样。

此时此刻，宇在昏睡一天之后，终于醒来。只见他穿着一身黑色的居家服，慢慢地来到客厅，似乎是想做点什么。纵使已经精神错乱，但是，在他那凌乱的头发下面，惨白的脸上仍然呈现出一种怪异的美丽，一种仿佛吸血鬼一般僵化的美丽。下午就快过去了，紫金坦克的客厅亮起了昏暗的灯光。

看见宇这边有了动静，翔拿起一盒外卖，轻声地问道：“宇……刚才星从外边给你买了点东西，要是饿了就先吃点……”

这位鼓手谨小慎微地说着每一句话，不愿意触及宇那最敏感的神经，不愿意提及他的伤手和乐队。翔现在唯一能做的，就是把这位男生的身体状况维持到正常水平。

闻听此言，依旧睡眼惺忪的宇，疲惫不堪地回答道：“好的……”

“今天有什么打算吗？”翔看见宇并没有想吃任何东西的意思，便把晚餐放在了餐桌上。

“没有，我还好。”宇冷冷地说着，并未看翔一眼。

“要不我们一起出去转转，”翔轻声问道，“开车兜兜风怎么样？”

“没关系，”宇严肃地说道，“我都还好。”

“可是，你总不能整天就那么一个人待在屋子里呀！”

“我先回去了。”宇厉声说道。

“喂，先吃点东西吧？”

“等一下吧！”宇进一步加强了语气，并未等翔回答，就回到了自己的房间。他只拿了一点水，可他已经整整一天没有吃东西了。

在这些日子里，宇总是将门窗紧闭，让房间密封得好似一口棺材。仿佛所有得了精神病的人，都会把自己关在这种黑暗之中，然后慢慢地死去。

翔跟着宇走进了房间，想用自己的力量，改变点什么。

然而就在这位男生刚刚迈过房门的一瞬间，宇突然就跟疯了一样，猛地用手掐住了翔的脖子。

他的眼睛红得像一头愤怒的斗牛，疯狂地咆哮道：

“谁让你进来了？！出去！”

这是宇这辈子第一次跟翔发生正面肢体冲突。

“宇……”

翔的脖子已被掐出紫印，脸也憋得通红。其实，这位男生完全有能力挣脱，但他没有这么做，仿佛等待着宇的清醒。

“宇……”翔艰难地发声，“对不起，我应该敲门的。我只不过想通过你的窗户看看外边的世界，看看外面的风景……”

可是，宇却没有说话，只是缓缓地放下了翔，好似清醒了一些。通过打开的房门照进的一点点暗光，看着床边刚刚喝空的药瓶，宇意识到，也许以前的药剂还能在某些特定的时刻发挥一些作用。紧接着，这位青年一下子坐在床边，抱头痛哭起来。

“对不起，对不起……”

此时此刻，宇可能已经知道自己做错了什么，错在了哪里。他仿佛了解，翔只不过是想进屋帮他换换空气；他似乎明白，在这时候，这位鼓手不会直接命令或者甚至是建议他一下。

翔背对着宇那近乎黑暗的房间，打开窗帘，站在窗前凝视着外面的世界。突然间，一缕阳光从浓云的缝隙穿过，直接洒向地面。很快，那微光变成了更多的光束，让天空在顷刻间又一次恢复了光亮。浓云消失了，巨月消失了。天晴了。窗外的风景，一花一草，一树一木，好像伊甸园一样美丽。随即翔打开了窗户。就在一瞬间，沁人心脾的空气，从外边飘了进来。翔的头发被微风吹起，衣服也在随风摆动……这时，本来背对着窗户，坐在床边发呆的宇，在刹那间，也突然感受到那带着泥土芳香的空气所带来的清新与美好。这位男生猛地回过头，就好像从地狱里面刚刚走出来的人一样，惊讶地看着外面世界的一切美丽和静止不动的翔。两人什么话也没有说，甚至连眼神都没有交换一下。过了一会儿，翔关上窗户，从房间走了出去。天色由于浓云的遮挡很快再一次暗淡下去，屋子又一次进入了黑暗之中。而宇，也再一次回到了麻木不仁的错乱状态。

就在翔离开宇的房间不久，星和菲就从市区赶了回来。他们并未看见宇对翔都做了什么，不过翔的脖间那紫色的手印和他凌乱的头发证明了刚刚发生过的一切。于是，三位青年转移到了车库，对于宇的病情交换了看法。讨论过后，三位青年当即决定，如果紫金坦克的队长再这样恶化下去的话，他们就会请世界上最棒的医生对宇进行介入治疗。

傍晚时分，正当大家还在商议将要去哪家医院为宇进行会诊的时候，一阵急促的敲门声打破了屋内的气氛。原来，前来拜访的人正是警探爱德华。只不过这一次，跟随他来到这里的人并不是珍妮弗警员，而是另有其人。这又是怎么回事？

“你们好！”这位刑侦警长精神抖擞地看着星、翔和菲，说道，“我们又见面了。”

“爱德华警探，您好！”虽然再次见到老熟人，但是菲的表情却并没有产生太多的变化。她站在两位北京男生中间靠前的位置，平静地问道，“请问您到此是为了……”

“肯定是因为胡里奥的事。”星站在菲的侧后方，似乎早就已经知道爱德华前来拜访的目的。

“要不然咱们进来说吧。”菲客气地说道。

“不用了，我们说完就走。”爱德华利索地回答着，并不想走进别墅。

“至于我为什么会在今天来到这里，刚才星只说对了一半。”这位警探炯炯有神地看着三位青年，继续说道，“就梅耶枪击案而言，犯罪分子已经水落石出了，明面儿上的事很快就会结束。但是，那天在仓库里发生的枪战，似乎还有一个小小的问题没有得到解决……

“所以……”爱德华严肃地说道，“我今天必须把宇带走。”

“啊？为什么啊！”星惊讶地问道，“不是该做的口供在医院的时候都已经完成了吗？”

“而且到下一个程序似乎还需要一段时间。”翔显得有点儿不太耐烦，似乎并不想与爱德华再说什么。

“理论上是这样。”爱德华神秘地说道，“但是，这是程序之外的事。”

“程序之外？”闻听此言，大家均感到十分意外。

“简单地说，”爱德华坚定地说道，“我有权把他带走。”

“可是，”菲激动地说道，“宇他现在的伤病还没有恢复哇！”

“我想，你们指的并不是那位男生的手伤吧？”爱德华目光有神，似乎早已知道了答案，“这位是全球最著名的科学家，同时也是顶级的精神科专家，来自墨尔本的德国裔博士伦尼·海因策（Lenny Heinze）。”

“你们好。”一直站在爱德华侧后方的海因策博士走上前来。他一边拿出自己的证件，一边友好地说道，“宇在接下来的这段时间里，将会接受最好的治疗。”

三位青年接过证件，仔细地审视着眼前的这位德裔博士。只见他长着一副典型的日耳曼民族的脸孔，金黄色的头发和金黄色的眉毛下面有着深深的眼窝和高高的鼻梁。标准的偏分发型让他显得格外严谨。这位医生今年四十三岁，有着一米八三的身高和中等身材。他今天穿着一身黑色修身西服，戴着一副无框的近视镜，显得文质彬彬，科技范儿十足。

“对，就是他没有错。我刚刚在网上查过这位医生的资料，本来还想找他去呢。”翔肯定地说道，“只是，你们是怎么知道宇的状况的？”

“因为宇在医院的口供里，太多次地出现了一个人，叫‘静’。可是，根据我们的反复核实，那位女生已经死了。而且，我们在宇被绑架的仓库里面发现了抑制精神分裂的药物。在审讯中，胡里奥和他的同伙坚称从未给宇喝过任何来自他们的药剂，只是给宇服用了他自己放在车上，以备不时之需的药物。黑手党只想让宇说真话，只想拿到他们的证据。”爱德华严肃地说道，“所以，我们确定他得了精神分裂症。”

“原来……”菲平静地说道，“你们也知道了……”

“对，我们分析此类病症的手段会相对更加专业一些。放心，这次并没有易容术。”爱德华诙谐地说道，“想必你们也了解了，即便是来自基度山的易容术，也是很难在近距离持续良久的。

“菲，等一下还会有一位博士过来。我保证你一定会感到十分高兴的！”爱德华看看表，继续说道，“他现在应该已经到了。”

这时，别墅的院子外面徐徐驶来了一辆黑色三厢轿车，稳稳地停在爱德华的警车后方。从车上下来的那位博士不是别人，正是菲的父亲，著名的天体物理学家，叶凯宁博士。只见他穿着一身深灰色修身西服，沿着别墅院落草地中间的过道，向着别墅大门走了过来。

“爸爸！”看到许久未见的父亲，菲第一个冲了过去，显得非常开心。

“菲呀，你怎么也在这里？”叶博士在院落中央一把就把菲抱起，继续说道，“来到这儿之前，爱德华警探已经跟我大概介绍了最近的情况。我走的这些天，你受惊了。让我看看你受伤的部位。”

随后，叶凯宁博士放下女儿，仔细地打量起她来。

“叶博士，”爱德华站在别墅的门口，冲着他喊道，“我真不知道您的女儿今天也在这里。不过，最近他们总是在一起的。”

“爸爸。您就放心吧，您看我现在不是什么事都没有吗？”菲双手一摊，举重若轻地说道，“我是不会害怕的。”

“但是，”菲的爸爸愧疚地说道，“我真的是没有尽到一个父亲的责任。”

“爸爸！”菲倔强地说道，“我都已经成年啦！没事的！不过话说，您今天来到这里是要做什么呢？”

“这个恐怕我现在还是没法告诉你。”叶博士深情地说道，“但是，我既然会来接宇这位男生，那么，他肯定是和我们的事情有关系的。不过宇他一定不会有事的，你们就别担心啦！”

随后，叶凯宁博士和他的女儿一起走到了别墅的门口。在菲的介绍下，这位博士很快就认识了星和翔。片刻之后，宇就被爱德华一行人使用非常手段、强行带离了紫金坦克的宅邸，消失在黑夜尽头。

“星、翔，宇现在已经被接走了，”菲贴心地说道，“我的爸爸和海因策博士都是这个世界上最好的专家，我们就放心吧！”

随后，三位青年转进房间，继续围坐在客厅的沙发上。壁炉的柴火让他们感觉到些许的暖意，不再寒冷。

“菲，你的父亲真是大气稳重、气场十足！”恭维之后，翔随即话锋一转，继续说道，“只不过，宇就这么被带走了，我真的还是放心不下。”

“我想，这其中肯定有着什么大事，”星突然说道，“不然政府不会如此大动干戈。”

“星！翔！”菲坚定地说道，“实际上，在宇那并不完全的日记里面，我也可以隐隐地感知到，除了我们已经了解的部分之外，肯定还存在着更多的秘密，并非那么简单。”

“你也这么觉得？”翔问道。

“对，因为缺乏足够的信息，所以我目前也说不好那具体会是什么。”菲果断地说道，“既然如此，我们就以我为主，行动起来！看看还能做点什么。我需要更多的细节，那些导致宇堕落的细节。”

“那么，就让我们从现在开始，立刻展开行动吧！”

第二十二章　托付者
Words To The Best Friend

现在，让我们把时间倒转，再次回到2001年的五月，回到亚洲最强乐队大赛的决战前夕。

我清晰地记得，就在超级银河乐团即将奔赴日本东京的前夜，整个亚洲的摇滚圈早就充满了硝烟的味道。各个国家的冠军乐队已经磨剑擦枪、整装待发，为了亚洲之王的宝座发起着最后的冲击。四位青年更是和摇滚圈的一帮好友，在位于北京王府井的一家火锅店进行了聚餐，为这场终极对决，听取了各方建议，获得了最后鼓励。

兴致盎然，在那一夜，每一个人都在这憧憬着未来的酒宴之上，喝高了。

然而就在第二天上午，一个不幸的消息却突然从天而降，降临到超级银河乐团之中。正当宇在家中检查行李，准备向机场出发的时候，一个陌生的电话打破了宁静，将一切幻化成无比的悲伤。

“小宇吗?”手机里面传来了一个急促的女人声音。

“您好。我是宇，请问您是?”

“我是月的小姨……”电话里的声音显得有气无力，透露出来一种沉痛之情。

“哦……您好!”

宇礼貌性地回答着电话里的声音，但是这位男生其实从未见过月的小姨，也不知道到底发生了什么，所以一时不知如何应对。

“小宇呀，有件事情，我不得不告诉你，”说着说着，电话里的声音已经变成了哭腔，“你得有个心理准备。”

“是不是月出什么事了?”

一听到哭泣，宇在一瞬间就意识到发生了什么。他的情绪在顷刻之间急转直下，坠入谷底。

此时此刻，对方并未马上回答宇的问题，电话那边毫无响应。空气好似凝固了，时间仿佛静止在那里，悲伤在刹那间取代了一切。

“月他是不是生病了？但是超级银河乐团不能缺了他呀……我和星、翔现在就去找他……我们还可以晚走几天……”宇就这样说着词不达意的话语，就算早已预感到了什么，但在没有任何结果之前，这位男生仍然愿意把事情向着积极的方向思考。

“宇，你听我说……你要挺住……”电话那头已经哭成了泪人，声音在刹那间就在随后的这三个字里彻底崩溃，“月走了!”

“您说什么？月走了！”闻听此言，宇的脸色突然变得惨白至极，眼泪唰地掉了下来，“我们今天还要登上飞机……还要参加比赛……还要完成最初梦想……”

这是这位男生这辈子第一次哭泣，万箭穿心、悲痛欲绝。他试图让自己尽量变得冷静一些，可是根本就做不到。在一瞬间，宇就丧失了原有的理智，疯狂地嘶吼起来：“阿姨您得告诉我，这不是真的，不是！您可知道，昨天晚上我和月明明还在一起把酒言欢、畅想未来！然而这到底是怎么回事！怎么会这样！”

“小宇……你听我说……”月的小姨努力地解释着一切，仿佛再一次被戳中了痛处，“昨天晚上月出了车祸……虽然经历了一夜抢救，但是仍然没能躲过灾难……你阿姨因为承受不了这突如其来的巨大打击，现在正在医院，处于昏迷状态。我们也是受其家人委托，在第一时间将事情转告你……”

“不可能啊！这绝对不可能啊！”宇激动地说道，“因为昨天喝多了的关系，我还专门为他叫了出租车，以为有人为他开车肯定不会有事……”

“出租车的车头被一辆巨大的卡车全部撞烂，车身也断成了两半。月和双方司机均未逃过此劫……全部遇难。”

“月他现在在哪儿？我要去找他！我不相信！我不相信这是真的！”

宇始终无法理解，昨天还在一起谈天说地、海阔天空的挚友，怎么今天就消失在了世界的尽头？十几年的缘分，说没就没了？在这一刻，这位男生根本不敢闭上眼睛。因为一旦闭上眼睛，浮现在其脑海之中的，全部都是月的音容笑貌。

随后，三位青年一同来到医院，终于见到了他们的队长。在太平间，宇、星和翔努力控制着悲痛的情绪，慢慢地走了过去，只见这位英俊的青年就那么安详地躺在那里……虽然他的灵魂已经驾鹤西去，但身躯却根本不像已经离开这个世界，好似把最美丽的一切永远留在了人间。

“为什么是那辆出租车？为什么？”刚刚离开医院大楼，宇就在突然之间变得好似一头猛兽，不顾旁人不顾一切地疯狂地吼叫起来，“我亲手把月送进了另一个世界！真是不可原谅啊！我为什么不再等一辆出租车，为什么一定是那一辆！为什么！！”

宇就这样偏执而疯狂地自责着，根本无法原谅自己。就算月的意外完全跟他没有关系，就算星和翔在一旁竭力地安慰他，也根本没有作用。

后来，超级银河乐团不得不在第一时间取消了参加亚洲最强乐队大赛总决赛的计划，宣布弃权。因为无论从心情上，还是人员配置上，他们都已无法胜任此次赛事。由于比赛日期临近的关系，主办方也无法马上给当时夺得中国赛第二名的极光乐队，办理相关的出国手续。经过紧急协商，组委会最终决定在日本东京的决赛现场，播出超级银河乐团在中国赛的夺冠录像，作为对这名天才吉他手的崇高致敬。

就在总决赛正式开始之前，月的葬礼在北京举行。那天，月生前所待过的乐队队员都来了，中国摇滚圈的人全来了，歌迷们全来了。原本打算简单举办的仪式，却变成了人山人海。在灵堂，并没有哀乐，取而代之的是摇滚的声音。每一个排队瞻仰月遗容的人，反而因此更加泣不成声、泪如雨下。事后，宇、星、翔和月的家人，一起为躺在那口水晶棺材之中的那位青年扶灵，送亡者最后一程。在前往火化厂的灵车上，宇就这样一直趴在那口水晶棺材上面哭，一直哭。直到他的眼泪几乎把棺材浸湿，也没能让他舒服一些。他们就这样一直护送着月，直到这位青年化为灰烬，彻底离开人间。

几天之后，宇、星、翔终于坐上了远赴东洋的飞机，将会作为特别嘉宾，加入这场史诗决战之中。就在飞机冲上云霄的一刹那，宇感觉他的身体已经随着上升的气流，飞到了极乐净土，再一次与月重逢。

很快，时间就来到了决战之夜，而地点就在位于东京市区的一座小型露天足球场之内。那夜的天空格外晴朗，可以令人清清楚楚地看见每一颗星星。此时此刻，时间已经到了晚上八点左右，场内的灯光同时亮起，让一切准备就绪。

宇、星和翔臂绑黑纱，以一身黑色修身西服出席大赛。在那喧嚣躁动的摇滚现场，他们的这身行装显得极为庄严、特别肃穆。三位青年坐在首排的嘉宾区域，可以清晰地看到前方的一切动向。

一会儿工夫，比赛正式开始。在亚洲最强乐队大赛总决赛的舞台上，灯光、音乐、火焰在一瞬间就交织出了令人目不暇接的绚丽场面。这气氛感染着每一个人的情绪，震动着每一个人的心灵。来自各个国家的冠军乐队倾其所有，把自己的水平发挥得淋漓尽致。他们乐风各异，各显神通，让每一名观众顶礼膜拜、心悦诚服。

疯狂的躁动很快就把比赛推向了高潮。就在比赛进行到最精彩的黄金时段，现场主持人开始了对天才吉他手谭辉月的纪念环节。只见他站在舞台上，激动而深情地说道：

“亲爱的朋友们，今天本来应该还有一支乐队，会来参加我们的比赛。他们就是来自中国北京的超级银河乐团！可是，这支乐队的主音旋律吉他手、队长谭辉月先生，在出发之前，却不幸车祸遇难……

“他今天无法到达现场……

“哦，不！我的意思是，虽然月的肉体无法来到这里，也许，也许他的灵魂也和我们一样，就在这块体育场的某一个地方……在关注着比赛，关注着摇滚，关注着他的队友们。今天，组委会也特别邀请到了超级银河乐团的另外三位成员来到这里观赛，以摇滚的名义缅怀他们的挚友。同时，为了纪念这位才华横溢的摇滚青年，我们也将在这里播出超级银河乐团，在亚洲最强乐队大赛中国总决赛的夺冠录像。希望在场的朋友们，能够通过舞台上方的三块巨大屏幕，感受到他们的音乐和魅力。”

三块屏幕同时亮起。就在现场刚刚出现超级银河乐团的影像之时，台下的观众立刻就被震撼了。看着那四位朝气蓬勃、阳光灿烂的年轻人青春无敌的英俊身影，所有歌迷仅仅跟着一首慢歌，就轻轻地摇滚起来，好像已经被那旋律传递的温暖所融化。正在台下的宇、星和翔，看着屏幕上曾经的队长，看着曾经的欢笑时光，看着曾经奋斗过的战场，在一瞬间就哭成了泪人。

当录像结束的时候，现场响起了雷鸣般的掌声，经久不息。但是，正当主持人将要进行接下来的串词，使比赛继续的时候，一切秩序却被一个意外的举动所打破。只见宇突然站起身来，以一个极快的速度冲到舞台中央，一把抢过了主持人的麦克风。话筒的快速位移令现场顿时发出了刺耳的声音，然后，在一瞬间，那噪声就消失在了空气尽头。

全场寂静了。

主持人和观众全都愣在了那里，仿佛在说——这位帅气俊朗、英气逼人的年轻人，要做什么？

刹那间，只见宇将麦克风反拿，仰望天空，大声地嘶吼起来：

“月啊！你走之后这几天，对于我们来说，就如同几个世纪一样漫长。现在的你，已经安全抵达那里了吧？旅行顺利吗？真遗憾哪！在这颗蔚蓝的星球之上，在这一刻，我们只能在这二维的屏幕里看见你的笑！但是，但是音乐一定具有某种神奇的魔力，可以穿越多维超空间，让我们紧紧拥抱在一起。

“Hey Moon, since you went to the other place, for us, it seems like it’s been many centuries. And now, have you arrived there safely? Is everything fine? So bad, in this earth here, at this moment, we can only see your smile from this Two-Dimensional screen. But I believe there must be a magic of music, can finally go through the other dimension and let us reunite together, let us see you again!”

这段隔空对话，宇说了一遍中文，一遍英文，这样，全世界都能明白他想表达的是什么，都可以和他一起，纪念这位英年早逝的音乐人。所以，话音刚落，体育场里就再次响起了雷鸣般的掌声，充满了祝福与鼓励、温暖与温情。

紧接着，宇顺势从琴架上拿起一把之前的乐队用过的电吉他，打开开关，将其挂在了身前。心有灵犀一般，现场的调音师立刻明白了这位青年接下来要做的是什么，把本来已经即将关闭的控制台，调整到满血的工作状态，把已经关上的声音全部推了出来。

宇就那样傲然地站在舞台的正中央，慢速而有力地下拨琴弦。那失真的金属音色生涩而坚定，一下、两下、三下、四下……令现场的气氛逐渐升温，让台下的观众也跟着节奏整齐划一地数起数来。

就在这时，宇的琴声仿佛一种使命召唤，令星和翔立刻心领神会。紧接着，两位青年也同样跑上舞台，为吉他手配上了慢速有力的鼓点和浑厚稳健的低音。

随着金属节奏逐渐加快，歌词开始加入进来，让失真的音色逐渐变幻成为美丽的歌声。在日本，超级银河乐团的王子唱起了松泽由美演绎的《托付者，我的最爱》(托す者へ ~*My Dear*~）。与原唱版本那柔和而抒情的寄托不一样的是，宇只改编了车田正美主笔的原版歌词中的一个词，就使得歌曲的意思由寄语后人，变成了朋友之间的承诺。同时，他那节奏适中、更加有力的金属版本，传达出来更为坚定的信念和意志力。虽然人在东京，虽然已经站在这座万人体育场之上，但这一次，这位北京男生只想独自一人和曾经的老队长聊上几句，因此，他唱的每一个字，都是中文：

《托付者》

受伤倒下的战士那虚幻的梦境

开在荒野的花儿那温柔的笑颜
那天的摇篮曲　远远地传来
回忆千丝万缕　只祈求那份宁安
纵使这身躯倒在路边
我的朋友哇　也请相信我会继续向前
纵使那眼泪已然干涸
盛开的花儿　也孕育生命迎接明天
人类伤害了谁抑或被谁伤害
生命消逝之前受的伤难以计算
人类因其过错　被逐出乐园
承受无尽神罚　还有无边的黑暗
夜空的星星闪耀天边
我的朋友哇　所以请不要伤感喟叹
那份意志将永远传承
不灭的星光　印证我们当日的誓言

黑暗中的希望，黑暗中的光明。庄重而肃穆的黑色西装，反而把站在绚丽舞台之上的三位花样男子，衬托得更加俊美、更加阳光。看着他们用动人的歌声告慰曾经并肩战斗的战友；看着巨型屏幕上那曾经的音容笑貌，现场的每一个人无不为眼前滑过的一切动情哭泣。他们挥舞着手机所发出的纯白光亮，星星点点，会聚成星河，让东京的夜空充满了温馨与感动。

五分钟之后，超级银河乐团这没有排练、未被安排的演出，在观众的不舍之中结束了。余音未平，余音未了。只见宇对着夜空的银河，忘情地呼喊起来："喂，月呀！喂，老大呀！你一定听得见我宇在说话吧！你看见了吗？我们现在就在亚洲最强乐队大赛的总决赛赛场上啊！所以，所以你也在这里呀！这也是你的心愿呀！"

这位男生重重地指向舞台，指向那个月曾经站立的位置，继续说道："我知道，你的灵魂一定就在这里，看着我们呢！对吗？你看见台下那么多的歌迷了吗？有那么多的朋友和我们在一起！你看着呢，对吗？我们从小就聚在一块儿玩音乐，一直梦想着能在这个星球上做点什么。今天，我们终于站在了这里，我们的摇滚明星之路也将会从这里扬帆起航。在今后的日子里，你不会孤独，不会寂寞。因为哥们儿总有一天会到那里和你相聚！在我们无法见面的这段时间里，我们都不会放弃我们的音乐与信仰，对吗？因为音乐，我们的灵魂就永远不会寂寞，因为信仰，我们的乐队则终将唱响世界！"

两个小时之后，比赛结束。虽然来自新加坡的飞翼乐队最终赢得了冠军，但是并未参赛的超级银河乐团则获得了更多观众的心。

现在，把时间快进，回到2004年的澳大利亚布里斯班。此时此刻，宇已经被带走了一个多小时，虽然深夜已至，但是，星、翔和菲三位青年的对话还在继续，丝毫没有停下来的迹象。

“不过，那次在东京即使得到了现场观众的认可和同场乐队的尊重，但是，我们毕竟没有参加比赛。所以参加顶级赛事，也就成了超级银河乐团的一个夙愿。从此，超级银河乐团也成了中国摇滚圈里的‘亚特兰蒂斯’，还没崛起，就沉在了海底。”星摇了摇头，难过地说道，“虽然月的灵魂本该一直激励着我们前进，但实际上，宇根本没有放下一切。从东京回来之后，他变得和以前不一样了，一些症状开始在他的身体里潜伏、反应、发酵。他开始失眠多梦，一睡觉就会想起月，想起那辆出租车和那天分别的场面。宇也因此开始出现精神恍惚、无法集中精神力的症状，整天心力交瘁、郁郁寡欢。那一次，他差不多用了三个月的时间，才稍稍恢复了一些状态。”

“实在是太遗憾了！”菲的目光呆滞，伤感地说道，“实际上，月的离开已经影响到了乐队的继续前进。”

“确实，月的意外去世，对我们的打击非常之大。在整理他的遗物的时候，我突然感到，一个人曾经无限努力追求的一切，在死了之后，又会有什么意义呢？你所用心保护、珍爱备至的琴、乐谱、唱片、卡带和CD等一切，会不会像垃圾一样被别人扔掉？我们当然会保护好月留下来的财富，但每个人还是会有这样的担心吧？梦想又是什么呢？真的是当你最爱的人的肉体和他所有的物品灰飞烟灭之后，留下的精神吗？太虚无了。真的。结束了比赛之后，乐队连续三个月，完全没有接触任何音乐。世界就像少了灵魂与心，感觉真是糟糕透了！”翔拿下了眼镜，平静地说道，“后来，我们去了喧嚣的地下圈。”

“什么是，”菲傻傻地问道，“什么是地下圈？”

“地下圈，”翔沉思了一下，和缓地说道，“其实，那就是一个由所有还未正式签约，没有出过专辑的乐队组成的一个圈子。但在我理解，那是一个更喧嚣、更躁动、更虚幻、更自由、更能用来挥霍青春、更能尽情宣泄一切的地方。”

“没错，地下圈。”星接着说道，“宇的师傅秦天原来也在那里混迹一时。只不过当我们再去的时候，和秦天同时期的那批乐队，不是已经出专辑了，就是解散了。总之，就是很多人都不认识了……再后来，为了维持乐队的正常运转，宇买了一台可以program（提前录音）的苹果电脑。每次演出之前，我们就用它先录好乐队在演出之时所需要的旋律部分，以为那样可以弥补一些月的离开所带来的遗憾。我们换了一种乐风，在那里混了几个月，也积攒了一定的歌迷和人气。出乎意料的是，虚无的地下圈，倒是很适合我们当时的心态，让我们竟然奇迹般忘却了，或者说暂时忘却了心中的苦痛……这个时候，我们的生活中，出现了一个人。她的样子我至今还记忆犹新，难以忘记……”

“是静吗？”

“是的，就是那位女生。”翔平静地说道，“宇在病床上昏迷的时候，梦中的静。”

在离开紫金坦克的别墅之后，宇就迅速地被爱德华一行人带到了一个秘密的核子研究中心。原来，这位男生此行的目的正是配合政府的绝密工作，而这里也是菲的父亲，叶凯宁博士最近一直工作的地方。

然而，此刻的宇已经神志不清，停留在幻想状态。他来到这里，又能帮到这些科学家什么呢？

事实上，这座核子研究中心距离布里斯班大概两百多公里，位于昆士兰州北部的一片荒芜之地。科学家们在这片荒地的地下，内置了一台超过三十公里长度的超级“大强子对撞机”，其价值更是超过六千亿澳元。研究中心成立的目的，是探寻宇宙大爆炸之前，组成并控制时间和空间、能量和物质的“上帝粒子”——希格斯粒子。一旦发现这颗粒子，时间旅行、宇宙初始、平行空间等谜题将会被解释。

值得一提的是，这个项目虽然绝密，但是它的规模却并不算小，光是维持设备运行的工程师，就有一百人之多。这些科学家天天吃住在一起，没有特别的许可，是不可以随意出入的。叶凯宁博士是这个项目的总负责人，而来自墨尔本的德裔博士伦尼・海因策，也在后来加入了团队。除了作为研究精神领域和宇宙之间关系的专家之外，海因策还以他的另一个身份——量子物理学专家，成为项目总监之一。

晚上十一点，宇一行人在通过了七道严密管控的关卡之后，来到了一个硕大的实验室。此实验室简约而科技感十足，顶部全部由白色的内置灯箱组成，而四面则满是单向透光的茶色钢化玻璃。这样的设计让外面可以看见里面，但反过来则不行。屋内干净无比，表面上没有任何可以直接观察到的摄像、录像设备，全部都隐藏在了玻璃墙的内部。在这里，两位博士将要通过一个先进的科学实验，解开一个疑团，从而增加找到“希格斯粒子”的可能性。

片刻之后，如果你把镜头拉近，就会发现，宇的头部已经被一个巨大的类似半盔一样的金属物体所包裹。那物体的外围插满了金属探测器和各种管线，似乎是一个可以用来读脑的先进设备。叶博士和宇分别在一张巨大的白色方桌两边，相对而坐，而海因策博士则坐在方桌的另外一侧，监控着面向着他的一个四十寸显示屏。

随即，海因策博士给宇服用了一种最新的强效药物，试图让这位男生在一定程度上临时摆脱幻想世界，配合问询调查。一会儿工夫，实验正式开始。

只见叶博士开门见山，把那块神秘符牌放在了桌子上，严肃地问道：“宇，我们今天叫你来，是因为我们发现了这个，你能解释一下这是什么吗？”

原来，这个就连著名科学家叶凯宁博士也找不到答案的问题就来自于水晶婆婆交给宇的那块神秘符牌。事实上，自从托马斯・李博士将其交给叶博士之后，后者就一直百思不得其解——那块坚硬无比、解救宇于危难之中的符牌，到底是什么来路？

“天哪！这不是我的符牌吗？我记得……我记得我只将它借给过李博士，现在它怎么会在你们这里？”宇惊讶地看着眼前的物体，笃定地说道，“这是静送给我的，没有错的。”

“静？”叶博士明知故问，并没有回答宇的问题。

“对呀！”宇看着这位博士，以为静就在他的身边，转头对着那位女生说道，“静！你说对吗？”

见到此情此景，叶凯宁将视线看向邻侧的海因策，不解地挑了一下眉毛，显然认为宇刚才服用的药物还没有开始发生效力，仍然令其处于幻想世界。而这位德裔科学家则认为此药的效果并非重点，因此示意试验继续进行。在海因策看来，如果叶凯宁能够通过目前的对话，直接揭开谜底当然最好，但若无法达到目的，实验室的设备也会把那块符牌的来路查个水落石出。

“宇呀，”叶博士继续问道，“你说这块符牌是静给你的？”

“是呀，”宇平静地回答道，“她是从乔治街街角的水晶婆婆那里求来的。”

“宇！”海因策博士监控着仪器，平静而严正地说道，“乔治街根本就没有占卜屋，也从未有人听说过你所说的那位水晶婆婆。”

“或许已经拆了吧……”宇和缓地说道，“那次静被韦恩带走之后，我也回过乔治街一次，确实发现小屋已经没有了。事实上，我也曾怀疑过它存在的真实性。不过，你们知道，在美国、日本等很多国家，占卜师和艺人是一样的，有标准的经纪团队管理他们，包装他们，安排他们的出镜率等。我想，这位水晶婆婆可能已经过气了吧。”

“哎！哎！哎！”宇在突然之间略发疯癫地左顾右盼，神经兮兮地叫道，“但是那位婆婆确实曾经在乔治街出现过！”

“宇，”叶博士把身体探向这位男生，更加严肃地说道，“这块符牌根本不属于这个世界。”

“你说什么？！”闻听此言，宇在一瞬间就恢复了平静，似乎意识到了什么。他的语速并不快，但每个字都是那么铿锵有力，字字清晰，在平淡中透露出一种彻彻底底的惊讶。

“经过我们的科学检测和多国顶级科学家的联合鉴定，地球上从未发现过这样的物质。”叶博士认真地说道，“这块符牌不但帮你挡了一枪，毫无损伤，而且，就算我们使用了可以制造出零下二百五十六摄氏度超低温的氦气钻头和能够喷射出几千摄氏度高温的热熔枪，也无法动它分毫。”

“你能不能再想想，它到底是从哪里来的？”

“这只不过是块普通的牌子。”宇平静地说道，“来路我已经说过了，水晶婆婆给的。”

就在这时，宇虽然一直坚称符牌就是水晶婆婆的赠予，并且也不认为它就有着什么神奇魔力。但是，叶凯宁却怎么也不相信宇的所言。在这位顶级科学家看来，一个存在于幻想世界的占卜师，怎么可能传输一块符牌来到这个真实的世界。并且，这块符牌已经展现出了超自然的强大能力，绝对不像宇所说的普普通通。

气氛一度僵持在了那里，让对话无法继续。

值得庆幸的是，叶凯宁和明哲宇之前的对话，并不是完全没用、毫无效果。事实上，两位博士早就商议妥当，一旦药剂不能马上起到作用，一旦宇不能正常说话并且直接给出答案，那么叶凯宁将会通过对话，引导这位男生进入到他的潜意识，进入到他拿到符牌的那时那刻，并且最终由海因策的仪器呈现出来一切的真相。

此时此刻，海因策博士直接招手，示意叶博士来到他的身边——两人终于看到了下面的一幕，得到了符牌出现的真相。

“看，这就是那天的画面。”

只见屏幕上出现了一段视频，显示的不是别的，正是水晶婆婆、静和宇在乔治街那唯一一次对话。

“经过刚才的对话，我们已经成功地从宇的大脑中提取出来了当时的画面。”海因策博士介绍道，“全新的技术，用于分辨和鉴定精神分裂症。如果屏幕左上方的标志显示为红色，就是幻觉；如果屏幕上的标志显示为蓝色，则为真实。”

“现在屏幕上的标志是蓝色。”海因策认真地说道，“这足以证明，那天的那个静，至少，曾经出现在占卜屋的那个静，并不是来自宇的幻想，而是一个真实的存在。”

随后，两位博士将对话转移到了实验室之外。良好的密闭性可以让他们的讨论流畅进行，不会令屋内的宇听到半点动静。

“海因策，照你刚才的说法……这孩子还没完全疯吗？那么静来自哪里呢？水晶婆婆又从何而来呢？”叶博士透过玻璃向着屋内看了看仍然处于游离状态的那位青年，陷入了沉思，“她们应该全部来自宇的幻想才对，如果不是这样的话，难道……”

“似乎只剩下一种可能性了。”海因策博士平静而谨慎地说道。

“难道……”叶博士此时脸色煞白，问道，“难道她们真的来自死亡之国？”

“我想恐怕是的。”

“这不可能！”叶博士突然厉声说道，“这根本不科学！死人怎么可能复活？”

“老叶呀，这也许就是我们寻找希格斯粒子的意义。”海因策博士平静地说道，“也许她们来自不同的维度，并不是常理所能解释。”

“喔……”

叶博士深吸一口气，在实验室外的走廊里踱起步来。片刻之后，他又回到了海因策的旁边，谨慎地说道：“对呀……对呀……也许……你是对的……我是说……我是说，如果，如果你的假设是对的……难道那一天，阴阳两个世界在某种机缘巧合之下，果真被打通了？这又是为什么？”

“可能那位水晶婆婆就是连接两个世界的中转站？也许她需要巨大的能量，才能把牌子传输过来。但是因为某种原因，阴阳两界的穿越只能维持很短的时间？也许那位神奇的占卜师在冥界具有某种力量，可以和我们这边贯通？”

“那是不可能的！”叶博士严肃地大声说道，“连接阴阳两界，就算可能，依据严谨的数学推论，那也需要极其巨大的能量。而且，两界肯定有着一种根本无法打透的铁律来维持彼此世界的秩序。除非是神，否则就算水晶婆婆在那边法力无边，她一个人也绝没可能搞出这么大的动静。”

“不要忘记了，宇和水晶婆婆见面的那天，我们正好也在那个时候进行了第一次秘密的粒子对撞试验。就在两个质子对撞的时候，它们的速度已经无限接近光速，达到了光速的百分之九十九点九九九九九九一，撞击频率每秒钟超过了六十亿次。虽然那次对撞的结果失败，但两颗质子居然爆发出一百万个太阳的能量之和，然后这些能量又以亿亿分之一秒的速度瞬间消失。最终系统瘫痪。”海因策博士平缓而严肃地问道，“那些能量到底去了哪里？”

“难道，难道你是说……”

“我们对外宣称没有找到‘希格斯粒子’，并称是一起事故，可是我们心里都明白，事情并不是这么简单，”海因策博士谨慎地说道，“现在事实看起来清晰无比……”

“这么说来……”叶凯宁博士恍然大悟，紧接着说道，“我们创造的几乎可以改变一切物质、时间、能量和空间的巨大力量，和冥界占卜师的法力在一瞬间对接上了，产生了时空、维度的裂痕。于是静回来了。那一次，或者说那一瞬间的静，并不是宇大脑之中的幻觉，而是真实存在的一个灵魂，一个来自冥界的人。”

“没错。”海因策博士推测道，“也许那位占卜师每一次实现穿越，也需要寻找我们这一世界的力量。”

“听你这么一说，我就想起来了！”叶博士进一步补充道，“一个月前在瑞士日内瓦，在欧洲核子研究中心的一次对撞试验之后，突然出现了根本不可能出现在那里的鸟和面包。当时的官方说法冠冕堂皇，甚至找了各种理由掩盖真相。可是，即便如此，所有人也仍在怀疑那鸟和面包是否就是时空穿越的产物。现在看起来那位占卜师在那时就开始寻找同样的能量进行传输！但是这一次并不是时空穿越，而是连接阴阳两界！”

“完全正确！”海因策博士笃定地回答道。

“所以，”叶凯宁博士继续说道，“下一步，我们需要继续做点什么，证实我们刚才所说的一切。”

“你的意思是……还要对撞吗？”海因策博士疑惑地问道，“现在的问题是，我们怎样才能再次打开隧道？因为，在不知道对方的力量何时才能出现的情况下，我们根本没有那么多成本，无限次地寻找对面的能量进行对接。”

“无论如何，我们都要再试一次。如果成功的话，这将对人类文明的进化产生革命性的伟大意义！”叶凯宁博士顿了顿，继续说道，“但这一次是秘密的。就算是在核子研究中心，也只能控制在极少的人数范围之内，不能走漏半点风声。”

一会儿工夫，随着两位博士对谈的结束，连接宇的一切设备都被移除。随即，这位男生被带离了核子研究中心，安全转移到海因策医生的私人医院进行进一步治疗。在这一刻，一切的一切仿佛再次安静下来，将时间又一次推回到了那个经典的，2002年。

第二十三章　2002特别的爱
2002 LOVE

不知不觉，时间很快就到了2002年的秋天。当时，超级银河乐团已经在地下摇滚圈里混迹一段时间了。每个星期或者每半个星期，三位青年都会在不同的Live House里面，各种发泄、各种疯狂。地下摇滚的好处是，那里从来没有黄牛贩票，互撞（POGO）、搭墙随时进行。铁粉们站立观看，距离舞台最近只有一米。

没错，就像之前说的，那里更躁、更纯粹。

在地下圈的那段时间，超级银河乐团曾经一度搁置了他们一直使用的旋律金属风格，而是走上了非常黑暗非常暴力的新金属路线（New Wave of American Heavy Metal）。具体说来，他们的乐风有点儿类似于美国的著名新金属乐队——活结（SlipKnot），属于一个主唱用各种"黑嗓"嘶吼，然后所有成员各种摇头的类型。为了不同以往，宇、星和翔三位男生在演出的时候，经常会穿着黑色马丁靴，穿着挂着铁链子的黑色帆布工装裤和黑色紧身背心。不仅如此，他们还佩戴着各种金属装饰，来宣布自己的与众不同。

值得一提的是，鼓手在新金属摇滚里显得尤其重要。而翔那好似"超高速机关枪"一样的双踩技术，让音乐的每一秒钟，都爆发出好似要毁灭一切的、让人窒息的超高频撞击爆炸力。而歌迷们恰恰喜欢听的——就是那种要死的疯狂节奏。

每当音乐响起，三位男生就沉迷在自己制造的狂躁世界，完全忘记了一切。在好似仓库一般密闭、昏暗但不失气氛的Live House，高频而疯狂的宣泄，似乎可以让宇在一定程度上摆脱月的死亡所带来的影响。和一些身边总是围着各种辣妹各种"果儿"的乐队并不一样，超级银河乐团从来都是来了就演，演完就走，没有半句废话。没有错，宇他们来到这里，就是为了远离一切，就是为了发泄和释放的。

然而，就是在这样的一种气氛之中，宇却遇见了他的初恋女友——静。应该说在那个时候，静看见的那个宇，和菲在"硬石"遇见的那个宇完全不一样，甚至和参加"亚洲最强乐队大赛"之时的那个宇，也完全不一样。宇变得黑暗了。然而这一切都是因为月的死亡。

那夜，和往常一样，宇正在舞台上各种嘶吼，各种疯狂。只见他单腿踩着一个位于舞台最前方的"返送音箱"（FeedBack），身体前倾，上身的重量全部通过拿着麦克风的小臂，用胳膊肘支撑在踩在音箱的大腿上面——这位青年正在不顾一切地各种摇头各种躁。因为宇已经把发型留到了中等长度的关系，此时此刻，他的前发已经和汗水一起贴在了他那白皙的脸上，呈现出来一种怪异的美丽。而台下早就已经完全嗨翻，神魂颠倒，摇成一片。

就在此时，宇突然从台下漆黑一片的歌迷中，第一次看见了静。只见那位女生留着一头乌黑亮丽的长发，皮肤白皙。我之前说过，她的净高为一米七九，穿上高跟鞋的高度更是达到了一米八五。

然而，静不仅明显比在场的绝大部分女生高出大半个头，而且气质也和那些辣妹完全不一样。那夜，她穿了一件博柏利的黑色风衣、一条卡其色的窄腿裤和一双来自著名设计师周仰杰（JIMMY CHOO）的黑色浅口细跟漆皮高跟鞋，颇有一种白领丽人的风范。

她就那样无限美丽、超群绝伦地站在演出厅的最后方，完全静止在这个密闭的空间之内，好像根本不属于这里的喧嚣和黑暗。在这一刻，这位女生和其他在前排已经陷入疯狂的所有人形成了巨大的反差，她的眼神则全部集中到了正在舞台上的那位主唱——明哲宇的身上。

我刚刚说过了，超级银河乐团来到这里的目的，就是为了宣泄，不为别的。他们身边完全没有女性，只有金属和黑暗。但是静的出现，在刹那间就让所有的一切完全改变。就在这时，宇停止了一切动作，精神超越了身体，和静的眼神在一瞬间对撞上了。

“一开始，我们都不知道是怎么了。”星平静地说道，“他就那样愣在那儿，一动不动。我们生怕宇的神经又出现了什么意外，不唱了，或者直接摔掉麦克风走人。”

“不过好在他的嗓音一直还和遇到静之前一样。”翔缓和地说道，“继续制造着疯狂。”

“哈哈！”星笑道，“翔，你的鼓那么激烈、那么厉害，想必宇也一定不会停下来的吧！”

“静……”菲深情地看着星和翔，赞叹道，“静她真的是太有范儿，太漂亮了。”

“没错。然后，我和翔就顺着宇的目光，从舞台后方看了过去。就在一瞬间，我们全部都被站在大厅最后方的那张惊艳的脸孔所震惊了。”星回忆着当年的那一幕，激动地说道，“她真的是太美了。”

让我们把视线再次转移到大天使乐队，看看这另外一群摇滚青年最近又都做了些什么。

事实上，自从大天使们从悉尼的“洛克”回到布里斯班之后，就把全部的精力放在了音乐上，而拉斐尔更是专心致志、勤学苦练，再也没有嗑过药。在这段时间里，大天使乐队在路西法的领导之下，已经开始在布里斯班参加各种演出，也因此以奇快的速度积攒了超高的人气。与此同时，他们亦按照计划，不断地与布里斯班的顶尖乐队切磋，并全部取得了胜利。

然而，因为路西法在索罗的天台输给了宇的缘故，加上为了确保最强组合和乐队大赛的最终胜利，路西法越来越想和这个大天使曾经遇到过的最强对手——紫金坦克再次较量一番，越来越想和击败过他的那位男生——明哲宇，再次对决一场。

但是，随着宇的受伤，大天使和身负重伤的紫金坦克真刀真枪再来一次的机会变得越发缥缈。今夜，就在宇被叶凯宁带走问话的同时，大天使们依然在其私人排练中心按部就班地进行了高强度训练。真遗憾，如果今夜的北欧摇滚可以和两年前的超级银河乐团——在北京制造的新金属狂潮进行比赛的话，那一定又是一场史诗一般的巅峰对决。事实上，当路西法第一次得知宇断手的消息时，曾经一度十分郁闷。在宇住院的这一个多月的时间里，他更是一直祈望宇的手指能够在李博士的救治下产生奇迹。然而在今夜的排练结束之后，当菡再次和她的队友们确认了宇的手伤的时候，就算路西法一心期待宇的病情能够有所好转，就算此时的宇已经远离了生命危险，断手，这个不可更改的事实让路西法的祈望也有些一厢情愿了。

“左手无名指！难道还是那根弹奏乐器最重要的无名指吗？”拉斐尔一边随意地敲着鼓，一边激动地说道，“如果结果真的是这样的话，这小子就太背了！”

“莎拉，你已经再次确认了吗？已经没有任何办法了吗？”

纵使路西法早在宇住院期间，就从菡的口中得知了宇的伤情，甚至明白宇受伤的位置，就是那根左手无名指。但是当这位北欧青年再次从菡的口中听到确切消息的时候，仍然在一时之间无法相信。

“已经再次确认了，就是那根左手无名指。实际上，世界上最好的医生托马斯·李博士，竭尽全力也仅仅能够把宇的手伤最终恢复到接近一般人的水平。”菡坐在一个贝斯音箱上面，平静地说道，“而且，他现在还处于恢复期，也不知道何时才能复出。”

“所有键盘或者弦乐的弹奏速度，就取决于无名指的灵活度和能够抬起的高度。可以说，无名指的打击频率决定着一切。”米达伦一边弹奏着一些机械而生涩的和弦，一边认真地分析道，“几乎可以确定的是，就算将来能够再次登台，这小子也不可能再掀什么波澜了。”

“雷米尔，”米达伦问道，“你说呢？”

“我不太确定。”雷米尔沉思着，“在索罗之战想必你也看见了他的实力，那位男生可不是个一般人。”

“再不一般又能怎样？我当然知道他的速度曾经超越过一千BPM。”拉斐尔显得不屑一顾，甚至有点儿得意忘形地说道，“但是，没有了那根最重要的无名指所带来的超强灵活度，他确实已经失去了成为顶尖乐手的资本。”

“不对……”路西法沉思着，“手不是问题！”

刹那间，拉斐尔和米达伦就停止了手上的动作，惊讶地向着路西法看去。其实，这两位虽然表面上扬扬得意，但他们也深知路西法的判断几乎从不出错。这样的准确率直接戳到了他们自命不凡的外表下那隐隐的不确定性，不偏不倚。

然而雷米尔对于路西法的说法，反应就没有那么激烈。他只是轻轻地转过头，看了一下大天使的队长，并未说话。

与之相同，菡对于路西法的言论，也没有做出任何回应。事实上，这位女生是在大天使乐队里，唯一一位看过紫金坦克两次表演的人。她的沉默表示着对于路西法观点的认同和对于大天使的一丝担忧。

“为什么？”拉斐尔忽然发问，急迫地想要知道答案。

“你们还记得我在索罗说过什么吗？”路西法严肃地说道，“我说，‘如果他解决不好自己的内心，无论再强也没有用’。”

“对，你是这么说的。”米达伦若有所思地回答着。

“所以，他的心态，才是一切的关键。”路西法坚定地说道，“但是反过来也一样。如果这一次断手反倒激发了他的斗志，让他获得了更强大的心脏，我可以告诉你们，就算你把明哲宇的手整个切下来，他也仍然能够想出办法战胜我们。”

“但是，如果这次断手导致他的精神崩溃，”路西法厉声说道，“紫金坦克就彻底没戏了。”

“他们能过得了这一关吗?”菡突然问道。

闻听此言，大家一时间都不知如何回答，怔在了那里。

片刻之后，路西法突然打破了沉寂，大声说道：“这个宇！如果他连这点困难都无法克服，那么，就说明他真的不配出现在顶级乐手行列，也枉费我曾经对他的欣赏了！只是……”路西法仰天长啸，“我和他的个人比赛并未完成，不能就这么算了。我不能容忍失败！所以他必须好起来！明哲宇的精神出现了什么问题我不太清楚，那也许只能靠他自己来解决。可是，关于他的手伤，我必须倾尽全力，哪怕换来的只是微乎其微的一点希望。”

现在，让我们再次把视线转回2002年，回到中国北京，回到那个令人窒息的金属之夜。

刚才说到，静和宇的眼神，就在这样一个灯光闪烁、亦明亦暗，充满金属、暴力、噪声和喧嚣的密闭空间，隔空对撞上了。电光石火之间，两人产生了巨大的化学反应，仿佛他们之间的所有人，都成了背景板，只有自己可以移动。但是，实际上，他们两个就那样静止在那里，谁也没有动——宇被静的美貌和气质惊呆了。

不知不觉，这场充满喧嚣与暴力的演出结束了，巨大的共鸣和好似黑暗金属一般的音符，凝固在空气之中，让人无法马上从中抽离出去。然而，就当所有的歌迷还未离场之时，静转身就从最后面的大门走了出去，立刻消失在了人群当中。在这一刻，宇当然不会让这位女生就这样离开。只见他迅速将手上的乐器放下，从舞台上一跃而下。分秒之间，这位男生就穿过人群并在演出厅的门外，追上了正在离去的静。

说时迟那时快，宇一把拉住了这位女生的手臂，说道：

“我们能不能做朋友?”

这是宇对静说的第一句话。他确定他和她在第一次亲密的眼神接触之时，产生过某种不同。

静猛地转过身来，惊讶地看着眼前这位男生，不敢相信刚才还在舞台上的那位摇滚乐手，竟然在一瞬间就来到了自己身边。宇的样子酷劲儿十足，好似从二次元世界走出来的人物：除了黑色的马丁靴，黑色的工装裤和黑色的紧身背心之外，长期背跨吉他的职业需要让他的手臂肌肉尽显无遗，浑身上下散发着金属的味道。我们知道，宇穿上鞋的身高超过了一米九。一比九的身材比例，加上被汗水打湿的头发，在用手向后撩拨之后，就好像刺猬一样，站立在头皮上。这让他显得更加性感、更加立体。他的装束像极了《最终幻想VII》(*Final Fantasy VII*)，里面的男主人公克劳德(Cloud Strife)，但相貌却比克劳德还要更加生动惊艳。

而宇也第一次近距离地看到了2002年的，二十岁的静。静有着让所有明星都羡慕不已的精致面容：娇小的脸庞、高挺的鼻梁、白皙的皮肤、大大的眼睛、乌黑的卷发，简直美若天仙、倾国倾城。

“不行。”

这是静对宇所说的第一句话，也是她给宇的第一个回答。在表明立场的时候，这位女生并没有太多的表情，仿佛心情不佳、不在状态。

对于静的拒绝，从未交过女友的宇似乎并未感到意外。因为他从未觉得自己的颜值是一件泡妞利器。更何况，这第一次的被拒，是来自一位如此美丽的女生。

然而这位男生并未因此善罢甘休，继而坚定而和气地问道：

“为什么？”

静微微抬起头，看着眼前这位黑暗王子，平静地说道：

“因为你并不了解我。我并不属于这种黑暗的摇滚，今天只是因为心情不好，才会来到这里发泄一下而已。”

“但是，”宇放下了静的手臂，同样平缓地说道，“但是我并没有看见你在发泄。”

“精神上。”静的眼睛乌黑而透亮，好似黑宝石一般。她温和地说道，“不然我刚才看不见你的眼睛。”

“所以，”宇深情地说道，“所以我也不属于这里。”

“什么？”

“我也不属于这里啊！”宇感叹道，“不然我也看不见你的眼睛。”

“那好吧！”静抬起头，深情地望着宇，说道，“我们交往吧。”

随即，他们交换了电话号码，从此走进了彼此的人生。

“那天我们都傻了。”翔若有所思地说道，“宇怎么就在电光石火之间，就有了女朋友了呢？而且，静是那么那么漂亮，那么那么迷人。”

“从此后，”星继续说道，“宇就和静爱得死去活来了。”

“请你们继续。”菲平静地说道。

“后来我们才知道，”翔继续说道，“静在那天之所以会去Live House，根本就是路过而已。就像她自己所说，也许她并不属于那里。”

“事实上，”星补充道，“那天她的心情不佳，完全就是因为一次相亲所致。”

“说起来，静的家族在中国也是数得上的贵族家庭。他的爸爸一直希望给她找一个门当户对的大家，于是在那天晚上为她安排了相亲，对象自然也是一家豪门企业的继承者。但是静却并不喜欢那种商业范儿十足的男生，所以在酒宴上，她愣是把相亲的局给搅和了。”翔平静地说道，“然后就跑了出来。”

“幸好。宇的家族在中国也是有头有脸，”菲问道，“不是吗？”

“事实并不是这样简单的。”翔心有所想，“静在得知宇的家世之后，就更加无法告诉她的家人关于宇的存在。”

“是因为宇当时状态不佳的原因吗？”菲好奇地问道，“静担心她的家人会认为玩地下摇滚的没有前途吗?”

“其实不是因为这个。”星严肃地说道。

“那是因为什么呢?”

“反而是因为家族的原因。”翔叹了口气，进一步解释道，“因为双方的家族有着世仇。”

“喔……”

“不过，就是在这样的情况之下，”星继续说道，“静和宇还是爱得死去活来，无法分开。”

“可是，”菲关心地问道，“宇当时的精神状态……”

“没错。”翔平静地说道，“从那时候起，宇就开始服用一种较为轻型的控制抑郁药物，而他的性格也因此变回来了一些。”

“最重要的是，”星镇定地说道，“当时我们能清晰无误地感觉到宇要为了静，改变他自己。”

“所以，在此之后，”翔继续说道，“我们就告别黑暗，不再玩那种类型的暴力摇滚了。”

“宇又一次开始向金属里注入更多的旋律。”星若有所思地说道，“因此很快，以前的那支超级银河乐团，那支旋律金属乐队，又回来了。”

慢慢地，宇已经习惯了有静的日子。其实，在平日，静的性格绝对不是那夜那么冷酷严正、少言寡语。就像翔之前说的，那位女生之所以会有那样的表现，完全是因为那天的相亲所致。在后来的生活里，静渐渐地发现了宇对音乐的专注执着和为了自己而进行的改变，逐渐地、真正地爱上了这个男生。大部分的时候，静非常开朗可爱、温柔懂事，和那夜的“冷美人”形成了巨大的反差。宇几乎每天都能感受到爱情的温暖，每天打开手机，都能收到静发来的贴心短信息：

“宇，醒来之后，把昨天的梦记忆起来，然后写成歌，唱给我听好吗?”

“今天天气挺冷的，多穿点，就算在你起床的时候已经太阳当头，但天气还是会很冷的。”

时间过得很快，转眼就进入10月深秋，进入恋爱的季节。在这样的幸福笼罩之下，宇将心情收拾，在和星、翔共同商议之后，决定在明年七月(2003年7月)，以乐队和留学生的双重身份，出国发展深造。要想成为世界最著名的摇滚明星，现代摇滚的发源地美国就是首选之地。在那里，不仅有着众多著名的音乐学院、名师、大量的教材、听也听不完的顶级演唱会，而且光在纽约就存在着大大小小几千支乐队，这正是超级银河乐团想要挑战的地方。

现在，距离美国之旅的开始，年轻人们还有半年多的准备时间。一切也都因为爱情，而按部就班地进行着。

这又是一个周末时光，阳光明媚但天气很冷。因为演出的关系，宇大概到了中午才醒来。和平常一样，这位男生刚刚打开手机，就收到了来自静的短信息：

“宇，昨天我又梦到你了，梦到你拿着电吉他，站在明星般闪耀的舞台之上。那里是那么美，爆发着无尽的掌声和欢呼。然后，你看到了我，我也看到了你。今天是新的一天，为了理想，加油哇!”

蓬乱的头发下，白皙而清瘦的面容上，露出一丝淡淡而自信的微笑。看见了静的问候，宇好似在刹那间就换成了另一个人，充满了能量。把窗户打开，让阳光尽情地照耀在自己俊俏的脸庞之上，此时此刻，这位男生真切地感受到原来生活是那么温暖，那么幸福。

片刻之后，他拨通了静的电话，想要听到爱人的声音。

“早安，静，我起来了。昨天睡得好吗？”

这种好似无忧无虑的天真少年一般的问候，简约而不简单，已经好久没在宇的口中出现过了。爱情好像具有某种魔力，可以抵御一切抑郁。

“是下午安啦！呵呵！我挺好的！”电话里传来了静爽朗的声音，“你今天想和我约会吗？想好去哪儿了吗？”

“曾经有一位被施了黑魔法的王子，每年才能见到他的公主一次，还得是在深更半夜，多遗憾。不过，我现在却可以每一秒钟都和我的爱人在一起，多幸福。约会吗？太棒了！”宇高兴地说道，“至于地点嘛……就由可爱的静，你来决定吧！”

“那你猜猜我现在在哪里呢？”静乖巧地问道，“猜猜看？一个你很熟悉的地方。”

“时光咖啡屋？”

“不是啦！”

“盛唐琴行？和秦天老师在一起？”

“不是啦！”

“那，是不是你的学校呢？可是今天是周末呀！”

“其实我……我就在你家门口呢！”

“啊？”闻听此言，宇惊叫一声，马上意识到了静还不会开车的事实，担心她会冻着自己，便焦急地说道，“你等等我，我马上出来。”

说时迟那时快，宇放下电话，随便穿了件黑皮夹克和一条牛仔裤就冲了出去。在明家位于北京的众多宅邸中，今天静来到的位置，是一套位于南锣鼓巷附近的四合院。在这个深秋的季节，胡同的地上已经落满了金黄色的银杏叶子。只见身材高挑的静穿着一件博柏利的浅咖色军装款风衣，一条贴腿牛仔裤和一双粉红色的浅口细跟高跟鞋，好似一位国际超模。微风吹拂着乌黑的长发，阳光照耀着美丽的容颜，这位女生将双手自然地放在风衣兜里，就那么落落大方地等待着宇的出现。

“静，你怎么那么傻，站在这里等了我那么久……快，跟我回家，暖和一下。”

“宇，你知道吗？我现在每天都想见到你。所以，提前来到这里，就可以把约会的时间变长。不然的话，我就要等到晚上才能看见这位小帅哥了。”静并没有马上跟着宇进入院子里，而是可爱地说道，“其实，我知道你有你的工作方式。这样的方式肯定能让你成为明星！”

“那也不能冻着自己。”宇深情地说道，“对吗？”

“谁说我冻着自己了？”静撒着娇，指着身旁的一辆白色保时捷小跑车，说道，“你看，今天我是开着车来的！”

“静！”宇惊讶地看着她，“你什么时候学会开车了？”

“就在你睡觉的时候！”静捂着嘴，甜美地笑了起来，“而且我只考了一次，就拿到驾驶本了。”

“真牛！”宇拉着静的手，高兴地说道，“考下驾驶牌可是一件大事，今天必须好好庆祝！”

“宇，”静故作神秘地问道，“你知道我为什么学开车吗？”

“为什么？”

“因为，就算是现在，我仍然能从你的音乐里，感觉到一种不易察觉的封闭。如果有了汽车，就可以把你带出、放下。这样，你就可以获得更为丰富的音乐灵感了。”静开心地说道，“说不定，我以后还可以当一位赛车手。就是那种需要戴着头盔、穿着赛车服的拉力赛车手。”

“赛车手吗？”宇开心地看着静，好像大人看着小朋友一样。

“对呀，那样也许可以更加疯狂地宣泄一切。”

“那我以后一定要学个汽车技术傍身。”宇幽默地说道，“万一你因为宣泄过度，车子坏在路上了，我就可以随时给你修理，更可以为你的座驾进行改装。”

“哈哈！”静爽朗地笑道，“那么，到了美国之后，你可以找个改装店兼个职位。然后叫着星和翔在高阔而机械化的纯白色车间里面摇滚起来。那多酷哇！改装和乐队，两不耽误。”

“这听起来真是个好主意！”宇开心地说道，“等咱们去了美国，我就去改装店学个手艺，将来再一起开上无数个那样的门店。”

“哈哈哈！”静大笑起来，“宇，我真的是在和你开玩笑呢！我今天必须开车来，你知道是为什么吗？”

“那我就真的不知道了。”

“因为我给你带了一件礼物。”静神秘莫测地说道，“如果我想自己把它安安全全地送过来，除了学车，别无他法。”

“珍贵礼物？”

跟随着这位女生，宇来到了静的座驾旁边。打开副驾驶的车门，只见一个精致的琴箱，就平静地斜放在汽车的副座前方。我想，也许大家已经猜到了那是什么。没错，箱了里面的物品正是那把在奥地利的瓦腾斯特别定制的水晶吉他。

“先别打开。”静开心地说道，“回家再看啦。”

回到家中，这对情侣就来到了宇在这套四合院里改造的琴房。这间琴房有二十五平方米左右的样子，浅灰色的墙上挂着二十多把顶级名琴，地上还随意地摆放着各种效果器、音箱等设备。这一切把屋内的气氛烘托得十分另类，特别摇滚。

随着宇慢慢地打开琴箱，水晶电琴的全貌就完完整整地呈现出来。它的样子和艾蒙迪斯送给菲的那把已有四十年的中古作品几乎完全一样。唯一不同的是，这把琴看起来更新、更锐利。

宇赤裸着上身将水晶吉他挂在身上，顺势接上了效果器和音箱。然后，他特意戴上了那副永远经典的雷朋飞行员太阳镜，帅气地走到了屋子中央……他要干点什么！只见这位男生拿起拨片，握住把位，嘴角浮现出来幸福的微笑，如同超级天王一般。

紧接着，在一瞬间，一连串华彩和重复节奏以奇快的速度喷薄而出，惊天地泣鬼神、美丽至极，根本来不及反应和思考。半分钟之后，所有的声音却又在突然之间戛然而止。

宇和静就这样静止在音乐的世界里。他们闭着眼睛，脑子里面全部都是刚才的旋律，任由回音在房间里回荡。时间仿佛变慢了，时间近乎凝固了，时间好似倒流了……

“宇，总有一天你会站在世界之巅，闪耀着无与伦比的巨星光芒。”静就坐在他的对面，仍然陶醉在音乐的王国里，“就像美丽的水晶一样，五彩缤纷！光彩夺目！”

“静！谢谢你这份特别的爱！”宇深情地说道，“但是，这礼物实在是太贵重了！”

“那么，就请你改天给我的车上贴点水钻。”静打趣道，“我在日本杂志上看到有车这么干，说不定以后可以成为改装趋势！”

“好的！好的！”宇激动地说道，“那我就贴上一车的钻石。”

“我可是在开玩笑呢！”静笑道。

“那我可当真呢！”宇认真地说道，“我一定会给你一个惊喜的！”

然后，时间就到了静的点歌时段，而宇则负责全部的弹奏和配乐。在不长的时间内，这位男生几乎把静喜欢的歌曲都弹了一遍。两位青年一会儿笑，一会儿哭，还不忘拿着手机各种自拍。在这些照片中，有两个人的合影，也有各自单独的萌照。这些照片记录了彼此最可爱的样子，也记录了他们在最青涩、最年轻的时候那天真烂漫的脸庞。

“静！”宇深情地看着对面的那位女生，激动地喊道，“静，你知道吗？就算是十万人的欢呼，也不如你今天的笑容；就算有再多的黄金，也敌不过此刻有你的幸福。”

傍晚，宇和静享受了一顿正宗的麻辣烫。在我的印象中，那时的北京掀起了一股麻辣烫小旋风，人们必须用足餐巾纸，让辣味贯穿全身的每一个器官方能罢休。后来，两位青年听从了翔的提议，决定在三里屯的一家餐吧小酌几杯。于是，晚上的时间，便成了超级银河乐团小聚的时光。超级模特一般的静，很乖巧地依偎在宇的身边。她的举止十分得体，从不介入到乐队的细节，却是和服务生沟通得最多、最好的那一位。有了静在身边，不用翔出面，大家也能享受到最为可口的美味佳肴。

在后来的日子里，宇也把起床的时间提前了很多。一想到可以看到静那甜美的面容、迷人的微笑、大方的举止，这位男生就立刻变得兴奋起来。困倦总是会在早上的期待中，消失得无影无踪……

除了平时的约会，宇每逢要事也定会带着静一同出席。他们不但郎才女貌、特别般配，还总是有着十足的默契，简直是心有灵犀。静每一次出现，都会让这位男生成为聚会的亮点，而宇也会和他的爱人十指相扣，把这位女生照顾得极为周到。

那个深秋的季节，他们几乎天天飘在外边，幸福地享受着美丽的金色时光：

他们在天安门广场刷夜观看升国旗；他们一起登上了八达岭长城；他们坐着人力车穿梭于北京的古老胡同；他们必须站在地铁口吃着正宗的北京油条、煎饼；他们在钟鼓楼下看着夕阳；他们一起蹲在街边儿吃烤串儿；他们去北海公园荡起双桨；他们去香山赏枫叶；他们去吃全聚德的北京烤鸭……他们在很短的一段时间里，去过了北京大部分拥有爱情的地方。

两位青年在这样的恋爱中，彼此依偎、乐此不疲。他们的感情在这样一个寒冷的季节里极度升温，爱得形影不离，死去活来。

时间很快就进入了十一月，这也预示着冬季的来临，预示着那个经典的2002年就要走完，一去不返了。

一天晚上，他们去看了晚场电影——陈凯歌导演的《和你在一起》。本来说好是为了小提琴题材而去，但他们俩却为了电影剧情哭了好几天。她说，结局虽然有着遗憾，但却是另外一种圆满。他说，他喜欢小春，更喜欢他的爸爸。

又过了几天的一个晚上，一个电话突然打破了家中的平静。师傅秦天告诉宇，一场全新的联合演出即将到来。

“今年‘北斗风暴酒吧’的跨年狂欢夜，千万要去呀！就算你们明年要赴美留学，但是我也已经给你们报名了。到时候很多业界人士都会亲临现场，肯定会对你们有所帮助！”

“没问题！”宇爽快地答应着，“一共有多少乐队？”

“十支左右，其中会有新组的乐队，剩下的就都是老面孔：极光、威士忌、红色军团、南极星、洛克鸟、飞行器乐队，UM乐队（无尽的旋律乐队/Unchained Melody）和爱乐队，你们是第七个！”

“还是蛮靠后的嘛！”

“你知道什么！那将是新年的狂欢时段，到那时，你们的歌声将会伴随着倒计时的钟声，和所有的歌迷一起进入全新的2003年。”

第二十四章　紫金坦克
Purple Gold Tank

说了一段时间的“超级银河乐团”，那么，年轻人们是如何产生了“紫金坦克（Purple Gold Tank）”的概念呢？这还要从那一次宇和静在“星之府邸”的约会开始说起。

就在上一次，静把水晶吉他送给宇的时候，他们终于知道了彼此家族的身份，也同时了解到了双方家族有着世仇。但并不意外的是，无论是宇，还是静，都从未动摇过对彼此的爱，反而因此爱得更深了。在他们那次误打误撞的聊天中，宇在刚刚得知这一切的时候，只用一个深深的吻，就解释了一切。

时间已经在不知不觉中进入12月，新年的气氛弥漫城市的空气中。因为那把如此贵重的水晶电琴，宇打算在今天回送静一个礼物。由于已经了解了彼此家族的关系，他们商议把这一次回赠的地点，安排在星的家里——“星之府邸”进行。

于是，在这个冬季，在北斗风暴酒吧跨年演出之前，这两位恋人相约，各自驾车前往“星之府邸”。在此之前，由于宇已经因为不明原因，把静的座驾“借走”，所以静今天是开着家里的另外一辆汽车前去赴约。

然后，一切就这样伴着北京冬天特有的午后阳光开始了。那天的天气非常不错，虽然有点儿干，但是晴空万里。并没有风，凉爽中又带着一丝温暖。宇以一件保罗·史密斯的咖色呢子风衣、同样品牌的彩条衬衫、黑色窄口休闲裤和一双棕色布洛克牛皮鞋示人。而静则穿了一件博柏利的天蓝色绗缝薄棉服、一件白色衬衫、一条咖色卡其裤和一双普拉达的黑色细跟高跟鞋。两位青年用那英姿勃发的美丽面容，超模一般的绝佳身材，优雅洒脱、天真烂漫地诠释着完美的青春。

想想，紫金坦克（Purple Gold Tank）的概念也许就是在他们共同去星家的路途中产生的吧。那天，两位青年一边开车，一边通过车载电话联络着彼此的位置，记录着彼此行进的全程。

“静啊，”宇在汽车里呼叫着另外一边的那位女生，问道，“我现在想起了共和国的阅兵式！”

“我和我的祖国，一刻也不能分割！”静想了想，突然说道，“等等，我知道你想说什么啦！”

“那么……”宇幽默地说道，“我想说什么呢？”

“你是想说……我们驾驶的车辆就仿佛阅兵式上的超级坦克，把北京的地界竖立起来，这是何等壮观！”

“对！”宇使劲儿拍了一下大腿，激动地说道，“还是我家小静了解我！”

“哈哈哈!”电话那头顿时传来了静爽朗的笑声。这笑声在这阳光的午后，显得那么纯洁，那么美丽。

“静啊!”宇开心地说道，“你说，等我们到了美国，我们把超级银河乐团，改名为紫金坦克(Purple Gold Tank)怎么样?”

“紫金坦克(Purple Gold Tank)?”静想了想说道，“我觉得，凭借这个名字，你们就能出名。你说，在纽约，能有几台来自中国的紫金坦克!”

“我是想说，”宇高兴地说道，“紫金坦克代表了爱，不光是小爱，更有大爱。到时候我会写很多很多反战的歌曲，来呼唤这个星球的和平。我们要用这支北京乐队的名字，告诉这个世界，我们不要战争、不要杀戮、不要废墟、不要病痛、不要贫穷、不要折磨!”

这应该是宇第一次产生了“紫金坦克(Purple Gold Tank)”这个概念。在北京的地界，穿行的坦克代表着——和平与爱!

“加油哦! ‘和平与爱’先生!”静爽朗地说道，“我的忧郁绅士，我感觉你快到了!”

就这样，一位身材高挑、五官俊秀、气质忧郁、打扮古雅的摩登绅士，在这个初冬的季节，在这个晴朗的午后，彻底一扫曾经的阴郁。他变得无比的阳光，无比的快乐，又一次为了梦想充满了力量。

“静，其实，今天也不是什么特别的日子，但是我就是要送你一样礼物。”宇一边开着车，一边故作神秘地说道。

“好呀，”静满怀期待地问道，“那会是什么呢?”

“现在先不告诉你，”宇卖了一个关子，开心地说道，“等一下你就知道了!”

只用了一会儿工夫，这位时髦而温文尔雅的贵族绅士，和这位时尚而充满活力的城市女生，就相会在了“星之府邸”。

和星在北京二环之内不时居住的公寓并不相同，“星之府邸”位于北京的西山之上。当宇和静抵达之时，星家的英国管家马文(马文・麦克马纳曼，Marvin McManaman)就已经在院落门口恭迎多时了。马文负责这里的所有事，是看着星长大的，现在已经五十多岁了。今天的“星之府邸”，除了宇、静、星、翔、管家和仆人之外，并没有别人。星的家人都因为工作原因不在家中，把这栋豪宅留给了这些年轻人使用。

穿过院落，走进大门，超过三百平方米的超大客厅在三进之后便呈现出来。星家的格局非常气派，大约一百五十平方米的挑空面积，有两层楼那么高。从房顶垂下的四盏多层吊灯，每一盏的长度都达到了三米。值得一提的是，这些灯具并不是那类闪闪发亮的水晶灯，而是一种由深棕色铁艺所铸的圆形复古大吊灯。此外，星家中的组合沙发更是别具一格，是一件英国皇室为了表彰星的父亲，罗密欧・斯达先生(Romeo Star)而赠予他的礼物。所以，这款沙发不但采用了极为考究的头层牛皮，上面还绣着象征着威严的金色狮头图案。这座豪宅的采光也是相当完美，阳光可以射过六扇高度在七米左右、宽度在四米左右的落地窗，把屋内照得通透无比。

“星之府邸”属于英式皇家田园风格，所有灯光更是恰到好处地设置在了各个功能区。2700K 的暖色温壁灯和地灯，非常巧妙地融合在装饰之中，在傍晚和夜晚的时段起着补光作用的同时，也增加了环境的质感和层次感。屋子里面所有的现代电器，也都被完美地融合在了古典风格的装修之中，仿佛它们在几个世纪以前就已经存在于世一样。不得不佩服罗密欧·斯达先生——这位拥有全世界最优秀的室内设计公司，工作在世界各地的国际顶级室内设计大师，真是一位能工巧匠、超级高手。

然而，在进入宅邸之后，宇和静并没有马上看到房子的主人星和另外一位客人翔。大家都在哪儿？其实，晚些出场的计划，正是宇和星、翔事先安排好的。所以宇并不着急，而是从客厅的一个木制旋转楼梯，直接跑上楼和他的队友们会合。马文也按照中国的传统，给独自在客厅落座的静斟茶。这是静第一次来到“星之府邸”，她很喜欢这里的气氛。

时间不知不觉就到了下午五点多。因为冬季的缘故，天色转暗较早。与之相应的是，所有的室内灯光，都在屋子的不同地方，以不同程度的亮度自动亮起，烘托出一片柔和而温暖的古雅气氛。

与此同时，位于客厅正中的电视机自动开启。超过一百二十寸的超大定制液晶电视，不间断地滚动播放着宇和静的连续画面。与此同时，背景音乐随之响起，那是真实的音乐（Real Music）公司的《星之河》（*River of Stars*）专辑之中的《爱人》（*The Lover*）。而早就编写好的文字，更是在屏幕上慢慢滑过，好似电影《星球大战》的开场模式。

“静，那夜的黑暗让我们遇见彼此。我们都是那么不真实，又是那么真实。是你，把我从黑暗中带出，把我的世界照亮。所以，我必须竭尽一切、倾我所有让你开心，让你幸福。重叠我们的爱情，交换我们的约定，两个人要永远在一起。就算天荒地老，就算宇宙毁灭，我的这份誓言也永远与你同在！

“这些照片是我们在这段时间的生活剪辑。其中有你知道的，也有我在你不注意的时候偷偷拍摄的。我这么做的目的只有一个，那就是想把刻在你我记忆之中的甜美时光一一浮现。而在这其中未经许可、偷偷拍摄的部分，则更能给你另外一个未知记忆。你会在今天说：‘天哪！我当时是那样的呀！’其实我只想让你知道，我一直都在你的身边，从未离开过。”

静以前从来没有看过自己睡着以后，那傻乎乎打鼾的样子。事实上，没有人能够知道自己的样子，如果没有反光的话。所以，当这位女生终于看到自己那呆萌睡相的时候，惊觉意外，笑得前仰后合，开心无比。

看着一个个欢笑的镜头，一段段高兴的时光，静开心地哭了。这位女生没有想到，总是沉浸在音乐世界的那位忧郁绅士，竟然如此的体贴入微、与众不同。没有错，明哲宇不仅仅是超级银河乐团的最强灵魂，还是一位能够不断带来惊喜的浪漫绅士。

她开始相信，没有什么可以阻挡他完成梦想。她开始相信，她已经彻底地爱上了他。

短片结束，取而代之的是轻松惬意的背景音乐。此时此刻，静突然回头，只见超级银河乐团的全体成员，已经站在她后方的不远处，不知道什么时候全都拿起了乐器。原来，在此之前，宇、星和翔一直在巨大客厅的一个隐秘之处，调试乐器，准备表演。

"在最近的日子里，我特别为我最爱的女生，静，写了一首歌儿。今天，在这里，我要把这份特别的礼物送给她。为了那份最真诚的祝福，我和星、翔还把老队长谭辉月以前弹奏过的优美旋律，融合在了这首歌里。我知道，虽然静从来没有见过月，但是，音乐却能把他给予我们的祝福，通过超次元，传递到这里。希望静，你能喜欢。"

音乐开始了，持续了大概六分钟的时间。那歌声浪漫温暖、情真意切，根本无法用语言来形容。

一曲过后，屋内的所有灯光全部打开亮起，男生们的样子变得更加俊美、更加清晰。静完全无法抑制心中的喜悦，冲过去搂住她的爱人就亲了起来。看着眼前的一切，星和翔甚是激动得脸颊通红，更是十分"基情"地拥抱在了一起。

故事还没完。就在这时，只见管家马文身着黑色礼服，开着一辆保时捷汽车闪亮登场。见状，四位青年一起冲到了别墅的前院，准备一探究竟，可是随即就被那耀眼的光芒叫停了脚步。

"宇！"

见到此情此景，静惊讶地大叫一声，不敢相信自己的眼睛。于是，她从站在那里的三位男生之中跑开，比他们更快地来到了那辆保时捷的旁边，里里外外、仔仔细细地打量起这部座驾来。

"静，"宇跟了过来，深情地说道，"我答应过你的！一整车的钻石！"

"宇，"静继续审视着这辆镶满钻石的汽车，激动地说道，"这真的是送给我的吗？你这么做也太夸张了吧！"

"没有错，这当然是送给我最爱的女生——静的礼物啊！不过，这真的不是什么夸张的举动。"宇开心地说道，"静啊静！你以为只有你可以找到施华洛世奇吗？其实，星的父亲，罗密欧·斯达先生，作为世界最大牌的室内设计师，和施华洛世奇一直保持着良好的合作关系。有了他的帮助，一切就变得容易极了。"

"所以……"翔站在宇的旁边，高兴地补充道，"静啊，这辆车是星的父亲和施华洛世奇的顶级跨界杰作，极具收藏价值。"

"静啊！"星三分谦虚七分得意地说道，"我听说你家有一个连锁的顶级博物馆，希望这辆车能给那里添增一些色彩。"

"星，这岂止是添增色彩那么简单！这个作品简直是精彩绝伦，举世无双啊！"静转过身来，兴奋地说道，"我知道这辆车只要放上三年，以罗密欧·斯达先生在国际上的名气和地位，它的价值至少涨十倍以上。"

"不仅如此，"宇高兴地说道，"星还准备和施华洛世奇合作，在美国成立一家专门生产水晶汽车改装物品的公司呢。等到了那边，咱们就可以在镶满水晶的车间玩音乐，那会是多么炫酷而闪亮的一件事啊！"

"哈哈哈！"静开心而爽朗地大笑道，"难道你们是要在那样的车间里面，锻炼成为巨星以后的防闪光灯能力吗？"

"哈哈哈！"闻听此言，大家都不好意思地笑了起来。

“不过，静，”宇略带遗憾地说道，“虽然眼前的这辆汽车几乎已经改装完毕，但是仍然还有一个镶着水晶的挡把没有安装。事实上，很多车手都把汽车的挡把看成全车的核心。有了它，才能自由地控制汽车的速度和力量。只是，因为斯达先生告诉我说，他还需要一些时间进行精工细琢，所以我暂时无法把它装在这台顶级作品之中。过些日子，一旦我拿到这最后的部品，一定在第一时间给你换装上去。”

“哈哈！”静开心地笑了起来，“那么，我就等着好消息啦！”

此时此刻，三位大男孩儿就这样面对着静，微笑着，仿佛在告诉眼前的这位女生，在她身后的这辆汽车里面，还有着什么未被发现的玄机。果然，只用了片刻工夫，静就找出其中的与众不同。

“天哪！我怎么才注意到，虽然这辆车……和我的那辆车很像……只不过……这好像不是我的那一辆！”静在突然之间再次回过头，看着站在身后的宇，惊讶地问道，“这是怎么回事？”

就在这时，管家马文又把静自己的那一辆保时捷也开了过来，停在了院落之中。下车之后，这位英国绅士兴奋地说道：“静啊！这才是你的那一辆哦。事实上，我们是不会用新司机的第一辆汽车，去做如此重度的改装的。”

“静啊！”宇微笑地说道，“之前，我之所以借走你的车，只是为了在这辆用于改装的保时捷送到罗密欧·斯达先生那里之前，争取时间进行数据建模。”

“宇，我真的不能收下这么贵重的礼物！”闻听此事，静赶忙说道，“一车的钻石已经是我的极限了，这辆车我说什么也不能要。不然，我把我的这辆反送给你吧！”

“静啊！”宇调侃道，“就像马文说的，我怎么能把新司机的第一辆汽车据为己有呢？哈哈哈！你还是新司机！新司机啊！”

“其实……”还没有等静说话，宇就接着说道，“其实，这辆车并不是我花钱买的……”

“那么……这是……”

“宇联系了保时捷公司，联系了我的父亲罗密欧·斯达先生，也联系了施华洛世奇。”星高兴地揭开谜底，“后来翔也带着自己的人脉关系，加入宇的计划之中。他们提议并说服这三个顶级品牌进行跨界合作。经过一番多方沟通和谈判，这三家企业终于达成意向，为了这个由顶级汽车向着顶级工艺品的改造计划，做出一点贡献。”

“所以，”翔兴奋地说道，“这辆车是保时捷送给我们的！”

“原来……原来是这样！”静激动地说道，“这么说来，我是真的认为，你们的这个计划，值这辆车的钱！你们要是不玩乐队，肯定也能在那个商业帝国做出点什么事来！所以……为了表彰你们三位的智慧结晶和劳动成果，我就恭敬不如从命！这份礼物，我收下了！”

“哈哈哈！”三位俊美的帅哥又一次不好意思地笑了起来。

“不过，不过我要怎么回报这三位大佬呢！保时捷，施华洛世奇，罗密欧·斯达先生……”静开心地说着，托着那娇小的脸庞，若有所思，“无论如何，这份礼物也仍然太过于贵重了，我可不能白拿呀！”

“让我想想，”还没有等三位大男孩儿张嘴，静就机敏地说道，“其实，我也是一位很有商业头脑的人呢！”

三位男生洒脱地站在那里，投去了期待的目光，虽然他们早就已经猜到了静的答案，早就明白这位女生将要做些什么。

“我想，”静开心地说道，“如果仅仅将这部作品作为一个博物馆的长期展示品，还是不足以体现这三个顶级品牌的利益，我必须以博物馆的名义，在那里给这件完美的工艺品开个群星荟萃的顶级展会派对才行！”

“静，”三位男生激动地说道，“真的可以这样吗？很多大腕都会来捧场吗？汤姆·克鲁斯、贝克汉姆他们都会来吗？这简直是太棒了！”

“没问题，这还不是应该的吗？”静开心而干练地说道，“我刚才都说过了，这辆水晶汽车，是给我家博物馆的一件最为珍贵的礼物呢。”

话音刚落，四人就同时笑了起来，然后愉快地朝着别墅走去。他们的话语随着远去的步伐越来越小，但是幸福却越来越多。

“其实他们真的没有提过要开展会的事情，而且他们还说不用放在你家博物馆太久……”

“真的是这样吗？”

“好吧，那么……只办一次展览就行啦。”

“真的吗？怎么也要办个多城市的世界巡展才行！这样一来，我也正好可以借此机会，宣传推广我家的品牌，不是吗？”

“哈哈哈，没想到，小静不但美丽迷人，还真是顶级聪明。那就这么定了吧！”

那天，四位年轻人玩到很晚才尽其所兴，离开“星之府邸”。与此同时，静也联系好了一切，把镶满钻石的汽车，直接由平板拖车，小心翼翼地送回了自家的顶级博物馆内，陈列起来。

那天，大家都非常快乐、非常开心。

那天，又是一个与青春有关的浪漫日子。

不过，那天确实不是一个特别的日子。而且，宇和静之所以来到“星之府邸”，完全是因为家族仇恨的迫不得已。事实上，美好与惊喜，在宇和静相处的日子里，每一天都在发生着，从来就没有少过。

那天在“星之府邸”的浪漫，就好像童话世界的王子在和公主求婚一样，甜蜜温馨、多姿多彩。但是，遗憾的是，因为静的突然离世，宇最终也没有能够向静求婚。这也是让这位男生特别伤心、遗憾终生的一件事。

拨快时间的转轮，回到2004年的布里斯班。经过那一夜的对谈，菲通过星和翔，逐渐了解了更多的事实，也更加接近那个最真实的宇。此时此刻，紫金坦克的队长也已经被爱德华带走，在海因策的私人医院待了一周了。菲、星和翔按照分工，天天轮班去医院看望宇。然而，我们的另一位美丽女生，菡现在怎么样了呢？除了和大天使乐队训练之外，她现在是一个什么情况？

原来，在加入了这支北欧乐队之后，这位女生对夜店的迷恋已经不再那么强烈，只是偶尔才会去那里玩上一下，换换心情。这天晚上，天空飘着些许淡云，可以清晰地看见一轮圆月。而菡也再次出现在位于市区的夜店，很快就沉浸在无尽的喧嚣之中。

本来，这也只是一个极为平常的夜晚，不过一会儿工夫，这位女生就察觉到了屋子尽头的些许异样。只见一个似曾相识的男人，正坐在一张硕大的黑色牛皮沙发上，独自喝着闷酒。避开人群，定睛一看，菡意外地发现，此人不正是星的好友——丹尼尔吗？只不过，这一次这位“夜店王子”的身边既没有美女也没有绿钞，剩下的只是身前那硕大的长方形大理石桌之上，随意摆放的几种不同种类的洋酒。事实上，菡和丹尼尔只有“半面之缘”，也就是在悉尼“洛克”的那次短暂接触。但是因为同样属于夜店动物的关系，这两位青年即便只是仅仅打过照面，却对彼此的印象颇为深刻。今夜，他们先是发现了对方模糊的影像，随即，两人的眼球就如同追焦镜头一样，在昏暗的灯光和杂乱的人群中，不断互相锁定着移动的图像，直到彼此的面庞都变得清晰无比。

“你是？”这位踩上小高跟鞋之后，身高就超过一米八的短发女生，主动走到了丹尼尔的座位前，问道，“我是不是在哪里见过你？”

“啊！这位美女！”丹尼尔抬起头，看着眼前的菡，示意着一个相邻的座位，认真地说道，“快坐下！快坐下！”

此时此刻，丹尼尔早就想起了菡，纵使这位女生的打扮和她在悉尼那夜的黑暗妆容完全不同，“如果没有记错的话，我们上一次相遇，是在悉尼，和星一起。”

菡今天穿了一件典型的高端酒会派对的女性着装，以深V领的紧身、露背、无袖、深粉色连衣短裙示人。同时，她选择了恰到好处的项链、手链进行装饰。这位夜店女生刚一落座，就把她那大长腿搭在了另外一条大长腿之上，极为性感。

今天这两位青年才算正式相识，在洛克的那一次，谁也没有给谁机会认识对方。同样爱玩儿夜店的属性，让他们很快就熟悉起来。没过多久，丹尼尔就知道了菡和紫金坦克之间的关系，这也令他们酒逢知己，更加投缘。

“丹尼尔，”菡问道，“这么说起来，你今天怎么会来到布里斯班呢？”

“说起来……你知道胡里奥事件吧！”丹尼尔喝上一口威士忌，无奈地说道，“唉！虽然简博瑞和爱德华挡了很多事，但我仍然得配合调查呀！胡里奥事件之后，我就被爱德华按在布里斯班，没走成。”

刚才说了，丹尼尔今夜身边没有一位女郎陪伴，就只有他一个人。今夜这位夜店王子光鲜不再，十分颓废。菡这位美女的到来，让丹尼尔一下子打开了话匣子。

“哎，我说菡，你认识他们吗？简博瑞，爱德华警探？你在报纸上看见过他们吧？”丹尼尔的身体有点儿不稳，他有一点喝多了。

“嗯。”菡反而十分冷静。

“你知道吗？在那阴森的仓库里，宇都颓疯了！他的眼神告诉我，他当时是在崩溃的边缘神游。

但我依然能够感到，他用尽最后的力量在关键时刻觉醒，救了我们一命。”丹尼尔一边讲着胡里奥绑架事件，一边用力地甩了甩头，想让自己清醒一点。

然后，他提起神，一本正经地说道：“如果没他，我和简博瑞现在估计已经见上帝了。”

在这一刻，虽然菡早已知道了胡里奥事件的因果，但是通过丹尼尔这个视角的版本，她仍然能够感知到更多的未知。

“丹尼尔，你没事最重要了！”菡试图开导丹尼尔，劝道，“只要还有音乐，一切都能过去。”

“音乐？”

“对呀，音乐！”

“天哪，你大概还不知道吧！”丹尼尔突然激动地说道，“真背，宇的手残了。”

“我当然知道哇！”菡显得相对淡定，进一步说道，“左手无名指，真是太倒霉了！”

“那还谈什么音乐？！”丹尼尔猛灌一口洋酒，郁闷地说道，“本来杰克那边都说好了，结果……”

“你说的可是考拉电视台的杰克？”菡好似突然感受到了什么，却并未告诉丹尼尔她的大天使身份。

“是呀，不然还有谁？人家本来准备重金推广紫金坦克的！你不知道哇！你不知道也没事。”丹尼尔醉醺醺地说道，“反正现在看起来也没什么希望了。”

“说不定以后还有机会！”

“谁知道呢！你知道，他们曾经是中国最棒的地下乐队。当时，就连极光乐队都在给他们使坏。”

“极光乐队？！”

“唉！看来你是在澳大利亚待得太久了。”丹尼尔慢慢悠悠地说道，“极光乐队是现在国内最牛的乐队，是这两年才迅速崛起的。”

“我怎么会不知道极光乐队呢？”身为大天使的主唱，国内目前最火的极光乐队，菡肯定有所了解。

“丹尼尔，”菡拍了拍这位男生的肩膀，妩媚地说道，“我说，你都知道些什么？”

丹尼尔显然已经喝晕了，只见他找服务生要了一个满是冰的大冰桶，准备醒酒。然而，和星在悉尼那次把冰直接倒在脑袋上的举动并不相同，这一次，丹尼尔竟然在突然之间猛地把脑袋扎进了冰桶里面。见状，菡心里一惊，生怕丹尼尔的脑血管遇到冰之后，产生剧烈收缩，然后再得个脑梗什么的。就在这位女生试图让“夜店王子”结束这一行为的时候，丹尼尔又一下子把头从冰桶里拔了出来。只见他把冰桶重重地往桌子上一摔，似乎得到了一丝极为短暂的清醒。

“我知道什么？”丹尼尔抬起头，一本正经地看着坐在他身旁的这位美女，激动地说道，“这个秘密足以让极光乐队身败名裂。”

“这么厉害？”

“是呀！俱往矣。”丹尼尔故作神秘地说道，“但是，黑暗的秘密，越久远就越有魅力。”

随后，丹尼尔给菡讲述了超级银河乐团在2002年底的那场特别牛×的跨年演出，更讲到了一起意外的发生。

“什么?”菡惊讶地说道，“是青(青洋)偷走了紫金坦克的Program ?”

“对!”丹尼尔认真而激动地说道，“不敢相信吧！作案者就是极光乐队的主唱，青。”

“你是怎么知道的?”

“我？我自有路子呀!”

“那……紫金坦克知道吗?”

“他们真的没有给我机会说！星也特别不愿意提起这件事!”丹尼尔十分无奈地说道，“其实这事对他们有好处哇!”

“你说极光乐队，他们干的那点事也配当全国第一?”丹尼尔猛地喝上一口威士忌，然后将那厚底玻璃杯重重地往桌子上一砸，愤愤地说道，“龌龊!”

“也许,”菡处变不惊地说道，“也许宇他们已经知道事实真相了呢?”

“不可能！除了我，还从来没有人知道这件事。而且，最重要的是，没有人知道我当时拍到了青的作案现场!”丹尼尔看看菡，斩钉截铁地说道，“你知道吗？我有录像!”

“哎，丹尼尔，我看你这纯粹是因为最近诸事不顺哪!”菡仿佛已经平复了情绪，爽快地说道，“来来来，咱们俩喝上一杯。”

话音刚落，两杯纯粹的龙舌兰就被一饮而尽，而另外两杯尊尼获加蓝牌也被满上。

“我看哪,”菡将酒杯放在桌子上，继续说道，“你这完全是在迁怒极光乐队。这种陈年旧事，也不必放在心上。”

“你说青偷谁的东西不好，非要偷紫金坦克的！要不是这样，我也不会记得那么清楚。”丹尼尔晕晕乎乎地说道，“咳，我酒喝多了，酒喝多了，我从来不会醉的，不会醉的。”

今天可能是丹尼尔这辈子第一次醉酒。与以往不同，这一次他并没有在喝酒的过程中以上厕所的名义吐过一回，就这么一口一口地不停地狂往嘴里闷。

“你知道原来的紫金坦克，四人的时候是多么强悍吗?”

“我从未见识过四人紫金坦克。”菡表面平静，但作为大天使乐队成员之一的她，心里已经隐隐地察觉到了什么。

“那时候他们叫‘超级银河乐团’。”丹尼尔突然间得意而激动地说道，“英文名是‘Super Galaxy’!”

“喔。”菡惊讶地吸了口气。

“我给你一个卡，你回家之后可以看看。这里有好几个他们当时特别牛×的演出视频，十分全面，非常珍贵。”

“好哇!”

说着说着，丹尼尔就哆哆嗦嗦、颤颤巍巍地把手机里面的存储卡拆卸下来。

“你还随身带呀?!”菡调侃道。

“必须的！我得到处给人家看哪！”丹尼尔看着菡，眼神迷离、晕晕乎乎地说道，“我本来打算开一家最牛 × 的经纪公司，签约顶级的乐队，挣大钱。对于我来说，没钱就等于没命。现在可好，紫金坦克算是没戏了，真是要了亲命了。”

“不过，”菡应和着丹尼尔，“也许你还可以签约其他乐队呀！”

“咳！根本不是那么回事！只有紫金坦克最可能成为我的第一个客户，而且是超级大客户。”丹尼尔醉笑道，“之前我谈了那么多乐队，就没有一个成的，不是我不行，而是那些乐队真的和紫金坦克差距巨大。”

“签约的话，就得找紫金坦克这种有潜力、有能力在世界各地的十万人体育场上撑得起场面、控制得住局面的乐队！”丹尼尔看看菡，得意得要命，“考拉电视台的老总杰克都说了，如果他们在比赛中胜出，就要给他们办七十二场世界巡回演唱会，还会给他们安排各种商业广告。你说，我的损失得有多大呀！我能开心吗？是吧！哈哈哈！”

“话虽这么说，不过，您这思维也有点儿太功利了吧。”菡拍了一下丹尼尔的肩膀，应和着。

“真不是！”丹尼尔认真地说道，“现在的乐队，最愁的就是签约公司和得到公司承诺的演出机会。我们这叫作相互支持、互利互惠！而且现在的人，有一个算一个，谁不在乎钱哪！”

“但是，如果一个经纪人太过注重个人得失，就会给乐队造成很大的压力。”

“啊！你说得没错。”丹尼尔目光依旧迷离地看着菡，“不然我换个角度说吧！”

此时此刻，丹尼尔把装满威士忌和冰块儿的酒杯放在桌上，一本正经地看着菡，仍旧处在一种乱醉的状态之中。

“关键是因为紫金坦克太强悍了，就更别说他们四个人的时候。这支乐队，如果是因为不测而被葬于地下，就太可惜了！我也是为他们的才华而神伤哪！”说着说着，丹尼尔就把存储卡往桌子上一拍，大声说道，

“给你。”

“听你这么一说，”菡接过存储卡，利索地说道，“我就更要见识一下他们的厉害了！”

“那是必须的！”丹尼尔还不忘叮嘱道，“哎哎！不过看过之后记得还给我呀！”

没过多久，菡和丹尼尔的酒量就已经到达极限，均不能再喝。于是他们迅速将酒局结束，离开了夜店，直接各奔东西。那天晚上，菡表面上稳如泰山地陪着丹尼尔喝了一晚上酒，但实际上，对于紫金坦克的历史，她早已按捺不住。所以，在飞奔到家之后，菡就急不可耐地打开了电脑，将存储卡连上，将一切准备就绪。这样一来，这位摇滚女生不但可以好似间谍一般地亲自验证，就连路西法也惧怕的四人紫金坦克的真正实力，还能够独自领略那个她曾经喜欢过的人——明哲宇的最强的状态到底是个什么样子。

在一切开始之前，当那么多强烈的未知和秘密交织在一起的时候，这位女生突然之间反而不着急了。她好像捡起零落的记忆一样，慢慢地、静静地、小心翼翼地欣赏着眼前的一切。她没有快进哪怕一步，只是细细地品味着那尘封历史的每一秒钟。

果然，这张卡里几乎记录了四人超级银河乐团的全部第一现场。在观看过后，菡已经被彻底震惊，喜欢到难以置信、无话可说。

现在，在这张存储卡里，只有一个视频还未观看了。没有错，那仅存的一点点未知，就是发生在2002年底北斗风暴酒吧的跨年电联摇滚现场。我们知道，这场神秘的演出也是在月离开之后发生的故事，而这个视频将会把当天所有参演乐队的一切，以一种最直观、最具体的形式，呈现在菡的面前。

直觉告诉她，这场摇滚盛宴一定会是无与伦比、冠绝武林的。于是她移动鼠标，点击了那最后的视频。只见媒体播放器在刹那间就弹出了一个画面，宣告演出的正式开始！随着那超级巨大的爆炸力在电光石火之间喷薄而出，一切早已来不及反应，似乎所有的事情都以光一般的速度，回到了那一年的那一天的那一夜。

在宇住院的这一周左右的时间之内，除了每天都去看望这位男生以外，菲、星和翔对其日记的研究还在继续、仍未停歇。然而，因为宇的日记并不能完整地展现一切，再加上正在住院的他仍旧处于混沌状态，所以三位年轻人根本无法获得事实真相。确实，随着事情的深入，太多的问题解释不通。不过，就在这僵局之时，几位年轻人在宇的日记里突然发现了一个关键词——水晶婆婆。这个人是谁？什么来路？也是宇幻想出来的人物吗？的确，菲、星和翔，他们并不知道这个世界可能已经在一瞬间和冥界相通。还把一切研究控制在自然规律可以理解的范围之内。而且，宇的事情为什么会涉及国家机密？叶凯宁博士也不会告诉他们自己目前已经获知的内容。然而，就在宇被带走的这段时间里，菲在梦中经常能够听到一个忽远忽近，好似来自异界的声音，这是怎么回事？！让我们暂时放下现在的一切，回到2002年的最后一天，一起狂欢。

第二十五章　新年狂欢
New Year Celebration

现在，时间已经进入了倒计时阶段，距离新的一年2003年，还有不到半个月的时间。此时此刻，整个京城都充满了新年的喜悦，人们更是走街串巷，出行游玩，准备迎接新世纪之后，第四个公历年的到来。然而，每到众人欢庆之时，就是乐队最忙之日，超级银河乐团也不例外。三位年轻人为了年底这最大的摇滚电联，写歌创作、排练完善，进入紧张的“备战状态”。在此期间，静和宇的交往，依然属于半地下状态，完全没有把他们两人的事情，告诉彼此的家人。宇送给静的水晶汽车，也以保时捷、施华洛世奇和罗密欧·斯达先生三人的名义正式进驻林静家族的博物馆，把宇在这件事上的作用安全地隐藏起来。没有人知道，其实这辆车的赠与者，实际上来自他们的敌对家族，明家的公子，明哲宇。

时间很快就到了2002年的最后一天，有些平常，又有一些异乎寻常。那天天气干冷，阳光就像是被覆盖了一层滤镜一样，模糊不清、没有热度。街道两旁的白杨已经光秃秃的，没有一片叶子，只剩下零星的积雪还在那里等待着新春的到来。然而，与这白茫茫的冷冬正好相反的是，此时，一股摇滚的热浪正在不断升温，一场汇集了全国顶尖地下乐队的大型电联，即将在今夜打响，而地点距离市中心不近不远，就在位于北京朝阳东北部的北斗风暴酒吧。值得一提的是，这个以木结构为主的音乐酒吧有着极为先进的舞台设备和极为浓郁的摇滚气氛，在新世纪摇滚势力开始形成的初期，就已经成为当时乐队演出的指定聚点。除了餐桌所占据的面积之外，超过两百平方米的巨大的表演场地也是北斗风暴的特色之一。

当天下午，名头最响的极光乐队和超级银河乐团，先后到达了电联现场，进行演出之前的热身准备。不久之后，在五点钟左右，所有参演乐队就悉数到场，集结于此。在北京这干爽的冬天，只见这些酷酷的摇滚人穿着闪亮的皮衣和窄瘦的皮裤，穿梭于场内场外。他们有的已经进入室内，调试排练；有的则又挤出门来，抽上一根纸香烟。相熟的乐队打着招呼，彼此寒暄着最近的情况；敌对的乐队狭路相逢，也会产生一种别样的化学反应。这也是那时北京摇滚的典型氛围，散布在全市的某些角落，好似星星之火，可以在日后不断壮大燎原。

今天到场的乐队数量最终被锁定在十支的范围，他们不但技术顶尖，乐风也各不相同。这些乐队就是：旋律金属乐队极光和超级银河乐团；朋克乐队威士忌和红色军团；英式摇滚乐队南极星、洛克鸟以及飞行器；崇尚电子风格的UM乐队和爱乐团；还有一支新组建的重金属乐队，名为死亡天使。

在这些乐队里面，最大牌的当属四人旋律金属乐队——极光乐队。这支乐队的主唱兼节奏吉他手，由来自北京的二十二岁女生青（青洋）担任。这位女生娇艳美丽，留着一头和大天使乐队的主唱——菡类似的亮黑色齐耳短发。但是，相比于菡那圆润的脸庞，青的脸型显得相对较瘦。她的嘴唇娇小、单眼皮、鼻梁高耸、鼻翼较窄，五官显得比较单薄。身高一米七四、皮肤白皙、十分骨感的她，总是喜欢把嘴唇涂抹成美艳的红色，把眼影化成深深的蓝色，给人的感觉可以用三个字来概括：冷、艳、美。

除了拥有青之外，其实性格直爽的“深蓝”（蓝海）才是队中的灵魂。来自东北大连的深蓝，拥有一米八六的身高，今年二十四岁，是极光乐队的主旋律吉他手，同时也是队长。他的相貌粗犷，肤色较深，精神的板寸是他的典型特征。二十一岁的“猩红”（红洪）是队中的鼓手。来自北京的他有着一米八三的身高，气质略显斯文，皮肤较白，一头乌黑的披肩直发是他的主要标志。队中的贝斯手叫“纯白”（白浪），二十二岁的他同样来自北京。此人的身高为一米六九，皮肤略暗，贴着头皮的圆寸和那张圆圆脸是他的典型特征。纯白的整个右臂上面都文着黑白刺青，平时喜欢穿着各种样式的短T恤衫，比较嘻哈。如果你刚刚认识他，甚至会以为此人是一位说唱歌手，而非一位旋律金属贝斯手。值得一提的是，纯白的性格极为嚣张，拥有着不亚于其贝斯技术的嘴上功夫，曾与多支乐队产生摩擦、发生口角。

到2002年为止，极光乐队已经成立四年有余，拥有广泛而扎实的歌迷基础。但是，目前最受欢迎的乐队，却是以强劲优美的音乐、高大帅气的外形和时髦炫酷的装束示人的超级银河乐团。亚洲最强乐队大赛中国系列赛的胜利，再加上总决赛上的深情演唱，让他们的歌迷不断地累积着、增加着。短暂的“新金属”黑暗时期并没有影响他们的形象，反而又因此收获了更多的支持。本来超级银河乐团从有机会出唱片的学生军转入地下圈，完全属于无奈的被迫之举，但是却意外地取得了疯狂的、侵略式的效果。

对于极光乐队来说，不但在全国总决赛上输给超级银河乐团的一箭之仇至今没报，还在那次比赛之后的每一次演出，只要和超级银河乐团同台，风头都被后者抢了过去。事实上，在这短暂的半年时间里，极光看不惯超级银河乐团已经是圈内公开的秘密，可是，宇、星和翔三位男生却并不愿意对公众提起此事。然而，就算如此低调地保持沉默，给足了极光面子，见面之后也难免遇到对手不识趣的挑衅和攻击。

比如在几个小时以前，刚刚来到后台的超级银河乐团，就和极光乐队冤家聚首、狭路相逢。对于乐队的头号劲敌，纯白自然首先发难，让现场充满了火药的味道。

“哟嗬！又见面了您哪！”

纯白今天身穿一件烫着黑色骷髅头的白色短T恤，一条深蓝色的窄口牛仔裤和一双黑色帆布滑板鞋。此人说话细声细气，有一点伪娘的感觉。此时此刻，他并没有调试任何乐器，只是站在那里，好似没事找事一样。

“哎，你好。”

宇当然明白纯白那阴阳怪气的“问候”，在这样的情况下就等于挑衅，所以也只是象征性地回应了一声，根本不愿意搭理他。也许在这位男生看来，纯白只是自己梦想之路上的一个匆匆过客，不值得为其浪费时间；也许在宇心中，这个对手太过弱小，根本不值得回击一句。只见他直接无视纯白的存在，把黑色的电吉他箱子轻轻地放在地上，准备开始调琴。值得一提的是，我们知道，超级银河乐团今天的装束，和一年半以后他们在布里斯班对决大天使之时所穿的行头一模一样，黑皮夹克、马丁靴是今夜服饰的关键词。

见宇并没有搭理自己，纯白得寸进尺，高傲地走上前来，充满嫉妒地说道：“看得出来你们还不错嘛！”

“还行啊，”正站在旁边调试贝斯的星接过话茬儿，把这句话说了回去，“我觉得你们也还不错呀！”

“再怎么不错，也不如你们呀！”纯白首先出口伤人，“你们现在多火呀！比四人的时候还厉害，真是了不起！”

“火吗？既然你说比你们厉害，那就比你们厉害吧，哈哈！”星那轻如鸿毛、泰然自若的一句回应，好像一个巨大的馒头，把纯白噎得够呛。

然而纯白哪能吃得了这亏，随口便说：“还不是都靠Program（提前录音）！”

话音刚落，这几个字就像一把利剑，直接戳到了星的最痛之处，刹那间就把这位男生给逼急了！他不允许任何人，哪怕含沙射影地诋毁已经去世的老队长谭辉月，更不允许有人把老队长的去世，当成一个梗，用来攻击超级银河乐团。只见他撂下乐器，冲过去一把就死死掐住了纯白的喉咙，向着墙上推去。身高不到一米七，长得又瘦又小的纯白，怎么可能是星的对手？！只见他一下子就被星给顶到了墙上，动弹不得。星目露凶光，厉声说道：“我告诉你！你怎么说我们都没关系，喷垃圾话也没什么不行。不过，你以后要是再敢拿谭辉月说事，我一定会让你对自己所做的一切付出代价。”

此时此刻，纯白已经被星给顶得喘不过来气，哪里还能还嘴，只剩下脸憋红的份儿。

为了防止冲突升级，宇和翔走过去把星和纯白拉开，然后，身材高大的深蓝和略显文弱的猩红也走了过来，把纯白拽远。因为事发之时，大部分乐队还未到场，所以星和纯白之间这个也许只有几秒钟的动作，并没有引起更多人的注意，造成更大的影响。

看到有人前来劝架，加上自己的队长也来到身边，纯白狼狈地小声嘀咕了一句，企图给自己找回点面子的话：“不管怎么说，堂堂超级银河乐团也不能总是拿着录好的独奏来演现场吧！你们是旋律金属乐队呀，是不是也该找一个吉他手了！”

该找一个吉他手了……这句本是挑衅的话语，却真真正正就是超级银河乐团的问题所在。宇他们当然知道，这个原本根本不可或缺的位置对于一支旋律金属乐队来说，是多么重要。但人有悲欢离合，月有阴晴圆缺，此事古难全。在经历了那么多故事之后，增加新的成员容易吗？况且曾经的月是那么优秀，那么无与伦比。也许纯白的疯话不仅代表了他自己的想法，也不是只有极光那么认为。可能很多乐队都已经产生了和纯白同样的想法，只不过碍于月的面子，没有说起罢了。

“弹好你的琴再说别人吧！”翔也有点儿火了，厉声说道，“不好意思，我们要排练了。”

“行了，纯白，”深蓝严肃地招呼道，“走吧，到外面抽口烟去。”

对于纯白的挑衅，或者因为嘴欠而被打，队长深蓝似乎已经司空见惯、见怪不怪。所以，面对冲突，他并不想直接增援纯白。也许，在这位青年看来，叫着自己的贝斯手出去抽口烟，给他解个围，就是对他最大的帮助了。随即，他们一起离开了后台，消失在酒吧尽头。而美艳女主唱——青则轻轻地瞟了宇一眼，并未说一句话，也随后走了出去。

天色在不知不觉间就渐暗下来，这也预示着金属狂欢的开始。在这一刻，摇滚电联的所有技术环节，包括灯光、音响、甩线、出场顺序、现场音乐、安全保卫等一切，全都已经准备完毕，蓄势待发。与此同时，参加这次摇滚跨年狂欢夜的各路潮流人，也已经逐渐聚集在酒吧门口，陆续进入场地。由于歌迷数量已经大大超出了票务预期，大大超出了酒吧的承受能力，所以在入口处还一度发生了混乱。

按照事先的计划，在后台清场之后，主办商将超级银河乐团的座位安排在乐队专区靠近舞台的八号圆桌。片刻之后，盛唐琴行老板、宇的师傅秦天也身穿一身米色中式长衫来到现场，和乐队成员围坐在一起。值得一提的是，在演出开始之前，超级银河乐团的所有成员反而都不喝烈性酒，只是招呼几瓶啤酒象征性地热热身体，让自己在一定范围之内躁动起来。

一会儿工夫，静也来到了北斗风暴酒吧，随即和宇通上了电话。

“宇，我到了，人好多呀！”

“静，你到啦，我去接你。”

“不用啦，我能进来的。”

“不不，静你稍等片刻，门口那么挤，我现在就去接你。”

“真的不用啦，今天我就是摇滚女生，就是百变星君！我已经进来啦！看看你的后面！”

这时候，静已经在不知不觉间出现在宇的身后，面对着秦天，侧对着星和翔。然而，只用了一瞬间，这三位男生就都被眼前的一幕惊呆了。只见他们瞪大了眼睛，张大了嘴巴，酒都顾不得多喝一口。背对着静的宇，看见了面前这三人那一反常态的表情，一时间不知道发生了什么。但是，只是在刹那间这位男生就意识到了什么，随即顺着那三位的眼神，猛然间把头转向身后。然而，就算他在这回头的电光石火之间已经做足了心理准备，当他看见眼前这位女生的时候，仍然被震惊在那里，动弹不得。

哇！只见这位赫然出现在眼前的美女，哪里是宇曾经认识的小静！这简直就是一位活脱脱的摇滚女生！就是一位身材高挑、美丽时髦的摇滚女生！不得不说，今天的静，和那天在那密不透风的小型演出厅，第一次和宇相遇的那位女生，虽然同样美丽，可是已然完全判若两人。

只见静今天以一身黑色系摇滚装束示人，特别金属、特别炫酷：黑色的短皮夹克、烫着金色十字架图案的黑色短T恤、黑色的半指皮手套、恰到好处的金属装饰、黑色皮裤下黑色的皮靴和白皙的脸上那纯黑色的眼线，让这位女生犹如一位漫画女神，美丽无比。

“静呢？”宇站起身，惊讶地看着眼前这位无与伦比的美丽姑娘，激动地问道，“静在哪里？”

“我……我在电影里学的……”静站在那里，显得有点儿不好意思，腼腆地问道，“你看可以吗？”

“你今天简直是……”

“太犀利啦！”星和翔异口同声地说道，“简直是炫酷至极！”

“哈哈！”静开心地说道，“我已经是乐队的女人了！乐队的女人，不是应该和乐队穿得一样吗？”

“厉害厉害！弟妹快坐下！”留着一头银色长发的秦天一边招呼着静，一边兴奋地说道，“为了最美丽的摇滚女孩儿！来来来！干上一杯！”

“干！”

不过，就在与秦天老师碰杯之后，静却并未马上坐下，反而继续拿着那瓶啤酒，仰起头不停地灌了起来。与此同时，已经喝到一半的秦天，看着对面仍在不停喝酒的静，手中的瓶子还在嘴边，就惊呆在了那里。宇、星和翔也随即惊呆，不知静这是怎么了。后来秦天看出对面的女孩儿这是一副要将酒喝干净的架势，也马上继续灌了下去。不一会儿，两个人就一前一后干掉了整整一瓶，滴酒不剩。

“静，我的天！”宇惊讶地说道，“你几乎从不豪饮哪！”

“宇，这挺有点儿摇滚范儿，是吧？”静抹着嘴唇，豪爽地说道。

“静，”宇看着眼前这位炫酷女生，激动地说道，“我看今天你这架势，简直是要上头条的节奏哇！”

随后，静落座。

“牛×！一切都为了摇滚！”秦天兴奋地夸赞道，“我看弟妹好酒量！”

对于眼前的一幕，星和翔显然还处于惊讶之中，根本没有缓过来劲儿。与此同时，旁桌的一部分乐手，也都注意到八号桌发生的一切，纷纷投去羡慕和好奇的目光。他们在想，这个北京大妞儿，如此美丽、如此摇滚，到底是个什么路子？

不久之后，狂欢之夜随着红色军团乐队的登场而正式开始。果然现场在一瞬间就躁翻了天，根本无法控制。铁粉在台下互相撞击，死忠摇起了摇滚的旗帜，这种疯狂随着时间的推移而持续升温，令人来不及回味。然而，激动人心的时刻总是过得很快，上半场在极光乐队的压轴之下，飞一般地结束了。极光乐队不出所料地赢得了现场最热烈的掌声与欢呼，成为最受欢迎的半场冠军。

一会儿工夫，新年狂欢的下半场就从电子乐队UM的登场开始了。随着音乐响起，现场顿时被迷幻的音符所笼罩，神秘的气氛好似黎明前的黑暗，遍布在北斗风暴的摇滚现场之内。按照计划，在UM乐队表演结束之后，就将轮到超级银河乐团登场。更为重要的是，超级银河乐团那美丽而光芒四射的歌声，将会代替UM的阴暗而鬼魅的电子旋律，伴随大家过新年。

然而就算不愿见到，可是意想不到的意外还是发生了。此时此刻，远远地只见舞台总监小胖，从后台气喘吁吁地跑到超级银河乐团的座位旁边，一边擦汗，一边慌张焦急地叫道：“宇呀！宇呀！不好了！不好了！”

“小胖，怎么了？”伴随着UM乐队的迷幻电子，看到一向靠谱的舞台总监那焦急的神情，宇在此时也是一头雾水，不知发生了什么。

“宇……啊……”小胖喘着粗气，惶恐地问道，“哎哟！哎哟！你那儿还有主旋律（Program）的备份吗？还有吗？”

“没有啦！”宇突然站起身来，仿佛意识到了什么，迅速答道，“我有的已经全都给你了呀！”

“我去趟厕所的工夫，回来一看，你们的Program存储器就没了。”小胖不知所措地说道，“我当时记得很清楚，我把它放在控制室的桌子上了。而且，为了提醒我自己，我还在你们的设备上面贴了一张很大很明显的贴纸，更是用黑色马克笔标明了‘超级银河乐团SOLO（主旋律）’的字样！然而就这么一会儿工夫，就没有了。”

“别着急，你确定你已经在后台都找过了吗？”闻听此言，依照对小胖一贯言行谨慎作风的了解，宇意识到事情已经没有补救的余地。但是这位男生迅速控制情绪，让自己镇定下来。他明白，现在如果他乱了，就都乱了。

“都找了！都找了！我翻遍了整个机房和后台，前前后后花了二十多分钟，可是仍然没有找到！所以，我这才过来问问你们有没有备份！”

“UM还有多长时间演完？”宇一边问着小胖，一边看了一眼台上，只见那迷乱依然继续着，和他此时的心情一模一样。

“顶多还有一首，五到十分钟之间。”小胖笃定地说道，“如果加上串场的现场音乐，最多也就十五分钟。”

“那根本就来不及！现在已经来不及重新制作了！”星突然起身，气愤而无奈地说道，“唉！要是带个备份就好了！这次可真是个教训！”

“那你们商量一下怎么办吧！UM快结束了，我要回去放背景音乐了。”说着说着，小胖转身就要离开，在忙乱中慌忙喊道，“记住呀，十几分钟。”

“等等！我跟你再去机房找找，”星焦急地说道，“怎么也得再检查一下。”

“星，如果五分钟之内找不到，就赶快回来。”宇冷静地说道，“我们看看还能怎么办。”

“别慌，越慌越不行！”翔站起身来，坚定地说道，“我和你一起去！”

随即，三人便一起向着控制室跑去，消失在北斗风暴酒吧观众区的尽头。

“秦天老师，你看，对于这种情况你有什么办法吗？”在星和翔他们走后，宇已经意识到，面对这样的突发状况，也许只能依靠师傅秦天了。然而，他很快便得到了否定的答案。

“旋律金属乐队，缺了主旋律是怎么也不行的。”师傅无奈地回答道，“歌迷买票就是来听旋律的。”

“那么……师傅能帮我们弹弹吗？”说到这里，依据多年的经验，宇显然也不相信自己的话能够变成现实。

“你们的歌都是原创的吧？”秦天沉思着，“有没有我听过的？”

“真没有。这次全都是新歌，本来想在突然间给歌迷来个意想不到的惊喜。”

“那可真是不行！没听过是怎么也没办法配旋律的！根本没戏！”

当师傅的回答和自己那不祥的预感完全重合的时候，宇知道事情已经发展到了最坏地步。只见这位男生慢慢地回坐在椅子上面，双手捂脸来掩饰心中的焦急和沮丧。与此同时，星和翔也从机房跑了回来，只见两个人站在宇的对面，轻轻地摇了摇头……

气氛僵持住了。

好像剩下的时间，只需要一秒就会过去一样。

好像，没有人有任何办法。

好像，接下来的事情，只能是在这新年之际，硬着头皮给观众道歉，然后再硬着头皮临时变卦，换几首并不是观众翘首期盼的歌曲，如果歌迷还能够原谅他们，还能够同意换歌的话。

“宇……”

就在这时，坐在宇身旁的静轻轻地拽了一下这位男生的衣角，似乎有什么话要说。宇虽然急在心里，但依然极力克制着心中的烦闷情绪，纠结着等一下要用一种什么样的方式跟歌迷交代。要知道现在可是最为开心的新年之夜呀！是一年之中，最值得庆祝的关键时刻呀！

听见了静的声音，宇慢慢地抬起了头，然后平静地站起来将双手搭在这位女生的肩膀上。只见这位吉他手轻柔地看着自己的女友，疲惫中掩饰不住无助，好似在请女友原谅自己把这次的新年狂欢给搞砸了一样，无法按照计划，为歌迷和自己最爱的女生带来最美的快乐。

“小静静……”

听到了宇那呢喃的话语，静却没有感到绝望，相反地眼睛里闪烁着希望的目光。

“宇呀，你别着急，我问问你，”静站了起来，和缓地问道，“上面那支乐队的电子琴，我们能不能借过来用用？”

“哪架琴？”宇看了台上一眼，三分激动七分疑惑地问道，“UM的键盘吗？没问题呀，UM和我们挺熟的。”

“你觉得他们的琴能模仿出来电吉他的效果吗？我觉得他们弹的一些旋律很像电吉他，然而他们乐队却没有主音吉他手。”

“UM乐队是玩电子的，就属他们的那架键盘最厉害了。”翔站在一旁补充道，“这架琴本来就是配给旋律金属乐队的，基本上什么效果都有，是目前最好的神器了。”

“宇，”静淡定而冷静地说道，“你看，等UM的表演结束了，你跟他们商量商量，让他们把这神器借给我们用用吧！”

“你的意思是……”听闻此言，宇的眼中在一瞬间就透露出了一丝希望，不过，藏在心里的，更多的仍然还是一种疑惑。

“就由我来帮你弹主旋律吧……”静腼腆地说道，“如果……如果你觉得我可以的话。”

“可是……可是……”宇将信将疑地问道，“小静，难道你也会玩乐器，会弹键盘吗？我怎么从来都不知道……”

静看出了宇内心的矛盾与挣扎，不容分说地用手一下子就堵住了宇的嘴巴，果敢地说道：“宇，相信我！好吗？”

宇看着静那平静而坚定的眼神，根据平时的经验，知道自己的女友一定是因为胸有成竹才会给出这样的承诺。确实，从静出现的第一天开始，她就已经给过这位男生太多的惊喜。要知道，她可是把水晶琴从奥地利搬到中国的那位女生啊！况且，宇也真切地明白，现在已经不会再有其他的办法了，不是吗？于是他对着自己的爱人，深深地点了点头，将这个重任交给了她。

终于，在所有人的期待之下，超级银河乐团帅气潇洒、光芒无限地登上了那无比炫丽的摇滚舞台。

按照宇临时设计的出场顺序，星走在全队的最前面，率先登场，第二个出场的是宇，第三个是静，最后登台的是翔。在这个独具匠心的设计之中，星的首先出现可以利用他开朗的性格烘托舞台气氛；宇在第二个上台是为了利用其个人魅力调动歌迷的情绪和兴奋指数；静在第三位登台是因为这样不但能让她减轻紧张的心情，又因为有翔在托后，而不至于被歌迷忽略；翔在最后出场则是为了稳定军心，压住阵势。

对于所有歌迷来说，如果说用“期待”这个词汇来描述第一个上台的星和第二个出场的宇的话，静的亮相则引起了台下巨大的轰动！无论是哪支乐队的追随者，他们全部都被这位打扮时髦、穿着摇滚、身材高挑，长相美丽的女生所震惊，深深吸引。在没有任何通告的情况下，超级银河乐团突然变出来一位如此美丽的摇滚女生，让所有人都大呼意外！更重要的是，静的出现意味着超级银河乐团在原队长谭辉月去世之后，第一次增加成员。却没有人知道这完全是因为一起意外而产生的结果，是一个不得已而为之的补救方案。更没有人知道接下来发生的，将会是什么。

看到眼前的一切，已经结束演出，坐在台下观战的纯白惊了，“老大，你说，这是女的吧！”

“没错。”此时此刻，深蓝一直紧盯台上的一举一动，根本不愿说话。闻听纯白的问题，他甚至认为扰到自己，有些恼怒。

“不是呀，老大，”纯白继续说道，“我的意思是，这女的个头也太高了吧！怎么也得有个一米八几吧！”

“看演出吧，”深蓝平复了一下情绪，厉声说道，“我倒是要看看这个女生是个什么成色。”

就在这时，宇背好了那把承载着无限希望的芬德水晶电吉他，拿好了反射着金色光芒的水滴形金属拨片……

他半侧着身，看着站在自己斜后方的静，给了她一个最信任的眼神。宇知道，在这样的情况下，相信的力量对于一个新人来说是多么重要！只见这位女生也心领神会，充满信心地点头回应，眼光中闪烁着坚定的回答。

按照编曲的安排，第一首歌的前十六个小节只有键盘产生的主旋律。这就意味着，超级银河乐团将会和观众一起，第一次见证静的水平和能力。在毫无排练的情况下，一旦失败就毫无挽回的机会，功败垂成在此一举。

“一！二！三！四！”

此时此刻，翔双手各握一根鼓槌，高高地举过头顶，相互敲击那表示速度和节拍的信号，宣布演出即将开始。强烈的敲击好似毫无准备的卫星升空倒计时，让不明真相的台下鼓噪起来，但却令超级银河乐团快要窒息。

片刻之后，静按响了超级银河乐团今夜的第一个音符，而后便是一连串行云流水、快速激昂的失真金属键盘独奏。全场顿时爆棚！宇简直不敢相信，他写的难度如此之大的乐谱，居然能被静盲弹到如此水银泻地的程度。如果不是已经知道这位女生是在用键盘弹奏，如果不是因为深知这次突发事件的原委，他简直就认为曾经的老队长谭辉月正站在他的旁边，在这里弹奏着华丽的乐章。在月去世的这段日子里，宇、星和翔三位乐手仍然以其在世之时的技术标准，来要求自己的音乐，所以难度可想而知。然而，就在这短短的十六个小节之内，静的表演就已经带给了他足够多的惊喜和信心。他告诉自己，今夜，静就是这个世界上最棒的那个人。

十六小节之后，所有的灯光全部打开，所有的乐器同时奏响，巨大而震撼的回响瞬间掀翻了现场，在空中共鸣。乐章中无数次出现极其快速的、美丽的、好似史诗一般的金属旋律，令全场一直处于疯狂状态。宇好几次都异常惊讶地回身看着那位无与伦比的摇滚女生，不敢相信自己的眼睛。没有错，站在他身后的，不是别人，正是那位在平时可爱大方、台上摇滚炫酷的超级女生——静。

宇从未试过和自己的女朋友面对面地对弹双旋律独奏，所以当一段超级快速、极度优美的旋律从静的指间划出的时候，这位吉他手就转过身，跑到静的身边，和这位女生面对面地飙起琴来！在这一刻，宇不仅仅被眼前的这位弹琴优美、速度极快、动作干净、超级炫酷的摇滚女生所震撼，更在镁光灯的照耀之下，见识到了静最美的、最摇滚的双重状态。在那一瞬之间，这位男生甚至怀疑，这难道还是他平时认识的那个静吗？真的是她吗？一切都显得太过神奇、太过不可思议了！她太漂亮了！太完美了！就在这时，星也激动地跑到了静和宇的旁边，形成了三方对飙琴技的疯狂局面，而翔的鼓也打到了最为激烈的程度，令全场陷入到了顶级的癫狂状态。

然而，美好的瞬间总是稍纵即逝，第一首歌很快就在一连串绚丽无比的独奏之中结束了。宇斜背对着观众，在一刹那间停滞了所有的思维，进入一种空白的状态。而星和翔也全部在顷刻之间停止了所有的动作，仿佛听到现场只存在着余波和电声的共鸣。如果说上场前的意外，让他们感觉到的是慌乱无助，那么静用完美的、超乎想象的优秀表现，让三位青年更加不知所措，令他们激动得甚至在一时之间说不出话来。

与此同时，台下的歌迷却仍然持续在疯狂至极的状态之中，根本无法控制自己的情绪。

在短暂的短路之后，宇立刻下定决心，做出了一个重要的决定。只见他转身走到舞台中央，激动而大声地宣布：

“静，超级银河乐团的主音键盘手。”

话音刚落，台下就传来了好似宇宙风暴一般的巨大响应！对于歌迷来说，这一决定的意义非同小可。因为它不但让歌迷们重新拥有了一支四人超级银河乐团，更加得到了一支不同以往的超级乐队。

紧接着，超级银河乐团顺势进入到第二首歌的演奏之中，不出所料地持续着前作的热度。然而就在乐曲进行到一半时，一切就好像事先安排好的一样，忽然全场灯灭。一瞬间，只见一束纯白的光柱从天而降，落在了超级银河乐团的主音吉他手，谭辉月原来站立的位置之上，然而那里并没有人。这时，所有的乐器都停止了动静，只能听见静正在弹奏那激昂而快速的音乐旋律。与此同时，另外一束白色的光芒也在一瞬间把静照亮，让静和月，用这样一种方式完成了音乐的传承。

摇滚还在继续，金属还在狂躁，在这样的疯狂之下，时间很快就进入了跨年的倒计时阶段。就在这时，超级银河乐团突然转变乐风，以一首旋律极其抒情的大调摇滚歌曲，和大家一起欢庆即将到来的全新一年——2003年。这首歌曲超级银河乐团并没有事先进行排练，全部是建立在乐手技术水平之上的即兴表演。宇只是给了队友们一个基准调，随即翔给了一个速度，以静的随意发挥为主导，星也很快加入进来。此歌并没有人演唱，所有的一切都随着旋律天马行空地漫步着，所有的人都跟着如痴如醉的气氛幸福美好地幻想着。

一瞬间！居然就在那一瞬间！这个地球的人类仿佛幻想出来这样一幅画面：这支神奇的乐队，就像他们的名字一样，变成了一支真正的超级银河乐团，变成了一支超级时髦、拥有未来科技的乐队。他们好像站在真真正正的银河中央，举办着自己专属的宇宙星际演唱会。在那神往的舞台上，有种力量让他们悬空在那神秘莫测的太空世界，星光灿烂，转动不停，闪烁不断。他们的每一件乐器都泛着宇宙的神秘，每一个音符都蕴含着银河的气息，每一个瞬间都被定格为永恒的记忆。此刻，仿佛这个星球上的每一个人，都聚集在空旷的草地或高高的山顶，仰望星空，聆听这天外之音。恋人们深情地拥吻，亲朋好友们深深地祝福彼此。人们好像梦幻般地看到了战火消失，敌人之间一笑泯恩仇；好似看到了世界大同、爱洒人间；仿佛看到了一切自私与罪恶，都在这个“超级银河乐团时刻”，被净化、被洗礼，全部彻底消失了。宇宙的一切生命，都醒了，都静了，都醉了……

然而故事还没完，好戏还在继续。新年刚过，静就突然离开了键盘的位置，走到主唱的区域。只见她一把拿起了麦克风，仿佛想要做点什么。

“宇！”静回头看着这位吉他手，清脆而干练地说道，“还记得我们第一次相识的那一天吗？”

闻听此言，宇、星和翔全部都在瞬间惊呆，不断地问着自己——这位女生到底想要干些什么？

“其实，”静开心而兴奋地说道，“有时候，我也挺喜欢那种金属的。(新金属)”

“难道……”宇惊讶地看着静，似乎已经知道接下来即将发生的一切，“难道你要……”

“躁起来吧，”静激动地说道，“今天是过年嘛！”

“一！二！三！四！”

还没等宇回答，翔就突然在台上敲击鼓槌儿，响起地鼓。此时，星的贝斯也进入工作状态，让浑厚而钻心的低音喷薄而出。

“那就——”宇环顾四周，突然激动地喊道，“那就躁起来吧！”

话音刚落，所有的乐器全部满血奏响，瞬间转换到了喧噪而鬼魅的新金属摇滚！乐队成员全都疯狂地甩起头来，进入到另外一种疯狂级别，好似要把这个世界轰炸，好像要将这个地球毁灭。

静就站在舞台的最前方，站在属于主唱的那个位置。她双腿并拢，单手将麦克风举过头顶，双膝随着鼓点反复地弯曲，疯狂地左右甩动着自己那带着大波浪的乌黑长发，极为性感、极为美丽。

宇和星这两位高大的男生，也分别站立在静的两旁，将乐器使用得好似武器一般，以示宣泄。而翔也在他的队友的正后方，激烈而快速地直接踩出好似“冲锋枪”一般的高速双地鼓。舞台总监小胖更是把所有的焦点都给到了这位美女主唱，让纯白的光束再一次从天棚直接照射在静那柔亮而富有光泽的黑发上，让她显得鬼魅无比、美艳至极。

见到此情此景，现场的所有人再次疯狂了，陷入无尽的暗金碎屑之中。

极光乐队的纯白呆坐在台下，再次直接傻掉，“这是什么情况！这大妞儿是什么情况！”

“我不知道！我不知道！”

看到这个场面，深蓝早已惊得无话可说，猩红也同样只能选择沉默。而极光的主唱——青，则早就憋红了她那美丽的颜，僵尸一般地坐在台下石化了。

其实，极光乐队恨不得马上离开现场，但是他们并没有那么做。也许他们也被静的魅力所吸引了吧！也许他们也想看看，超级银河乐团，在接下来还要干点什么！

就在这时，只见那位帅气而性感的摇滚女生，用她的大长腿踩着一个位于舞台最前方的返送音箱，身体前倾，上身的重量全部通过拿着麦克风的小臂，用胳膊肘支撑在踩在音箱的大腿靠近膝盖的位置。这姿势和她第一次遇见宇的时候，那位男生采用的姿势一模一样。只见静激烈地嘶吼着，这吼声就像猛兽的咆哮，从身体的最深处喷薄而出，只保留了一点点女声的属性。

这简直太酷了！

片刻之后，当所有的乐器进行到了最为激烈的部分，只见静拿着麦克风，随着音乐的节奏，开始在台上来回走动起来。她冲着天棚把麦克风反拿着，仰头嘶吼着每一段歌词。在每一小节结束的时候，她又把麦克风直接甩下来，然后看着台下的反应。而后，静用力扬起那没有拿麦克风的手臂，不停地挥舞着，躁动着，宣泄着……

这简直就是一位摇滚老手的台风，太酷了！

很快，静就唱完了一首歌，那是她和宇初识的那一刻，宇唱的那一首。但是，这一次再次演绎，宇的心境已经和那一次完全不同，让这黑暗闪烁出来金色的梦想与希望。那夜，静一共唱了三首，一直持续到新年狂欢在超级银河乐团掀起的星辰风暴中渐渐走向尾声。

演出结束之后，几乎所有同场的乐队都不约而同地围过来祝贺。他们完全没有想到，超级银河乐团在不声不响之间，就找到了一位如此厉害的美女乐手，不仅演绎出来完美而璀璨的音乐，还一举击败了极光乐队，赢得人心。

而在场地的另外一边，纯白早就被今夜发生的一切惊掉了下巴，羡慕、嫉妒、恨都无法解释他目前的心情。极光乐队更是有些失态，既没有祝福超级银河乐团，也没有和任何一支乐队打招呼，直接奋袖出臂，变色离席。

次日凌晨，在一切喧嚣躁动过去之后，在一切金属碎屑沉淀之后，超级银河乐团就驱车开往“星之会所”，继续延续昨夜的快乐。“星之会所”位于“星之府邸”的不远处，那里有着来自世界各地上好的酒品和星最喜欢的特制冰沙制作机。

我记得我在第一章描述过宇、星和翔三位青年在一部车里的座位关系：星负责开车；翔坐在副驾驶；宇坐在翔的身后。那么这一次呢？静就坐在宇的旁边和星的身后了。

一路上，年轻人们没少谈论今夜的疯狂，而静则更是话题的焦点。的确，和静在一起已经有一段时间了，也发生了那么多的故事，但是，这群音乐天才怎么就从未发现，在他们身边的这位美丽女生，也同样是一位才华横溢的超级天才呢！

“宇，我其实以前告诉过你的，我非常非常喜欢音乐。”静不好意思地说道，“可能你没太往心里去吧。”

“虽然我知道小静你也很喜欢音乐，”宇深情地说道，“但是说实话，我从未想过，你真能把它玩得那么好、那么专业呢！”

“关键是……”坐在汽车前排的翔侧过身，调侃道，“静给人的印象不像会玩摇滚的人哪！”

“那小静是怎么练的歌呢？”星看着后视镜中，静那美丽的脸庞，轻松地问道，“就算是可以弹得很棒，至少也是练过之后才可以的吧？”

“钢琴呢。”静调皮地回答道，“那一定是我以前练过啦！怎么样，水平不错吧！”

“哪里是不错呀！”翔激动地赞美道，“真的是冠绝武林、横扫江湖哇！”

“哈哈哈，说得我都不好意思啦！”闻听夸赞，静捂着嘴，可爱地笑了起来。

“说起来，”翔开心地问道，“那静是怎么唱起摇滚的呢？”

闻听此言，静的脸色在瞬间就泛起了一些微红，完全不像一个摇滚女生应有的表情。摇滚女孩儿不应该都是酷酷的吗？像刚才在台上的时候一样，酷酷的？而静，现在却变回了平时的样子，和这身纯黑的装束形成了巨大的反差，简直就是一位十分听话、可爱至极的摇滚乖乖女！

“因为……因为我有一颗摇滚的心哪！”静开心地笑道，“你们的歌我早就偷偷学会啦！”

那夜，大家都大醉在了“星之会所”，衣服都没脱就横七竖八地倒在了客厅的地板上，进入梦乡。在这个冬季的深蓝之夜，在彼此体温的温暖之下，没有一个人觉得寒冷，只能感到幸福。在这一时刻，四位青年的心紧紧地连在了一起，仿佛已经没有人能够阻挡他们，披荆斩棘、勇往直前地完成那个美丽而炫酷的摇滚明星梦。

那天是2003年的1月1日，那天是新年的第一天。

此时此刻，菡在看过丹尼尔所给的录像之后，突然恍然大悟，明白了一切。的确，相比于硬石的绽放、绝对音乐的光芒和索罗之战的英勇，那次集合了当年全中国最强地下乐队的联合演出，才称得上是真正的摇滚！在那天，每一支乐队的水平都超越了索罗之战，而超级银河乐团更是技压群芳，更胜一筹。那种巨大的震撼力，好像是从遥远逝去的时光里爆发出来的巨大旋涡，把菡完全卷了进去，让她竟然在一时之间忘记了自己的全部。

当这位女生看到静穿着那绚丽的摇滚装束登场的时候，菡深深地被她带来的一切所彻底折服。她的琴技，只有比想象的更加华丽；她的样子，只有比想象的更加美丽；她的笑容，只有比想象的更加甜美；她的歌声，只有比想象的更加震撼。

菡终于以最直观的方式看到了宇心中最深的秘密。她终于明白了那天和宇接吻的那一刻，宇那惊恐的表情又代表着什么。虽然，这位女生此时对静的一切仍然一无所知，但是，仅仅通过这段录像，她就已经十分确认，静，就是宇心里的那道最深的伤疤。因为，乐手之间的感应，是最为精准，不会出错的。

菡思考着，菲和宇的爱情，能有结果吗？

第二十六章　恐怖病毒和冥界
Coronavirus and The Underworld

就在菡看完超级银河乐团的新年狂欢电联视频之后，菲、星和翔三位青年也在第二天下午，于紫金坦克宅邸的客厅，同样观看了这场精彩绝伦的演出录像。和丹尼尔的版本并不一样，他们刚刚看完的这段历史影像，是由北斗风暴酒吧在当时提供的。官方录像不但画质更清晰，声音更还原，效果更震撼，更为不同的是，配合着摆在紫金坦克的别墅里，和“星之府邸”一样的一百二十寸巨大定制电视，一切历史都被还原得更加真实、更加立体。好似电视里正在发生的故事和仅有一个屏幕之隔的真实生活，这两个处在不同维度的平行世界，突然间合二为一，让静仿佛活生生地站在他们身边，从来未曾离开过。

“这么优秀的静……怎么就这样去世了……”

这时，视频已经自动进入花絮部分，然而围坐在方桌三边的三位青年，谁也没有注意到正片现在已经结束，需要将其关上才能平复情绪。看着如此清晰锐利的巨大画面，菲突然双手捂脸哭了出来，她完全不敢相信，眼前的这位漂亮女生，竟然已经驾鹤西去、不在人间了。

今天，这位女生只穿了一件灰色帽衫和一条深蓝色牛仔裤，显得特别低调；星也随便穿了一件白色卫衣和一条咖色休闲裤，虽然感伤但依旧帅气；翔仍然穿着一身黑色中山装，仿佛无论经历什么困难，这位男生也要用这身衣服的笔挺，来告诉别人自己的坚强。

“自从那次狂欢之后，这也是我们第一次从这么大的电视里，看见静的影像。”星走到电视机前，攥了攥拳头，眼泪就止不住地流了下来，“但是，但是别说一百二十寸的电视，就是一千寸、一万寸也没有用啊！如果不是根本不可能突破的维度限制，我是真的想把静从那二次元的屏幕里面给拽出来！”

闻听此言，正对电视而坐的菲抬起头，一边擦着眼泪平复情绪，一边安慰起站在电视机旁的这位高大男生：“星啊，你别这么折磨自己。也许，也许静在那个世界，活得很好。也许，她也正在玩着音乐，玩着摇滚呢！”

“你知道吗？菲……”翔坐在菲的左侧和其九十度角相邻摆放的沙发上，目光有些呆滞地直视前方，似乎还沉浸在刚才的摇滚之中，“直到你第一次出现在我们世界的那一刻，已经有一年多了，宇的车里最多只有三位男生。虽然到了澳大利亚以后，他买了新车，换了座驾，但是属于静的那个位置，就从来没有坐过别人。”

“的确呀……”星感伤地说道，“每一次我们三个一起出发，宇就会看向他旁边的那个空位，好像静从来没有走过一样。”

“星、翔。”菲看着眼前的两位男生，凝重地问道，“静是怎么离开的？”

然而这个问题就好像彻底揭掉伤疤干痂之前的最后一次拉拽，在将要产生剧痛的时候，却让所有人都沉默了片刻，仿佛需要一些心理准备。

“病毒。”翔沉重地说道，“那时，中国突然袭来了一种极为可怕的病毒，威力之大几乎可以秒杀一切。”

“是SARS吗？”菲问道。

“对，就是SARS。”星平静地说道，“原来你在这边也有所了解。”

“嗯！”菲严肃地说道，“那次的恐怖病毒持续了半年之久，并且在此期间一直占据着全球电视、报纸、网络、广播等大众媒体的头版头条。事件本身的影响力甚至超出了人类的想象范围，令人细思极恐、不堪回首。”

“对，没有错。”翔郑重地说道，“那就是轰动一时的变异冠状病毒入侵人体事件——非典型性肺炎事件。”

“最初，疫情只是盘踞在广东一带。然而，到了二月中旬，变异病毒就像发了疯一样，突然以极快的速度发展扩散，就连两千多公里以外的北京甚至更远的省市也没能幸免，全部变成了疫情高发区。于是，北京不得不采取紧急措施，迅速进入了备战状态。当时，人类还不可能以任何疫苗或药物对其进行治疗，只能被动防御，看着不幸感染的患者一个个地死去。”星转过身来，再一次坐到了沙发上面，继续说道，“变异的冠状病毒就像是天外来客，在一瞬间取得了完胜。”

“当时我们这边也在密切关注着这一疫情。”菲紧接着说道，“我记得我在后来读过一份报告，上面指出，在2003年的四月下旬，北京的疫情连续十几天都处于一个较高水平，平均每天都会新增九十至一百个病例，最高一天甚至达到了一百五十多人。”

“但是……”翔刚刚起了个头儿，好像又想起了什么，欲言又止。

“但是什么？”菲追问着，感觉这位鼓手话里有话。

“星啊！”翔看着星，凝重地说道，“你说那件事我们还告诉菲吗？”

“全都说出来吧，全都说出来吧！翔！”星焦急地说道，“这都到了什么时候了，还有什么不能说的呀！”

“好吧，”翔拍了拍大腿，激动地说道，“那就说了吧！”

“翔！”菲努力地控制着伤怀之情，平静地说道，“请你继续。”

“其实就算疫情如此严重，病毒如此猖獗，但是静……”翔顿了顿，继续说道，“但是静她本来也是可以不死的。”

“你说什么？”闻听此言，菲惊讶地瞪大了眼睛，完全不敢相信这位鼓手的话语。

“对，”星无奈地说道，“其实，静本来是可以不死的。”

“这又是怎么回事?”

“说起来……这完全是因为一个人,”翔严肃地说道,“他就是,静的哥哥,林夕。”

2003年初,超级银河乐团的所有事务正在按部就班地进行着,虽然不出所料地接到了来自唱片公司的诸多邀约,可是全被他们谢绝。乐队决定在六月的一次大型电联上宣布退出地下圈,按照原计划在七月去美国学习音乐、发展事业。

所以,整个2003年的上半年,就变成了超级银河乐团的出国准备时间。这其中包括英语强化学习、托福考试、一系列材料的准备和递交、等待学校的邀请、体检、办理美国签证等事宜。在此期间,乐队将维持原本的演出计划,继续活跃在各种酒吧、Live House,为歌迷带来无与伦比的摇滚盛宴。

但是,由于来势汹汹的恐怖病毒于二月大规模入侵北京,所以,当时几乎所有身处疫区乐队的一切活动,不得不被暂时冷冻起来,超级银河乐团自然也不例外。当时,为了保险起见,所有疫情高发地区的市民,能不出门就不出门,能躲一下就躲一下。人们根本不知道这种异常可怕的恐怖病毒,能发展到什么程度,又会在什么时候结束。宇、星、翔和静四人全都各自在家,和家人共同抗击变异病毒。每一天,人们不得不通过电话这永不消失的电波,诉说着在这场没有硝烟的战争中,朋友们、亲人们以及所有人的生活状态,密切地关注着这次浩劫的最新进展。

在当时那个病毒肆虐、充满恐慌的世界里,和所有的恋人一样,宇和静也同样心系彼此,无时无刻不想念着对方。但是,同在一座城市,却因为天空中出现了SARS的尘埃而隔绝了爱情,这太残酷了。虽然官方已经颁布了多项安全指导建议,其中更是有着减少外出活动的明确条目,但是宇却全然不顾这些,每天都会开车来到静的家门口,和他的女友小聚片刻。在每天和静的小聚时光里,这位女生就会戴着口罩,在宇的车里坐上一会儿,彼此说说话。在不知不觉间,他们也加入了当时不得不出门的“口罩一族”之中。

在那白色的口罩上面,他们彼此之间只能看见对方的眼睛:

她那双黑亮如宝石一般纯洁的眼睛,和他那双如海水一般忧郁的眼睛。

后来,为了避免家族矛盾,为了可以在一起,宇和静共同在三元桥附近买了一套公寓。虽然这套公寓面积不大,但是配套齐全,足够可以拎包入住。不过,即便如此,就算已经躲开了家人的耳目,这对恋人的举动还是不偏不倚地被静的哥哥——林夕发现了。

2003年4月23日,也就是恐怖病毒在北京最高峰的那一天,虽然不愿看到,但是意想不到的事情还是发生了。

那天早上,作为这位吉他手随身的珍贵物件,宇刚刚将水晶电琴搬到他们的新公寓里,就突然发现自己忘记了什么东西。但不幸的是,就在回家取件的路上,他的座驾被林夕和其同伙设计跟踪,并被他们驾驶的一辆大型悍马撞飞,导致其紧急入院。

“其实,宇后来跟我们说,就在事发之前的一瞬间,他已经辨别出了悍马汽车上面那典型的林家家族徽章。”星继续说道,“可是他躲闪不及,最终还是没能避开这起蓄意谋杀。”

“听说当时的现场非常吓人,宇就躺在那里,浑身上下都是血。”翔略微缓和了一下情绪,继续说道，“但是后来，和林夕一起作案的一个手下，跟静也算有些交情。他在随后突然良心发现，找了一个没人的地方，告诉了这位女生宇的惨状，他说……”

“他说什么呀?”菲焦急地问道。

“他告诉静，”星平静地说道，“他说宇快死了，奄奄一息，让静快点去天坛医院见他最后一面。”

“啊!”菲突然惊叫一声，“我知道你们想说什么了。”

“没错。”星叹了口气，解释道，“其实，就算林夕的目的就是置宇于死地，然而宇却福大命大，伤势完全没有那么严重。他只是样子看起来吓人，但是绝不致命。”

“宇到了医院以后，很快就脱离了危险。”翔伤心地说道，“可是此时的静，已经在去医院的路上。”

“我猜……”翔继续说道，“静可能是在天坛医院感染上恐怖病毒的。因为那时，那家医院接收的非典患者非常多，是一个重灾区。”

听到这里，菲低下了头，双手捂脸再一次抽泣起来。

“所以，当宇出院的时候，”星悲伤地说道，“静的生命几乎已经完结了。”

“当一个生命，就在你眼前离开之时……”翔仰天长叹，“我始终无法忘记那震撼的一幕。”

的确，就像紫金坦克的鼓手所言，静就是在探望宇的时候，感染上了恐怖的冠状病毒。

更为不幸的是，就像星说的那样，在病床上的宇，并不知道静那边发生的一切。等到他出院以后已经为时太晚，那位女生的生命已经所剩无几，进入最后阶段。

“你们为什么不告诉我!!! 为什么所有的人都不告诉我!!!”

宇哪里知道，在这病毒肆虐、家族矛盾激化的非常时期，选择一个人走完这生命的最后时刻，毫无痛苦地离开这个世界，其实就是静自己的意愿。

于是宇在第一时间就立刻驾车向着静所在的医院奔去，然而留给他的时间也已经几乎为零了。那天下午，天色阴沉、浓云密布，只穿了一件灰色卫衣和一条咖色运动裤的宇，甩开星和翔的阻拦，从后门溜进了重重布防的医院内部。在那里，除了已经穿上了防化服的医生之外，没有其他人，更没有遇见一位静的家人。包括静的哥哥林夕在内的所有人，他们都已经对这位女生的即将离去做足了心理准备，全部都被隔离在一定范围之外了。

此时此刻，宇被关在静所在的病房外面，只能透过钢化玻璃看见里面的状况。她安详而平静地躺在那张洁白如雪的床上，除了在身上多了一些管子之外，一点也不像患者，依然那么优雅、那么美丽。然而这位女生现在却已经没有意识，处于生与死之间。

“不……这……”看着美丽如花、奄奄一息的静，宇在一瞬间就爆发出来了一种极度的扭曲，近乎疯狂地嘶吼起来，“不! 这不是真的!”

就在这时，这位男生悲痛欲绝，心里已经全部被静曾经的故事所占据。所有的欢声笑语、所有的音乐歌声、所有的爱情，仿佛电影一般一幕幕地浮现。再看着现在这位躺在病床上，生命近乎枯竭的美丽女生，看着这位他深深爱着的纯洁女生，他再也无法抑制自己的情感和冲动。只见他一脚踹开了紧闭的大门，不顾一切地冲了进去，大喊一声：“静！”

听到这撕心裂肺的呼喊，正在静身边忙碌的医生，全部呆在那里，不知道这位青年是个什么来路。而刚刚赶到病房的星和翔，则从后面冲过去，拼命抱住了宇，不想让这位全无防护的男生再向前移动半步。

然而，就算这两人使出全力，也无法阻止宇向着他的爱人挣扎迈进。突然间，就在他的身体无限接近静的时候，这位女生却出现了一阵剧烈的抖动……之后，仪器上就显示出了一道平静的水平线……无声无息、安然平静。

看着眼前的一切，宇、星和翔三位男生在一瞬间就安静下来，静止在那里。医生、护士，所有人也都不再说话，肃静地站在原地。人们无一例外地凝视着眼前的一切……好像一切都已经消逝，一切都已经结束了。

静的眼角滑落了一滴眼泪。她知道，在她离开这个世界之前，她最爱的宇来到了她的身边。共同经历过欢声笑语、美丽时光的超级银河乐团，来到了她的身边。

与此同时，放在她床边的水晶电琴，滑倒在地上，碎裂了。原来，静在病重期间，一直把这把水晶吉他放在身旁，好像宇从来没有离开过一样。水晶五彩斑斓、晶莹剔透，并不怕邪恶的病毒，但是面对物理撞击却轰然倒塌，光辉不再……

片刻之后，宇被强制带出了病区。在医院的走廊里，他抬头，电视上的新闻显示，地球就要安全了，人类就要得救了。

后来，变异病毒终于被彻底歼灭了！六月二十四日，世界卫生组织宣布撤销对北京的旅行警告，并将这座城市从全球非典的疫区名单中删除。至此，波及世界的SARS恐怖冠状病毒，被完全击溃，以人类的胜利而告一段落。

逐渐地，表面上，北京恢复了往昔的生气和原来的样子。人们上班的上班、上学的上学，全部各就各位、按部就班地干起自己的事情来。所有生命和风景全都泛出了生机盎然的翠绿，如不死鸟一般地浴火重生了。

在地下摇滚圈里，乐队们也找回了往日的感觉，陆续恢复了排练和演出。不过，由于SARS的原因，本来应该在六月举行的大型电联被迫取消。我们知道的人物里面，除了静的灵魂已经飞到天堂以外，剩下的……全部都在这场伟大的防疫战当中，存活下来。

泰戈尔曾经说过：“生如夏花之绚烂，死如秋叶之静美。”静也曾经说过，她有幸在生前加入超级银河乐团，死了也是超级银河乐团的人。

但是，月和静在极短时间内的相继离开，使得宇一下子失去了生命中最重要的两个支点——挚友和爱人。他的心灵也因此受到了极大的打击和创伤。刚刚因为爱情才有所好转的这位男生，更因为爱情的逝去而变得越来越消沉，越来越颓废，越来越脆弱。他再次失去了往昔朝气蓬勃的英气和前进的方向，迷失在好似茫茫宇宙的人生之路上。

然而故事还没完，更多的后果在静去世之后爆发出来。林夕不但通过顶包等手段，逃避了法律对其蓄意谋杀的制裁，还把静的死因怪罪在明哲宇的身上。他不断地寻衅滋事、挑起事端，最终导致双方家族最大规模的械斗，甚至连星的家族和翔的家族也卷了进来。最后，虽然这两个敌对势力的火并通过各方干预，暂时得到了平息，但是在此之后，宇再也经受不起更多的打击，彻底崩溃。

在后来的这段时间里，宇的父亲母亲、星、翔、秦天老师，甚至丹尼尔，都给予了这位男生无尽的鼓励和支持……可是他们小心翼翼地努力，得到的效果却微乎其微。有一阵子，宇还得了间歇性失忆，连丹尼尔是谁都完全忘记了。虽然之后，这位男生的病情因为药物的作用而有所控制，但是他似乎再也无法找回十八九岁时那英姿勃发、无所畏惧的灵魂。

往往少年天才们因为天赋异禀，很容易取得常人无法企及的成功与赞美，所以，他们从小就缺乏对于磨难的训练。因此，当他们在日后遇到重大挫折的时候，就很容易走向灭亡，最终变成一个美丽而脆弱的失败者。被淹没的天才数以千万计，真正成功的又能有几个？

似乎百分之九十九点九九的天才等于大器早成，等于缺乏抗击打能力，等于最终走向堕落。

所以，只有那些在击败了对手之后，最终还能战胜自己的天才，才会真真正正地取得成功，站在世界之巅！然而这样的机会最多只有几十万分之一，远若星辰。

远离北京这座伤心的城市，也许是一剂良药。所以乐队决定继续执行原来的计划，出国深造。但是，他们的目的地并不是美国，而是貌似更为太平、宁静的澳大利亚。如果事业是学习的目的，而爱情是精神的支柱，少了最好的月和静，梦想还可以实现吗？那支曾经的顶级摇滚乐队现在在哪里呢？

静的意外去世，宇的天使折翼，使得乐队出国的时间比原计划推迟了半年之久。

2004年初，他们来到了美丽的澳大利亚，来到了美丽的布里斯班，来到了格里菲斯大学昆士兰艺术学院的音乐系。与此同时，三位男生把乐队的名字从超级银河乐团，按照宇和静最初的想法，经过了和星、翔二人的商议，改为了本来会在美国纽约使用的名称——紫金坦克（Purple Gold Tank）。

自此之后，就像我们知道的那样，虽然乐队仍然艰难前行，包括写歌、排练、购置设备等动作仍然还在继续，但是，宇却每天都会受到重度失眠的困扰，直到深夜才能入睡。心中的创伤却无法让这位男生睡上一个好觉，一种感觉无数次令他从梦中惊醒。你知道那种感觉吗？其实她已经不在了，可是在梦里，一切却又那么真实。她好像又出现在你的生活中，又复活了。你不想醒来，你也知道那只不过是一个美丽的梦。可是你仍然愿意相信，那梦境也许就是真的。最后，你让自己醒过来，却发现其实那真的不过就是以前的记忆……已经零碎的记忆拼接、加工成的梦幻。

故事又回到了2004年，来到了紫金坦克宅邸的客厅中。此时此刻，已是深夜，浓云逐渐散去，月亮又一次高高地挂在了天空。至此，通过星和翔的叙述，菲已经知道了紫金坦克全部的伤心往事，孤独地体会着在这其中的悲伤空气。

“我终于了解，为什么宇会那么痛苦、那么难过了。亲眼看着亲人离去，从好似睡着了一般的样子，到试图唤醒，到无法相信无法叫醒她，再到身体的血色被抽离，灵魂离去。”菲抱头痛哭，“这是一个多么多么痛苦的过程啊！”

“菲，”翔起身，拍了拍这位女生的肩膀，安慰着她，“现在的我们，还不到放弃的时候，不是吗？我们还需要继续制订下一步的计划，对吧？”

“是呀！”星也站起身来，平静地说道，“没有人能够做到超越次元、超越维度、超越时空的事情。我想，我们应该和海因策博士进行进一步沟通，看看下一步，宇需要怎么治疗。”

“菲，”翔做了总结发言，“为了方便联系，在宇出院之前，就请住在我们这里吧。我们家的客卧，还从来没有住过别人呢。也许，我们还可以利用这段时间，商量商量其他办法。”

“要是……要是能够回到过去，那该多好哇！还能有什么办法比这更直接更彻底的呢？”菲抬起头，喃喃地自语道，“如果能够穿越时空，也许，也许我还能拯救静，也许一切悲剧都不会发生。”

然而就在那天深夜，水晶婆婆不请自到地突然进入了菲的梦中。没错，我们说的这位，不是别人，正是曾经出现在布里斯班乔治街的那位水晶婆婆。在漆黑一片的梦中世界里，这位占卜师的身影不期而至，逐渐地、若隐若现地幻化出来。除了一些水晶配饰稍有不同之外，她的装束和在乔治街的那天几乎一模一样。而菲则身穿一件白色睡袍，显得飘逸虚幻、十分空灵。她们面对着彼此，均悬浮在黑暗的空中，开始了下面的对话。

“菲，如果你在宇那疯癫的话语或狂乱的日记中听说过我，如果你最近听到了我的呼唤，那么我告诉你，我是真实存在的。”

“不可能！”菲惊讶万分地问道，“请问您是？”

“我是冥界阿格隆河（Acheron）对岸的占卜师，水晶婆婆。”这位老人神秘地说道，“每一个人死后都必须交钱买路，才能通过阿格隆河。在通过了那一片黑暗的冥河之后，就会遇到我。然后，我将指引每一个死去的人接受审判。”

“您的意思是……”菲疑惑地问道，“难道，宇说的都是真的？事实上，根据他的日记，我们发现他不但在其中提到过您的存在，而且，静也曾经和您在一起出现在乔治街……难道……难道他没有疯吗？”

“不不不。”水晶婆婆庄重而平静地解释道，“只有在他去我虚构的占卜屋的那天，宇所看到的静，才是来自冥界的。她的眼睛是金色的。其余时候的那位女生，都是他幻想的，眼睛是黑色的。所以，你的判断没有错，他的确疯了。”

“冥界……”菲叹了一口气，悲伤地说道，“一个死了的人都会去的地方。”

“对。每一个死了的人，无论善恶贫富，都会毫无例外地进入冥界。”水晶婆婆严肃地说道，“他们会在渡过阿格隆河之后，接受冥界判官的审判。善良之人将会进入极乐净土（Elysium），而罪恶之人将会接受永恒的惩罚。”

“但是，静却和您一直在一起……”菲沉痛地说道，“而且，也许您也知道，就在静之前，宇的一位兄弟——谭辉月，也离开人间，去了冥界。”

“是的。”水晶婆婆认真地说道，“月也是一位极为纯洁之人，特别善良，几乎无懈可击。在某种机缘巧合之下，他听到了在亚洲大陆举办的最强乐队大赛中，来自宇的声音波；也看到了二〇〇二年底，在北斗风暴酒吧的跨年电联中，静的完美表现。所以这位男生已经放下一切，没有遗憾了。最终，他选择追寻规律，返璞归真，进入极乐净土。”

“静呢？”

“静来到冥界之后，并不出人意料的是，和月一样，冥界的三大判官艾亚哥斯（Aiakos）、米诺斯（Minos）和拉达曼迪斯（Rhadamanthus），也没有在她身上发现任何罪孽。”水晶婆婆解释道，“所以她本将同样被送往极乐净土。”

“听起来事情并不是那么简单。”

“可是静对他的爱人情深似海，并不愿意去极乐世界。”水晶婆婆说道，“所以她在冥府，也就是人类接受审判的地方，天天弹奏着惊天泣鬼、史诗一般的美丽旋律，希望可以打动冥王送她回到人间。但是想必你也知道，冥界和地界有着众神定下的铁律，绝对不可以互相连通，否则世界将会大乱，宇宙都将不复存在。”

“不过，宇依然看到了静。”

“终于有一天，在不懈的努力之下，静用那美丽的琴声打动了冥王。哈迪斯（Hades）陛下允许借我之力让静回到人间六小时。虽然只有这短暂的时辰，但却已经是在权衡众神的利益关系之后，哈迪斯大人能做的最大人情了。”

“哈迪斯为什么要借您之力？”菲惊讶地说道，“他应该法力无边哪！”

“为什么？”水晶婆婆笑道，“因为在此之前，在这个世界上，还从来没有任何一个死人被复活过。哈迪斯陛下不可能为了一个凡人而得罪众神，所以，那一次他打了一个‘擦边球’。”

“擦边球？”

“对，就是擦边球。”水晶婆婆解释道，“哈迪斯大人赋予了我极小的一点，可以在人间维持六小时的力量，让我等待并寻找地界的一个对接力量。这样就可以把静传送过去，而且又看起来好似一起意外事故，不会得罪众神而引发战争。”

“我了解了！”此刻，菲似乎明白了什么，紧接着问道，“我父亲的团队也许就在研究一种打通界限的力量，也许……也许您所寻找的对接力量，指的就是他们吧？这……难道就是他们的秘密吗？”

“并不准确。”

“啊？”

“叶凯宁他们制造了相当于一百万个太阳爆炸的力量，但是那个可以控制上亿亿个银河系的力量，仅仅大约等同于哈迪斯陛下力量的亿亿亿分之一。”水晶婆婆威严地说道，“但是在那样的情况下，因为擦边球的关系，我依然需要地界给我一点点力量，并不只是来自你的父亲。迄今为止，核子对撞试验在人类世界已经进行了三次，我因此也完成了三次对接。只不过那前两次的尝试，也仅仅是为了给静能顺利地出现在乔治街做个准备而已。”

“原来如此！”菲恍然大悟。

“菲！”水晶婆婆威严地说道，“你希望回到过去，是吗？”

“是的!”菲坚定地答道,“所以,您也听见了我的祈祷。”

“上一次,就在哈迪斯陛下刚刚赐予我力量之后,时间之神克罗诺斯(Khronos)突然预知到宇即将遭遇来自意大利斯卡列蒂黑手党家族的杀身之祸,因此锻造了一块符牌让静带给这位男生。而在出发之前,静则通过我的力量,了解到了宇脑中虚幻世界的一切。所以,她在那天以头盔女生的身份现身,成功接近了宇,并由我在随后把符牌交到了他的手上,从而最终避免了宇在胡里奥事件中被击毙。”婆婆严肃地说道,“不过,上次的那六个小时,是已经死去的静,用尽全力之后,几乎能为宇做的最后事情了。”

“时间之神也加入了?”

“静的音乐同样也打动了时间之神。幸好克罗诺斯和哈迪斯的关系甚好,不然当时间和死亡冲突到了一起,整个世界的秩序就会崩塌。”水晶婆婆顿了顿,继续说道,“也许,这位青年足够优秀,还没有到死去的时候。”

“这证明我的感觉是没错的!”

“境界高超的一小部分人类,在某种特别的状况之中,能够突然领悟到更高的‘识’。这些‘识’决定了他们的幸福程度。”水晶婆婆解释道,“这是很不容易的。”

“明白了。”菲顿了顿,继续说道,“您刚刚说到时间之神……”

“对,时间之神。”水晶婆婆严肃地说道,“这一次,克罗诺斯告诉我,有一个办法可以让你彻底拯救宇和静。”

“太好了!”听到了“拯救”二字,菲激动得喜出望外,高兴地问道,“那会是什么呢?请您快说吧!”

“这一次是克罗诺斯赋予了我一点点力量,同样,你也只有六个小时的时间,回到过去,阻止静的死亡。”

“真的可以这样吗?但是,但是真的只有六个小时吗?”

“是的,和上一次一样,是‘擦边球’。”婆婆说道,“如果克罗诺斯大人无限制地以改变历史的方法来复活死人的话,哈迪斯陛下会与他爆发战争的。”

“明白了,”菲紧接着问道,“但是,另外来自地界的那一点力量怎么产生?我要到哪里去寻找呢?”

“哈哈哈!”水晶婆婆哈哈大笑,“你别忘记了,克罗诺斯可是时间之神哪!”

“两天之后,在北昆士兰的核子试验中心,你的父亲和海因策博士他们,还要再进行一次大强子对撞实验。”婆婆一本正经地解释道,“到时候,我们的力量会和核子对撞中心的力量对接。和以前一样,巨大的撞击力并不会导致任何人的受伤或者任何物质的破坏,只会使距离核子中心较远的一片荒芜之地,产生一个时空隧道。注意,这一次不是阴阳两界之间的通路,而是连接过去和未来的虫洞。你是唯一一位被赋予权力可以通过隧道、穿越时空的人。你将会回到2003年的中国北京,回到那个病毒肆虐的时代,回到静去天坛医院看望宇的那一天。你要做的,就是在规定的时间之内,阻止静去医院。你一定要真真切切地告诉她，不要去做傻事，不然就会因此而死。等一下，我会告诉你时光穿梭初始地的具体坐标，它将会出现在核子研究中心和布里斯班中间的一个位置。”

“明白了！”

“先别太激动了！”水晶婆婆镇定地说道，“有一点我还得提醒你！”

“什么？”

“万一你取得了成功，地界的静就会活下来，而冥界的静就将消失，你也将会马上被弹回到另一个全新的现实世界。”水晶婆婆严肃地说道，“静、宇以及超级银河乐团的故事就将继续，他们可能按照原计划去美国纽约发展，这样你就从来没有出现在宇的生活中过，你的脑子里也完全不会有宇这个人的任何概念。”

“您的意思是说，我和宇……我们从来就没有认识过？”

“是的！”水晶婆婆无奈地说道，“因为你拯救静的时间，是发生在你和宇认识之前。但是，如果你成功了，你也不会产生任何痛苦。因为你完全不会对你和宇的这段经历存留任何记忆。”

“啊……”闻听此言，菲长叹一声，唏嘘不已。

“如果你成功了，你就将从你最爱的人的世界里面消失。”水晶婆婆神圣而铿锵有力地说道，“可是，宇会因此得到幸福，他的手指也会从来没有断过。你，愿意吗？”

“我愿意！”闻听此言，菲只在刹那间就做出了决定，眼神中闪烁着坚定的回答。这个眼神，和她第一次在硬石，把水晶吉他举过头顶的那一瞬间是一模一样的，没有任何的、一丝的犹豫。也许在这位女生看来，就是因为很爱很爱这位男生，所以愿意牺牲自己的一切，让他获得真真正正的幸福。

“对了，还有最后一点，”水晶婆婆补充道，“在这次拯救计划中，当你穿越到了2003年的北京之后，你不可以和宇接触，不可以留下任何让宇在日后能寻找到你的线索，否则拯救计划将会立即停止，以失败告终。当然，我们也绝不会干涉你在任务成功之后，任何缘分出现的哪怕极小的可能性。”

“我明白了，谢谢您！”

“我走了，”水晶婆婆说道，“记住，后天下午两点整。”

片刻之后，水晶婆婆就消失在了菲的梦中世界，无影无踪。然后天亮了，菲醒了。走出房门，深呼吸，只见天空还是那么湛蓝，空气还是那么清新，一切就这么平平常常地来到了全新的第二天，一如既往、仿佛昨天，好似什么都未曾发生过一样。

第二十七章　回到过去
Back To The Past

在菡观看北斗风暴酒吧新年狂欢影像的那一夜，也就是在水晶婆婆入侵菲的大脑的前一天，还有一件事发生在她的电脑中。原来，正当所有视频刚刚结束之时，这台电脑又从丹尼尔的私人存储卡里，误打误撞地自动读取并播放了另外一段隐藏视频。这段录像不是别的，正是丹尼尔偷拍到的那个秘密——北斗风暴失窃案的全过程。

关于这段视频，丹尼尔似乎对其进行了跟踪拍摄，在整个过程中，图像更是因为摄像机的快速移动而显得有些阵颤。但是当作案者来到了后台控制室内，而拍摄者在门缝外面站定之时，一切行窃行为都被录制得异常清晰。没有错，原来，正是极光乐队的主唱青洋偷走了属于超级银河乐团的Program存储器，成为失窃案的主角。值得一提的是，高速摄像机的定格画面不但足够辨别作案者的容貌，就连舞台总监小胖在预录机上特别标识的“超级银河乐团独奏”字样，也被拍摄得清清楚楚。

这个视频足够证明青就是2002跨年电联失窃案的主犯，然而这支乐队，现在又是一个什么情况呢？

通过网络搜索，菡发现极光乐队的名气不但早已大大超出了她以前零星的获知，在中国大陆，这个团体更是已然无人不知、无人不晓，迅速崛起成为新一代乐队中的领军人物。看着这支靠着不齿手段取得成功的乐队，不但没有受到制裁和谴责，反而堂而皇之地当上了大众偶像，这位性格耿直的女生根本无法容忍这样的行为，当即决定把这墓穴里的腐烂和肮脏挖掘出来，将真相公之于世。

第二天一早，这位女生就把爆料刻成了十多张CD光盘，将其用最快的邮寄手段递向中国各大媒体。但是，为了保护丹尼尔和大天使乐队的利益，菡对其采用了匿名的方式。

经过三天的路程，这些包裹终于抵达中国。然而，虽然对将要发生的事情早已做足了心理准备，这些CD所造成的轰动，却依然远远超出了菡的预料。对于这个白来的、却是价值连城的爆炸性新闻，不论电视媒体、平面媒体还是网络媒体，都在第二天的头版头条争相对其进行报道。在他们好似连续剧式的炒作轰炸之下，各大媒体的收视率、点击率直线上升，几乎全国的年轻人都已加入其中，热议起这一焦点事件。

在事发之后，菡在第一时间向丹尼尔解释了匿名信事件，而丹尼尔虽然因为当天醉酒的关系，完全忘记了自己的存储卡里还有这段视频，但在得知此事之后，也十分支持菡的做法，大赞她比自己勇敢。菲、星和翔亦在随后通过新闻惊悉此事，密切关注着事情的进一步发展。根据现在的情况，并没有人把匿名信事件告诉仍然躺在医院，精神处于疯癫状态的宇，医院封闭的环境也不会让这位男生受到任何来自外界的干扰。事实上，大家都希望宇能够摆脱困境，尽快恢复健康。

几乎与此同时，时间也来到了昆士兰北部的核子研究中心进行大强子秘密对撞的那一天。除了菲以外，没有人知道水晶婆婆曾经出现在她的梦中，更没有人知道关于这次时光之旅的任何事情。这位女生并没有告诉星和翔将要发生的，会是什么。为了方便行动，菲今天穿了一件深蓝色的棉质帽衫和一条浅灰色的紧身运动裤，并在前夜告诉星和翔，谎称自己是为了给宇寻药而必须于次日出门。由于核子研究中心的位置和布里斯班还有一定距离的原因，所以一大早，菲就已经将一切就绪，准备出发了。

今天天气格外好，阳光明媚、空气清新、天空湛蓝、白云朵朵。此时此刻，早已起床的星，正在院落中的车库门口，精心地擦拭着他的橙红色奔驰。看见菲从别墅的正门走了出来，这位男生就停下了手上的动作，主动问起安来：

“菲，早安！”

听到这声问候，这位女生深知今天就是最后的道别，她强忍心中那分离的悲伤，故作开心地说道：“早安，星！”

“怎么？”星看着那金色朝阳的照射角度，看样子还不到八点，就好奇地问道，“这么早就要出门呀！”

“是呀，”菲轻轻地关上别墅的大门，走下门廊的台阶，在院落中央那鹅卵石铺成的过道上，停下了步子，然后温柔地说道，“星，你真的是一位很好的人。如果，如果有一天，我们的记忆都消失了，咱们还能想起彼此吗？”

“当然了。”就在这时，翔背着一把珍珠紫色的电贝斯从同在别墅院落的排练室里走了出来，轻松地说道，“如果有一天，就算穿越时光，就算斗转星移，就算我们已经不是现在的样子，在茫茫人海，如果我看见了你，也是可以感觉到的。”

“翔，你平时也弹贝斯吗？”菲伤感地说道，“真帅！”

“说得我都不好意思了！”翔夸赞道，“你才漂亮呢！”

“喂，菲，你今天这是怎么了？”星疑惑地说道，“不然还是让我去寻药吧？看起来你的心情似乎有些惆怅啊！”

“没关系，我没问题的！”菲坚定地说道，“今天的天气格外好，预示着一个美好的故事即将发生，希望晚上我就可以把治愈宇的药给拿回来！”

“你确定吗？”翔关心地问道，“你确定你的身体没有问题吗？”

“没问题的！”只见这位女生进入车内，向着星和翔挥了挥手，故作坚强地说道，“走啦，你们两位保重啊！”

菲启动了汽车，沿着别墅区的林荫大道驶向前方。而后视镜中的那挥着手的两个人，已经成为越来越小的身影和越来越远的道别。

“星、翔。”随着汽车的行进，菲的情绪就再也无法控制，眼泪止不住地流了下来，“星啊、翔啊，其实水晶婆婆的真实存在，我从未曾告诉过你们。真的很高兴啊，能和你们在一起共处这段美好的时光。我是多么想要继续，我是多么多么想要留下来和你们一起共创未来。我是多么想自私一点，在今后看到布里斯班的紫金坦克的闪耀星空，而不是纽约四人乐队的绽放如花。但是，但是真遗憾哪，如果这次的计划成功了，你们与我便从来不曾相识，我们的这段记忆都会全部消失。你们将会出现在美国，而我则会在澳大利亚，和你们过着平行无交叉的生活。可是，静会活下来，宇也不会受伤，所有人的命运都会因此而改变。你们会以四人紫金坦克的最强终极组合状态，登上世界之巅，闪耀一生。

“所以，再见了！我亲爱的朋友们！再见了！宇！我的爱人！”

终于，菲在下午一点五十五分到达了水晶婆婆指出的经纬度坐标——那个距离核子试验中心较远的荒芜之地，那个时间虫洞的初始位置。随着大强子的再次对撞，时空之门果然如约开启，菲也在片刻之后被吸进了时空隧道之内。就在那巨大的能量再次产生的那一时刻，没有人知道菲这边发生的一切。叶凯宁博士和海因策博士的团队好似又一次遭受了失败，目睹了那超级能量不知所踪地消失在一瞬之间。

这一次的对撞，仍然没有产生任何的物质破坏，也没有人找到上帝粒子，只有菲真切地看见了时空隧道的样子。只见这个隧道的构造特别简约，内部十分平顺光滑，筒壁由好似玻璃一样的全透明物质所组成。除了悬在中央的一个同为玻璃质感的全透明座椅，被架在其上不远距离的探照灯所照亮之外，内外全部黑暗一片。

片刻之后，时空之旅正式开始。

菲以奇快的速度向前行驶着，首先经历了差不多一分钟的地球时间。在这一分钟左右的时间里，这位女生和紫金坦克所经历的一切，映射在隧道的墙壁之上，一幕一幕一一浮现在菲的眼前。只见那画面以飞一般的速度倒转着，好似开往宇宙初始之时的浩瀚星辰一般，多美丽，多美好。

菲在不同的维度，超越时空，以第三视角，看到了宇从现在那个纯粹的精神病患者，倒转到了在AMC电影院，那个英俊潇洒的宇；又倒转到在悉尼，那个拯救她于地狱彩虹，英勇无畏的宇；又倒转到了在绝对音乐摇滚音乐会上，那个星光灿烂、笑容迷人的宇；又倒转到了在亚历山德拉公主医院，那个整夜陪伴她，温柔体贴的宇；又倒转到了在硬石，那个帅气无比、英姿勃发的宇；又定格在了他们初识的那个雨夜，那个灿烂俊美、无所畏惧的宇。

看到这些曾经的画面，菲感动得无法自持，哭了出来。因为，在那个枪林弹雨的夜晚，给了她极大的安全感和幸福感的那个宇，是那么美丽，那么英俊，那么迷人，那么帅气。她是多么想要时间永远定格在那一刻，让一切成为永恒。

可是，那是不可能也行不通的。

就当菲伸出手，打算触摸出现在时光隧道墙壁上那宇的幻影之时，一切影像在一瞬之间就支离破碎，全部消失了。在这一刻，在这全透明的时空隧道中，除了玻璃一般的墙壁和无尽的黑暗，已经没有任何图像了。紧接着，时间以一种更快的速度穿越着，倒转着。与此同时，时空隧道产生了地球空间的地理位移。

最后，菲终于到达了她的目的地——2003年4月23日的中国北京。具体地点为市中心的王府井牌楼下方。至此，时空穿越的首次逆转，顺利结束，暂时告一段落。

移居澳大利亚之后，菲已经有一段时间没有回到北京了，这一次以时间旅行的方式重回故居，一切的似曾相识让菲感到既熟悉又陌生，令她百感交集、感慨万千。

现在的时间是早上八点整，按照计划和约定，菲只有六个小时的时间改变一切。她要做的是阻止静从三元桥的公寓，去位于天坛公园西南侧的天坛医院。这两个位置的行车距离大概为二十公里，不近不远。

那天清早，太阳逐渐升起，街景雾雨蒙蒙。街上的车辆不多，行人也十分稀少。因为病毒依然弥散在空气中的关系，出行的人们只能全部戴上口罩，露出黑色的眼睛。整个城市已经没有了往日的生机，好似正在地下冬眠的动物，等待着“春天”的来临。

菲买了一份《北京日报》，确认了日期，没有错，现在就是2003年的4月23日。只是穿越了一年多的时间，然而眼前的一切却好似褪了色的记忆，沧桑无比。

为了能够在这次改变历史的拯救任务中取得成功，为了不出差池，菲给自己设计了一个万无一失的计划。

首先，关于静的样子和住址，这位女生在出发之前，就已经做足了功课，对其了如指掌。有了这个前提，一切就可以执行下去。随即，她来到一家二十四小时租车行，租到了一辆可供她在这几个小时之内自由掌控的汽车，这样一来，交通便不是问题。刚刚说过，菲此行的目的地就在静位于三元桥附近的公寓，而到了九点整，那位女生就会得知宇出事的消息，然后她就会从家里出发。

需要再次强调的是，菲的最终目的就是阻止静去医院看望受伤的宇，以免她在那里感染病毒而最终死亡。

按照历史上的时间，静在上午十点便到达了医院。之后，她一直在那里等到下午一点，宇才被医生从手术室抬出来。因此，在十点到下午一点的这段时间，就是静感染上SARS病毒的准确时段。

所以，要想静不被病毒侵袭而死，菲至少要拖住那位女生四个小时，才能让她得知宇已经安全的消息。

上午八点半，菲只身潜入了静家公寓的地下停车场。片刻之后，她就神不知鬼不觉地把林静汽车轮胎的空气放了个干净。那时，宇已经离开这所公寓和他的爱人分开一段时间了，菲并没有看见那时的宇。在顺利完成第一步计划之后，这位女生就迅速离开了停车场，安全回到了自己的车内。

八点五十分左右，静在家中突然得知了宇出事的消息。十分钟之后，也就是九点整，她来到了地下车库，准备出发前往医院。

不出所料，这时，静忽然发现自己的座驾完全没气，已经无法驾驶。但是，放气这一招却根本无法影响静接下来的行动，除非她在今天一辆出租车也打不到或者一趟公车也坐不上。于是，在快速地围着车子转了几圈，再次确定了汽车状况之后，她就飞快地跑上楼，从公寓正门冲出，准备打车前往医院。但是，围着自己的座驾查看的这几圈，也只不过才消耗了这位女生十分钟而已。

与此同时，菲把汽车停在了公寓正门的马路对面，走下车来，盘算着是否继续执行下一步计划。

此时此刻，两位身材高挑、面容美丽的女生，终于把气场对撞在了同一时空。静并没有戴口罩，也没有对自己进行任何保护，菲也如此。现在，菲终于看到了静的样子。那位女生如仙女一般，纯洁无邪、倾国倾城、高挑华丽、美丽至极。菲终于了解，宇曾经的爱人拥有着什么样的气质和容颜。她甚至觉得如果自己是一个男人，一定也会爱上眼前的这位女生。她无法想象，静那摇滚的另外一面，在真实的世界中，到底是一个什么样子。

无论如何，仅仅凭借静这最为真实的优秀，就可以确定四人紫金坦克，或者说四人超级银河乐团一定将在未来闪耀着巨星的光芒，一定会是宇宙无敌的。凭借亲眼所见，这一点哪怕是在那个病毒弥漫的时候，在那个乐队的初级阶段，就确定无疑了。

但是，现在该怎么做？下一步计划是什么？

果然，静站在原地等了足有十分钟，也没有截下一辆出租车。不仅如此，在这个形势严峻、人人自危的特殊时期，甚至连一辆愿意停下来帮忙的私家车也没有。随即，这位女生只得迈开大步，向着附近的公车站台跑去。然而现在还不到九点半，距离下午一点还有三个半小时之多。

这下坏了！静很可能会毫无悬念地按时抵达目的地，因为公车从不迟到。在这紧要关头，万一静上了公车，菲就很难对其进行拦截了。可是，这位女生却十分淡定，一点也不担心，似乎一切都在她的计划之中。

说时迟那时快，下一步方案迅速开始执行。只见菲飞快地跑过马路，拿出了一管早就备好的黏度极大的强力胶，偷偷地将其全部涂在静行进路线的前方三百米处，并且将自己隐藏起来。这位女生以为这样可以让静消耗至少一个小时以上，以为静必须回家重新换鞋才能继续前进。这样，再加上刚才消耗的十分钟检查胎压的时间和十分钟等出租车的时间，可以足够消耗掉静将近一个半小时。

果然，静的鞋被牢牢地粘在地上，让她根本动弹不得。然而完全出乎菲的意料，只见那位女生从手提袋里拿出了一双运动鞋，并以极快的速度将其换上。值得一提的是，这双鞋本来是静用于开车的鞋子，但却因为她的汽车无法驾驶，反而将其带在了身上。静在换上了这双鞋之后，继续向着公车站跑去。但换鞋的时间，导致她错过了一班公车，接下来的另外一班又因为恐怖病毒的缘故被迫取消。这直接耗费了静半个小时左右。不过，现在的时间还不到十点钟，到下午一点也仍然还有三个多小时。好在，让菲不用担心的是，那时北京的三元桥附近还没有地铁站。也就是说，静在此时是没有几乎从不出错的地铁可乘的。

然而没有地铁的侥幸，也只是让菲的心情得到了短暂的缓解，问题仍然远远没有解决。因为，下一班公车马上会在十分钟之内到达。可以说，顶多再过十分钟，一旦让静上了公车，菲就真的无论如何再也拦不住那位女生了。

这可怎么办？！

只能现在就地将其截下了，只有这一个办法了！

于是菲又急忙跑回马路的另一边，冲入车内并迅速启动汽车。然后，这位女生以极快的速度在前面的路口将车掉头，故作轻松地匀速向着前方不远处的公车站驶去。

看见有车向着自己慢速驶来，静赶忙伸手再次拦截，希望这一次会有好心人能够不顾病毒传染的潜在危险，热心地帮自己一把。

此时此刻，菲驾驶着汽车，不断地向着静靠近。在看清楚静的手势之后，菲心中大喜，只用了分秒工夫，就缓缓地把车停在了那位女生的身旁。

“美女，”菲按下了汽车玻璃窗，若无其事地问道，“有什么需要帮忙的吗？”

然而，当静第一次看见菲那同样美丽的面孔时，竟然未在第一时间提出自己急迫的请求，而是在一瞬间愣在了那里。不知为何，眼前的这位美女，居然让静觉得如此温暖，如此面善，如此亲近，如此熟悉，远远比认识多年的老友还要亲切万分。

正是这样一种不可名状的强烈情感，让静在刹那间就对菲打消了所有的顾虑和隔阂。

“美女，”静焦急地说道，“请问你能不能带我一程？”

于是，静顺理成章地坐上了菲的汽车。然后，她们很快认识了彼此，在明确了目的地之后，就动身出发了。

然而，就像大家知道的那样，在行进的路程中，菲绝对没有可能把静带往天坛医院。只见她使用缓兵之计，故意把汽车开错了方向，直接导致静的四十分钟很快就被消耗过去。

静也因此被气得够呛。

“我看，”静尽量保持冷静，“我看我还是自己走吧。”

不过，虽然这时已然到了十点多，但是距离下午一点，也就是可以确切得知宇已经安全的那个时间，依然还有差不多两个半小时。

事已至此，菲再也无计可施。

是摊牌的时候了。

“静，你听我说。”菲将车停在了路边，严肃地说道，“宇他会没事的，请你相信我。”

“啊！”静瞪大了眼睛看着菲，惊讶地说道，“你怎么会知道我的男朋友是宇？你是谁？”

“我来自未来。”菲平静地说道，“我在未来世界里认识宇。”

“未来？”闻听此言，静根本不相信菲所说的一切，生气地质问道，“你都在说什么？你知道宇现在病重吗？难道你是我哥派来的间谍，故意阻止我去宇那儿。难道我早上遇到的一切意外，都是你干的吗？”

“静！”菲凝重地看着眼前这位女生，威严地说道，“你今天去了医院，你就会死的！”

“什么？”静惊讶地说道，“我会死吗？”

于是菲向静说明了她的死因。但是，无论这位女生怎样解释，静均表示难以置信、无法接受，就要推开车门离开这里。

“菲，我真的没理由相信你说的一切!”静气愤地说道，“你根本没有办法证明!”

“证明我的身份并不难。”菲迅速把车门锁上，一把拉住了静。

事实上，如果涂胶水等各种缓兵之计得到成功，静就几乎不会知道任何关于未来、关于菲的一切信息和真相。但事与愿违。菲将不得不告诉静更多事实真相来证明自己是谁。于是这位女生只得把紫金坦克在“硬石”和“绝对音乐”两场演出的录像拿了出来，通过自备的电脑播放给静看。菲认为这是一个万无一失的证据，足以确保计划的顺利进行。

“宇……”静看着那璀璨的星光，只用了片刻时间，眼泪就唰地掉了下来。

“这是在我死了之后发生的事情吗？这是在美国吗？他们怎么变得颓废了？摇滚明星梦呢？这难道是一场电影吗？”

此时此刻，静显得十分颓伤，有些心力交瘁，开始相信菲所说的一切了。这位女生察觉到了紫金坦克和超级银河乐团的不同，感受到了那同样的星光背后不易知晓的忧伤。也许，对于如此细微的变化，在这个世界上，只有静才能如此快速地做到这一点。

“静，这些都是真实发生的故事，来自你死后的未来世界。”菲安静而沉重地说道，“乐队里没有你，就没有摇滚明星梦。他们又变回了月离开之后的三人模式，但是更堕落。另外，那里不是美国。那里是澳大利亚，一个适合疗伤的美丽地方。”

“宇他怎么变了？”静哭了，“他为什么变得更加忧郁了？”

“我知道这根本瞒不过你的眼睛。”菲感叹道，“你看宇在舞台上，多光鲜、多亮丽。一般人，包括我都只能看到他的英俊、他的光环。只有你能够看到他的痛苦、他的悲伤。即便是他每一次上台之前，都用药物把自己包装得很好，也无法逃过你的眼睛。你果然是最了解他的那个人哪!”

“药物？”

“实际上，”菲安静地说道，“你走了以后，他逐渐疯了。”

“果然……”静的眼睛直直地看着前方，目光呆滞，眼泪依然止不住地流着，“这足以证明我的感觉是没有错的。”

“什么？”菲问道。

“宇的音乐里面隐藏着封闭的灵魂，”静平视着前方，面无表情地说道，“而它，终于在我死后彻底爆发了。”

于是，菲把宇构建的虚幻基因告诉了静，进一步验证了这位女生的感受。

“啊！那都是我的无心之话呀!”静震惊地说道，“原来，宇一直都还记得我说过的每一句话!”

“这么说来，”菲深情地说道，“宇他太爱你了，好像已经记不住除了你之外任何人的话语了。”

“菲，”静凝视着眼前的这位女生，关切地问道，“宇现在是不是不爱说话了？”

“可以这么说。”菲平静地说道，“原本只要服过药，宇的状况就会好一些。那时乐队艰难前进，所有决定都是在他稍微清醒、没有犯病之时做出的。但是后来，即使是药物也完全没有作用了，他的幻想让他沉浸在自己创造的另一个世界里面，根本走不出来。”

“菲，”静严肃地说道，“所以你现在来找我的目的，是想我不要去医院送死。”

“对！如果你还活着，乐队就会按照原计划赴美发展，开始明星的旅程。没有人会因此受伤，一切都会十分美好。”菲认真地说道，“等一会儿，也就是下午一点，你一定会知道宇没事的消息。到了六月，恐怖病毒就会被彻底歼灭，永远地离开我们！”

“你呢？那你会怎么样？”闻听此言，静马上就意识到了那个严肃的问题。

“我将从来不会和宇遇上。”菲解释道，“事实上，如果你做了决定，按照我与时间之神克罗诺斯、冥王哈迪斯还有阿格隆河畔的水晶婆婆的约定，现在的这个我，就会马上在你眼前如气体一般融化消失。也许在未来的某天，我注定会喜欢上紫金坦克，喜欢上你们的歌，但是我也将从来不会了解你们的故事。我会继续在澳大利亚研究科学，你们将会在美国闪耀一生。我们将会过着彼此之间从来没有交集的日子，在属于自己的世界里努力着、奋斗着、生活着、老去着。”

“你爱着宇。”

“嗯。”菲坦诚而焦急地说道，“可是，现在只能这么办了！静！你别再犹豫了！我知道你还没有改变主意，所以我仍然没有雾化消失，快点做决定吧，不要去医院了，我只有六小时的时间。如果到时候你仍然没有决定，我也将会被弹回未来世界。若是那样的话，我们所有的努力就全都白费、付之一炬了。”

“不行。”静冷静地说道。

“什么？”

“如果我的死亡是天意，是上天给予宇的考验，我便不应该违背规律。而且，月，他不也是这么做的吗？”

“可是，”菲平静地说道，“静，月早已放下了一切，返璞归真。而在冥界的你，却并没有真正释怀，还是心在人间哪！”

“但是，但是现在我想明白了。”静坚定地说道，“你知道吗？宇本来就不是一个失败者，所以，他也绝对不会因为我的死亡，而变成另外一个样子。幻想也好，疯癫也罢，这全都只是一种短暂的情况而已。我相信他一定经得起考验，一定可以满血归来！”

“静，”菲激动地说道，“你这么做是不明智的。”

“我很清楚我现在在做什么。”静提高了音量，更加激动地说道，“你可能还不太了解宇，还不太了解他的真正实力。虽说你也曾看到他的光亮，可你所看到的仍然只是那个最差的他，却根本不知道他最强的另外一面到底是个什么样子。我想，他一定可以靠着他自己的力量站立起来！想想看，如果他连这点事都过不去，还能成就什么伟大事业，还能成为什么世界巨星！”

“我不了解他吗？”

“菲，在以后的日子里，不要小瞧我的宇呀！”静安静而微笑地说道，“宇之所以能够成为领袖，并不是因为他的音乐才能，不是因为他的气质、他的风度、他的英俊，而完全是因为他具有一种不怕一切的能力和一心想要成为世界巨星的坚定信念！”

“那就是战胜任何困难的万能钥匙，”菲说道，“勇气和意志力。”

“没有错，”静继续说道，“在月走了以后的那段时间里，我看见过他是如何打败心魔，战胜自我的。我曾经在纪录片中，看见过他在亚洲最强乐队大赛之上留给老队长的誓言。但是，那一次，他还没有好起来。直到新年狂欢那夜，当宇宣布由我担任乐队键盘手的时候，我知道，他已经不会再为过去而感伤，已经在打败了对手之后，最终战胜了自己。”

“静。”菲感慨地说道，“如果宇他真的是这样，我真的就太不了解他的能力了。而且，像我这样从感觉开始，没有任何理由、基础和根据的追求，实在太过脆弱了。我真的应该再细心一些，努力地看到他那藏在灵魂最深处的倔强与坚强啊！”

“菲，在你回去之后，要做的事情只有一件。”静坚定地说道，“那就是想办法把宇从黑暗的房间里带出去，让他不要沉迷于往事。记住！他的优秀足够可以战胜他的自困，而他的勇敢也绝对可以承担起这个任务！”

“我明白了！”

片刻之后，静就下车离开了菲，但是，菲的心里却完全不能平静。

“静啊，我发现我太不了解宇了。也许是我太冲动了，也许这样没有理由的恋爱是错的。这才是我为什么没有得到爱情的原因。但是，但是静啊，你还不能死，就算你知道宇能够改变一切，最终走向世界之巅。可你知道，在这个过程中，他将会有多么痛苦吗？不行，我不能让他那么残忍地对待自己，也绝对不能让你现在就去白白送死。”

于是菲走下车，紧跟着静，打算使用她的最后一招——麻醉剂。是的，没错！菲打算使用麻醉剂把静弄晕，然后再把她拖到车上，并且一直等到下午一点。如果这一招成功的话，等到静醒来之时，宇就已经完全脱离危险，而静也不会因为感染病毒而最终死去了。

然而就在这时，菲突然感到一阵眩晕，紧接着眼前一黑。然后她就什么也看不见，什么也不知道了。

又不知过了多久，菲安全地回到了2004年的澳大利亚布里斯班，莫名其妙地结束了这次时空之旅。

但是，这位女生现在究竟是在哪个时空？究竟是因为她已经成功完成任务，回到了一个全新的2004年，还是因为计划失败而仍然返回了原本的2004年？事实上，如果她还能记得宇，那就证明静仍然死了，她活在原本的2004年，但如果她不记得宇，不记得星和翔，也不记得紫金坦克，如果现在的紫金坦克正停靠在美国，她就成功了，她就生活在一个全新的未来世界里了。

然而，答案具体是什么，只有等到菲醒来之后，才能知道结果了。

就在菲刚刚回到过去，回到中国北京时，在布里斯班还发生了一件事，把乐队和医学这两个本不沾边的事联系起来。原来，这天下午，就在大天使乐队的路西法正在私人排练中心独自特训的时候，就在他的手指因为超快的弹拨速度，已经全部出血的时候，大天使的队长却突然接到了一个紧急电话。而打这通电话的人，正是曾经为宇动过手术，并将其手指竭力保住的顶级医生托马斯·李博士，而后者的来电内容，不偏不倚，也正和折翼乐手——明哲宇有关。

“什么？”路西法极为惊讶地说道，“你说，你有办法把宇的手彻底治好？上次我去你的医院拜访的时候，你不是还说没有任何可能性吗？”

“就算是现在，我也没有说一定可以治愈宇的手伤。”李博士笑道，“我只是说，也许可以。”

“继续。”路西法沉稳地说道。

“我现在正在研究一种可以让人体的筋腱等神经基因再生重组的药物。”李博士顿了顿，继续说道，“但是，我目前还缺一样东西。”

“那是什么？”

“我需要一个能够达到1000BPM速度的吉他手。事实上，我找遍了这个世界上可以找到的所有人，但是貌似已经没有人可以达到这个速度。可以说，只有以前的宇，只有他自己能够达到这个纪录。”李博士顿了顿，继续说道，“上一次你来找我，你说你想帮助宇，你还记得吧？我知道你也是一位吉他手，非常厉害，所以今天特意打来电话……”

“为什么必须是1000BPM？”路西法问道。

“因为，我需要这只快手的基因。我猜，只有达到了这个速度，才能激活所有基因重组所需的必要条件。”

路西法沉默了一下，马上答道：“我现在还无法达到这个速度，800不行吗？”

“不行。”李博士笃定地说道，“悉尼皇家玫瑰乐队的吉他快手柯美乔，已经弹到了800的速度，还是没有办法让基因重组。”

“啊？柯美乔你也找了？”路西法惊讶万分，“皇家玫瑰什么时候这么厉害了？！”

“是不是因为在绝对音乐上，他也受到了明哲宇的刺激？这我也无从知晓。”李博士说道，“总之，希尔家族的少爷，如果你什么时候想好了，联系我！”

说罢李博士就挂断了电话，洒脱地消失在听筒那边。而路西法则紧握双拳，紧锁眉头，感觉自己更像是一个失败者，被彻彻底底地羞辱了一番。

“不行！”路西法愤愤地自语道，“这已经到了无法容忍的地步。无论如何，无论是从帮助并最终战胜紫金坦克的角度，还是提防着皇家玫瑰后来居上的角度，我必须把速度练到1000，必须突破我的极限。”

说罢，路西法便拿起吉他，再一次开始了地狱一般的特别训练。

第二十八章　迟到的信和永别
The Old Letter and The Last Goodbye

菲躺在距离核子实验中心很远的一片荒芜之地，四周一个人也没有。她渴极了，但没有水。她咽了一口唾液，慢慢地试图睁开眼睛。午后的阳光让这位女生感到灼热，风景就像要被烤化了一样。只见她眨了眨眼，又揉了揉眼，然后支起身子，坐在了地上。

景色逐渐清晰了。

环顾四周，穿越的一切像断片的电影一样，闪烁着、浮现着。她又一次想起了宇。这说明，一切如故。她的计划失败了。仔细回忆，菲突然想起在她试图麻醉静之前，电光石火之间，静反而先下手为强，把自己击晕。原来，故事的结局竟然是这样的反转，让人措手不及、无法弥补。这位女生揉了揉脖颈后面被静击中的部分，已经没有那么疼痛了。然后，她从兜里掏出了手机，换上了澳大利亚的服务卡。

但是，所有的事情没有一点变化吗？一个细节也没有变吗？这时候，菲的电话突然响起，是星打来的。

“菲，可算找到你了！我们刚刚得到好消息！宇今天就可以出院啦！”星在听筒那头开心地问道，“你现在在哪儿呢？”

“我在……我在……”菲迷迷糊糊地回答着，试图弄清楚自己是否依然还在穿越之前的地方。

“菲，咱们不用再那样毫无目的、没有结果地给宇找药了。”翔接过电话，高兴地说道，“事实上，海因策博士刚刚给我打过电话，让我们现在就去他的私人医院把宇给接回来。他们为宇配了更加先进的药物，好像叫ED309，据说比原来的药物效果显著不少呢！”

于是菲用手机定位了自己的具体坐标，告诉了星和翔她现在的所在地。

一会儿工夫，两位青年就来到了这片荒芜之地。

远远地，只见星开着一辆改装敞篷大脚吉普车徐徐驶来，而翔依然坐在副驾驶的位置上。这辆由翠绿色的车身、黑色防滚架和巨大的黑色轮毂所组成的越野机器超级炫酷，好似二次元的漫画作品一样。星和翔挥舞着手臂，开心地和菲打着招呼。此时此刻，他们的装束和穿越之前已经完全不同，但是依然帅气无比。两位帅哥穿着白色无袖紧身背心和黑色紧身皮裤，戴着帅气的白色框架太阳眼镜，头发好似刺猬一样竖立着。星将头发染成了金黄色，这让他看起来更像是一位英国摇滚青年。而翔的头发则被染成了紫色，因为发型竖立的原因，他也没有那么像李小龙了。眼前的贝斯手和鼓手就好似从摇滚杂志里跳出来的朋克青年，热带的阳光洒在他们俊俏的脸庞上，没有任何悲伤。

“星！翔！”菲站在那里，用力地挥着双手，迎接着这两位摇滚青年的到来。

“喂！”星和翔也同样挥着手臂，大声回应着，“菲，我们走吧！”

随着大脚车越开越近，声音越来越大，直到最后停在了菲的身边。只见星和翔干脆利落地从车上一跃而下，高兴地说道，“走吧！我们现在就去把宇给接回来！”

“星，翔，”看着眼前的一切，菲懵懂地问道，“这都是怎么回事？你们的装束……”

“酷吗？”星把双手举起，半蹲着做了一个摇滚的手势，一副很有喜感的样子。

“太帅了！”菲高兴而疑惑地问道，“但是，但是，这到底发生了什么？”

“今天早上，就在你走后不久，”说着说着，翔就把一个有些泛旧的米色信封递向了菲，心中的喜悦溢于言表，“之后我们就收到了这个。”

菲接过这个信封，定睛一看，只见上面写着一排醒目的大字：

“请紫金坦克的乐手星和翔签收，并务必在今日下午打开。”

“太不可思议了，我们竟然收到了一封静发自北京的信件！从内容上看，这封信是于去年非典期间所写。不过，从日期上看，它应该是前几天才从北京寄出的。”星开心地说道，“寄信人可能是她的朋友。”

“也就是说，”翔补充道，“我们晚了一年多才收到这封信。”

“这么说起来……”菲伤心地说道，“静还是去了医院，她最终还是走了……”

“对……啊……”星先是愣了一下，似乎发现了什么不对，但又没有想明白菲说的话到底是什么意思。所以，他并没有马上回应这位女生，只是使劲儿摇了摇头，想让自己清醒一些。

“可是，”翔笑着说道，“这封信却告诉了我们该怎么做。”

于是，菲打开信件，阅读了这封迟到之信的全部内容。

“星、翔，当你们看到这封信的时候，我可能已经死了一年多了。你们也许觉得奇怪，我是怎么知道你们的地址的。这并不难，因为我们的心永远是连在一起的。如果你们能够收到我的信，那就证明我们之间的缘分并不会因为我的离去而消失，对吗？我会永远和你们在一起。”

这时，菲突然想起了她和静在北京的那次相遇中，曾经出现过这样一个细节，而它就发生在静快要下车之前。

“菲，”静平静而郑重地说道，“我想在日后给未来的星和翔写一封信，可以吗？”

“写信吗？当然可以呀。”菲迅速地回答道，“那么收信日期呢？”

“就在你回到未来的那一天吧？”静平静地说道，“不过，你能告诉我紫金坦克在澳大利亚的地址吗？”

看到静的这一反常举动，菲却并未在意，只是一直琢磨着怎么可以在这汽车上多消耗这位女生一点时间，怎样还能在此之后再把她弄晕麻醉而已。可是，谁知在不久之后，菲反而被静突然击倒，然后一片空白地回到了布里斯班。

“如果宇会因为我的离开而悲伤消沉，那请你们两位都要振作起来，开心起来。无论他是多么孤独，如何倔强，其实，你们要做的事情只有一件，那就是把他带出黑暗的房间，然后，尽情地享受那五光十色的神奇世界！如果有一天，宇有了喜欢的女生，就把这个任务交给她！一定要鼓励她、信任她！我想，只有宇得到了新的守护女神，我才能够真正放下吧？最后，如果哪一天宇生病住院，一定要相信他能够最终战胜自己，最终超越梦想。所以，在接他出院的时候，能不能穿得和平时不一样呢？能不能开开心心地换上一身五颜六色的朋克装呢？我想，那一定特别欢乐、与众不同吧？——静”

“所以今天下午，我们就换了新衣服，剪了新发型，”星撩拨了一下头发，愉快地说道，“把自己打扮漂亮。”

“星还从B哥那里弄到了这辆全新的彩色吉普车，”翔开心地说道，“这样一来就会很酷。”

“静虽然去世已经一年多了，但是，但是看到了她的信，我觉得她好像完全能够预感到我们现在发生着什么，好像从来未曾离开过。”星认真地说道，“所以，我们现在知道该怎么做了！”

“走出孤独的房间！重塑倒塌的信念！”菲坚定地说道，“我们走吧！”

一个小时后，菲、星和翔终于在医院见到了海因策博士，随后他们在那里获得了最新的顶级精神类特效药，ED309。应该说，这款药物作为人类的最新研究成果，有着两个显著优点，基本已经接近完美。第一，它可以让一个完全的疯人在短时间内获得正常人的思维。第二，长时间坚持服用，则会减少患者犯病的频率和时长，在不断的努力下，最终增加患者痊愈的可能性。但是，正所谓天下没有十全十美的事情，ED309也在产生积极作用的同时有着一个限制和一个副作用。没有错，要想将这款新药的疗效发挥到最大，而不是仅仅令其短暂有效，患者就必须好似发条一般，进行不间断的大运动量训练。然而，它那容易令人产生困倦、嗜睡的超强副作用，则让人很难获得力量，走出房间完成任务。

所以，ED309如此相互矛盾的属性，就对患者提出了全新的挑战——如何能够在不愿意或者说受限制的情况之下，还坚定不移地来到屋外的世界，将高强度训练进行到底。

这也许需要紫金坦克的队长发挥出极高的意志力，也许需要一些外在的鼓励激发出这位青年的终极力量。

傍晚，宇就被顺利地接了回来。此时的他已经有一段时间没有剪头发，没有刮胡子了。事实上，在离开医院之前，这位男生已经服用了最新药物ED309，也因此得到了短暂的“正常状态”，然而，他的话语仍然不多，药物的副作用让他显得极为疲惫、十分颓废。那夜，他并没有住进自己的房间，而是暂时被安排在了别墅的另外一间干净的卧室里。

不过，虽然已经将紫金坦克的队长带回了他的栖身之所，但是执行计划的第一步，仍然是要按照海因策博士的医嘱和静的愿望，让这位男生彻底远离那疯人院一般充满血迹的房间。虽然病魔无法在一时之间被完全击退，然而疗伤的地点却并不是一个非常困难的问题。正所谓近水楼台先得月，向阳花木易为春。世界上最美海滩之一的黄金海岸，不但距离布里斯班很近，其秀美的风景和怡人的天气，也是将其定为下一站的最佳理由。

所以，翌日，菲就以最快的速度，分别为宇和自己在黄金海岸的冲浪者天堂，在那个“硬石”的所在之地，各自租了一套公寓。在经过一周的短暂休整之后，宇就从紫金坦克位于布里斯班的宅邸搬了出来，和菲变成了邻居。另一方面，在宇搬家之后，星和翔也开始对他的房间进行全面的翻新，准备让一切黑暗，永远消失。

在所有人的共同努力之下，一切都已准备就绪，向着积极的方向重新开始。

与此同时，昆士兰北部进行的“寻找大强子”的秘密计划也告一段落，叶凯宁博士亦回到了他位于昆士兰南部的“凯宁中心”继续工作。虽然并不经常见面，但是这位博士同样和自己的女儿恢复了从前的关系，联络逐渐多了起来。不过，关于时间旅行的一切，菲并未告诉她的父亲，所以，对于如何找到上帝粒子，人类还有很长的路要走，还要继续学习、探索。

而那块来自冥界的神秘符牌，叶凯宁的团队并未将其马上交还到宇的手上，而是作为最高机密，把它转入澳大利亚国家安全局无限期地封存起来。到目前为止，这块异世界之物依旧残存着某种神奇力量，比如仍然可以悬浮，比如仍然坚硬无比。然而就像其正反两面的漏斗图案所预示的那样，这块符牌也许将会随着时间的推移，逐渐来到效用限期。可能在未来的某天，在安全局的保险柜中，它终将变成一块普通的铁牌。如果那真的发生了的话，藏在它身上的一切疑团将会更难解释，也只能等待人类未来的科技发展之后，再做研究了。

在一片黑暗的冥界，静在水晶婆婆的陪伴下，迎着那忽明忽暗的些许磷火，开始向着冥府出发。今天，她将会被冥王哈迪斯和时间之神克罗诺斯超度到极乐净土，与这个世界彻底告别。

在出门之前，水晶婆婆按照静的意愿，用法术为这位女生幻化出了一身她最喜欢的打扮。那正是2002年底，在北京北斗风暴的新年电联之中，静第一次作为超级银河乐团成员登场时的选择——黑色的短皮夹克、烫着金色十字架图案的黑色短T恤、黑色的半指皮手套、恰到好处的金属装饰、黑色皮裤下黑色的皮靴和纯白色的脸上那纯黑色的眼线。

没过多久，静和水晶婆婆就抵达了宫殿一般的冥府。在走上了几十级宽大的石头台阶，穿过了悠长的回廊，又通过了三道巨大而厚重的石门和门厅之后，这样一位身材高挑、美丽时髦的摇滚女生，就站定在冥府那硕大而空旷的主厅中央。环顾四周，静深吸了一口气，和水晶婆婆一起安静地等待着两位主神的驾临。

片刻之后，冥王和时间之神就逐渐幻化现身，并且悬浮在八米高的半空之中。静只能看见两个穿上了白色披风的人形气影，却完全无法识别他们的容貌。这是第一次，二位主神，以灵魂的形式出现在一个人类面前，显得非常威严神圣。而在此之前，他们的灵魂几乎都是通过附体于一具自我创造出来的某种人类形象，驾临冥府。与此同时，已经幻化成为古希腊青年男人的三大判官，艾亚哥斯、米诺斯和拉达曼迪斯，则分别穿着一身白袍，坐在两位主神的侧下方那三张属于他们的黑色座位上，等待着超度仪式的开始。

“静啊！”冥王哈迪斯严肃地说道，“我和克罗诺斯，分别帮助你和菲进行了一次异次元空间穿越，这在人类的历史上，还绝无仅有。”

“谢谢你们了，二位陛下。”静站在地面上，平静地仰视着两位主神。

“静啊！”时间之神克罗诺斯问道，“你可知道，还有一件绝无仅有的事情是什么吗？”

“什么？”

“你居然在冥府待了一年有余。”哈迪斯严肃地说道，“一般来说，地界的人们来到冥府接受审判之后，只能获得永恒的惩罚或者进入极乐世界。总的来说，他们最多只能在冥界停留半天。”

“我已经……”闻听此言，静难过地说道，“我已经在这里生活了一年多了吗？”

“傻丫头！”水晶婆婆盘着腿悬浮起来，这样她的身高就能和静齐平。只见她笑了笑，然后拍了拍这位女生的肩膀，说道，“已经一年多啦，不然这些日子你都是和谁在一起生活的呀！”

“哈哈哈！”克罗诺斯突然大笑道，“我们非常欣赏你的音乐和才华。是音乐那神奇的力量让你在这阴阳两界中间，停留了几百倍于常人的时间。只不过……”

冥王紧接着说道：“现在是离开的时候了。”

“世间万物，花鸟鱼虫、飞禽走兽、人类、太阳、星系、银河、宇宙，所有的生命体，所有的能量体，所有的一切，都有消亡的那一天。没有人能够逃离这个法则。”哈迪斯神圣地说道，“所以今天，我们将会带你进入极乐世界。”

三大判官一起点头，证明哈迪斯的正确。

“就在你最初到达冥界之时，想必水晶婆婆早就已经跟你说过，”时间之神补充道，“当你进入极乐净土以后，你，就等于真正的和地界永别了。你将永远不会记得你在这个人类纪元所发生的一切。你将忘记明哲宇的存在。也许，在不知过了多少个人类纪元之后，你的灵魂还会轮回转世。但是，根据宇宙法则，你和你的爱人无论如何也没有机会再见。所以今天，就是最后一天，就是你真正离开你的爱人的时候了。你知道了吗？”

闻听此言，刹那间，静的眼泪唰的一下就流了下来，虽然她早就知道了这个结局。

“就算分别是那么的痛苦，但是，幸运的是，如果我的判断没有错的话，”冥王哈迪斯说道，“在你最深层次的潜意识里，其实已经放下了宇。”

“啊？”

“对呀！”时间之神补充道，“就像月一样啊！”

“传承。”静说道。

“对呀！就是传承！”冥王说道，“每一个死去的人，一定会被活着的人所取代的，这也是人类发展的必须要素和必然过程。”

“您的话里有话。”静说道。

“不然，你也不会暗中帮了那位女生，叶菲一次。”

“我真的帮助过她吗？”静疑惑地问道，“那是什么时候？”

“不然的话，”克罗诺斯说道，“你以为奥地利瓦腾斯小镇上的那把三十年前遭遇重创的水晶吉他，是怎么复原的呢?”

“哈迪斯陛下!”水晶婆婆慌忙解释道，“原谅我在这一年多的时间里，一直利用法术，让静看到地界的情况。关键是，静总是跟我说，如果那个菲不出现的话，她是无论如何也放心不下那位男生的。”

“没有关系。”冥王笑道，“那就权当是我给予眼前这位音乐天才的一个特权吧！谁让我们都很喜欢她的音乐呢？哈哈哈!”

“所以,”克罗诺斯说道，“静啊！当那个菲终于出现在宇的生活中的时候，当你知道有一个人那么深深地爱着明哲宇的时候，你学会了真心的放下。于是，你就比一般的人，提升了一个‘识’——你领悟到了‘阿赖耶识’。”

“因此,”克罗诺斯继续说道，“你的音乐在那一瞬间超越了次元，你用你最深的潜意识，修复了那把水晶吉他，一定程度上促成了叶菲和明哲宇的这段缘分。”

“原来,”静说道，“冥王哈迪斯和时间之神克罗诺斯，竟然察觉到了我都从来没有发现的潜在思维。”

“哈哈哈!”水晶婆婆笑道，“因为二位陛下是神哪!”

“原来,”静继续说道，“我在那个时候，就已经开始放下了。我就希望那位女生，能够帮我好好爱着明哲宇了。”

“静啊!”克罗诺斯继续说道，“放下了，就没有痛苦了。你在冥界的这段时间，学会了这些，真的是不简单哪。所以，你可以留下一句话给宇，给你最爱的男生。我可以按照你的心愿，将你的嘱托，以某种形式传达到他的脑电波里。任何时候都可以。”

“克罗诺斯陛下。”静平静地说道，“请问您可以把我心里想的话，在宇最开心的时候，告诉他吗?”

“没有问题。”克罗诺斯威严地说道，“实际上，我可以直接读取你的脑电波，那样会更加准确。有的时候，话语并不一定能够十分精准地表达人类的心里所想。尤其是在分别之际。”

这时，静后退了两步，在集中了精力之后，把她想要传递的信息通过脑电波准确地传输到了时间之神那里。

“好了！是离开的时候了!”

二位主神那神圣有力的话音刚落，静就迅速地羽化变成一抹金色的光芒，彻底消失在这个世界的尽头。随即，二位主神也化作气体，飘散在冥府的上空。最后，冥界的三大法官和水晶婆婆，也离开了冥府，宣告了超度仪式的结束。

现在，再次回到地界，看看大天使乐队那边又发生了什么。事实上，就在那次和托马斯·李博士通过电话之后，大天使的领袖路西法深受刺激、大受打击。我们知道，这个巨大的刺激不仅仅来自紫金坦克，还来自皇家玫瑰。于是，在差不多一个星期的时间里，这位男生开始了更加疯狂的特别训练。终于有一天，他的努力得到了回报，不仅让他变得更强，更是让这位乐手在一瞬间终于达到了他梦寐以求的1000BPM的超快速度。虽然这个速度仍然没有超越宇那疯狂的世界纪录，但是这已经足够可以达成李博士的心愿，助其完成他的全新药物——LN310。

于是，大天使的队长第一时间来到了托马斯·李博士的科学研究所，进行速度测试、基因采样等工作。几天之后，LN310的药物样本终于研发成功。虽然这款新药还没有得到政府的批文，更没有可能批量生产，但是以药物样品目前的试验效果和数量，足够可以让宇试上一个阶段。

又过了几天，这位北欧男生就率领着大天使们来到了紫金坦克的驻地。然而，宇已经从别墅搬出去了，是星和翔接待了他们。原来，大天使乐队的这一次造访，给紫金坦克带来的，正是专门恢复手指灵活度的最新科技——LN310。这种药物可以有效地作为托马斯·李博士手术之后的跟进方案，继续帮助紫金坦克的队长进行手指复原。同时，路西法还带来了李博士的医嘱，这同样是一封纸质信件。

“宇，在给你写这封信的时候，我是真的特别开心。因为LN310的研制成功，不但意味着人类科技又一次取得了发展和进步，而且更让你的手伤痊愈成为可能。不过，需要强调的是，此药目前只是通过了理论上的论证，加上你也是全世界第一个使用此药的临床患者，因此我们也不能保证它一定能够达到尽善尽美的效果。但是，如果你能配合医疗方案坚持使用，在一段时间之后，恢复到你原来的八成功力应该不成问题。至于能否达到完美无缺，那就需要一些运气了。加油吧！我的音乐天才！”

那天，大天使乐队一共在紫金坦克的宅邸停留了差不多两个小时，除了谈论到宇的手伤之外，星和翔还和大天使在紫金坦克院落中的私人排练室再次切磋了一番。临走的时候，路西法表达了自己的愿望，那就是希望紫金坦克可以赶上2005年年中开始的澳大利亚最强组合和乐队大赛。然而，现在距离开赛只剩下半年多，留给宇的时间不多了。

但是，就算有了新药LN310，宇首先要攻克的，依然是精神障碍。

的确，一切疾病都不是莫名其妙、无迹可寻的。精神病也是一样。通过研究表明，这个敌人虽然处于无形之中、无比强大，但也不是不死之身、无法打倒。对于宇来说，也许那无尽的思念和封闭的音乐，就是一切问题的所在。所以，要想重整旗鼓，这位男生就必须远离那个暗无天日的房间，远离他曾经挚爱的音乐。

为此，伦尼·海因策博士专门为宇设计了一份严格而全面的康复计划。在这份计划中，第一个阶段为期三个月，从2004年的十二月开始到2005年的二月结束。它需要宇像一名优秀的运动员一样，通过大运动量特训，燃烧小宇宙，让热血彻底沸腾起来！

第二十九章　最艰苦的训练
The Hardest Training

时间的列车在不知不觉间就开到了2004年的最后一个月。到目前为止，宇已经搬到黄金海岸两周，并且在此期间正式办理了为期一年的休学手续。之前几天，虽然星和翔也已为宇拿来了来自托马斯・李博士的手伤新药LN310，不过，紫金坦克的队长还没有开始正式使用这项最新科技，而是打算在精神力得到恢复之后，再做尝试。

这是十二月的第一天晚上，天空飘着几丝淡云，可以清晰地看见些许星辰。此时此刻，穿着一身深灰色宽松居家服的宇，在刚刚服用了海因策博士的最新药物ED309之后，独自一人坐在客厅的一张单人沙发上，无精打采地发着呆。现在，房间里面只开了一盏落地灯和一盏小壁灯，显得些许昏暗。全球最先进的药物，可以让这位男生在一定程度上从幻想的万物之中解脱出来，让他能够有机会在真实的世界里配合治疗、进行训练，然而药物的副作用也着实不小，一股巨大的压制约束力，好像一款顶级安眠药，让这位男生疲倦不堪、毫无力量。

就在这时，开门的声音打破了夜色的沉寂，菲突然从隔壁单元来到了宇的单元。只见她穿着一身浅灰色的居家服，刚推开大门就把客厅的所有灯光：吸顶灯、另外一盏落地灯和壁灯、小台灯和气氛灯全部打开。只在一瞬间，光亮就驱散了黑夜，好似梅耶枪击案那晚，宇的座驾里所产生的金色光芒。

“宇，”菲一只手叉腰，一只手指着这位男生，故意高声说道，“从明天起，你每天必须跟我一起出门，海因策博士的特别训练计划就要开始了。”

然而，闻听此言，宇却并未马上回答，只是低着头，沉默着仿佛想着什么。这位男生好像觉得自己状态仍然很差，根本不愿意出门，不愿意见人。

菲似乎看懂了宇的心思，向着对面的青年走了过来，然后坐在和他呈九十度角相邻摆放的沙发上。

“宇，我知道你现在肯定很累，很疲倦。不过，你知道吗？如果你不走出门去，你的状况就只能越来越差，最终将会形成恶性循环的！”菲凝视着这位男生，坚定地说道，“现在就这样出去！是的，别人会知道你不太好，但是，如果你能真的不在乎，你很快就能恢复到最佳状态！”

“现在……身体的疲乏还不是主要问题，关键是药物的效果目前还无法持续良久……所以有时，有一些东西还会在我的脑袋里面……”宇从沙发上站了起来，疑惑并焦虑地说道，“它们与我的真实意识共存，挥之不去。”

“宇，关于这一方面，其实海因策博士已经告诉过我。他说如果你的幻想暂时无法完全离开你的脑海，你就尝试带着它们一起出去。然后冷落它、无视它、忽略它，事实上，完全不要花一秒钟去想它。如果你真的那么做了，也许那些幻影就会在某一天真正离开你。”刚刚坐下的菲又站了起来，耐心地说道，“我觉得，就算，就算它们在一定时间内无法离你而去，逐渐地，那些虚幻就会变成你的一道疤痕，没什么大不了的。”

“你是说，和幻觉共存，我也会很高兴吗？有时，我会分不清真实和幻影，甚至走在马路上，我也会臆想出来一个人，然后对着空气高声说道，‘姑娘，漂亮！’”宇走到屋子一侧，重重地捶了一下墙，然后把头顶在了上面。

“其实那里可能一个人也没有……”

“没关系，你有我呀！在特别训练的过程中，我会一直和你在一起，帮助你判断一切。”菲调侃道，“我可以保证，你在跑步的过程中绝对不会撞到电线杆，或者摔个大跟头的。”

然而宇并未回答菲的话语，除了体能状况之外，他显然还是对特训有着自己的担心。

菲看着宇的背影，凝重地说道：“宇，请你转过身来！看看天上的星星是多么美丽！看看无限的宇宙有多么辽阔！还记得你曾经的梦想吗？当全世界最顶尖的摇滚明星！赚大钱！”

“摇滚明星梦……”

宇喃喃地念着这五个字……在突然之间，曾经远若星辰的梦想，通过那位执着女生的话语，好像从一把精准的狙击步枪里射出的子弹，直接击中了他的中枢神经。这位男生慢慢地转过身来，然后走到窗前，凝望夜空。只见他攥了攥拳头，疲惫的眼睛里突然闪烁出一瞬坚定的目光：

“我是不是忘记了自己是个超级天才，就算疯了，也是一个疯了的超级天才呀！”

宇的这句话虽然不长，但是每一个字都那么铿锵有力。它就像在太平洋夜空中的南十字星座（Southern Cross）一样，让迷途的人们在乌云密布的暴风骤雨中，若隐若现、亦明亦暗地找到了指引航向的力量。

他好像在说：“风雨中，这点痛算什么。擦干泪，不要怕，至少我们还有梦。”

菲只在一刹那间就接收到了这个精神病患者，用尽全力才能够表达出来的微乎其微的一点点积极能量。她扑到了宇的身后，搂住了他的腰身，眼泪在一瞬间就哭花了脸：“宇，只要黑暗里还有光亮，只要你的信念从未倒塌，希望就永远会在那里等着我们！梦想一定将在某天成为现实！”

第二天一早，菲就拽着宇来到街角理发店刮胡子，剪头发，精致地整理形象。宇就坐在那里，坐在窗前，随着秀发不断地被剪短，阳光透过落地玻璃，洒在他面庞的光亮就越来越多。这位男生微闭双眼，嘴角在不经意间轻轻地向上扬起了一下，就算那只是一个稍纵即逝的时刻，但是似乎在那短暂的一瞬之间，宇也真切地找回了那十八岁时，自信的美丽和开心的样子。

这无疑是一个良好的开端，一个积极的信号。

第三天，这位男生就和菲一起，开始认真地讨论如何执行海因策博士制订的大运动量特别训练计划。在此期间，菲还心血来潮地甚至给宇讲起了励志故事。

“宇，我记得在我们第一次约会的时候，你曾经说过你很喜欢看美国职业篮球联赛。”菲严肃地说道，“想必你也了解，美国职业联盟的篮球明星，之所以可以健健康康地以最好的身体状态赚大钱，最重要的一个原因就是长久的大运动量训练。三千万美元年薪怎么样？还是五千万？然而，在美国，每五十万人，才能有一人够格打美职篮。而最终能够进入‘全明星’‘梦之队’‘名人堂’的人更是少之又少。这些全明星球员，每一位都是天赋异禀、身怀绝技。可是他们几乎每一位都是从几岁就开始训练，一直练到退役；几乎每一位都是从早上天还没亮就开始训练，一直练到深夜！所以，想要成功，想要赚大钱，不光要靠天赋，还要经历远远苦于常人的特别训练才可以！”

在ED309的作用下，宇可以听得懂菲的话语。他知道，在这一刻，有一位女生，正在用她的正能量，温暖着他，感动着他。

第四天，为期三个月的特别训练正式开始。

首先，长度为十公里的晨跑是每天的第一个指定项目。根据海因策博士的计划，菲和宇把跑步地点定在了澳大利亚最棒的海滩“冲浪者天堂”。确实，海滩是上帝送给人类最美的礼物之一，不过，就算澳大利亚有着世界上最迷人的风景，但是在海滩上晨跑，也是最累人、最艰苦的。

晨练过后，时间就到了一整天的健身时刻。对此，根据任务需要，宇专门请来了全澳大利亚最专业的教练团队，在最好的健身房对其进行极具针对性的特别指导。训练内容由无氧运动和有氧运动交替进行，在增加肌肉的同时，减去多余的脂肪。

晚餐的食谱包含了蔬菜、水果和少许谷物，几乎没有任何肉类。数据表明，少量的晚餐能够用于补充训练之后的饥饿，可以供给人体所需的营养成分，并不会对身体造成负担。

在大运动量特别训练的这些日子里，宇每天都在早上五点就爬起床来，晚上十点准时入睡，他的身体状态也因此逐渐进入正常的生物规律之中。

确实，一个处于饥饿、劳累状态的人，最想得到的就是吃饱和休息，而在运动了一整天之后，就算只能喝到一碗热乎乎的萝卜牛腩汤，都要胜似满汉全席。另一方面，运动本身就能让身体产生名为“菲太”(Endorphin)的愉悦因子，而这种超级强悍的纯天然因子，由脑垂体自然分泌产生，能够令人心情快乐、抵抗抑郁。所以，坚持健康的生活方式、运动方式，无论从精神上还是肉体上，无论是内在还是外在，都对宇的恢复起到了巨大作用。看着自己的身体机能逐渐恢复，看着烦乱的思绪渐行渐远，这位青年的心情也越来越好，体内蕴含的小宇宙更是越烧越旺。

特别值得一提的是，就在一天清晨，宇在晨跑时居然巧遇双腿截肢的汤姆和他的朋友们。这些残障人士日出而作，日落而息，每天都会行走在蓝天与大海的环抱中。他们的生活极为规律，意志力极为坚定。绝对音乐的余音还在耳边，今天却又以这样的方式在此相逢，令人不免有些惆怅。临别之际，汤姆还不忘鼓励这位曾经用摇滚的精神给予过他们力量的明哲宇：“只要坚定信念，坚持梦想，总有一天可以站上世界之巅。”

另一方面，让我们再次说说身在北京的极光乐队，看看他们现在是个什么情况。

事实上，自从十月中旬，菡的匿名信事件引爆中国音乐圈，进而使得极光乐队和主唱青深陷舆论旋涡之后，极光乐队的经纪公司就一直使用缓兵之计，并未对这个发生了将近两年的“地下事件”向公众做出任何解释说明。现在事情已经发酵了小一个月，按道理说，一个成熟的经纪公司，在旗下艺人出事之后，需要在第一时间进行危机公关，化解眼前的问题。可是这一次，极光乐队却完全没有动静。

这是怎么回事？难道极光乐队自己出了什么问题吗？

一天早上，正在去学校路上的星，突然接到了来自丹尼尔的电话。此时此刻，丹尼尔已经从布里斯班回到悉尼，继续上学了。在警探爱德华、B 哥等人的共同帮助下，丹尼尔并未受到之前一系列事件的牵连与影响，生活很快回归正常，进入正轨。

“你说什么？”星一边开车，一边挂着耳机，惊讶地问道，“极光乐队准备更换经纪公司吗？他们的公司不是相当厉害吗？”

“是呀，”丹尼尔说道，“虽说这家公司在把他们从一支地下乐队，打造成为全民偶像的过程中功不可没，但是极光乐队还是准备和他们解除合约，分道扬镳。”

“这里面到底发生了什么？”

“据我了解，解约的主要原因就在于极光的那个经纪人。”丹尼尔解释道，“那人真是为了钱，什么事都干得出来。极光乐队也是担心，要是这样只图眼前利益，迟早会死无葬身之地。”

“他们的经纪人？”

“是呀，”丹尼尔顿了顿，继续说道，“我问你，星，你还记得那年在北斗风暴酒吧的跨年电联开始之前，你们和极光曾经发生过短暂冲突吧？”

“对呀，有这么回事。”

星清晰地记得那天发生的一切，所以回答起来也就不假思索。

“星，”丹尼尔解释道，“据我了解，关于这次危机公关的策略，他们的经纪人本来打算把青的那次纯粹的偷窃事件，转化为对那次冲突的打击报复。这样一来，‘偷’就变成了‘事出有因’，就变成了‘报复’，性质就没有那么恶劣了。一旦计划成功，他们不但可以借此说辞减轻极光的罪名，也许还能把超级银河乐团捎带着恶心一下。”

“我明白了，”星三分激动七分调侃地说道，“那些躲在阴暗角落里面，操纵舆论、背后使坏的人，我们还真得防着点呀。”

“没有错！”丹尼尔解释道，“不过，好在极光还是条汉子。就是因为他们根本不同意经纪公司错上加错，所以宁愿赔偿巨额违约金，冒着未来一段时间内没活儿可干的巨大风险，也要和公司解约。”

“唉！”星感慨道，“这种缺德的经纪公司，不跟他们合作也罢。”

“是呀，”丹尼尔继续说道，“实际上，他们公司打算利用你们曾经的冲突来化解当前危机的这一做法，也只是极光欲要解约的导火索而已，事实上，他们早就和自己的公司矛盾甚多、积怨已久了。”

“难道这里还有什么隐情吗？”

“你猜对了！”丹尼尔一本正经地说道，“事实上，青就是受到了她的经纪人的威胁，才会去偷你们的Program存储器的！”

“什么？！”

“事情的全貌其实是这样的，”丹尼尔顿了顿，理清了一下思路继续说道，“首先，那经纪人本来想要捧红你们，他甚至还辗转找到你们当时的队长——谭辉月谈过这件事。”

“当时想来签我们的人特别多。”星平静地说道，“可是我们也有自己的打算，所以谁都没有答应。”

“因此，他们把包装对象转移到了极光乐队。”丹尼尔继续说道，“但是，因为对你们实力的恐惧，他们的经纪人，一直希望得到一个可以雇用大量水军攻击你们的话茬儿。所以，新年电联就是一个机会，如果能够成功搞砸，他们就可以在今后一直拿这件事，以不同的角度戳你们。比如超级银河乐团如何不负责任，如何又对不起歌迷，等等。”

“这样的事情，”星三分气愤七分不屑地说道，“在历史上不是有很多吗？很多大牌乐队都因为一点小事，被道德绑架，被骂了一辈子！”

“对！”丹尼尔说道，“所以，如果青答应他们的要求，也就是在新年当晚，以任何形式把你们的演出搞砸，他们就会力捧极光，最终让他们成为摇滚之王。但是如果极光不答应的话，他们则会找其他乐队来对付极光，用对付你们的阴险手段来伺候那支乐队。”

“原来如此！”

“所以，在各种威逼利诱之下，”丹尼尔继续说道，“青不得不做出那样的事情。”

“唉！”星叹了口气，感慨道，“这事可真够乱的，直到今天我才明白事实的真相！不过话说，你是怎么知道这些的？”

“我不是以后打算开经纪公司吗？我肯定得把这行了解清楚！”丹尼尔像煞有介事地说道，“我已经派钱出去拿信息了。放心！我和黑手党可不一样，我可守信用了！谁给我信息，我就给谁钱！”

“丹尼尔，”星调侃道，“说实在的，你还真挺适合干这行的！”

“有你这话我就放心了！”丹尼尔笑道。

“咳！”星也笑了起来，“我是说你适合开个侦探事务所什么的！在你身上，围绕着的永远就是录像啊、录音哪、证据呀什么的。”

“哎呀，你就别开我玩笑了！现代商场如战场，打的就是信息战。”丹尼尔继续说道，“我如果不提前知道哪个乐队会解约，我怎么可能在争夺战中占到先手呢？极光解约是肯定的了，说不定我以后还可以签他们，对吧？”

“哈哈！”星笑道，“那我祝你成功！”

“哈哈哈哈！”丹尼尔也大笑起来，“祝我们一起成功！”

那天回家之后，星就把极光即将解约的事情告诉了翔。而为了让宇全心全意、集中精力进行恢复特训，他们并没有将这件事向这位男生透露一丝一毫。似乎关于所有对手的一切情况，都是紫金坦克复出之后才会谈论的事情了。事实上，星和翔现在最在乎的，就是宇的伤情。然而，这位男生什么时候才能再次拿起乐器，彻底康复呢？

不知不觉间，2005年的新年钟声已经敲响，街上浓郁的圣诞气氛显然还没过去，新的一年就已经到来了。那一刻，似乎世界上的每一个人都沉浸在这圣诞节和新年所带来的巨大幸福之中。购物、聚会、旅行、狂欢，这是属于所有人的节日。相比于两年前北京的新年狂欢所爆发的震撼和在那之后的一醉方休，两年之后，身处布里斯班的紫金坦克，却安静了很多。

2005年的第一个中午，沐浴着柔和而温暖的金色阳光，享受着略带咸味的丝丝海风，宇、星、翔和菲四位青年在黄金海岸沙滩的旁边再一次聚在了一起。他们围坐在一家颇具风味的德国餐厅里面，吃着猪脚，喝着啤酒，开心地庆祝新年的到来。年轻的人们并没有互换礼物，这一次下馆子，就好像再平常不过的家庭聚餐，气氛虽然并不浓烈，但是几个人却找回了久违的温馨。那么普普通通，又是那么与众不同。

一切好似因为没有了音乐，而趋于正常。一切好似因为没有了悲伤，而更有力量。

不得不说的是，今天的相约并不是一次简单的聚会。在经过谨慎的商议之后，紫金坦克根据宇的恢复状况做出了一个重要决定——他们取消了参加第一届（2005）最强组合和乐队节目的计划，准备假以时日再作打算。

又过了几天的一个上午，正在布里斯班的私人健身中心进行特训的大天使乐队，也通过自己的渠道，惊闻此事。

“什么？”正在进行卧推的路西法惊讶而惋惜地说道，“他们退出了！”

“是真的。现在，那个宇仍然处于康复阶段，无论精神状态还是手指伤势均未完全恢复。”身材庞大，浑身肌肉的拉斐尔练着哑铃，暗中庆幸，“这可真是太好了！”

“这有什么好的！”路西法放下杠铃，站起身来，潇洒地说道，“那么，我们也退出吧！”

“为什么呀？”正在跑步机上慢跑的米达伦不解地问道。

“没有对手的比赛还有什么意思！”路西法仰天长叹，“看来治疗手伤的药物LN310，他还要迟些才能用上。所以，不如我们下一届再去参加吧！”

“也对。”雷米尔也结束了平板支撑的训练，说道，“我可不想别人说第一届的冠军实力不如第二届。”

就这样，大天使也退出了比赛，似乎又把最后的对决推迟了一年。然而时间过得又是如此之快，新年之后，时光列车转眼就开到了2005年的2月。就在此刻，在经过了三个月的魔鬼特训之后，恢复计划的第一个阶段终于完美收官。从2004年12月份到次年的2月，由于严酷特训计划的执行和特别治疗药物的作用，宇的身体状态恢复显著，体形明显壮实了一圈。不得不说，一个牛×的乐手向着一个牛×的运动员的变化，真的就是一个艰苦但牛×的壮举。

第一阶段的魔鬼特训刚刚结束，根据海因策博士的要求，宇的康复计划就马不停蹄地来到了第二阶段。这一阶段的核心内容是“体悟自然”，为期一个月。整个三月，这位博士计划利用澳大利亚那全世界最优质的自然魅力，配合最先进的药物，让宇完全摆脱疾病的侵袭。

所以，在接下来的日子里，宇就在菲的陪伴下，全身心地投入到了大自然的怀抱。他们一起钓鱼，一起冲浪，一起爬山，一起露营，一起去野生动物园，甚至一起去南极探险。

面对着这个神奇、伟大、孕育着无数生命的蓝色星球，那种海纳百川、有容乃大的感觉，是在一间狭小的屋子里面永远无法体会的，那里只有孤独和寂寞。那种壁立千仞、无欲则刚的领悟，是在一个纷乱、喧嚣的夜店里永远也无法理解的，那里只有虚幻与噪声。

清晨，迎着略带咸味的海风，看着金色的太阳从地平线徐徐升起；中午，站在大山之巅，眺望万里碧空，一览众山小；傍晚，走在林荫大道，享受着细雨的滋润，感受着花鸟鱼虫的气息……

“喂！宇呀！你还记得你最初的梦想吗？还记得秦天老师当年问你的时候，你自己是怎么说的吗？”宇站在山顶，对着天空大声呼喊，“你说，‘我想做世界上顶级的摇滚明星！’宇呀！你自己，你自己，永远不要忘记你的最初梦想啊！”

一个月后，当时间的摩天轮旋转来到2005年的4月时，第二阶段的特别计划也已经顺利完成。到目前为止，紫金坦克已经将近半年没有任何动作了……宇也已经和音乐隔绝很长时间了。不过，在这段时间里，星和翔一直没有放弃对音乐的执着追求，把全部的心思都投入学习，认真听讲，准时上学。此外贝斯手和鼓手也会隔三岔五地跑去黄金海岸，约着他们的兄弟吃吃饭、聊聊天。而B哥的偶尔出现，更是给这位男生带来了足够的惊喜。另一方面，大天使乐队虽然退出了本年度的最强组合和乐队大赛，但是他们的动作却从没停止，排练和演出照常进行。经过半年的累积，这支北欧乐队的人气已经大大超越了紫金坦克，成为布里斯班当之无愧的第一乐队。

其实，在宇养病期间，这位男生曾不止一次地建议星和翔以两人组合的方式，继续维持紫金坦克的排练和演出的更新动作。但是，这个计划被星和翔果断拒绝。乐队的鼓手和贝斯手均不能接受紫金坦克的人员从四人减少到三人，再减少到两人，他们就是希望和宇一起并肩战斗。

宇也因此感受到了肩头的责任重大，所以他用尽全力、尽善尽美地完成了前面两个阶段的特训。看到紫金坦克的队长不断地好转，星和翔也对乐队的复出更加乐观，充满信心。

看到自己的身体正在不断恢复，看着大天使的异军突起，宇立下了军令状：

“相信我，再给我点时间，到2005年的9月，紫金坦克就会恢复排练演出，就会正式宣布复出！”

在宇和菲尽情地享受大自然的神奇之时，菡也利用闲暇时光，独自进行了一次颇为短暂的非洲旅行。非洲热带草原的旷野让这位女生的心情愉快、彻底释放，令她在远离城市的喧嚣和生活的疲惫的同时，更收获了很多未曾经历过的人生体悟。

不过，这次旅行也让菡耽误了一些课程，而她也将在寒假之后迎来大学的最后学期。所以，在接下来的这段时间里，她决定在兼顾乐队的同时，把精力更多地放在学习上面。至于毕业之后的打算，她当然还要为了大天使而继续战斗下去！她和大天使的成员们都具备着极高的音乐天赋和素养，具有一颗团结而强大的内心，她没有理由再做其他选择。

另一方面，远在悉尼的丹尼尔将会在一年以后，也就是2006年的年中毕业。经历了很多事情的他，突然厌倦了夜店生活，意识到自己的英语很烂，知识也没学到多少。因为以前的时光几乎全都泡在夜店的关系，曾经的夜店王子也感觉到了极大的压力。所以，在这最后一年，和菡一样，这位男生也打算竭尽全力、努力学习，为了顺利毕业全力冲刺。

现在，让我们再次把镜头回转，继续说说我们的两位主人公吧。

事实上，在取得了第二阶段的成果之后，为了防止病情的复发，第三阶段的巩固计划就马不停蹄地立刻开始了。和上一阶段一样，这一阶段同样为期一个月，训练项目为前两个阶段特训内容的整合。

在四月的巩固期中，同样是跋山涉水，同样是海滩长跑，就是那越挫越勇的坚持，让宇兵不血刃地成功完成任务，没有任何的拖泥带水。

时间转眼就来到了五月，按照海因策博士的安排，现在就是全部康复计划完结的时候。然而，宇的训练成果怎么样了呢？事实上，就在这短短的一个月之内，这位男生的身体又产生了惊人的变化。曾经的忧伤被阳光一般青春的脸庞所取代，阴柔消失在他的血液中，阳刚之气植入身体的每一个细胞之内。此时此刻，距离梅耶枪击事件马上就要一年了，宇和菲也已经相识相处将近一年了。在这小一年的时间里，宇和菲共同经历了欢笑与痛苦、快乐与悲伤，也因此成长了很多，勇敢了很多。

终于有一天，宇平静地对菲说：

“谢谢你！我没问题了！我甚至比以前更强大了！我曾经认为，世界末日就要到来，而你却真正地走进了我的生活，帮助我驱散了心中的病魔！现在我知道，如果一点点的障碍，你就总是看在眼前，那么它将会永远阻挡你全部的视线，让你觉得一切都是黑暗。如果，你把它看得远一点，它就是颗很小的东西。你看，你觉得星星很小，对吗？其实它很大。只是，只是它根本就不会阻碍你看到整个天际、整个银河、整个宇宙，不是吗？我们的人生之路，都还没有开始呢！怎么能够轻易放弃！”

第二天早上，北京方面传来了惊人的消息，全国顶尖的极光乐队宣布和自己的经纪公司解约。与此同时，乐队主唱兼节奏吉他手——青洋——在其个人主页上发布声明，宣布离队。

“我很后悔当时所做的事情，因此我要在这里向超级银河乐团也是现在的紫金坦克真诚地说一声对不起。不过，那是我个人的冲动行为，与极光乐队无关。事实上，从那天开始，我每天都在悔恨中度过，而一个人心里不能总是积压着黑暗的秘密。一人做事一人当，希望大家能把我个人的行为和乐队分开对待。所以我选择离队。希望大家能够原谅我的错误和无知，也在这里祝愿极光乐队不受影响，越来越好。”

现在，所有的歌迷都通过青的个人声明收到了她的忏悔，也得知了事实的真相。然而出乎意料的是，他们反而更加佩服这位女生的勇气，似乎在一瞬间就原谅了她的错误和天真。歌迷们一边倒地挽留青，希望她能够留下来和极光乐队继续并肩战斗下去。

不过，无论歌迷如何希望这位女生别走，青却依然选择了退团。但是，在战胜了自己性格的弱点之后，这位女生的人生从此注定将会变得轻松惬意、更加光明。没有人知道，在将来的某天，她会不会组建一支全新的乐队，和紫金坦克对抗到底呢？

另一方面，紫金坦克到底是何方神圣，也再一次成为歌迷粉丝谈论的焦点。所有关于这支乐队的新闻均被疯狂点击，更多当年超级银河乐团的尘封历史也被挖掘出来。紫金坦克不但再次掀起了风浪，更因此受到了前所未有的巨大关注。现在，所有歌迷都疯狂地期待着这辆紫金坦克的再度崛起，期盼着这支神秘之师，能够披荆斩棘、满血归来。

第三十章　浴火凤凰
Phoenix

与此同时，爱德华警探那边传来了利好消息，黑手党胡里奥被驱逐出境，在意大利的都灵被判处死刑。里克豪斯虽然和梅耶枪击案没有任何联系，但也在另外一次帮派械斗中丧命。此外，导致爱德华连续出现严重判断失误的那个被收买的警方卧底也被绳之以法。梅耶枪击案就此了结。至此，所有人都远离危险，彻底安全了。

另一方面，经过半年左右的不懈努力，现在，宇的精神已经基本恢复。海因策博士为这位男生特别制订的康复计划取得了巨大成功，而他接下来要做的就是，重拾那挚爱并伤害过他的音乐。

这一次，只有宇可以给自己制订计划了！只有他可以帮助他自己了！

然而如果没有技术作为基石和支撑，那么一切与乐队、音乐有关的事情都将完全无从谈起。所以，这位男生首先要做的就是让自己的弹琴技能恢复到受伤以前的样子，纵使这看起来并不容易。

于是，在6月的一天早晨，宇终于拨通了星和翔的电话。重伤之后，他第一次和他的铁哥们儿谈到了那个曾经让大家感到极为敏感的话题：音乐和紫金坦克。三位青年在电话里并没有说太多，而是相约下午两点，在布里斯班的巴诺咖啡屋小坐。这也是自宇搬到黄金海岸独立居住之后，紫金坦克第一次以音乐的名义正式聚会。

次日，三个大男孩儿终于在那个阳光明媚的下午，又一次聚合在一起。还是那个约定好的手势和一如往昔的互相拥抱。宇的嘴角洋溢着似曾相识的轻松微笑，但更强悍，而星和翔也露出了会心的笑容，更加幸福。

三人一同走进了那家承载了很多过往的巴诺咖啡屋，到目前为止，他们已经很久很久没有好好聊聊关于紫金坦克的事情了。直到2005年的6月，他们已经在澳大利亚生活一年半了。

三位青春洋溢的俊美男生被窗外的阳光无限地照耀着，没有人知道，这些正坐在那里，坦然、优雅而又不乏激情地谈论梦想的男生们，竟然就是地球另一端音乐圈里的绝对焦点、风口浪尖上的紫金坦克。英伦范儿的宇、日范儿的星和中国风的翔，他们实在应该庆幸自己就在这个时候，如此巧合地身在异乡。澳大利亚质朴的田园风光，还原了他们本来的身份。那安静自然的气氛让他们可以以一个普通人、局外人的样子，去思考那些在喧嚣拥挤的城市中，在翻滚湍急的旋涡中，永远也无法沉淀着陆的事情。

之前，他们本来就是几个天真纯洁的大男孩儿，就是几个涉世未深的小伙子。然而，无数连他们自己也不知道能否承受的未知挑战，却在最近的日子里时刻环绕在他们的身边。不过现在，在经历了那么多的故事之后，这些年轻人已经学会了怎样面对、克服人生所遇到的各种困难，并且最终把远若星辰的梦想，从浩瀚无际的银河尽头，摘下并放在心里。他们不会让陌生和未知新鲜太长时间，而是很快就会彻底明白那些游戏的核心和精髓，然后迅速找到应对策略和解决方案，最终成为这个游戏的主宰者。也许在此之后，这些人还会遇到更为棘手的全新问题，但是他们依然会用同样的办法，再一次成为这款新游戏的王者。

这样的人，才是最可怕的人。

“宇！现在的你，已经满血归来了吧！”星坐在靠近窗户的圆桌一侧，会心笑道。

“我已经非常不错！”宇坐在圆桌的另外一侧，精神抖擞地看着他的两位兄弟，“你们也一定十分厉害、不同以往了吧？！”

“哈哈！宇，别以为只有你进行了严酷的身体训练，我们也是同样如此！”说着说着，星就举起双手，做出了一个秀肌肉的姿势。

“没错！”翔的位置和宇、星正好形成一个等边三角形，笑道，“我们现在真的感觉浑身是劲儿，蓄势待发！”

“太棒了！”宇左右看看二人，开心地说道，“那么，全新的挑战就要开始了！”

“耶！”星和翔激动地击掌相庆。

出人意料的是，这一次，宇并没有再喝那款他曾经挚爱的蓝山咖啡，取而代之的是一杯极为细腻的杧果冰沙。而星和翔则依然还是老样子，选择了抹茶冰沙和顶级红酒作为今天下午的饮品。

“现在，乐队已经万事俱备，就让我们继续摇滚的旅程吧！”宇高兴而郑重地说道，“所以，如果你们不介意的话，我就准备报名参加2006年的澳大利亚最强组合和乐队大赛！”

“太好了！”星开心地说道，“我们俩就等你这句话呢！”

“星、翔，”宇深情地看着贝斯手和鼓手，坚毅地说道，“其实，我知道你们对我的手伤依然有所担心……”

“宇，说什么呢！”翔微笑着说道，“即使单纯从音乐本身来看，你最牛×的地方也不在于吉他技术，而是你那无敌的创作能力。”

“是呀！宇，翔说得没错！”星感叹道，“只是以前的我们太在意失去了。”

“现在我终于明白，没有什么是完美的。”宇认真地说道，“也正是因为有着遗憾，才是最完美的世界。”

“你的手……要是实在不行，你就来打鼓，”翔诙谐地说道，“我来弹吉他。”

“哈哈哈！好哇！好哇！翔啊，其实，你的吉他功力也很了得呀！”宇会心地笑道，“而且，我想打鼓已经很久了！”

“咳，宇呀”翔开心地说道，“我真的是在开玩笑呢。说实在的，你的左手恢复得怎么样了？”

“我打算开始使用托马斯·李博士的最先进药物，LN310了。我想，再过三个月，我应该可以恢复到原来的八成功力。虽然说独奏的速度会暂时不如以前，但是，扫弦应该毫无问题。”

“这是否意味着我们应该换一种音乐风格呢?”星笑着说道。

“我觉得‘朋克’特别适合三人乐队,”翔开心地说道，“宇，就算你的手以后可以恢复到十成功力，我们也玩朋克好了!”

“没错!”星坚定地说道，“我真心认为朋克是三人乐队最好的选择。”

“对!”翔亦笃定地说道，“就像绿日乐队——涅槃乐队之后的崛起。”

“其实，我也正是这么想的!”宇信心十足地说道，“那么，就让我们三个人继续撑下去吧!”

“那我们就做世界上最牛×的朋克吧!我们要——赚大钱!”

第二日的傍晚，宇、星和翔再次来到了我们在第一章提到过的那家日本烧烤店。因为宇曾经的建议，那家店的客人果然增加了一倍。老板热情地招待了他们北冰洋汽水和燕京啤酒，而那味道依旧至纯至真、甜美如初。同样还是这三位大男孩儿，同样的餐厅，甚至是同样的座位，一切都一样。只是一年之后，时光变迁，此时的他们，却没有了往昔的惆怅和忧伤，好像重新找回了那个人生中最光辉灿烂的十八岁。现在，大家的心里都有着一种说不出来的喜悦，因为乐队又要整装待发了，很多事情都可以去改变，很多生活都可以去尝试。原来，这个世界真的不是只有伤心和忧郁，还有幸福、甜美、期待和曾经的最初梦想。在这次聚会上，宇、星和翔约定在2005年的9月30日，宣布紫金坦克的正式复出。

在后来几个月的时间里，宇开始按照医嘱阶段性使用托马斯·李博士的最新科技LN310，也经历了炼狱一般的疯狂训练。他那浴火凤凰一般更为坚强的性格和超人的天赋，迅速地让自己的吉他水平在这一阶段的特训结束之后，达到了受伤之前的八成功力。这时，紫金坦克的队长似乎已经找回了曾经的状态，应付一般的表演已然不成问题。

时间很快就来到了2005年的9月。此时，布里斯班已经进入了春天。宇曾经答应过星和翔，就在这个月底，乐队就会开始恢复排练和演出。但是，由于手指的伤势过重，宇的弹速在短时间内仍然无法达到受伤之前那超越1000BPM的非人类纪录。就算托马斯·李博士的高科技再先进，也无法很快地让这位男生恢复到完美如初。现在，距离乐队复出的日子已经越来越近了，虽然百分之八十的程度似乎也还说得过去，不过，这显然不是最好的情况。

这可怎么办?

作为紫金坦克的队长，作为那个在音乐上有着极高造诣的人类，宇早已想出了一个绝妙的办法。事实上，他已经秘密地将这个计划实施了一段时间了。为了给所有人一个惊喜，更为了曾经的承诺，为了得到一个确定成熟的结果，宇并没有把他现在正在做的事情告诉任何人。

所以，宇想出的办法会是什么呢?他有足够的把握吗?

时间很快就来到了2005年的9月30日，这一天距离北斗风暴的跨年电联已经两年半多，这一天就是紫金坦克复出的日子。

这天早上，宇很早就起床了。只见他赤裸着上身，俊俏的脸庞依然那么迷人。喝了半杯清水，微笑着站在窗前，这位男生面对着蔚蓝的大海和湛蓝的天空，深呼吸。然后，宇终于给星、翔发出了这封短信。就在这一天，他已经为了乐队的复出，准备好了一切。

“星、翔，虽然我知道打鼓也许是一个不错的选择，但是，想必你们也知道，我最爱的乐器还是吉他。我最喜欢那好似拿着冲锋枪一样无所畏惧的样子，也最喜欢那六根金色琴弦发出的迷人声音。所以，为了能够再次拿起吉他，我就一定要有一只全新的手才可以。然而，你们也许会问我，我将如何做到这一点。跟我来，让我们的旗帜飞起来，就让我们今夜在布里斯班的库萨山顶宣布紫金坦克的正式复出，我也将会在那大山之巅揭晓答案！”

下午，星、翔和菲就来到了位于布里斯班市区西部，距离市中心九公里左右的库萨山顶。作为布里斯班著名的观景胜地，库萨山顶早已经被开发成旅游区，每天都有川流不息的观光客人来到这里，很是热闹。今天天气炎热，星、翔和菲三人分别穿了一身热带风情浓郁的清凉服饰，他们戴着草帽，穿着彩色岛服，赤足裸脚，和澳大利亚原始居民的行头一模一样。不仅如此，星还通过B哥搞到了一张临时的演出证，让贝斯手弹起了木吉他，让翔打起了手鼓，还让菲客串上了主唱。他们在大山之巅就地而起，弹奏起轻松的夏日音乐，唱了起来，跳了起来。

听到音乐响起，前来游玩的人们全部自发地围拢在星、翔和菲的周围。人们开心快乐地享受着大山之巅的现场表演。然而，又有谁知道，星、翔和菲现在只是在跟自己快乐呢？这一次他们只为一个人演奏，只为那个会给他们带来奇迹的人表演。

但是，那个奇迹会是什么呢？

虽然菲、星、翔、路西法、伦尼·海因策博士、托马斯·李博士、B哥、丹尼尔、汤姆等所有人的关心，汇集成仿佛太阳一般的光芒，使得宇的恢复获得了显著效果。虽然这效果已经逐渐接近完美，但是，凭借常识判断，宇无论怎么努力，也绝对没可能给他们带来一只完美如初的手的。

然而，在这个世界上，没有什么是不可能的，不是吗？

到了傍晚时分，布里斯班的万家灯火全部亮起，天空淡粉色的余晖和金黄色的城市景观交相辉映，美丽得好似科幻世界一样。

这时，紫金坦克的队长驾驶着那辆宝石蓝色的保时捷，来到了库萨山顶。只见他打开车门，走下汽车，从后备厢里拿出来一个巨大的吉他箱子。与此同时，乐队突然停止了演出，而围观的人们也在随后相继散去。现在就是宇、翔、星、菲的独处时间，来回走动的人群仿佛已经变成了一块模糊的背景板。

“各位，我们今天就在这库萨山顶，躁起来！”

高大威猛的宇就这样站在那里，而他的声音沉稳而镇定，透露出一种从未有过的自信和领袖风范，好似突然被天神灵魂附体一般。

“宇，你今天这是……”

星和翔一下子愣在那里，不知道这是发生了什么。虽然，他们在这段时间经常和宇小聚，也深刻地知道这位男生的精神力不但比刚刚结束特训的时候要更好，而且他的吉他技术也是越来越优秀。

然而，现在的宇，竟然给人带来了一种神圣而庄严的感觉，而这种感觉就算和一个月之前相比，也是完全不同的。于是他们一起跑到了宇的面前，准备一探究竟。

“星、翔、菲，”宇深情而郑重地说道，“你们看看这是什么？”

这时，宇把手中提着的那个特别定制的碳化纤维航空级吉他箱子，交给了星。然而，紫金坦克的贝斯手却没有想明白，这个箱子和宇的伤手有什么关系。难道，眼前的这个物件，能够解决宇的手伤吗？无论如何，星还是很有仪式感地接过琴箱，蹲在地上慢慢地将其开启。随着箱盖的角度越开越大，里面的神秘也被山顶的灯光一点点地照亮。直到箱子被完全打开，里面的物体终于露出了它的尊容。而那正是一把崭新而绚丽无比的红色吉布森电吉他。

星拿着这把吉他站了起来，仔细地端详着。然而，这位乐手左看右看、思来想去也没有发现在这其中的与众不同。他琢磨着这把拥有精致做工的顶级吉他，又会有着什么神奇的魔力呢，又和一把普通吉他有什么区别呢？宇的手还是那只受伤的手。换了一把好琴，又会产生多大的改变呢？只在一瞬间，两人就产生了些许不解，不约而同地出现了一丝稍纵即逝的失落感。

不过，虽然没有闹明白宇这葫芦里卖的是什么药，翔依然面不改色，把话题转移到了这把神器之上：“雀眼枫木的琴颈、翡翠位点、纯金旋钮，这一定是一把工艺顶级的定制吉他吧！”

然而，对于这微妙的失落，宇并未觉得奇怪，好像一切都在他的预料之中。只见这位男生自信地说道：“翔，你说的没有错，这就是一款定制吉他，而且世界上只有我一个人才有。你们试试看吧，也许马上就会感觉到这把吉布森的不一样。在今后的一段时间里，我就打算用这把琴继续战斗了。”

星狐疑地看着宇，疑惑中又产生了一丝希望。的确，凭借二十多年的经验，星知道紫金坦克的队长从未让他们失望过，所有答应的事情，全部都能说到做到。之前提到过，星是一位顶尖吉他手出身的贝斯手，所以弹奏吉他等于回到了他的老本行。于是，这位男生拿着手中的琴，坐在不远处的一个石头墩子上，然后摆好了姿势，准备弹奏乐章。宇、翔和菲也紧随其后走了过来，围在星的旁边。

但是，就在贝斯手那修长而有力的双手即将触碰琴弦的一瞬间，他突然发现了一些异样。他发现这把琴真的并不普通，竟然粗弦在下，而细弦在上！于是，这位男生顺势将这把电吉他换了一个方向，此时此刻，他的右手握住了琴颈，而左手则触碰在琴弦之上……

一瞬间，所有人都停止了一切的动作和思维，惊呆在那里。仿佛整个世界都安静了下来，没有了声响。

“我的天！”星突然间猛地抬起头，看着眼前的宇，震惊地说道，“宇，这可是把反手吉他呀！你不会是要使用这把反手吉他吧？！”

“哈哈哈！被你们发现了！”宇只用了一秒钟就回到了曾经天真纯洁的样子，刚刚的严肃表情好似完全是为了这个惊喜而埋下的伏笔，仿佛就是等着看到所有人的震惊。他继续解释道，“没有错，这就是一把反手吉他。这把琴可以让我用左手的拇指和食指去使用拨片，而左手那根受伤的无名指，因为夹握拨片的关系，几乎也未受到任何影响。这样，我就已经拥有一只完美的、从未受过伤的右手，重新具备了再次成为世界顶尖吉他手的可能!”

然而，星之所以惊讶得目瞪口呆，完全是因为，他清晰地知道，宇的决定听起来好像轻松惬意，但事实上，换手反弹吉他绝对不是一件如他所说的容易事情！这就好比，用超快的速度，一只手画圆圈的同时，另一只手画方形，奇难无比！如果宇真的打算这么做的话，他就几乎等于婴儿学步一般地重新开始学习一样全新的乐器。从常识来说，短时间的效果，绝对不会达到宇那只伤手的八成能力。

精通多样乐器、才高八斗的翔，也同样深知这一点，因此也感到极为震惊。只见他大惑不解地说道:“宇，你可知道，反手吉他作为不是左撇子的人来说，本来就很难，更何况，你这么做可能比从一张白纸开始学习反手吉他更要难上几倍。因为我甚至担心你这么多年已经固定下来的正手技术习惯，会严重影响到你弹奏这把反手吉他。毕竟，你要弹奏的一切音符，和原来比较起来，都是反向的，都是镜像的。”

“宇,”菲站在一旁，同样惊讶地说道，“你从来没有告诉过我，你准备以反手吉他复出哇!”

“宇,”翔镇定地说道，“其实我和星都是这么认为，就是，即便现在使用正手吉他的你，只能达到原来的百分之八十优秀，对于一支顶尖乐队来说，也是足够用了。想必你也知道，我们并不是每一次都需要弹出那么奇快无比的音乐。对吗？很多时候，我们可以通过编曲，通过韵律去弥补那百分之二十的速度缺失……”

宇看着眼前的各位，柔美的眼神里透露出一丝纯洁的坚定，好似在告诉人们，有我在，你们担心什么?！星从石头墩子上站了起来，把吉他交给了宇，疑惑着，期待着。仿佛在说，宇，你还有什么办法吗？你对此有什么解释吗?

“上帝为我关上一扇门，就肯定会为我打开一扇窗。”宇接过吉他，平静地说道，“也许左手的断碎，才会造就一只更加犀利的右手。也许，我就是个天才，一个双手都可以弹奏乐章的吉他天才!”

于是紫金坦克的队长将吉他接上电源，戴上他标志性的雷朋飞行员眼镜，然后把这把吉布森背在了身上。这一刻，大家全部围在宇的身旁，屏住了呼吸，等待着奇迹的到来。

果不其然，只在分秒之间，一系列激情澎湃、天马行空的电声独奏，就毫无保留地从宇的手指间水银泻地一般地喷薄而出，而星、翔和菲则在刹那间就完全傻在了那里，动弹不得。他们心里想着，这样的事情怎么可能发生？刚才说过，即使拥有正手吉他的基础，对于反手吉他的干扰也是巨大的。一般人至少需要几年的时间才能摆脱婴儿学步，可是，宇现在的演奏却好像一位顶级摇滚大师的绝世神功，真是完美至极、无懈可击!

宇越弹越快，越弹越快，指法再一次模糊了运行的轨迹，直到那飞快的速度又一次轻松地突破了1000BPM 的世界纪录。瞬间，他停止了弹奏，让余音停留在天空之中。这位男生就那样傲然地站立着，仿佛在说，这就是天才的力量，这就是一个经过了炼狱洗礼的超级天才的顶级力量。

“行吗？各位!”宇的神情轻松而洒脱，倔强中带着一丝得意。他似乎在告诉所有人，就算用逆向思维操作反向吉他，达到一千的速度，也没有什么大不了的。

然而，眼前的三人仿佛仍然处于巨大的震惊当中，无法回转到正常的情绪。他们在想，这位男生怎么可能在刚刚换过手来的第一刻，就可以马上将吉他弹奏得那么行云流水、无懈可击？他的学习速度简直太过惊人、太不可思议了！他是怎么做到的？！宇也许就像刚刚得到神奇力量的“蜘蛛侠”一样，在极短的不适应之后，通过几次测试和练习，就马上可以飞檐走壁，在天空里穿梭。这样的结果完全出乎大家的预期，让他们大跌眼镜、始料不及。

“牛×！”

此时此刻，星就这样站在那里，已经被宇的音乐震惊到无言以对。如果说他的技术属于亿万分之一的优秀，那么宇就是亿亿分之一的天才。

“真牛×！”

翔接过宇的这把琴，左看右看，还是没有看出什么更多的特别之处。然后他又一次凝视着眼前的这位男生，激动地愣在那里，一时语塞。

菲则双手捂脸，激动高兴得难以自持，哭了出来。她在一瞬间就回想起她和宇初次相识的那一时刻，他在硬石的舞台上有多么帅气潇洒，又能够弹拨多么快速的吉他频率。但是故事中发生的一切，使得宇曾经的所有优秀，在刹那间都消失殆尽，毫无踪影。然而现在，就如同从地狱里飞出来的浴火凤凰，从伊夫堡逃出的基度山伯爵，从普通战士进化而来的超级赛亚人，装上了终极装甲的钢铁侠，穿上了黄金圣衣的圣斗士，得到了宇宙力量的巨人希曼，眼前的宇俨然已经进化为了更为强力的版本——“明哲宇2.0”。他不但拥有更强健的身体、更快的速度、更清晰的头脑、更稳重的性格，更为重要的是，他现在已经拥有了一颗更为强大的心脏，和一种更加强韧的精神力。菲深深地知道，他们付出的所有努力都没有白费，都是值得的。

宇向着菲走了过来，温柔地抚摸着这位女生的脸庞，擦拭她的泪花，深情地亲吻菲的额头。然后他又转向星和翔，平静地说道：“多谢你们的鼓励。”

“难道……”翔努力地从刚才的震惊中抽离出来，“难道在特别训练结束之后的这最近三个月，你一直在练习反手吉他吗？”

“即便是三个月，”星紧接着说道，“即便就是三个月，达到这样的水平，仍然十分不可思议。”

“想听实话吗？”

“宇，你就快说吧！”菲激动地说道，“这都是怎么回事呀！”

“在特训结束之后，也就是从五月开始，我才开始阶段性使用LN310，一直到八月底，我发现我的正手吉他功力，在目前的药效之下，最多也就可以达到我跟你们保证的水平，也就是我最佳状态的百分之八十。”宇得意地说道，“对于像我这样的人来说，这样的程度显然还是太低了一些……于是我突然决定尝试反手吉他……”

“等等！”星还没等宇说完话，就打断了他，“难道，难道你是说，你只用了一个月，就达到了这样的水平吗？”

“实际上，我只用了三天。”

“你说什么!”翔惊讶地说道，“三天?”

“是的。这把吉他制作了二十七天，只留给了我三天时间。”宇平静地说道，“所以我其实也只有三天时间可以练习。你们知道吗，当我第一次弹它的时候，那感觉就跟我第一次学琴一样陌生。可是我已经知道，有了这把吉他，如果我不断努力，我就一定能像以前一样，甚至比以前还棒！于是我就试着去弹第二遍，然后我立刻发现，我的正手吉他的基础和固定习惯，不但没有影响阻碍到我练习反向吉他，反而一直在帮助促进我的全新技术。所以就算换手之后也比初次学琴还要轻松不少。第三次试弹的感觉就更棒了，它几乎可以让我全面回忆起以前的所有动作要领，毫无压力地向着最优秀的状态发展。”

凭借超级优秀的记忆力和无与伦比的逆向思维能力，紫金坦克的队长只用了几分钟，就完全适应了这把反手吉他。然后就如同他自己所说，三天之内，就达到了现在的完美效果。

“宇，”星兴高采烈地说道，“说真的，在你受伤之后，我是真的想过建议你使用反手吉他。但我之所以没说，是因为我完全没有想到你能用三天时间，就可以掌握人家十年的功夫!”

“宇，”翔也激动地说道，“如果有一天我能写一本关于你的小说，书名就叫《反手琴师》!”

“翔啊!”宇高兴地说道，“要不大家觉得你才高八斗呢！‘反手琴师’这个名字真的是太赞了!”

“哈哈哈！这个名字好是好，不过……”星开心地说道，“你现在哪里只是反手琴师，你目前左右手全都可以弹奏吉他，这分明就是‘双手琴王’!”

他们也许被黑暗压抑太久了。

他们也许都忘记了，他是个音乐天才!

他就是紫金坦克的最强灵魂——明哲宇!

“嘿！各位！看我怎么样?”

只见宇已经开始飞速地用反手弹起了吉他，脸上洋溢着幸福、轻松、惬意、自信得好似十八岁少年一般的微笑。不，和十八岁那从未见过恐惧的笑容并不一样，这微笑是战胜恐惧以后的笑容——更加坚韧！更有力量!

“你真是个天才!”星和翔激动地扑了过去，在一瞬间打成一团。他们已经抑制不住藏在心中那巨大的喜悦之情，让所有的压抑全都烟消云散，让所有的气氛完全开朗起来!

“喂！喂!”宇被压在身下，伸出一只手，使劲儿地喊着，“你们谁能帮我想想，我刚开始学习正手吉他的时候，练到这个程度花了多长时间?”

“记得!”翔爽朗地说道，“那时你还跟我们显摆呢，你说，‘看我用了不到一年就完全练好了。’”

“现在你却只用了三天!”星高兴地说道，“‘双手琴王’！算你狠!”

这时，菲走到临时舞台，走到那个呈等边三角形摆放的吉他、贝斯和架子鼓的中间位置，客串起了主唱来。她就那样从容不迫地站在那里，被满天的星星和天际的银河，衬托得无限美丽、无比漂亮。

只见幸福的泪水从她的脸庞滑落，这位女生激动而高兴地说道:

“各位各位，就让我们把这欢乐继续，在这大山之巅，唱起来吧！跳起来吧！”

话音刚落，紫金坦克的成员就再次拿起乐器，让自己各就各位。宇、翔、星、菲四位青年在夜晚的灯光与炙热的篝火中，唱起了充满澳大利亚热带风情的快乐音乐，特别奔放、特别豪迈。感受到这喜悦之情，所有的游客又都围了过来，开心起来。人们就这样载歌载舞地唱啊跳哇，好像进入了大同世界一样，喜笑颜开、乐在其中。

按照约定，静的留言在宇最高兴的时刻，被时间之神克罗诺斯传了过来。静的话语，如同一把利剑，从天空直接刺入了宇的大脑中枢。

然而，出人意料的是，这段留言并没有任何文字，而是一段旋律。只在一瞬间，宇就识别出来，这是来自静的信息。那旋律像极了两年前在北京北斗风暴的跨年时刻，静用电子琴即兴弹奏的那段温暖人心的大调旋律，但是，仔细听起来，却又不是那么一样。这段旋律强烈地传递着这样一些关键词汇：梦想、希望、青春、年少、团结、友爱、拿起、放下、聚首、离别、远行、停留、隐忍、释放、快乐、高兴、努力、奋斗、信仰、信任、果断、坚定、勇敢、坚强……

宇仰望天空，就在这时，他感知到，纵使静的灵魂已经离他远去，但是，她在最后一刻，用音乐的力量穿越超时空，让他领悟了开启成功人生的钥匙。他向着夜空的群星微笑着，仿佛静此时此刻就在天空的某处，也同样向着他微笑。他知道在这一刻，静已经可以放心地离开，因为，他已经把静所传达的一切，融到了自己的基因里面。人生有了这些美好祝愿的陪伴，也将注定从此与众不同、精彩万分。

那夜星光灿烂，一切从前的烦恼都在刹那之间就消失了，蒸发了。所有的人都沉浸在这难得一见的幸福之中，开心地度过了那感动人心的完美一夜。

在经历了那么多的故事之后，那辆曾经遭受重创的紫金坦克终于整装待发、再次起程。没有人会怀疑，他们会在世界之巅制造出那个足以载入史册的音乐奇迹。他们需要的，只是坚定信念地飞翔起来，奔跑下去，一直到梦想实现的那一天、那一刻。

结束语
Epilogue

“有那么一段时光，我们想象着一切都在改变，甚至我们也在改变。于是这些全部都在不知不觉之间发生了。我们变得智慧了，也有了自己的地位，如愿以偿。是的，我们成年了，睿智了。可是我们身上有没有一些东西依然保持不变？一些深深激励我们的东西。一些让我们永葆青春、童真永存的事情。一些驱策我们无论年龄如何，都次次做到最好的精神。正是这些核心价值塑造了我们的性格，正是这种内在的力量使我们有了今天的成就。这是我们唯一能保证这一切新鲜而真实的方法，正如我们年轻时的最初梦想。”

——改自保时捷汽车公司的经典语录

紫金坦克

② 超级乐队之 复仇

方鲁凝——著

中国出版集团
现代出版社

目　录

第一章　2018时空穿越
2018 Time Travel

宇呆滞地发出一声低沉的细语，他不敢相信，只是过了一个礼拜，所有的一切竟然变成了好似鬼屋一般的黑暗，蜘蛛网和残垣断壁是这座宅邸的相貌。而他哪里能够理解，对他来说的一个星期，其实在现实世界已经是消逝了十二年的时光。

现在是2018年的春天，午后的北京（Beijing）。

光线充足，但太阳和地面的距离并不很近，似乎隔着一层滤镜，模糊了这颗恒星的轮廓。是的，天气晴朗，绿树成荫，但是仿佛整个城市都笼罩着一些什么，让人能够同时感受到真实和虚幻两种极度相反的元素。

这是一个星期日，紫金坦克的队长明哲宇（Mingzhe Yu）莫名其妙地出现在北京市朝阳区的使馆区，准确地说是在东直门外大街由西向东的辅路上。

他趴在那里，身着一身闪烁光亮的银色演出服和一双颇具未来之感的黑色皮靴趴在人行道上。街头熙来攘往，奇怪的是这里竟然没有一个人注意到他，所有的人仿佛都在玩着手机。

宇动了动身子，摸了摸头发，缓缓地爬了起来。微晕。他起身掸掸灰尘，坐在了街边一个石头花坛边缘。

面向眼前的车流，他试图弄清楚自己现在在哪儿，究竟发生了什么。因为他的上一个记忆还停留在十二年前，还停留在杰克（杰克· 道格拉斯/Jack Douglas）在外太空举办的超级宇宙音乐会的总决赛现场，而对手则是由路西法（Lucifer）率领的北欧哥特式旋律金属乐队——大天使（Archangel）。

是的，明哲宇穿越了十二个年头，从澳大利亚布里斯班（Brisbane）的过去来到了中国北京的今天。他今年本应三十五岁了，然而因为时空变换，他现在只有二十三岁，还是那么年轻帅气，有着一副让天使都会嫉妒的美丽容颜，同时也有着让魔鬼都会害怕的恐怖气场。在第一部《紫金坦克》（*Purple Gold Tank*）中，我已经详细介绍过我们这位主人公的所有俊美，比如白皙的肌肤，中等长度、软硬适中的乌黑秀发，一米八八的身高和刻在基因中的温柔而绅士的富家气质。在追梦之路上，他有着一位顶级漂亮的女朋友，而她现在人在哪里？他还拥有一支名为“紫金坦克”（*Purple Gold Tank*）的摇滚乐队，他是乐队的吉他手，也是队长，他有两个铁哥们儿王子星（Prince Star）和爱新觉罗· 翔（Aisin Gioro Xiang），而他们喜欢管他叫“宇”。

但是此时此刻的宇并不知道自己到底发生了什么，他站起身，就算根本站不稳，就算衣衫略有不整，他还是吸引街头青年男女的目光。他们打量着这位男生：他是谁？为什么会穿着演出服？为什么会出现在这里？是哪家公司的小鲜肉？

难道他失忆了吗？

然而宇并没有失忆，只是有些发蒙，他需要一些时间把他那碎片般的记忆一一找回。他踉跄地走向街角的一个报亭，拿起报纸，看到时间，他简直不敢相信自己的眼睛，现在竟然已经是2019年的春天。

他不知道自己为什么会出现在北京，虽然这里就是他的家，但是在前一秒钟，他还在外太空，他刚刚在澳大利亚完成学业。现在他需要一张本地的手机卡，需要让他的铁哥们儿告诉他都发生了些什么。但是当他在一个移动营业厅，拿出自己常用的那部实体按键金属翻盖手机的时候，眼前的手机已经全部进入了超智能全面屏时代，而他的那种二十世代手机早已经退出历史舞台，无人使用了。

宇拿起这些他从来不曾用过的移动设备，嘴角却在不经意间微微上扬，此时此刻，他知道自己曾经对于手机的构想已经成为现实：可以滑动的屏幕，可以玩游戏的设备，可以付款的终端，可以购买一切软件的线上商店……这一切都变成了现实。

只是他仍然不敢相信眼前发生的一切，陌生而疏离。毕竟他没有经历这科技高速发展的十二年，在这一个轮回之中，所有的一切已经发生了太多太多的进化。就算他此刻人在北京，这里也不是十几年前的那座城市，刹那间什么都变了。

“嘿！你！”一位身高一米七五左右的女生突然出现在他身后，活泼可爱地叫着他。

而宇才刚刚走出营业厅，手机因为制式的问题并没有找到合适的SIM卡。他目前仍然无法联络任何人，就算他的家就在这座城市。

“你好！”宇转过身，轻声问道，“请问你是？”

就算紫金坦克的队长此时此刻完全处于仿佛刚刚睡醒的蒙圈状态，但是他的回答还是透露出一种令人着迷的独特魅力。

“我们不认识！”这位女生再次绕到他的身后上下打量着，呆萌地问道，“我只是想知道你为什么穿着演出服，你是明星吗？我怎么没见过你，你是谁呀？！”

宇同样又一次转过身来，和这位女生四目相接，有些断续地说道：“不好意思……我也……”

“明星隐私？”这位女生俏皮地看着眼前的这位帅小伙儿，“好吧，那你总要告诉我你的经纪公司是哪家吧！”

还没等宇接话，女生又迫不及待地逼问道：“难道你就是某些公司的秘密武器，从未对外正式公布的超级流量明星吗？”

“流量明星？”

“其实也不是那个意思啦！”女生摆摆手，花痴一般语无伦次地解释道，“流量明星就是指那些深受欢迎、粉丝众多的明星。但是还有一种说法是说那些明星只有颜值而没有作品，所以我并不是说你就是流量明星，我不是说你没有作品……你明白我的意思吗？其实我也不知道你有没有作品，只是你的颜值真的可以……”

“不好意思……”宇并没有任何想法回答这位女生的问题，只想赶快回家，虽然他也不知道自己老去十二年的父母看到他突然出现会产生何种程度的震惊，也不知道自己会不会撞到已经老去十二年的自己。此时此刻他和这位女生完全不在一个思维频率之上，只是走向路边，准备打车离开。

“喂！”这位女生摇了摇头，疾步追了上去，“你别走哇！你知道我是谁吗？这个世界上还没有我没见过的明星呢，别走哇！”

“不好意思，”这已经是宇在和这位女生短暂的对话之中第三次说不好意思了，“我真得走了，实在抱歉。”

话音刚落，宇就坐上一辆出租车，奔向自己位于北京西山的宅邸了。十二年前，那里绿树成荫，十二年前，那里就是他的家。

出租车的尾部留下了那位女生的身影。只见她静静地站在那里，设计师款墨绿色短T恤、灰色哈伦七分裤配合纯黑色麂皮球鞋是她今天的装扮。她叫欧阳希美（Ouyang Ximei），是中国最大音乐公司之一的希美集团的创始人兼总裁。别看她年纪轻轻，但却拥有顶级智商和创业能力，只有二十五岁却把事业做得风生水起，财富惊人。

“他是谁？”希美看着远去的车辆，痴痴地说道，“无论他在哪儿，我都必须要找到他！”

另一边，中国另一大娱乐集团，林氏传媒股份有限公司（简称“林氏传媒”）创始人林夕（Lin Xi），正在策划一场华丽而炫美的世界级乐队大赛，地点就在中国北京。

没错，这位林夕正是明哲宇死去的前女友——林静的亲哥哥。此人身高一米八五，同样拥有白皙的肌肤和中等长度的黑发，而经常佩戴黑框眼镜，细眉细眼加上消瘦的脸颊让他显得阴险狡诈。事实上，这个在第一部小说里作恶多端的人物，竟然在这十二年间，通过各种“不择手段”，创立了自己的商业帝国，他的集团包括但不限于影视、音乐、游戏等所有范围。而他这次举办乐队大赛的目的就是要继续扩大林氏传媒的影响力，最终发展其企划的国际商业布局。

天色转暗，紫金坦克的队长宇终于来到了明哲家族位于北京西山的宅邸，那是一座中式风格的大型别墅院落。对于宇来说，他对这座别墅的印象就在昨天，清晰无比。因为就在他参加2006太空乐队大赛之前的一个星期，他还携女友和星、翔一起专门从澳大利亚返回北京，邀请宾朋，举行了一场盛大的派对，为父亲新买的这所宅子庆祝。

然而只是过了一个星期，当宇再次推开院落大门的时候，眼前的一切震惊了他的所有记忆。只见现场一片狼藉，废墟一般的破败景象以激光射线一般的速度瞬间呈现在他面前。

“到底发生了什么？！”

宇呆滞地发出一声低沉的细语，他不敢相信，只是过了一个星期，所有的一切竟然变成了好似鬼屋一般黑暗，蜘蛛网和残垣断壁是这座宅邸的样貌。而他哪里能够理解，对他来说的一个星期，其实在现实世界已经是消逝了十二年的时光。

“这是怎么回事？！”

宇在一瞬之间就把呆滞的低语转化成为无法名状的怒吼，他的表情无比狰狞，像极了他早年身患重病期间所表现出的疯狂愤怒。但是这一次，他的愤怒来自身体的每一个细胞，让一切震惊全部通过喉咙发射出来，远远比他最愤怒的状态还要再加无限倍的等级。

“爸，妈，我回来了，你们在哪儿？”

宇踹开锈迹斑驳、破烂不堪的铁门，跑进别墅，但里面漆黑一片、阴冷潮湿，更空无一人。他找遍了所有的房间，但里面早已毫无生气，只有死一般的沉寂。

宇极速跑到院落，就算是从来遇事沉稳、绝不慌张的他，这一次也变得失魂落魄，仿佛瞬间就被魔鬼抽干了所有的鲜血。他跪在院落中央，双手抓着一头乱发，惨白的月光照亮了他更加惨白的面孔。

“不！”宇面目扭曲地怒吼着“不！这不是真的！不是！！！”

“但是，这就是真的，宇。”此时此刻，一个声音平缓地出现在他的后方。

宇慢慢地回过头，突然出现的那个人根本就看不见面孔，头发挡住了他的眼睛，只能感受暗影。

此人拿着一盏油灯，灯影把周围的一切照射得忽明忽暗。

“耶律……”明哲宇起身，终于看清了对方的容貌。此人穿着一身黑色西服，一头白发，偏瘦的身材却有着一米八六的身高。他今年已经五十多岁了，却从不佩戴眼镜，视力极好。

“是我。”那人深情而忧愁地看着眼前这位年轻人，激动中夹杂着感伤，“少爷，没想到真的是你，我已经等你多年了。”

耶律光正（Yelv Guangzheng），大管家，在明哲家族工作超过三十年，经历了明哲家族的起起伏伏，可谓老家人。相比于称呼他的名字——光正，大家更喜欢叫他的姓氏——耶律。

“耶律，”明哲宇一把揪过管家的领子，“你怎么老了这么多？告诉我，快告诉我到底发生了什么？这里为什么会是这番景象？我的父母在哪里？”

“宇呀！”管家拨开了他的手，“十二年了，你知道吗？已经过了十二年了！然而你真的还活着，还是那么年轻。”

“我的父母在哪儿？”

宇哪里知道，时间对于他来说只是短暂的一瞬，然而对面的人却已经等了他一个轮回。他对耶律的念想远远比不上对方之于他的思念。耶律对于他来说，还是上个星期在这家豪门主持派对的一位家人，而明哲宇对于管家来说，则是一位失散多年的故人。管家还沉浸在找回少爷的兴奋和泪水之中，而明哲宇此时只想快点知道真相。

“他们死了！”管家的泪水瞬间弄花了脸庞，他一把抓住宇的衣领，嘶吼着，“他们死了！”

“谁干的？”

“林夕！”耶律喊道，“你父亲十年前被他谋杀，你母亲因为禁受不住打击，在几个月之后郁郁而终。”

“啊！怎么又是他！”宇愤怒地拽住管家，疯狂地嘶吼，“快，给我一支枪，我要杀了他！”

只见管家死死地抱住宇，吼道：“少爷，现在不行，现在还不是时候，现在的林夕已经不是十二年前的他了。”

“我不管！我不管！耶律，你怎么可以这样！！！”

管家加大了手臂的力度，厉声说道：“少爷你冷静一下，林夕他现在还不知道你的存在，我们现在在暗处，就算复仇的话，也需要华丽一些！！！”

宇的力量被耶律逐渐耗尽，开始不再挣扎，慢慢冷静下来。

“耶律，你为什么会来这里？”

“十二年前，宇宙音乐会在中途发生事故，所有人都认为你已经死了。”耶律唏嘘地解释道，“然而在梦中，一个声音不断地告诉我，少爷您福大命大，肯定还活着。两年之后，老爷离世，我们这些侍从也就散了。但是我并没有放弃奇迹，每个月都会来到这所宅子，等待你的出现……谁知这一等又是十个年头。”

稍后，明哲宇从耶律的口中得知了他父亲被害、母亲死亡的更多情况，也了解到他的父母就被安葬在北京西四环附近的八宝山，所以他在第一时间来到了墓地。对于宇来说，失去了最好的朋友月（谭辉月/Moon）和最爱的女人静（林静/Lin Jing）曾经让他生不如死，然而这一觉起来却发现自己已经变成一个无家可归的孤儿，让他瞬间仿佛被雷霆暴击，瘫跪在父母的墓碑之前。

这时天空突然浓云密布，电闪雷鸣。

滂沱大雨瞬间打湿了他惨白而凄美的脸庞，如同刀割一般。耶律就站在他的身后，任凭风暴击打在身上，显得那么孤独和无助。

“菲呢？（叶菲/Ye Fei）”宇突然转过身，看着耶律，急促地问道，“你知道她的状况如何？你有她的消息吗？她是不是也等了我十二年？她是不是已经结婚生子？她的老公是谁？他对她好吗？你知道她在哪儿吗？！”

“你一定知道她在哪里，对不对？”宇再次抓住管家的领子，“耶律，请你赶快告诉我！”

只见耶律呆呆地站在那里，几乎无言以对，“少爷，她和你一起于十二年前消失在宇宙之中，至今下落不明。”

“你说什么？”

“不过……少爷，”耶律解释道，“也许，也许你也可以往好的方面想想，也许她也和你一样，已经穿越时空来到了现在世界。”

“耶律说的不是没有可能！”

一个声音从管家的身后传来，越来越近。

宇抬起头，竟然看见他最好的朋友、战友们突然出现在他的眼前，他们穿着和宇几乎一样的演出服，他们就是紫金坦克乐队的贝斯手王子星和鼓手爱新觉罗・翔。

“你们也……”耶律瞪大了眼睛，看着眼前这两位无论身高和颜值都和宇不相上下的美男子，“你们也穿越时空，来到这里了吗？”

“是的。”星，这位中英混血儿，有着和宇同样身高的他向前几步，走到了队长面前，“我们去过你的宅邸，然后查阅了当年的新闻，我们知道历史都发生了什么，猜测你肯定在这儿。”

宇站在原地，泪水早已滑落下来。他知道他们没事，他知道他们是安全的。

“宇呀，”翔，这位酷似李小龙，同样有着一米八八身高的小伙子，也走向前来，只见他的手里拿着一样乐器，持重地说道，“我知道现在拿着这个有些不合时宜，但是我知道你肯定需要它。”

宇接过乐器，没错，它就是一直跟随宇南征北战的那件珍贵乐器，芬德（Fender）水晶吉他。

“没想到……”宇盯着眼前这把吉他，喃喃地说道，“没想到就连它也穿越时空来到这里……然而我却不知道菲现在怎么样了。”

“宇呀，”翔继续说道，“无论如何，现在的一切似乎非常残酷，也有些虚幻，但是，无论怎样我们都会共同面对的，对吗？”

另一方面，宇的女朋友叶菲，也不出所料地因为那次在太空发生的事故而来到了今天。只是她被一位优雅的美男子搭救并接回自己的住所。而这个男人则是一位超级富二代，名叫朱利安・尼普顿（Julian Neptune）。而菲则彻底失忆，完全想不起来自己是谁，更想不起来紫金坦克是谁，以及自己到底经历了些什么。

“星、翔！”宇拍着两位兄弟的肩膀，激动地问道，“你们怎么样？你们的家里……”

星和翔面无表情，只是摇了摇头。原来，无论是星还是翔，他们的家族在这十二年间全部经历了巨大变故。星被告知自己的生父并非亲缘，真正的父亲却不知是谁。而一直被当成生父的继父，英国人斯达（罗密欧・斯达/Romeo Star），在几年前因抽烟过度患肺癌去世，而星也因为母亲的改嫁而被第二任继父逐出家门。翔的生父身患老年痴呆，生母更是在多年前已经去世。爱新觉罗家族目前由其继母独掌大权，而她又和翔的爸爸生有一子。所以当翔出现时，一家人竟然不知所措，丝毫没有让他回家的意思。继母本能地讨厌排斥翔的出现，更不相信时空穿越，也决不愿意接受这个“起死回生”的儿子。

“耶律，”宇抬起头，命令道，“给我买一部好车，再帮我把我们明哲家族的宅邸修复，我要光复明哲家族的荣誉和勋章！”

“可是少爷，”耶律疑惑地说道，“因为老爷是在您消失之后才去世的……他的财富纷繁复杂且至今归属不明，所以我们现在暂时没法得到您的家族遗产。但是，您既然已经起死回生，也许我们可以想想办法……”

“我说过要用他的钱吗？”

“什么？”耶律疑惑地看着眼前的这位年轻人，以为他在说疯话。

星和翔也站在那边，同样不知宇意欲何为。

“2006年我帮着父亲在全球做了投资，现在十二年过去了……”宇一步一步地走出墓地，大家就这么跟着这位年轻人，“如果那些国家没把我当作死人的话，这笔投资现在的估值应该是当年市值的几百万倍了。”

“您的意思是……”

“没错！”宇坚定地说道，“是时候让那个人接受命运的惩罚了！”

第二章 爱，传承
Love, Inheritance

宇，爸爸爱你，最后一次说爱你。

——明哲世勋

2006年的那场超级宇宙音乐会是盛况空前的。那年夏天，澳大利亚最著名的电视人、考拉电视台的老总杰克（杰克 · 道格拉斯，Jack Douglas）斥巨资让所有晋级总决赛的歌手都飞上了太空。我是说真正的太空——宇宙。当时智能手机即将推出初代机型，而杰克的音乐会之所以前无古人、投资巨大，就是想要通过这样的机会把音乐和游戏虚拟化，并结合到手机终端之上。他想要进军虚拟音乐领域，那里有音乐，有英雄，有爱情，有整个世界。

然而，不幸的是，北京的商业巨头——林夕也是这么想的。他也想要占领这个战略制高点。再加上多年前因为亲妹妹林静的去世和明哲宇结下的怨恨，林夕蓄谋了一起事故，让所有在太空上的人全部坠落下来，被大气层燃成灰烬。

然而因为一些阴差阳错的原因，紫金坦克乐队全员穿越到了今天，而那位为了紫金坦克的队长明哲宇倾其所有的女生，现在在哪里呢？

事实上，就在明哲宇出现在使馆区的同一时间，叶菲也出现在位于北京市朝阳区的中央商务区（CBD）。和宇经历的故事一样，那天晴空万里，绿树成荫。但不一样的是，这位女生已经完全想不起来自己是谁，又经历过什么。而超级富二代朱利安把这位美丽女生接到了自己的公寓，叶菲也在经历多日昏迷之后终于醒了过来。

"我是谁？我在哪儿？"

这天早晨，菲身着一身洁白的丝质睡衣，躺在朱利安位于朝阳区东部巨大的公寓卧室之内。阳光通过六扇高度超过六米的落地窗照射进来，把她洁白的肌肤和乌黑的长发照亮，让这位女生仿佛花仙子一般美丽动人。

"你好，这位女士，我是朱利安，朱利安 · 尼普顿。"眼前的这位男生留着一头金色长发，身着白色休闲西服，身高一米八八左右。与明哲宇和路西法不同，这位男生仿佛漫画里走出来的人物一样，眉宇间透露着极为柔和的温暖，有着一种让人随时可以依靠的亲切之感。

"你现在在我的寓所，这里很安全。"朱利安顿了顿继续说道，"早前我已经安排了最好的医生，为你使用了这个世界上最先进的药物，所以不用担心，你的伤势很快会好起来的。”

菲起身，看着额头上的纱布和腿上的伤痕，似乎在努力回忆着自己到底经历了什么，但却怎么也想不起来。再看自己的穿着，已经和宇宙音乐会的摇滚装束完全不同。就算只是作为少数几位特选观众，菲也登上了宇宙演唱会的太空梭，然后和这支乐队一起坠落到现今世界。事实上她的外伤来自穿越之前的那次事故，巨大的爆炸让菲彻底失控，向着地球不断坠落。当时紫金坦克乐队和大天使乐队成员均配备了足以在太空自由飞行的金属羽翼和如钢铁侠一样足以维持所有生命体征的、全副武装的机甲。紫金坦克自然选择紫色和金色的配色，而大天使则是以一身黑色金属示人。

当菲如自由落体一般无限坠落的时候，宇第一个放弃比赛，展开双翼，飞速冲到她的下方，然后减速，反身把他最爱的女生接住，再用巨大的机械翅膀把菲包裹严实。然而就算这位女生也有着专门为特选观众设计的宇航机甲保护，但是却因为距离爆点太近而破损，因此落下伤痕。

事实上当时若不是明哲宇的及时营救，菲现在恐怕真的已经彻底死亡，根本不可能经历穿越。因为造成穿越的原因是之后的事情，是由此后的连续爆炸和宇宙的某些元素共同作用产生的天体物理反应而成。正是这一连串的爆炸把他们的所有的护身机甲打烂，在稍后穿越的时候，所有机甲则进一步在时空隧道里面被烧为灰烬。

然而那时那刻现场的摄像机早已经被炸毁，中断了传向地球的信号，根本没能记录下这一切。没有人知道事故是怎么产生的，爆炸之后又发生了什么。而菲现在已经完全失忆，也没可能回忆起这一切是如何发生的了。

“不用担心的。”朱利安看着疑惑的菲，以为她是在打量自己的穿着，“是我家的女佣帮你换的衣服，我什么都没看见。但是有一点是十分确定的，你失忆了！你还记得你是谁吗？你有家人吗？”

的确，如果不是失忆的话，朱利安怎么会把这位女生接回自己的住所呢？一定是因为失忆了，因为无法提供自己的任何信息，这位男生才会这么做的吧。

他们就这么认识了，然而朱利安并不知道菲现在就有着一个相爱的男朋友，那位男生是那么帅气迷人，那么有情有义，那么具有领导力和统治力。朱利安也不知道她和那位男生有着那么多过去，经历过那么多故事，爱得就像罗密欧与朱丽叶一样。而这一切都因为这位女生的失忆、穿越和迷茫而变得无从查证。

但有一点是千真万确的——就算只是昏倒在陌生的街头，朱利安都可以感受到这位女生是大家闺秀，可以感受到她的温文尔雅。

他爱上了她。

另一边，明哲宇那边的故事还在继续。耶律为宇购置了一部银色的劳斯莱斯幻影（Rolls-Royce Phantom），不但继续出任明哲家族的大管家一职，还第一次当上了少爷的专职司机。宇的座驾不再是充满运动基因的保时捷（Porsche），司机也不再由星时不时玩耍一般客串，一切都因为年轻人境遇的巨变而变得更为庄重严肃，和过去完全不同。星、翔也和宇一样，用自己在多年之前的投资在北京安居，三位好友虽然心在一起，但不同往日，不再同住。

他们已经不再是学生，他们毕业了，他们长大了。

翌日傍晚，明哲宇和耶律驱车赶往自己位于北京西山的宅邸。天色晴朗，不但可以通过淡云看到天空的月光，也可以看见山间的青松翠柏划过车窗的清晰轮廓。

明哲宇身穿一件意大利产的黑金插色帽衫、一条咖啡色收口运动裤和一双顶级品牌白色休闲鞋，显得特别低调。而耶律则还是老样子，以一身黑色西服示人。

明哲宇此时此刻并不知道菲已经和自己一样时空穿越来到了北京，并不知道自己已经出现了一个宿命中的情敌，但是这位男生知道他一定可以通过某种方式找到她，找到他心爱的这位美丽女生。

午夜时分，耶律将这部豪华轿车停靠在这破败不堪的废墟之后，两人一前一后走进屋内。除了准备光复这里的一切之外，他们来到此地还有一个重要目的，就是进入到宇父亲的密室，拿回这位先生留给宇的一份秘籍。

走到地下二层，推开一座伪装成墙壁的红木组合旋转书柜，一个密道就呈现在他们面前。又走了几百米之后，在这个密道的尽头，他们来到了密室门口。

“就是这里了吗？”明哲宇提着一盏油灯，照亮密室石门的全貌，沉稳地问道，“传说中的易容术和腹语术秘籍，就在这里了吗？”

“是的。”耶律答道，“老爷去世之前告诉我，就算你已经消失在宇宙尽头，但是他一直不愿相信你已死亡，深信你有一天一定会回来。”

“他曾嘱咐我把你带到这里。”耶律继续说道，“除了你父亲之外，只有我知道这个密室的存在。而密码只有你知道，它就在你手里。”

原来在上次这座宅邸举行的派对之上，明哲宇的父亲明哲世勋曾送给他一个本命生肖的白色玉坠，叮嘱自己的独子如果有什么意外发生，就打碎这块玉，然后就会得到意外之物。而在那夜为父亲扫墓之后，宇就打碎了这块他一直戴在身上的玉坠，而得到的东西不偏不倚，就是密室的密码。

“好了耶律，”关于密码的事情，宇并不想跟耶律解释什么，他认为就算是生死之交，也要保留属于自己的那块空间，“我已经准备好了。”

片刻过后，只见密室的石门缓缓打开，里面的光芒如激光射线一般发射出来，越来越亮。你很难想象，这座宅邸虽然已经废弃了十年之久，然而这间密室居然还有备用电源支撑，似乎这一切都是为了明哲宇的回归而做好的万全准备。

明哲宇向前几步，耶律也跟了进去，站定在他的斜后方的不远之处。环顾四周，这是一间高度足有五米，而面积为四十平方米左右的房间，不大不小。此时此刻，在密室中间靠后的部分，一个长方形的浅黄色大理石台座从地下缓缓伸出，此台座的高度有大概一米左右，而它的顶部面积则为半平方米左右。

明哲宇走近台座，一个红色的实木托盘就从台座里面自动伸出，在正中间放置的则是一个金色的布艺卷轴、一封已经有些发黄的亲笔信和一个更大的黄色牛皮纸文件袋。

“我想这就是易容术和腹语术的秘籍了吧！”宇单手拿起卷轴，放在胸前，似乎正在体会父亲的用意，也似乎正在许下诺言，一定要进行一场华丽的复仇，将罪恶之人抛进万劫不复的无底深渊。

片刻，宇拿起父亲留下的亲笔信，看到了下面这段文字：

宇啊，当你看到这段文字的时候，也许我已经不在这个世界了，但是我坚信你还活着。你从来都是在我的保护下长大，虽然你经历了常人无法想象的磨难，然而这个世界的另外一面你仍然还没机会领略。你一定要知道这个世界远远比你想象的要复杂得多、险恶得多。人性有光辉的一面，但是也有邪恶的一面。我们要把更多的爱传递给别人，同时也绝不能不去防止坏事发生在自己身上，对吗？

所以我传授给你我多年前在法国学到的易容术和腹语术，希望能帮助你逢凶化吉、攻无不克。

除此之外，另一件很重要的事情我要告诉你。易容术理论上说可以在一段时间之内变换成各种人的形态。但是你还需要有一个固定的身份。我原来在英国有一位白人朋友，他才三十几岁就身患绝症。临终前他告诉我他不想让任何人知道他的死亡，希望以另一个身份活下来。我也不知道你需要多久才能用上他的身份。反正对于英国政府来说，他就是一个失踪的人而已，并没有正式宣告死亡。所以他可以再次出现在世界上的任何地方也完全没有问题，出现在如今的中国就更没问题。

他的名字叫作爱德蒙·威廉·亚瑟（Edmond William Author），是一位公爵。他的一切资料都在这封信旁边的文件袋里，所以你完全可以复制他的一切。

宇，我亲爱的儿子。你要知道无论我们下辈子是否还能在一起，我们曾经在这个世界因为爱而相遇，成为一家人，壮大为一个家族。这就是缘分，这就是血缘的力量。

宇，爸爸爱你，最后一次说爱你。

希望这神秘的古术能够真正帮助到你，让你可以在这个并不完美的世界之中，化险为夷、获得幸福。

宇拿着父亲的嘱托，眼泪唰的一下就流了下来，仿佛雨水一般打湿了信纸，洇湿了字迹。

"耶律。"

明哲宇把信纸折好，放在上衣兜里。

"少爷。"

"耶律，"宇转过身来，目视前方，而耶律则站在宇的前侧位置，面向他。

"你知道一夜之间失去一切的力量吗？"

耶律没有说话，也许他并不知道那种一无所有的、受尽磨难的力量可以强大到何种程度。因为毕竟明哲宇经历的一切巨变，他都不曾经历过。对于他来说，明哲宇仿佛就是一个从墓穴里爬出来的人，眼睛里充满了复仇的愤怒。他知道那种力量注定无比强大，可以帮助这位男生战胜一切敌人，剥夺他们的一切，最终光复明哲家族。

另一边，同样还是在这个月明星稀的夜晚，翔则在北京街头的一次械斗中解救了一位女生。我们知道，翔的身高和宇相仿，更为重要的是，他不但相貌酷似李小龙，身上也蕴藏着一身中国功夫。而这身功夫早在多年前澳大利亚悉尼市中心就展示过一次，而这一次他更是不费吹灰之力就把那群地痞流氓打跑。

这位女生金发碧眼，长发披肩，身高足有一米七八。翔只知道她来自意大利，名叫安杰丽卡（Angelica），却不晓得她的真正身份竟是意大利黑手党大佬的女儿。

准确地说，她就是胡里奥的女儿。她的父亲正是那个已经被意大利警方处决的、曾经与紫金坦克发生过恩怨纠葛的黑帮大佬胡里奥·斯卡列蒂（Julio Scaglietti）。

而这位女生同样并不了解这位男生的任何背景，也不知道他跟自己家族有何种过去。她只知道经过这个夜晚，她已经彻底爱上了这位见义勇为、一身正气的北京男生，根本无法自拔。

第三章 亦明亦暗的金色梦想
A faded golden dream

我来找一位死而复生的人。

——欧阳希美

几天之后的一个凌晨，两点钟左右，明哲宇孤身一人待在自己的寓所。只见他赤裸着上身，下身只穿着一条白色四角内裤。在明哲家的西山宅邸修复之前，他选择住在自己家族位于北京中央商务区的寓所之中。这套单元巨大而奢华，充满了现代时尚风格，是明哲家族没有被时光摧毁而保留下来的遗产之一。而明哲宇则在耶律的协助下厘清了纷繁脉络，办好了各种手续，顺利地将其继承下来。

他坐在一个由顶级牛皮制作的绷口墩子之上，透过巨大、通透且顶天立地的玻璃窗，在四十八楼的高度俯瞰北京的城市夜景。这里的夜景和布里斯班有着同样的美丽，只是晚上七八点的昆士兰州首府和凌晨两点的中国首都则必然呈现出完全不同的两种感觉。事实上，一个人的学生时代和毕业之后的状态也是完全不同的，一个人在经历重大变故的前后心情也是完全不同的。此时此刻，中央商务区的车流、霓虹灯和LED广告灯箱如流苏一般色彩斑斓、交相辉映，让整个城市呈现出一种淡蓝色的发达科技感，现代而时髦，流光溢彩，迷幻未来。

喝着他最喜欢的威士忌品牌，尊尼获加蓝方（Johnnie Walker BLUE-LABEL），宇拿着厚底玻璃酒杯站起身来。这位男生在喝酒之时喜欢把冰块加满，这样才足够刺激，才可以冲淡一切烦恼，才能够稀释一切悲伤。仍然面对城市夜色，哪怕起身的角度只是比坐在墩子上高了这么一点，感官也会感受到一些不同。

此时此刻，他想起了菲。

但是就算可以俯瞰这座城市的全貌，就算可以用爱来寻找一切，但是菲的下落一直是个谜。菲到底在哪里？是生还是死？他多么想马上跑到楼下复制当年发生在澳大利亚的一切；他多么想拿着那把晶莹剔透的芬达水晶吉他，开着那部宝石蓝色的保时捷，在北京的街头和他心爱的女人再一次偶遇；他多么想要再一次遇见她那美丽的脸庞，拯救她于危难之时。但是面对一位时空穿越之后的失忆女人，寻找就变成了奢侈的事情。这似乎是一个无论在楼下等上多久，也无法等到的结局，和在布里斯班的巴诺完全不同，和在黄金海岸的硬石更不能同日而语。

而事实上，现在菲就住在距离他的公寓不远处的另一个顶级小区之内，和朱利安在一起。

但是就算近在咫尺，两个人却远在天涯，无法联络。

他知道，他现在只能继续搜索、继续寻找，绝对不能放弃。

稍后，他停下了所有动作，此时此刻，他知道父亲遗传下来的古术即将对他的身体起到作用。和以前古时一些简单的戏法不同，父亲的易容术和腹语术是通过改变细胞组合的方式让身体产生根本的变化，可以在一段时间之内把宇完全变成另一个人。

对着家中硕大的落地镜仔细审视着自己的容貌，逐渐地，他已经不认识镜中人的样子。那人不单是脸庞的变化，就连他的四肢也产生了变异，变得粗壮起来。看来明哲宇已经掌握了这来自法国的古术，而他的目标则是将自己变成一个留着黄色卷发、蓄着大胡子的中年白人。而这个人并不是爱德蒙公爵，只是一个随机的试验品。

片刻之后他就实现了这个目标。现在的镜中人俨然一副两百年前美国西部成年男人的样子，粗犷而豪迈。如果你不说他是明哲宇，你会觉得他像极了年轻版的克林特·伊斯特伍德（Clint Eastwood），冷峻而坚毅，丝毫没有一丝的温柔和细腻。

“是时候了！”

穿上一身黑色紧身行装，把已经准备好的美式手枪和两把军用匕首藏入其中，宇已经做足准备，将要动身前往家族仇人林夕的住处。要知道在此之前的几天，这位聪明绝顶的男生已经购入了最新的手机、电脑等一切科技产品，并在极短的时间内将其掌握并熟练运用。他仿佛从来没有错过这科技高速发展的十二年，反而比同时代的年轻人更加了解这些科技的运用。这位智商超高、具有超人体魄的超级天才不但可以在几周之内掌握一般人要用少说也要几年才能学到的吉他技术，还能在几天之内完全掌握现代科技的精髓，可谓才高八斗、天赋异禀。

另一方面，我们知道紫金坦克的贝斯手王子星也在这次穿越之后经历了巨大的变故。他不但失去了一直被当作生父的继父，还被新任继父赶出家门，更重要的是，他完全不知道自己的生父是谁，女友莫菡（Mo Han）同样下落不明。

要知道，菡（莫菡的昵称）可是北欧乐队大天使乐队的主唱，是紫金坦克在2006年的超级太空音乐会总决赛的对手。十二年前发生在外太空的那起事故之中，她有可能经历了和紫金坦克一样的穿越，也有可能被大气层烧成灰烬。她现在到底在哪里？诚然，和紫金坦克的队长明哲宇一样，星也经历了巨大的家庭变故，只是相比之下，星的心里并未存有那么彻底的愤怒，毕竟他的第一任继父只是因为抽烟而死，并非被人谋杀。而对于被第二任继父赶出家门这件事，他存有的只是伤心。

现在他更担心菡的安危，毕竟，如果被父母抛弃，能和他在一起并相依为命的人，也只有那位女生了。而她现在人在哪里呢？

之前说过，在穿越回到北京之后，紫金坦克的贝斯手也住进了自己用多年前的投资所得而购置的公寓之内，而他的公寓也在中央商务区附近，和宇的住所不远。

但是两个人因为都有要事在身，这两天都是各忙各的，并未互相打扰。和宇一样，王子星同样很快就融入现代社会，购置了最新的科技设备，也掌握了最新的应用技能。在星看来，对于他来说，帮助明哲宇复仇固然重要，但另一件事也同样重要。星的意思是说，他们就要选择在这个不属于自己的时代继续生活下去，还是想尽办法回到过去？因为如果可以回到过去，回到他们原来的世界，所有这一切悲剧、变故也许都不会发生。但是如果他们选择在这个全新的现代世界继续生活的话，紫金坦克的事业还要继续吗？曾经的那个世界顶级的摇滚明星梦，还要继续吗？

朋友、家庭和事业这三件人生最重要的事情萦绕在星的心中，也许他应该找宇和翔一起谈谈，但是他也明白现在还不是时候，至少不是这一两天。

同样在这个不眠之夜，同样在北京的市中心，甚至是同样的景色，两个人想的事情却不完全一样。但是有一点两个人的想法是一样的，就是在属于自己的这段时间里，他们需要尽快把自己对未来的计划想好，这样才能在不远的未来，在紫金坦克合体之时拿出方案，有所作为。

凌晨三点，明哲宇只身一人向着林夕的住所出发。通过前几天的化装调查，他已经定位了林夕的位置，准确地知道了他的宅邸就在北京北四环附近。只不过这位男生并不确定自己的计划是不是真的能够成功，但只要有机会，他是绝对不会放弃刺杀林夕的可能性的。

在此期间，大管家耶律曾经数次阻止明哲宇以暴制暴，他担心宇的灵魂会因此堕落。然而复仇的怒火此时此刻已经充满了这位男生的内心，没有人能够改变他的想法。哪怕就是赌上紫金坦克的未来，哪怕本应有一个更为缜密的计划，在明哲宇心中，只要能够干掉林夕，无论什么方法都是可以尝试的，而最有效、快速的方法在他看来就是刺杀。

就是现在，明哲宇的愤怒已经战胜了他的理智，似乎一切都将以一种血雨腥风的方式来个了结。

然而就是在这个月黑风高的夜晚，宇的计划却失败了。就算使用最完美的易容术，就算他已经把林夕的宅邸调查清楚，但是百密一疏，他还是没能接近林夕的别墅，出人意料地在进入大院之后的第二层防护墙被拦截下来。

“看，那边有人，快抓住他！”

一个身穿黑衣的安保叫喊着，他发现了这位男生的位置，而明哲宇也已经被一层无形的防护网电晕。

然而等到保安跑到明哲宇的身边时，竟然没有发现任何人的踪迹。要知道，明哲宇只是从他父亲那里学到了易容术和腹语术，但是并没有学到日本忍者的武技精华，忍术，也就是隐身术。

那么他是如何从林夕的宅邸顺利逃离的呢？

“郎正，”林夕身穿一件藏蓝色薄棉睡袍，站在自己四面通透的客厅，严肃地说道，“刚才的入侵，咱们的系统可以识别对方的身份吗？怎么能够让他跑了呢？”

郎正身穿一身棕色西服，今天晚上是他值班，而现年四十岁的他已经作为林夕的私人男秘，在其身边工作超过十年了。

“林总，”秘书答道，“那人头戴面具，纵使我们的设备可以看穿伪装，但是确实无法进行完全识别，只能模糊地估计面具后面是一个中年白人。”

“什么？”林夕愤怒地说道，“不可能！我们的安保系统是这个世界上最先进的，怎么会甄别不出对方的身份？如果这样的话，我的安全如何保证？我还怎么住在这里？！”

“林总，”秘书解释道，“是这样的。因为我们目前只有此人的模糊相貌，就算我们的超级人工智能云系统能够通过模糊测算，定位此人的身份，但是不知何故这一次云系统完全没有办法，好像这个人并不是一个真人一样。林总，也许这一次您需要想想是谁有这么大本事，可以通过这样的方法到咱们家来行窃。”

“噢……”林夕看着窗外，狡猾地说道，“有这么大本事的人，不是来行窃的，怕是来寻仇的。”

“可是我的仇家那么多……”林夕说道，“那么多的仇家……到底会是谁呢？”

林夕缜密的头脑帮他分析出来这次入侵的动机就是寻仇，然而他暂时还想象不到，一个消失了十二年的人会在今天来找他索命。不过无论如何，这一次的入侵已经让林夕警觉起来，他即刻吩咐手下，马上将这件事调查个水落石出。

事实上，明哲宇已经被一个神秘人解救到他位于西山的宅邸附近。在北京的西山，没有人可以在黑夜里看见自己的五指。此时此刻，明哲宇是安全的，但是他只看见了那人模糊不清的黑影，等他完全清醒的时候，那人已经消失得无影无踪。而宇只是模糊地记得那人似乎向着他伸了一个手势“1”，却不知道意味着什么。

耶律把宇一路接回了他位于中央商务区的公寓，直至现在，宇已经深知林夕的厉害，发现自己无论如何也不能鲁莽行事，必须将复仇这件事转化为一场长期的战争。他需要有精细的准备和巨大的耐心以及超强的决心才能够得偿所愿。

现在已经是北京时间早上七点，迎着朝阳，宇的身体已经从大胡子中年白人变回了他本来的样子。到目前为止，对于易容术和腹语术他显然还不能完全掌握，效果亦不能持续良久，但是所幸那种初学者的程度也足以让他全身而退。此时此刻，阳光透过巨大的落地玻璃洒进屋内，身着一身灰白色贴身居家服的宇活动了一下身体，感觉舒服了许多，正常了许多。就算彻夜未眠，但是这位男生完全没有一丝睡意，他现在还有一件重要的事情要做，有一通重要的电话要打。面向窗外，宇第一次拿起了电话拨向澳大利亚布里斯班。而电话那头的人正是菲的父亲——叶凯宁博士，就是当年研究粒子对撞机和时光穿梭机的科学博士。

“喂，请问……请问您是哪位？”

电话那头传出了熟悉而陌生的声音，熟悉是因为对于明哲宇来说，这个声音仿佛来自几个月以前，似曾相识；而陌生则是因为这个声音从未经过时空旅行，又经过了十二年的岁月，现在已经五十多岁了。

宇在电话这边，思绪万千，就算已经让耶律查实了菲在澳大利亚已经被认为死亡的事实，但是这位男生还是心有不甘地拿起电话，根本不清楚拨打过去的目的到底是什么。

难道只是希望电话那头的人就是叶菲吗？难道只是希望证明耶律是错误的吗？

“您好，请问叶菲在吗？”

宇最终还是说出了他想要说的话，此时此刻，他多么想要发生一件不可能的事情，多么想要叶凯宁博士马上把电话交到自己女儿手里。

哪知道对方并未说话，传来的只是沉默。

“你是……”十秒钟之后，一个沙哑的声音终于再次开口，“你是哪位？”

电话那头的人突然想要知道明哲宇的身份，本来这也无可厚非，但是这十秒钟的沉默似乎已经说明叶菲在叶凯宁的心里已经死亡的事实。

“不好意思，那我再打过来吧。”

宇说着就要挂掉电话，他之所以不想告诉叶凯宁自己的身份，是想在“穿越”“恩怨”等所有的事情搞清楚之前，尽可能地隐藏自己，并不想因为任何人的介入而节外生枝。

“喂，喂，你到底是哪位？”电话那头突然发出了急促的声音，“你等等，先别挂！”

“喂！喂！”

但是宇还是挂断了电话，然而电话那头最后的急促也许说明叶凯宁是不是已经意识到了电话那头的人就是明哲宇？因为在这位博士看来，自己的女儿毕竟已经死了十二年，来找叶菲的电话应该早就不会有了，而他又正好对时空穿越有所研究，再加上他对宇的声音并不陌生。

如果把这一切因素串联起来，猜出对方的身份也许并不是问题。然而宇已经对自己的电话进行了加密，让叶凯宁不可能查到来电号码，只能导致这次短暂的通话无疾而终，没有下文。

另一方面，在械斗中被解救的意大利女生安杰丽卡和紫金坦克的鼓手翔开始了约会。两个人在一天之内看了电影、逛了商场，暂时把一切烦恼抛在脑后。这对恋人那模特一般的身材，青春无敌的美丽面容，让他们仿佛是从时尚杂志里走出来的人物，惊艳旁人。他们的感情不断升温，使得翔已经打算留在现今世界，并不打算回到过去，回到原本属于他们的2007年。而安杰丽卡其实是翔的第一位女友，为此这位男生也十分重视这次恋爱，只是在观影期间，他偶然看见安杰丽卡的脖子上的文身，并没有让他意识到她和胡里奥黑手党的关系。在翔看来，安杰丽卡只是一位他曾经拔刀相助过的柔弱女子，只是一位在中国工作的普通意大利女生。

现在让我们把视线再次转到宇的寓所，事实上就在他刚刚挂掉叶凯宁的电话之后，一个陌生的电话又打了过来，而这一次，电话那头的人不是别人，正是明哲宇穿越到北京之后遇见的第一个人——欧阳希美。我们知道宇在初识希美之时其实什么信息也没有给她留下。但是这位创立了国内知名企业希美集团的美丽女生绝非等闲之辈，想要找到一个人对于她来说并不是件难事。

“你好，请问你是明哲宇吗？”

这是希美说的第一句话，不过要知道其实明哲宇甚至从来没有告诉过这位美女他的名字。

“有什么事吗？”

明哲宇并没有正面回应希美的问题，一来他并不想向陌生人透露自己的信息，二来他也没有做好准备以明哲宇的身份示人。毕竟明哲宇这个名字已经消失了十二年了，对于很多人来说，他早已经死了。

“我来找一位死而复生的人。”希美在电话那头开门见山，“宇，我知道你是谁！”

不过其实明哲宇心里清楚，他的秘密早晚都会公之于众，只是没有想到这么快就有人找上门来。

“你想要什么？”

“明哲宇，”希美问道，“你不想知道我是谁吗？你不想知道我是怎么知道你的过去的吗？”

“我对于你是谁其实没有兴趣。”宇平静地说道，“至于我是谁，我的秘密是什么，大家早晚会知道。事实上我也从来没想隐瞒什么。我只想知道你想干什么。”

“十二年前那场华丽的太空音乐会，一支前途无量的超级乐队，竟然消失在宇宙尽头，”希美感叹道，“我只是觉得太可惜了。”

“难道你是时空穿越了吗？”希美笑起来，“不太可能吧！也许你只是常年隐居在某个地方，常年的完美保养让你看起来就好像十二年前一样年轻！但是，我那天在街头看见你，你的装束和十二年前一模一样，难道，你真的穿越了吗？”

“当然了，无论如何……”希美继续说道，“如果是一般人，就算只是街头偶遇，也不会把你和十二年前紫金坦克的队长联系起来。但是我总有那样的直觉，我觉得你就是曾经的那位超级巨星。”

“你到底想要干什么？”宇有些急了，事实上他现在还不知道希美到底是做哪一行的。

“我是希美，”那位美女说道，“我是中国著名的娱乐集团希美集团的创始人，我想签下曾经的那支超级乐队，和他们一起共创未来。”

“我想你认错人了，明哲宇早就死了，而我现在有更重要的事情要去做。”宇平静地说道，“以后再说吧。”

“那你的摇滚明星梦呢，还要继续吗？”

希美急促的话语完全没有给明哲宇一丝喘息的空间，她早就调查过明哲宇的一切历史，毕竟一支明星乐队无论消失与否，或多或少一定会在网络上留下踪迹。而自从来到现今世界，明哲宇的心中一直被愤怒所占据，满脑子全是复仇，一直压抑着心里的那颗摇滚明星梦。事实上，他早就应该想清楚，他的未来到底在哪里，是留在今天还是回到过去，是报仇雪恨还是继续摇滚之旅。

实际上，明哲宇从未放弃过他的摇滚明星梦。也许他现在确实需要一个帮手，需要一个无论对现今世界还是对音乐摇滚都非常了解的人站在他这边助他一臂之力。

也许欧阳希美就是最佳人选。

但是，希美此次来电究竟是因为欣赏这位北京男生曾经的才华呢，还是想要利用他的“复活”来制造爆炸性话题呢？这些明哲宇完全无从查证。然而摇滚明星梦就好像一把利剑一样插入了他的心脏，他知道，就算他有着再多的愤怒，摇滚之旅依然还要继续。也许家庭的变故只是他成功之路上一个巨大的考验，他知道无论如何，想要戴上皇冠，就必须承受重量。

“约个时间吧！”

宇当然知道，紫金坦克的复出就宣告自己身份的暴露，就宣告他即将和自己的仇家林夕毫无遮挡地正面交锋。而几分钟之前他还没有打算暴露自己，在和叶凯宁通话之时也没有告诉对方自己是谁。但是他还是在一瞬间就做了这个决定，完全没有考虑到潜在的危险，甚至也没有跟星、翔二人商量一下。音乐的梦想明哲宇从未放弃，他也坚信无论这条路上遇到何种困难，他最好的两个朋友星和翔一定会站在那里力挺他、支持他。更何况，领袖就是在大家都犹豫不前的时候，第一个吹响前进号角的人物。现在的紫金坦克必须由领袖扛着前进，这是他的责任，因此他义不容辞。

同样还是在这个早晨，彻夜未眠的林夕通过手下郎正的全力排查，发现了异样。他们注意到在林夕的众多仇人当中，明哲家族的宅邸正在大兴土木。这让林夕惊觉明哲宇也许并未死亡的事实。只是现在这个诡计多端的阴谋家还没有拿到更多的证据，也不知道这个男生如果从没有死的话，又会从墓穴里带出怎样的威力。所以他决定按兵不动静观其变，除了安排手下继续调查之外，新一届的宇宙星际音乐会也准备就绪，即将开始。

第四章　闪烁的记忆
The Flashing Memories

紫色和金色这两个形容颜色的词汇，一下子就刺激到了菲的中枢神经，让她愣在了那里。她似乎想要回忆什么，但什么也没想起来。

几乎与此同时，北欧乐队大天使（Archangel）也穿越时空来到了北境加拿大，准确地说，是安大略省的多伦多市（Toronto-Ontario Canada）。我们知道这支乐队就是紫金坦克在2007年宇宙音乐会总决赛中的对手，和这支北京乐队一样，大天使的队员们也迅速找到彼此，迅速在加拿大安顿下来。只是由于身份等问题，大天使的队长路西法并不希望马上离境而暴露自己穿越的事实，所以他们打算在这个冰雪王国待上一阵子再看未来如何安排。

而菡在落地之后第一个想到的人就是男朋友王子星。现在他们已经出现在同一时空，而二人之间的故事又要如何继续呢?

另一方面，时至今日，明哲宇的女朋友叶菲也已经在朱利安的居所住了将近一个星期。在紫金坦克的三位小伙子早已为自己的未来各有动作之时，这位女生却因为失忆和外伤只得日复一日地安静修养。

朱利安因为早已爱上这位女生的缘故，所以在菲不提要求的情况之下，他是绝对不会主动建议一种对他起到反作用的但却有助于菲的寻亲方案的。比如说报警，然后由相关机构接管这位女生，再通过人脸识别等科技手段帮其寻找家人。朱利安更愿意把她留在身边，时间越长越好。他甚至希望叶菲能够永远失忆下去，这样一来，他就是她心中唯一的男人，不管她有何种历史，也都变得不再重要。而他在这个阶段需要做的，就是竭尽所能地在这位女生面前展示自己的各种魅力，以防有一天她万一恢复记忆，万一她真的有过或有着男朋友，这位超级富二代也能够在她心中处于一个相对有利的优势位置。

今天上午天气晴好，为了菲的恢复，朱利安早就安排好了一天的日程。为此他特意穿上一身意大利顶级品牌的海蓝色休闲西服搭配设计师款马鞍棕色的头层牛皮鞋示人，显得精神帅气。不仅如此，在这个阳光明媚的上午，他还在其众多名车之中，选择了一部海蓝色外观、酒红色内饰的玛莎拉蒂吉卜力SQ4（Maserati Ghibli SQ4）配合他今天的出行。

从这番安排来看，这位优雅的男生是要带着菲出门散心，而这正是菲穿越之后的第一次出门，之前这位女生则完全足不出户。

菲为此换上了洁白的连衣裙，拆下了已经换过三次药的纱布，第一次真正露出完美的面容。这美丽脸庞完全没有任何修饰，素颜都显得如此清新而雅致，彻底把朱利安震惊。

“这位美女，虽然我直到现在还不知道你叫什么名字，但是，但是我可以请你出去看风景吗？”

“你好朱利安，这段时间真的谢谢你了。请叫我菲吧！”

菲虽然失忆，但仍然记得自己的名字，也许在她的深层记忆里，这位女生并没有彻底迷失，只是，她也许仍旧需要一个契机来让自己完全恢复记忆。

“菲，”朱利安温柔地说着，随即把副驾驶的车门打开，“走吧，今天就请让我做你的司机吧！”

“好哇，谢谢你！”菲上车，“我们去哪里？”

“北京的西山。”朱利安启动了汽车，让玛莎拉蒂巨大的马力和完美的声浪瞬间占据了整个空间，“去西山吧，希望那边的盘山老路和苍松翠柏能够让你忘记一切烦恼，找回快乐。”

就这样，一个优雅的绅士和这样一位美丽的女生就向着北京西部进发了。如果我不说之前的故事，你一定会认为他们俩特别般配，他们才是天造地设的一对。然而，他们并不知道的是，只要过上一会儿，两个人就会经过明哲家族的府邸。而此时此刻明哲宇也许正好和耶律待在一起，指挥工人大兴土木、推翻旧址、建造新宅。

而事实也果然如此，上午时分，明哲宇和耶律来到这座老宅，和工程师一起讨论施工方案。明哲宇以一身顶级英式白色休闲西服搭配同样英伦风的黑色牛皮鞋示人，显得高端而温文尔雅。整个过程只有明哲宇和耶律统筹参与，最好的朋友星和翔并未一同前来。事实上，紫金坦克三人直到今天下午才会相聚合体，而地点就在希美集团的总部基地。稍后，随着明哲宇的一声令下，整个别墅被彻底爆破。宇在废墟和尘埃中决心用一场盛大的音乐会宣告紫金坦克的复出。这不但是对林夕的正面宣战，也希望自己失联的女友叶菲能够在演唱会上找到自己，好像多年前在澳大利亚黄金海岸的硬石酒吧一样。

午后两点，朱利安就和菲来到了西山脚下。沿着盘山道一路上山，宛如世外桃源一般的原始森林就呈现在他们面前，古树参天、万物争荣，散发着一种敬畏生命的神圣之感。

“这里好美呀！”菲环顾四周，不禁赞叹道，“四季常青，有一种与世隔绝的感觉。”

菲虽然在北京出生，但是因为很少来到西山，再加上很早就移民澳大利亚的缘故，所以她对这里几乎一无所知。就算不曾失忆，她也对这里没什么概念。

“我很小就随父亲来到了北京，也曾经在西山住过很久。”朱利安回忆道，“小时候这里给我的感觉是紫色和金色的。”

紫色和金色这两个形容颜色的词汇，一下子就刺激到了菲的中枢神经，让她愣在了那里。她似乎想要回忆什么，但什么也没想起来。

“喂！”朱利安看着旁边的这位女生，故意把车速降了下来，“你是不是想起了什么？”

“没……”菲摇摇脑袋，平静地答道，“没有。”

朱利安解释道:“你知道我为什么对那两种颜色印象深刻吗?”

“为什么?”

“因为那时漫山遍野都是牵牛花和迎春花，牵牛花就是紫色而迎春花则是金色。”朱利安想了想继续说道，“也许紫色和金色也有一种皇权的意思吧。在英国，蓝色代表皇家，而在东方应该是紫色和金色吧!”

“那是不是住在这里的人非富即贵?”

“这里是军队的驻地。”朱利安解释道，“但是后来也有一些转业的老军人，因为对部队的情结而在这里买地盖房。等一下我们就会经过一家，曾经很显赫的一个家族，明哲家族的宅邸。”

“明哲家族!”

菲一下子就大声喊出了这四个字，一些片段的记忆开始闪烁浮现。我们知道，她最近一次的记忆发生在2006年，那一次她陪明哲宇一起参加了他父亲明哲世勋在这座宅邸举行的新居派对。

不过闪烁的记忆还是没能持续良久就瞬间消失。

“但是，现在那里早已荒废了，”朱利安一边沿着山路，不断变换方向盘来寻找路线，一边淡定地说道，“那座宅子早就没人住了。”

“什么?!”

菲呆呆地看着前方，似乎想起了什么，要知道在她的潜意识里，她从未忘记过明哲宇，她最爱的男人就是明哲宇。

“你知道北京的西山群岭之中有一座著名的百望山吗?”朱利安解释道，“当地人喜欢称其为‘望儿山’。”

“望儿山?”

“是呀，望儿山!”朱利安说道，“据说很久以前这里发生了一场战争，佘太君为了助阵自己的儿子杨六郎击溃辽国而特别登上此山，望儿山因此得名。”

“只是……”

“只是什么?”

“只是,”朱利安叹了口气，继续说道，“只是不是哪家都有那么好的运气，能够在这座山峰等到自己的儿子。”

“等一下我们就会经过明哲家族的宅邸。”朱利安指着前方几个弯道之后的山岭，“他们家就在那里。”

“明哲?”菲看着远方，平静地问道，“明哲家族发生了什么?”

“他们,”朱利安感叹道，“大概十几年前在太空举办了一场超级宇宙音乐会，后来发生了事故，全员丧生。这其中也包括他们家的独子明哲宇。”

“你说什么?”

“明哲宇。”朱利安扭头看着这位女生问道，“明哲宇，难道你认识他吗? 你是不是想起了什么?”

此时此刻，封尘已久的历史影像又一次亦明亦暗地浮现在这位女生的脑海中，比刚才那次的时间更长一些，但仍稍纵即逝。也许能够触发叶菲全部记忆的那个机缘，只能是和宇再次相逢的那一时刻。

“没有。”

“哎！”朱利安继续说道，“只是，明哲宇的爸爸在那次事故发生之后没多久就被人害死了。据说是谋杀。”

“谋杀？”菲问道，“知道是谁干的吗？”

“这我也不清楚，”朱利安回答道，“我只知道明哲宇的爸爸从不相信自己的儿子已经死了，他坚信他在某天一定还会回来。但是就算是在这望儿山之上，他最终也没能等到明哲宇归来。在明哲宇去世两年之后，他父亲不但离开了人间，就连他母亲也在随后郁郁而终。哎，时间过得真快呀，一晃就是十年。”

“你是不是觉得这是一个传说？但这就是一个真实的故事。”

朱利安和叶菲就这样一路上山，越向高走就越模糊。原来山上已经因为海拔的原因开始泛起了些许水雾，给人带来了一种极不真实的虚幻之感。

这时，远方缓缓驶来一部银色的劳斯莱斯幻影，我们知道，那是明哲宇的座驾。此时此刻，这位男生已经离开了老宅，向着希美娱乐集团出发。他坐在汽车副驾驶的后方，耶律则一如既往地负责开车。

玛莎拉蒂和劳斯莱斯越开越近，两辆车越开越近，越开越近，明哲宇和叶菲也同样越走越近，越走越近……但是随着两部汽车的交错，两个人也在这里擦肩而过，最终没能相遇。

“少爷，刚才那部玛莎拉蒂好像是朱利安的。”

“朱利安？”

“是的，他是海洋运输界和科技界大佬穆特·尼普顿（Mutt Neptune）的儿子。”耶律解释道，“而朱利安则在娱乐界发展。我想紫金坦克复出以后少不了和他打交道吧！”

宇轻抚着横置在腿上的水晶吉他，因为要见希美的缘故，他把这件宝贝带在了身边。他知道无论何时，这把芬德吉他都是他最珍爱的乐器和武器，足以弹奏最棒的旋律对抗任何对手。我们也知道现在的这把吉他并非来自静的礼物，那一把早就在所有故事的开端就被摔得粉碎。然而送给他这把吉他的那位女生现在还没找到，他又怎能得知其实叶菲现在就坐在朱利安的车里，就在不远之处。打开劳斯莱斯后排的自动隐私窗帘，看着风景从窗外划过，宇问着自己，“我刚才心跳得厉害，这是怎么回事？难道仅仅因为多了一个潜在对手吗？”

“朱利安，”菲同样并不知道就在刚才，宇正巧和她擦肩而过，“朱利安……你说，我的心在刚才怎么会跳得那么快呢？到底发生了什么？”

“没有关系，”朱利安说道，“刚才只是会车，不会有危险的。如果你觉得不舒服的话，我们可以回家。”

“不用了，朱利安，带我去山顶吧！”菲平静地说道，“也许我也想看看北京的风景，也许我也有想要找到的那个人。”

“好吧！”朱利安回答道，“我的车后面正好放了一把吉他，我也正好可以上山去弹上几曲，帮你找到你要的那个人。”

“你会弹吉他吗？”

“跟我父亲偷学的，”朱利安笑道，“他年轻之时曾是吉他手，而且曾经很穷，哈哈！”

紫金坦克在当天下午第一次聚集合体。宇的银色劳斯莱斯、星的皇室绿色宾利（Bentley）和翔的纯黑色迈巴赫（Maybach）整齐地停在了希美集团位于望京的摩天大楼正门之前。我们知道紫金坦克一直都不是一支普通乐队，他们曾经有着显赫的家世，是一支富豪乐队。纵使家族发生变故，纵使未来的一切都是未知，但曾经的投资在经过了十二年的轮回之后，全都产生了巨大的价值，而这些也足够支撑他们现在的生活、事业的启动以及未来的运营。

已经知道今天明哲宇穿了一身白色西服，翔则依然选择黑色中山装示人，而告别了学生时代之后，星也不把自己打扮得那么运动范儿了，紫金坦克的贝斯手此次选择了一身淡粉色顶级法国品牌西服搭配意大利产白色皮鞋示人，表示对这次签约的重视。

三位身高接近一米九、帅气十足的帅哥刚从车上走下来，刚一合体，就把正在大楼前面走过的所有路人震惊。而希美更是以一身米兰时装周走秀款黑色定制礼服配合顶级英式黑色浅口高跟鞋等在公司门口，以最美的微笑迎接这支明星气场超足的超模乐队。就算紫金坦克来自十二年前，但是先进的意识让他们穿上了当今最棒的服装，修剪了最酷的发型。先进的意识让三位青年无论何时都可以引领潮流，轻易成为时尚之王。

希美自然笑得乐不可支，她觉得这次她押对了宝。事实上，无论你花多长时间研究紫金坦克曾经的历史，都无法想象当他们真正出现之时的冲击力。那感觉就像偶像剧里面的特写镜头。仿佛所有人都静止了，而只有他们才能活动。

“你好！”宇走在两个人前方中间的位置，以队长的身份说道，“我叫明哲宇。这两位是我的好友，紫金坦克的贝斯手王子星和鼓手爱新觉罗 · 翔。”

这是明哲宇第二次和希美见面，也是第一次向她正式介绍自己和自己的乐队，而他们第一次相识的天时地利人和都不合适。简单寒暄之后，希美就把三位帅哥引领到了金碧辉煌的大楼之内。在签约之前，这位美女首先带着三位男生来到了公司巨大的排练室。推开顶天立地的暗红色对开式吸音大门，这间巨大的排练室就呈现在三位男生面前。这里足有五百平方米，吉他、贝斯挂满了墙壁，里面的乐器和录音设备世界顶级且应有尽有。这儿就是希美特别为紫金坦克全新设计的乐队基地，而在今后的日子里，来自世界的顶级音乐家也会来到此地，为紫金坦克的未来出一份力。

“翔，”星拿起一把贝斯，稳重地说道，“你看看这把琴，在我们那个年代可完全没有。”

星的话语不但代表了紫金坦克对于这间排练室的喜欢，更代表了他们对于这个时代的喜欢，因为此时此刻的现在就是未来，更先进，更时髦。

事实上，在刚刚得知宇打算留在这个世界的时候，星和宇甚至还发生了分歧。星认为他们应该把所有的精力放在如何回到过去，那样的话，现在发生的一切恩怨全都不会发生。而宇的一句“我们也许再也回不去了，我们应该面对现实”，把所有人的内心再一次聚合在一起。而从现在看起来，宇的决定是正确的。不仅仅因为他们再也找不到回到过去的时光机，更因为这也许就是一个更适合他们的时代。他们找到了更先进的乐器和更先进的娱乐圈。特别是经过希美的讲解之后，三位男生发现经过了十二年的发展，这个圈子里面的一切产业链条都变得更加高效成熟，更加适合自己。

这里没有生不逢时，这里只有属于他们的时代。

稍后，紫金坦克乐队和希美集团签订了合约，希美承诺会用最强的力量支持紫金坦克，而赚得的利益则按比例分成。

下一步计划就是录制紫金坦克的最新专辑。在此之前，希美希望用一场音乐会宣告紫金坦克的回归，而明哲宇也正有此意。之前说过，明哲宇这么做的目的不但是要向林夕宣战，也要找回自己失散多时的女朋友——叶菲。

然而就在当天晚上，就在紫金坦克全员离开，希美集团灯灭楼空的时候，一伙歹徒就以迅雷不及掩耳之势砸烂了希美为紫金坦克打造的排练室。从后来的监控录像中分析推测，来者绝不是为了行窃，而是为了报复。另一方面，公司内部的一部高速照相机抓到了一个嫌疑人的身上有着一个和安杰丽卡一样的文身。而这一切又将矛头指向了意大利胡里奥家族。敏锐的翔马上把那个文身和上次在电影院里看见的安杰丽卡脖子上的文身联系起来，随即连夜找到那位女生质问情况，而安杰丽卡却否认这件事和自己有任何关系。不过她也不得不告诉翔自己的身世——她就是意大利黑手党胡里奥的女儿，全名叫作安杰丽卡·斯卡列蒂。

“那么，”翔沉重地说道，“也许我们以后就不能交往了。”

“为什么？”安杰丽卡愤怒地回答道，“难道就因为我的家族是黑手党吗？”

安杰丽卡哪里知道，她的父亲正是因为多年前绑架明哲宇失败，才被警方抓住把柄而关进监狱的。安杰丽卡甚至还不知道翔来自过去，并且亲自参与了将其父亲绳之以法的全过程。也不知道在那次惨烈的战斗中，明哲宇曾被绑架并打成重伤，差一点就失去了当一名乐手的资格。

翔自然不愿意告诉安杰丽卡这段过去，他并不想解释什么，只是选择退出，趁着两个人的感情还没有达到无坚不摧的时候。他不想因为自己的自私而对紫金坦克造成更多的负面影响，因为毕竟这次穿越已经对所有当事人造成了巨大的人生变故。而刚刚修建完毕的排练室又被迅速毁灭，无论对希美还是对紫金坦克都造成了巨大的影响，他亦不愿因为自己而毁灭了紫金坦克和希美集团刚刚建立的信任。

所以他选择退出，不再与安杰丽卡发生任何关系。

然而这一切对于这位意大利女生来说却是非常不公平的。她完全不知道这次入侵破坏的全貌，也不知道紫金坦克和自己家族有过节的事实。她只知道在一个危难深夜，一位正义勇敢的中国青年曾经解救过她，而她早已经爱上了他。所以她是绝对不会轻易放弃的，更要竭尽全力挽回这段感情。

还是在这个夜晚，叶菲神秘失踪，而诱拐她的不是别人，正是林夕的党羽郎正。原来此人正在中央商务区为林夕宅邸入侵事件奔走之时，偶然注意到了不远之处的叶菲。那时她刚刚从朱利安的车上下来，准备到旁边的便利店买些日用品之后回家。正当朱利安下地下车库停车之时，叶菲被郎正搭讪，之后带走。郎正在多年前因为明哲宇和林夕的矛盾，不但亲眼见过这位女生，还对她进行过调查，可谓印象深刻。这一次他之所以临时诱拐叶菲，完全是因为他已经了解到明哲家族的宅邸正在修复的事实，正苦于寻找进一步的证据，而这时叶菲却正好出现在他的面前，则更加验证了他的怀疑。

稍后，郎正把叶菲带到了林夕的宅邸，将其双手捆绑，并把她关在了硕大的客厅之内。林夕的别墅属于中式现代风格，大面积的玻璃让每个房间的采光均十分出色，但那也意味着在黑色的夜晚，如果不开灯的话，落地窗外的一切就会变得阴森恐怖。郎正一直在房间看管监视着叶菲，没过一会儿，林夕也回到家中。

片刻，灯被打开了，一切看清楚了不少。

“哟！”当林夕第一次见到叶菲的时候，简直不敢相信自己的眼睛，“我们又见面了，女士！”

“你是谁？”菲讶异地问道，“我不认识你！”

“不会吧！”林夕今天身着一身意大利产顶级黑色西服，戴着一副同一等级的黑框眼镜，显得极为阴险，“你瞧瞧你瞧瞧，时间对于有些人也太不公平了！ 十几年不见了，你居然还是这么年轻！”

“而我和郎正……”林夕走到叶菲面前，细声细气地说道，“我们早已不复当年的容颜了！”

“你到底是谁？”虽然菲的身体仍然处于恢复期，但是她回答林夕的语气依旧底气十足，仿佛在潜意识里想要给自己多上一些勇气。

“不会吧！”林夕耸了耸肩，看了看身旁的郎正继续说道，“我说最近发生的一切怎么那么奇怪！先是我的宅子被人入侵，紧接着西山之上的明哲老宅又在修建，而郎正今天又在街头遇见了你……”

“难道……”林夕阴险地说道，“难道这一切真的都是偶然吗？”

“你说什么？”菲摇着脑袋，闪烁的记忆再一次浮现，然后瞬间消失。她仍然什么也没有想起来。

此时此刻，林夕似乎也发现了异样。因为就算菲如何故作坚强，她现在给人的感觉也像一个受了刺激的患者，有时正常，有时又显得神情恍惚。

菲这样的患者根本不该再受刺激，然而这种状态却正中林夕下怀。他才不会呵护这位美丽的女生，他要做的就是摧残她的精神，然后从她身上找到他想要的东西。

只见林夕把嘴巴紧贴叶菲的耳朵，突然以极大的声音咆哮道：

“你认识明哲宇吗？”

当菲听到“明哲宇”这三个字的时候，精神瞬间崩溃，所有的记忆以极快的速度反复出现又被删除，让她尖叫起来。那声音尖锐无比，仿佛可以把整个屋子顷刻掀翻。

“明哲宇！ 明哲宇！ 明哲宇！”林夕丝毫没有放过这位女生的意思，追到她的身边，继续吼道，“明哲宇！！！”

然而就在这千钧一发之时，后方的一个声音打破了所有的黑暗。

“放开她！！！”

林夕回头一看，那人不是别人，正是富豪朱利安。这位男生通过市政摄像监控查到了一切并追到这里，而郎正刚要扑上去殴打朱利安的时候，却被林夕喝止。

“慢着！”

林夕缓缓站起身来，整理了一下西服，看着眼前的这位美少年，阴笑道：“哟嗬！看看这是谁啊？”

林夕走了过去，继续说道：“原来是尼普顿家的少爷朱利安哪！”

“对！正是我！”

“你来这里有何贵干呢？！”林夕扶了扶眼镜，厉声说道，“你是怎么闯入我家的？”

“呵呵！”朱利安轻蔑地笑道，“林总不会总是认为自己的安保系统是最安全的吧！别忘记我的家族除了涉猎海运之外，在科技方面也是颇有研究的。”

“噢！”林夕装作刚刚明白这里的原因所在，贼兮兮地说道，“你不说我都忘了！原来你们家也在搞科技呀！都说你老爸是个科技疯人，现在也不知道躲在实验室研究些什么……对对对，你们家也在搞科技！”

“少废话！林夕，”朱利安厉声说道，“快把我的女朋友放了！”

“她……”林夕扭过头，看着菲，完全不相信朱利安的话语，假笑一声，“她真的是你的女朋友吗？”

那天晚上，尽管林夕不情不愿，但碍于朱利安的势力，最终还是把菲还给了这位超级富二代。虽然朱利安坚称菲就是自己的女朋友，然而林夕却更加坚信眼前的这位女生就是明哲宇的女朋友叶菲。虽然对于她是如何永葆青春，又怎么和朱利安走到一起还不得而知，但是林夕开始感觉到明哲宇的影子已经笼罩在他的周围。他决定加大力度，把这一切查个水落石出。林夕并没有告诉朱利安叶菲和明哲宇的关系，也许在一切真相浮出水面之前，他并不想透露任何细节给任何人，这也是保护自己的一种方式。因为你永远不知道多说的这一句话，会在别人的关系网中起到何种不利于自己的因素，正所谓言多必失。

这一夜，叶菲安全了。朱利安自然也想知道这位女生的过去，然而面对失忆的事实，他目前也只能装聋作哑，假装她还是一张白纸，没有任何历史。只要叶菲不再遭遇危险，他仍然可以当刚才的事情没有发生过，把叶菲想象成自己最初认为的样子。他不愿意调查这位女生的过去，不愿意再给她任何刺激。事实上，他早已了解到希美那边将会举行一场盛大的音乐会，虽然不知详情，但他已经决定邀请菲一起前去观看，以便让她忘记烦恼、找回快乐。

然而，朱利安并不知道，这场演唱会的主人公就是紫金坦克。而当叶菲真真正正站在现场，看见自己的男朋友明哲宇的时候，又会发生怎样意想不到的事情呢？

第五章　紫金坦克音乐会
Purple Gold Tank Live Show

如果有一天我的琴弦在战斗中断开，我也会用牙紧紧咬住，弹奏出无比自由的美丽旋律。

——明哲宇

随着时间的推进，紫金坦克摇滚音乐会终于确定了所有细节，开始启动。不出所料，“紫金坦克”这个名字刚见报，立刻就产生了巨大的轰动效应，登上各种平台的头版和热搜。有人认为紫金坦克时空穿越；有人认为紫金坦克起死回生；还有人认为这支乐队从未死去，只是告别归隐，现在重返乐坛；也有人认为这只是一个精心策划的骗局，根本就是有人假扮。但是无论什么情况，就冲着曾经消失在宇宙尽头的这四个字——紫金坦克，演唱会的门票瞬间就被销售一空。

纵使希美早已猜到紫金坦克时空穿越的事实，但是她并没有召开任何发布会对媒体大众解释什么，只是简简单单地在各大媒体发布了一则新闻通稿——《紫金坦克，王者归来》。

对于一支历经了时空穿越的乐队来说，对于一支已经消失了十二年的乐队来说，希美采用这样的处理方式绝对是明智之举。一来时空穿越这种说法从来就难以解释，还可能被人说成用科学的方式来炒冷饭。二来整个娱乐界都在绞尽脑汁制造传说，而现在这一切就是一个天生的传说，可以留下无限的空间供人们遐想和讨论。

在购买这场演出门票的人里面，朱利安有着两张靠近前排的VIP贵宾票，不出所料，林夕也买了一张，很巧合地位于朱利安不远处。对于林夕来说，他没有想到寻找明哲宇这件事竟然如此容易，也并未去找希美询问任何情况。他知道只要再过几天，他就会在演唱会上看到紫金坦克的队长，他就可以验明其身、辨其真伪。

翔虽然已经明确地对安杰丽卡表明态度，不再和她交往，但是暗地里这位男生还在调查着上次入侵毁坏排练室事件的全貌。他不想让希美因此蒙受损失，因为如果可以证明对方真的就是冲着紫金坦克而来，翔就准备自己出钱赔偿希美。而在事实真相浮出水面之前，希美方面也未就此事再说什么，只是把整个事情交给警方处理，似乎大家已经把重点全部集中在紫金坦克初次回归的首秀上面。

然而事情永远不是想象的那么简单，正当翔还在调查此事的时候，这次事件的主谋果然浮出水面，主动找上门来。

这天晚上，正当翔排练结束，驾车行进在回家路上的时候，一部黑色的加长奔驰S级轿车就逼停了他前进的路线。而从车上下来的人中，除了三个黑衣打手之外，还有一人，那就是安杰丽卡的哥哥——意大利人阿尔伯特·斯卡列蒂（Alberto Scaglietti）。

阿尔伯特的身高为一米八三，比翔略矮一些，拥有完美的身材比例。他留着一头棕黄色的卷曲短发，长着一副阴柔的脸庞，凶狠的眼神里面中和着一种柔和的感觉。虽然算不上顶级美男子，但也会给人带来一种极为精致的既视感。无论是这身一线意大利产深棕色修身西服，顶级机械腕表，还是亮黑色的法国奢侈品牌头层牛皮鞋，都能让人感到此人穿着的品位与格调。然而潜藏在这身行头之下的，并不是低调的华丽，而是来自斯卡列蒂家族的阴险与狠毒。

"你知道，"阿尔伯特开门见山、咄咄逼人，"我来找你，不是为了你和我妹妹安杰丽卡的事情。我知道你们已经结束了。"

"难道，"身穿一身白色中山装的翔并不惊慌，沉稳地回应道，"难道你来到这里是为你父亲报仇吗？"

"我不知道你们在哪里躲了十二年，"阿尔伯特阴笑道，"但是当我发现你们还活着的时候，你知道我有多高兴吗？"

"所以你还在记恨十二年前的事情。"翔说道，"想必你也知道胡里奥的仇家众多，就算不是因为我们，他选的这条不归之路早晚有一天也会让他命丧黄泉，对吗？"

"哈哈哈！"阿尔伯特大笑起来，"天真！"

"什么？"

"你以为我是为了十二年前的那件事而来吗？笑死人了！"阿尔伯特厉声说道，"难道你不知道我们两个家族早就结下恩怨，有着世仇吗？那件事情远远早于你们在布里斯班的时候，而那时你我都还没有出生，你知道吗爱新觉罗？"

"你说什么？"

"以后你就知道了，"阿尔伯特继续说道，"因为斯卡列蒂家族就要来到北京了，你我家族之间必有一战。上一次砸了你们排练室那件事，就当宣战吧！下一次要对付的，就是你的家人了。"

话音刚落，阿尔伯特和几个打手就进入车内扬长而去。这一次也许是警告，然而无论翔多么愤怒，但是对话就在这时戛然而止了。已经凌晨时分，翔站在自己座驾的旁边，久久没有离开。此时此刻他才明白，原来和斯卡列蒂家族的恩怨是他无论如何也回避不开的事情，不仅仅是因为他们这一代，还因为他们的父辈。他曾经觉得"黑手党"是一个绝对不可以再次触碰的词汇，就算是牺牲爱情也决不会再和黑手党发生关系。但是他终于发现自己错了，他不该刻意回避，而是应该勇敢地站出来，不但要保护家人，也要夺回爱情。

日月变幻，几天之后的一个傍晚，紫金坦克的回归音乐会正式开始，而地点就设在位于朝阳区的那座可以容纳七万人的首都体育馆之内。和以往所有商演完全不同，本场音乐会几乎没做任何宣发，一张海报都没有贴，甚至连媒体通稿也寥寥无几。但是这却正合希美之意，就凭"紫金坦克"这四字招牌，当天的演出就被挤得水泄不通，热度远远超出预期。

希美对于紫金坦克的投入在于这次音乐会本身的硬件配置以及软件支持。除了乐手的随身乐器之外，其他所有项目，包括音响系统、灯光系统、舞台搭建等一系列核心装备全部是世界顶级。不仅如此，这位娱乐界女杰还安排了一支著名的交响乐团配合世界最顶尖的流行乐手前来助阵。现场的气氛则采用了淡紫色和玫瑰金色作为主色调，和金属质感的华丽舞台交相辉映，让现场营造出来一种简奢迷幻的低调豪华气氛。

就在开场之前，朱利安和叶菲也来到了现场。男生选择了一身设计师款黑色休闲西服搭配法国奢侈品牌棕色皮鞋示人，而女生则选择了小资情调的服饰——一件走秀款浅咖啡色定制洋装搭配黑色短裙以及一双金色芭蕾船鞋是她今天的穿着。因为二人的身材都很高挑，所以即便几乎没有鞋跟，他们走在众多观众之中，也都相当与众不同。

晚上七点半，紫金坦克音乐会正式开始。整个现场以交响乐团的哥特式金属首发，瞬间转化成为宇一个人的钢琴弹奏。白色的灯光聚焦在他的身上，凝固了空中的气氛，让所有的观众无不伸颈、侧目、默叹、微笑以为妙绝。这支音乐经过了重度改编，仍如此令人熟悉，仿佛把所有人都吸引到了另一个世界。这首歌正是明哲宇于十二年前的太空演唱会演出的曲目之一，充满诗情画意。

“大家好，我们是紫金坦克!”

宇起身，单手扶在钢琴旁边，以一身由保罗・史密斯定制的黑色朋克装示人。与此同时，他身旁的两束白光分别从顶部照亮了他两边几米处的位置，左边是王子星，右边是爱新觉罗・翔。

“这么多年了，”宇深情地说道，“让你们久等了!”

星和翔今天穿的和宇几乎一样，黑色的窄腿裤、马丁靴搭配同色的黑色皮衣，让人一点也联想不到紫金坦克曾经的样子，描黑的眼线让人想起了著名的美国乐队绿日（Green Day）。但是今天的现场不是简单的情绪核朋克（Emo Punk），而是色彩更为深刻浓重的交响金属工业朋克。

稍后，另一束纯白的光线在宇的前方稍侧一点的位置洒下，照亮了他将要使用的个人专属乐器。没有错，那正是一把芬德水晶吉他，正是叶菲在十多年前送给他的那把。宇向前走了两步，把这把吉他拿起并挎在肩上。看着坐在演出大堂之内的所有观众，他聚气凝神，一边搜索菲的身影，一边准备开始演奏。

现场流光溢彩，灯光闪烁，这一切温暖让宇的思绪一下子就回到了2006年的那次太空音乐会的宇宙现场。还是这把吉他，还是这位青年。不一样的是，那次演绎发生在太空之中，天空没有空气的遮挡，漫天的繁星无比闪亮。彼时他的爱人叶菲就坐在舞台对面的一排悬浮座位之上，看着她最爱的男生魅力四射地弹奏着每一个音符。

“钢琴的八十八个按键和吉他的二十四个音品，它们不该被禁锢，它们应该是无限的。如果有一天我的琴弦在战斗中断开，我也会用牙紧紧咬住，弹奏出无比自由的美丽旋律。”宇回忆着自己在事故发生之前说出的最后一句话，“为了爱，我可以对着漫天的繁星发誓，用尽一生去守护我最爱的人。我想说，我爱你……”

紧接着，随着太空音乐会的一声爆炸，宇的思绪一下子回到了此时此刻。那时的他还没有喊出叶菲的名字，突如其来的事故就让他穿越时空来到了现今世界。

宇回过神来，握紧吉他并拨动了第一个音符，然后一切在一瞬之间就躁动起来，无比喧嚣，无比沸腾。眼前的一切就是新世代的朋克摇滚，那力量足以炸掉宇宙，足够轰平太空！

就在这时，台下的叶菲早已哭成泪人，她终于想起了宇，她在顷刻之间就恢复了记忆。就是这时，她多么想回到澳大利亚黄金海岸的硬石酒吧，多么想像她送给他这把水晶吉他的那次一样歇斯底里地呐喊出来，让他能够在众人之中马上发现自己。

但是她不行。因为在不远之处，她看见了林夕——那个曾经和他们有着血海深仇的人，那个前几天还想找宇寻仇的人。

不远之处的林夕，今天身着一身意大利奢侈品牌黑色西服，依然显得那么阴险。他也同样看见了叶菲和朱利安，但是明哲宇才是他的目标。通过最先进的望远镜，林夕已经可以确定无疑地告诉自己，明哲宇回来了，这位青年仿佛一位被驱逐的王子，血雨腥风一般找他复仇来了。

但是林夕无论如何也不会在这里对明哲宇做些什么，因为最先进的安保系统足以让每一个犯罪分子无法逃脱、分身无术。

只见林夕起身，就那么静止着看着眼前的这位男生，似乎已经想好了对付他的下一步方案。现在明哲宇和林夕都已经浮出水面，毫无遮挡，真正的生死对抗似乎就要开始了。

此时此刻，紫金坦克好像发射着无限加速的金属星屑，如流苏飞转一般越来越快，在不知不觉之间已经把全场躁翻了天。

明哲宇也在这时看见了起身的林夕，他明白这意味着宣战。将目光稍微转向，他终于看见了叶菲，看见了自己失联的女友，看见了他最爱的那位女生。

他看见她哭红的双眼和哭花的脸，似乎明白了什么。看着不远处的林夕，为了这位女生的安全，在还不了解任何情况的情形之下，他还不能轻举妄动。因为这里毕竟不是硬石酒吧，不是曾经，这一时刻并不是冲下舞台把她抱入怀中的最佳时机。

但是他至少知道这位女生现在是安全的，她还活着，她也和自己一样，穿越时空来到了这个时代。

就在这时，音乐来到了一个温暖缓慢的阶段，让整个现场充满了温馨的浪漫气氛。宇站在舞台中央，温柔地对全场观众说道："如果大家都带了手机的话，请拿出来打给你们最爱的人。因为我这里有最好听的歌想要唱给他们听。"

一瞬之间，现场的灯光全部暗去，只有不计其数的手机微光如宇宙星辰一样闪烁在体育馆之内，朦朦胧胧，一明一暗。

只见菲拿出电话，按下了明哲宇十二年前的北京手机号码，而紫金坦克的队长则不出所料地接到了这通来电。值得一提的是，彼时的明哲宇由于经常回国的原因，一直保留着北京的联系方式，而菲则因为很早就移民澳大利亚的缘故，这一次使用的北京号码则是新号。但是就算明哲宇并不知道来电的人是谁，他也能准确无误地确认那就是菲打来的。只见他拿起手机，举过头顶，动情地说道："请问你们已经找到你们的爱人了吗？现在我也接到了一个来电，我想我找到我的爱人了！"

就在这时，林夕终于按捺不住心中的情绪，愤袖出臂，转身离开了现场。而同样并不高兴的人还有一位，那就是超级富豪朱利安。现在他不仅明白叶菲的记忆已经恢复，还知道她有男朋友，而那位男生就是紫金坦克的队长明哲宇。

音乐会不久之后就结束了，不出所料，紫金坦克被所有媒体团团围住。他们想要一探究竟，想要挖掘这支仿佛失落的亚特兰蒂斯一样的超级乐队到底发生了什么。

“请问你们到底是起死复生还是时空穿越?”

“你们为什么会选择在这个时候复出?”

“你们这么多年都去了哪里? 干了些什么? 隐居在哪儿?”

“你们真的就是紫金坦克吗? 你们不是已经死了吗? 你们是假冒的吗?”

“是什么让你们保养得如此完美?”

“这是阴谋吗?”

“你们现在多大岁数了? 是二十多岁还是三十多岁?”

“宇，为什么你们家族曾经发生了那么多变故，而你却今天才宣布回归?”

“你们对未来有什么样的计划? 新专辑什么时候出版发行? 准备举行全球巡演吗?”

“你们真的来自过去吗?”

面对这一系列问题，希美则游刃有余地将其完全挡驾下来，并以隐私为由全都拒绝回答。

“谢谢各位媒体朋友的关心，我想你们以后会知道答案的。”

这是希美给这次回复定下的调子，完全在她的预料之中，而这样的对策也使得紫金坦克并未被困在现场，最终全身而退。

散场之后，菲来到了后台，终于和自己的爱人明哲宇相聚。而朱利安则一个人驾车悲伤离去，但是他喜欢叶菲，并不会那么轻易放弃。同样失落的人不止朱利安一位，希美也是其中之一。她没有想到明哲宇不但一直有女朋友，而且两个人脉脉温情的甜蜜情感让她看起来完全没有一丝插足介入的机会。而她又怎么知道这对情侣在澳大利亚经历过怎样的过去才能达到这种程度的坚固爱情呢。

一位紫金坦克的老朋友也身着名牌西服再一次出现在人们的视野当中，他就是曾经名噪一时的花花大少丹尼尔(丹尼尔 · 杨/Daniel Yang，杨嘉乐，身高一米八七，北京人)。和所有媒体一样，丹尼尔也在第一时间得知了这支青年乐队回归的消息，并最终来到现场观看演出。此时此刻，这位当年在澳大利亚和紫金坦克有着生死之交的青涩男生，已经兑现了曾经的诺言，不但成立了自己的娱乐公司，还用了十几年的时间成长成为中国娱乐界最具影响力的人物之一。

但是，出于多年经商的谨慎，在一切疑问没有得到解答之前，他并不打算贸然联系这支曾经搭救过自己的乐队。在他看来，这支紫金坦克是真是假又发生了什么，全都会由时间揭秘。他坚信，如果这支乐队就是过去的那只超级乐团，他们迟早也会在未来相遇。只是那相遇的方式，也许必将互为对手，针尖对麦芒了。

音乐会之后，天空云淡星稀，有人欢喜有人愁怅，有人在明有人藏暗，年轻人并不知道他们的未来将会怎样，只能留下一个不眠之夜，让时光来解读一切故事了。

第六章　爱德蒙公爵
Duke Edmond

不知道为什么，我感觉他并不是我，又或者我要为了他的样子而改变我的本性。我说话没有那么直接，动作更没有那么夸张，也许易容术除了变换容貌之外，也会把你的性格或多或少变得趋向于你的易容对象。

——明哲宇

紫金坦克音乐会的强势举行不仅宣告了这支曾经消失在太空的乐队彻底回归，也宣告娱乐界的一个全新人气IP诞生。几乎所有媒体都在第二天最显著的位置发布了这则消息，不仅仅是因为他们的音乐之美，也因为他们的身世之谜。

在这其中就有一位名叫张小波的自媒体人，坚信紫金坦克一定来自过去，决定把这件事情查个水落石出。他在网络上经营着一个叫作“百慕大之谜”的网站，天天发布一些奇闻逸事，对于他而言，没有什么比时空穿越更有吸引力了。确实，高维空间仅仅是一种理论上的计算公式，只是出现在科幻电影里，一旦这样的事情变为现实，则会真的让人想去一探究竟。

最近张小波的社交账号运营紧张，急需一笔钱来周转。实际上，明哲宇早就通过耶律了解到了这一情况。在他的复仇计划中，他需要张小波这样一个人物来帮助他侦察敌情、刺探情报。所以在这天下午，明哲宇第一次用易容术和腹语术化装成为爱德蒙公爵，在位于北五环附近的“公爵府”召见了张小波。这位公爵无论身高还是体重都和明哲宇接近，年纪长其二十岁左右，为古典白人贵族形象，有着些许胡茬和中等长度的深棕色卷发。为了这个身份的完整，明哲宇还在几天之前通过耶律为爱德蒙公爵买下了这座宅子，并为他配了一部纯黑色的宾利轿车代步，可谓无懈可击。与此同时，耶律也学会了易容术，变身爱德蒙的英国管家出现在公爵所需的场合。在这时，他叫雨果(Hugo)。

今天为了接待张小波，爱德蒙公爵穿了一身法国顶级品牌纯黑色复古修身西服，脚踩同样等级的黑色头层牛皮鞋搭配一款带有一颗钻石的黑色领带示人。而张小波今年三十五岁，有着一米七五的身高，偏分短发，白色球鞋、蓝色牛仔裤和卡其色短T恤的搭配让他看起来多少还有些像个学生。

爱德蒙公爵的别墅属于英式古堡风格，有着三个车位和九间卧室。奶白色的外墙搭配深蓝色的房顶非常严肃，让人一下子就能辨识并记住。这栋别墅的内部为古典派设计，顶级真皮沙发、实木家具是基本配置，而暗红色则为整体陈设的基调。

张小波来到之后，雨果就将其直接带入硕大无比的客厅。还没等这位网站创办人结束东张西望，从惊讶中回过神来，公爵就从二层的楼梯气定神闲地走了下来。

公爵示意张小波坐在旁边的宾客沙发之上，而自己也同时落座正中的主人位置，双方在简单寒暄之后就进入了今天的主题。

“你知道我今天请你来的目的是什么吗？”爱德蒙公爵开门见山，语气严肃，而雨果就站在他的旁边。

“我不知道。”张小波略显紧张，显然还不太了解这位公爵。

“我是明哲宇的朋友。”爱德蒙公爵沉稳地说道，“你是不是特别想要知道他的秘密？你为什么那么想知道他的秘密？”

“因为我们经营的就是一个打破砂锅问到底的网站，那是我们建站的宗旨。”张小波平静地回答。

“既然如此，”公爵持重地说道，“那我问你一个问题吧！”

张小波没有说话，似乎已经被公爵的气场彻底震慑。

“你知道我是谁吗？”

“一位消失很久的公爵，大家都认为您已经死了。”

“那么你说，”爱德蒙公爵狡黠地问道，“你说，我为什么会回来？”

“难道您是……”张小波猜测道，“起死复生？”

“我在你的网站上看到你写的文章，说很久以前在法国的科西嘉岛（CORSICA）有人真的起死复生，对吗？”

“是的，但那从未经过证实。”

“我和明哲宇在阴曹地府曾经是朋友，”公爵冷冷地说道，“现在我们回来了。”

“你们果真复活了吗？”张小波脸色煞白，“难道那久远的传说是真的吗？”

“我想让你把这条新闻写在你的网站上。”公爵平静地说道，“你看行吗？”

“我怎么知道您说的是真的？我还一直认为紫金坦克乐队时空穿越了呢！”张小波问道，“而且，这一切万一就是恶作剧呢？”

“昨天紫金坦克的演出你也看见了，”公爵严肃地说道，“难道还有别的什么解释吗？”

“况且，”公爵继续说道，“我是不会让你白干的。”

话毕，雨果就把几沓钞票放在了公爵身前长方形的实木桌子上。但是公爵并未把钱直接推给张小波，仿佛想让他自己来拿。不出所料，张小波看到这么多现金摆在眼前，立刻就明白了公爵的用意，打算把钱拿到自己手里。

“慢着！”公爵喝住自媒体人。

“怎么？”

“我们这不是一锤子买卖吧！”

“您这是什么意思?”

“我打算和你展开长期合作,”公爵顿了顿，严肃地说道，“以后只要我要你来，你就得随叫随到，可以吗?”

“可以是可以,”张小波眼睛一转，“可这费用……”

“哈哈!”公爵大笑，用手指了指张小波，“你还真是有奶便是娘。我也真的没看错你。”

“费用另算!”公爵打了一个响指，“费用另算!”

“这样就太好了。”张小波随即把钱收好，小心翼翼地问道，“请问公爵您还有什么需要我办的吗?”

“当然。”公爵冷冷地说道，“关于明哲宇父亲的死，我需要你把你知道的全都告诉我。”

“啊!”张小波大叫一声，“那件事可跟我没关系!”

“别紧张,”公爵平静地说道，“你不是北京的‘包打听’吗?”

“我只想知道，那件事到底是怎么回事。”

“可是……”张小波狡猾地说道，“可是您的这些钱可不够。”

不用公爵吩咐，雨果又拿出了一笔钱放在张小波面前。只见自媒体人哆哆嗦嗦地说道：“本来这件事我打算烂在肚子里算了，可谁叫我现在缺钱呢。”

“没有办法,”张小波看着公爵，说道，“我这可都是看在钱的面子上啊!”

“说!”

“据我所知,”张小波说道，“当年明哲宇的父亲明哲世勋秘密截获了一个关键代码，而谁掌握了这个代码，谁就可以毁灭整个世界。”

“你说的是林夕吗?”

“不是。”自媒体人继续说道，“林夕杀了明哲宇父亲这件事，只要稍微了解事情的人都知道。”

“事实上,”张小波解释道，“我们认为，创造编写这个代码的人，才是这件事的真正主谋。至少，他也应该算是合谋之一。”

“这个人是谁?”

“这我就不知道了，也许只有林夕才知道。”

“好吧,”公爵故作平静地说道，“那也只有让明哲宇自己去查证了。”

“也只能这样了。”

“还有一件事，我想让你帮我证实一下。”公爵问道，“可以吗?”

“您请讲。”

“我问你,”公爵把身子凑了过去，阴郁地问道，“当年，明哲宇的父亲是不是死在了这间别墅里?”

闻听此言，张小波的脸色瞬间煞白，“这个您都知道!”

“你忘记了吗?”公爵突然起身，厉声说道，“你忘记了我是从坟墓中爬出来的人了吗?”

张小波无言以对，只能呆呆地坐在那里，动弹不得。

“张小波，”公爵厉声质问道，“所以，那天你也在现场，那天你也在这里对吗？”

公爵的身影在一瞬之间变得无比高大，仿佛来自地狱的审判官一样阴森恐怖，仿佛他早就洞察到了一切真相。

“是的，我确实就在这里……”张小波连忙摆手解释道，“但是当年我可没有参与什么。我只是想要获取新闻，所以潜伏进来偷听情况，结果却被我目击了作案现场。”

“你都看见了什么？”

“我看见林夕把明哲宇的父亲杀死，然后分尸，一块一块地把所有的肉割下，放在搅拌机里和成稀泥，倒进了水池里……”

听到这里，一股极端巨大的怒火从公爵的心脏中愤然而起。他几乎失去理智，完全忘记了现在他并不是明哲宇这一事实。只见他揪起张小波，愤怒地咆哮着：“你说什么？！”

“公爵，您别这样！”

雨果冲上前来，把公爵和张小波拉开。

爱德蒙稍稍平复心情，向后踉跄两步坐回原处，似乎想到了自己的公爵身份，便不再作声。

“公爵先生，”张小波也坐了下来，用手指着一个方向，哆哆嗦嗦地解释道，“我当时就躲在那个角落目击了这一切。虽然我无法得罪林夕，可我也不想让他过得太舒服，于是把他杀人的事情通过匿名的方式模模糊糊地放了出去。没有时间，也没有地点，毕竟我不想把自己牵扯进去。后来明哲世勋死不见尸，事实上没有人知道他死在了这所宅邸，所以警察也只能放过林夕了事。”

“张先生，”公爵稳住刚才的激动情绪，平静地说道，“还有一件事你也帮我办一下。”

“您请讲。”

“把我下面的话也发到你的网站上，”公爵解释道，“告诉所有人，我爱德蒙公爵买下了明哲世勋先生生前的这所宅子，但是我在下水道里闻到了一股恶臭，我正在调查这是怎么回事。”

张小波顺理成章地答应了公爵的最后要求，片刻之后就离开了这所宅邸，似乎并不愿意再次回忆今天发生的一切。

爱德蒙公爵和雨果站在客厅，没过一会儿就变成了明哲宇和耶律的样子。现在天色已暗，耶律驾车载着紫金坦克的队长向着自己位于中央商务区的公寓行进。耶律一如既往地平静，而明哲宇就坐在司机斜后方的座位之上，似乎还在沉思着今天故事的全貌。

“耶律，”明哲宇平静地说道，“下次我不冷静的时候，还请帮我控制。”

“少爷，”大管家回答道，“您今天已经做得很好了，我也很遗憾听到这样的消息。”

“我实在不太习惯爱德蒙公爵这个身份。”明哲宇严肃地说道，“不知道为什么，我感觉他并不是我，又或者我要为了他的样子而改变我的本性。我说话没有那么直接，动作更没有那么夸张，也许易容术除了变换容貌之外，也会把人的性格或多或少变得趋向于易容对象。”

“但是或许这也仅仅是您的心理暗示，”耶律一边转向，一边说着，“也许您在潜意识里也愿意把自己变成一个不一样的人。”

“也许吧。”

宇看着窗外，目光迷离，久久不能从今天的震惊中抽离。在见张小波之前，他以为他已经了解了一切，但是他无论如何也想象不到自己的父亲竟然死于碎尸万段剁成肉泥。他以为他很了解自己的对手，他以为他可以亮明身份轻易取胜，他以为他的愤怒绝对足够克敌制胜。只可惜，现在的林夕让他不寒而栗，他没有想到此人竟然如此残忍。而这种残忍远远胜于自己的愤怒，让他竟然在一瞬之间产生了些许恐惧。

“怕了吗？是不是还要继续和这个冷血畜生对抗到底？”

明哲宇透过汽车硕大的全景天窗仰望星空，不停地问着自己。他意识到，明哲家族的全部名誉已经完全压在了自己的肩上，有那么多人等着他胜利的消息。此时此刻，他不是一个人在战斗，他不应该倒在这里，况且，现在的情况也不允许他夹杂着半点恐惧而半途而废。

所以他的恐惧感顷刻之间稍纵即逝、灰飞烟灭。明哲宇知道他必须振作精神，必须坚定意志，决不能够在这里放弃。

“少爷。”

“怎么？”

“其实今天您已经取得了很多成果了。”

“此话怎讲？”

“话说您是怎么知道老爷就是死在那所宅子里的？”

“老实讲我不知道，”明哲宇答道，“但是先父生前特别喜欢在这所宅子里谈生意，他总是说，生活和工作要区分开。”

“这个理由似乎并不能够让您确定世勋先生就是死在那里。”

“没有错。”明哲宇看着前方，平静地分析道，“但是耶律呀，你一定要善于观察一个人，不能放过任何一个细节。其实张小波刚进入这所宅子的时候，我就一直在二楼观察他。从他入门一直到他落座，此人对这所宅子完全没有陌生感，反而是在回忆什么。举个例子，他在刚进院的时候，看了看咱们家的石头台阶，就一直不停地摸着额头，我就猜到他一定曾经在咱们家磕过。如果是第一次来这里的人，面对家里相对较高的台阶，若非有专人提醒，可能会被绊倒，但是他不但没有摔倒，还躲过去了。”

“您这么一说我倒是想起来了，”耶律接过少爷的话，继续说道，“多年前丰创实业的老总来家里的时候就差一点绊倒，老爷一直说让修正，结果后来又说要卖了这所宅子才作罢。”

“你再看他的眼神，迷离、犹豫，”明哲宇接着说道，“回答我的每一个问题都十分慌张，给人以心虚之感。”

“事实上任何谎言都禁不起盘问的，一个有经验的法官，可以在三个问题之内就能通过逻辑关系的错乱来推断谎言。”

“然后你再走近看他，”明哲宇解释道，“你会发现他一直在出汗。”

“所以我猜我父亲应该就是死在那所宅子，而他目击了全过程。”

“很有道理，”耶律想了想又问道，“不过，那也只是少爷您的一种猜测，您到底是怎么一击中的的？”

“在此之前，我已经对他的网站进行了仔细的研究。”明哲宇确信地说道，“你要是想利用一个人，你就要了解他的一切。要知道张小波是个唯利是图的小人，只可利用，不能重用。对于你的问题，我的回答是，他的网站上全部都是未经证实的奇闻逸事。所以我今天用了爱德蒙公爵的身份和起死复生的概念，让他站在鬼神面前，不敢说谎，在恐惧之下告诉我们全部事实。”

“事实上，您达到目的了，少爷。”

宇看着窗外，没有回答耶律。

“老实说，”耶律问道，“少爷您相信鬼神传说吗？”

“嗯……”明哲宇沉思着，突然看向汽车前方，若有所思，“我一直相信先父也许就在天空的某处看着我，那里有着一个完美世界，有着一片极乐净土……”

在明哲宇成功地收买张小波的同时，他的死对头林夕也没闲着，打算对紫金坦克采取进一步行动。而他也早已接收到了明确信息，把紫金坦克的复出当作对自己的挑衅。面对这样的挑衅，他绝对不会善罢甘休，更把目标锁定在紫金坦克的贝斯手王子星的身上。

王子星在这个深夜收到了一封来自加拿大多伦多的电子邮件，而发件人正是他的女友——大天使乐队的主唱之一莫菡。

“星啊，我已经看见了紫金坦克的复出，真的特别好！你也还是那么帅气！抱歉让你担心了，没有第一时间联系你。实际上我也和你一样，经历了时空穿越，来到了现在世界。太空爆炸之后，大天使乐队全员都掉到了加拿大北境，而我们也一直没有你们的任何信息，以为你们已经死了。是那天的复出演出真的精彩，知道你们的背后已经有了强大的音乐财团支持，也发现现在的中国已经越来越强大。有了如此专业的支持，你们的音乐简直如虎添翼，居然把交响和朋克放在一起躁。看来你们又进化了，而我们也需要加油了。

星，我不知道你是不是还在用这个电子邮件。但是我想告诉你，我还活着。现在大天使乐队有一件事想请你帮忙，可以吗？”

去过西山的老宅之后，明哲宇于深夜回到了位于中央商务区的公寓。此时此刻，叶菲已经搬进家中住了下来。宇脱下了西服，换上了一身藏蓝色的居家服。叶菲帮助宇摆好拖鞋，将皮鞋归位，俨然一副老夫老妻的样子。因为事先已经打好招呼的缘故，身穿一身浅色居家服的叶菲并没有为明哲宇准备晚饭，只是切了一些水果来打发这天最后的时光。

然而宇现在的心情简直糟糕透顶，一想到父亲的结局就不由得愤怒起来，他巴不得现在就宰了林夕这个恶魔，但是上次强袭失败的经历让他不可能贸然行事。

只见宇冲进厕所呕吐起来，林夕的残忍让他感到万分恶心，让其情绪显然无法像白天一样得到很好的控制，似乎这一天的愤怒已经压抑到了一个无法平复的地步。而叶菲也从没有看见过宇真正失控的样子。就算在澳大利亚那段最黑暗的时期，明哲宇也只是把所有的悲伤都压抑在心底，就算愤怒也只是宣泄，绝不是像今天一样无助无援。

他一定是遇到了什么不可抗力，遇到了最强大的对手。虽然在回家的路上紫金坦克的队长已经下定决心和林夕对抗到底，但是他无法估计未来的危险程度，他还不了解对手的强大程度。而这种强大的邪恶力量，就像一个硕大无比的黑洞，不可名状，无法掌握，仿佛可以吞噬整个世界，让他根本不知道如何保护自己，更别说保护自己最爱的那个女人。

于是他突然想出了一个办法，那就是用假意的分手，来保证这位女生的安全。

“菲，”宇站在客厅硕大的落地窗前，抚摸着自己最爱女人的脸颊，轻声说道，“我们分手吧！”

“宇！”菲震惊地看着眼前这位男生，不敢相信这句话竟会出自他的口中。

起初她几乎没有察觉到这其实只是明哲宇的一个计策，只是隐隐地意识到一定是宇遇到了什么危险才如此这般。因为就在前不久她还被林夕诱拐。不过要知道，不管是在梅耶枪案的恐怖现场，还是在悉尼市中心的激烈混战，抑或是在布里斯班那废弃的仓库，宇从来没有真正害怕过。然而因为菲已经知道宇的父亲是被林夕害死的这一事实，这让她在一瞬间开始相信宇一定遇到了更加凶险的问题，遇到了真正让他感到恐惧的问题才会出此下策。

“宇，”菲放下宇的手，抚摸着宇的脸庞，温柔地问道，“宇，你告诉我到底发生了什么？”

然而宇并没有告诉菲自己父亲的悲惨结局。这位男生不仅因为这关乎明哲家族的尊严，更因为他已经充分认识到这个对手的可怕来自他极端凶狠、阴暗的内心，而这远远超出了他们之前遇到的所有危险。

他不想让叶菲进一步卷进这件事情当中。目前知道爱德蒙公爵这个身份的也只有耶律一人。而事实上，宇也只想把父亲被碎尸万段这件事控制在他们两个之间。

然而在内心深处，宇也明白，以他和菲之间的爱，“假意分手”这一招几乎无法奏效。所以他也只能一不做二不休，选择单方面“强行分手”。

“菲，”宇凝视着他的爱人，凝重地说道，“事情远远比我想象的要危险得多。为了你的安全，我现在也别无选择。”

“宇呀，”菲把手放下，拽着宇的手臂，焦急地说道，“宇呀，我们经历过那么多危险，我是说那么多真真正正的危险，但是我们从来没有害怕过，更不曾放弃过，不是吗？”

“但是这次不一样！”宇平和地说道，“我也想大义凛然地告诉你，‘别怕，由我来保护你’，可是，这一次我不能。”

“为什么？”

“因为人类毕竟是血肉之躯，任何逞英雄的话语在子弹打穿你爱人心脏的瞬间，都是完全没有任何意义的。”宇俯下身来，看着自己的女友，继续说道，“事实上，在分手之后，我建议你回澳大利亚躲躲，真的。”

“为什么?”

“事情的全貌我还没有完全搞清楚，但是这次战斗必将是一场血雨腥风。我都不能保证我的生死，你就更不能去为我冒险。这一次我真的不能把你卷进来。听着，他们针对的是我，只要你离开我，你就是安全的!”

“宇，你告诉我到底发生了什么?”

“菲呀!”宇坚定地说道，“你也知道我年轻时因为冲动鲁莽，不顾阻挠到医院去看望林静才导致她的死亡，进而引发了这一系列的家族恩怨。这一次我必须面对现实，不能因此付出更大的代价，我不能让你失去生命。”

“宇……”

菲并没有再坚持什么，她了解男朋友，只要这位男生做了决定，谁也无法改变。况且他说的句句在理，她知道他并不是有着各种超能力的超级英雄，能够强大到就算敌人再凶残再无耻，也可以随时随地、随叫随到地保护她。

但是她还是固执地说了最后一句:“你让我再想想。”

宇换上衣服，穿上皮鞋，坚定地说道：“菲，咱们就这么定了。我建议你先回澳大利亚躲躲，如果实在不想走的话，你就住在这里。老宅今天已经修好了，我去那里住。”

“万一我死了，去找别人。”

话毕，宇推开房门头也不回地离开了这个家。随着宇越走越远，菲的眼泪瞬间就流了下来。她没有想到这对经历了时空穿越的情侣竟会遭到这样的结局。她从未想过回到澳大利亚，她甚至没有跟她的父亲取得任何联系，她只想陪着自己最爱的男生，经历每一场战役，度过每一个夜晚。一起爱，一起恨；一起生，一起死。

但是，就在宇把房门关上的那一瞬间，整个世界仿佛暗淡了下来，没了光亮，没了希望。

宇在坐上汽车的一瞬间，眼泪也流了下来。因为他知道自己刚才说的全都是故作坚强的假话。但是他又知道他必须真真正正地让菲死心，才能骗过林夕以及他幕后的同谋。他甚至不能和菲一起商量好了之后假意分手，也不能在分手之时留存任何恻隐之心。面对如此复杂的局面和如此凶残的对手，他必须同样心狠手辣，这其中也包括他的爱情。

这就是一场比狠的游戏，你软弱的话，你就输了。

次日凌晨，随着星即将登上飞赴加拿大北境的航班，明哲宇终于回到了他位于西山的宅邸，而翔的家族也面临着意大利黑手党的报复。此时此刻，几位年轻人都遭遇到了从未经历过的巨大挑战，在这黎明前，一场血雨腥风的危险战役即将打响。

第七章　完美低于梦想
Perfectly Lower Than The Dreams

但是梦想作为人类最崇高的奖杯，超越梦想不是更棒的一件事吗？低于梦想，就没有完美可言了吧！梦想应该是无限大的吧！

——明哲宇

我们知道，当日凌晨，紫金坦克的贝斯手王子星就踏上了飞往加拿大的航班。事实上，在此之前紫金坦克全员就早已通过黑市搞定了他们的全新身份，在这个身份里，他们就是二十多岁，而出生年月也显示为“九〇后”。但是他们在娱乐通告上的数据，无论是年纪还是出生年月则全部保持未知。

与此同时，人在加拿大的大天使乐队则还没有搞定自己的身份，只得暂时滞留在那里，不能出境。而这一次菡请星帮忙则是因为乐队贝斯手雷米尔突然受伤，需要一个水平相当又很了解大天使乐队情况的贝斯手前来助阵。作为大天使乐队最主要对手的紫金坦克，这支乐队的贝斯手就顺理成章地成为第一人选。

这天凌晨，月明星稀，紫金坦克的贝斯手身着一件顶级街头范儿的黑色帽衫，搭配英式黑色窄腿牛仔裤和经典的小白鞋，显得帅气而新潮。换了登机牌，过了安检，这位帅小伙儿就登上了飞机。他一连买了两张头等舱的机票，一张用于自己，另外一张则用于自己宝贝一般的音乐人（Music Man）电贝斯。

没过一会儿，这架红眼航班就穿过云层，向着北美飞去。稍后，星就把眼罩放下，听起了音乐。在三万英尺的高空，这位青年本以为只要睡上一觉，飞机就会在十三个小时之后平安抵达多伦多的皮尔逊国际机场。然而，突然爆发的一声巨响，打破了原本的安静，让飞机剧烈震动起来。

这显然不是普通的气流震动，也不是一般的硬件失灵，更不是常见的操作失误。这是林夕安排的空难。我们知道，此时此刻，林夕已经把谋杀目标转向了紫金坦克的贝斯手王子星身上。然而疯子和常人的区别在于规模和凶残程度。一般疯子要谋杀一个人就一定要带上一飞机的人陪葬，同时还要把这次谋杀伪装成为恐怖袭击。

林夕在飞机的右翼引擎处放置了炸药，令其在夜空划出了一道绚丽的火花。这是一个多么完美的计划，看起来那么自然，那么无懈可击。

爆炸声音刚落，飞机就以极快的速度下坠，快到机组人员甚至没有来得及讲上一句安抚性的应急话语。星抱着随身的贝斯箱子，以为自己必死无疑。实际上，这次飞机折翼让飞机上所有人都认为自己已经难逃一劫，没有生还的任何希望。

但是就在这时，奇迹发生了。

透过机窗，透过夜空的火花，人们可以隐约地看见一个模糊的人影飞在空中，正在将整个飞机扶正托起。

再定睛一看，那人正在用一种神奇的力量，只用了分秒就修好了飞机已经爆炸的右侧引擎，然后瞬间就消失得无影无踪。

事实上，这个黑衣人和在之前用隐身术搭救明哲宇的那一位是同一人，唯一区别在于他今天的做法已经超越了一般级别的幻术，变成了真正意义上的超自然能力。

十个小时以后，飞机安全着陆。奇怪的是，没有任何一位乘客用手机成功录下了当时的现场。飞机上的一切混乱物归原处，右侧引擎完好无损、全新如初。一些客人甚至怀疑自己是否真的遭遇了空难，还是因为北极光的光波而产生了什么幻觉。

但是星却清晰地记得，在那个黑影消失之前，那人毫无疑问地给他做了一个“2”的手势。他不知道那代表着什么，只记得明哲宇跟他讲过那人曾经做过一个“1”的手势给他，他也同样并不明白那其中的含义。

但是无论如何，星安全抵达多伦多，即将和菡会合。而知道自己计划失败之后，林夕除了愤怒之外，也意识到紫金坦克好似有着神明保护，不敢轻举妄动。

星出关以后，菡以一身黑色的摇滚装束来到机场接星回家，目的地则为大天使乐队的豪华宅邸。

事实上，大天使乐队队长路西法的家人十几年前在多伦多的超级富豪区跑马径（Bridle Path）买过一栋巨大的别墅，那宅子属于你根本无法从大院门口看见别墅样子的那种巨大，有着十几间卧室和七间车库。和澳大利亚的希尔古堡一样，这间房子平时根本没人居住。当家人知道路西法还活着的消息之后，便让他先在那所别墅住下来。而大天使乐队的成员也全部以那所宅邸为基地，开始进行排练。

星的到来缓解了大天使乐队贝斯手急缺的状况，而大天使乐队的对手是一支名为“Ice Ray”（冰晶光线）的加拿大本土乐队，哪支乐队获胜，哪支乐队就将获得去北京参加“天下第一乐队竞赛”的终极参赛资格。没有错，这个比赛正是林夕和中国的几大娱乐公司共同策划的宇宙企划，和十二年前的太空音乐会的规模相比只大不小。而星的临时加盟，对大天使来说无疑是雪中送炭，也让他们保留了飞往北京的希望。

当加拿大这边已经进入一天的夜晚，北京已经到了第二天清晨。事实上，如果算上时差，宇和菲分手已经超过一天了。

我们知道这位女生在前天晚上并没有答应明哲宇的要求。她并没有同意分手，只是说再让她想想。然而现在无论这位女生怎么给明哲宇打电话，宇就是不接不回。其实关于菲的状况宇完全了解，因为宇只是假意和菲分手，所以他早就派人在暗中保护这位女生的安全。

不过，另外一位喜欢明哲宇的女生，却并不知道明哲宇名义上已经和菲分手。那位女生就是希美娱乐集团的创始人、顶级美女欧阳希美。

这天早上，天空有着些许阴云，明哲宇和爱新觉罗·翔一同出现在希美集团的排练室。虽然星不在北京，但他早就录制完成了贝斯的部分，并未耽误整体演练。而在为新专辑录完第三首歌之后，欧阳希美找到明哲宇，准备商讨乐队的下一步计划，那就是是否参加林夕举办的“天下第一乐队大赛”。

今天宇穿了一件顶级英式黑色休闲西服、一双意大利产休闲白色皮鞋、一条同样白色的直筒帆布裤，搭配一件白色V领短T示人，简约轻松，年轻时尚。而希美也并没有展现出那种传统老板的做派，只是选择了一件奢侈品牌的浅粉色圆领长T和一条设计师款蓝色窄腿牛仔裤外加咖色法国奢侈品牌休闲鞋作为这次见面的装束。

希美今天只约了明哲宇，但这并不仅仅是因为他是紫金坦克队长的缘故，更深层次的原因是希美喜欢这位高大年轻而帅气的小伙子，她总想找一些由头和宇单独相处。

不过宇最近的遭遇让他不可能提起兴致，事实上他已经拒绝了希美两次邀约，但是这一次是无论如何也回避不掉了。

“宇呀，”希美坐在硕大的椭圆形会议桌的一头，装作一副和宇非常熟悉的样子，平静地说道，“我的意见还是参加比赛。”

“这个比赛能够给到的回报是超乎想象的。”希美双手一摊，继续解释道，“这么说吧，你们要想成为中国最火的乐队，林夕这道关你是绕不过去的。”

在谈论这场比赛之时，明哲宇坐在距离希美很远的另一头，表情一直比较严肃。事实上只要现在一有人提到林夕，他就恨不得把这个畜生碎尸万段，更别说去参加他举办的比赛了。

这本该是一个绝对否定的答案。

“宇呀，”希美感受到了宇的抗拒，走到他身旁的座位坐下，稳重地说道，“我也知道有传言说是林夕害死了你的父亲。”

“但那只是传言不是吗？”希美拍了拍宇的肩膀，安慰道，“那从来也没有被证实，不是吗？”

希美只是一心想要劝说明哲宇参加比赛，哪里知道这位男生已经完全弄清楚了真相，心中早已充满仇恨。

面对希美的劝说，宇一直目视前方，毫无表情。

“去吧！”希美说道，“在此之后我们也会把集团最棒的资源释放给你们，上热搜、接广告、做代言、拍电影等。”

“再说他们这次的投资制作可以说是相当顶级，无论是舞台搭建还是现场设备都是超一流的水准，正所谓机不可失呀！”

“再退一步说，”希美此时露出了她商人的本质，“就算你父亲是被林夕害死，但那也许只是误伤，其实没有人知道真相是什么不是吗？天下没有永远的敌人，对吧？”

“好，我们参加。”

其实对于希美并不顾及自己感受这件事，明哲宇早就有所准备。反正紫金坦克的队长也不喜欢这位集团创始人。对于明哲宇来说，他认为商人就是商人，无利不起早。事实上他早就料到希美会跟他谈论参加“天下第一乐队大赛”的事情，也早已想到希美会颠倒是非，话里话外向着林夕。所以有了这层思想防御，明哲宇在会议室就显得安静很多，情绪上并没有出现太大的起伏。

紫金坦克的队长能在此时迅速做出参赛决定的原因只有一个，那就是他准备反其道而行之，舍弃暗处，主动出击。相比于兵戎相见，他认为在一场华丽的复仇之中，从精神上击败林夕更是必不可少。而他也完全没有一点要去从这次比赛中获利的想法，只要是与林夕有关的事情，对于他来说都是死路一条。

与此同时，他答应参赛也不是因为受制于欧阳希美的商业合同。事实上就在欧阳希美拿出是非不分、唯利是图的商业态度之时，明哲宇就做出了和这位美女总裁分道扬镳的决定。如果除去家族恩怨，他当然知道希美劝他参赛不仅仅只为他好，对整个乐队也是有着百利而无一害的。但是，和希美分开绝不是一个不负责任的决定。事实上，在这短暂的合作期间，聪明绝顶的明哲宇早就学会了希美运营公司的方法，再加上他也并不缺资金，所以他已经打算尽快和把自己父亲的死不当回事的希美分开，建立属于自己的商业帝国。

然而明哲宇并未马上提出解约，因为毕竟他还需要和自己的贝斯手和鼓手商量细节。所以在告诉希美自己参赛的决定之后，这位男生就径直走出了希美的办公大楼。希美则一路送宇来到他的座驾旁边，而此时翔已经率先开车离去。可是就在宇准备上车之时，身着淡粉色运动服上衣、蓝色的紧身裤、白色老爹鞋的叶菲却突然现身。原来这两天找不到自己的男朋友，让这位女生不得不到公司来一问究竟。

到底还要在一起吗？

还是分手，彻底分开？

然而还没来得及说上一句话，就在菲无限接近宇的时候，这位男生却在自己的余光里扫到了一个熟悉的身影，那人不是别人，正是林夕的副手郎正。

原来郎正一直都在暗中监视明哲宇的举动。事实上耶律早就告诉过宇让他注意此人，他们也曾经数次在街头甩掉过此人的跟踪。

但他们未曾想到身着黑色西服的朗正竟会不早不晚地出现在如此紧要的关键时刻。

在敌人的监视下，明哲宇自然不会给菲任何说话的机会。因为一旦形成三人的纠缠，就容易言多必失，让郎正识破他假意分手保护叶菲的计划。

所以明哲宇只能把这场戏演足，让一切发生。只见他抱住希美，不容分说地吻了上去。与此同时，希美的脸颊顿时通红，眼睛大大睁开，根本喘不过气来。就算在商业战场上如何成功，这位女生也抵抗不了这位她最喜欢的、有着盛世美颜的男生的纵情一吻。此时此刻，她也管不了自己的身份，管不了自己是不是站在公司的门口，竟也顺势激吻过去。两个人的激烈程度就好像多年未见的情侣，如鱼得水，如胶似漆。希美此刻完全不知道宇只是在演戏，她只知道，在这段时间的性格博弈之后，她终于得到了这位英俊男生的亲吻，陶醉其中，不能自拔。

而疾步走来的叶菲见到此情此景，惊讶得说不出话来，呆呆地站在距离两人十米远的侧方，停止了前进的脚步。她的震惊来源于“眼见为实”带来的巨大冲击力，让她找不到任何借口。然而就在这短暂的震惊中，菲却迅速回归理智，因为以她对宇的了解，她相信宇绝对做不出这样的事情，这里一定有什么隐情。但是无论如何，“事实的冲击”和“曾经的了解”这两种元素分别占据了菲脑海的一半和另一半，形成了某种对峙局面。

到底该相信他吗？到底该怎么办？

就在这时，菲的脑海里又在瞬间想到了一个全新的问题——这还是她曾经认识的宇吗？还是经过穿越之后，宇的性格发生了某种变异，变得不像他自己了？毕竟宇最近这段时间里的性格表现非常怪异，然而菲当然不完全了解其中的原因。

而这个微妙的想法让原来那信与不信各百分之五十的局面发生了微妙的能量变化，如果眼前这个人已经在事实上不是曾经的明哲宇本人的话，她为什么还要那么百分之百地相信他？

所以菲选择了不语，纵使在她内心深处还是不能放下，仍然还有很大成分信任这位男生。

就在此时，欧阳希美也看见了站在侧面的叶菲，随即停止了和宇的亲吻。她认出了这位女生，在那天的复出演唱会上，希美就看见了这位女生。她羡慕嫉妒叶菲，因为她是如此痴迷于眼前的这位男生，现在她终于可以站在这位女生的面前，告诉她，紫金坦克的队长在工作中是我的人，在生活上也是我的人。

菲转身离去，一边跑一边哭，然而宇站在原地没有解释，也没有喊话，更没有追上去。他就那么冰冷地站在原地，和希美一起一动不动，冷得好像西伯利亚的冰川，可以以绝对零度的力量冰封各种程度的爱情。

菲越跑越远、越跑越远，直到消失在宇的视线之外。

随即，林夕的眼线郎正也离开了现场。

“喂，”希美看着对面的男生，平静地问道，“你是不是在气她？”

明哲宇只是面无表情地站在那里，什么都没说。

而希美心里也明白明哲宇也许只是做戏演给叶菲看，这一吻并不是因为喜欢自己。事实上，虽然她也不知道他们之间到底发生了什么，但她仍然愿意把这次的意外之吻当作明哲宇给自己释放的信号，绝对不会因此而生气放弃。

“喂！”希美略显娇柔地问道，“你知道你吻了我吗？你们之间到底怎么了？”

“对不起！”

明哲宇放下这句话就迅速进入了自己的座驾。还是老样子，耶律开车，他就坐在后面。在后视镜里，他看见了希美越来越远的身影。这让他想到就在刚才，自己最爱的女生越跑越远的样子。

他忍不住哭了出来，眼泪不停地流着。宇已经很久很久没有这样抱头痛哭，上一次还是在多年之前林静去世的时候。然而这一次的痛苦却比上一次还要剧烈，因为哭一个死去的人远远比不上见不到活着的人更让人难过。

“少爷，”耶律看着后观镜中的明哲宇，安慰道，“别太难过了吧，我知道您已经尽力了。”

“耶律，”明哲宇回答道，“我这么做是不是对两位女生都不公平？”

“少爷，”耶律继续劝慰道，“您这也是没有办法的，有时间再向她们解释吧。”

“耶律。”

“什么？”

“从小我父母就因为生意的原因和我比较疏远，”明哲宇擦干眼泪，平静地说道，“这一点你最是清楚的吧。”

“是的，少爷。”

“实际上，我这辈子失去的人太多了。也许上帝眷顾我的天赋，但是也从我身边夺走了太多太多的幸福。”

“我不开心，我真的不开心。”明哲宇再一次殷红了双眼，难过地说道，“有的时候，我觉得我要失去他们了。父母、静、月……逝去的时光让我都已经模糊了他们曾经的样子，除了照片上面的场景，除了录像里面的记录，很多时候我已经想不起来我和他们都经历了什么、去过哪里。我感觉我要真正地失去他们了，即便是记忆中的他们。”

“少爷，您也想开一点吧，也许生命就是一个注定的过程吧。”耶律顿了顿继续说道，“有的时候如果没有办法达到最完美的，是不是也可以短暂的完美低于梦想。那样的话会舒服很多，毕竟没有什么是完美的。”

“我不能再失去叶菲了。”

还没等耶律把话说完，明哲宇就打断了他，目光里闪烁着坚定的回答。

“菲现在就是我唯一的亲人，她就是那个我爱着的我唯一的亲人，我怎么可以看着她难过！”

“完美的低于梦想吗？我曾经也想过隐忍，哪怕就是短暂的一段时间。”宇目光平视前方，继续说道，“但是梦想作为人类最崇高的奖杯，超越梦想不是更棒的一件事吗？低于梦想，就没有完美可言了吧！梦想应该是无限大的吧！”

“少爷，”耶律赞叹道，“我感觉你越来越像老爷了。也许明哲家族血液里就流淌着永不服输的性格。”

“我记得世勋老爷曾经说过，失败并不可怕，可怕的是你从没试过。”耶律继续说道，“评判一个人的成功，有的时候标准就是勇气，而不是这件事办得好坏。”

“少爷，我想我明白您的意思了。”

“耶律，你也是我最值得信任的人，我也同样不能失去你呀！”明哲宇顿了顿提高了声音继续说道，“你明白吗？”

“少爷……”

“耶律，”明哲宇坚定地说道，“我也明白对抗林夕那畜生，狠下心来是一件必须做的事情。但是，不能让菲继续难过将是我复仇的前提。”

“少爷，难道您已经想出更好的办法了吗？”

“我要马上成立紫金娱乐公司！”明哲宇严肃地说道，“这是一件一举三得的事情，不仅仅为了我的商业布局和彻底击败林夕的复仇计划。到时候叶菲也会明白我和欧阳希美已经分道扬镳，亦可证明我自始至终只想用更强大的力量保护她。”

“还需要和星、翔商量一下吗？”

“耶律，明天就帮我了解相关规定。”紫金坦克的队长坚定地说道，“立刻，马上！”

之前说到，翔在收到安杰丽卡哥哥的宣战之后，在那一夜他就坚定地打消了对黑手党的恐惧，发誓夺回爱情。只可惜安杰丽卡那边一直不知何故无法联络，加之乐队这边又需要录音，所以翔打算在今天结束工作之后，不顾危险也要前去斯卡列蒂家族的住所找她。

我们知道，今天翔比宇早先离开希美集团一些。但是就当希美、明哲宇和叶菲三人纠缠不清的那个时候，翔却意外地联系上了安杰丽卡。原来，这位女生这几天持续被吉尔伯特软禁在家，断绝了与外界的所有联络。而今天，就当吉尔伯特准备把妹妹押回意大利的时候，她意外地掉在地上的电话让翔知道了一切状况。

“喂！安杰丽卡！”翔在电话里大声疾呼，“你怎么样？你那里到底发生了什么？”

“翔，”女生惊声叫道，“你先别管我了，我现在被我哥哥控制着。但是我很安全，你快回家！我的家族已经来到北京，准备到你家去杀人了。翔，你快回去！”

听到这里，翔的心中一片冰凉，只见他迅速将座驾掉转方向，朝着父亲的宅邸一路开去。这个时候，他约上了曾经出生入死的队友明哲宇一同前往。在星刚刚死里逃生之后，这两位北京青年刚从公司分开就再次聚在一起。然而这一次不是因为音乐，而是为了拯救。

第八章 失与得
Loss and Gain

星空就像一幅未来预想图，拉近了彼此的距离。只不过每个人对于未来的理解都不一样——你的并不是我的，我的也不一定就是你的。

然而，翔和宇还是来晚一步。等到他们回到爱新觉罗的府邸时，一场械斗已经结束。天空此时布满阴云，淅淅沥沥的冷雨之下迎面而来的是混乱、血腥、废墟和一片狼藉的战场。这时斯卡列蒂家族已经离开，只剩下翔的继母和同父异母的弟弟阿天（爱新觉罗·天）独自坐在院落中间，守着翔的生父爱新觉罗·恒泰的遗体低头不语。阿天身穿一身灰色长褂，脚踩黑色布鞋，有着一点武师的感觉。而他的母亲则以一身有些民国风格的、略显富贵的墨绿色复古便服示人。

爱新觉罗·天，今年十二岁，身高只有一米五五。他留着一头乌黑的波波头，身形瘦弱，气质阴郁，是在紫金坦克太空出事之后才出生的。别看他年龄不大，却有着超人的智商和一身精湛的中国功夫。

而他的母亲则是一副高颧骨、塌鼻梁的阴险长相，中等身材，齐脖卷发架不住她一副丧气的脸庞。

此时此刻，翔的父亲已经在乱战中死去。原来他本就虚弱无比的身体根本禁不起意大利人的任何攻击，被乱刀砍中当场毙命。

除了父亲的遗体之外，现场还留下了一份遗书，明确写着爱新觉罗家族的全部遗产由次子阿天独得。

“翔，你过来，”翔的继母面无表情地说道，“看看这个吧。”

寒风瑟瑟，潇潇雨歇，身着一身黑色中山装的翔接过那份遗书，看着尸骨未寒的父亲，怒从心头起。这愤怒不仅仅因为斯卡列蒂家族，也因为他继母的冷血——难道现在是该谈论遗产的时候吗？

翔接过遗书，直接扔到一边，愤怒地吼道：“你们母子这是要干什么！你们没看见我父亲还躺在这儿吗？”

宇就站在翔的侧后方，紧紧地握着拳头，他巴不得现在就冲过去帮自己最好的兄弟把这对冷血母子打翻在地。因为他太了解翔的心情，痛失家人之伤他也刚刚经历。然而他知道翔也在用最后的理智来控制自己的冲动。一来他的父亲还躺在那里，二来对面的人毕竟还是女人，也是翔的继母，虽然那人没有和翔在家里生活过一天，也不曾和翔吃过一餐家宴。

宇甚至不清楚，自己的兄弟到底是对斯卡列蒂家族的愤怒多一些，还是对自己继母冷血的憎恨更多一些。要知道，一个人在自己的父亲死后，对继母的愤怒若是大于对凶手的话，这个女人该是多么无情无义。

“你看过了吧，”翔的继母冷冷地说道，“行了，你可以走了。”

“什么？”翔怒目圆睁，不敢相信自己听到的话语。

“我说，你给我滚！”继母突然吼道，“现在这个家已经没你的份儿了，你不属于这里了，你给我滚！滚出去！”

此时此刻，翔再也控制不住心中的怒火，冲上去就要让这个女人闭嘴。而宇则迅速向上一步，死死地把翔抱住。

“翔，”宇用尽力气控制住那位男生，吼道，“翔，你冷静点。”

“宇，”翔愤怒地挣脱着，腿脚一通乱踢，“拿我当兄弟你今天就别管我，实际上我已经愤怒很久了！”

“耶律，”宇招呼着站在院外的大管家，并没有理会翔的话语，“帮我把翔给拽出去。”

说时迟那时快，只见耶律冲进院内，分秒之内就把翔控制在自己的范围之内。

不过就在这时，阿天却突然起身，向着翔就飞踢过去。

嘴里还愤怒地叫喊着：“滚蛋！”

然而就在这一记飞腿无限接近翔的时候，宇飞起一脚正好踢到阿天的脚踝，导致其失去重心飞了出去。

谁知阿天在空中翻了一个跟头，直接落在了五米之外，然后顺势做了一个单掌撑地的姿势又向后滑了两米把自己稳住。

只见他俯身抬头，怒目圆睁地看着紫金坦克的队长，仿佛思考着此人是个什么来路。事实上他从来没有见过明哲宇，只听父亲曾经提起过此人非常了得，这也让他不敢轻举妄动。

“我告诉你们，”宇镇定地说道，“翔无论是不是应该得到遗产，他都应该得到那份应有的爱与尊重。更何况，翔的父亲爱新觉罗 · 恒泰先生在遇难之前还给我们打过电话，说他在得知翔回归之后，决定更改遗嘱。他突然觉醒，并告诉我们，他早就发现你们的邪恶，已经起草了一份新的遗嘱，准备让本性善良的翔来继承财富。”

“很遗憾，”翔的继母冰冷地否认道，“从来就没有什么新遗嘱，翔的父亲早就是个疯子了，你听说的也是他的疯话。”

“是吗，”宇就像一个平静的战士，转过身一边向外走，一边背对着这对母子从容而轻蔑地说道，“是不是疯话并不重要，事实上我一定会把此事查个水落石出。到时候，我们不但要钱，还要让你们付出惨痛的代价！”

走出爱新觉罗的府邸，耶律驾驶翔的汽车把这位青年送回他的寓所。此时此刻，紫金坦克的鼓手只想一个人静静。而宇则独自驾车返回自己位于西山的宅子，并没有联系女友叶菲。

这时，两位年轻人已经全部跌入谷底。对于翔来说，在经过四维空间的穿越之后，一切都变了样子。曾几何时父亲在世让他看起来比明哲宇还能好上一些。可现在看来那也只不过是被死神判了一个缓刑而已。父亲已经离开了这个世界，同时离开的还有爱。这期间到底发生了什么？继母、阿天到底是什么样的人？而爱新觉罗家族到底和斯卡列蒂家族有着怎样的深仇大恨，对方才会不惜一切代价来到北京寻仇？这一切似乎笼罩着重重迷雾，让人根本看不到真相。翔走到公寓露台，仰望天空，可惜的是他似乎再也看不见曾经闪亮的繁星，仿佛一切的美好都留在了童年时光，都停在了一家人童话一般其乐融融的记忆深处。

而宇呢，这位青年本来就面临着无数问题，现在他也希望把发生在翔身上的不幸全部揽到自己身上。这不仅仅是因为他是紫金坦克的队长，更因为他与生俱来的使命感与责任心。

他看不得自己的兄弟受委屈，任何时候也不行。他也许不是最能言善辩的那一个，但是他一定是一个强有力的执行者。都说这个世界兄弟之间没有真正的友谊，但是还有人说这个世界一定没有绝世宝藏。其实宝藏会有的，真情也永远都在，只是不多见于尘世罢了。只是那些都是皇冠上的明珠，想要获得，需要付出太多，需要条件太多，需要强大的意志力，需要坚持，需要理解，需要配合。这绝不是简单的喊喊口号就能做到的事情。

此时此刻，明哲宇深刻地知道，紫金坦克要想成就一番事业，要想报仇雪恨，就必须承受更多的重量，正所谓“欲戴皇冠必承其重”。

说到底，这一切都是为了爱吧！

天已入夜，驾驶在京城十里长街之上，金色的华灯不断地在明哲宇的两侧掠过，和光线霓虹一起交织出一种亦真亦幻的美丽夜色。开过天安门，来到了西单，光影之下宇的余光看见了街道北侧的广场上，还依稀有行人走动。有上夜班的，有开夜市的，有赶地铁的，还有一位……还有一位弹吉他的青年正站在那里演奏着动人的旋律。

那声音如此美丽，如此空灵，就算是在深夜，那位青年也能用并不算精良的乐器和音响，弹奏出美妙的“旋律朋克”。和之前紫金坦克回归音乐会一样，那是一种结合着优美旋律的躁动，只是没有一支交响乐团出现在他的身后。

现场只有零星几人站在那里观看，不过就算吉他青年只穿了一件海魂衫、一条墨绿色的工装裤和一双黑色帆布鞋，蓄了络腮胡子也挡不住他英俊的面庞。他今年十九岁，有着和明哲宇相仿的身高，也能弹奏同样美妙的音乐。不一样的是，彼时明哲宇早已飞上太空，而此时这位青年只能在北京的街头弹唱而已。

我绝不能说他落魄，事实上他穿得也还算是整洁体面。弹唱赚的钱貌似足够让他买上像样的衣服，也足够让他维持生活。

明哲宇把车停好，走向那位青年，并在他身前十米处站定。听着如此治愈的音乐，他陶醉其中，不禁站直身体并把双手端起，做出一副乐团总指挥的样子。明哲宇闭上双眼，完全沉醉在这音乐的海洋，把所有的痛苦暂时抛在脑后。他就那样挥动着双臂，在一瞬之间，他的脑海里竟然幻化出这样一幅画面——那青年正站在无比华丽的舞台之上，他的身后有一整支交响乐团支持，他的身旁有着最棒的乐手配合，而他的身前则是十万人用荧光棒幻化出的整个银河。

半个小时之后，演出结束，繁华喧嚣的城市瞬间变得暗淡而空旷，即将进入到一天最黑的夜。

借着广场不多的光亮，宇走了过去，而那位男生正蹲在地上把吉他放进黑色琴箱之内。

“你好！”宇俯下身来，轻声说道，“我叫明哲宇。”

这声问候是那么温暖，上一次这种温柔的初识还是发生在所有故事的开端。那一次明哲宇是在枪林弹雨的犯罪现场保护一位后来成为女友的陌生人——叶菲；而这一次则是因为他发现了一位能够与其共同进退的战友，发现了这个世界之上的另外一个天才音乐家。

“这位先生您好，”那青年抬头，不卑不亢地回应道，“就请叫我小翼吧！”

青年的回复同样非常儒雅，但相比于明哲宇对他的欣赏，他此时的回答更多只是出于礼貌。尤其是他还不了解宇的实力，而且，在这片昏暗之中，他甚至还没有看清紫金坦克队长的面庞。

“小翼，”明哲宇若有所思，“很好听的名字，就像你的音乐。”

“先生……”

“请叫我宇吧，别那么客气！”

就在这时，天空划过了几颗流星，两位青年同时起身，仰望苍穹。今夜北京的能见度绝佳，让一切在瞬间变得好似漫画世界一样，充满了温暖的感动。

星空就像一幅未来预想图，拉近了彼此的距离。只不过每个人对于未来的理解都不一样——你的并不是我的，我的也不一定就是你的。

“宇，”小翼扶着立在地上的琴箱，转头看着宇，“谢谢你欣赏我的音乐。”

“想不想一起玩？”

宇看着眼前的青年，提出了一个完美的建议，因为自从老队长谭辉月去世之后，紫金坦克就一直空缺着一个吉他手的位置。

“不了吧。”小翼回复着，“你是不是音乐公司的星探？”

“星探？我并不是星探，”宇平静地答道，“但是，难道你不想让更多的人听到你的音乐吗？”

“想啊，怎么不想！”小翼不假思索地说道，“只不过，我只想用我的方式成为明星。”

“你的方式吗？”宇好奇地问道，“那是什么方式？！”

“先生。”

“请叫我宇。”

“宇哥，”小翼平静地说道，“我只是觉得摇滚是因为体会过人生的痛苦，才能获得反叛。我也无意冒犯，但是我看您的穿着打扮，我们肯定没办法一起共事的。”

“因为一定有很多事，像您这样成功的人是理解不了的。”

“所以，”明哲宇反问道，“你认为我是公司老板那样的人物，是吗？”

“难道不是吗?”小翼指了指不远处停在路边的汽车，说道，“天天站在路边弹琴，劳斯莱斯我还认得。”

“能不能把你的琴借我用用?”

“什么?”

“把你的琴给我弹一下，好吗?”

说到这里，小翼倒是毫不犹豫地把自己的吉他从箱子里拿了出来，交到了宇的手中。此时此刻街头几乎已经没有行人，只剩下两位青年站在那里。而小翼也准备就绪，打算看看对面的青年到底有什么本事。

再次接上效果器和音箱，只见明哲宇上手就弹出一段绚丽的独奏华彩(Solo)，然后在一瞬间进入快速的朋克模式。

躁动的音乐就环绕在他们周围，打破黑暗，惊天地泣鬼神，激烈高亢。

宇只用了分秒时间就震惊了小翼，这时他已经了解眼前这位帅小伙儿完全不是他印象中的传统老板，而是一位身怀绝技的吉他大师。

“真的很厉害!”一段强有力的重复节奏(RIFF)过后，小翼双手抱臂感叹道，“在这么快速的运行之下还能如此稳定，真是不得了!”

“我到现在都在训练这种程度的稳定性，可惜依然没有达到。”

“过奖了!”宇结束了短暂的演奏，把吉他交还给了小翼，解释道，“我很喜欢你刚才在和弦之间的调性转换，并没有太多的推弦反而让音乐更加直接而纯粹。而这些音符又融合在布鲁斯的五声音阶之内，特别完美，简直无懈可击!”

“说实话，我是真的没想到你能准确无误地速记我刚才的弹奏，并且把它进一步精细化。而我却从未想过音乐还能这么写。”

“小翼，”宇拍着那位青年的肩膀，语重心长地说道，“很多人都以为摇滚乐就是穷苦的反光镜，以为拿出那些巨星的穷苦出身就能证明这个观点。”

“难道不是这样吗?”小翼若有所思，“猫王、列侬、科本……哪一位不是穷苦出身?”

“但是，”宇顿了顿，继续说道，“让这些巨星成功的重要原因反而是因为金钱的力量，一张一张的专辑，一场一场的音乐会，一部一部的音乐电影，这些都需要大量的资金和人力，没有钱就绝对办不到。而且就算一些超级英雄注定能够创造一个时代，最终他们也一定要用更多人能够接受的方式成为摇滚之王，那绝对不是极为小众的所谓‘穷摇’。”

“更多人能接受的方式?”小翼摸着头发问道。

“积极的方式，”明哲宇进一步解释道，“一种积极的希望。”

“我能在你的音乐里听到那种少有的希望，”宇接着说道，“所以我敢肯定你从来不会抱怨人生，你一定是那种无论任何时候都会相信自己未来的人，对吗?”

“不好意思，”小翼问道，“请问您是玩乐队的?”

“我们是紫金坦克，”明哲宇解释道，“我们就是要创造一种以朋克和交响相结合并且传递积极能量的全新音乐风格。”

“我想，”小翼说道，“我想您已经说服我了，我加入！”

“小翼，恭喜你成为紫金坦克的吉他手。”

“谢谢你，宇哥！”

就这样，明哲宇成功地把小翼招入麾下，预示着这位青年正式成为紫金坦克乐队的第二吉他手（节奏吉他手）。他们整装待发，为了天下第一乐队大赛已经做好了人员准备。

还是在这一夜，刚刚失去了父亲并被继母赶出家门的翔，却接到了仇家成员的电话。然而此人并不是敌人，而是短暂交往过的美女安杰丽卡。这位女生告诉翔她已经摆脱了哥哥的控制，并为在爱新觉罗家族发生的事情道歉。出人意料的是，翔并未因为父亲的离开而怨恨这位意大利女生，反而让他彻底摆脱了对于黑手党的恐惧，可以为了爱情不顾一切。

在这一夜，紫金坦克的鼓手和安杰丽卡重归于好，再次开始交往。

朱利安已经通过自己的渠道了解到宇和希美在公司门口发生的“亲吻事件”，也知道菲因此悲痛欲绝，所以发过手机信息来安慰这位女生。

“叶菲你好，我是朱利安，不知道你最近过得怎么样？告诉你一个好消息，我已经决定组队参加天下第一乐队大赛了。我当然知道紫金坦克的厉害，但是也请你到时候为我们加油助威。此外，我会用最欧美最奢侈的方法来准备这次比赛。为此我会请来二十多位世界顶级的音乐大腕，开一个大棚为我们乐队成立写作营（Writing Camp）。他们有的给杰克逊写过歌，有的给蕾哈娜做过唱片，如果你有兴趣的话，到时候可以过来看看。”

看到这段信息之时，叶菲正独自守在公寓，坐在窗前，在漫天星光之下借酒消愁。身着一身白衣的她显得那么无助，仿佛可以承受整个地球的痛苦。要知道其实这位女生此前几乎从未曾喝醉过，然而这一次她却无法控制心中的悲伤，独自化解着明哲宇对她造成的伤害。

“好的，”菲处于微醺的状态，迷迷糊糊地回复道，“我届时会去，谢谢你的邀请，朱利安。”

第九章　天下第一乐队大赛前夜
A Night before "The best band of the world" competition

"耶律，"宇坚定地说道，"不是这样的。因为无论是星、翔还是小翼，他们注定是我一辈子的朋友。我们现在已经没有太多的亲人，我有种感觉，我们是永远不会分开的，而且我也有能力和义务倾尽所有维持这样的关系。"

天下第一乐队大赛的正赛还有一个月就要在中国北京举行，而外围赛已经开始在全球范围内激战。这次比赛聚集了世界上最优秀的乐队，集合了中国最庞大的娱乐资源，而乐坛的几股势力也绝对不容小觑。在这其中就有朱利安最新成立的"星球计划乐队"(Planet Plan)；希美领衔的"美丽安琪乐队"(Beauty Angel)；林夕娱乐公司旗下的"超级方程式乐队"(Super Formula)；丹尼尔公司的"天启乐队"(Apocalypse)；北欧大天使乐队（Archangel)；以及紫金坦克曾经的宿敌，来自上一世代的极光乐队（Aurora)；等等。

在他们当中，朱利安的乐队属于临时拼凑的男子合唱风格，而由他主持的巨星写作营已经开始；希美的美丽安琪乐队属于网络虚拟乐队，这支由希美本人担当主唱的乐队在业界也早已颇有名气；而林夕旗下的超级方程式乐队属于电子风格，在电声领域资源极好；天启乐队则是老牌死亡金属乐队，是丹尼尔力捧的乐队之一；极光乐队历经一个轮回的历练，一直精进其自成一派的情绪核朋克风格（Emo Punk)，早已成为尽人皆知的知名乐队。值得一提的是，这几支乐队因为实力和人气的关系，已经被列为种子队伍直接晋级一个月以后的正赛。而北欧大天使乐队因为身在国外且刚刚回归的缘故，所以在几股势力之中只有他们未被列为种子选手，还在为了最后的晋级而努力。

所以现在让我们暂时把目光转到加拿大北境，看看那边正在发生着什么。事实上我们已经知道，因为雷米尔的临时伤退，紫金坦克的贝斯手王子星已经前往多伦多紧急救场。赛事规定，在正赛开始之前，所有的乐队都可以临时邀请"外援"助阵，并不限制被邀请者是否来自其他参赛队，只要与受惠方不在同一个国家就行。这样一来，王子星助阵大天使便完全不是问题。

不过就算星和大天使来自同一个国家，这位北京的贝斯手也完全可以帮助到大天使乐队。因为直到此刻，紫金坦克乐队仍然没有报名参赛。但是从现在的局面来看，林夕是希望紫金坦克参赛的。因为在他策划的一系列袭击事件未果之后，林夕更希望利用紫金坦克的参赛来近距离了解这个对手，从而从精神上彻底击败他们的队长明哲宇。然而对于紫金坦克来说，他们不但要赢得比赛，也同样想要彻底击溃林夕。所以，这个精明的商人早已为紫金坦克准备好了种子乐队晋级卡，仿佛料到这几个北京小伙子一定会在某天上门来取。虽然紫金坦克成员的家族全都遭到了不同程度的打击，但是他们也已决定扛住压力参加比赛。现在翔已经强迫自己忘记父亲去世的伤痛，在把家事交由警方和律师处理之后就进入战斗模式；宇也像带伤上阵的战士一般，重整旗鼓，充满能量严阵以待；而小翼的加盟更是让紫金坦克拥有了更强的力量和更多的音乐元素以及制胜信心。现在万事俱备，大家就等着贝斯手王子星的回归。然而这位中英混血贝斯手在加拿大这边怎么样了呢？果然这一切并不如他想象的那般顺利。因为就在晋级赛即将开始的前夜，王子星突然收到了一封匿名电邮，对他发出了破坏比赛的命令。

“紫金坦克的贝斯手，你好。

“我想你并不知道我是谁，但是，现在我已经知道你们了。果然，紫金坦克，好一支伟大的乐队可以让你们一夜成名。不过，在你们身上到底发生了什么？起死回生，时光穿越，你们到底是怎么做到的？哦哦哦，你们迟早也要参加比赛是吧？也许你们并不会走得太远，因为你们根本没有经历过中国音乐的发展历程。你们根本不了解中国音乐能发展到现在的康乾盛世，到底有多少人曾经用他们的青春和才华铺路。然而那些人现在在哪里呢？并没有人知道吧！

“所以，可以请你们不要参加比赛吗？要不然就请你按照参赛顺序，首先破坏掉大天使乐队的比赛吧！谁让你们这两支乐队都曾利用可能存在的时空之门寻找捷径呢？具体要怎么破坏比赛我不知道，这要留给你自己去想。但是我已经调查过那支乐队的一切，那支北欧乐队除了能力强大之外，乐队的女主唱也是你的女朋友对吧？如果你不想她发生什么危险的话，还请你照着我的话办事。最近发生的突发事件太多了，也不差再多一两件吧？

“好了，就到这里吧，等你消息。”

然而事件的结果却是，星为了保护女友菡，确实设计搞砸了比赛。但是由于已经和大天使乐队队长路西法商量好了对策，所以这次意外并未对这支北欧乐队造成什么影响。大天使乐队仍然按照计划，最终击败加拿大著名的冰晶光线乐队，以种子身份最后晋级在北京举行的天下第一乐队大赛正赛。

菡是安全的。

而王子星则在稍后星夜兼程返回北京，按时回归紫金坦克。

次日上午，天气爽朗，紫金坦克的第一次四人会议就要开始，而地址就在明哲宇位于西山的宅邸。到时宇不但要制订乐队的下一步计划，更要把小翼正式介绍给大家，让乐队正式回归四人模式。要知道紫金坦克上一次由四位男生参加的会议还是发生在十多年前的北京西城，而那次的会议是由老队长月主持的。

时光荏苒，岁月变迁，此时的明哲宇已经完全接过了谭辉月的旗帜，欲将摇滚进行到底。

这次会议还有一个特殊的意义，那就是庆祝老宅重建工程完结。届时宇将第一次把明哲老宅正式更名为“紫金公馆”，并向大家展示他斥巨资为乐队打造的名为“朋克轩”的排练中心。然而我们知道叶菲并不会出现在这所新居之内，她将于今天的下午，兑现对朱利安的承诺，去他举办的写作营一探究竟。

今日上午，阳光明媚，明哲宇穿了一件设计师款英式墨绿色卫衣、一条咖色窄腿裤和一双顶级法国品牌的帆布鞋，独自站在院落中央等待三位团员的到来。而为了把小翼的设备全部移到“朋克轩”，明哲宇特别让耶律开着家中的一台黑色阿尔法MPV货车，专门到乐队节奏吉他手的家中帮忙搬家。所以只是过了三个小时，小翼就率先来到紫金公馆，和明哲宇会合。

“翼，”宇站在车头前方三米之处，张开双臂迎接着自己的新团员，“欢迎你的到来。”

“宇，这儿真的不错。”

翼身穿一件浅灰色短T恤，藏蓝色窄腿牛仔裤和一双黑色帆布鞋，虽然简约但显得非常精神。来到宇那古色古香、华丽雅致的全新公馆，翼并未表现出极大的惊讶。从小喜欢读书上网的小翼，虽然只是一名孤儿且并不富裕，但他知识渊博，属于“眼界不穷”具备成功素质的那一类人。

“等一下星和翔就会过来，”宇开心而信心十足地说道，“这将是紫金坦克这么多年来第一次以四人形式集结，这也必将成为我们的最强时刻。”

二十分钟过后，星和翔就分别驾车来到紫金公馆。翔穿了一件意大利产的浅蓝色卫衣搭配工艺顶级的白色七分裤和轻奢经典白色休闲鞋示人，显得非常放松；而星则选择了一件米黄色时尚短袖衬衫、一条设计师款收口运动裤和一双黑白插色老爹鞋搭配，显得十分休闲。

兄弟见面，无论什么时候都会做出他们一贯的“对手相击”的手势，然后宇就把小翼正式介绍给了鼓手和贝斯手认识。

“星、翔，”宇走上前来，郑重地说道，“这就是翼，全名汤翼，下面让我们欢迎他的到来。”

一片掌声过后，宇继续说道：“他在我们当中年龄最小，所以咱们叫他小翼就好。小翼将在紫金坦克中将担任节奏吉他手，也将负责更多的和电脑软件以及后期有关的技术工作。”

因为事先已经知道今天聚会的目的之一，就是介绍新成员的加入，所以星和翔早有准备。事实上，对于加入新成员这一问题，星、翔和宇的想法高度一致，那就是他们早就需要一个人来顶替林静离开之后的位置，他们同样认为四人“紫金军团”才是这支乐队最强有力的组合方式。所以没过多久，三人就和小翼聊到一起，仿佛彼此之间已经认识了很久一样。

“宇，说真的，”翔定睛一看，“你看看小翼。”

“怎么了？怎么了？”活泼开朗的星煞有介事地撩道，“看什么？”

宇也上前一步靠近了一些，平静地问道：“什么情况？”

“你看看小翼，”翔打趣道，“你看看他在眉宇之间，和宇是不是有些像？”

“喂喂喂！不是吧！”星笑着凑了过去，调侃道，“套近乎也不带你这么着的呀！”

“小翼，”翔停下了笑容，平静地问道，“我们的身世想必你也知道了，你的情况是什么样的？”

“我……”小翼迟疑了一下，回答道，“我出生之后就没见过我的生身父母，我也不知道我到底来自哪里。”

“好了，”宇接过话茬，冷静地说道，“现在我们四个之间，除了星的情况稍好之外，我们三人全部失去了父母。所以为了更高的梦想，我们只有扛着心中的痛苦，跟这个世界拼了！”

“对！拼了！”

此时此刻，四位青年把手掌压在一块儿，仿佛战斗之前的誓师大会，把彼此的心连在了一起。

稍后，耶律把大家带到了位于别墅五百平方米的地下室内，没有错，那里就是紫金坦克的最新聚点“朋克轩”。

朋克轩采用金色墙壁隔音棉和紫色的吊顶，让整个屋子呈现出一种“紫金皇权”的既视感。除了已经放好的属于四位成员自己的设备之外，屋内还放置了更多的设备可供乐手随意挑选。顶部内嵌的多盏筒式射灯可以将所有的乐器全部照亮，让屋里又多了几分金属质感。

这间巨大的朋克轩，不但一点不输希美为紫金坦克打造的排练房，反而更有一些紫金坦克特别定制的奢华，可谓独具匠心，大气天成。

随后，耶律走出朋克轩并将门带上，把下面的时间留给了四位青年。然后四人就自然而然地找到了属于自己的位置——宇和小翼拿起了吉他，星背起了贝斯，翔则坐在了鼓手的位置上。

没有更多的废话，宇只喊了一个“来吧”，音乐就随之奏响。只见四位乐手技巧纯熟、技艺高超，只用分秒时间就Jam（即兴合练）起来。三位紫金坦克的老成员自不必多说，值得一提的是小翼在这次非正式的排练当中展现出了极强的音乐能力、素养以及极佳的配合度，很快就与其他三人珠联璧合地融为一体。

“宇，”在短暂的休息之时，星坐在一个贝斯音箱之上，招呼着自己的队长，“关于世界第一乐队大赛，我们是一定要去的吧？我告诉你，我昨天晚上都做梦了，梦见我们拿到了世界冠军。”

“宇，”翔也放下了手中的鼓槌，平静地说道，“我知道林夕的公司是主办方之一，但是……”

到目前为止，星和翔只知道宇的父亲是被林夕害死，但他们完全不知道明哲世勋是被剁成肉酱惨死的事实。他们只知道宇无论如何也会参赛，但却并不完全了解，宇做出参赛的决定，要经历何种程度的心理斗争。

“谁说我们不去？”宇坚定地说道，“我们不但要去，而且我们就是要去拿世界冠军！”

“当然，”宇补充道，“紫金坦克所有的队员，星、翔、小翼和我，我们所有人都面临着巨大的困难，有的要寻亲，有的要报仇……为了那些活着的、死了的，为了所有我们爱的人，我们都必须赢得比赛！”

“是的！”星坚定地答道，“这次冠军不但奖金丰厚，更能为我们的事业提供各种想象不到的资源。可以说，如果赢得了比赛，就赢得了整个世界。”

“到时候，”翔攥了攥拳头，咬紧牙关，“我们一定会让那些伤害过我们的人付出代价！”

“宇，”小翼拿着一台苹果笔记本（Mac Book）走向前来，“也许你们还不是很了解我真正厉害的地方。”

“什么?”星也走了过来，把手搭在小翼的肩头，微笑着说道，“是时候展示你的真正实力了!”

“我最擅长的就是用电脑制作音乐和解析对手，”小翼左右看看大家，解释道，“我分析了咱们对手的所有特点，目前比较需要提防的是朱利安的星球计划乐队。”

“此话怎讲?”翔问道，“朱利安这支乐队是最近才组建的，成员据说来自世界各地，但是目前信息还属于保密阶段。”

“没错，”小翼继续分析道，“但是我已经通过技术手段获得了一手信息。星球计划乐队一共七人，其中六位是世界著名合唱团体的首席领唱。他们被高价请到北京，艺名全部以太阳系的行星命名。其中名为帕罗蒂的40岁男高音想必各位早已对其有所了解，他的高音可以持续稳定在F区，属于鬼怪级别的歌唱家。他在乐队的艺名为‘水星’；来自俄罗斯的21岁天才青年维斯塔，以类似女生的高亢声音闻名，被称为战斗民族中的超级武器，艺名为‘金星’；戴强，35岁，中国顶级美声歌唱家，艺名为‘火星’；27岁的多戈来自西班牙，有着和帕罗蒂齐名的美誉，艺名为‘土星’；52岁的辛纳特来自美国，是队伍中唯一一位唱爵士的，以浑厚的低音享誉全球，艺名为‘天王星’。朱利安虽然在音乐领域毫无名气，但是他毕竟也是毕业于中央音乐学院小提琴专业的优等生。而他的艺名就如同他的姓氏，为‘海王星’。虽然他在七人之中实力最弱，但是他的超级能力在于他有着花不完的钱。据我所知，他已经在北京召开了写作营，召集了流行音乐界、交响配乐界的二十四位顶级大腕前来为他的星球计划乐队写歌填词。有这些人站在他的左右，朱利安可谓集结了美声音乐界和流行音乐界的半壁江山，实力强大，不可低估。”

“嚯!”星笑道，“八国联军哪!”

“有点儿意思。”翔激动地说道，“我们御林军就喜欢强大的对手。”

“小翼，”宇放下挂在身上的吉他，拍拍吉他手的肩膀，“我还是那句话，无论对手多么强大，我们不会恐惧，我们就是要去拿世界冠军。”

随后，耶律联系到比赛主办方，正式为紫金坦克乐队报名参赛。不出所料，紫金坦克乐队也获得了种子队伍的资格，第一个对战乐队就将是朱利安的星球计划乐队。与此同时，四位青年也在朋克轩进行了四小时的合练。他们在这次排练中基本确定了比赛曲目，只待在后续合练中进一步推敲细节和制订针对性计划。

时间不知不觉就来到了傍晚，月朗星稀。星和翔率先来到院落当中透气，而明哲宇则留在屋内并把小翼叫到身边，似乎有事情要和他商谈。宇坐在一张深棕色牛皮三人沙发的右座，把小翼让在侧面以九十度放置的单人沙发之上。在两个人的身前是一张长方形的红木茶几，宇随即拿出一张银行卡放在桌子上面并推到小翼面前。

“小翼，”宇坐着平静地说道，“这个你收好。”

“这个是……”小翼惊讶地看看卡片，又抬头看着宇，“这个我不能收，不能收的。”

“小翼，”宇补充道，“咱们都是要当明星的人了，需要大把的钱来置装包装、购置设备。这点我想你也是懂的。”

“老实说，”小翼看着紫金坦克的队长，腼腆地说道，“我以为我们只是千万平凡乐队中的一员，就算夺冠的话，也是属于逆袭。”

“不是，我们从来就不是屌丝乐队，我们一直都是富豪乐队。”宇解释道，“我记得希美跟我说过，在高度物质文明的现代战场，逆袭只不过是被包装出来的故事。这早已不是靠小米加步枪就可以打败敌人巨舰大炮的时代。我们需要大量的资金储备，而高举高打才是紫金坦克的策略。换句话说，一个艺人可以没有钱，但是他背后的公司必须有资本，只有这样才可以在娱乐圈这个巨大的名利场获得你想要的。”

“你的意思是……”

“是的，”明哲宇问道，“小翼，我记得我们初识那天，你不是问我是不是公司老板吗？”

“是的，”小翼回复道，“我记得你说你不是。”

“没错，”紫金坦克的队长坚定地说道，“那时不是，不代表一直不是。紫金娱乐集团马上就要成立了，我们会以最正规的方式经营企业，出具最完美的企划，正式签约歌手艺人。”

“而紫金坦克乐队就是公司的主打乐队。”

“是的。”这时耶律也走了进来，手里还拿着一纸合同，“虽然公司的事情有一些细节还要确认，但是我们刚刚拿到了公章，你看一看如果没有问题的话，我们可以率先草签一稿。”

小翼没有想到，这位年纪仅仅比他大一点的青年行动力如此迅速，被他的巨大魅力彻底折服。他感到明哲宇有做一番大事业的超强能力，即使家中经历了如此大的变故，他还能坚定信念，勇往直前，必定是一个充满豪气和勇气的超级领袖。更让人想象不到的是，在这份合约当中，宇并没有加入乙方履行合约的义务、赔偿及年份，这就意味着，小翼可以随心所欲并随时离开公司，而公司在他身上的投入有可能血本无归。

“宇，”小翼惊讶地看着眼前这位青年，难以置信地问道，“这份合约为什么会这么签？宇哥你完全没有在保护你自己呀！”

“小翼，”宇温柔地看着他的这位朋友，他的魅力在此时正在不断升级，以几何级数扩大着，“如果我所有的合同都这样签的话，你们也不会认为我是一个好老板，也不会认为我会赚钱并对我的员工负责，对吧？”

宇顿了顿继续说道：“所以，我只和你，只和你签这样的合约。”

“为什么？”

“不知道。”宇解释道，“也许就是因为一种直觉，也许就是因为我相信你。”

“而且，我也相信我自己，”宇继续说道，“我也相信我的能力，我相信我有足够的信心能够给予这支乐队最好的未来和回报。”

看着对面这位颜值爆表、穿着讲究、雄心勃勃且充满抱负的青年人如此热情地邀请自己并帮助自己规划未来，小翼所有的担心在一瞬间就灰飞烟灭了。此时他相信，一个能把一支乐队带上太空的人，一个身边有着仿佛左膀右臂一般朋友的人，怎么会是一个无法信赖的人呢？确实，跟着宇，未来就不用担心什么。难道还有比这更好的事情吗？再说，小翼对自己也充满了信心，他知道他能给这支乐队带来什么帮助。

所以只见这位青年拿起了放在桌子上面的钢笔，坚定地说道：“我签。”

落笔之后，小翼也走出了朋克轩，只留下了明哲宇和耶律。

“少爷，”耶律平静地问道，“说真的，这么签约真的好吗？您是不是只是想找个理由给他一些钱而已？所以就算他在中途离开，没有坚持到底也无所谓。”

“耶律，”宇坚定地说道，“不是这样的。因为无论是星、翔还是小翼，他们注定是我一辈子的朋友。我们现在已经没有太多的亲人，我有种感觉我们是永远不会分开的，而且我也有能力和义务倾尽所有维持这样的关系。”

“少爷，您这魄力有点儿像老爷。”耶律回答道，“世勋先生在刚成立公司的时候，也说过要对所有的股东负责。结果一直到他去世，董事会里也没有一个人半途离开。”

“耶律，”宇一边向着院子走着，一边说道，“公司的开业典礼抓紧时间筹备一下，叫上林夕。”

“没有问题！”耶律跟在宇的身后回答道，“这件事就交给我来办。”

“还有一件事。”

“什么？”

“After Party（晚宴），”宇继续说道，“一定要在爱德蒙公爵的府邸举办，好吗？”

“什么？”耶律瞪大了眼睛，看着宇的背影，惊讶地问道，“少爷您说的地方，就是老爷被害的地方吗？”

“没错。”明哲宇转过身，停下脚步沉稳地说道，“这份请柬也麻烦你送到林夕宅邸，以爱德蒙公爵的身份邀请，让他务必留下参加派对。”

天色转暗，星和翔也在这短暂的时间里交流了彼此的近况。星直到这时才知道翔的父亲遇害的消息，而翔也才了解到，菡完全误会了星是为了保护她才故意搞砸演出。而大天使乐队的女主唱也不知道路西法早就做好备案，顺利突出重围这件事也是和星商量好的。

所以星和菡目前还处于冷战状态。

在小翼来到院落之后片刻，宇和大家再次会合。不过就在这时，四人原本准备共进晚餐的计划却被一个紧急事件所打破。原来宇收到了菲的求救短信，自称被朱利安劫持到了他组织的写作营。四人见状不容分说，立刻动身前往朱利安的居住地，然而让他们怎么也猜不到的是，这竟是林夕制造的又一个阴谋。

第十章　午夜婚礼
Midnight Wedding Ceremony

你有什么本事能让她彻底清醒？你有吗？你能放下所有的骄傲吗？那恐怕是拯救叶菲的唯一办法吧！你能做到吗？”

——朱利安·尼普顿

就在紫金坦克四人紧急前往朱利安顶级写作营营救叶菲的同一时刻，有一个人却笑得合不拢嘴，此人正是这次突发事件的幕后策划者林夕。

现在已经入夜，就在林夕位于北五环外的宅邸之内，灯光一明一暗，他正在跟自己的副手郎正享受着离间之计带来的快感。此时此刻，身穿一身意大利产顶级黑色西服搭配印花衬衫，脚踩棕色皮鞋的林夕正坐在客厅的暗红色三人绷扣牛皮沙发中间，跷着二郎腿，摇晃着一杯单宁挂壁的法国红酒。而郎正也一如既往身穿一身黑色西服，坐在林夕侧方的一张单人沙发之上，陪着他分享着成功的喜悦。

“明哲宇啊明哲宇……”林夕阴笑道，“你还是太天真了！太天真了！”

郎正也随之笑了起来。在他看来，林夕这次的计划是突袭式的，是闪电式的，是完美的。

“你以为你亲吻了希美，就能瞒过我的眼睛了吗？”林夕喝了一口红酒，得意地说道，“其实，我只用复制一张叶菲的电话卡，就能轻而易举地猜到你的心思。”

“你看看你，哎哎哎，你还是太年轻了，你根本就忘不了叶菲！”林夕拿着桌上的手机卡，对着灯光看了又看，然后轻蔑地把它扔进了酒杯之内，笑道，“如此看来，现在我也用不着它了。”

郎正把林夕的酒杯拿起，走到餐边桌旁又拿出一只酒杯。随即他又新开了另一瓶澳洲红酒，斟上并送回到林夕的身前，还不忘夸赞道：“林总您真是聪明绝顶，竟然想到利用叶菲的身份来精准打击明哲宇。”

“明哲世勋都不是您的对手，更何况是他的幼崽。”郎正坐回沙发，补充道，“而且明哲宇毕竟没有经历中国飞速发展的这一轮回。而您却在这期间身经百战，积累了太多的实战经验……对付他肯定不是问题。”

“是呀，不一会儿他们就会发现上当受骗，发现那根本就不是绑架，”林夕清清嗓子，继续说道，“可是到了那个时候，我们已经赢了。”

“没错，”郎正补充道，“他们不会知道您和朱利安又说了些什么。”

“行了，”林夕猛地喝了一大口红酒，咧着大嘴狂笑道，“我就是想看看明哲宇到时候能怎么办。哈哈哈！就让我们静观其变吧！”

“老板，”郎正继续给林夕斟酒，问道，“只是，老板我有一事想不明白。”

“说！”

“您是怎么知道朱利安就一定会按照您预想的方向发展？”

“哈哈哈！”林夕大笑道，“你知道我早就料到紫金坦克一定会参加我的比赛，我还知道朱利安已经对叶菲如痴如狂。”

“郎正！”

“什么？”

“每个人都有他的弱点，一旦这个弱点被发现，办起事来就不那么难了。”

“懂吗？”

只见郎正坐在沙发之上，还没有完全把林夕的话想个明白。也许只有等到复盘这次事件的时候，他才能完全看清楚林夕的计谋。

“郎正。”

“什么？”

“你不是想知道朱利安是不是会按照我说的做吗？”林夕把红酒放在桌子上，说道，“你去吧，潜入写作营去一探究竟吧。”

只用了分秒时间，郎正就离开了林夕的公寓，驱车前往朱利安的居住地了。几乎与此同时，紫金坦克四位青年也来到了这里。

朱利安娱乐公司的总部位于北京南侧的亦庄开发区，很有名气。不过就算在路上已经做足了心理准备，眼前突然出现的一切还是震惊了所有来访的人。这并不是一个普通的写作营，大棚并没有开在室内或者任何一片空地。只见这个硕大无比的营地居然建在公司总部附近，悬浮于地面五百米处高空的一块直径为一公里的圆形铁盘之上。在那里一切与音乐有关的设施应有尽有，包括但不限于录音棚、演播厅、娱乐室、派对厅等。朱利安利用其父亲科技公司的最新技术将其升上天空，所有进出的人必须持有特殊的门禁卡，有专门的载人飞行器往返于“悬浮写作营”和朱利安大楼本部。

事实上，今夜圆盘的升起尚属首次，却并不是为了迎接二十四位全球顶级的音乐大咖。

原来，朱利安突然计划临时举办一场午夜婚礼，而对象竟是他并不相熟且第一次成功邀出的、明哲宇单方面假意分手的美女叶菲。

这究竟是怎么回事？叶菲明明只是答应朱利安来到他的写作营走走看看，他们既不熟悉，更不是什么男女朋友关系，怎么今夜就上升到了谈婚论嫁置办婚礼的地步了？虽然我们都知道朱利安痴迷于叶菲，但无论怎样也不至于如此这般。在这位女生来到营地这几个小时之内，到底发生了什么？

原来这竟然都是因为林夕两个小时之前的一通来电。

这通电话简明扼要，一共阐明了四个观点：

第一，以林夕自己的判断，他认为朱利安这个临时拼凑的“巨星组合”很可能不是紫金坦克的对手，所以利用叶菲来打乱对手的阵脚是一个很好的机会。

第二，朱利安在爱情上也不会是明哲宇的对手，而明哲宇并不喜欢希美，只是因为某些原因和叶菲假意分手。因为菲到目前为止并不知情的缘故，所以今夜也是朱利安得到这位美女最好的可能也是唯一的机会。

第三，叶菲有一种非常优秀的品质，就是为了爱情可以赴汤蹈火，把对方的事情看得比自己的事情还重要。所以得到叶菲的男人是幸福的。只是明哲宇为了追求音乐的梦想，并没有完全理解菲到底好在哪里。他也从来没有想过给菲举办一个完美的婚礼，这也是叶菲心中的痛。所以利用婚礼就是击败明哲宇并得到叶菲的最有效手段。与其隔靴搔痒一般屡追屡败，不如快刀斩乱麻，来个痛快的绝地反击。

第四，不要问他为什么如此了解叶菲，他自有办法。

对于朱利安来说，虽然他和林夕都是娱乐圈中的大佬级人物，但彼此之间却属于竞争关系，所以按道理说他并不应该按照竞争对手的建议做事。况且，朱利安本性也不喜欢林夕，前不久他还在林夕家中把叶菲救出，他理应讨厌林夕立即挂掉电话才对。

不过，林夕的观点层层递进，利用了朱利安的嫉妒之感和好胜之心，一举在第三个观点之处，成功攻破他的心理防线，将其说服。

如果说朱利安对自己在音乐上战胜紫金坦克目前仍然信心十足的话，那么在爱情上战胜明哲宇这方面，这位男生全部拥有的东西几乎就是鸡蛋碰石头一般一边倒的劣势。所以在大势所趋的情况下，朱利安也决定放手一搏，利用“婚礼”这个在明哲宇和叶菲之间存在的唯一裂痕，杀出一条血路。

可问题是，叶菲为什么会配合朱利安？就算她现在并不了解明哲宇为什么会如此这般折磨她，她仍然深深地爱着这位男生。所有她和他的矛盾到目前为止也只是家庭内部矛盾，还轮不着朱利安这个并不十分相熟的男人前来插手。

然而朱利安另一个厉害的地方在于，他有着一个研发尖端科技的父亲。所以在挂掉林夕电话之后，他就迅速得到了一种非法的迷幻剂——B52。这种药剂为粉红色液体，可以让人在十二小时之内无限放大内心最无法得到的欲望，令其处于一种被控制的、任人摆布的状态。和传统的迷幻剂不同，服用了B52的人并不会表现出精神涣散、神情游离，看起来反而和正常人一模一样，毫无区别。

有了B52这个利器，执行婚礼计划便不是问题。朱利安迅速派人把服装准备完毕，再以最迅速的方式把“一公里的铁盘”布置成婚礼现场，并将其紧急升空。他又在同一时刻将烟花和音乐准备就绪，预示着一场盛大的婚礼即将开始。

所以，当紫金坦克四人来到朱利安娱乐公司总部之时，那里早已人去楼空。环顾四周，大概有三百人正聚集在附近的广场仰天观望，有人欢呼，有人举着硕大的牌子庆祝总裁的婚礼，大有迎接外星飞船降临地球之势。而婚礼的实况被转播在位于公司建筑外墙立面上的多个二十米乘八米的巨大显示屏上，以便上不去铁盘的人观看。有大概五十名公司高级雇员被选中登上悬浮铁盘亲临婚礼现场，还有专门的观礼台划分给他们。事实上，如此紧急安排的虚假婚礼，朱利安自然不会邀请双方的亲朋好友，只有被蒙在鼓里的二十四位音乐人客串嘉宾，而星球计划乐队的其他成员还没有来到中国，也就自然不会参加这次仪式。

不过就算这样，这次婚礼的嘉宾阵容已经是众星捧月、巨星云集。此时此刻，圆盘上的交响乐团奏响了写作营最近为星球计划乐队谱写的雄浑序曲，绚烂的烟花也同时在夜空绽放。正所谓八音迭奏、金鼓连天、旌旗蔽空、蔚为大观。

种种迹象表明，朱利安和叶菲的婚礼虽然仓促但十分隆重。

“这难道就是八国联军的基地了吗？”星仰天观望，显然还没搞清楚叶菲就在上空，“一个轮回了，现在写歌也可以上天了吗？”

“星，”翔喝住正在天马行空的贝斯手，严肃地说道，“我们这是在营救菲呀！她现在肯定就在上面。”

“明明说的是绑架，”小翼看着地面上这番景象，气愤地说道，“我看这不是一场婚礼吗？”

“喂喂！”星招呼着大家看过去，“你们看屏幕上的字！朱利安和叶菲的世纪婚礼！”

“不会吧！”大家惊讶地异口同声。

此时此刻，只见圆盘慢速旋转起来，发出了生硬的机械齿轮相互摩擦的金属声音。与此同时，烟花燃放的数量比刚才更多了一个量级，几乎染红了整个北京南部的上空。

“耶律，”明哲宇站在圆盘的正下方，叫着自己的大管家，“赶快把飞行器给我，我要马上上去看看到底发生了什么。”

“什么？”耶律站在那里几乎震掉了下巴，“少爷，那个飞行器可从来没有经过试验，很可能坠毁。再说，上面有没有朱利安的警卫也不知道，没准儿他会把您给打下来。”

“耶律，”明哲宇坚定地下达了最后的命令，“难道你没听到我说的话吗？赶快把飞行器给我！”

说时迟那时快，耶律只用了片刻就从车里拿出一个贝斯琴箱大小的长方形紫色镁铝合金手提箱。只见他按下了扶手上的一个金色机关，一个紫色主体金色钩边的金属磁悬浮滑板就从箱子里面滑出，并不稳定地飘浮在距离地面半米高的地方。

“耶律，”明哲宇跳上飞行器，调整了一下后方的两个桶形推进器，“再给我一把枪和一把剑。”

同样地，只见耶律娴熟地从汽车后备厢里拿出了宇想要的东西，分秒之后宇就把这两件武器别在腰间，准备升空。

“喂！”星喊道，“宇呀，你这是什么啊？我们怎么不知道？快给我们也来一个！”

“这就是‘紫金飞行器’！”宇发动了飞行器的微型引擎，一边寻找着平衡点，一边介绍道，“核能驱动，只要一点点原料就可以发出巨大而持久的能量，我本来打算等到天下第一乐队大赛时再给各位使用。”

“原来如此!”小翼嘀咕着，似乎还在琢磨这台机械设备的工作原理。

“紫金飞行器的性能从来没有测试过，到目前为止安全性还难以保证。”明哲宇说罢就准备起飞，“如果各位喜欢冒险的话，我的后备厢里正好还有三个。”

“太好了!”三人异口同声，“等一下我们!”

“好!”宇大手一挥，发出了最后的冲锋号角，“就请耶律留守，请他作为我们的地面联络基地。”

耶律做了一个OK的手势，表示信息收到。

“来吧，我们出发!”

刹那间，只见四台紫金飞行器极速升空，在空中划出四条绚烂的紫金轨道。没过多久，他们就来到了五百米高空，悬浮在铁盘四周。

但是他们还是来迟一步，此时此刻午夜婚礼已经开始了。

只见朱利安身穿一身白色西服，衣冠赫奕；叶菲则身穿一身白色婚纱，美若天仙。他们并肩走在一条由烟花搭成的拱门隧道之中，漫天的火花让他们像极了童话故事里面的王子公主。

宇惊呆了!

他从未看见过叶菲穿上婚纱的样子——绝世佳人、倾国倾城，释放着一种用任何语言都无法形容的美丽。

宇的记忆让时光马上闪回到了这次时空之旅之前，来到了澳大利亚的金色沙滩，来到了那个阳光明媚的完美夏天。彼时的明哲宇和叶菲是那么相爱，好像极乐净土的天神仙女。宇身着五颜六色的沙滩服，拨动着琴弦，叶菲就依偎在这位男生的身边，让彼此仿佛有着永远用不完的时光。刚刚结束和胡里奥的纷争让那个假日显得如此悠长，温暖不断，让那次恋爱显得那么浪漫。

只可惜叶菲想要办一场婚礼的愿望被明哲宇推迟到太空音乐会之后。那时紫金坦克的队长因为担心在宇宙发生意外而执意改期。然而现在看起来，宇那时拒绝菲的理由则更像一个借口，其实所有的事情都是事在人为。你看，你只要给朱利安几个小时的时间，他完全可以为这位女生制造一个无比浪漫的完美婚礼。不得不承认，就在这一时刻，朱利安想要得到这位女生的心思远比明哲宇来得更加迫切。而宇曾经承诺过叶菲的婚礼也因为所有人的一系列变故而变得无从谈起。现在宇更是因为想要保护菲而跟她分手。虽说分手是假，也在暗中保护着她，但对菲造成的伤害却是真真切切的。

其实对于每一个女人来说，谁不向往一场最棒的婚礼?如果能在空中之城来进行，如果能够请到顶级嘉宾前来庆祝，那将注定完美无比。

然而这一切都让朱利安在一瞬间变成了现实。

宇震惊得说不出话来。遗憾、悔恨等一系列负罪之感瞬间涌上心头。如果说多年前林静的离世并不是他的责任，但是现在让事情发展到这个地步，他无论如何也要对此负责。

看到此情此景，明哲宇马上意识到根本就没有绑架，现在的他已经中了林夕的圈套。他并不了解林夕是如何知道叶菲心中的那个婚礼情结，但是他清楚地意识到，林夕已经明明白白地利用了他和叶菲心中唯一的裂痕，挑拨了他和这位女生的关系，利用朱利安对他和他的乐队进行了精准打击。

现在想想林夕这个人真是可怕，可以想出那么多招式来折腾明哲宇，为此他不惜杀害他最爱的亲人，不惜伤害他最爱的女人。

但是，现在出现在眼前的人并不是林夕，而是朱利安。而事情已经恶化到了如此地步，明哲宇该怎么办?

此时此刻，这位男生已经完完全全地感知到，他的假意分手根本就没有骗过林夕的眼睛，所以他现在也已经完全没有必要再对自己的爱人隐瞒什么。然而这样为之也只不过让自己的心态调整到了分手之前，但是这种程度的心态扭转对于叶菲来说是远远不够的。

事实上，在菲和宇的爱情世界里，林夕说的一点都没错。宇对于爱情一直都比较被动，逆天的颜值和精湛的琴技成为他并不主动付出也可以得到一切的理由。再加上他对于林静曾经付出的巨大感情灰飞烟灭以及对于乐队的全情投入，让他在一定程度上忽略了菲的感受，使得双方对于这份感情的付出完全不在一个量级之上。但是，就在此时，他终于看见了如此美丽的画面，看见了叶菲内心深处最想要的那个东西被一个并不熟知的陌生人放大演绎到如此华丽的地步。

这种突如其来的震撼让他终于认识到自己的错误，认识到对爱人的不公。他决心做出重大改变，立刻！马上！

只见他踩着紫金飞行器，俯身向着新郎新娘站立的地方冲了过去。星、翔和小翼见状也紧随其后，将宇的独自冲锋变成了一支四人小分队。

朱利安见状自然不会坐以待毙。只见他急忙指挥安保，向着紫金坦克扫射一番，意图把四人驱离。然而四位青年仿佛练过十八般武艺，辗转腾挪，不断向着朱利安和叶菲靠近。

此时此刻，密集的子弹和天空绚烂的烟花勾勒出来一片色彩斑斓的迷幻夜空，让现代战场和童话故事交织在一起，令人感觉虚虚实实、一明一暗、亦真亦幻。

几秒钟过后，紫金坦克四人终于避开所有子弹，飞到了朱利安和叶菲身边。宇悬浮在朱利安正前方的三米高处，而翔、星和小翼则分别悬停在二人左右两侧和正后方向。

这时，二十四位顶级嘉宾和公司工作人员早已被紧急飞行艇接回地面，而交响乐团则躲进了圆盘上的各种建筑之内，转播信号也被切断。

现在婚礼现场就只有紫金坦克四人、朱利安以及叶菲。

事实上，从婚礼开始一直到现在，叶菲一直没有说话，显得比较木讷，显然还处于药物的作用当中。

“明哲宇呀明哲宇，”朱利安作为这一切的策划者率先发话，“我们到底还是见面了！请允许我介绍一下我自己，我是朱利安，朱利安·尼普顿。”

明哲宇把飞行器降到地面，并未马上回话。只见他径直走向这位男生，一拳就把他击倒在地。

“先兵后礼吗?”星悬在空中对着朱利安厉声说道，“刚才的枪林弹雨真是过瘾，现在又来一套温柔的表演吗?”

只见朱利安从地上爬起，揉了揉已经流血的嘴角，平静地说道：“明哲宇，你破坏了我的婚礼，刚才的子弹算是客气的。”

“我想请问你们各位，”朱利安举起双手，慢速转着身体看着围在四周的青年，得意地笑道，“我想问问你们，叶菲到底是明哲宇的什么人？她结婚了吗？我为什么不能和她结婚？真是笑话！”

“朱利安！”明哲宇向前一步，终于开始向这位男生问话，“你到底对叶菲做了什么？”

“没有哇！什么也没有哇！”

“不可能！”翔在另外一侧发出问责，“你若没有给叶菲下过什么药剂，她怎么会跟你结婚？除非她疯了！”

只见叶菲站在一侧有一些胆怯，下意识地躲在朱利安的身后。直到现在，她显然还未认出眼前的人正是她的男友明哲宇和他的紫金坦克乐队。

说时迟那时快，小翼突然降落到朱利安的正后方，一记飞腿又将朱利安踢翻，使得朱利安只得老实交代。

“哈哈哈！”朱利安坐在地上，一只手臂撑着上身阴笑着，“我的药剂只是把叶菲的欲望放大了而已。这个女人真的无比优秀，只可惜你明哲宇不知道她好在何处。”

“她想要的只是一场可以铭记在心的婚礼。”朱利安怒吼道。

听到此处，四人顿时鸦雀无声，无限的寂静和在黑暗夜空之中漫天的绚烂烟花形成了鲜明的对比。

“听着，”几秒钟之后，明哲宇率先打破沉寂，说道，“朱利安，我告诉你，你这是绑架，我们本可以报警。”

“哈哈哈！”朱利安站起身来，厉声说道，“绑架一般是指勒索财物或者其他目的，使用暴力、胁迫或者其他方法绑架他人的行为；或者绑架他人作为人质的行为。”

“那么请问四位先生，我勒索你们什么了？”朱利安向着叶菲的方向看去，又转过头来看着明哲宇，问道，“还有一点十分重要，你们怎么知道我旁边这位漂亮的女士，她就不愿意跟我结婚呢？”

“我是说，”朱利安顿了顿，提高声量继续说道，“如果她愿意和我结婚的话，何谈绑架一说？如果叶菲女士愿意的话，我是不是还要到法院状告你们非法入侵外加破坏我的婚礼？”

“所以，”朱利安问道，“我们是不是也要问一下当事人的想法？”

“别扯淡了！”星愤怒地说道，“你以为我不知道你给叶菲下了什么迷魂药？”

闻听此言，朱利安转头看着身边的贝斯手，厉声说道，“B52，我只用了B52。而且我都说了，B52只是放大了叶菲心中最想要的东西而已。”

“这个意思就是说，如果叶菲和明哲宇的感情无坚不摧，那么我的药剂根本起不到作用。”朱利安环顾四周继续说道，“B52只是真实感情的探测器和放大镜，因此无论我使用多大剂量，只要他们的情感没有问题，明哲宇都能得到他想要的答案。”

“好！”明哲宇向前一步，坚定地说道，“让我和叶菲说话。”

只见朱利安侧身一步，把叶菲让了出来。

宇第一次近距离地看着叶菲盘起长发的脸庞，眼泪在眼眶里打转。无论如何，真实也好，虚幻也罢，这就是叶菲穿上婚纱的样子。眼前的这位美女本应该是他的新娘子，他多希望此刻的新郎就是他自己。可不是。他悔恨自己从未给这位女生最棒的婚礼，反而让她被药物洗脑欺骗之后，才稀里糊涂仓促不已地得到了一场虚假繁华。

就在这时，整个时空仿佛再次安静下来，只有明哲宇和叶菲可以对话。

“菲，”明哲宇伸出手臂，深情地说道，“走吧，咱不受这委屈了，跟我回家。”

谁知菲看着宇，只是摇摇头，眼泪一下子就流了下来。

“你看，”朱利安得意地说道，“我已经告诉过你了，这不是绑架，叶菲是不会跟你走的。”

明哲宇又上前一步，但是菲却退后一步。

“菲，”明哲宇解释道，“你知道一直以来，我只是想要保护你。”

“菲，”朱利安看着这位女生，激烈地说道，“别理他，跟我结婚吧！”

谁知菲并未回答任何一位男生的话，竟然转身跑开。她显然既不想跟明哲宇回家，也不想再和朱利安结婚。

看到此情此景，四位青年正要追上前去，怎料被随后赶来的士兵拦住了去路。

只见菲越跑越远越跑越远，向着铁盘的尽头跑去。

明哲宇心急如焚，愤怒地训斥朱利安：“我告诉你，如果菲要是跳下去了，我绝对饶不了你！你要是不让我过去，咱们谁也承担不了这个后果！”

只见朱利安手臂一挥，放明哲宇一人闯了过去。

“明哲宇呀！”朱利安看着宇远去的背影，无奈地笑道，“菲是不想让我们两个人为难才选择纵身跳下呀！而你也只有几秒钟的时间了！”

“你有什么本事能让她彻底清醒？你有吗？你能放下所有的骄傲吗？那恐怕是拯救叶菲的唯一办法，你能做到吗？”

只见明哲宇飞快地奔跑着，以最快的速度追逐着自己的女友。菲越跑越接近圆盘边缘，直到被追上来的宇叫住。

此时此刻，菲就站在圆盘的边缘，背对深渊，而明哲宇则面向菲，站定在她前方的五米之处。

“菲，”明哲宇大声叫道，“无论是怎样，都是我的错，千万别干傻事！”

谁知菲根本没有给明哲宇任何机会，面朝天空，直接躺着仰跳下去。

见状，明哲宇不容分说，一个鱼跃也跟着跳了下去。

只见两个人在空中好似自由落体一般飞速坠落，越来越快。在这紧要关头，宇对菲发出了最后的独白：

“菲，如果这是我们最后一次对话，我想对你说，我爱你！我一直都深爱着你！我会马上给你一个最棒的婚礼，我们不等了！我亲吻希美只是为了保护你，不让你受到林夕的攻击！菲，我不是超人，我也不会飞，但我愿意下降得再快一些，让你落在我的身上，我愿意用我的生命，来换取你的幸福。”

就在这时，两个人还在不停地飞速坠落。而明哲宇则伸出手臂，发出了最后的誓言：“菲，以前的事情都是我的错，请你原谅我！你能清醒一些吗？因为我真的真的不想失去你！”

就在这一瞬间，明哲宇放下了他所有的骄傲让叶菲在刹那之间清醒过来。只见她惊慌地感知着坠落的重力加速度，对着上方的男友喊道：“宇，我这都在做什么？”

“没事了！没事了！”明哲宇努力地让自己坠落得再快一些，这样就能和那位美丽女生靠得更近一点，“菲，我们回家，一起回家好吗？”

“好哇！”菲开心地笑道，“真开心能在生命的最后一刻得到你全部的爱，这样真好！宇，我爱你！我爱你！”

“说什么呢？”宇释怀地喊着，“我们都不会死，别瞎想！”

“那我们现在该怎么办？”菲冲着明哲宇喊道，“我们距离地面已经很近了！”

“让我来试试紫金飞行器的召唤功能，”宇拿出电话，迅速按下了那颗紫金实体按键，“希望有效，但我从未试过。”

幸运的是，上帝永远不会惩罚善良之人。在收到信号之后，只用了分秒时刻紫金飞行器就迅速飞来，落在了宇的身前。只见这位男生迅速踩上踏板，向着菲的方向加速飞去。

终于，在菲距离地面一米处，宇一个海底捞月把菲救起，成功地拯救了爱人，也拯救了自己的爱情。

一瞬之间，二人终于攻克心魔，重归于好。

与此同时，紫金坦克另外三人也从悬空铁盘上面飞了下来，和紫金坦克的队长成功会合。菲也第一次认识了小翼，第一次亲眼见证了紫金坦克的四人模式，只剩下朱利安独自一人站在铁盘之上发出悲惨的怒吼。他曾经认为自己比明哲宇更想得到叶菲的芳心，却完全没有意识到明哲宇比他更爱这位女生。明哲宇可以为了叶菲高空跳下，这是朱利安绝对做不到的事情。所以他也只能强迫自己振作精神，愿赌服输，不得不接受这一残酷事实。

现在一切都安全了。紫金坦克也将以最强阵容迎接所有的未知挑战。虽然在此役败下阵来，但是生性高傲的朱利安绝不会善罢甘休。事实上，这位娱乐界大佬发誓要在天下第一乐队大赛之上扳回一城，为此他已经给分散在世界各地的顶尖队友打去急电，让他们马上飞到北京进行合练。而在稍后的日子里，二十四位顶级音乐人也已经在写作营把所有的歌曲创作完毕，为星球计划乐队做足准备。这也预示着全新的对决一触即发，即将开打。

第十一章　招魂术
Necromancy

男人，一定要承担起所有的责任。无论遇到任何困难，我们都要告诉自己我是OK的，我一定能行！

——明哲世勋

荒诞的午夜婚礼已经过去几天，紫金坦克的所有人都在经历了这场突如其来的打击之后，积聚力量缓了过来。星仍在调查在加拿大发生的匿名信事件，但是直到现在他也不知道那个威胁他搞砸大天使演出的幕后人物到底是谁。事实上，他和菡仍然处于冷战状态，而大天使乐队的第二吉他手米达伦因为对菡图谋不轨而被路西法开除，倒是一个令人意想不到的突发事件。这样一来，大天使的实力就会大减，反而对紫金坦克是件好事。然而对于星来说，他必须尽快弄清楚匿名信事件的原委，必须尽快和菡重归于好，以便让这位女生获得一个更明确的身份，减少米达伦那样的事件发生。

对于翔来说，恢复力量的他也在不断地调查自己父亲的死因。通过女友安杰丽卡提供的细节，将爱新觉罗家族与斯卡列蒂家族在历史上的时间点一一对应，再把它们串联起来进行复盘，翔也对自己的父亲和意大利黑帮的关系有了更深刻的了解。其中比较容易认定的事实是，两个家族在多年之前曾经爆发过战争。原来，在紫金坦克于2006年太空出事之后，爱新觉罗家族将自家美食销往全球，形成了超级巨大的连锁产业链。然而这却和斯卡列蒂家族在全球分布的地盘发生了冲突。因此双方终于在美国纽约发生了“火拼”。不过令人不解的是，在那次战争之后，双方本已签订了代表休战的“和平协议”，但是为什么斯卡列蒂家族时隔多年仍要来到北京杀害自己虚弱无力的父亲，这一点仍然成谜。

另一方面，明哲宇和叶菲在经历了午夜婚礼之后打破隔阂重归于好。而这位男生的下一步计划，除了备战天下第一乐队大赛之外，也在紧张地筹备着紫金娱乐公司的开业典礼。星、翔以及小翼也暂时把自己遇到的困难放在一边，为了公司的正式成立忙了起来。

紫金娱乐股份有限公司并不归明哲宇一人所有，星和翔分别以百分之二十的股份入股，而小翼也被明哲宇特别分给百分之五的技术股。本来以明哲宇的财力独立出资这家公司完全不是问题，但他却坚持让乐队的四位成员一起合作经营这家企业也自然有他的用意。在他看来，他的三位队友每一位都是不可多得的人才，绝对不可以错过。而三位成员也答应明哲宇，要帮助他用三年时间把紫金娱乐公司变成世界上顶级的娱乐制作公司。

现在，紫金娱乐公司董事局的雏形已经初步形成，由明哲宇担任董事局主席兼首席执行官，三位成员为持股股东。在公司的具体运营方面，性格外向开朗的王子星负责公司的销售部，生性严谨的翔负责市场部，而以数据控著称的小翼则任职技术部经理。明哲宇的女朋友叶菲虽然并未担任公司的任何职务，但是她也将会用她的智慧为紫金娱乐出谋划策。

时值深秋，又是一个收获的季节。在明哲宇的带领之下，紫金坦克四兄弟终于创建了他们人生的第一家公司。而开业典礼也将在本周日的上午举行，地点则是位于北京王府井的丽晶酒店现址，金宝街99号。值得一提的是，就在一个星期之前，明哲宇出资买下了丽晶酒店，并直接把那里改造成为紫金娱乐公司。

时间过得很快，转眼就来到了开业之日。不出所料，这个星期日的上午阳光明媚、热闹非凡，商界、政界、音乐界、传媒界等五百多位大人物全部会聚于此，准备见证紫金娱乐公司的成立。在我们熟知的人物当中，除了朱利安因为众所周知的原因并未参加之外，希美、丹尼尔等圈内人士均盛装出席。并令人意外的是，林夕也接受邀请，以一身顶级意大利产黑色西服、白色印花衬衫搭配黑色漆皮皮鞋准时加入这场庆典之中。

然而这场开业典礼并未体现出什么特别之处，全部都是“标准流程”，比如舞狮、演讲、剪彩、文艺演出等。也许对于业界人士来说，能够买下并改造这栋位于北京核心区域的丽晶酒店就已经充分说明了公司实力，也许对于明哲宇来说，向公众宣告紫金唱片的存在才是他的目的，因此并不需要像朱利安的婚礼一样，把圆盘升到天空之上。然而就算已经十分低调，但是并不低调的地点已然让紫金娱乐公司一夜成名，成为千家万户人尽皆知的知名品牌。

在开业典礼之上，宇携自己的女友叶菲一直在与宾客寒暄，甚至和希美都进行了对话，但唯独未与林夕交谈。然而这位男生仍然请到他的死敌，就是为了挑衅。事实上，在明哲宇的计划中，紫金唱片的开业典礼只是一道“前菜”，而傍晚在爱德蒙公爵的宅邸举行的私人派对，才是这位男生为林夕精心准备的大餐。本来明哲宇的归来就是一个谜团，加上奇闻网站老板张小波对公众释放出来爱德蒙公爵神秘复活的消息，再加上这两个人之间的神秘关系，几乎所有来宾都想要参加这场以爱德蒙公爵的名义主持的私人派对。然而因为隐私的原因，现场只安排了一百人参加，其中当然少不了林夕。

而这位顶级坏人当然不知道，这场派对实际上就是为他特别准备的一场精彩表演，只是为明哲宇的复仇吹响冲锋的号角。

需要说明的是，今天即将扮演爱德蒙公爵的人并非紫金坦克的队长，而是大管家耶律。我们知道，在较早之前耶律也跟随宇学会了易容术。上一次在接待张小波的时候，他扮演的人物是爱德蒙公爵的大管家雨果。

然而在今天的晚宴上，明哲宇并不需要管家，需要的却是让耶律去扮演爱德蒙公爵。我们知道明哲宇的父亲在多年前死于这所宅子，而今天宇就要用一种来自西洋的古术，把自己父亲的“灵魂”

召唤回来。他这么做的目的就是要以公爵的名义告诉林夕，他将用这样的办法和死人对话，从而找到击败他的证据。

而这种召唤灵魂的古术，就是招魂术。一般来说，招魂术分为三种模式，即“室外”“半室内半室外”和“室内”。

明哲宇把今天的召唤地点选在了爱德蒙公爵宅邸硕大无比的宴会厅，而招魂台就设在宴会厅通往二楼的足有十平方米的实木楼梯休息平台之上，而这个平台的左右两侧分别是通往二层回廊的下一段楼梯。

按照计划，在招魂术开始之后，明哲宇的“父亲”明哲世勋将会首先从二层右侧的楼梯走下，和宇并排站在楼梯平台上，面向大家发表贺词。

不过，事实上明哲宇并不会使用什么招魂术，一切都将是以易容术为基础的障眼法。到真正表演之时，明哲世勋将由耶律扮演，爱德蒙公爵将会短暂消失。因为耶律不可能同时扮演宇的父亲和爱德蒙公爵两个身份。

晚上六点半，爱德蒙公爵的晚宴就要开始，一百位重量级嘉宾分别乘坐各种豪车相继到来。这场西式晚宴采用简餐搭配特别邀约的四人小提琴乐队模式进行，简约、丰富、古朴而大方。紫金坦克方面，除了星身穿一身顶级白色西装、皮鞋以外，宇、翔和小翼都以一身黑色修身西服、黑色皮鞋示人。叶菲则换上了一身纯白色的连衣长裙，搭配顶级珠宝和纯白的高跟鞋与自己的男友走在一起。而按照事先的安排，耶律此时此刻已经化身爱德蒙公爵，出现在宴会厅内和一众宾客寒暄起来。值得一提的是，这位公爵不但已经“起死回生”，还能够讲一口流利的中文。

除了林夕之外，自媒体人张小波也被明哲宇邀请过来。这一次自媒体人身穿灰色西服，脚踩黑色皮鞋，并不知道现在的爱德蒙公爵是由耶律扮演的。他来到此地的任务就是在自己的网站上，按照明哲宇的指示，继续报道对紫金坦克有利的信息。而他也会在这次宴会中第一次看见明哲宇和“爱德蒙公爵”二人历史性同框的画面。而这也正好可以证明，明哲宇和爱德蒙不是一人的事实，让这位公爵的存在更为合理化。

晚上七点半，仪式正式开始。只见明哲宇和爱德蒙公爵按照计划从二楼两侧的楼梯迎面走下，站定在位于一楼半的楼梯平台上，又一起转向面对位于一层的一百位嘉宾。

“各位朋友，各位来宾！”爱德蒙公爵身穿一身黑色西服脚踩黑色皮鞋，手拿一杯顶级香槟酒，高声说道，“今夜福星高照、福气多多，欢迎你们来到本府，为我的老朋友明哲宇送上祝福，为紫金娱乐公司的盛大开业捧场助兴！”

“下面，就让我们一起饮下这杯美酒，尽情享受这美妙的时光。”

只见明哲宇站在一旁不时点头，和一众宾客一起举杯并把美酒喝干。而张小波作为唯一被邀请到晚宴的媒体人，也用相机记录下了这一历史性时刻。

接下来的戏份儿全部由明哲宇接管，爱德蒙公爵则直接从前方的楼梯走到了嘉宾之中，站定之后又转过身来，停留在第一排准备观看由明哲宇表演的招魂术。而星、翔、小翼则和叶菲一起，站在公爵一旁同样拭目以待。此时此刻，他们和众人一样，并不知道这位爱德蒙公爵到底是谁，更别提弄明白明哲宇接下来要做什么。

“各位朋友，”明哲宇气定神凝地向着众人解释道，“你们也许并不相信招魂术的存在，但它却是真的。下面，我将用一种特殊的方式，将我的先父——明哲世勋先生的灵魂从极乐净土请到这里。希望他也能和我们一起见证紫金娱乐公司的耀世开业。”

只见台下掌声雷动，大家都迫不及待地想要看看这遥远的古术到底有着什么神奇之处，而明哲宇的葫芦里到底卖的是什么绝世神药？他的父亲果真会来到这里见证现在的一切吗？

宇顿了顿，继续说道：“和传统的招魂术并不相同，这里没有香烛、没有祭台，也没有灵媒，也就是不会有被附体的素体。我现在只有一把吉他，而我将会背上它，把招魂咒语放在歌词当中。如果我的判断没有错的话，我父亲就会在我歌唱到一半的时候，从我身旁的楼梯走下来和各位见面，和我们一起庆祝紫金娱乐公司成立。”

说罢，紫金坦克的队长便把早就竖立在一旁的芬德水晶吉他背在身上。没有错，那把吉他正是菲在澳大利亚送给他的那一把，而当台下的菲看见宇再次背起那把水晶吉他的时候，激动得哭红了双眼。要知道明哲宇第一次拿起这把吉他的时候还在澳大利亚的硬石酒吧，在那里为紫金坦克的国外首秀所用。而这一次他将再次使用这把吉他把他的父亲请到这里见证眼前的一切。

片刻之后，屋内灯光降低亮度，一束射灯打在明哲宇身上，瞬间让其成为全场焦点。紧接着，音乐奏响。并不像传统招魂术那样神神秘秘疯疯癫癫，明哲宇的音乐温暖而华丽，让现场呈现出一种极为正派的庄严之感。就算没有鼓点和贝斯，只有一把吉他也可以弹奏出美妙的音乐旋律。唯一不同的是，没有人能听懂明哲宇唱的是什么，只能意会那是一种类似大航海时期的古希伯来咒语。

与此同时，耶律也顺利地消失在众人之中前往后台，准备把自己变成那位亡灵——明哲世勋。

宇的弹速越来越快越来越快，快到所有在场的音乐人无不伸颈、侧目、默叹、微笑，以为妙绝。

然而就在这时，明哲宇突然停下手中的动作，镇定地说道：“每当南极星和南极点的星象图相互重合的时候，就是远方的家人回来的日子。”

“今天就是这个日子了！就是现在了！”

按照事先的安排，明哲宇准备把这装神弄鬼的把戏进行到底。

而事实也正是如此，只见明哲宇的父亲以真人的形式突然现身，同样身着一身黑色西服和黑色皮鞋从侧面的楼梯之上缓缓走下。虽然明知道此人是耶律易容假扮，但是看到宛若其人的明哲世勋，紫金坦克的队长还是激动得差点哭了出来。确实，作为那个比明哲宇与其父亲生活时间还多出不少的那个人，耶律仿佛已经把明哲世勋的一切模拟得惟妙惟肖、无懈可击，就连明哲宇本人也辨别不出来是真是假。

此时此刻，台下的所有人无不被这番景象彻底震惊，那眼神似乎难以相信眼前发生的一切竟是真的。在这些宾客当中，一部分人打算看看接下来发生的将是什么，另一部分人则在东张西望，仿佛认定这只是一个高级魔术，准备仔细观察找出破绽。

然而这里并没有任何破绽，耶律貌似已经把明哲世勋演绎得无懈可击、毫无问题。而站在台下的林夕此时此刻早已愣在那里，说不出话来。他怎么也没有想到，明哲宇邀请他看的竟然是这样一出戏码。他本想借由紫金娱乐公司开业，打探明哲宇的这位顶级好友，打听这位北京新贵爱德蒙公爵的底细，却没想到被紫金坦克的队长彻底掀出了那个一直埋在他心底的杀人事实。

招魂术还在继续，本以为剧本会按照预先的设定进行，本以为接下来明哲世勋会发表开业祝词，然后就会走上台阶，消失在众人的视线当中。可谁知这个故事完全超出了明哲宇事先的预计，又产生了新的变化。只见明哲世勋独自一人走下正面的台阶，来到人群之后竟然径直向着林夕走去。他的速度并不很快，但也只在分秒之内就把林夕逼到了一个角落之中，迫其倒地。一瞬之间，所有室内灯光不受控制地无故大亮，而众人则自动站在了大厅的四周，把中间的位置留给了明哲宇的父亲。

明哲世勋看着卧倒在地上动弹不得的死敌，并没有与其过多纠缠，而是一个人以独角戏的形式演绎了自己在多年之前的那晚临死之前和林夕打斗纠缠的激烈景象——从沙发打到餐厅，又从餐厅打到客厅，来来回回几乎持续进行了一刻钟。正当众人震惊的时候，明哲世勋又踉踉跄跄地走到了宴会厅中间，突然倒在地上，表示自己就是在这里遭受了致命一击。

一瞬之间，时间仿佛静止了，没有人可以行动。

曾经目睹了这场谋杀的张小波看到这一幕的时候，惊恐地把照相机都摔到了地上，不敢相信这个世界上真有招魂之术，更不敢相信自己竟然看见一个亡灵在他面前精准复盘了那一次的恐怖谋杀。

同样震惊的人还有林夕。曾经，他只是想当然地认为紫金坦克来自过去，并不相信张小波的奇闻网站上所说的死而复生。这下可好，爱德蒙公爵的真身被他亲眼所见，明哲世勋更是把他的那次谋杀完美再现。

他惊讶地看着独自站在楼梯平台的明哲宇,此时此刻，他根本看不见那位青年的灵魂，仿佛只能感受到他不断流下的血泪。前发挡住了那位青年的眼睛，叶菲站在他的下方，呆呆地愣在了那里。同样不知所措的人还有他的队友、他的好友星、翔和小翼。

只见他的吉他仍然挂在身上，但却发不出任何声音，仿佛水晶琴很快会被血海吞噬。

明哲宇并不知道为什么会产生这样的戏码，但是他却清清楚楚地知道，接下来将要发生什么。

“啊!”只听张小波大叫一声。

没有错，他经历了明哲世勋被碎尸万段的全部过程，更不敢去看接下来的情节。

分秒之后，只见后者起身，并没有让那血腥的一幕再次上演。

明哲世勋在稍后缓缓地走到宴会大厅的中央，并没有把紫金娱乐公司的开业庆典变成一个谋杀现场。

就在这时，明哲世勋的身体开始不断闪烁，忽明忽暗。他看着自己的儿子，冲着他做了一个OK的手势，然后又捶了捶自己的胸口，传递着让明哲宇坚持下去的力量。这个手势仿佛在告诉他，地狱空荡荡，恶魔在人间；仿佛在告诉他，一定要加倍努力，一定要在这个并不完美的世界里绽放出金色的光芒。

瞬间，宇终于控制不住自己的情绪，失声痛哭。因为他知道，眼前的这个人，并不是耶律假扮的，耶律所扮演的爱德蒙公爵一直和嘉宾站在一起，从未离开现场。

眼前的这个人，千真万确就是他的父亲明哲世勋。是父亲的灵魂穿越了神鬼之门，来到这里见证他的成长，在人生的下一阶段再竭尽全力送他一程、举他一下。

就在这时，一幅儿时的温馨画面在刹那间浮现在明哲宇面前。而现场的所有人仿佛都被按下了快退键，在一瞬之间消失得无影无踪，让整个房间变成了他童年的样子。

阳光透过多扇硕大的落地窗透射进来，这是一个晴朗的午后。只见明哲世勋对着还是小孩且只有六岁的明哲宇说道："儿子，你看看咱们这个家，盛世辉煌，如果你有一天能继承家业，我一定会为你骄傲。然而若你能够开创自己的事业，我也一定会出现在你的开业庆典，助你一臂之力！"

"说到做到！"儿时的宇说道。

"嗯，爸爸答应你，一定做到。"

现在的明哲宇终于明白，爸爸就算做鬼也还惦记着自己曾经的诺言，来到这里帮他来了。

时光继续回闪。

"宇呀！"

"什么？"宇摸着头发，问着自己的父亲。

"你知道这是什么手势吗？"

只见明哲世勋做出了一个OK 的手势，和刚刚父亲的灵魂冲着他做的手势一模一样。

"那代表了担当。"彼时的明哲世勋说道，"男人，一定要承担起所有的责任。无论遇到任何困难，我们都要告诉自己我是OK 的，我一定能行！"

"所以，"明哲世勋继续说道，"所以我现在对你做出这样的手势，那就代表着，我相信你。就算全世界都说你不行，全世界都说你没有未来，我也会站在那里，对你做出这个动作，坚定地告诉我亲爱的儿子，爸爸会一直相信你。"

然而彼时的明哲宇还弄不明白父亲话语的含义。因为对于一个出身名门的小孩儿来说，并未经历过任何生活困苦的他怎么会了解，有一天整个世界都在怀疑你甚至抛弃你的时候，那份信任将会变得何等珍贵，又意味着什么。

"好啦！"明哲世勋看出了小明哲宇的茫然，决定把这份答案交由时间带还给他，"那么我们放轻松一些吧。"明哲世勋摸了摸儿子的头发，耐心地解释道，"其实这个OK 的手势，还有一个含义，我认为就算是现在的你肯定也能听得明白。"

"那是什么呢？"

"那代表了咱们之间的另一份承诺。"

"承诺？"

"是的，"明哲世勋解释道，"你看看这个OK 的手势，它像不像一个数字3。"

"嗯！"

“好的，”明哲世勋站直身体，目视前方，平静地说道，“那个‘3’的数字就是说，在你成长的路上，你要靠你自己，我并不会帮你。如果有一天，生活的责任让你喘不过气来，你也不要怪罪爸爸。哈哈哈！但是你记住，爸爸可从未说过要在你最危难的时候帮你三次！”

历史的画面在一瞬之间回闪到此时此刻，回放到爱德蒙公爵宅邸的宴会厅。

就在这时，明哲世勋已经羽化成一抹金色的光芒，消失在这华丽的聚会现场。而明哲宇也终于明白，原来，曾经用隐身术将自己从林夕家救出的那位黑衣人，用飞行技能阻止了王子星坠机的那一抹黑影，都是他的爸爸明哲世勋。他恍然大悟，原来父亲从未离开过自己，一直都在以灵魂的方式保护着他。而现在他也了解，这个“3”的手势就代表着这将会是父亲最后一次帮助他了，也意味着明哲世勋已经完成了自己对儿子的所有承诺，将会彻底离开这个世界，包括离开死亡之界——冥界。

明哲宇的招魂术的结束标志着爱德蒙公爵的庆祝晚宴也已圆满结束。林夕在此之前就慌慌张张地提前离场，而张小波则把摔坏的照相机扔在了公爵府的垃圾桶里，只取出了SD卡带回公司。一个时辰过后，嘉宾相继离开。他们有人相信明哲宇的鬼神传说，也有人仍然坚定地认为那只不过是一场用障眼法精心设计的恶作剧。有人相信那天看到的就是林夕谋杀明哲世勋犯罪现场的复盘，也有人怀疑那只是明哲宇用来打击竞争对手的一个手段。但是无论如何，紫金娱乐公司刚刚成立就经历了一个奇幻之夜，让这场开业派对在一天之内就变成了一个无人了解真相的传奇故事，可谓亦真亦假，更广为流传。

第十二章　天下第一乐队大赛
“The Best Band of the World” competition

前奏一开始我就莫名地喜欢，我不知道为什么，我只是觉得这编曲太绝了，这并不是简单的原曲还原，而是一种全方位的进化和升华。

——Alex

就在紫金娱乐公司成立的一周之后，天下第一乐队大赛的正赛正式开始，地点就设在北京西部的海淀公园。这次比赛一共有三十二支乐队晋级，被分为八个小组：

按照预赛得票数，朱利安组建的“星球计划乐队”（Planet Plan）被列为A组种子；

希美领衔的“美丽安琪乐队”（Beauty Angel）被列为B组种子；

林夕娱乐公司旗下的“超级方程式乐队”（Super Formula）被列为C组种子；

丹尼尔娱乐公司的“天启乐队”（Apocalypse）被列为D组种子；

北欧乐队大天使（Arch-Angel）被列为E组种子；

极光乐队（Aurora）被列为F组种子；

紫金坦克乐队（Purple Gold Tank）被列为G组种子。

还有一支名不见经传的乐队在外围赛以黑马的姿态胜出，被列为H组种子。这支乐队来自美国，以说唱著称，名叫“追光火箭”（Chasing Light Rocket）。

在这八个小组里面，每个小组都有四支队伍，而这四支队伍将会在小组赛中两两对抗，打循环，比积分。获胜的队伍积三分、获得平局的队伍各积一分，输掉比赛的队伍没有分数。小组赛结束之后如果出现两队同分的情况则以所获票数的小分决出名次。而在每个小组的四支乐队当中，积分靠前的两名将会最终晋级十六强。而所有队伍打到十六强之后，就会进行单败淘汰赛，直到决出最终冠军。

今天将是第一个比赛日，早上阳光明媚，天空湛蓝，特别温暖。

“耶律，”明哲宇站在紫金公馆的大厅，问自己的大管家，“你觉得我今天怎么样？”

只见紫金坦克的队长身穿一件顶级英式墨绿色T恤，一条意大利产黑色窄腿牛仔裤和一双同色马丁靴示人，手臂上的两条的金属手环分别为紫色和金色，脖子上的纯银项链和六芒星吊坠则证明了他朋克青年的身份。

“完美！”耶律赞叹道，“仿佛漫画里面走出来的人物。”

“此外，”耶律继续说道，“还有一件事想向您汇报一下。”

“请讲。”

“招魂术的事情，”耶律顿了顿继续说道，“那件事已经通过张小波的网站被传得神乎其神了。”

“耶律，”明哲宇仿佛早已料到，笑着说，“这些已经是旧闻了，张小波的网站铁粉众多，都是这种奇闻逸事的死忠追随者，所以能够达到这效果并不意外。”

“还有什么新闻吗？”

“有的，”耶律平静地说道，“张小波再次求见。”

“是吗？”明哲宇向前走了两步，坐在客厅的单支沙发上，只见他翘起修长的长腿之后不紧不慢地问道，“难道是因为给他的钱都花完了吗？”

“他是说有要事相告。”

“可以，”明哲宇回答道，“那么让他等到我们打到淘汰赛的时候再来这里吧！我现在没有太多的时间再次扮演爱德蒙公爵。”

“好的！”耶律继续说道，“那我就跟他说，爱德蒙公爵回英国休假去了。”

“可以。”

“对了，少爷……”耶律停了停，似乎仍然有话要说。

“你说。”

“那天的事情您就不想再问问我？”

“什么事？”

“招魂术那天，为什么我没有在宴会上按照计划变成您的先父？”

“哈哈！”明哲宇站起身来，拍了拍耶律的肩膀，笑道，“因为那时我已经用余光看见我父亲的灵魂和你在二楼说话来着。彼时的你还没有变成我的父亲，那时你刚刚从爱德蒙公爵的身份变回耶律。”

“原来如此。”耶律平静地说道，“原来您早就知道老爷叮嘱我继续扮演爱德蒙公爵，劝我赶快回到人群当中不要分心。”

“是的，”明哲宇平静地说道，“是的，我看见了。我不但看到了父亲和你的交谈，我还在一瞬之间想到了以前一家人其乐融融的欢乐场面，想想真是开心哪！”

“喂喂！你们说什么呢，那么高兴！”只见叶菲从楼上跑了下来，开心地问道，“快告诉我。”

“亲爱的，”明哲宇转过身来，迎着叶菲将她从最后一级台阶一把抱起，温柔地说道，“亲爱的，我们正在谈论你有多美。”

只见叶菲今天一反常态，穿上了一身纯黑色的烟熏朋克装，把乌黑的长发也吹得蓬松有型，像极了来自二次元的音乐少女。明哲宇抱着叶菲转了半圈，然后把她安全地放在地上。事实上，这位女生已经搬到紫金公馆有一段日子了，自从朱利安的伪婚礼之后，她就没有离开过这里。

“小姐今天真的是太漂亮了,”耶律在一旁赞叹道,“简直美丽至极!”

“哈哈!”叶菲捂着嘴笑了起来,有些不好意思地说道,“我就是想告诉明哲宇,我们的紫金坦克是最棒的。”

“没错!”明哲宇绅士地说道,“今天你就是最美的,没有你,我怎么可能走到现在,紫金坦克又怎么可能发展到这样的程度。”

“宇啊宇!”菲笑道,“你就别拿我开心了,任何事情都是注定的,没有人会因为谁而成为谁。所以我知道就算没有我,你也肯定可以成就一番事业。”

“菲呀,”宇笑道,“没有你我也许早就死了。”

“呸呸呸!”叶菲玩笑一般严正回答道,“今天将是紫金坦克首日出征,绝对不可以说不吉利的话哟!”

“好吧!”说罢,宇转身拿起那个一直放在地上的琴箱,开心地说道,“那么我们出发吧!”

就这样,一部优雅的劳斯莱斯初代银云轿车,载着三人从北京的西山一路向东开去。在这深秋时节,北京的土地上铺满了金色的银杏叶,和参天的古树交相辉映,显得浪漫至极、无比美丽。

很快,明哲宇就在比赛现场和星、翔、小翼会合,四人在无数个五彩斑斓的巨大热气球的映衬下,在观众热烈无比的欢呼声中,第一次以乐队最强的四人阵容登上世界级的比赛舞台。

与此同时,早已返回意大利首都罗马的斯卡列蒂家族,暂时并未受到任何惩罚。在北京杀人那天,安杰丽卡的哥哥阿尔伯特把自己保护得特别完美,居然没有让现场(爱新觉罗家)留下任何一个可以用来指证他的指纹。再加上他本人已经返回意大利,因为司法管辖权的关系,就算是国际刑警也暂时没有办法。

然而就在紫金坦克登上比赛舞台之际,阿尔伯特和意大利罗马警局的一位警司进行了一次短暂的会面。这位警司名叫里卡多·加布里埃尔(Ricciardo Gabriel),白人,翘胡子和黑色的贴头短鬈发是他的特征。他的身高为一米七五,今年四十三岁。

二人约在了罗马剧院旁边的一间咖啡屋见面,阿尔伯特今天要给里卡多在这里结算一笔尾款。北京的早上就意味着罗马的深夜,大概在凌晨两点,身穿一身黑色西服、一件花色衬衫、脚踩棕色皮鞋的阿尔伯特走了进来,他的手中拎着一个装满现金的小型黑色手提箱。五分钟之后,身穿一件灰色夹克搭配一条棕色窄腿裤的里卡多也来到这里,一下子就坐在了阿尔伯特对面。

此时此刻的咖啡屋里面没有别人,阿尔伯特将钱箱放在了两个人中间的方桌上面,而里卡多并未开箱,只用了一个黑色的透视识别器,就看清了里面的东西,进而辨别了钞票的真伪。

“怎么样?”警察坐在座位上,把箱子竖着放在地上靠近自己的地方,摸了摸八字胡子,得意地问道,“这次的北京之行还顺利吧?我猜令牌一定已经拿到,世仇也已经了却了吧?!”

“拿到了。”阿尔伯特面无表情地从上衣内兜里面拿出了一块刻有斯卡列蒂家族标志(交叉的双剑下面是一个雄狮头雕和斯卡列蒂家族的意大利语花体字拼写)的金属牌,稳重地问道,“你怎么知道这东西在他那儿?”

“这你就别管了，”里卡多坐直身体，狡猾地说道，“我自有办法。”

“想不到这块破铜烂铁居然花了我这么多钱！”阿尔伯特愤愤地说道，“真受够了！”

“哈哈哈！”警察大笑道，“没有这块令牌你要怎么统领家族哇！下面的人也不会真的服你！”

“我知道。”

“话说你父亲胡里奥多年前虽然在都灵被判处死刑，但他居然在深夜越狱逃跑，”警察悠哉地说道，“却没想到在路上为了向一个路人抢点钱而被反杀，结果令牌也神秘消失了。”

“而那路人最后居然被法院认为是正当防卫，被判无罪。”警察讥讽道，“没想到一代枭雄就这样不明不白滑稽丧命，真是令人唏嘘呀！”

“够了！”阿尔伯特突然重捶桌子，厉声说道，“我就想问问你，你究竟是怎么知道我父亲死亡那起事件是仇杀而不是偶然？”

“没有错，”警察故作镇定地说道，“那件事表面上看似偶发，但多年之后另外一起偶然事件让我再次反复观察当年胡里奥遇刺的现场录像。你知道那段录像其实只是由路口摄像头拍摄，画质并不清楚。但是经过现代科技将录像修复，我突然发现这件事情并不简单。原来那个路人面对大名鼎鼎的胡里奥的挑衅，居然没有半点恐惧。其实我们老刑警都知道，胡里奥当时并没有想要杀掉路人，只是想要拿枪吓唬对方，想要抢劫钱财而已。”

“在那个深夜，当胡里奥用枪托猛磕对方头部的时候，那把枪却突然掉在地上。”

“这个我知道，”阿尔伯特打断警察，愤愤地说道，“那人却抢在我父亲之前捡起手枪，将他击毙。”

“没错，”警察说道，“我们警方最开始也认为路人有借题发挥泄私愤的嫌疑，因为他不可能看不出来其实你父亲只是想抢钱……可谁知他触发了‘无限防卫’的核心原则——即只要举枪，受到威胁的一方就可以击毙威胁者的条款。所以法院也只能认定其无罪，把他放了。”

“后来呢？”

“凭我多年的经验，那人面对你父亲居然如此训练有素，不但毫无畏惧，而且几秒之内就拿枪反杀，这让我认为他一定是一个经验丰富的杀手。”

“但是从录像上看，确实是我父亲率先寻衅滋事找那人抢钱，而且那人也确实走在我父亲的前方，怎么看也不像一场预谋。”

“没错，”警察阴笑道，“那是因为你只看了一个录像。”

“而我却利用权限调阅了附近几十个路口的录像，结果发现那人其实一直跟踪在你父亲周围，在你父亲身前身后来回晃悠。他似乎很了解你的父亲，仿佛认定你父亲一定会抢他一样。”

“你的意思是说，”阿尔伯特说道，“他是被人雇用的杀手？”

“没错！”警察激动地说道，“为了证明这一点，我又查阅那人的所有收入记录。虽然从电子账户上根本看不出任何额外的大额入账信息，但他生病的父亲却突然在同时获得了一大笔现金支付给医院。”

“明白了！”阿尔伯特气愤地说道，“原来我父亲居然死于谋杀！可是幕后指使为什么会是爱新觉罗家族？你知道我一直相信你，所以从未问过你这个问题。”

“我的线人。”警察喝了一口可乐，冷静地说道，“这一点我还是无可奉告，因为我要保护我线人的安全。但是你说我厉害吗？我不但知道当年就是爱新觉罗·恒泰买凶杀了你的父亲，还知道你们家族的统领铁牌就在他的手中。”

“好吧，”阿尔伯特起身，把铁牌又放回上衣内兜，稳重地说道，“我没问题了，而且我们已经得到彼此想要的东西了，是吧？”

“是的。”

“那我们就后会有期吧！”阿尔伯特戴上了一副黑色软羊皮手套，厉声说道，“再见，警官先生。”

说罢，阿尔伯特便迅速离开了咖啡屋，而警察也在一分钟之后离开。此时此刻，罗马的天空已经开始泛起鱼肚白，而在地球另外一边的天下第一乐队大赛就要正式开始了。

回到北京，让我们继续开始紫金坦克的故事，看看他们这边都发生着什么。

我们都知道，紫金坦克的小组赛对手一共有三支乐队。而他们今天将要迎战的是一支名为“无限光速”（Unlimited Lighting Speed）的北京本土朋克乐队。按照比赛的规则，两队将要在第一轮首先演绎一首一样的曲目，编曲方面可以自由发挥。对这条规则的简单理解就是两队可以用相同或不同的风格演绎同一首歌曲，然后让评委和观众共同评出胜利一方。

而评委方面，组委会一共请来了四位顶级乐手前来助阵，他们分别是火箭玫瑰乐队的“红色长发”主唱Alex（四十九岁、白人）；黑金属乐队的“金色爆炸头”主唱Marty（四十五岁、黑人）；著名指弹大师，一头银色短发、儒雅风流的Tommy（五十五岁、亚洲人）和以“黑色莫西干头型”以及“永远戴着墨镜”为标志的红日乐队主唱Funky（四十六岁、白人）。他们今天全部以黑色摇滚皮衣、各种首饰以及黑色皮靴示人，显得暴力无比、摇滚范儿十足。而四人的评分共占整体分数的百分之四十，另外百分之六十的评分权被分配给全世界所有观众。在手机上注册观看这场比赛直播的所有用户，都可以通过软件（APP），评出自己心目中的优胜乐队。

就这样，紫金坦克第一次以四人最强阵容登上世界级比赛决赛圈的舞台。需要说明的是，世界第一乐队大赛的舞台规模巨大，大到几乎相当于半个足球场的尺寸。两侧的黑色桁架挂满了各种灯光、音响等舞美系统，高度和宽度目测分别达到了三十米和七十米。这样规模的场地已经达到了世界顶级的水准，而紫金坦克四位青年也全部换上了特别定制的短T恤衫，整装待发迎接比赛。星、翔和小翼选择的是紫色主体金色印花的配色，而队长明哲宇穿的则是一件金色主体紫色印花的上衣。四人上衣的花色由中国传统元素组成，高度统一却又不尽相同，而裤子和皮靴则不约而同地选择了不同程度的黑色，酷劲十足。

这场比赛一共卖出了十万张门票，热情的歌迷已经把现场的气氛烘托起来。宇仍然背挎着女友叶菲送给他的那把传奇般的芬德水晶吉他，帅气无比；翔则依旧使用珍珠架子鼓（Pearl）配合瑞克轴承结构双踩踏板（Trick），十足专业；星选择了一把金色的音乐人电贝斯，华丽俊逸；小翼则背上了艾宾斯三十周年限定款荧光绿色电吉他（Ibanez），特别时髦。

上午十点，两支乐队已经站定在舞台中央，交响乐团被安排在乐队身后。

大赛一触即发，马上开始。

“两支参赛队伍能够来到天下第一乐队大赛决赛圈的舞台之上，就已经说明你们的优秀，”在主持人介绍完毕出场阵容之后，评委Alex率先发声，“但是接下来的比赛才是最严苛的。毕竟乐队比赛和歌手比赛不同，我们除了将会参考自己的主观感受之外，还会根据你们的技术水平对结果进行客观评估，希望各位都全力以赴，不遗余力地展现出来你们的最高技艺。”

“没有错，”Tommy接过话来，“在技术考核阶段，你们两支乐队将现场编排演绎著名电影《回到未来》的主题音乐“*Back To The Future*”。这首曲子由著名作曲家艾伦·席维史崔（Alan Silvestri）于1985年编写，由交响乐团配乐完成。而我们在这里想要你们根据自己的特点，编写一个属于你们的‘金属版本’。”

“是的，”Marty解释道，“你们只有十分钟的时间编排，等到广告回来以后，就是正式表演的时间。”

话音刚落，只见两支乐队就马不停蹄地进行起现场布置，稍后又通过猜拳的方式决定了出场顺序——由无限光速乐队首先比赛。

四声鼓点之后，只见无限光速采用G调开始整个乐章，瞬间就把情绪带到了一个疯狂状态。主音吉他手用失真效果一直领导旋律的部分，节奏吉他手则完全用力量和弦在后方打底，贝斯和架子鼓的节奏也非常默契地完全融合在一起，爆发出一种气势磅礴的金属质感，一下子就把大家带入到了电影的故事当中，一瞬间就让听众感受到了那个属于摇滚的黄金年代。

“喂！”只见Marty对着Alex喊道，“喂喂！我觉得还不错呀！”

“是的，”Alex回答道，“可是我仍然认为真正的考验完全是在一连串Solo组成的螺旋式上升旋律的那四个小节之中，原作的那个部分是由交响乐团的小提琴声部独立完成的。”

“没错！”Tommy在一旁搭话，“吉他要想模拟出小提琴的丝滑效果，真的是难上加难。”

“喂喂，快看吧，”Funky喊道，“马上就到那个部分了。”

果然，在中间过渡阶段的四个小节当中，无限光速乐队硬是用吉他模拟出来了小提琴的质感，让人觉得特别舒服，几乎挑不出任何问题。

五分钟之后，表演结束。几乎没有间歇，在无限光速乐队下场之后，就轮到紫金坦克乐队出战。

“各位评委，各位观众，”明哲宇走上舞台率先发声，“我们计划用朋克和交响相结合的方式来演绎这首歌，因为既然我们这里配备了交响乐团，为什么不融在一起玩呢？”

话音刚落，全场一片静寂，似乎没有人相信这样做的可能性和真实性。

“不可能吧！”无限光速乐队的主音吉他手站在舞台侧面嘀咕着，“在这么短的时间内，要统筹一个交响乐团，这根本就是办不到的事情吧！”

“虽然说我很希望赢得比赛，”鼓手在旁边说道，“但是我也不希望他们把比赛搞砸。”

画风一转，镜头来到了评委席。只见四位大咖也在犹豫紫金坦克的决定，似乎并不相信这样做的效果将会很好。

“紫金坦克乐队，”Marty在台下疑惑地问道，“交响乐团是来配合既定的曲目，并不属于技术考核的范畴。我想问问你们将由谁来当交响乐团的指挥？”

“由我本人，”明哲宇胸有成竹地回答道，“我将在弹琴的同时，指挥交响乐团。”

“别担心他，”星在台上向着四位评委喊话，“他曾经在一天之内写出能让悉尼交响乐团几年也演奏不完的交响乐谱。”

“好吧，”Alex利索地发声，“既然如此，那请各位开始吧，我们拭目以待。”

话音刚落，只见背着吉他的宇转过身，对着交响乐团和他的三位兄弟做出最后的指示。

“我们以四四拍的节奏和一百二十的速度进入主歌，由于我大部分时间腾不出手，所以我将以吉他的琴头来指挥乐团，还请见谅理解。我的琴头指到哪个部分，哪一个部分就增强音乐的音量。另外，在不用弹琴的时候，我也会同时用手指挥。”宇顿了顿继续交代道，“请交响乐团的小提琴手在难度最大的那四个小节停手，让我用吉他来弹奏那个部分。因为我将用事实告诉我们的对手，到底谁才是最强乐队！”

宇环顾四周，给了所有乐手一个确认的眼神。只在一瞬之间，宇就用失真的Solo带着强劲的力量直接将整个现场节奏带动起来，在气势磅礴的交响乐团的配合之下，整个音乐就好像一台重装坦克，以一种碾压一切的巨大力量隆隆开来。

“我的天！”Alex首先发声，“前奏一开始我就莫名地喜欢，我不知道为什么，我只是觉得这编曲太绝了！这并不是简单的原曲还原，而是一种全方位的进化和升华！”

“哎哟！Alex评委都爆粗口了呀！”Funky评价道，“这正说明紫金坦克无比华丽！说真的，你看看两名吉他手的手法，速度很快不说还实实在在，感觉比无限光速乐队的基本功要扎实很多。”

“好了！”Marty突然插话，激动地说道，“只用了几个小节就可以盖棺论定了：紫金坦克乐队和无限光速乐队根本不是一个量级的乐队！”

“是呀，”Tommy说道，“我以前只听说过他们的传说，还以为他们只有花拳绣腿，没有想到他们的技术如此专业、如此完美，真的很赞！”

“真是这样！”Marty总结道，“就在刚才我还以为无限光速已经够好了，结果紫金坦克才是最棒的那一个。”

只在一瞬之间，歌曲就来到了最难的四个小节。按照事先的约定，小提琴将全部在这里集体失声，反倒给了明哲宇一个巨大的施展空间。

“能不能完美收官，就看这里了，”一直站在台下观看的叶菲激动地说道，“这里是最关键的地方！”

“没错！”耶律站在一旁不断点头，“这里貌似是最需要速度的部分。”

宇果然没有让大家失望，只见他在顷刻之间，就以更快的弹速精准地演绎了这四个小节，没有一个虚位，简直无懈可击。

“他的速度已经是无限光速乐队的一倍了，”Marty 惊呼，“但是你们看看他游刃有余的样子，我认为他完全可以再快很多。”

“真是这样！”Tommy 惊呼道，“我完全同意你的观点Marty，紫金坦克已经展现出碾压级别的优势了！”

只见明哲宇站在台上好像猫王埃尔维斯·普雷斯利（Elvis Presley）一样摇摆着自己的身体，一会儿弹奏音乐，一会儿指挥位于身后的交响乐团。很快，音乐就在这完美的配合中结束了，让现场爆发出震耳欲聋的掌声。紫金坦克不但赢得了四位评委的最高分数，竟然还让全世界观看比赛的人都停下了手中的动作静止在了那里。这其中有站定在马路之上盯着手机看比赛的路人，有正在健身的人们，有正在工作的人们，等等。

而紫金坦克乐队也因此获得了绝大多数观众的票数。

紧接着在弹奏原创曲目的主观评选中，紫金坦克再次以绝对优势力克无限光速乐队，成功击败对手拿到小组赛的第一个三分。而在同一天比赛的其他七个小组的第一轮比赛中，所有种子乐队全部以较大的优势取胜。随着大天使乐队在傍晚的比赛完成，第一比赛日的所有比赛全部结束，第二比赛日则设定为下个星期的同一时间开始。

在整个比赛当中，林夕并没有给紫金坦克乐队人为地设置任何障碍，似乎想要等到淘汰赛，等到他们变得更强悍的时候再来整治他们。同时，上午现身的紫金坦克乐队并未和傍晚比赛的大天使乐队相遇，因此星和刚刚回国的菡也没有遇见彼此。虽然并未相聚，但他们在最后也得知了双方获胜的消息，似乎注定会在未来比试一番。另外，被路西法开除的吉他手米达伦则加入朱利安的星球计划乐队，当上了他们的首席吉他手。不过朱利安的乐队主要以歌唱家的声音为主，所以这位吉他手在星球计划乐队的位置并不如他在大天使乐队那么显著。但是能够参加天下第一乐队大赛也是米达伦的愿望，所以他也只能暂时纡尊降贵，主动降格留在这支全新乐队当中。而在紫金坦克比赛之中，站在比赛场地第一排的叶菲全程一共被摄像机拍到了八次，理所当然地成为歌迷阵营的焦点。与此同时，奇闻网站创始人张小波也自掏腰包来到了现场，第一次亲眼看到了紫金坦克这支传奇乐队的真正实力，而他和爱德蒙公爵再次见面的时间也越来越近了。

第一轮比赛结束之后，虽然紫金坦克在第一场比赛中展现出来了强劲的实力，但是其他七支种子队也同样爆发出了令人震惊的、碾压级别的力量。所以就算赢下了首场比赛，但已经拿下的三分并不能确保小组出线。四位青年更是不敢掉以轻心，选择临时住进了明哲宇的西山老宅紫金公馆之内。这样他们就可以得到更多的时间排练备战、调整心情，迎接另外两个同组对手的强力挑战了。

第十三章　追击，疯狂的穆特
Chasing, Crazy Mutt

如果我的心愿能够完成的话，你的一切记忆将会重新开始。对于你来说，那必定将是幸福的、美好的，明白吗？

——穆特

天下第一乐队大赛小组赛第一轮结束之后，所有队伍均得到了难得的休养生息时间。然而对于紫金坦克来说，除了音乐之外，他们还有很多事情要做。比如翔还在追查父亲被杀的幕后真相；宇也在为他的复仇计划进一步布局；星亦为了在加拿大收到的匿名信事件而忙碌不停。

好消息是，在明哲宇的高科技设备帮助之下，匿名信事件的幕后主使被锁定了发件地址，终于浮出水面。原来，用菡的生命来威胁王子星，逼迫其搞砸大天使演出的人，竟然就是朱利安。

没有错，此人就是在不久之前强迫叶菲举办婚礼的朱利安。而因为备战第二轮比赛的原因，四位青年住在一起反而使他们关系更近，让他们能够齐心协力把朱利安从幕后揪出来。

不过那个男人为什么要写匿名信却不得而知。

所以四位青年现在要做的就是立刻找到朱利安一问究竟。而紫金坦克乐队并不知道的是，也许现在弄清匿名信事件的原委已经不是那么重要了。因为一旦等到他们找到朱利安的时候就会发现有一个更为紧急的事件即将发生。

画风一转，朱利安的公寓呈现出来的却是这样一副场景：一根吸满深蓝色药水的针管、几个就算在中午十二点也紧闭不开的深蓝色落地窗帘、一个漆黑而空荡的巨大房间、一名只穿一条黑色内裤的颓废青年。

没有错，此时此刻，朱利安正在把药剂注射进自己的手臂之内。片刻之后又深吸一口气，让自己终于缓了过来。他并没有吸毒，而是把自己那邪恶的一面通过药物变得正常一些。朱利安管这所房间叫作冥想室，是他位于北京中央商务区巨大公寓里面的一间，足有两百平方米。

原来，朱利安正是一个具有双重人格的精神分裂症患者。和之前的明哲宇并不相同，朱利安的精神分裂来自基因遗传。因为他同时有着一个疯狂到变态的科学家父亲，也有着一位心智完全没有问题的母亲。而明哲宇在患病期间只会折磨自己，但黑化的朱利安却喜欢折磨别人。叶菲在失忆期间看到的是完美的朱利安，而在伪婚礼上却见识到了一个恶魔一般的青年。

几分钟之前，朱利安还在黑暗的房间内抱头咆哮、激动痛哭、来回挥拳击打空气，而现在这位男生虚弱得只能躺在一把实木摇椅之上，独自舔舐着精神分裂所带来的痛苦折磨。

只用了一会儿工夫，紫金坦克四人就拍马杀到朱利安的宅邸。令人意外的是，后者并没有给来访之人设置任何障碍，居然让他们长驱直入，直接来到了自己的冥想室内，似乎有话要说。

紫金坦克四位青年今天穿得十分随意，除了翔仍是以一身深灰色中山装示人以外，明哲宇只是简单地穿了一件英伦风的咖色卫衣、黑色收口牛仔裤配合小白鞋；星更是没有心情打扮自己，只是随便套了一件日式街头范儿白色毛衫、一条同样风格的浅色帆布裤外加脚踩一双黑色帆布鞋；而小翼则是穿了一身白色运动服和一双黑色跑鞋，便和他的三位队友一起来到了这里。

面对四人的闯入，朱利安并没有惊慌失措，甚至没有穿上衣服，只是百无聊赖地躺在躺椅之上。而四人进来之后，首先看到的是他的侧后背影。从打开的房门射进来的光线可以让他们清楚地看见房内之人。

见到紫金坦克的来访，朱利安并没有说什么话。只见他缓缓地站立起来，把四扇足有六米的窗帘打开，让光线直接照射进来。这强光如此强烈，瞬间把房间照得透亮，让四位访客不得不用手臂下意识地挡了一下，好让自己能在分秒之内适应这光线的变化。

在强光的照射之下，室内的一切才全部呈现在访客眼前。原来，除了窗户旁边的石膏罗马柱装饰之外，在这个有着两百平方米面积、六米层高的房间之内，居然只放置了一把红木摇椅。是的，这就是朱利安的冥想空间，如此巨大，如此简单。

“来了？”清醒之后的朱利安一脸疲惫，仿佛招呼老朋友一样，平静地说道，“我这里可没什么东西招待你们哪！”

“朱利安，”星率先愤怒发声，“你写那封匿名信的目的到底是什么？”

“哈哈！”朱利安轻蔑地笑了一下，“你们果然还是发现那人是我了！”

“你给我正经点。”宇冲上前去，一下子就用手臂把朱利安顶到了墙上，新仇旧恨全部涌上心头。

翔和小翼见状一个箭步冲上前去把宇拉开，大声说道：“宇，你让他解释，咱别冲动。”

见到宇被拉开，朱利安不屑一顾地抖了抖身体。几秒钟之后，他才晃晃悠悠地走到椅子面前，将一件搭在扶手上的蓝色薄棉睡袍穿上。

“那只是一个恶作剧，”朱利安神经质般笑了笑，奸诈地说道，“如果必须要说的话，我的目的可以有很多，你知道的，那可能是出于对叶菲的爱慕；可能是出于对紫金坦克的愤怒；可能是不喜欢大天使乐队；可能是因为我自己的百无聊赖……”

“总之，”朱利安提高声量大笑道，“总之我就是想捉弄一下你们，哈哈哈！”

说到这里，星按捺不住心中的愤怒，冲了过去一拳就打在朱利安的脸上。只见这位具有双重人格的美男子被这记重拳打了一个踉跄，鲜血顿时从嘴角流出。

“其实，”翔冲过去把星抱开，冷静地说道，“如果真的只是恶作剧，至少还没产生什么更多的后果。”

“难道真的只是恶作剧吗？”小翼质问道。

“我只是想要得到叶菲，”朱利安又坐回了摇椅，跷起二郎腿，惆怅地说道，“我是真的想要用这个办法除掉大天使，再搅乱你们的阵脚……”

“朱利安！”明哲宇站在他的身前，俯瞰着坐在那里的这位男生，义正词严地说道，“叶菲是不会爱上你这种人的，我们还是在赛场公开比试吧！”

“走吧，”说罢明哲宇便招呼着他的三位队友离开，“是时候继续备战下面的比赛了。”

“哈哈哈！”朱利安闻听此言，立刻站了起来，看着四位男生的背影喊道，“等等！”

“还有什么事吗？”宇半侧过身，厉声问道。

“我想要得到叶菲还有一个目的……”朱利安得意地说着，仿佛自己已经得到了那位女生一样。

四位男生一起转过身来，面对朱利安，似乎料到这件事不会这么简单。

“因为叶菲是这个世界上唯一经历过两次时空穿越的人。”朱利安如是说道。

“你说什么？”星惊讶地问道，“你都知道些什么？”

“是的，”朱利安平静地解释道，“我不但知道你们四人里面有三人都是经历了时空穿越才来到现今世界，我还知道叶菲在很久很久以前就穿越过时空。”

“也许，”朱利安得意地说着，“也许我们所有的人的时间线早就因为叶菲的穿越而被改变过，也许我们早就生活在别人创造的平行时空里面。”

“这不可能！”翔愤怒地说道，“如果叶菲这么做过的话，她一定会告诉我们的。”

“可是……”朱利安来回踱步，回答道，“可是谁还没有点儿秘密呢？”

“但是，”小翼接过话来问道，“就算菲曾经两次穿越时空，这又和你想要得到那位女生有什么关系？”

“哈哈哈！”朱利安大笑道，“这个问题就真是事情的重点了。”

“此话怎讲？”

“如果我不跟她交往的话，”朱利安顿了顿，突然笑道，“那我怎么能够通过故意装病，把她的骨髓弄到手呢？”

“什么？”闻听此言，宇出离愤怒，“你要她的骨髓干什么？”

“好吧，你们既然那么想知道，我就都告诉你们吧！”朱利安清了清嗓子，解释道，“我的父亲，科学家穆特想必你们已经听说过了吧。是的，他最近一直在研究的项目就是时光机器。他告诉我，通过智能电脑的分析，如果能够拿到一个曾经因为自然力而穿越时空两次的人的骨髓，就可以让时光机的设想变成可能。而当我第一次见到叶菲的时候，我就怀疑起她的身份。稍后我趁她昏迷，通过我们家族发明的一个小型仪器，惊讶地发现了她就是我爸爸一直在找的那个人。”

“这下好了！”星激动地说道，“你的伪婚礼彻底失败，你爸爸的疯狂梦想也永远不可能实现了！”

话音刚落，四人就要离开，可是就在这时，朱利安的身体却剧烈地抖动起来。

显然，此时此刻深蓝色的药剂已经失效了，令他即将变成一个彻底黑化的版本。

“快!”朱利安努力地控制着自己身体的神志，大声吼道，“叶菲现在已经被我爸爸绑架了，他正在抽干她的骨髓，她会因此丧命的，你们快去穆特大楼救她吧。”

“你说什么?”闻听此言宇简直不敢相信自己的耳朵，焦急地招呼着他的三位队友，吼道，“快走，赶快营救叶菲去!”

说时迟那时快，只用了分秒时间，紫金坦克四人便消失在朱利安大楼，以最快的速度向着穆特之处飞奔而去。

站在楼上，俯瞰四位青年的身影，现已再次黑化的朱利安阴笑着说道：“宇呀，我其实还知道一个秘密。如果你知道了，你还会和叶菲在一起吗？对此我很怀疑。”

“但是这件事我是不会告诉你的，只能留给你自己去发现了。哈哈哈!”

翔同父异母的弟弟爱新觉罗・天和其母一起成立了一个航运公司。公司的启动资金来自恒泰的遗产，而这所公司叫作“天创航运”。事实上，为了尽早得到这笔遗产，只有十二岁的阿天故意编造了当年父亲买凶反杀胡里奥的事实，通过警察里卡多传话，利用阿尔伯特的手杀了自己的父亲。

原来，在前些日子，阿天无意中发现了父亲在多年前与斯卡列蒂家族争夺地盘之时所截获的号令铁牌，又通过收买百事通张小波得知了铁牌的重要性和当年胡里奥反杀案的细节以及幕后真凶。而警察里卡多在都灵咖啡馆所分析的“反杀理论”完全正确，只是幕后真凶并非爱新觉罗・恒泰，而是澳大利亚地狱彩虹帮的人。事实上，因为当年的帮派斗争，一定要亲手杀掉胡里奥的地狱彩虹帮成员，买通了意大利警方，故意把胡里奥从监狱放出来，并在路上将其杀死。

然而阿天却故意把“点杀胡里奥”这一罪名安在了自己父亲的头上，并且通过警察里卡多告诉阿尔伯特自己的父亲恒泰还同时拿着他遗失多年的号令铁牌。如此一来，这样两个重要原因彻底激怒了胡里奥的儿子阿尔伯特，从而导致了发生在北京的恶性仇杀事件。

而这一切的始作俑者都是年仅十二岁的爱新觉罗・天。他现在已经成立了天创航运，成为公司的实际掌权人。而在公司成立之后，他要做的第一件事，就是除掉眼中钉肉中刺——他同父异母的哥哥、紫金坦克的鼓手爱新觉罗・翔。同样，这一次他也不会亲自动手，而是准备利用警察的力量铲除异己。

正当紫金坦克四人前往穆特办公大楼之时，时光机的研发已经进行到了最为关键的时刻。

穆特，世界顶级疯狂科学家，身高一米八五，有着一头金色短发和一双蓝色眼睛，是一位纯种的英国白人。今年五十多岁的穆特身材匀称、身体健康，如果你不知道他的身份，你会觉得他就是一个普通的文化人，和“疯狂”二字完全联系不上。他的办公大楼位于北京南六环，一百多层的高度是其特点。穆特的时光机计划被其安排在一百二十三层的顶层进行，而这一层有着三千多平方米的面积，内部完全没有隔断，全部被其用于时光机的研发。

靠近北侧墙壁的区域放置着时光机的主体，它的样子是一个类似小型战斗机的银色飞行器。而叶菲则被一张可以固定四肢的金属座椅禁锢在时光机的前侧，只穿了一件白色连衣裙而已。

此时此刻，穆特已经成功地抽走了叶菲身上的部分血清，启动了时光机。

叶菲则因为过度消耗而心理疲惫，体力不支，晕倒在座椅上面。

就在这千钧一发之际，紫金坦克四位青年及时杀到这里。值得一提的是，得到明哲宇资金的小翼，在技术上显示出来了超级极客的超强能力，让他们通过穆特的安全保卫完全不成问题。

“慢着！”宇指着那架银色时光机的驾驶员，率先发话，“你就是穆特吗？你要干什么？你都对叶菲做了什么？”

说着，四人便向叶菲的方向冲过去，想要解救这位女生。然而他们却被穆特的最后一道防线阻挡在外无法通过。定睛一看才发现那竟然是一道无形透明防护墙，而小翼通过最棒的科技设备也需要三分钟才能完全破解。

现在大家只能隔着这层透明防护墙向对面喊话。

“哈哈哈！”身穿一件白大褂的穆特，一边戴着仿佛飞行员所戴的那种护目镜，一边摇头晃脑得意地说道，“明哲宇，嗯嗯，我认识你，难道你没有看出来我要干什么吗？事情想必你已经都知道了吧？！”

“你快点让我们过去，赶快释放叶菲！”宇愤怒地叫喊着，“叶菲她经不起你这么折腾。”

“哈哈哈！”穆特大笑道，“我知道你们的极客先生正在破解我的防护墙，但那也至少要用三分钟。别担心，我已经给这位女士注射了恢复身体的药物，三分钟之后叶菲就会苏醒。而在这两分钟之内，我将会回到过去完成我的心愿。”

“你的心愿？”翔砸着防护墙，愤怒地问道，“你能有什么心愿？你知道你这样做只会导致时空发生错乱吗？我们所有人所做的一切，都有可能因为你对历史的一个细微改变而变得灰飞烟灭，停手吧！”

“怎么？”已经坐进座舱，马上就要启动时光机的穆特回答道，“允许你们穿越时空，就不允许我来一次刺激的旅行吗？再说，第一个回到过去的人也不是我，而是你们眼前的这个女人，叶菲！”

“而且，”穆特紧接着说道，“爱新觉罗・翔，我也认识你，但是我的心愿不关你的事，而是你身旁的那位。”

只见翔看了看身边的队长，以为穆特是在说明哲宇。谁知，穆特摇摇手，平静地说道，“不不不，不是他，我说的是紫金坦克的贝斯手，王子星。”

“我？”这位中英混血儿疑惑地看着自己，激动地问道，“你认识我吗？我们很熟吗？你的时空之旅又关我什么事？”

“你不用知道！”穆特厉声说道，“如果我的心愿能够完成的话，你的一切记忆将会重新开始。对于你来说，那必定将是幸福的、美好的，明白吗？而至于现在的你，知不知道我为什么必须回到过去也就变得不再重要了。”

说罢，穆特便启动了时光机，尾部的排气通过轰鸣的发动机发出了蓝白色的火焰。还没等紫金坦克四人回过神来，飞行器就在实验室之内凭空打出一个超时空的纯黑色四维隧道，然后一个瞬间加速就冲进其中，从这个世界消失得无影无踪。

几乎与此同时，小翼也已经破解了穆特的防护墙，让四人顺利来到叶菲身旁。此时此刻叶菲已经苏醒。还没等四位青年关心她的状况，这位女生就率先发话：“快！快！追他去！”

“菲，”宇一边给自己的女友松绑，一边焦急地问道，“你在说什么傻话？穆特已经通过四维空间回到过去，我现在只关心你有没有事！”

“宇呀，”菲环顾四周，坚定地说道，“难道你们还不知道吗？如果穆特可以回到过去，他就可能改变历史的任何一个瞬间，完全有可能将我们彻底从历史中移除。”

“这我明白！”星接过话来，焦急地说道，“但是那可是时空穿越，我们也没有时光机呀！”

“不是的，”菲急促地回答道，“我知道他也许在楼下的第二实验室留了一台备用时光机，而且那台更大，可以乘坐多人，简直就是太空梭一般的存在。”

“菲，你怎么不早说呀！”宇激动地叫着自己的爱人，心里产生了一丝希望。他迅速扶起已经松绑的菲，高兴地说道，“走，我们马上就去追击穆特，一秒也不能耽误了！”

就在紫金坦克已经回到过去的时候，林夕还在这一时间线上策划着如何在天下第一乐队大赛的战场给明哲宇制造麻烦。虽然此时此刻他并不知道这四位青年已经穿越的事实，但是在他看来，他和紫金坦克的对抗是命中注定的事情，同时他也相信紫金坦克有着足够的实力进入单败淘汰赛阶段，甚至走得更远。

深夜，林夕身着一身顶级英式黑色西服，红色衬衫，脚踩一双设计师款棕色皮鞋，坐在自己的办公室里。而他的副手郎正则站在办公桌对面，和老板讨论着下一步计划。

“郎正啊，”林夕把双脚交叉跷在办公桌上，双手合拢，冷冷地问道，“我让你办的事情怎么样了？我们的特种新药怎么样了？”

“再过两天就好了，”穿着一身黑西服黑皮鞋的郎正解释道，“如果您特别着急的话，我也可以让他们加个班。”

“不用了，”林夕厉声说道，“一定要让他们保证最棒的效果。而且小组赛还有两场，我需要看看这个曾经把我妹妹迷得神魂颠倒的男人，实力到底怎么样。”

“您想要看到他的最快速度？”

“没错！”林夕阴笑道，“从第一轮的比赛结果来看，小组赛剩下的两支乐队根本不可能是紫金坦克的对手。然而十六强的比赛就不一样了。等到单败淘汰赛的阶段，紫金坦克很可能会和丹尼尔旗下超级强悍的天启乐队正面对抗。也许只有到了那一场，我才能知道明哲宇的极限到底会在哪里。”

“天启乐队？”郎正问道，“那个以速度见长的死亡金属乐队？”

“对！”林夕把脚从桌子上放了下来，开始在办公室里踱起步子，“高军，天启乐队的主音吉他手，曾经在一个不公开的比赛中以2000BPM的吉他拨速打破过世界纪录。他的手指不但运行速度极快，距离指板的高度也从来就不会超过一毫米。看他弹奏吉他，就好像看到一只无影手紧贴在吉他指板飞速运行，令人神魂颠倒、非常享受。”

“只有一毫米的高度，弹奏所有的音符吗？那怎么可能？”

“没错。”紫金坦克要想赢得比赛，就必须超过2000BPM的速度，而决胜点就在于明哲宇能不能靠着更快的动作带乱高军的节奏，让他的手指运行高度超过一毫米，这才是决胜点位！

“不过老板，”郎正问道，“我有一点不太明白。”

“说！”

“难道所有的比赛都是以速度决胜的吗？音乐不是很主观的一种存在吗？”

“评委不是已经说过了吗？乐队比赛不是歌手比赛，是有技术考核环节的。至于快这个问题，你见过哪个顶级吉他手的手速很慢？那些慢弹琴的大师，其实都是可以弹得很快的。”

“所以，”林夕解释道，“速度就是评价一个吉他手的最重要标准之一。不过也总有一群永远弹不快的人，一天到晚把‘速度无用论’挂在嘴边。蒙谁呢？那就是扯淡罢了！”

“是的，没有速度是绝对行不通的。”郎正回复道。

林夕顿了顿，稍微平复了一下心情，继续说道：“当然了，我也不是说‘不求最好但求最快’。我说的是不但要快，也要最好。”

“明白了。”

“但是，但是……”郎正问道，“万一他们过了天启那一关怎么办？”

“过了那一关？”林夕说着说着就向着办公室外走去，准备回家，“如果真是这样的话，我们的新药就会派上用场了。”

“走吧，郎正，”林夕厉声说道，“紫金坦克必须止步八强，不能太过分了！”

只见郎正关上了办公室的灯，让整个大楼暗淡下来。而此时此刻紫金坦克还在过去年代追击一个不属于那里的人。这群青年还不明白，这个不属于他们的过去又发生着什么。四位帅小伙儿也不知道，等他们回到现在以后又将面临什么。星和菡的关系会因为已经弄清楚了匿名信事件而重归于好吗？爱新觉罗・天要用什么办法对付翔？而如果翔知道了策划谋杀自己父亲的人就是他的弟弟，他会怎么办？张小波多次求见爱德蒙公爵到底又有着什么重要的事情？林夕到底要用什么方法阻止紫金坦克前进？然而在这么多的问题悬而未决的情况下，紫金坦克最先要过的还是天启这一关。因此他们必须克服困难，尽快从过去世界回到现今年代。事实上，他们在登上追击穆特的时光机之时，事先预设的时间让他们根本没有办法选择，只能跟着那个疯狂科学家一路来到他想要回到的时代。那里既不是中国的过去，也不是英国的过去，而是一个由重金属统治天下的摇滚世界——美国最辉煌的二十世纪八十年代。

第十四章 改变历史吗?
Change The History？ Or Not.

因为回到过去和穿越未来并不一样，改变历史的任何一个细微之处就可能产生蝴蝶效应，以牵一发而动全身的巨大威力改变所有人的命运。所以我不能那么自私。而林夕走过的路已经没有办法改变，我们只能按照计划行事。你明白吗?

——明哲宇

就在五位青年登陆过去时代不久，留守北京的耶律就在第一时间收到了一封明哲宇发自过去的信函。信件的纸张经过三十多年的变迁，已经泛黄，但内容依旧清晰。大致内容如下：

“耶律，因为突发状况，我、星、翔、小翼以及叶菲全员来到过去，但是你不用担心，我们现在很安全。在我消失的这段时光里，我们仍然要展开既定的复仇计划。我需要你在这段时间里变成爱德蒙公爵，以他的身份展开对林夕的反击。我不会忘记失去双亲之痛，也不允许他再这么肆无忌惮地折腾我们了。我们必须做出反击，立刻！马上！你也许会问我，我既然可以回到过去，为什么不能在历史里把林夕移除。耶律，我也想这样，但是我不行。因为回到过去和穿越未来并不一样，改变历史的任何一个细微之处就可能产生蝴蝶效应，以牵一发而动全身的巨大威力改变所有人的命运，所以我不能那么自私。而林夕走过的路已经没有办法改变，我们只能按照计划行事。你明白吗?”

“提前召见张小波吧。首先看看他那么着急地想见爱德蒙公爵到底有何贵干，然后再利用他开始铺设我们的复仇计划吧。”

“而且林夕必须得到他应有的惩罚，我不会一枪解决他，我会慢慢剥夺他的一切。”

“耶律，你要保重，等着我们回来。”

让我来说一说明哲宇写信给自己的大管家之前的半天，五位青年都发生了什么。

事实上，他们只用了一瞬间就回到了过去。和叶菲独自的那次穿越并不一样，五位青年并没有看到自己这辈子经历过的一切影像，他们那只是穿越了一片黑暗，仿佛失忆一般来到了这次预设的目的地——美国纽约（New York）。

他们抵达的准确时间为一九八二年八月十日的上午十点，基本上是在紫金坦克的宇、翔和星的生日前半年到一年左右。

但是他们并没有找到穆特。在这遥远的过去，他们和被他们追击的人并未坠落在同一个地方，根本无法联络，更别提怎么阻止他的行动。然而穆特却驾轻就熟，对这里并不陌生。一九八二年是一个他生活过的年代，纽约也是一个他生活过的城市。虽然时间久远，但穆特经历过的一个人生转变让这一年显得特别与众不同，是他人生中一个重要年份。

在这一年，他放弃了吉他手的身份，开始了科学研究之路；在这一年，他抛弃了一位怀着他孩子的、当年只有十八岁的女人。而这个女人名叫金贝琪，来自中国北京；还是在这一年，金贝琪认识了另外一个英国人，并且很快离开纽约回到北京与其结婚；次年年中，也就是一九八三年六月，这个女人在北京生下了一名中英混血儿，名叫王子星。

没错，让王子星一直以为是亲生父亲的斯达先生，那个在前不久因为过度吸烟而去世的英国人其实只是他的第一任继父。他的母亲在生下他之后，就把她关于美国的所有影像记录全部销毁，也从未和自己的儿子提起此事。

金贝琪在和斯达多次努力要子未果之后，二人相约永远不跟王子星提及关于穆特和美国的一切，而是把他当作双方共同的亲生骨肉抚养成人。

然而王子星的亲生父亲毕竟还是穆特，所以准确地说，王子星和朱利安是不折不扣的同父异母兄弟。

这一次穆特回到过去，事实上是要完成他的一个愿望，那就是他准备告诉年轻的自己，不要放弃音乐梦想，更不要离开星的妈妈金贝琪。

这时我们才明白穆特在登上飞行器准备出发之前对星说的那句话的意义：

“如果我的心愿能够完成的话，你的一切记忆将会重新开始。对于你来说，那必定将是幸福的、美好的，明白吗?”

原来，多年以来，穆特一直特别后悔自己那年离开那位北京女孩儿的决定，甚至花了毕生的时间让自己能够穿越时光，回到过去改变历史。

他想要回到过去，给星重新制造一个真正属于亲生血脉之间的完整原生家庭。如果老穆特成功地说服年轻的自己留在金贝琪身边的话，星将不会对自己的继父斯达先生存有任何印象，而后者也许会和别人结婚生子，过着和星丝毫不相关的生活。而星也将会从出生之日起，就能有和亲生父亲的合影、录像以及伴随他成长之路上的一切只有亲缘才能带来的温暖与爱。

然而这个貌似美丽的愿望却存在着一个极大的副作用。就是说，如果穆特的愿望实现的话，如果他从未和金贝琪分开，那么他极有可能不会认识朱利安的妈妈。这样一来，朱利安就会因此被历史移除，从来不曾来到这个世界。

可是，对于自己错误决定的悔恨已经让疯狂的穆特管不了朱利安的死活，他回到过去就是要和金贝琪重新走在一起。

与此同时，紫金坦克这边却并不知道穆特此行的目的。然而如果他们知道他的愿望的话，他们是会遂其所愿，给自己的兄弟一个更为幸福的家庭，还是不惜一切代价拯救这个曾经与他们为敌的故人朱利安呢?

此时此刻，穆特已经向着自己年轻时代的居所进发，而明哲宇也给耶律写过信交代过注意事项。但是无论如何，找到穆特一问究竟才是他们下一步要做的动作。不过他们怎么才能找到这位疯狂的科学家？随着穆特越来越接近他的目的地，留给五位青年的时间也不多了。

现在已经是美国时间1982年8月10日的下午五点，在这个秋日季节，纽约的北部显得云层浓厚，如此寒冷。这是一片荒无人烟的郊外，飞行器就坠落在这里。在今天较早前，宇独自一人进城把父亲明哲世勋送给他的一条传世项链变卖，换了一些可以在这个时代使用的钱币。而在发过信给耶律之后，这位男生就迅速回到了飞行器坠落的地方与好友会合。所幸这里偏僻无人，加上那时根本没有移动互联网或者移动通信，所以时光机的事情并没有被任何人发现并扩散。而留守在坠机地点的另外四人则齐心协力用大量的树叶把时光机遮盖起来，这样就会让其更加隐蔽。事实上，这台时光机已经失去了动力，根本无法再次启动了。

“宇呀，”菲坐在时光机巨大的翅膀上，平静地说道，“宇呀，无论是为了了解穆特来到这里的原因，还是要从他那儿找到足以回程的燃料，我们都必须马上找到他。”

“菲呀，”宇背了个巨大的黑包，从机舱侧方的铁梯子蹬了几步爬上飞机的背部，站直身子说道，“我们不但要马上找到穆特，还需要注意我们的动作。我们不可以与时间为敌，因此我们就需要尽量不要和这里的任何人产生联系。我们不应该影响任何已经创造的历史。此外，我刚才在城里给各位买了几件这个时代的服装，这样一来就会比较安全。”

紧接着四人便换上了20世纪80年代的行头，一下子变成了那个时代的人。没有错，在那个被称为美国历史上最开放大胆、最色彩鲜艳、什么都讲究超大尺寸的20世纪80年代，四位男生也顺应潮流，全都穿上五彩缤纷的大号服装。多款碎钉皮衣、紧身皮裤和皮鞋让男生们不但尽显时代气息，而且摇滚范儿十足。宇的选择属于白色系，星是粉色系的，翔是黄色系的，而小翼则是黑色系的。不仅如此，叶菲更是把自己的长发用宇从城里带回来的发胶抓到蓬松，还选择了一件有着超大垫肩的超长红色软羊皮西服，搭配橘色大翻领衬衫和蓝色牛仔喇叭裤，让自己摇身一变成了那时时尚杂志上的封面女郎。

如果我不说他们来自2018年，看到此情此景你一定会认为他们就是一群生活在20世纪80年代美国纽约的摇滚青年。

“下面我们该怎么办?”星坐在时光机机头问着大家，显然直到现在他也不知道穆特就是他的亲生父亲。

“我觉得找到穆特不太现实，”翔站在机尾分析道，“我们现在根本不可能联系到他。”

“也许……”菲顿了顿，说道，“也许我们还是可以去找穆特。”

“此话怎讲?”星问道。

“我的意思是，”菲环顾四周，狡黠地说道，“我们可以去找年轻的穆特，也许我们可以在那里等到老穆特。”

“可是，”小翼问道，“如果是去寻找回去的原料，我们也许还可以请年轻的穆特帮忙想想办法。

可是菲，你怎么就能确认老穆特这次回到过去，一定就是去找年轻的他自己呢？说不定为了防止历史错乱，他还要故意避开他自己呢!”

“因为这个,”菲跑进机舱，拿出了掉在地上的一本股票年鉴，又爬到机背上，举着这本书说道，“因为这本股票年鉴，他的时光机里也一定有一本一样的。”

“菲!”宇看到这本书之后，马上就明白了女友的意思。

“是的,”菲跟四位男生解释道，“你们想想，他会把这本书给谁？他会把这致富的机会给谁?”

“可是,”星问道，“穆特的富有并不是靠年鉴，他并不是《回到未来》里面的比夫·谭南(Biff Tannen)。历史已经证明，就算是年轻的他，不需要作弊也仍然可以变成亿万富豪哇!”

“星，你说得没错,”菲继续解释道，“可是朱利安曾经跟我说过，他父亲年轻时也曾经玩过乐队，而且还说他那时很穷之类的话。我当时没太在意，但是现在想想，他会不会就是想帮助一下那时的他自己也说不定。至于老穆特为什么要这么做，还不得而知。”

“好了各位,”宇站在机翼上，向所有人发出了总结，“不管老穆特带着这本股票年鉴是出于什么目的，但是我非常同意菲的观点，那就是他一定会把这本书给年轻的自己。所以我的建议是，我们要先去年轻穆特的家附近蹲守，看看能不能等到老穆特最终现身。”

另外，同一时刻的夜晚，北京月明星稀，耶律第二次易容变成爱德蒙公爵，在自己的府上召见了张小波。正像明哲宇的信中所述，这次和张小波的接触，不但要从他身上得到信息，还要利用他传达信息给需要听到的人。但是在这之前，爱德蒙公爵却问了和这些事情都不相关的问题，率先发出质询。

“张小波,”公爵身着一身深灰色意大利产西装、设计师款印花衬衫、顶级黑色皮鞋，坐在位于客厅的三人沙发之上，深沉而严厉地说道，“你说我要怎么相信你呀，啊?”

“啊?”

只见身着一身浅色记者工装、脚踩棕色登山鞋的自媒体人吓得哆嗦起来。他不是不知道在这间房子里都发生过什么，而且他到现在也弄不清楚爱德蒙公爵的底细。虽然他也知道弄清公爵的身份是一件值钱的事情，他也因此愿意和这个神秘人物接近，但是他却没有这个能力得到答案。所以这位媒体人也只能听从公爵的指示，按照他的意志做事赚钱。无论如何，人类对于未知的事情都是恐惧的，更何况在这间公爵府曾经发生过命案，而在前些日子受害者的灵魂又貌似出现在这个房间，还魂现世。

“你还在装蒜吗?!”

“不不不!”本来坐在侧位单人沙发的张小波连忙站起，辩解道，“我不是很了解您具体说的是哪一件事。”

“好吧,”公爵伸手示意媒体人坐下，平静地说道，“我记得我曾经说过你只能服务本府，对吗?”

“是的。”

“那你前些日子和爱新觉罗·天都在做些什么?”

“啊？这您都知道？！”

“别忘记了……”公爵干脆把戏演足，瞪着眼睛吓唬道，“你可别忘记我是从阴曹地府回来的人！”

“好吧，”张小波用手背擦了擦额头上的汗珠，哆哆嗦嗦地解释道，“既然什么也瞒不过您的法眼，那我就全说了吧。”

于是张小波把爱新觉罗·天曾经找他了解斯卡列蒂家族号令铁牌的由来，以及询问当年胡里奥反杀案细节这两件事情向公爵进行了详细说明。

“其实我有些不明白，”张小波问道，“这本是紫金坦克鼓手的家事，您也这么关心吗？”

“我是明哲宇的朋友，翔的事情我当然要过问。”公爵厉声说道，“不过我更关心的是我们的合作到底还有没有原则和诚信。”

公爵表面上把回答的重点放在了后半句话，只是为了更加从容、毫无破绽地和张小波谈论爱新觉罗·天的事情。

“我本来也不想管爱新觉罗的事情，但听你这么一说，我倒是有点儿兴趣，想要打破砂锅问到底了。”

“怎么？”张小波问道，“难道这里面有什么文章吗？”

“是呀，”公爵邪笑道，“当然了，因为如果反杀案的真凶就是澳大利亚地狱彩虹的人，但是死的却是翔的父亲爱新觉罗·恒泰的话……如此一来，被蒙在鼓里的恐怕就只有胡里奥的长子阿尔伯特了吧？！”

“而且，”公爵将身子凑了过去，阴郁地说道，“我说，张小波，如果真是这样的话，那你不就正是杀害翔父亲的帮凶了吗？”

“不不不！”张小波的脸吓得煞白，连忙解释道，“我真的不知道爱新觉罗·天是怎么想的，真的，公爵先生，请您原谅我。”

“这笔账我以后再跟你算。”只见公爵大手一挥，厉声说道，“说到底你的任务就是服务于我，你明白吗？”

“明白了，”张小波低头细语，“我以后就只按照您的吩咐去做。”

只见公爵站起身，开始在屋子里踱步。张小波也随即站起身来，跟在公爵身后打转。

“言归正传吧，”公爵说道，“你来找我有什么要紧事？”

“是的，”张小波平静地说道，“我是想告诉您，经过一番研究，我已经知道当年杀害明哲宇的父亲明哲世勋的幕后真凶是谁了。”

“啊！”公爵听到这句话之后，震惊不已，但是他还是强行把自己的情绪控制下来，转过身问起张小波，“他是谁？”

傍晚时分，正当五位青年乔装打扮来到年轻穆特租住的红砖公寓楼下之时，他们却正好看到身着一身咖色系便装的老穆特正拿着股票年鉴和年轻穆特对话的情形。此时此刻的年轻穆特穿着黑色皮衣皮裤，脚踩黑色皮靴，身上还背着吉他，看起来和科学家一点关系都没有。而五位青年躲在公寓前方的一个纯黑色铁艺自行车棚之后，俯身蹲下。这样一来，他们就可以看见两个穆特的举动而不容易被对方发现。实际上，从远处的肢体动作和并不清晰的对话中可以判断，虽然老穆特一直努力说服年轻的自己，但是显然年轻的穆特并未听从老穆特的劝告，放弃科研而坚持音乐之路。因为如果年轻穆特现在就改变主意的话，穆特的整个人生轨迹就会立刻产生巨变，而老穆特就会瞬间从这一维度消失。

但事实上是，老穆特并未消失，而他的计划暂时还没得逞。

就在这时，一个年轻女人从楼里走了出来，看样子是来招呼年轻穆特回家吃饭的。

“那一定就是朱利安的妈妈了吧!”星蹲在车棚一角，低声招呼着，“宇呀，把望远镜借我用用。”

为了这次阻截老穆特的计划，明哲宇在今天下午进城之时买了一些侦察设备，包括但不限于对讲机、望远镜等。

但是当星看到镜中人的时候，惊得目瞪口呆，一下子瘫坐在地上。只见那个纤细苗条的女人身着一身简单的灰色系洋装，有着一米七的身高和一头乌黑的短发，就算是在晚间也挡不住她优雅的气质。没错，她就是星的妈妈金贝琪!

“喂! 星，”翔拍拍星的肩膀，小声招呼着，“你怎么了，你看见了什么?”

可想而知，当翔拿起望远镜之后，也一脸问号地愣在了那里。的确，在他和星漫长的成长过程中，他对星妈妈金贝琪的相貌已经熟悉得不能再熟悉。金贝琪大概不到二十岁就生下了星，翔完全了解金贝琪在二十多岁的样子，只是现在镜中人的年纪比翔认识她的时候稍微小了一点点而已。

但无论如何，那人千真万确就是星的妈妈金贝琪。

分秒之后，宇成了这个突发事件的第三个证明人，也无话可说地惊在了那里。

确实，我们任何人的父母对待子女看起来都是毫无秘密可言的，我们也都一直按照自己希望的样子来认识了解我们的父母。但是其实也许我们的父母根本就不是我们想象和期待的样子，也许他们也有着烂在心里的秘密，从来不愿意跟儿女说起。

“星啊，”片刻之后，宇回过神来，安慰道，“现在的事情只能说明你的母亲也许和穆特在一起过。但是并不能证明你的亲生父亲就不是斯达，对吗?”

“宇呀，”星反驳道，“其实你已经可以判断了，对吗? 我知道你只是在安慰我，但是我现在可能不得不接受我的生父就是穆特的事实了，对吗? 其实仔细想想，我从小就觉得我和斯达哪里都不像。他是一个一板一眼的室内设计师，而我却喜欢音乐。你看看年轻穆特那身行头，分明就是一个如假包换的摇滚青年。原来我一直都在寻找的答案就在这里呀!”

“宇呀”，菲在一旁解释道，“虽然事实很残酷，但是我们也许必须接受穆特就是星的父亲的事实。因为你想想你们后来跟我说的，穆特临上时光机之前所说的‘你的一切记忆将会重新开始’这句话，就大概可以把一切复盘了。事实上，我现在已经明白穆特此行的全部目的，那就是他想要说服年轻的自己，继续坚定摇滚之路，而在他成名之前的经费来源就靠股票年鉴，而不用苦心进行科技研究。他当年一定是因为自己的穷苦而离开了星的妈妈，但是现在他也一定是来挽回那位女生的。”

“虽然我不太了解你们说的是什么，”小翼蹲在一旁摸着脑袋说道，“但是某种程度上我觉得菲说的是对的。”

“喂！”宇在招呼着颓在地上的星，鼓励道，“喂！星，你要振作一点。虽然说我很抱歉眼前的一切可能彻底颠覆了你曾经的记忆，但是我们还没有到停在这里的时候，对吗？”

“星啊，”翔马上意识到了问题的严重性，激动地说道，“星啊，你必须立刻振作起来！你想想看，按照菲的理论，如果穆特从来没有和你妈妈分开的话，他就从来没有和朱利安的妈妈好过，那样的话，朱利安就会彻底被历史移除。”

“啊！”星一下子从地上爬起来，焦急地问道，“宇，翔，各位，我们现在该怎么办？”

宇看了看远处公寓门口的三个人，镇定地说道：“从现在的情况来看，老穆特似乎并未说服年轻穆特。这是个很好的消息，而我们此行的目的也是要让历史按照它原本的运行轨迹发展。所以我们当务之急就是要控制住老穆特，绝对不能让他和年轻穆特再次接触了。”

“那我们该怎么做？”小翼问道。

“只能绑架他了。”宇说道，“现在绝不能打草惊蛇，不要刺激年轻穆特。我想老穆特直到现在也未告诉年轻穆特他本人的身份。也就是说对于年轻穆特来说，老穆特现在说的话并不可信，所以，我们可以等到他们分开之后再行动。我们可以把老穆特绑回时光机，再弄到他的备用能源，马上立刻带着他回到我们的时代。”

“好！就这么办！”

果然，一会儿工夫，三人对话不欢而散。稍后老穆特在不远之处被紫金坦克一行人打晕，并被五位青年星夜兼程带回了位于时光机附近的一个小仓库之中。这里昏暗无比，没有电能，只能靠月光透过通风小窗勉强照明。本来以为这黑暗之中些许的光亮能够带来一些运气，然而令人意想不到的是，五位青年并没有从穆特身上搜出任何一种可以让他们回到未来的能源。如此看来，穆特显然已经打定主意想要改变历史，从而将现在的自己从时间线上移除，那样的话，他当然不需要那个用于回到未来的能源了。

而且，现在穆特的身体突然发生了一明一暗的闪烁，那就意味着，年轻穆特在回到家之后，可能正在思考老穆特的劝告。也许他现在也在犹豫自己是不是应该放弃刚刚萌生的去做一个科学家的决定，而继续坚持自己的音乐之路。

此时此刻，老穆特醒来一些，有气无力地阴笑道：“年轻人哪，你们还是来晚了，现在的我就要消失了。一旦年轻的我做了决定，这个世界就不会再有科学家穆特，取而代之的就是世界摇滚巨星穆特。哈哈哈！你们等着看好戏吧！”

一瞬之间，宇只用了一个电棍就把穆特打晕，让他继续沉睡下去。

“宇，”小翼焦急地问道，“我们现在怎么办？”

“没有办法，”宇回复道，“我们现在只能去找年轻穆特，劝他不要变来变去。我们必须让他离开星的妈妈金贝琪并顺利地成为一名科学家。不要忘记我们的原则，那就是让一切故事按照历史原本的样子正常发展。”

“我不同意!”

“啊?”菲惊讶发声。

“我说我不同意,”此时此刻，星站在仓库一个黑暗的角落里，厉声说道，“我不愿意，我不同意!”

“星你怎么了?”宇回头看着自己的贝斯手，焦急地问道，“星啊，我们不是说好，一定要遵守我们事先制定的原则，不是吗?”

“明哲宇!”星猛烈地敲击着自己的脑袋，大声喊道，“不知道为什么，也许属于我的历史已经有所改变，现在我的脑子里已经开始出现一些关于我和穆特的记忆了，所以如果我从来不知道斯达是谁的话，那也许让我找回我的生身父亲同时还原我的原生家庭就是一件正确的事情!”

“不好!”翔在一旁突然喊道，“已经没有时间了，我们必须立刻去找年轻穆特，不然等到老穆特彻底消失，而星的记忆里充满了全新记忆之时，一切就全都来不及了。”

“不行!”宇看着翔，厉声说道，“我们在这个时候必须相信星，我相信他的大部分记忆还是斯达给他留下的。现在的星还有自主判断能力，而我此刻必须得到他的同意才能进行下一步动作。”

“宇,”菲站在一边叫道，“宇呀，我觉得翔是对的，我们必须抓紧时间，赶快去找年轻穆特。”

“请再给我一点点时间,”宇环顾四周，冷静地说道，“请你们让我再问问他，好吗，各位?”

“这个时候，请你们一定要相信星!”

第十五章　黄金年代
Golden Time

你们知道吗？那个年代是ACDC的最鼎盛时期！光是在1980年到1983年，他们就举行了三轮超级大型的世界巡演，分别是1980年到1981年的Back in Black Tour、1981年到1982年的For Those About to Rock Tour，还有1982年到1983年的Monsters of Rock Tour。他们的演出几乎覆盖了美国和加拿大的所有主要城市，而在海外演过的国家还有英国、日本、德国、爱尔兰、苏格兰、法国、比利时、瑞士、荷兰、丹麦、挪威、西班牙、澳大利亚、意大利、巴西等。光在这三年之间，ACDC一共去了四百多个城市商演，几乎平均两天多就要进行一场。在随后，他们的演出以如此密集的程度几乎贯穿整个20世纪80年代，根本无人能及。在此期间，美国另外两支重金属摇滚乐队Guns n' Roses和Metallica出现，并和ACDC一起缔造了堪称世界摇滚历史上最特立独行、最光彩辉煌的黄金年代。

——小翼

就在紫金坦克那边还在因为星的拒绝而无法及时前往年轻穆特居所之时，爱德蒙公爵在北京和自媒体人张小波的对话，也进行到了关键时刻。此时此刻，张小波已经把指使林夕谋杀明哲世勋的幕后真凶告诉了公爵，似乎已经料到了他的震惊。

“你确定真凶就是他吗？”公爵睁大了眼睛，反复确认着这条消息的真假。

“是的，”张小波信誓旦旦地说道，“我敢肯定。”

“你看着我的脸，”公爵阴郁地瞪着眼前的这个年轻人，冷冷地说道，“这可不是开玩笑，我还要继续调查此事。如果你有半点假话，我不但要立刻终止我们的合作，还要让你付出惨痛的代价。”

“真的，真的！公爵！”张小波急忙摆手解释道，“绝对是真的，绝对没问题。”

“好吧，”公爵把一沓钞票扔给了张小波，厉声说道，“这是你的了！”

只见张小波迅速把钱收起，然后心满意足地问道：“请问公爵您还有什么指示吗？”

“是的，”公爵再次回到了自己的座位，跷起二郎腿，平静地问道，“我听说有位华人想要在加拿大多伦多进行投资，打算把位于劳伦斯街的顶级富豪区跑马径拆除，兴建全新的未来科技城。你对这件事了解多少？”

“是的，公爵先生。”张小波也坐回自己的座位，详细地解释道，“未来科技城的计划可以说是相当宏伟，涵盖了各种科学项目的研究。比如癌症的治疗、时空的穿越甚至星际旅行等。据我所知，人类如果哪天能够移民火星，其中的一个地球发射站就会设在那里，可以说非常壮观。而以它为辐射区的商圈、住宅都会变成后续开发的项目，足以使得整个多伦多市更进一步，变成一个全新的未来城市。”

“这些我知道，”公爵揶揄道，“难道你这个北京包打听的能量就只有这些而已吗？”

“还有，”张小波回答道，“这个项目的策划人是林夕。”

“是他？”

“对，”张小波解释道，“就是他，就是那个杀人犯林夕。”

“所以你是怎么认为的，”公爵轻蔑地问道，“你认为一个杀人犯真的会去投资这样一个规模庞大的项目吗？”

“林夕的人品确实很差，但是据说他也是一个为了事业而十分拼命的人，”张小波说道，“不然他也不会把公司买卖做得这么大吧？”

“但是，”张小波继续说道，“我知道其实他现在手上没什么钱倒是真的。”

“是吗？”公爵惊讶道，“不会吧，他看起来那么有钱。”

“千真万确！！在商业上，他就是那种如果做不到最好，就会做到看起来好的人。”张小波把身体凑上前去，信誓旦旦地说道，“您知道他为什么会举办天下第一乐队大赛吗？”

还没等公爵回答，张小波就自问自答道：“因为他想向公众展示自己公司的实力，他想利用华丽的演唱会来为他的项目募集资金。他现在几乎已经把全部家当都投在这次赛事上面，甚至把公司的运营费用都贴在里面，可谓孤注一掷地想要给外界打造一个对其信任的融资环境。”

“如果真的是这样的话，张小波，”公爵单手托着下巴思考了一下，深沉地说道，“我这里倒是有一笔钱，正不知道向哪儿投放。”

“不会吧？”闻听此言，张小波震惊地说道，“公爵先生，您和明哲宇是朋友，而且您也知道明哲宇和林夕有着不共戴天的仇恨，您怎么会想投资他的项目呢？”

公爵优哉游哉地琢磨着张小波的话语，心静如水，仿佛料到张小波一定会问这样的问题：“想必你也知道，我本来就是一个全球投资家。所以哪里有机会，我就会投到哪里。天下本就没有永远的敌人，也没有永远的朋友，只有永远的利益而已。”

“我明白了，”张小波想了想，又忍不住问道，“您是需要我把您的这个消息告诉林夕，是吗？”

“其实我并没有说我一定要把我的钱投放到林夕的项目之中。”

“此话怎讲？”

“帮我把这条消息刊登到你们的网站上，就说爱德蒙公爵从冥界的阿格隆河底拿了很多钱财来到人间，想要在这里寻找合伙人。”

“明白了，没有问题！”

“好！去办吧！”公爵大手一挥，示意张小波可以离开了。

在三十多年前的过去，1982年8月10日的晚间，明哲宇等人还在和贝斯手王子星争执不下。我们知道，此时此刻王子星已经产生了与穆特有关的记忆，他更愿意改写历史来获得自己的血缘之父，并且将他同父异母的哥哥朱利安从时间线上彻底移除。

“再给我一点点时间，”宇环顾四周，冷静地说道，“请你们让我再问问他，好吗各位？”

“这个时候，请你们一定要相信星。”

此时此刻，大家都安静下来，虽然去找年轻穆特是当务之急，但是所有人仍然选择在这关键时刻相信自己的队长，相信这个最值得他们信赖的人明哲宇。

“星啊，”明哲宇向着贝斯手走了过去，深情地说道，“星啊，我知道现在抹去穆特在你脑海中的记忆，就好像杀了你的亲生父亲一样难以抉择。但是，但是你知道那并不真实，不是吗？你的心里还有养父斯达的位置，对吧？他还没有完全消失，对吗？难道你真的也想把他从你的记忆中杀死吗？！你一定要记住，如果产生了全新的时间线，事实上，你的记忆也只不过是老穆特错误地穿越时空而导致的时空残影罢了，你明白吗？”

谁知王子星根本听不进去宇的劝告，一拳将自己的队长打翻在地，青筋暴跳地咆哮道：“明哲宇，你又不是我的家人，凭什么代替我的家人！你明白我的心情吗？你了解我的感受吗？穆特才是我的亲生父亲，而且现在有关他的记忆正在不断增加。这感觉真的很好，你懂吗？我问你，要是你，你会怎么做？”

“宇呀，”翔一把拉起宇，焦急地喊道，“不行了，不能在星这儿再这么浪费时间了，现在的星已经不是以前的星了。想要把他变回原来的样子，我们就必须马上让年轻穆特改变主意，不然我们也必将产生全新的记忆，不再是原本的我们了。”

谁知宇并未听从翔的建议，冲过去就抱住了星，喊道：“星，如果你不愿意跟我们走的话，没有问题，哥们儿我就在这里和你在一起，就这样一直站到我们的最后一刻。我是多么想要和你永远当兄弟。这辈子是兄弟，就算你变成另外一个人，下辈子我们也是好兄弟！不过，如果你不是原来的你的话，我们很有可能从来不会相识，你一定会和穆特生活在美国，你明白吗？”

宇紧接着又一把推开星，让他可以看见站在对面的四位青年，“想想你的全新记忆，是不是都是和穆特在美国的记忆？里面有我们吗？有你的鼓手吗？有你的吉他手吗？有澳大利亚吗？你会认识菡吗？还会有叶菲吗？有紫金坦克吗？有我们的梦想吗？还有我们经历过的一切美好吗？”

“星啊，”宇大声喊道，“请你清醒一点，清醒一点！我若是你的话，我是绝对不会放弃这一切的，我不想失去你们所有人！我的亲人已经不多了，我也从来没有想过回到过去改变一切。因为眼前的你们才是最真实的，才是我们的核心价值，才是我最为珍贵的东西！请你一定要相信自己，也要相信我们的友情岁月！”

就在这时，星仿佛被宇的重话敲醒，站在那里激动地喊道：“宇，我不知道友情能不能抵抗历史的改变对于一个人的改变，我也不清楚时间更厉害还是友情更坚固。但是此时此刻真真正正地站在我面前，让我知道什么是真实的人，不是幻影而是你们。”星走上前去，抱着明哲宇的肩膀激动地说道，“宇，感谢你没有放弃我，一直在用最真实的身影告诉我什么才是最重要的。”

“宇啊，我们走，”星紧接着喊道，“赶快找穆特去吧！”

“太好了！”小翼在一旁高兴地喊道，“我觉得我们现在应该去穆特那儿，神不知鬼不觉地把股票年鉴拿到手，这样一来他就不会相信老穆特那个‘利用已知结果来发家致富’的理论了。”

“不行，”宇马上回应道，“从星已经产生了全新记忆这一点来看，年轻穆特很有可能已经验证了发生在今天晚上八点半的股市收盘，已经发现当天盘口和年鉴所述完全一致的事实。但是从星还残存着旧的记忆来看，年轻穆特肯定还未完全相信这本股票年鉴。”

“你的意思是……”菲虽然没有说出答案，却已经猜到了自己男友的主意。

“是的，”宇解释道，“据我观察，我觉得我们这台时光机才是主力机型，而穆特那台才是备用的。因为我们乘坐的这台时光机不仅尺寸更大，而且内部还配有一些可以办公的硬件设备。我认为穆特本想将这个‘移动办公室’带到这个时代以备不时之需，但是当时因为我们逼宫的状况紧急才使用了备用时光机进行穿越。”

“我的意思是，我们可以通过时光机里先进的办公设备，把放在我们这台时光机里的年鉴结果和出版日期全部进行更改，再和年轻穆特手里的年鉴进行调包，这样一来他就会发现手中年鉴并不真实。如果只是简单拿走的话，反而有可能让他更加相信股票年鉴的存在，最终适得其反。”

“这个主意很棒！”翔气宇轩昂地说说道，“我现在就去时光机里把这事给办了。”

“好的，”宇环顾四周，睿智地说道，“等翔印刷出全新年鉴之后，我负责把它调包。星因为需要避嫌的关系，在这里看守老穆特。翔、菲和小翼三人组成临时乐队，到年轻穆特家楼下演奏。”

宇看看大家继续说道：“到时候你们的这支临时乐队负责把穆特和金贝琪阿姨从家中吸引出来，掩护我潜入他们家中将年鉴调包。此外，乐队演出一定要烂上加烂，一定要让穆特认为乐队没有前途。好吗各位？”

“明白了，一定要让年轻穆特走上科学之路。”

说罢，五位青年就按照宇的布置，立刻分头行动起来。翔使用时光机里的一台纯黑色高科技印刷机，迅速完成了全新伪造股票年鉴的版式排列、高清图生成、电子分色，他只用了几分钟就将新版年鉴印刷完毕。而翔、菲和小翼组成的临时乐队，也按照宇的吩咐成功把年轻穆特和金贝琪从家中吸引出来。最重要的是，宇也与此同时完美地完成了调包任务，让一本假冒年鉴顺利出现在年轻穆特的家中。

凌晨两点，四人一起回到了老旧仓库，和王子星会合。

“怎么样？”菲焦急地问着留守的星，想要知道在他的记忆里面还有没有穆特的部分，因为如果星还像刚才一样的话，那就意味着调包年鉴的效果还未显现。

只见星坐在地上，摇了摇头，表示一切如故。

大家见状也都有些沮丧，因为虽然明知最近的一场股市收盘结果也要等到明天才能开始，也就是说通过假冒年鉴来让年轻穆特改变主意的想法最早也要等到明天，但是他们本还期待着年轻穆特能够通过对照历史收盘的结果，让他对老穆特的年鉴计划产生怀疑，从而放弃继续当一名穷酸乐手的想法。

但是事实显然事与愿违。

此时此刻，老穆特还躺在仓库处于眩晕之中，而王子星则靠在他的旁边，思想再次陷入进退两难的混沌状态。

“还有一个办法。”

看见大家面无表情，情绪低落，明哲宇率先发声，想要唤醒战友们的斗志。

“什么?”星抬头问道。

“星啊,”宇单膝跪地，俯到他的身边，平静地说道，“这和你有关系。”

星闻听此言马上站立起来，而宇也随即站起身来，面对面等待着贝斯手的回复。

“请讲。”

“我想知道你的继父斯达是怎么认识你妈妈的，我需要知道具体的时间地点。”

“宇呀,”菲上前一步，问道，“你是想通过斯达的出现来改变年轻穆特的命运吗?你是想要确保星的继父斯达能够顺利和金贝琪相遇吗?”

“是的,”宇回答道，“如果斯达能够按照历史的发展时间和金贝琪相遇的话，那么年轻穆特就有可能放弃金贝琪而走上科学之路。”

“但是,”小翼在一旁质疑道，“如果斯达和金贝琪的相识不是现在怎么办?虽然说我们认为此时此刻金贝琪已经怀上了星，但是她也完全可以在和年轻穆特分手之后的任何一个时间点认识斯达，甚至可能在星出生以后才和斯达相识也说不好。”

“很遗憾,”星耸耸肩，低落地回复道，“我从不知道我妈妈曾经在美国待过，更不知道她和斯达何时相识。只是……”

“只是什么?”菲焦急地问道。

“我只是隐约听说他们的相识是在一场ACDC的演唱会上。”

“什么? ACDC?”闻听此言，对各项历史资讯了如指掌的小翼惊呼道，“你们知道吗?那个年代是ACDC的最鼎盛时期!光是在1980年到1983年，他们就举行了三轮超级大型的世界巡演，分别是1980年到1981年的Back in Black Tour、1981年到1982年的For Those About to Rock Tour还有1982年到1983年的Monsters of Rock Tour。他们的演出几乎覆盖了美国和加拿大的所有主要城市，而在海外演过的国家还有英国、日本、西德、爱尔兰、苏格兰、法国、比利时、瑞士、荷兰、丹麦、挪威、西班牙、澳大利亚、意大利、巴西等。光在这三年之间，ACDC一共去了四百多个城市商演，几乎平均两天多就要进行一场。在随后，他们的演出以如此密集的程度几乎贯穿整个20世纪80年代，根本无人能及。在此期间，美国另外两支重金属摇滚乐队Guns n' Roses和Metallica出现，并和ACDC一起缔造了堪称世界摇滚历史上最特立独行、最光彩辉煌的黄金年代。”

“天哪!”菲喊道，“我曾经以为紫金坦克的目标就是世界巡演一百场，这么看起来，我们还有无限漫长的路途要走哇！”

“是呀，”宇坚定地说道，“什么时候我们能进行这种级别的世界巡演，那才是我们紫金坦克最成功的事情。”

“星，”菲问道，“你能不能回想起来你父母是在具体哪一场演出认识的？”

“这我真的不知道，”星解释道，“你们想想，如果他们不想告诉我一切关于穆特的事情的话，他们就不会告诉我我妈妈和斯达相识的所有细节。”

“哈哈哈！年轻人，”此时此刻，一直躺在那边的老穆特突然起身，踉踉跄跄、神经兮兮地咕哝着，“他们就是明天在纽约麦迪逊广场花园（Madison Square Garden）举行的演出上认识的。知道吗？那天我也在。本来是我带着金贝琪去的，结果结束的时候她却和一个刚刚认识的人走了，我后来才知道那家伙叫斯达！”

“你这个浑蛋！”星冲过去一把抓住穆特的领子，愤怒地质问道，“你为什么抛弃我妈妈？”

“小子，”穆特一把推开星，厉声说道，“我们乐队当时已经花光了身上所有的积蓄，根本没有人来听我们的歌，我根本养不活你妈妈，还怎么和她在一起？去听ACDC的前一天，也就是今天，我们的乐队散伙。我和你妈妈相约看过那场演出之后就分手。我和她是在演出过半进行到《通向地狱的高速公路》（*High way to hell*）那首歌分开的，而她就是这之后认识了斯达。所以从理论上说，你妈妈认识斯达是在我们分手之后的事。”

“可是既然你们分手在前，说明那时你也许已经离开现场，”菲问道，“既然如此，你怎么就能确定那个在那场演出中出现并认识金贝琪的人就是斯达？毕竟当时现场人山人海、如此密集。”

“没错，人多没有错，”老穆特大笑道，“但是我百分之百看见他了。我至今也不会忘记，那天他穿了一条黑色牛仔裤、一双黑色滑板鞋和一件同色的跨栏背心……他就站在我的不远之处！我记得他，那就是他。”

“行了，”翔一肘子打下去，让老穆特继续昏睡，“你就在这儿再躺一天吧！”

“啊……”老穆特痛苦地说道，“我怎么会跟你们说这些……是不是在我的潜意识里……我到底还是更爱科学……”

在老穆特睡去之后，五人也在随后睡去。明天晚上，他们就要去纽约的麦迪逊广场花园，确保斯达和金贝琪的初识那刻。如果二人能够按照历史的发展顺利相遇的话，年轻穆特肯定将会离开金贝琪，而在未来和别人生下朱利安。这样一来，不但朱利安不会消失，一切故事也不会被老穆特的这次穿越所改变。

好消息是，现在王子星脑海里关于穆特的记忆已经全部消失。那就意味着，年轻穆特大概率要和金贝琪分开，并且一定会去现场观看ACDC的演唱会，继而在那里和自己的女友分手。

而五位年轻人明天要做的就是，确保这一切故事的顺利发生，确保斯达的留下和穆特的离开。

第十六章　还原历史
Restore the History

你怎么可能在看过一场如此震撼的摇滚现场之后就毅然决然地远离音乐？

——明哲宇

就在所有回到过去的人都进入梦乡之际，2018年的现代世界也发生着重要的事情。从自媒体人的网站上得到了爱德蒙公爵正在持币观望准备投资的计划之后，林夕立刻决定亲自拜访这位神秘人物，准备亲赴其府和他“共商大计”。而耶律也在第一时间得知了这个消息，但是他本人却并不愿意再次扮演爱德蒙公爵，而是打算等到明哲宇从过去回来之后，再请他亲自和他的仇人林夕会面。耶律认为如此重要的事情，他无法代替明哲宇做出任何决定，因为这毕竟和约见张小波，从他的渠道获得一些信息，再通过他的嘴巴传传消息并不一样。

另外，所有参加天下第一乐队大赛的乐队也在紧张地进行着排练，准备着几天之后就要开始的小组第二轮赛事。在这其中，朱利安因为年轻穆特的想法曾经在遥远的过去变来变去的缘故，他的身体被几欲更改的时间折腾得够呛，几度险些被历史彻底移除。不过我们知道，此时此刻，年轻穆特手中的股票年鉴已经被明哲宇调包，导致已经发生的股价结果和年鉴上面所显示的结果根本对不上号，所以年轻穆特完全无法相信老穆特的话语，暂时决定按照自己原本的意愿，和女友金贝琪分手之后再走上既定的科学之路。也正因为如此，朱利安的身体得到了一定程度的恢复，和他的星球计划乐队顺利排练起来。

在王子星这边，虽然他在时空穿越之前已经知道让他搞砸大天使在加拿大的演出之人就是朱利安，然而因为我们已经知道的原因，紫金坦克的贝斯手并没有来得及把这一消息告诉他的女友莫菡，因此二人仍然处于冷战状态。不过即便如此，大天使乐队的排练也进行得比较顺利，莫菡并未因为和星的冷战而过多影响状态。对于大天使来说，他们只是因为乐队第二吉他手米达伦的离开而改变了乐队的结构，让伤愈复出的雷米尔承担了乐队吉他手的任务，而莫菡则拿起电贝斯变成了主唱兼贝斯手。需要了解到的是，莫菡的贝斯水平本来非常菜鸟，基本来自男朋友王子星的教授。然而在这样的一个紧急时刻，几乎全能的路西法只用了极短的时间就精进了莫菡的技术，而她极高的领悟力也让其在短时间内达到了一个可以参加进行高强度比赛的程度。与此同时，丹尼尔和希美的乐队也在按部就班地准备着接下来的比赛，不同的是，他们两个人都收到了来自林夕的信息，原来林夕不仅仅需要爱德蒙公爵的投资，也需要他同行的资本。然而无论是希美还是丹尼尔都还没有回复林夕的融资计划，可能他们也需要斟酌一些日子才能定夺。

翔同父异母的弟弟爱新觉罗·天本也想到了一个绝妙计划来对付他的哥哥，只是因为他现在根本无法联系到翔而只能暂时作罢。而他无论如何也想象不到此时此刻翔已经穿越时空回到过去。事实上，如果翔想要的话，他一定可以想出办法利用这次机会把他的弟弟阿天从历史中移除。但是我们知道翔不会那么做，因为紫金坦克的原则就是尽可能地保留并还原历史的原貌。所以一切故事、一切恩怨，都必将等到紫金坦克回归之后才能继续进行了。

让我们暂时放下现在的一切，回到1982年，看看这边久远的风景。

事实上，就在紫金坦克回到过去的次日凌晨四时，明哲宇就已经醒来。环顾四周，一切仍然处于异常安静的黑暗之中。坐起身，抬起头，通过仓库一旁的几个窄小的天窗，他可以看见并不清晰的月光照射进来的些许光亮。看着正在熟睡的女友，听着她轻轻的鼻息声，紫金坦克的队长瞬间想到了十二年前那段最完美的生活——击败胡里奥之后的那段时光是那么美好而惬意。彼时这位男生几乎每天晚上都能坐在电脑之前写歌编曲，然后借着桌边台灯的微光，看着女友安然入睡。那时他对于梦想的追求并非那样急于求成，反而进退自如，仿佛淡泊明志的单纯少年，掌握着关于未来一切收获的尺度和进程。

多美好。

只可惜明哲宇从未持续给自己的爱人一个连续的美好，因为每当这种美好的生活过上一段时间，这个世界总会产生一种极为反转的人生等着他们。

所以你看，现在他们就被迫回到过去，来到异乡，躺在一个极为黑暗的仓库之中。这时曾经的一切美好都俨然幻化成了彼时的回忆，在这凄凉的封闭空间里，瞬间散落成为一种极为昂贵的奢侈品。

此时此刻，明哲宇深知自己不能等在这里坐以待毙，天亮之后他必须带着他的伙伴离开仓库，再到天黑之时准时来到ACDC的演出现场，确保斯达和金贝琪的相遇。

但是在此之前他还有一件事要做，一件他认为很重要的事情。只见他披上了一件黑色皮衣，轻声走出仓库，来到了那架被层层树叶覆盖的时光机之中。分秒之后，他钻入机舱，借着月光，从仪表台卸下来了一个重要元件。在明哲宇看来，等一会儿他必须带着这个元件前去演唱会现场，以备某种不时之需。

又过了两个小时，天色已经大亮，除了老穆特还处于昏迷之外，五位年轻人早已准备就绪，在明媚阳光的照耀之下向着市区进发。晚上七时，来自未来的北京青年们抵达目的地，来到了麦迪逊广场花园的外围。

就在这时，仿佛所有20世纪80年代的摇滚青年都已纷至沓来，集结于此。红色、紫色、金色、皮衣、皮裤和文身等标志性元素融汇成为一幅经典的摇滚画面，一下子清晰了历史的轮廓。

“各位，”宇站在体育馆门前，兴奋地向着他的四位朋友喊话，“今天对于我们每一个人来说，都是与众不同的一天。因为我们要在这里，对历史进行一个复原。所以，任何人都要以这一要求为第一原则。想必你们也知道ACDC是朋克金属的前辈，是我们共同的偶像，然而我们今天在这里却要首先确保一个人在此之后远离音乐，从此走上科学之路。说真的，我不知道那怎么可能发生。因为你怎么可能在看过一场如此震撼的摇滚现场之后就毅然决然地远离音乐？”

“就算是因为生活所迫，难道穆特就一定要把自己和音乐的绝缘切割点如此精确地放在这个地点、这一时刻吗？”宇继续说道，“不过无论如何，我们今天就是要确保把属于穆特的这一切割点复原在此时此刻，我们就是要确保年轻穆特的离开和斯达先生的留下。”

宇停了停，环顾四周继续说道：“然而我们毕竟还是来到了这里，来到了ACDC最辉煌灿烂的那一时期。所以，我们是不是同样已经阴差阳错、歪打正着地亲临历史，见证了这个在日后被加上了无数滤镜的摇滚盛宴？

“加上滤镜的东西都是不真实的，而久远的记忆是模糊的。这段摇滚的历史瞬间，对于不属于这个时代的我们来说，其实是由无数记忆碎片经过了时间的筛选重组之后，自动脑补出来的全新画面。那些可能是美好的，可能是遗憾的，但是无论如何不会是百分之百真实的。然而今天我们冲破了这些模糊的障碍，逆转时空来到这段历史的中心，即将见证这一切的发生。所以今天就是最真实的时刻了！就是这里了！”

宇顿了顿继续说道：“原谅我的语无伦次，因为现在我是极度开心的！”

“是的，”翔扶着自己的黑框近视镜，高兴地说道，“每个人对于历史的理解都是不同的，然而能够亲临这无比辉煌的摇滚瞬间，就意味着用一副眼镜把曾经这幅分辨率极低的历史画面精确对焦，让这个无比辉煌的摇滚狂欢完美再现。此时此刻，站在体育馆门外的我们，又怎能想象半个小时之后的壮观景象！”

“那一定是金色的、华丽的，”小翼在一旁激动地说道，“想想都开心哪！”

“所以我们还在等什么？”菲激动地喊道，“赶快进去吧，兄弟们！”

晚上七点半，随着一口巨大的金色大钟在体育馆内徐徐升起，ACDC乐队的超级风暴在第一首歌《地狱之钟》(*Hells Bells*)的躁动之下，正式开始。

在现今时代，大天使乐队也刚刚完成排练，阴差阳错地在翻看着ACDC这来自三十年前的录像。然而随着演唱会的进行，录像出现了间歇性的闪烁和雪花儿。大天使们当然不知道，就在此时此刻，紫金坦克正在纽约现场。这就意味着，这五位青年在麦迪逊广场花园的举动或多或少也正在影响着历史本已经既定的画面，让本来清晰的录像带在某一时刻模糊不清。但是如果紫金坦克能够成功还原历史的话，一切都会回到最初的样子，好像他们从来不曾逆转时空一样。

“路西法，”身着一身黑色皮衣、脚踩皮靴的菡站在大天使排练室的中间，突然问起自己的队长，“你是不是有什么事情瞒着我？”

来到北京之后，路西法就在东北四环附近买了一栋巨大的五车位法式别墅，这样一来，大天使全员就可以暂时在这里住下。而他们的排练室则位于不远之处的798工业园区里面。几个星期以前，路西法从一名北京独立设计师手中买下了她的房契，并将其改造成了一个以浅灰色为主色调的，水路管线都被刷成黑色并暴露在屋内的一个工业范儿十足的排练房。夜幕已降，就在这时，大天使的另外两名成员雷米尔和拉斐尔已经离开这间巨大的房间，只剩下了乐队的新晋贝斯手莫菡和队长路西法。

“你为什么会这么问？”同样以一身摇滚黑色示人的路西法把吉他竖立在一个黑色铁艺长颈支架上面，并未与菡产生任何目光接触。他只是一边收拾排练现场，一边平静地问道：“你情绪似乎不太稳定，是不是发生了什么？”

“我不知道……”菡走到墙边，一下子坐在了一个可供乐队成员临时休息的红色牛皮三人沙发中间，抱着头说道，“我总是感觉星在一个很远的地方，但却不知道他在哪里。”

“打个电话给他吧，”路西法平静地说道，“我知道他是关心你的。”

“所以我才问你是不是有事瞒着我，”菡抬起头，看着站在远端的队长说道，“按理说，我们在加拿大对抗冰晶光线的那场比赛之中，星把比赛搞砸了。我很愤怒，但你却一反常态，不但没有责怪星，还在后来处处为他说话，这到底是怎么回事？”

“哈哈！”闻听此言，路西法只能猝不及防地为自己之前的行为找起借口，尴尬地说道，“星毕竟是来帮我们的，他又是你的男朋友，我怎么可能责备他呢？无论如何也不能这样做吧？”

“不对，”菡起身走近路西法，继续逼问，“那天星的贝斯因为电路原因，有一段时间突然不能工作，导致我们差点失败。我在之后迁怒于他也是因为他一反常态的失误。但是你却奇迹般带了一个备用电路系统，并用事先录好的贝斯音轨成功地挽救了比赛。这你又怎么解释？在整个过程中，你整个动作如此熟练，就好像事先安排好的一样，天下哪里会有这么巧合的事情？”

“哈！”路西法笑笑，解释道，“菡哪，没想到你观察得还真仔细。不过我就不能在晋级决赛的最后一场比赛之中再加上一个万无一失的备案吗？难道真的要等到输掉比赛之后才去后悔吗？”

“路西法呀！”菡继续紧逼道，“你这个说法仅限于不了解王子星的人，如果是一般人，你如此的解释已经很完美了。但是，星是我的男朋友，我的贝斯技术也是他教的。所以，事发之后我反复回看那天的比赛，你怎么解释那段贝斯的录音程序（Program）就是王子星本人事先预录，而雷米尔却根本不知道这件事？预录备案这件事不是一直都是大天使全队的事情吗？”

此时此刻，路西法知道真相已经无法保住，随即露出了一丝严肃的眼神：“好吧，事已至此，那我也就不瞒你了……”

于是路西法把王子星被匿名信胁迫，为了保护菡而被迫搞砸比赛，又和自己商量好如何拯救比赛这件事通盘告诉了眼前这位女生。

“王子星为了你的安全，当时只能按照匿名信的指示办事。同时他也想出了一个拯救大天使的办法并且让我严格保密。”路西法解释道，“事实上，我最近已经看出来你的心情起伏，然而我也不想看着我们乐队的成员因为紫金坦克而影响排练，甚至影响到今后的比赛。所以昨天我就打算找到王子星，看看是否还要对这件事继续向你保密。但是可惜我连续打了几通电话都无法联系到星，更不知道在他那边到底发生了什么。”

说罢，路西法就离开了排练室，只留下了莫菡一人待在这巨大的房间之内独自享受着孤单寂寞。

“星啊，”莫菡仰天长叹，自言自语道，“原来是这样啊，原来你是为了保护我呀！可是星，我们不是说好无论遇到什么样的危险，我们都会共同面对的，不是吗？你以为我会因此感谢你吗？我只是一个小女人，我需要我的男人能够和我天天待在一起。你也许是一个有着大爱的男生，但是我只是希望当我难受的时候，你会和我在一起。比如，此时此刻你在哪儿呢？”

菡绝不会知道，与此同时，星就在他后方电视机里播放的演唱会之中。而紫金坦克那边又怎么样了呢？

果然，在演唱会进行到第二首歌《在火焰中被击落》（*Shot Down in Flames*）的时候，五位青年就发现并锁定了年轻穆特和星的妈妈金贝琪。但是按照老穆特的说法，当ACDC的演出进行到一半之时，金贝琪就会和年轻穆特分开，并在随后和站在不远之处的斯达相识。可是现在问题来了，首先年轻穆特并没有在既定时间离开，其次他们也一直没有找到本该来到现场的斯达。

“坏了！”星不断地敲打着自己的脑袋，喊道：“老穆特的记忆又回来了，完蛋！”

“不好！”菲环顾四周焦急地喊道，“如果斯达没有出现的话，我们所有的计划就将灰飞烟灭，而且从现在的情况来看，年轻穆特根本没有离开金贝琪的意思，他很可能还在犹豫是否继续他的摇滚之路。”

“但是斯达怎么可能就不来这里了呢？”小翼分析道，“难道是老穆特在骗我们吗？”

“这种可能性不大，”翔沉着地解释道，“老穆特在晕倒之前已经说得很清楚了，他本质上喜欢的还是科学。”

“还有一种可能，”宇环顾四周，狡黠地说道，“那就是我们的出现已经在一定程度上改变了历史。”

“此话怎讲？”星迷迷糊糊地问道。

“在我们五人持有的票中，”宇顿了顿，厉声说道，“在这五张票中很可能有一张原本属于斯达本人！”

“完蛋了！”小翼惊呼，“如果斯达从来没有买到门票，他就从来不曾进入场内，也就不会与星的妈妈金贝琪相识！”

“虽然说这丝毫不会影响星的出生，”菲紧接着分析道，“但是如果穆特也改变了主意留在这里的话，那么我们的计划将会全部失败。”

“我们现在该怎么办？”小翼焦急地问道。

闻听此言，宇大眼一转，聪明地说道：“我们现在只能相信缘分。我的意思是，如果斯达和金贝琪命中注定将会在这里相遇的话，那么他现在就一定还在体育馆外围的某处。现在我们兵分两路，我和翔去体育馆外寻找斯达，毕竟我们比较了解星爸爸的容貌。菲和小翼在这里继续监控年轻穆特和金贝琪的一举一动，同时还要照顾好星。”

“好吗各位？”宇说罢就和翔一起跑出体育馆，一边跑一边还不忘举手示意大家，“别忘记了用对讲机保持联络。”

分秒之后，事情的发展果然就如老穆特所说，斯达真的在今晚来到了麦迪逊广场花园，并且穿的就是一条黑色牛仔裤、一双黑色滑板鞋和一件同色的跨栏背心。而事情的变化也像明哲宇推测的那样，斯达因为没有拿到本该属于他的门票而被困在了场地之外。只见宇和翔贴上一副浅黑色假胡子，在一瞬之间打扮成了留守在场边唯一剩下的黄牛党。他们不断接近斯达，只用了片刻就让其相信了他们的身份，又在随后在根本没票入场的情况之下，通过十倍于票价的小费买通安保而顺利通关。

此时此刻，下半场的第一首歌已经开始，摇滚的躁动和金属的喧嚣几乎让彼此听不到对方的声音。

“听着，”宇站在场地后方，突然扭头向着身旁的斯达喊道，“等一会儿你就会遇到一位姑娘，我保证你一定会爱上她的。”

“你们是谁？”闻听此言，斯达吓得看着身边的宇和翔，惊呼，“你们怎么知道我今天就是要来这里结束我的单身生涯？你们不是票贩子吗？”

“开什么天大的国际大玩笑！告诉你，我们不是黄牛！”翔一下子把自己的胡子扯下，喊道，“其实我们是你的远房亲戚。”

“什么？远房亲戚？”斯达左右看看，厉声说道，“我怎么不认识你们哪？再说我们也不是一个肤色呀！”

“变异了，”翔喊道，“基因突变。”

“斯达，”宇喊道，“事实上我们很了解你。你在小学的时候喜欢上了建筑学，然后在高三就获得了欧洲红点设计大奖。有一次你逃学并在工地被一个钳子砸到额头，而你的头上的伤疤也是来自那次意外。你在大学时谈过三次恋爱，但没一次成功，于是你才选择今天来到这里，打算碰碰运气。”

翔听闻此言，惊讶地看着宇，似乎想要知道这位男生为何会如此了解斯达。

宇向着翔挤了一下眼睛，幽默地回应：“贝斯手告诉我的。”

“你们到底想干什么？”

“好吧！”宇一边拽着斯达向前走，一边直截了当地告诉他，“我们受人之托，在这里给你介绍一个女朋友认识，而她现在就在前方。事实上当她刚一出现，我们就觉得你们之间有着某种缘分，所以请你一定要去试试，而她就在那边等着你呢！”

“对呀兄弟，”翔应和着，“你喜不喜欢都先过去看看吧，反正今天你也是来这里碰运气的不是吗？”

说时迟那时快，当演出进行到下半场第五首歌的时候，宇和翔就带着斯达出现在年轻穆特和金贝琪身后。

而星、菲和小翼也在第一时间从不远之处赶过来和明哲宇他们会合。此时此刻，年轻穆特和金贝琪也感受到了他们身后的异样，回过头来。

“你们是谁？”年轻穆特见状惊呼，“你们要干什么？”

“等等！”还没等五位青年回复，年轻穆特就认出了他们之中的三位，“等等，我认识你们，你们不就是昨天出现在我家楼下，弹琴很烂的那三个人吗？”

菲、翔和小翼当然知道年轻穆特说的就是他们三人，可是仍然装傻充愣。

“先生您认错了吧！”小翼答道。

“好吧，”年轻穆特并未理会小翼，问道，“你们今天想要干什么？”

“穆特呀，”宇走上前去，“你不认识我，但我认识你。不过你要是个男人的话，你就不能虚伪，你必须尊重自己内心最真诚的选择。”

就在这时，现场的灯光很巧合地把面向舞台的明哲宇照亮，像给他笼罩了一层神圣的光环，让他显得无比庄严耀眼。

“我不懂你们在说些什么。”

“穆特呀，”翔紧接着说道，“你难道不知道，其实你根本不喜欢摇滚，你喜欢的只是科学吗？”

“啊？你们怎么会知道这些？”闻听此言，年轻穆特惊恐地看着眼前的青年，质疑道，“可是就算是这样，我的事情又与你们有什么关系？”

“穆特，”叶菲厉声说道，“如果你已经决定要离开眼前的这位女生，你就不应该再在这里继续耽误她。”

“行了，你们！”此时此刻穆特显示出来了极度的不耐烦，推开众人拉着金贝琪就要离开现场，“走走走，我们不看了，你们以为你们是谁呀！真是烦透了！”

“站住！”明哲宇见状立刻转身喝住穆特，喊道，“穆特，你可以在ACDC演出结束之前离开就足以证明你完全不是真的喜欢摇滚，这才是你的小乐队无法成功的根本原因，而且你本就打算在这场演出之中和金贝琪分手对吗？你们本就商量好用ACDC的演唱会作为你们的散伙派对不是吗？”

此时此刻，金贝琪突然松开了穆特的手，停下了离场的脚步，似乎在说：“穆特，这几位青年说得没错，这就是我们的分手派对，所以我不会跟你离开。”

就在这时，穆特回头张望已经停下脚步的金贝琪，却不承想正好和也站在他身后的明哲宇四目相接。

“穆特！”在这关键时刻，明哲宇把他从时光机上拆下来的部件，举给穆特看，“你看看这个。”

只见穆特定睛一看，竟然惊呆在那里，一时间动弹不得。原来这个核心部件不是别的，正是每一部时光机都必须具备的中心驱动装置——一个十厘米见方的、六面全都闪烁着紫色六芒星标志的一个黑色铁块，“六芒星魔方”。

“我猜，就算只是现在的你，脑海里也一定产生了这东西的雏形了吧！”

几秒钟之后，穆特回过神来，问道：“你们怎么会有这个东西，你们怎么知道我现在已经有了这样的构想？”

明哲宇并没有当着金贝琪的面说出时光机的事情，只是暗示道：“反正我知道它就是你的科研成果，就是你想要的东西。”

此时此刻，四位青年都不约而同地看向他们的队长，完全没有想到明哲宇会靠这一招最终说服穆特。

“是的，”菲马上回过神来，紧接着说道，“如果你今天不能成为一名科学家的话，那么你将永远不会得到你想要的东西了。”

“所以，”明哲宇严肃地说道，“问问你自己，你是想要科学，还是想要爱情?”

就在这时，ACDC 已经唱到了整个演出的压轴曲目《炸药》(*T. N. T*)，只听现场的大合唱响彻云霄!

Cause I'm T. N. T. I'm dynamite!

T. N. T. and I'll win the fight!

T. N. T. I'm a power load!

T. N. T. watch me explode!

(我是超级炸药！我每战必胜！我很疯狂！谁惹我我就炸给谁看！)

就在这时，穆特终于暴露了他的本质，就像歌词所述一样爆炸出来。在明哲宇无可辩驳的物证面前，他也只好承认他最热爱的事业还是科学，而非摇滚乐，更不是眼前这位女生金贝琪。

只见他低下头，以飞快的速度，恨恨地离开了演出现场。而在随后，金贝琪果然和斯达一见钟情，在斯达的一句“你还好吗?”的温暖问候之后，她不出所料地按照历史的发展顺利和这位命中注定的男生走到了一起。

在一瞬之间，王子星一切关于穆特的记忆彻底消失。他告诉斯达要好好珍惜金贝琪，并且为了自己的身体不要抽烟。在任务完成之后，五位青年也没有在麦迪逊花园广场久留，而是星夜兼程赶回纽约市郊的老旧仓库。

稍后，老穆特被五位青年叫醒。他不但承认了自己试图改变历史的任务失败，并以极快的速度修复了两部时光机，还在第一时间和紫金坦克一起回到未来，回到了属于他们的现在世界。值得一提的是，就在五位青年回到未来的路途之中，明哲宇通过时光隧道环形墙壁上的影像，在经过二十一世纪之初的那个时间点时，竟然看见叶菲为了自己而穿越过去的画面，也终于明白这位女生曾经为自己做过的一切，并感动不已。而星在回家之后，惊讶地看到自己的继父斯达依然再世的身影，知道他一定是因为听取了自己的建议“拒绝吸烟”而活了下来。

虽说没有人能够改变历史，但是王子星确实是这一次时空之旅的最大受益者。现在他的家庭破镜重圆，再一次回到了他的身边。而朱利安并未被历史移除，也在随后被老穆特告知，自己有个同父异母的哥哥王子星。

现在表面上紫金坦克通过自己的努力回到未来，但是他们也只不过是将历史还原了本来的面貌。而年轻人的这段奇幻之旅还远没到结束的时候，因为未来还有更多的挑战等着他们去应对，等着他们去战胜。

第十七章　悲伤城市
The City drenches in pain

两个人的交往，不就是彼此之间极大程度地互相了解、相互帮助，但又张弛有度地互相尊重、互不侵犯吗？

回到现今世界之后，紫金坦克并没有因为发生在过去的事情而影响备战状态，反而因为亲自见证了殿堂级摇滚乐队ACDC的经典现场而获得了更多的勇气和力量。在两天之后进行的小组赛第二场比赛当中，紫金坦克再一次以绝对稳定的速度碾压了他们的第二个对手凤凰乐队（Phoenix），从而以两战全胜积六分的战绩基本锁定了十六强的晋级名额。而按照比赛规定，如果紫金坦克最终以小组第一的身份出线的话，他们将会在下一场比赛之中对战E组的小组第二名。可是在同时进行的比赛之中，E组最强的种子选手大天使乐队却因为人员不整临时变阵的原因，意外输掉了第二场比赛。这样一来，紫金坦克的十六强的对手很可能就会变成老对手大天使乐队了。在其他小组方面，剩下的六支种子乐队则无一例外全部取胜，并没有给他们的对手留下任何的机会。在这其中，林夕曾经看好的强力之师，丹尼尔旗下的天启乐队则展现出来了强劲实力，按照赛程，他们估计要到半决赛前后才会和紫金坦克相遇，如果紫金坦克可以走到那一阶段的话。

与此同时，耶律在比赛结束的次日晚上，于紫金公馆的酒窖里和菲进行了一次对话。表面上耶律只是和叶菲巧遇，实际上这样的安排则全是大管家的刻意为之。

紫金公馆的酒窖面积巨大，不但在纵置的十几排木架上面放有几十个从各地酒庄整体运送过来的橡木桶，还在四面墙壁之内的整体式内嵌酒柜里存放着明哲宇收藏的世界名酒。整个酒窖位于公馆的地下一层，由淡紫色实木和浅金色射灯装饰，显示出来一种高雅尊贵的格调。事实上，有时候叶菲喜欢在晚间独自一人待在这个酒窖，沉淀心情，思考人生。

回到过去的惊魂还未散去，紧张的比赛又才结束，叶菲在今晚八点左右来到酒窖。与此同时，宇正和他的队友们在公馆的排练室备战下一场比赛。

正在这时，耶律不期而至。

大管家一如既往地穿着一身黑色西服，脚踩黑色皮鞋。而叶菲则穿了一件意大利产粉色卫衣、一条白色运动裤以及一双圆头的蓝色毛绒拖鞋，显得轻松惬意。

很多时候，这个酒窖的味道能够让她回想到澳大利亚的时光，也许是因为这里百分之四十的酒品来自澳大利亚的缘故；也许这是因为她早年就移民澳大利亚，而明哲宇想让这位女生感受到家乡的味道；也许是明哲宇想用这里的感觉联系到他和叶菲在澳大利亚的那段美丽爱情。

“小姐。”耶律敲敲酒窖沉重的木门，走了进来。一般这时明哲宇是不会到这里打搅属于叶菲的个人时间。

“耶律？”这位女生坐在酒窖里面的一个用于拿酒的只有两个台阶的原色移动木墩之上，似乎没有料到大管家的到来。

“小姐。”耶律把门关上，在距离叶菲的五米处站定。

“有什么事吗？”

“是的。”

“请说。”

“这怎么说呢？啊，那么我就开门见山吧。”耶律试探道，“菲呀，我想知道……自从十二年前的那次穿越之后，你曾经回过澳大利亚吗？或者你和你的父亲有过什么联系吗？”

“什么？哎！”只见这位女生叹了口气，双手抱住小腿，轻声说道，“这件事情真是一言难尽哪！”

“为什么这么问？”叶菲紧接着回问道，“在我们离开的这段时间，你是不是获得了什么关于我父亲的新闻？”

耶律当然知道明哲宇并未告诉他的女友关于易容术的一切，所以这位管家只能这样回答叶菲：“是的，有一些事情。”

“什么事？”

“小姐，”耶律上前一步，站定在叶菲的四米处，好让自己的支支吾吾的声音能够让对方听得更清楚一些，“关于这件事，说起来有一些，我只是想知道此时此刻您对您父亲的印象，比如有没有什么性格变化之类的。”

“耶律呀，”叶菲站起身来，面对着大管家，平静地说道，“哎，既然咱们都是一家人，我也就不瞒着你了。事实上我确实感觉我的父亲和以前完全不一样了。”

“此话怎讲？”

“想必你也已经知道，在十二年前，我父亲曾经秘密地为澳大利亚政府策划了一个‘寻找大强子的时空穿越’计划，而支撑那个计划的载体就是一台巨大的粒子对撞机。”

“是的，”耶律沉稳地回答道，“这件事在不久之后也被公之于众了。”

“其实我只是想说，”叶菲顿了顿继续说道，“那时我就不太了解我的父亲，他不是忙于政府的项目，就是在凯宁中心工作。事实上他很少待在家里。但是无论如何那时的我还是相信他的。”

“因为善良？”

“是的。”

随着双方对话的继续深入，叶菲和耶律越来越清楚对方想要说的到底是什么。

“虽然在他那一次的‘寻找计划’失败以后，我和我父亲的联系多了起来，但我也感到他的性格越来越极端，越来越难以理解。”

“只是……”

“只是你也了解的，”叶菲继续解释道，“只是没过多久，太空演唱会发生事故，我们也被迫来到现代世界。如此一来我也就失去了进一步了解父亲的机会。”

“是呀，”耶律说道，“对于你们来说的一个瞬间，对于你父亲就是十二年的光阴。谁也不知道在这一个轮回里面，他会变成什么样子。”

“没错，”叶菲紧接着说道，“等我穿越到了这里找回我的记忆之后，我就试图联系他。可是我们的唯一一次通话告诉我，他的性情已经不是当年的样子，已经不是那个儒雅、睿智、彬彬有礼的叶凯宁了。”

“在电话那头，他的情绪波动剧烈，有时特别温柔，有时又像一个疯子。”叶菲顿了顿继续说道，“而且凯宁中心早就解散了，他现在也不接我的电话，也不让我去找他。事实上我也不知道在他那儿到底发生了什么。”

“我不知道是不是因为我的离开刺激了他，还是因为公司的倒闭伤害了他。”此时此刻，叶菲的情绪有些激动，泪水殷红了双眼，“总之一直到现在我还没能找到机会见到他。”

“小姐，”耶律平静地说道，“我想，我可能知道在这十二年间，你父亲那里到底发生了什么。”

同样是这个夜晚，林夕和欧阳希美也在位于北四环的一个小酒吧里进行了一次会面。我们知道，林夕让紫金坦克参加天下第一乐队大赛的其中一个原因就是他在之前无论使出什么阴险的手段也无法把这位北京男生击倒，所以他决定利用比赛近距离观察他的弱点，以便达到彻底将明哲宇除掉的目的。

然而我们也明白，林夕绝不允许紫金坦克在他举办的比赛中夺冠，甚至进入前八也不是一个选项。但是当看到了这支北京乐队如此势如破竹、势不可当地取得连胜的时候，他终于坐不住了。他终于打算和希美结成同盟，一起对付明哲宇。

林夕之所以选择希美，不仅仅是因为希美的美丽安琪乐队一直都是紫金坦克在天下第一乐队大赛的潜在对手，也不仅仅因为紫金娱乐公司的迅速崛起，还因为他知道希美喜欢明哲宇，而明哲宇却不喜欢她，他知道她对紫金坦克队长的爱在哪儿，恨在哪儿。

事实上，上一次明哲宇为了保护叶菲而假意亲吻希美这件事早已从郎正的口中传到林夕的耳朵里。而希美看似精明能干，但毕竟每个人都有弱点，而希美对于明哲宇由爱生恨这唯一的、并不容易被人察觉的情绪却被林夕抓了个正着。所以属于他们两个人的不义联盟也因此顺理成章地迅速成立。二人在这个酒吧想出了一个绝妙的办法，准备用一些不属于比赛的盘外招，将明哲宇彻底击败。

现在让我们把视线转回紫金公馆的酒窖，继续耶律和叶菲的对话。事实上，当这位女生听到耶律已经知道自己父亲的情况之时，竟然在一时间感到些许意外，因为在她看来，叶凯宁一直在澳大利亚工作，而耶律则是在北京生活。两个人既没见过，也不可能发生过什么交集。他怎么会知道自己父亲的事情？

“什么？”叶菲呆滞地站在原地，大大的眼睛并没有发出什么光芒，不知道父亲那边底发生了什么。

“菲呀，”耶律上前两步，站定在叶菲两米之处，严肃地说道，“指使林夕谋害明哲宇父亲明哲世勋的人，我已经查出来了……”

此时此刻，叶菲马上就意识到了耶律想要说的是什么。她瞪大了眼睛惊恐地看着眼前这个人，只见耶律的身形在这一时刻瞬间变得无比高大肃穆，仿佛来自地狱的审判官，将要向她宣告一个可怕的真相。她站立的地面四周似乎刻着一张代表诅咒的紫色六芒星象图，而酒窖墙壁上多盏平行排列的灯光则像极了黑魔法祭坛上的火焰，好像要在霎时间把她整个吞噬。

“耶律，”叶菲颤抖地看着眼前这个人，惊惧地问道，“你是说，杀害明哲世勋的真凶……就是我的父亲叶凯宁，是吗？”

“是的。”耶律尽量控制着自己的情绪，早就知道叶菲对此毫不知情。

突然，叶菲一个箭步冲上前去，抓着耶律的双臂面目狰狞地疯狂咆哮道：“耶律，这怎么可能？怎么可能？是不是搞错了，啊？是不是搞错了？”

“小姐，”耶律放开叶菲的双手，自己退后两步，冷静地说道，“应该不会有错了。当年明哲世勋曾注资叶凯宁的研究项目，但是当他发现你父亲竟然把本应用于人类科研的经费私自挪用到大规模杀伤性武器的实验之时，就把其中的一串关键代码（研究成果）截获并准备移交警方。随后你父亲派其合伙人林夕向明哲世勋索要代码未果，又因为他没有足够的资金再次生成代码而派林夕将其杀害。而明哲世勋到死也没有交出那段神秘代码……”

闻听此言，叶菲在瞬间向后踉跄两步，一下子瘫坐在地上。虽然她嘴上还在说着怎么可能之类的话语，但是这位女生的表现证明了她并非完全不信耶律的说法。事实上在无法联系到叶凯宁的这段时间里，叶菲也在网上做了很多功课，她知道她的父亲现在情况很糟，已经远远不是她曾经认识的那位慈祥和蔼的科学家了。

“小姐，就像您刚才所说，”耶律进一步解释道，“事实上您的父亲在十二年前的那次大强子寻找计划失败之后，澳大利亚政府也取消了对他的资助，再加上你在随后不久的消失，这两件事让他备受打击，但是这两件事都不足以击败你的父亲，让他堕落下去。”

“什么？还有什么？”叶菲惊讶地看着耶律，迫不及待地想要知道真相。

“有证据显示，”耶律继续说道，“您父亲当年和德裔科学家海因策博士一共进行了两次离子对撞实验。第一次极有可能联通了死亡之国，而第二次直接导致了一个人的时空穿越。”

“啊……”叶菲一声长叹，反问道，“你是怎么知道这件事的？”

“叶菲，”耶律解释道，“当年澳大利亚政府秘密没收了一块本来属于明哲宇的、有着神秘力量的金属符牌，后来这块符牌已被证实可能来自冥界。另一方面，昆士兰州北部的一颗高清卫星捕捉到了在大强子第二次对撞之时，那个进行时空穿越之人的身影……而那个人其实就是叶菲你本人哪!”

“啊……”闻听此言，叶菲面如死灰，呢喃道，“我以为这件事会对所有人都好，没想到真的就如明哲宇所说，时空穿越这件事真是一件牵一发而动全身，好像蝴蝶效应一般的危险存在。”

“十二年一个轮回呀!”耶律感叹道，“这些陈年机密，经过时间的沉淀，都已经如解锁的封印一般毫无保留地以各种形式释放出来……也就不奇怪为什么老穆特会对你了解得如此详细，并且利用你的基因再次进行时空之旅。”

“但是，”叶菲心有不甘地追问道，“但是这些和我父亲的变异有什么关系吗?”

“是这样的，”耶律解释道，“第一次粒子对撞的巨大能量极有可能被冥界那边的暗物质吸收了，并未造成过大的影响。但是第二次实验所产生的巨大能量，并未像以前认为的那样，被时空穿越所需的能量中和。随着时间的推移，当年对撞所产生的一部分残余能量还是辐射到了当时在实验室的工作人员以及在周边生活的一些居民。这些人有的在多年以后死亡，有的则变成了另外一种性格。而这其中就包括你的父亲。”

“啊!”叶菲抱头大喊，“这都是我的过错！都是我的错！怎么会这样？怎么会这样?”

“小姐，”看到此情此景，耶律安慰道，“小姐你和明哲宇他们并没有经历这十二个年头，你们也不太清楚当年的事情对后来到底造成了怎样的影响，这不怪你。而且我猜你之所以选择在那时穿越时空，一定是为了你认为正确的事情，也许是为了明哲宇，对吗？所以请不要自责了，接下来的事情我们都会共同面对的。”

“不行，”菲一把推开耶律，喊道，“我要找我父亲去。”

“小姐，”耶律一个箭步，转身就把酒窖大门顶住，“你现在不能去找他。”

“怎么了?”叶菲瞪着大管家，还要坚持自己的想法。

“不行，”耶律激动地解释道，“小姐，你的父亲已经不是你认识的叶凯宁了。他不但指使林夕杀害了明哲宇的爸爸，现在还和一些澳大利亚的黑社会集团有着千丝万缕的联系，甚至还有可能仍在进行大规模杀伤性武器的实验和研究，所以你绝不能去找他。”

闻听此言，叶菲再一次瘫软下去，问道：“好吧……那我不去找他……但是，但是我想知道，我想知道你为什么要在这个时间告诉我这件事?”

“说实话我不知道，”耶律摊开双手，无奈地解释道，“也许是因为我认为你有权知道这件事；也许是因为我们可以共同面对；也许是因为我希望你能亲自跟明哲宇解释，毕竟这件事关系到你们双方的父亲，也关系到你们两个的未来，我可能并不方便在你背后说些什么。”

“明白了。”菲强行平复了心情，打开酒窖沉重的木门，缓缓地走了出去，“谢谢你耶律，你有心了。”

实际上，得知真相的叶菲到现在也不愿意相信自己的父亲就是杀害明哲世勋的幕后真凶。但是面对从来不说假话的耶律，再加上自己这段时间的调查，她也不得不去面对这一残酷的现实。她不明白命运为什么总是在和她开着玩笑，好不容易和男朋友克服千难万险才走到一起，但是紧接着又遭到一系列的连续打击，好不容易才从20世纪80年代的纽约回来，现在又遇到意想不到的巨大困难。她该如何面对，她该如何告诉明哲宇这件事情，她该怎么做呢？

紫金坦克也在午夜之前完成了今天的排练。除了紫金公馆的主人之外，星、翔和小翼都在随后陆续离开。之后叶菲也告知了明哲宇她要分居一晚的想法，独自住进了公馆的另一间卧室。她这么做只是为了让自己冷静一些，独自找出解决方案。而明哲宇虽然一头雾水，完全不知道叶菲为何在今夜一反常态，但还是同意了她的决定，把自己的一切疑问留到了明天。

不过令人难过的事情并未就此结束，就在星刚刚离开紫金公馆的同时却收到了女友莫菡的分手微信。然而因为这位男生并没有及时查看微信的缘故，他并未在第一时间看到这一信息。自打他从美国纽约的过去回到中国北京的今天之后，这位中英混血儿并没能联系到他的女友莫菡。事实上，此时此刻，他再也不用为了那位女生的安全而故意疏远她，因为他不但已经发现这一切的幕后主谋就是朱利安，还知道了那个男生竟然就是他同父异母的弟弟的事实。他有着太多的事情想要和他的女友分享，却没有想到莫菡已经不打算再给他任何机会了。

此时此刻这位男生决定到大天使位于798工业园区的排练基地直接去找他的女友。他知道她刚刚输掉了比赛，也许需要关心和安慰。

午夜十二点，从北京西山一路开到东北四环附近也只需要一个小时左右的时间。沿途朦胧的夜色暗淡而模糊不清，和王子星的心情一模一样。

凌晨一点半，星来到了目的地，把车停稳之后就直接向着排练室走去。园区之内的街灯不多也并不明亮，他在排练之时所穿的一身英伦范儿黑色皮衣和黑色皮靴与街道两旁黑色的砖墙反倒非常搭配，形成了一种阴郁的气氛。

随着步伐的深入，王子星距离大天使的排练室越来越近。然而就在他前进到距离那个排练室的黑色巨大铁门十米之处的时候，他却看见了两个人正站在门口相互拥抱。

而那两个人不是别人，正是自己的女友莫菡和大天使的队长路西法。只见莫菡扑在路西法的怀里痛哭，而路西法则抚摸着乐队主唱的头发，在那里说着什么。两个人同样身穿黑色皮衣皮裤，让人感到冰凉和冷漠。

看到此情此景，王子星出离愤怒。

他记得自己明明把女友交给路西法保护，怎么没过多久就变成了这番景象？

“喂！”星站在两个人侧方的不远之处大声地喊道，“你们在干什么呢？”

谁知二人并未因为紫金坦克贝斯手的突然出现而表现出任何的慌张，只是将头同时扭向这位男生，似乎在问他有何贵干。

“喂！”星向前走了几步，却被莫菡叫停。

“站住！”菡突然喊道，“星啊，你终于出现了，难道你没有看到我给你发的微信吗？”

就在这时星才意识到问题的严重性，快速从裤兜里把手机掏出，滑动、点击，迅速进入微信界面。看到信息之后的他才明白，原来就在一个小时以前，菡已经和他提出分手了。

分手这件事毕竟不同于离婚，没有那么多需要说明的细节。一个人就足以在瞬间决定两个人的关系了。而星也完全明白，分手的时候人家找你商量跟你解释是情分，不和你商量不跟你解释也没有问题。相比于一些瞬间消失的案例来说，菡用一个书面的信息通知星，不但进一步证明了菡就是一个绝不会为了任何事而委屈自己并且会迅速做出决定的女生，也说明了她并不想在这件事上犹疑不定，把自己变成一个“绿茶”的身份。

这些星都明白。只不过让他无法接受的是这件事来得如此突然，不但让自己毫无准备，还阴差阳错地让他看见了她和路西法在那里抱来抱去的场面。

此时此刻他越来越觉得自己反而是个局外人，都不知道能不能等到一个合理的解释。

“路西法，”星喊道，“这是什么情况？”

“星，”路西法厉声回答，语气中没有一丝歉意，“自从你说有人威胁你要杀害莫菡之后，我是怎么帮你的？我不惜配合你搞砸了大天使的演出，只为了给你做掩护；后来米达伦因为对菡起了歹意，我又不惜损兵折将把他开除；再后来为了让菡能够理解你的苦衷，我也把你为何要故意冷落她的原因告诉了她。我为你这么做已经可以了吧？”

闻听此言星并没有回答，似乎在等着路西法继续解释。

“然而当这位女生需要一个宽厚的肩膀之时，你在哪里？打电话你也不接，发信息你也不回。尤其是这几天，你在哪里？”

“我……”星欲言又止，他显然还没有做好准备告诉菡他刚刚经历的一切。

“你总不能因为一个根本不知道是谁在背后的匿名信，就这样一直消失下去吧？”路西法继续说道，“现在菡因为乐队输掉比赛而伤心，你知道这里面的具体原因吗？你知道菡最难受的地方到底是什么吗？”

“你不知道吧？！”还没等星回答，路西法就继续说了下去，“不曾亲自经历，你又怎么能够了解这里的情况！”

“菡本来是一个那么自信的女生，”大天使的队长解释道，“结果她输了比赛还觉得对不起你教他的贝斯技术，她的心里还在想着你……”

“路西法！”菡突然喝止了自己队长的话语，转身抽泣起来，“别说了，咱们走吧。”

“没关系，”路西法看着菡，冷静地说道，“请让我把话说完。”

“现在她的心里不但认为对不起你，还认为对不起我们大天使乐队。”路西法转过头，看着星继续说道，“难道菡需要到处去跟谁说对不起吗？需要跟紫金坦克的人说对不起吗？需要跟我们说对不起吗？如果真的是这样的话，她曾经的自信又在哪里呢？你知不知道当年在凯恩斯的希尔古堡，我就见识过她的能量，那是一种惊天地泣鬼神的嗓音爆发力，纵观整个乐坛也极为罕见。而这些你都了解吗？如果到了现在这样的危急时刻，我都不插手拯救我们乐队主唱兼贝斯手情绪的话，我是要看着莫菡堕落下去吗？我是要等着大天使完蛋吗?”

“星啊，”本来已经打算离开的菡又再次转过身来，跟紫金坦克的贝斯手进行了总结，“你已经不是我的男朋友了。我们结束了。你对我的了解远远不如我的队长。而他才是那个一直在背后，无论何时都坚定地站在那里支持我的人。”

说罢，菡就搂住路西法的脖子，激烈地亲吻了自己队长的嘴唇，“路西法，我们交往吧。”

刹那间，时间仿佛静止了。事实上在此之前路西法对于菡的感情一直仿佛兄长一般。但是不可否认的是，他之所以能够在菡低落之时轻抚她的脸颊，就意味着他也同时对这位女生存在着一定程度的超越普通队员之间的感情。毕竟天天在一起训练，日久生情。而这种超越普通感情的，但又小于正式交往的感情，一直被路西法的理智控制在内心最隐秘的地方，他宁愿把菡定义成自己最好的“异性兄弟”或是“红颜知己”。

然而，当他第一次看到她如此孤立无援的时候；当他第一次听到这位女生说到他是最了解她的人的时候；当他第一次感受到她的纵情一吻的时候，他瞬间意识到，也许，菡就是他生命之中最对的那个人。

事实上，两个人的交往，不就是彼此之间极大程度地互相了解、相互帮助，但又张弛有度地互相尊重、互不侵犯吗？而他们其实早就做到了这一点，不但在生活上，甚至在要求更多、可能产生更多矛盾的乐队排练上，也做到了这一点。

想到这里，路西法的决定也被菡的这一吻逼了出来，斩钉截铁地说道：“好，我们交往！”

看见眼前的一幕，星就像被谁扇了一巴掌一样，尴尬，愤怒，完全无法忍受。

他现在就像是一个被侮辱的斗牛，早就控制不住心中的怒火，只见他再也顾不上自己的面子和仔细分析这件事到底错在哪一方，毫不犹豫、不容分说地冲上去就给了路西法一拳。

而路西法则结结实实地被打翻在地，猝不及防。

紧接着星就头也不回地离开了这里，而菡也没有追上去再说什么。两个人就用这种极端、快速而戏剧化的方式，结束了彼此的感情。而大天使乐队的队长路西法，则阴差阳错地得到了他生命之中的第一位女友，宣告自己成功地告别单身贵族。

在回家的路上，紫金坦克的贝斯手不多见地流下了男儿泪。开着车，看着后视镜里越来越远的风景反而变成了最为悲伤的告别。整个城市的灯火霓虹刹那间全都不再闪烁，漫天星辰也在突然之间全部暗淡无光。

联想到刚才发生在紫金公馆酒窖的对话，我们知道现在同样难受的人还有叶菲。此时此刻，这位女生也因为被告知了真相而难以入眠，她并不确定当明哲宇在第二天知道事实之后又会发生什么。

与此同时，爱新觉罗・翔也并不知道挑拨意大利黑手党杀害自己父亲的真凶就是他的亲弟弟的事实。如果耶律告诉他这件事的话，情况又会变成什么样子？也许是因为和自己的队友心有灵犀，这位鼓手现在的情绪也莫名其妙地处于一种空白状态。无论如何，这一夜对于紫金坦克乐队来说都是悲伤的，然而让这一夜还未彻底跌至冰点的原因还有两个：第一，小翼的状况看起来还不错，并未因为在纽约经历的一切而影响到情绪；第二，翔的女友安杰丽卡终于摆脱了哥哥的控制，从意大利专程来到北京与翔相聚。虽说翔和女友家族的世仇绝不会就此结束，但是这位男生在这一夜终于等回了最爱的女生，也不得不说是空白之下的一种幸福。

所以，这一夜并不是纯黑色的。

因为有了某种幸福的存在，这座城市在今夜呈现出了一种比黑丝绒略浅一些的深蓝色。然而深蓝就很美好吗？深蓝就很糟糕吗？深蓝到底是什么呢？其实深蓝就是某种忧愁悲伤但又具有某种希望的情绪迷失吧。

第十八章　猛攻
Onslaught

一个已经被欲望吞噬的人，就等于把自己锁在了一个金色的监狱。那监狱如此富丽堂皇，让他认为自己就是皇帝一般的存在，你说他怎么能够舍得离开呢？

——明哲宇

明哲宇很快就在第二天早上知道了叶凯宁就是杀害自己父亲幕后主谋的事实。令人意外的是，这位男生不但没有表现出任何的惊讶错愕，反而显得极为沉着冷静。原来，和耶律一样，一直以来紫金坦克的队长也在暗中调查那次谋杀的真相。事实上，他的所有调查结果早已将矛头指向了叶菲的父亲，而当这位女生把昨天耶律在酒窖告诉他的事情转告明哲宇的时候，这最后的结论则确确实实证实了他早已感到的结果，并不那么让人意想不到。

明哲宇不但没有因为女友的爸爸谋害了自己父亲而或多或少迁怒于这位女生，反而发誓和她一起扛下这无限的痛苦，共同面对这残酷的真相。

今天明哲宇还要去接见一个“重要人物”。没有错，那人正是他的死敌——林夕。

事实上，林夕一直有着一种涉猎各种奇闻逸事的爱好，是张小波网站的忠实读者。这也许是因为他早已作恶多端，想要找到一个能够得以寄托忏悔的地方。就好像有些坏人愿意去教堂，有些恶棍喜欢去拜佛一样。

而耶律也正是利用了林夕的这一爱好，让张小波故意在其网站上放出爱德蒙公爵来自阴曹地府，想要在北京寻找投资对象的信息，借机给林夕设下陷阱，对其发起猛攻。

这将是明哲宇真正意义上第一次和自己的仇人林夕进行对话，之前在公爵府恐吓林夕的人事实上是明哲世勋的灵魂。我们知道，在紫金娱乐公司的开业典礼包括在爱德蒙公爵的家庭派对上，明哲宇全程未跟林夕说上哪怕一个字。

这一次明哲宇依然会以爱德蒙公爵的身份出现在公爵府，而耶律则会继续易容变成公爵的大管家雨果。纵使知道了叶凯宁才是他的杀父主谋，但他无论如何也不可能放过直接凶手，放弃复仇他的命中死敌林夕。

早上九点，明哲宇就和耶律驱车前往公爵府了。今天北京的天气晴好，阳光明媚，似乎预示着一切都会向着他们计划的那样顺利发展。为了假戏真做表示尊重对方，明哲宇穿了一件双排扣的顶级英式白色西服搭配同样风格的蓝色印花衬衫和黑色牛津皮鞋赴约，而耶律则依然以一身传统黑色西服黑色皮鞋示人。

上午十一点左右，明哲宇和耶律抵达目的地。没过多久，林夕也来到了这里。因为今天只谈公事，这位商业巨头也是以正装出席，一身深灰色设计师款西服、经典格子衬衫和意大利产的棕色皮鞋是他今天的服饰。

虽说林夕在事业上已经取得巨大成功，但是因为极速扩张的业务版图，急于建立国际级商业帝国等原因，他现在手头并没有太多流动资金。而用于向世人宣告实力的巨型广告——天下第一乐队大赛，也几乎花光了他所有的储备。因此如果他要想在加拿大多伦多的富豪区建立未来科技城的话，就必须尽快寻找合作伙伴。而在他看来，背景神秘、资金雄厚的爱德蒙公爵似乎早已是他案板上的鲜美鱼肉，等着他去宰割。

中午十一点一刻，林夕准时走进公爵府。对于这里他自然不会陌生，他曾经在这里杀过人，也在不久之前被一个“灵魂”在这里逼倒在地。但是即便如此，这个智商极高的冷血商人却并未表现出任何的慌乱，来到这里就好像来到任何一个可以谈论公事的场所一样若无其事。如果说这座府邸还有着一个令他忌惮的东西的话，那恐怕就是爱德蒙公爵的财富了。他并不知道这位传说中来自冥界的人是不是富可敌国，他的金钱到底有没有上限，如果有的话它又是在哪里。

之前说过，明哲宇在十二年前跟随父亲在全球进行的投资，现在早已得到了几何级数的回报，更何况后来在耶律的帮助之下，这位男生还顺利继承了父亲的遗产，包括但不限于明哲家族位于世界各地的物业以及存在瑞士皇家银行的巨额现金。这些财富足够配得上当年明哲世勋世界顶级富豪的身份，其现金流更是有过之而无不及。

现在的明哲宇不但已经成为紫金娱乐公司的掌门人，还是一位全球投资家。不仅如此，他还把一部分资金分到了他的另一个身份——爱德蒙公爵名下，让他在账面上看起来同样富甲一方。

“林总，”公爵看见林夕走进房间便迎上前去，很职业地与其握手，“我们终于见面了。”

“是的，”林夕也走上前去，双手握住公爵，轻轻笑道，“这一次是正式的，上一次在派对上没有机会。”

这是明哲宇第一次如此近距离地审视林夕，审视眼前这个杀父仇人。此时此刻他怒从心起，恨不得现在就拿出一把手枪，顶在他的头上将其干掉。但是他不能。因为在他的复仇计划中，决不允许自己的敌人在下地狱之前逃脱了人间的惩罚。他只能竭尽全力伪装下去，咬紧牙关把这出戏码演绎完美。不过令公爵意外的是，当他怀着满腔愤怒终于能够仔细揣摩自己的仇人之时，眼前的这个人在当下却并未给他带来多么强烈的气场。虽然林夕也是穿着时髦，不失格调，不过他给人的感觉就像一个普普通通的商人，略显随和，也几乎没有架子。明哲宇用极短的时间再次打量对方，只是那人果真既不阴险也不凶狠，根本就不像一个穷凶极恶的杀人凶手，甚至和他在之前派对上的狡诈气场都不太一样。

这让明哲宇有些失望，他以为这个人的眼神中一定会透露出凶神恶煞的气场；他以为他一定仿佛一脸横肉；他以为他的不可一世的坏都会写在脸上。

然而并没有。

也许这只是因为林夕现在需要资金而故意低调；也许这是林夕在有求于人之时的本能性格体现；也许这是因为自己对待一个杀人犯程式化的表面认知。

但是明哲宇深知这一切可能全是对方的伪装。这种伪装度极高、好像变色龙一样的敌人才是最恐怖的一种存在。这种人会利用自己的假意的温和与内敛，在不知不觉间消磨掉一个人复仇的意志和决心，让敌人不知不觉地溃败在交锋之前。所以明哲宇也迅速转变了原本准备的御敌方案，从一种本来计划的强硬态度，变成了以一种相对柔和的姿态出击，意欲用同样的伪装，以貌似真诚的合作制敌于麻痹大意之中。

少许的客套之后，两个人就迅速在会客厅进入今天谈判的主题。双方并没有计划在此之后共进午餐，所以即使这次会谈涉及的金额巨大，却只有二十分钟左右的对话时间。耶律在整个谈话过程中一直以雨果的身份站在公爵旁边，将愤怒压制在心里，并且自始至终一言不发。

时间过得飞快，这次会晤转眼已经过了一刻钟，还有五分钟给彼此留作收尾。在此期间，公爵把大部分时间都留给了林夕说明情况，自己则坐在一旁的三人牛皮沙发的中间位置接收信息。

“所以，”爱德蒙公爵在听完了林夕的企划之后，摸着自己的胡子，平静地问道，“你是想让我在你位于加拿大多伦多的科技未来城项目中投资，是吗？”

“是的。”林夕站在公爵的茶几之前，坚定地回复道，“有了您的资金支持，我们就可以以这个计划为起点，强强联合。届时我们必能占领北美，进而统治世界。”

“当我还在冥界的时候，我有一位很要好的法国朋友曾经跟我说过这样一句话，”公爵站起身，漫不经心地说道，“当一个人的财富和地位累积到一定程度的时候，就是他回报这个社会的时候了。”

“那么，”林夕凑到公爵身旁，迫不及待地问道，“公爵先生，我是不是可以认为，您的这句话代表着我们已经达成合作意向了呢？”

“是的，”公爵转身面对林夕，沉稳地问道，“我对你的项目很感兴趣。那咱们就直接点吧，你究竟想要我投多少钱？”

“您所有的。”

“哈哈哈！”公爵闻听此言大笑起来，反问道，“你知道我到底有多少钱吗？”

林夕没有回答，因为他根本就不知道答案。说少了怕被嘲笑，说多了又不知道上限。

片刻之后，公爵向着门外走去：“我先给你的账户里打上一百亿人民币，作为头期款，你觉得这样可以吗？”

“什么？”林夕听闻此言惊讶得几乎说不出话来，他本来想要的只是五十亿。他曾经认为公爵可支配的流动资产甚至全部身家可能就只有五十亿元。但是他完全没有想到，一百亿竟然对于眼前这个外国人来说只是九牛一毛、小菜一碟，只是其用于投资一个项目的头期款而已。他根本无法猜到公爵的全部流动资金和固定资产的总额到底有多少。

“但是，”公爵严肃地说道，“林夕呀，现在我必须知道我的合作伙伴是否具备和我共创未来的实力。”

“您的意思是……”

“如果你也能投入相同的数额在项目之中的话，”公爵顿了顿，提高声量颇具仪式感地说道，“那么我们的合作就可以正式开始了。”

“这……”林夕并未想到公爵的这个投资意向实际上是有条件的，只有他也拿出等同数量的一百亿元资金，才能套出公爵的那一部分。

而公爵也看出了林夕的为难，故意挤对道：“如果阁下有困难的话，那么我就只能开发其他项目了。但是我认为对于像您这样一位中国顶级富豪来说，一百亿应该不是问题吧？想必你也知道，咱们的这个项目规模宏大，一百亿够干什么的？现在两部卖座电影的票房都不止这个数字吧？”

“这……”只见林夕皱了皱眉头，但是在一瞬之间也咬着牙应了下来，“好吧，公爵先生，那我们就这么说定了。”

“好哇！”公爵站在别墅的院落中央，举起双手，看着林夕高声说道，“那就祝我们合作愉快吧！”

“对了，公爵先生，”林夕在离开大院之前，突然问道，“请问公爵您真是来自冥界吗？”

“哈哈哈！”爱德蒙低沉地笑道，“其实你根本就查不到我在过去十年的任何金融信息吧？账户、交易记录等一切和我有关的细节你都查不到吧？我想那么精明能干的你也不会不明白‘知己知彼，百战不殆’这个简单道理，所以你一定调查我了，但是无论如何都查不到吧？”

林夕没有回答，表示默认了公爵的问话。

“那你说，在这个高度文明的现代战场，如果任何金融系统都说我是隐身人的话，如果我不是来自地狱，我还能来自哪里呢？”

“而且，”公爵紧接着说道，“我见过地狱的样子。”

“那是什么样子？”林夕追问道。

“其实地狱比人间可美丽多了，”公爵故弄玄虚道，“真正的恶魔可都在人间哪！”

“哈哈哈！”林夕闻听此言，尴尬地笑道，“对对，我也是这么认为的。”

“走吧！”公爵大手一挥，用送客来化解这些许的不自然气氛，在一瞬之间就结束了和仇敌的第一次见面。

在送走林夕之后，爱德蒙公爵就和大管家雨果驱车离开了公爵府。在车上，他们迅速变回了紫金坦克的队长明哲宇和紫金公馆的大管家耶律，而天色也由晴转阴。

“先生，”耶律一边开车一边从后视镜中看着坐在后排的明哲宇，平静地说道，“正如我们预计的那样，林夕果然应下来了我们的要求。”

“是的，”明哲宇沉稳地说道，“我倒是要看看他怎么去筹措那笔巨款。”

“您这是利用了他的欲望和虚荣之心。”

“是的，”明哲宇答道，“我必须把公爵塑造成为一位超级富豪，你说他能在这样的一位挥金如土的金主面前丢掉颜面吗？况且他那么想要得到加拿大的那个项目，他甚至想要统治全球。”

“所以说这步棋您走得真的是太妙了！”耶律想了想继续说道，“有点儿像《孙子兵法》里的反间计，利用了别人的弱点将计就计不战而屈人之兵。”

“没错，任何人都有弱点，而虚荣和贪婪就是他的要害了。”

“可是您认为他到底能不能筹到这笔资金呢？毕竟张小波已经告诉我们他现在根本没有钱。”

“瘦死的骆驼比马大。”明哲宇不假思索地说道，“他在国内毕竟还是一号人物，各种人际关系还都在线。我认为他肯定可以凑上这笔资金的……一部分……”

“一部分吗？那么另一部分怎么办？”

“这就是计划的下一步了。”明哲宇说道，“是时候让我们借他一些钱了。”

“全听您的吩咐！”耶律回答着，没过几秒钟又开始发问，“可是您说万一他突然放弃了这个项目怎么办？那样一来，咱们就无法推进下一步计划了。”

“放心吧耶律，”明哲宇胸有成竹地高声答道，“那是绝对不可能发生的事情。一个已经被欲望吞噬的人，就等于把自己锁在了一个金色的监狱。那监狱如此富丽堂皇，让他认为自己就是皇帝一般的存在，你说他怎么能够舍得离开呢？”

“那么，”耶律话锋一转，悠闲地问道，“爱德蒙公爵真的在地狱有着那样一位朋友吗？有着一位可以讲述很多经典名言的朋友吗？”

“哈哈！”明哲宇慢条斯理地拿起放在身旁的一本书，轻轻地笑道，“也许，我的那位朋友就是基度山伯爵吧。”

汽车继续向着紫金公馆驶去，明哲宇今天晚上还有一个饭局，而邀请人正是欧阳希美。自从上次为了保护叶菲而假意强吻了那位女生之后，他们就没有正儿八经地见过一面。就算是曾经同时出现在天下第一乐队大赛的比赛现场，抑或是同时出现在紫金娱乐公司的开业庆典上，他们也只是远远地见过彼此的轮廓，并未说上哪怕一句话。

所以对于这一次希美的邀约，明哲宇是无论如何无法拒绝的。但是他却并不知道，希美的这次饭局，绝不是主动伸出橄榄枝，给上次吻了她的自己一个解释的机会和一个舒服的台阶来下。

等待这位男生的将会是一个阴谋，是一个希美和林夕结成不义联盟之后向紫金坦克队长发出的第一波猛攻。

在爱德蒙公爵和林夕见面之前，耶律把爱新觉罗·天在背后挑拨意大利黑手党谋杀恒泰的事实告诉了翔。这位大管家思来想去，认为如此事关人命的事情翔必须知道，就像昨天夜里他也把另外一个真相告诉了叶菲一样。耶律深知，把这件事告诉翔的后果可能会把这位男生推到一个更为危险的位置。然而如果他在这种大是大非面前撒谎的话，很有可能会因为一个谎言而导致更多不可预知的后果。毕竟没有人能用一个谎言去挽救另一个谎言，更多的时候必将一错再错下去。

果然，当翔得知这一事实之后愤怒至极。他刻不容缓地飞速跑回家中对质，想要确认真相。只可惜他在这个已有些日子没有回去的家中，并没有找到他想找的人——他同父异母的弟弟爱新觉罗·天。

以前他仅仅认为继母和弟弟对他的敌对态度只是想要争夺父亲的遗产。然而这段时间发生在他身上的事情让这位男生根本分身无术，更别提顾得上仔细研究这场遗产争夺战的任何策略。他曾经天真地认为，只要紫金坦克和紫金娱乐公司能够发展顺利的话，他甚至可以把这场战争放在一个最后才会考虑的位置上。毕竟他还在一定程度上相信自己的继母和弟弟可能还心存些许良知和公允，也许会随着时间的推移还给他本就应该属于他的那一部分遗产。

但是他无论如何也想象不到那对母子到底已经狠到了什么程度。父亲都是他们策划杀害的，还有任何可能把他的遗产还回来吗？

根本就不可能吧！

翔在家中找到了他的继母，但是后者坚决地否认策划杀人，只是让翔到天创航运位于天津渤海海域的一个人造岛上去找自己的弟弟。

谁知这竟然是他们母子策划的一个阴谋。

就在翔驾驶着一艘租到的快艇驶向位于岛屿中央的天创航运公司时，他迅速地被一队特警包围抓获。

原来，警方在早先接到了爱新觉罗·天的举报电话，说翔所驾驶的船上载有大量冰毒。在警方后续的搜查中，在那艘快艇上至少发现几千克的毒品，已属藏毒。事实上，如果以这样藏毒计量最终定罪的话，翔将必死无疑。

而同样遭遇陷害的还有明哲宇。

当紫金坦克的队长按照约定的时间地点和希美赴约之时，等着他的并不是那位顶级美女、那位商业精英，也不是一桌美味佳肴或者他和希美之间完美的和解。

那是超完美的犯罪现场——一个身穿黑色西服之人刚刚死在了饭店的包间之内，趴在血泊之中。

整个房间不但凌乱不堪，布满了争斗过的痕迹，在尸体身边还放着一把沾满鲜血的军用匕首，不用猜也知道在那上面一定沾满了明哲宇的指纹。

而那个死人竟是叶凯宁。

没有错，那具尸体竟然就是叶菲的父亲，那位在澳大利亚工作的顶级科学家，那个策划谋害了明哲宇父亲的叶凯宁。

随即一群警察闯入现场，将明哲宇羁押。

这位男生怎么也没有想到，自己会以这种方式在北京见到远在澳大利亚的仇人，但是聪明的他已经猜到策划这件事的人可能就是林夕。虽然他并不知道林夕是怎么把叶凯宁骗到北京，又怎么联合希美完美地策划了这个犯罪现场的。他原本认为自己可以用谨慎的谋略一刀一刀优雅而体面地摧毁林夕的整个精神力，却不承想被自己的仇敌用最不要脸、最原始的方式一拳击倒。显然林夕对待明哲宇的态度可比对待爱德蒙公爵狠多了。

依据中华人民共和国法律，杀人偿命。如果明哲宇的罪名最终成立的话，他也会和翔享受同样的命运——死刑。

在一天之内，紫金坦克已经有两个人被关进监狱，就更别提比赛的事情了。现在乐队方面还没有人知道两个人已经被捕的消息。如果知道的话，他们会想出什么办法、制定什么对策？无论如何，林夕和爱新觉罗·天的这两记重拳已经不约而同地充分达到了目的。无论明哲宇多么有钱，无论他能请到多么顶级的律师，都不可能跟以程序公正为前提的法律条文进行对抗。而这两起事件也必将变成两个根本无可辩驳、无法翻身的终极铁案了。

第十九章　拯救
Saving You

梦想家是浪漫的，但坚定的实践者一定是自私的。前者玩不好也会让人说成空想，而后者做对了就没人说他自私，只剩下仰慕了。

——丹尼尔·杨

第二天一早，明哲宇和爱新觉罗·翔被捕的消息就被北京警方披露，一时占据了各大媒体的头版头条。紫金娱乐公司在一瞬之间群龙无首，而紫金坦克乐队也不得不放弃了当天上午将要进行的天下第一乐队大赛小组赛第三场的争夺，宣布弃权。

按说今天天气晴朗、风和日丽应该是个吉日，但是几乎所有新闻记者都不想放过这两位年轻人。他们迅速将位于金宝街的紫金大厦团团围住，前呼后拥、争先恐后地想要获得一手资讯。现在的林夕是最高兴的，然而这一切却不是希美想要的。因为一直到看到被杀之人就是叶凯宁的时候，这位美女才意识到自己被林夕彻底利用了。但是由于她毕竟也是陷害明哲宇的策划参与者之一，所以现在只能是哑巴吃黄连，有苦说不出。

在此之前，这位女生所知道的一切就是林夕准备把一个已经被买通的“重伤员”放在饭店包间，好让明哲宇因此接受调查，继而自动失去参加天下第一乐队大赛的时间和资格。然而现在的一切已经清清楚楚地告诉了她林夕的可怕。他不但杀了人，还杀了明哲宇女朋友的父亲，他对明哲宇的仇恨远远不是将其消灭在比赛之中那么简单。

此时此刻，王子星、小翼和耶律正在公司焦头烂额地面对所有媒体。他们并没有准备对这一突发事件召开发布会进行任何解释说明，因为真相是什么他们也不知道。事实上他们现在除了想尽办法全力招架记者的长枪短炮之外，剩下的也只有保持沉默了。

而叶菲在得知真相之后，整个人像被一记闪电击中，大脑一片空白。只穿了一身白色睡衣的她根本动弹不得，呆呆地在紫金公馆硕大客厅的落地窗前坐了整整两个小时。

她的心情到底有多糟糕是可想而知的。这位女生在昨天早上才告诉明哲宇叶凯宁就是杀害明哲世勋的主谋，晚上她的父亲就离奇死亡。而犯罪嫌疑人正是明哲宇本人。虽然她并不知道叶凯宁是怎么出现在北京的，也不了解父亲死亡的具体细节。但是有一点是可以确定的，那就是明哲宇具备了杀害叶凯宁的犯罪动机，再加上警方在早上公布的现场证据，她有理由相信明哲宇就是杀人凶手。

然而在她静坐的这两个小时之内，用来或多或少怀疑明哲宇的时间只在叶菲的脑海停留了不到一秒钟。就算死了的人是她的父亲，就算再多的证据全部指向她的男朋友，她也在一瞬之间就做出了一个决定，选择无条件地相信并支持自己最爱的男人——明哲宇。这也是她为什么此时此刻还留在紫金公馆的原因，这也是她为什么会在那里静坐两个小时的原因。

在这两个小时的时间里，她一直在复盘所有的一切，试图寻找充分的证据来帮助明哲宇脱罪。不过无论她如何思考，都根本得不到任何解决方案。因为在这其中还缺少一个关键证据，也就是知情人。思来想去，在混乱之中她终于想到了一个人物，此人貌似神通广大，之前还欠着明哲宇一个救命之情。

这个人就是明哲宇的旧交，也是正在参加天下第一乐队大赛的超级富豪——丹尼尔·杨。

我们知道，丹尼尔和王子星是发小儿，青年时代迷恋夜店，也对摇滚乐十分痴迷。和紫金坦克乐队一同留学澳大利亚期间，经常以超一线品牌西服、皮鞋配合改装劳斯莱斯或宾利之类的豪车出入各种名流夜场。后来明哲宇在和意大利黑手党胡里奥的冲突当中把丹尼尔救下，并且和他一起逃过一劫。

此后紫金坦克乐队穿越十二年来到现今世界。对于双方来说，他们在这一个轮回的时间里并没有见过彼此。二人最近一次相见发生在那次穿越之后，发生在丹尼尔给紫金娱乐公司的开业捧场之时。而现在的丹尼尔已经从明哲宇的同龄人，变成了一个要长其十二岁的中年人。除了穿衣风格从未改变之外，他现在已是一个混迹娱乐圈的成功大佬，而我们知道他旗下的天启乐队正在参加天下第一乐队大赛，风头正劲并且连续取得胜利。

所以此时的丹尼尔早已不是当年的那个玩世不恭的青涩少年，和明哲宇的交集更是少之又少。所以他又能帮上叶菲什么呢？实际上这也是叶菲在这两个小时之内不断问着自己的一个问题。

但是叶菲还是决定去找一下明哲宇这位有过生死之交但却不常联系的朋友想想办法。病急乱投医也好，临时抱佛脚也好，她都决定碰碰运气。

王子星和小翼也在应对完媒体的围攻之后，把公司交由耶律暂时管理。他们随即开始紧急商讨对策，准备不惜一切代价以各种方式把宇和翔营救出来。因为今天的事件突发并且涉及命案和毒品，所以紫金坦克的贝斯手和吉他手均以一身严肃而正式的黑色修身西服、白色衬衫和黑色皮鞋示人。而在他们之间的紧急会议也放在紫金娱乐集团的公司会议室进行。这间会议室位于公司三层，可以容纳至少三十人同时与会。在他们看来，宇和翔就是被冤枉的，他们现在唯一要做的事就是帮助他们二人洗脱罪名。

“星啊，”小翼坐在会议室硕大的椭圆会议桌远端一侧，焦急地问道，“你认为这两件事到底是谁干的？”

“这两件事对谁最有利？对谁最有利就是谁干的。”星站在会议桌侧面靠着窗户的位置，双手插在裤兜里。阳光透过巨大的落地窗把他的脸庞照射得一明一暗，让一切显得并不明朗。

“而且翔这边的事情已经很明显了。”星紧接着说道。

“你指的是……”小翼想了想，自言自语道，“如果说最有利的人……难道是他的弟弟爱新觉罗·天吗？”

“但是，我听说阿天已经得到了其父亲的全部遗产了，”小翼紧接着说道，“按道理说他已经没有任何理由置翔于死地了呀！”

“但是无论如何就是他了。”星斩钉截铁地答道，“你可能还不知道，耶律已经把阿天策划挑拨意大利黑手党谋杀其父亲爱新觉罗·恒泰的事告诉我了。”

于是星把整个事件的前因后果向小翼做了全盘说明，而后者闻听此言之后更是出离愤怒，几乎马上就要冲出大楼去找阿天报仇。

但是星却跑到小翼面前迅速把他摁在了椅子上，大声说道：“小翼，咱们现在还不能冲动，我们必须冷静。”

“冷静？”小翼看看紫金坦克的贝斯手，质疑道，“宇和翔现在身陷囹圄，你叫我怎么冷静？”

“小翼，”星松开小翼的肩膀，走到了距离他四五米的地方站定，转过身继续说道，“我比你认识他们的时间长得多，你应该了解我这个人的性格。如果冲动就能解决问题的话，我们就不需要智慧了。”

“那你还有什么好办法吗？”

“好的办法……”星略有所思，突然说道，“小翼你听说过化装侦查吗？”

“此话怎讲？”

“阿天的天创航运公司在天津保税区有个仓库，”星分析道，“你能不能用黑客技术潜入他们公司的系统？”

“我明白了，”小翼突然两眼发亮，机敏地回答道，“你认为他们有可能涉毒对吧？你是想让我查到他们最近是否进行了以药物为名义的进口报关，以及存放仓库的编号。然后我们再化装侦查，看看那里是否真的存放着毒品，是吗？”

“是的，”星解释道，“我赌阿天不会只是为了陷害翔而临时为他寻找如此大剂量的毒品，我认为他们现在肯定已经涉及了走私贩毒，甚至可能已经开始秘密制毒了。”

“没有问题！”小翼答道，“这个交给我，我会在两个小时之内给你结果。”

“对了星，”小翼在走出会议室之前问起紫金坦克的贝斯手，“你是什么时候变得这么冷静了？前一阵子在我们回到过去的时候，你还不是这样。”

“哎，冲动和单纯让我失去了爱情，”星遗憾地说道，“所以从今天开始，我必须学会控制和谨慎，你说对吗？”

“那么宇那边怎么办？”小翼问道，“陷害他的人又是谁？谁又能把他拯救出来？”

“叶菲！事实上叶菲她已经开始行动了。”星鼓励道，“我们先去把翔捞出来，也请相信那位女生的能力吧！”

几乎与此同时，叶菲于上午十一点左右到达了她的目的地——丹尼尔娱乐公司。这幢以丹尼尔名字命名的大楼，有着三十层楼的高度，位于北京市海淀区的万寿路地段。丹尼尔大楼的楼体外立面由五颜六色的超大方块组成，不但非常具有设计感，也显得十分与众不同。今天这位女生只是穿了一身简单的棕色系法式洋装搭配白色小高跟鞋出行，而丹尼尔则仍然以一身黑色意大利产西服和亮黄色皮鞋示人。听说叶菲不请自来，已经从早新闻中得知一切的丹尼尔似乎早有准备，并不意外地把这位女生让进自己位于顶层的被落地玻璃窗环绕的超大办公室。因为在紫金娱乐公司的开业典礼上已经见过一面，所以这位老板并未对菲的容颜冷冻表示意外或者围绕时空穿越再说什么。当两个人坐定之后，就迅速进入了今天的话题——拯救明哲宇。

"菲呀"丹尼尔坐在硕大办公室位于会客区域的一张实木长桌的一侧，一边给这位美女沏茶，一边开门见山地说道，"虽然我们已经认识很久，但毕竟也十几年没有联系了……其实我想说的是，这件事可能你找错人了。"

而这位女生当然听得出这话里的意思，那就是丹尼尔根本无法对明哲宇的事情进行任何帮助。只见她立刻从丹尼尔的长桌对面坐到了另外一个会客区域的黑色沙发之上，没有喝上一口丹尼尔给沏泡的顶级茶叶。她的意思是说，既然彼此不熟，也就没有必要搞得那么近乎，但是我还是没准备离开，并不认为你什么都不能帮。

丹尼尔自然看出了这位美女的意思，不但没有生气，反而将茶壶放下。只见他油头滑脑地向着另外一张黑色正方形茶几走去，一下子坐在叶菲对面的沙发上。

"叶菲，"丹尼尔一脸社会气地问着，"我说你就这么相信明哲宇呀？你就不想想，现在所有的证据可都指向了明哲宇，说他就是杀了你父亲的凶手哇。虽然我不知道他那么做是为了什么，是不是因为你爸爸不同意你们俩的婚事？"

"你不知道就别瞎说！"叶菲并没有给丹尼尔一个好脸色，她今天是来求助的，并不是来听他揶揄嘲讽的。

"好吧，"丹尼尔想了想继续说道，"我就明说了吧，十二年前，明哲宇被意大利黑手党胡里奥关进澳大利亚的一个仓库……虽说那次他为了救我也算仗义，但那件事也毕竟是因他而起的。你看看他的人生，怎么总是跟这些黑手党啊杀人哪这类的词汇搅和在一起？"

"那是我们的事情，还用不着你来管！"说罢，叶菲站起身来就想走。

只见丹尼尔也站起身，把叶菲叫住，劝道："这位美女呀，我这可是真心为你好哇！不如我们坐下，你先听我把话说完，好吗？"

叶菲今天毕竟是有求于人，看到丹尼尔也有好好说话的意思，就坐了下来。

丹尼尔也随即坐回原处，继续说道，"美女呀我是真的为你好。你看过海岩的小说《拿什么拯救你，我的爱人吗》？"

叶菲没有说话，因为她知道丹尼尔还是想要证实明哲宇就是杀人凶手这个观点。

"话说律师韩丁的女朋友罗晶晶因为爱着她的前男友龙小羽，寻死觅活地请前者帮忙拯救那个被认为是杀人犯的龙小羽。结果韩丁也因此竭尽全力，不但为他找出了龙小羽无罪的证据，甚至还上演了刀下留人的壮烈一幕。结果想必你也知道了，那就是其实真凶就是龙小羽本人。因为到了最后，不但全新的证明推翻了犯罪嫌疑人无罪的证据，就连龙小羽本人也对此供认不讳了。”

“你说的那是原著和旧版的故事，”叶菲冷冷地说道，“新版剧情的结果就是小羽无罪。”

“好吧，美女，”丹尼尔说道，“其实我只是想提醒你，你认为明哲宇无罪只是因为你太爱他。这也许并不客观，你明白吗？”

“丹尼尔，你什么时候变成这样了！”

“哈哈！我变成什么样了？”丹尼尔跷起二郎腿，轻轻地笑道，“你是想说我很自私吗？你真的了解我吗？梦想家是浪漫的，但坚定的实践者一定是自私的。前者玩不好也会让人说成空想，而后者做对了就没人说他自私，只剩下仰慕了。”

“丹尼尔，你是不是觉得你说的这句话特别有品位，特别有道理？”

“难道不是吗？”

“但是我却从你的话里听到了另外一层信息。”叶菲逼问道，“你说后者做对了，就没有人说他自私。我问你，你到底在这件事里做对了什么？是什么让你可以放着救命恩人不救，而选择一种明哲保身的无耻做法？你是不是参与了什么？你是不是知道些什么？”

丹尼尔闻听此言脸色大变，他没有想到叶菲能在他得意扬扬地想要秀一下文化素养，瞬间捕捉到他的一个言多必失。此时此刻他知道他也许无法瞒住叶菲了。他知道如果叶菲较真的话，绝对可以凭着她的直觉从自己这条线索一查到底让他狼狈不堪。身为公司的一把手，他并不想发生任何丑闻，哪怕只和这起凶杀案扯上一点关系也不行。他也不想让公司的其他董事们对他产生任何质疑，他必须为更多人负责。所以在权衡利弊之后，他别无选择，只能和叶菲交底。

“是林夕和希美。”

“什么？”丹尼尔的话语瞬间消除了她心里在今早哪怕不到一秒的对宇的质疑，霎时感到极度震惊。她没有想到林夕不但谋杀了明哲宇的父亲，也杀害了她自己的父亲。他不但想要利用这次谋杀陷害明哲宇，还要利用叶菲可能产生的疑心再让这位女生自动离开她的爱人，最终让明哲宇不但身陷囹圄，公司倒闭，还落得一个孤独一人被处死刑的下场。而希美竟然因为对明哲宇由爱生恨，对于这位她得不到的男生采取了同样卑劣的手段，一样令人无法原谅。

想到这里这位女生就气得牙直痒痒，愤愤地问道：“丹尼尔，你是怎么知道这些的？”

“其实我并不确定我知道的准不准确。”丹尼尔顿了顿继续说道，“他们前几天曾经试图拉我入伙，但是我没答应。我刚才说我做了一件对的事，我的意思是说我本不想得罪林夕。虽然我知道也许他就是凶手，不过我也并不想死。”

“明白了！”菲站起身来，“丹尼尔，我会为你保密的，谢谢你提供的信息。”

说罢，叶菲就离开了丹尼尔娱乐公司，迅速回到了紫金公馆。现在她已经知道最有可能陷害明哲宇的那个人的身份，并准备因此请耶律帮个忙。

天下第一乐队大赛小组赛第三轮的比赛正在海淀公园如火如荼地进行着。在上午出战的乐队之中，E小组的大天使乐队在上一场比赛意外落败的情况之下强势逆袭，以微弱的优势战胜了同组的最后一个对手超新星暴乐队（Super Nova Explosion），以三战两胜一负积六分的成绩第一个从小组赛突围晋级。值得一提的是，在大天使的三场比赛之中虽有一场失利，但是参考同小组其他三支乐队相互之间的胜负关系，大天使仍然以微弱的优势赢得小组赛第一名。根据比赛规则，进入十六强之后的第一场八分之一比赛，他们极有可能避开本来有望取得G小组第一的紫金坦克乐队。但是后者因为最后一轮弃权而失掉三分，依照G小组已有另外两支乐队同积三分的局面，所以就算紫金坦克此前已经两战全胜，但仍然不足以保证以小组第一的身份出线。最极端的可能性是，如果G组的两个已经赢了一场积了三分的乐队，同时再赢一场积到六分的话，三个届时积到六分的乐队就要比拼观众投票的小分来决定最终名次。这样一来，紫金坦克能不能以小组第二名的身份晋级都是一个未知数。在如此混乱的局面之下，大天使乐队的下一个对手到底是谁还是个谜，不过有一点是可以确定的，那就是当路西法和莫菡因为爱情而交往之后，大天使乐队走过了吉他手米达伦离队的阵痛期，配合更加熟练，内部更加团结了。

下午一点多钟，小翼通过黑客技术入侵到了爱新觉罗・天的天创航运公司。在那里他果然发现了一个惊人的秘密。原来，天创航运表面上是一家运输公司，实则正是一家集走私、制造、贩卖毒品于一体的毒品生产基地。而天创航运的所有毒品数量比星和小翼事先猜测得要多得多，并且全部被放置在集团公司位于海港码头的36号仓库当中。

不过，就当星和小翼于当天下午赶到现场，以一身特种部队的迷彩行装化装侦查之时，本已锁定的所有毒品竟然在他们到来之前一个小时全部消失。这样一来，两位青年不但没能发现任何可以帮助翔脱罪的证据，更没有办法将阿天绳之以法。原来阿天早已通过尖端的反侦查科技，发现了小翼和王子星的意图，并将毒品提前转移。而紫金坦克的贝斯手和吉他手的这次行动则彻底激怒了阿天。他准备以某种方式将他们干掉，用来教训这两个已经知道他那邪恶秘密的年轻人，并完全消灭掉这两个潜在隐患。

现在让我们把时钟回拨几个小时，看看叶菲这边发生了什么。事实上就在阿天率领他的手下转移毒品之时，叶菲也回到紫金公馆，找到耶律商讨营救明哲宇的对策。

“耶律，”菲一进门就朝着大管家喊，焦急地说道，“耶律，我知道陷害明哲宇的人是谁了！”

“谁？”闻听大小姐回到家中，耶律也快步迎了上去，让两个人的对话地点停在了门廊和客厅中间的一个位置。

“是林夕和希美。”

于是叶菲把今天上午在丹尼尔公司的事情向大管家和盘托出，并且还解释了这个消息的真实性。此时此刻二人都没走进客厅坐下，而是一直站在原地。

“其实我早就怀疑是林夕了，”耶律拍着大腿，醍醐灌顶地答道，“虽然我并不清楚希美又是怎么回事。”

事实上，关于明哲世勋被害一事，耶律一直都比叶菲了解得更加深入、更为透彻。因为在调查明哲世勋死因的过程之中，爱德蒙公爵这个角色有时是由耶律扮演的。而且叶菲直到现在也不知道爱德蒙公爵就是明哲宇本人，也不知道紫金坦克的队长将会以何种形式报复林夕。

而叶菲敏锐的直觉，瞬间就捕捉到了耶律上句话之中隐含的他比自己更了解林夕的意思，就像她在之前也能探测到林夕曾经打算收买丹尼尔一样。

“耶律，”叶菲反问道，“你怎么会那么了解林夕？”

“我只是觉得林夕作为明哲宇的杀父仇人，干出这种事也并不让人感到意外。”

聪明的叶菲在一瞬之间就感受到耶律这冠冕堂皇的回答之下一定隐藏着更多的秘密，但是碍于时间紧迫，她也没有再追问下去，只是告诉耶律：“我想让你帮我找个人，也许他能帮得上明哲宇。”

“谁？”

“我想这天底下能够有实力进行营救，也和明哲宇够交情的人，”叶菲顿了顿，平静地说道，“那就只有爱德蒙公爵本人了。”

“唉！”

闻听此言耶律轻声叹息。他不是不知道，爱德蒙公爵根本就是一个不存在的人物。这个人物在每次执行关键任务的时候，都是由明哲宇本人易容装扮的。而他只是在一些迫不得已的情况之下，才会按照紫金坦克队长的指示临时变身爱德蒙公爵。

也就是说，现在的耶律根本不可能在得不到明哲宇指示的情况之下扮演爱德蒙公爵。而明哲宇因为入狱的关系，更不可能分身启动公爵这个身份。这就是耶律为何发出一声叹息的原因。

“怎么了，耶律？”

“没……没什么……”

“耶律呀，”叶菲突然走近大管家，站定在他的一米之处，大声向其问话，“耶律呀，你是不是有什么事情瞒着我？啊？这都什么时候了，还有什么不能说的呀？”

“大小姐，”耶律赶快退后一步，心有所想地回复道，“这件事……明哲宇交代过我绝对不能告诉你的。”

“耶律，”叶菲双眼瞪着眼前的这个人，就差把他整个吞噬，“耶律，我就知道你们有事瞒着我。赶快告诉我，我们一起想办法。因为如果我知道的信息不够全面的话，我就根本不可能制订方案把宇营救出来。”

“好吧！”耶律定了定神，给自己下了个决心，终于把这个秘密说了出来，“其实……其实根本就没有爱德蒙公爵这个人，因为他早就死了。而现在的这位公爵就是明哲宇本人，是明哲宇易容装扮的。当然，我也会在某些时候配合明哲宇扮演一下这位公爵。”

“什么？！”只见叶菲睁大了眼睛，根本无法相信耶律的话语。

于是耶律把所有关于爱德蒙公爵的事情向这位女生和盘托出，还进一步解释道：“明哲宇并不想让你承受他的复仇之痛，也不想让你承受为他保密的压力，所以一直让我帮他隐瞒真相。”

听到这里，这位女生陷入了一片短暂的空白。从过去的纽约到前天的酒窖，从昨天的父亡再到今天的真相，叶菲在这短暂的几天之内经历了太多的震惊和意外。现在就连她最后一个可以指望的人也不存在了。她曾经认为那个富可敌国的富豪公爵一定可以帮她救出明哲宇，因为就在前一段时间他还在他的府邸庆祝紫金娱乐公司的成立。但是她完全没有想到，那位公爵就是自己的男朋友明哲宇本人，而那一次的宴会只不过是紫金坦克的队长用来复仇林夕的一场假戏罢了。

“原来如此……这可怎么办？”几秒钟之后，叶菲呢喃地自言自语，似乎没有了办法。

“小姐，”耶律劝慰着，“小姐咱们再想想办法，总会有办法的。虽然我们不可能让你的父亲起死复生，但是我们一定能够想出更好的办法，只要我们决不放弃。”

“等等！”只见叶菲突然打断了耶律，似乎受到了大管家的一些启发，“你刚才说什么？”

“我说，只要我们决不放弃。”

“不是，”叶菲的手不断地比画着，似乎正在努力思考着什么，“不是这一句，是之前的那句话。”

“我说……你的父亲不可能起死回生。”耶律疑惑地看着叶菲，不知道这位女生想到了什么。

“耶律，”叶菲突然激动地喊了起来，“我有办法了！”

“什么办法？”

“今夜我需要你跟我跑一趟警察局的验尸间，我们明天就把明哲宇营救出来。”

第二十章　残阵
Imperfection

但是错误永远不是来自天上的星星，而是我们自己……

——路西法

果然，在女友叶菲的策划之下，明哲宇在第二天上午就被神奇地无罪释放。

而紫金坦克的队长这一次之所以能够全身而退，完全是因为这位女生巧妙地利用了耶律的易容术。

原来，叶菲在昨夜让大管家易容成负责看守死尸的警员，让其潜入停尸间的同时避开监控系统把自己父亲的尸体偷出埋好。随后，这位女生于今天早晨和按照计划变成自己父亲叶凯宁的耶律一起来到警察局，宣告那位澳大利亚科学家起死回生。

经过DNA 等全面比对之后，警方相信了叶凯宁根本没死的事实，而由耶律扮演的叶凯宁也向警方解释了他能够起死复生的“原因”。“叶凯宁”告诉警方，那天他只是因为修炼气功导致七窍流血而心脏骤停，让人误以为自己已经死亡。而明哲宇只是按照他的约定来到了饭店包房和他共进晚餐。至于那把军用匕首则是他让明哲宇为其带来的一个伴手礼，作为自己军品收藏的其中之一。

在警察局门口，明哲宇一行人果然被各路媒体团团围住。没有人愿意相信已经被警方定性死亡的一个事实可以如此不可思议地迅速翻案。然而面对“如假包换、真真正正的叶凯宁本人”，他们也不得不承认那天明哲宇蒙冤入狱可能就是因为警方的一个巨大失误导致的。

面对明哲宇、叶菲和“叶凯宁”的沉默不语，各路记者们在围攻了一阵子之后也都相继散去，只留下了三个身穿黑色正装、白色衬衫的身影留在那里。

北京秋天的阳光温暖中夹杂着模糊的寒意。明哲宇长叹一声，疲倦地看看左边的叶菲，再看看右边的“叶凯宁”，不用说他也知道发生了什么。

易容术是他传授给耶律的，他知道明哲世勋的这个古法可以通过改变基因的办法在短时间内让一个人完完全全地变成另一个人。

他知道真正的叶凯宁在那天晚上就已经死了；他知道他身旁的这个叶凯宁正是耶律；他也知道她的女朋友叶菲在其父亲被杀，而自己又是首要嫌疑人的前提之下，选择无条件相信他；他知道叶菲还没有走出失去父亲的悲痛，就完全凭借直觉，用一个“无可辩驳的虚假证据”跳过了一切法律应有的“程序公正”，不惜一切代价将其营救出来。

想到这里，明哲宇就侧过身来深情地拥抱了自己的女友，用一种无言的话语表达了他不可名状的感激之情。紧接着这位男生又在半分钟之后转过身来拥抱了耶律，也传达着劫后余生一般的温暖情绪。

此刻的明哲宇仰天长啸，思绪万千。他不是不知道，在他坎坷的成长过程中，他经历过被威胁、被绑架和械斗、抑郁、迷失、堕落、失去朋友、失去女友、失去双亲甚至失去一切等痛苦，然而这一次却是他真真正正地身陷囹圄、无法自拔。叫天不应、叫地不灵。

他曾经认为自己应该成为一名极为专业的超一流吉他演奏家，和星、翔一起靠着音乐站在顶峰、走遍世界。随着他的年龄增长，他的腿越来越长，脑袋越长越小，从一个可爱的音乐神童，变成了一名俊美的顶级琴师。然而正当一切故事朝着自己既定的路线发展之时，一系列打击如超级星辰的持续爆炸一般不断疯狂地落在他的身上，把他变成了今天这副狼狈模样。

这时他的心中早就充满了复仇的火焰，而对手的强大又超乎他的想象。他在一瞬之间感觉累极了，多么想卸下一切伪装，抛下一切坚强，把自己变回那个曾经的翩翩少年。

但是他不能。

一秒钟的脆弱之后，明哲宇坚定信念握紧了拳头。他知道为了未来，为了爱，为了失去的一切，他必须抛弃一切犹豫下定决心奋起反击。随即他将目光从天空转向前方，平静而坚定地说道：“走吧，我想我们是永远不会放弃的，只要我们坚定地走下去，这个世界就是我们的了。”

“谢谢你们了！”

明哲宇就这样出狱了。

然而与此同时，爱新觉罗・翔那边的情况就并不是那么乐观了。如果说用来陷害明哲宇的是一个死人的话，用于陷害翔的则是一堆毒品。易容术是无论如何不可能把一个活人变成一堆粉末的。

但是好消息是紫金坦克的队长、紫金娱乐公司的掌门人已经被无罪释放恢复自由。他将率领他的朋友们齐心协力将这位顶级鼓手营救出狱。只是从时间上看来，对于明天开打的下一场比赛，紫金坦克注定将以残阵出击了。需要说明的是，在同组的其他两支队伍的最后一场比赛结束之后，紫金坦克虽然弃权一场，但仍然凭借观众投票的小分优势，以小组第二的身份晋级十六强。而他们的下一个对手正是宿敌大天使乐队。

与此同时，林夕在第一时间得知了明哲宇被无罪释放的消息。此时此刻他火冒三丈，就差把整个别墅炸平。他清晰地记得自己在早先以绑架叶菲为名把早已有些神志不清、疯疯癫癫的叶凯宁从布里斯班骗来北京，并在极短的时间内将其谋杀。是他把那具尸体放在了犯罪现场；是他把通过采集天下第一大赛的比赛设备所获得的明哲宇指纹，复制在了早已准备好的军用匕首之上；是他制造了犯罪现场并伪造了一切。

但是早上出现的叶凯宁到底是谁？怎么会有人起死复生？在这一夜之间发生的事情仿佛鬼神的安排，让他根本无从知晓其中的真相。他瞬间就感到了一种无形的巨大力量正笼罩在他的四周，压在他的头上。那力量好似来自如来佛祖的紧箍咒一样越缩越紧，牢牢地束缚着他的双手双脚，让他越来越难以自由呼吸。

自从明哲宇在今年初穿越到现代世界之后，林夕已经多次设计对付他的这个死敌，但是没有一次能够成功。不过林夕的可怕就在于他永远不会善罢甘休，他迅速派其手下郎正彻查此事，并且准备策划新一轮的进攻来打击明哲宇和他的紫金坦克。

而希美看到叶凯宁复活，则相信了林夕之前说的“用伤员”来陷害明哲宇的话语，反而并不那么憎恨他了。

明哲宇一行人于下午在北京西山的后山安葬了真正的叶凯宁，之后他们又去看守所探望了正被羁押候审的爱新觉罗 · 翔。

宇、星、小翼、叶菲和耶律第一次以这种特殊形式和翔进行了大约十分钟的对话。

带着翔的寄望，紫金坦克将以残阵对抗大天使，而明哲宇也痛下决心一定要把翔以最快速度从监狱里营救出来，并将陷害他的阿天绳之以法。

晚上时分，翔的女友安杰丽卡也来到看守所探望自己的男友。在那里她第一次了解到原来翔的父亲根本就不是杀害她爸爸的幕后策划者，也知道了澳大利亚的地狱彩虹帮才是真凶的事实。安杰丽卡立即给他的哥哥吉尔伯特打去电话，而后者也出离愤怒，即将在澳大利亚展开新一轮的复仇之旅。在谈话的最后时段，爱新觉罗 · 翔让安杰丽卡去找明哲宇，交代她不要贸然行动，一定要跟着紫金坦克队长的计划对其进行营救并且寻找机会复仇。

日落日出，时间转眼就来到了天下第一乐队大赛八分之一决赛（十六进八）开打的日子，而紫金坦克的第一个对手就是老熟人大天使乐队。如果说十几年前在布里斯班索罗（SOLO）天台的那次比赛并不正式，而太空对决又因为意外无疾而终的话，这一次才是两队真真正正真刀真枪的决一死战，正可谓天王山上，谁是谁的梦魇。

单败淘汰赛的意思就是说，今天的比赛必须决出胜负，而输掉的一方将会离开比赛、打道回府。

需要说明的是，这次两队全部是以残阵出击，让这场本来被认为是决赛的提前预演的十六强比赛充满了悬念。大天使方面少了节奏吉他手米达伦，而紫金坦克则少了鼓手爱新觉罗 · 翔。但是我们知道大天使那边已经由原贝斯手雷米尔客串了米达伦的位置，而女主唱莫菡则兼任起了乐队的贝斯手。值得一提的是，大天使使用这个残阵配置已经有一段时间，加上队长路西法和莫菡确定了恋爱关系增加了队伍实力，残阵对于大天使的影响似乎相对较小。

而紫金坦克则是刚刚失去了鼓手，这样一来，他们就不得不以三人阵容迎战大天使。当年在索罗进行的那场非正式比赛之中，紫金坦克就没能战胜大天使，而队长明哲宇早就认为三人乐队跟五人乐队对抗根本不占优势。现在他们好不容易把人员配置到四人，却又在一瞬之间变回三人，让人感到比赛注定非常艰难。而且这也将是紫金坦克成军以来第一次缺少爱新觉罗 · 翔的加入，而明哲宇也不得不让节奏吉他手小翼临时客串鼓手。虽说小翼也是一个万金油一般的全能乐手，能够毫不生疏地使用多种乐器，但是和超级鼓手翔比起来还是有着不少差距。所以小翼能否顶住压力力挽狂澜，也是比赛的看点之一。

事实上，对于紫金坦克乐队来说，无论是刚刚洗脱罪名的明哲宇，还是乐队其他两位成员，都因为前两天的突发事件根本没有进行备战。因此虽然和大天使一样使用残阵出击，但是，备战程度的不同让比赛的天平在赛前就没能偏向这支北京乐队。

不过好消息是，虽然天下第一乐队大赛是由林夕方面领衔主办，但是他并不能以任何形式干涉比赛或控制结果。而这完全要归功于一个由中央直属的完全独立于主办方的第三方监督机构。这个机构采用一种最先进的技术将一个“测谎芯片”临时植入裁判的皮下，确保比赛结果的真实度。这个芯片直接由中央管理，没有人能够改变这块芯片的核心技术，这也是为什么林夕只能使用盘外招阻止紫金坦克前进脚步的根本原因。

上午九点四十分，晴空万里，双方同时站在了十万人的舞台之上。巧合的是，无论是紫金坦克乐队还是大天使乐队，双方均不约而同地穿上了黑色皮衣皮裤和皮靴，画了眼线并描了眉毛，让比赛像极了吸血鬼的家族纷争，充满了杀气。

而裁判方面则仍然是我们的老朋友——火箭玫瑰乐队的主唱Alex、黑金属乐队的主唱Marty、著名指弹大师Tommy和红日乐队主唱Funky。而他们也在今天以不同风格的摇滚装束示人，显得酷劲十足。和小组赛的评分配比一样，裁判的评分共占整体分数的百分之四十。而另外百分之六十的评分权被分配给全世界所有观众。在手机上注册观看这场比赛直播的所有用户，都可以通过手机APP，评出自己心目中的优胜乐队。

就这样，紫金坦克第一次以一个临时阵容在世界级的单败淘汰赛中亮相，而场地仍然是他们已经非常熟悉的、有着半个足球场大小的巨大舞台。

上午九点五十五分，比赛进入倒计时。只见双方队员围成一团，给自己的队伍加油鼓劲。

“各位，”明哲宇精神抖擞率先发话，“想必对于比赛规则我们已经很熟悉了。因为我们根本没有时间排练准备，所以在第一个乐理技术考核环节，我将祭出我在澳大利亚时串联古典音乐发展史编写的金属交响音乐，以我为主力拼大天使。这里有一个需要注意的问题就是贝斯的部分……”

“星，”宇看着自己的贝斯手，紧接着说道，“我希望你不要手下留情，比赛就是比赛，对吧？”

“嗯，”星完全明白队长的意思，坚定地答道，“完全没有问题。”

“此外，在速度上……”宇把目光转向小翼，确认道，“我希望地鼓的速度能够至少保持在一千二百BPM上。因为和大天使的前两次对决让我了解到，想要战胜他们，我们只有稳定在这个速度之上，才可以将其真正击倒。可以吗，小翼？”

“虽然这次只是临时救场，”小翼拍了拍胸膛，自信地答道，“但是我一定会竭尽全力的。”

“他们虽然多出我们一个人，”宇坚定地说道，“但是只要我们每一个都能够超过他们三分之一的实力，我们就一定可以以少胜多，最终击败大天使。”

上午十点，比赛正式开始。在主持人评委们的开场白结束之后，比赛瞬间变成了两支乐队的戏码，由紫金坦克乐队首先登场。在音乐历史的考核部分，明哲宇充分地发挥了他古典乐出身的功底，结合交响乐和摇滚乐的综合编排，让整个音乐呈现出来一种超级震撼的视听体验。

在这首长达二十分钟、名为《紫金经典》的曲目里，明哲宇整合改编的曲目贯穿了音乐世界在二战结束之前二百多年的历史，在这其中就包括了以下作品：

· 德国作曲家约翰·帕赫贝尔（Johann Pachelbel）于1680年创作的名曲《D大调卡农》（*Canon in D*）。

· 德国作曲家巴赫于1704年创作的名曲《D小调托卡塔与赋格》（*Toccata and Fugue in D minor*）。

· 意大利作曲家安东尼奥·卢奇奥·维瓦尔第（Antonio Lucio Vivaldi）于1723年创作的名曲《四季》（*Four seasons*）。

· 德国作曲家乔治·弗里德里希·亨德尔（George Friedrich Handel）于1750年创作的名曲《哈利路亚》（*Aleluia*）。

· 意大利作曲家博凯里尼（Boccherini）于1770年创作的《小步舞曲》（*Minuet*）。

· 奥地利作曲家莫扎特（Mozart）于1783年创作的名曲《土耳其进行曲》（*Alla Turca*）。

· 德国作曲家贝多芬（Beethoven）于1795年创作的名曲《F小调钢琴奏鸣曲》（*Sonata No. 1 in F minor*）。

· 奥地利作曲家弗朗茨·约瑟夫·海顿（Franz Joseph Haydn）于1797年创作的名曲《皇帝颂歌》（*The Emperor's Hymn*）。

· 贝多芬于1810年创作的名曲《致爱丽丝》（*Fur Elise*）。

· 奥地利作曲家舒伯特（Schubert）于1822年创作的名曲《军队进行曲》（*Military march*）。

· 波兰作曲家肖邦（Chopin）于1832年创作的名曲《悲伤离别曲》（*Tristesse*）。

· 德国作曲家舒曼（Schumann）于1838年创作的名曲《梦幻曲》（*Traumerei*）。

· 匈牙利作曲家弗朗茨·李斯特（Franz Liszt）于1847年创作的名曲《匈牙利狂想曲》（*Hungarian Rhapsody*）。

· 德国作曲家勃拉姆斯（Brahms）于1868年创作的名曲《摇篮曲》（*Lullaby*）。

· 俄罗斯作曲家柴可夫斯基（Tchaikovsky）于1875年创作的《钢琴协奏曲》（*Concerto*）。

· 法国作曲家埃里克·萨蒂（Erik Satie）于1888年创作的名曲《祭祀舞》（*Gymnopedie*）。

· 俄罗斯作曲家里姆斯基-科萨科夫（Rimsky-Korsakov）于1900年创作的名曲《野蜂飞舞》（*Flight of the bumble bee*）。

· 美国作曲家斯科特·乔普林（Scott Joplin）于1902年创作的名曲《大娱乐家》（*Entertainer*）

· 法国作曲家德彪西（Debussy）于1905年创作的名曲《月光》（*Clair de Lune*）。

· 乌克兰作曲家谢尔盖·谢尔盖维奇·普罗科菲耶夫（Sergei Sergeyevich Prokofiev）于1935年创作的名曲《骑士之舞》（*Dance of the knights*）。

· 美国作曲家格伦·米勒（Glenn Miller）于1939年创作的名曲《兴致勃勃》（*In the mood*）。

《紫金经典》这部作品完全被明哲宇改编成为一种浓烈的重金属版本，让几十位已经去世的音乐名家仿佛在一瞬之间灵魂附体，令整个音乐呈现出来一种无与伦比的磅礴气势，惊天地泣鬼神，大气天成。

而大天使乐队完全没有想到自己的对手能够以如此全面、完整而优秀的音乐作品交出作业。在这方面他们没有准备充分，仅仅以一些20世纪70到90年代的老式北欧摇滚乐作为灵感，祭出一首时长为十分钟的《冰雪之魂》来对抗紫金坦克。

显然，大天使的《冰雪之魂》无论在乐曲本身的表现上，还是在和音乐历史主题的贴合度方面，都无法和紫金坦克进行对抗。而大天使乐队也在第一阶段的比赛结束之后出人意料地迅速败下阵来。

除了观众几乎一边倒地将自己的票数投给了紫金坦克乐队，评委们更是给出了更高的评价："两支乐队都很出色，但是紫金坦克显然更好！"

五分钟之后，下半场比赛继续开打，内容则是即兴发挥。而在这一时段的对抗之中，王子星彻底贯彻了队长明哲宇的战术要求，以强劲快速的贝斯技术压制了随后登场的大天使乐队的新晋贝斯手莫菡。而在紫金坦克乐队极具针对性的攻击之下，这支北欧乐队的短板尽显无遗，也让同样作为客串鼓手临时上阵的小翼在比赛中得到了些许喘息之机。

值得一提的是，在星强有力的掩护之下，小翼在比赛中一直把双踩地鼓的速度控制在惊人的1200BPM之上，让大天使乐队的鼓手拉斐尔在随后根本无法招架。

没过多久，大天使乐队就再次被带乱节奏，以较大的速度劣势输掉了第二轮次的比拼。看来米达伦的离队对于这支北欧乐队的影响简直是牵一发而动全身的，刀刀见血，极度致命。

综合上下半场两项成绩，紫金坦克最终以绝对优势将大天使乐队淘汰，以大比分优势率先晋级八强。而大天使也只能含恨出局，有史以来第一次输给了死对头紫金坦克。

在赛前，各路媒体预测今天的第一场八分之一决赛必定是针尖对麦芒，双方肯定会杀个你死我活。但是谁也没有想到紫金坦克战术精确、准备充分，直接击中了对手的要害，把住七寸一招制敌。

"这是一场不对等的对抗……"当观众散去之时，整个赛场只剩下大天使队长路西法的孤独身影，只见他孤傲地将自己的吉他戳在地上，紧握琴头仰天长啸，"这……这难道就是紫金坦克的真正实力吗？明哲宇几乎弹出了两个人的水平，完全补足了翔缺阵的损失。而菡犹如圣女一般的天籁之音则完全被抑制。只是，不对呀，其实今天他们只是偷袭得手吧，而我们也是以残阵出击。但是，但是错误永远不是来自天上的星星，而是我们自己呀！大天使必须补强配置，必须深刻反省，而我们也许只能重整旗鼓来年再战了吧！"

送走大天使之后，在今天稍后举行的另外七场比赛之中，所有种子队伍最终全部晋级。而紫金坦克的下一个对手将是希美领衔的虚拟乐队美丽安琪。在下一场八进四的比赛之中，对战双方都将进入一个名为"阿波罗"（APOLLO）的网络世界，由每一个人选择其对应的虚拟化身出战。双方的音乐能力将在那里被系统直接转换成为各种技能，可用于攻击、回血和防御等。率先被打出阿波罗的队伍即告失败，而坚持到最后的乐队则会获胜。对于一直混迹在阿波罗的美丽安琪乐队来说，在这里比赛简直就像她们的主场。而对于紫金坦克来说，这个虚拟世界则必将成为一个前所未见的巨大挑战。

这场四分之一决赛将会在一个星期之后举行。在此期间，双方本将利用这难得的宝贵时间休养生息，加紧备战。然而对于紫金坦克来说，他们还有一个重要的任务要去完成，那就是把自己的正牌鼓手爱新觉罗·翔从看守所里营救出来。对此队长明哲宇早已经想到了一个万全之策，而他也将会在同一时间继续执行自己的复仇计划，决不拖沓。

在得知紫金坦克最终晋级八强之后，林夕更加气愤了。他本以为自己可以把明哲宇关在监狱里永世不得超生。结果可好，紫金坦克的队长不但毫发无损地神奇出狱，还在自己举办的比赛之中披荆斩棘、更进一步。基于此，他也迅速想出了一个对付明哲宇的全新盘外招，意图在调查“叶凯宁”复活之谜的同时，将明哲宇彻底击垮。看来，不但在舞台之上的比赛还要继续，属于紫金坦克队长和头号反派林夕的个人对抗也将在下一场比赛前后同时开打了。

第二十一章 谋略
Astuteness and Resourcefulness

玩摇滚的，有正常人吗？

——明哲宇

第二天一早，明哲宇就被一阵急促的电话铃叫起。一般来说，这时能够找到紫金公馆主人的人数少之又少。明哲宇还是保留了他在澳大利亚留学时养成的习惯，那就是晚上一定要把手机关机，无论任何事情也要等到明天再说。

这次的铃声来自明哲宇硕大无比的卧室一角，一张中式红木边柜上面的一台白色复古拨盘电话正在不断响动。明哲宇起身，立刻意识到大事不妙。

只见穿着一件白色睡衣的他快速冲到电话旁边，拿起听筒就急促地问道："耶律，有什么事吗？"

"少爷，"耶律慌张地说道，"不好了，安杰丽卡她去找阿天寻仇了。"

"什么？"紫金坦克的队长闻听此言震惊不已，激烈质问道，"我就担心她会出事，我不是让你盯着她吗？"

"是呀，"耶律咽了口口水，倒了口气继续说道，"咱们去看守所探望翔的时候已经跟他说过，叫他一定要叮嘱这位来自黑手党的女生不要冲动。我想翔也一定告诉了她一切都要跟着我们的计划行动。可谁知今天早上我一个不留神就让她从我的眼皮底下跑了。少爷，还是您有远见，早就料到她一定会不管不顾鲁莽行事。"

"安杰丽卡是胡里奥的女儿，肯定会为了救她的爱人不惜使用一切手段。"明哲宇顿了顿继续说道，"黑道有黑道的办法，我确实早就料到她绝不会按照常理出牌。但是她现在是在中国，身边没有任何人可以帮忙，她还以为自己是在意大利呢，这分明就是要去送死！"

"耶律，"明哲宇紧接着问道，"你看见她的车了吗？"

"一台红色法拉利（Ferrari），488GTB。"耶律说道，"那车底盘太低，过弯速度太快，完全没有费力就把我甩掉了，咱家的劳斯莱斯根本追不上。"

"哎！这下可好，她肯定也已知道跟踪她的人就是耶律你了，她又不是不认识咱们家的车。"明哲宇想了想继续说道，"她之所以甩掉你就是不想牵连到你。"

"我们现在怎么办？"

“你现在在哪儿呢？”

“东南五环，快到京塘高速公路的位置。”

“你继续向着位于天津保税区的天创航运开去，”明哲宇立刻指示道，“我会马上驾驶咱家的直升机飞过去，二十分钟之后我会降落在高速公路上的53号应急停车带接上你。你到时就先把车扔在那儿别管。我们必须在安杰丽卡找到阿天之前把她摁下来，不然可能会出人命。”

一会儿工夫，明哲宇就到达了约定地点，接上耶律刻不容缓地向着天津方向飞去。一路逆光，一路飞翔，空气就像无数把气态利剑，从纯银色机身两侧划过。明哲宇身穿一身白色皮质紧身机车服，戴着一副带有护目镜的同色头盔，像极了新世纪福音战士（Neon Genesis Evangelion）里面的机甲驾驶员。迎着风，他坚定地咬咬嘴唇，不允许任何人再离开他。就算安杰丽卡的哥哥曾经杀了翔的父亲，但是明哲宇义无反顾地想要把这位女生救下。因为他不但坚信安杰丽卡就是斯卡列蒂家族的朱丽叶，而且他也必须对自己的兄弟爱新觉罗·翔有个交代。

半个小时之后，明哲宇终于在京津塘高速公路的天津出口附近将飞机降落，直接在一条小路上截停了安杰丽卡的那台红色法拉利。

那位女生今天穿了一身黑色机车服，和明哲宇的纯白色形成了鲜明的对比。

“喂！”安杰丽卡推开车门，走下车用英文对着明哲宇叫道，“你们要干什么？你们有什么权利拦着我？让我过去，这是我们的家事！”

“你怎么救他？”明哲宇从飞机上一跃而下，同样用英文厉声回答道，“就凭你吗？你这是去送死！”

安杰丽卡随即从汽车副座拿出了一挺重机枪，上前两步冲着明哲宇喊道：“就凭它。”

“什么？你这是在开玩笑吗？”明哲宇焦急而凝重地看着这位女生，语重心长地说道，“这是在中国，你要是拿着这种管制枪械横冲直撞，还没等阿天把你干掉，警察就已经把你击毙了。”

“总之那是我们家的事，不用你们管！”安杰丽卡说着说着就向车里走去，准备掉转方向甩掉明哲宇和耶律。

“喂！”耶律在一旁吼道，“你能不能冷静点！你不要命没关系，但你就忍心等着翔出狱之后看到的就是你的尸体吗？”

“等到翔出狱吗？”安杰丽卡站在跑车旁边，一边拉着车门一边冲着大管家厉声喊道，“冰毒就在犯罪现场，铁证如山，他怎么能逆袭翻盘？我根本想不出任何办法救他，他有机会吗？”

“等等！”明哲宇吼道，“请你相信我，请把这件事交给我，因为你根本就不是阿天的对手！”

“交给你？”安杰丽卡看着紫金坦克的队长，质疑道，“你能有什么办法？”

“就给我一天时间，”明哲宇斩钉截铁地说道，“就一天，我保证把翔完好无损地交还给你。”

“真是笑死人了！”安杰丽卡说着就坐进车内，准备开车，“我还是靠我自己吧！”

眼见着那位女生就要驱车而去。说时迟那时快，明哲宇给了耶律一个眼神，示意大管家赶快上前阻止安杰丽卡离开。

只见耶律三步并作两步冲进汽车副座，把胡里奥的女儿打晕，并开着她的车将其迅速离去。世界仿佛在一瞬之间就安静下来，没有一丝声音。一个小时之后，耶律和明哲宇相继回到紫金公馆，获得了暂时的喘息。紫金坦克的队长让叶菲照顾暂时晕倒的安杰丽卡，自己则和大管家立刻开始细化早已制订好的方案，准备营救铁哥们儿、紫金坦克的正牌鼓手爱新觉罗·翔。

“少爷，”耶律难以置信地问道，“您确定要执行我们的计划了吗？那可是一个几乎不可能完成的任务哇！时间太紧了，时间太少了！”

“迅速召集一千名工人，每人给三倍工资，”只见明哲宇大手一挥，下达了最后指令，“立刻马上开始！”

“明天上午我就要结果，”明哲宇坚定地说道，“在这个世界上没有什么不可能的事情，咱们下午就把翔给接回来。”

与此同时，林夕于今天下午分别约见了两个人，一人是希美，而另外一人则是丹尼尔。其中，林夕借招拆招地让希美进一步相信了他并未杀死叶凯宁的虚假事实，继而给这个女生支着儿如何在下一场比赛中击败紫金坦克。就算有着中央机构的监控，但是由于整个“阿波罗”虚拟世界都是林夕团队研发的，所以他仍然可以以任何合法手段，帮助希美在这场比拼中占得先机。而这个反派人物认为美丽安琪乐队所选的“化身”则是在这其中的重中之重，为此他给希美想出了一个绝妙的办法。那方法虽然并不违法，但却也不道德。而希美在权衡利弊之后，也别无他法，不得不接受了林夕的诡计。

而林夕约见丹尼尔的原因则是希望后者跟其联手攻击明哲宇。原来，林夕早就打听到紫金坦克将要在近期推出他们的同名专辑《紫金坦克》。而林夕需要丹尼尔去做的事情就是将这张专辑的母带复制偷出，这样他就可以赶在紫金坦克的新专辑发布之前，发布一张类似专辑。他这样做的目的就是要抢先紫金坦克占领消费市场，并且状告紫金坦克抄袭，起诉巨额赔款。

这将是一个赤裸裸的商业诈骗，和林夕给希美出的主意完全不是一个性质。然而丹尼尔并没有答应林夕的要求。一方面是因为这位男生当年在澳大利亚多少跟紫金坦克有一些交情，还因为他并不想为了林夕而触犯法律。除非到了万不得已或者有极大的利益可图，否则这个以利当头的业界大佬是不会配合林夕而因小失大的。而林夕之所以找丹尼尔来帮忙，也正是看中了他和紫金坦克有些交情易于得手，也并不知道这位男生之前或多或少地帮助叶菲从监狱里将明哲宇救出的事实。

第二天下午，天气晴朗。明哲宇带着叶菲、星、小翼和耶律一同来到公安局。几乎和预计的一样，经过一番交涉之后，翔果然被神奇地保释出狱。虽然这次不是无罪释放，但是暂时获得自由的他，足以用一副自由之身来为自己洗脱罪名，比待在那个看不见阳光的牢房可好太多了。

为了迎接紫金坦克鼓手的出狱，明哲宇一行人全部以正装示人。王子星穿上了一身英伦范儿的白色西服和同色皮鞋，而其他人都是黑色装扮。翔则换回了自己入狱之前的蓝色窄腿牛仔裤、黑白双色老爹鞋和黑色帽衫，虽然略显疲惫但也因为重获新生而带着某种程度的喜悦。

“宇，”翔给了自己的铁哥们儿一个巨大的拥抱，问道，“我就知道你们回来！你们是怎么做到的?”

“我来说吧,”耶律走上前来,补充道,“具体的细节是我执行的,我可能会解释得比较详细……”

原来,为了能够把翔营救出来,紫金坦克的队长召集了一千余名工人,用一个晚上在北京西山的后山复制了一个和天创航运公司一模一样的集装箱集散地,并派人以“黑衣蒙面”的方式把“冰毒”放在了一艘按照原样复制的伪装快艇之上。与此同时,明哲宇派人把所有的一切都拍摄下来,并于今天早上交到警方手里。在经过商讨之后,警方确认紫金坦克的鼓手确有被蒙面黑衣人诬陷的可能,遂同意他获得保释的资格,立刻将其释放。

这次翔的出狱因为事发突然,没有任何媒体能够提前获得消息,所以并未形成任何被围追堵截的景象。翔在和明哲宇一行人交流了一刻钟之后,就驱车离开了现场。这位男生现在需要的是好好洗个热水澡,把出狱的消息告诉现在可能刚刚在紫金公馆苏醒过来的女友安杰丽卡。紫金坦克的鼓手也与此同时痛下决心,决定继续化装侦查、收集证据,争取早日将制毒贩毒的阿天绳之以法,替父报仇。

没过一会儿,星和小翼也相继离开了看守所,把现场留给了宇、耶律和叶菲三人。

“少爷,”耶律站在明哲宇的斜后方,说道,“其实我有一件事不太明白。”

“请讲。”明哲宇转过身,似乎已经料到大管家将要说什么。

“我不太明白您为什么要派一个蒙面黑衣人来复盘翔被害的犯罪现场,而不是干脆易容成为这件事的主使者阿天呢?”

“这样不是来得更干脆吗?”耶律紧接着补充道,“这样一来警方就会毫不犹豫地拘捕阿天了。”

“哦……”闻听此言明哲宇沉思了片刻,稳重地答道,“首先,我们并不确定,陷害翔的人就是阿天本人还是只是由他主使的一名手下。所以万一放置冰毒的就是他的一个属下的话,阿天很可能在我们使用易容术复制了案发现场的同时提供一个强有力的不在场证明。这样一来,我们的计划就会出现穿帮的潜在可能。因此我不会冒一点儿风险,我必须把翔安安全全地营救出来。而留下一个黑衣身影让警方去调查,才会符合我们谁也不知道真相的客观事实,可以让警方不受干扰,更加精确地办案。其次,频繁地使用易容术,容易增加让我们的对手发现并识破的机会。你想,如果我们利用易容术所制造的证据阿天可能提供的不在场的证据冲突到的话,他肯定会去调查此事。所以使用易容术这件事还是频率越低越好,知道的人数同样也是越少越好。”

“而且,”明哲宇顿了顿继续说道,“我想我们要尽快执行下一步计划了。”

“此话怎讲?”耶律问道。

“我认为‘爱德蒙公爵’的这个身份不会隐藏太久了。”明哲宇无奈地说道,“上次你为了救我出狱,易容复活叶凯宁的同时,也向谋杀这位澳大利亚科学家的主谋林夕或多或少地公开了易容术的秘密。”

“或者,”明哲宇紧接着说道,“或者也许他并不知道叶凯宁的复活是因为易容术,但是他至少也可以认为我们掌握了某种克隆技术。总之,我认为林夕现在已经开始着手调查此事了。”

"他的速度可能还不会马上波及爱德蒙公爵本人，但也不会维持太久了。"

"对不起呀，"叶菲向前两步走近自己的男友，内疚地说道，"我当时也是没有办法了。"

"没关系，"明哲宇扶着这位绝世美女的双肩，温柔地凝视着，平静地说道，"这不怪你，换了谁都会这么做的。而且如果不是因为你的急中生智，我现在能不能站在这里都还是个未知数，所以我还要感谢你才是。"

"其实你说，"明哲宇一边擦拭着叶菲的泪水，一边劝慰道，"其实你说玩摇滚的，有正常人吗？不是疯狂就是更疯狂吧！这一路跟我走来，你真的辛苦了。"

在成功地把爱新觉罗·翔营救出狱之后，明哲宇就星夜兼程，搭乘最近的一班航班来到了澳大利亚昆士兰州首府布里斯班（Brisbane Queensland Australia）。虽然他还有下周的比赛需要备战，虽然他也认为不能频繁使用易容术，然而因为紫金坦克的队长已经意识到这个秘密可能不保的缘故，所以也只得刻不容缓地执行起下一个计划来——那就是借钱给他的仇敌林夕。在执行他的谋略之时，他仍然要使用爱德蒙公爵这个身份。因为紫金坦克的队长打算在进一步围剿林夕的同时，也一并帮自己的铁哥们儿爱新觉罗·翔把他的直接杀父仇人给办了。而那个仇人不是别人，正是胡里奥的大儿子、安杰丽卡的亲哥哥吉尔伯特。

在明哲宇看来，虽然吉尔伯特是蒙受了阿天的欺骗才杀害了翔的父亲恒泰，但是紫金坦克的队长并不准备放过这个杀人凶手，毕竟杀人偿命，欠债还钱。

但是在明哲宇的计划之中，他并不准备亲手杀人，而是另有打算。

另一方面，叶凯宁的神秘复活让林夕开始怀疑起最近发生的一系列奇怪的事情。比如紫金坦克的穿越；比如明哲世勋的还魂；再比如爱德蒙公爵的神秘身份；等等。而他也果然如明哲宇所说，开始派手下郎正调查这位公爵的一切，希望能把一系列蹊跷串联在一起，复盘真相。

明哲宇于第二天下午两点多抵达布里斯班，这天有一些阴雨，空气中夹杂着热带夏日的气氛。我们在紫金坦克所有故事的开端就给大家介绍过这个美丽的国度，而紫金坦克乐队也是在这里度过了自己的大学时光。澳大利亚除了风景秀丽之外，气候和位于北半球的中国正好是相反的——北京的冬天就是布里斯班的夏天。

今天明哲宇换上了一件意大利产白色短T恤，一条走秀款蓝色短裤和一双白色豆豆鞋，看起来轻松惬意。而紫金坦克队长抵澳之后的第一站并不是执行他的计划，而是准备探望他的老熟人，曾经在布里斯班有着一方势力的B哥（简博瑞读一声）。

我们知道，B哥当年不仅间接促成了明哲宇和叶菲的缘分，还在危急时刻将明哲宇从胡里奥手中解救出来，和这位男生结下了生死之交和不解之缘。虽然明哲宇此次探访也没有什么特别的事情需要找他，但他还是决定去找这位兄长一般的老朋友叙叙旧聊聊天，了解一下当年在澳大利亚所有人的近况。

事实上，B哥本来就年长明哲宇十岁，再加上时空穿越这十二个年头，现在的B哥已经是一个四十多岁的中年人了。然而时光并没有在他的脸上留下太多岁月的痕迹，除了稍微长出了一些轻微的皱纹之外，这位男士仍然一如既往的精神帅气。

还是一米七九的身高，还是以一种“聪明”穿着（Smart Causal）风格的着装示人。现在的B哥已经不再做汽车生意，而是坐上了澳大利亚木材贸易领域的头把交椅。今天B哥并未上班，而是在位于阳光之岸（Sunnybank）的自家别墅休息，完全没有想到自己将会有朋自远方登门拜访。

明哲宇走进了B哥家的院落，那一草一木从未改变曾经的样子。还是在那熟悉的街区，还是那幢三层三车库的蓝色房顶白色墙体的法式建筑。

宇慢慢地接近B哥家的别墅正门，想起了以前和星、翔一起在他家玩耍，想起了他们曾经把在“基因”车行（GENE）改装过的街车停在院落耍帅摆酷的开心时刻。

宇轻轻地敲敲门，开门的果然就是B哥。今天的他只是随意地穿了件蓝色短T恤、一条咖色短裤和一双夹脚拖鞋，显得格外精神。

“啊！宇……是你……呀！”

当B哥突然看见他这位昔日小兄弟之时，竟然一时语塞，定在了那里。几秒钟之后他才回过神来，凝视着对方感慨道：“真的是你！”

“是呀，B哥，”明哲宇开心地说道，“就是我呀！”

“让我看看你。”

此时此刻，明哲宇和B哥因为时空穿越的关系，已经有了二十多岁的差距。这让他们两个人的心理年龄已经有了两代人的感觉。其实现在的明哲宇叫B哥叔叔也并不为过了。B哥看着宇，一副唏嘘的样子说明了他又老了十二岁，虽然他们两个从相貌上看起来完全不像两代人。

“嗯！”B哥审视了宇半天之后，回过神来，释怀道，“原来你们真的没死，穿越的传说竟然是真的！”

“是呀！”跟自己的挚友说话，明哲宇就不用藏着掖着，“我们真的是穿越了……所以对于我来说，你把我从胡里奥手中救出的那件事，那真真正正就是发生在昨天而已！”

“可是宇呀，”B哥说道，“我对你们的思念，可是足有一个轮回那么久了呀！”

“B哥，让你担心了！”

“没有啦，怎么会？”B哥笑道，“其实你们最近一年在北京的事情我都有关注，所以我早就知道你肯定会来找我的。”

说着，B哥就把宇让进大厅，二人围坐在一张法式白色实木茶几的两侧对谈起来。明哲宇从B哥口中得知，当年很多人的境遇都随着时间的流逝而发生了巨变。曾经举办太空乐队大赛且非常欣赏器重自己的大佬杰克因为欠下巨债而身患重病，早已退出舞台；而当年在硬石将他推荐给杰克的里奥波德也因为参与了那次比赛的投资而破产流亡；至于叶凯宁的境遇我们已经知道了。

“B哥，”宇说着说着就从身上拿出一张银行卡，说道，“这张卡里有一千万澳元，这些钱你收下。滴水之恩……你懂的。”

“哎！哎！宇，你这是干什么！”B哥笑呵呵地摆摆手，说道，“你知道虽然我不做汽车了，但是我的生意还是非常可以的，和那些搞地下音乐的可不一样啊！”

“B 哥你就收下吧！”宇回推道，“如果不是当年你救我于危难之中，我可能早就死了。其实该愧疚的人是我，让你等了十二年才收到我的回礼。”

B 哥了解明哲宇的性格，知道他是一个知恩图报的善良孩子，就收下了这份好意。

“叶菲怎么样？！”B 哥继续问道，“你们在一起了吧？”

“B 哥呀，”明哲宇欣慰地笑道，“你忘了我们因为时空穿越的关系，并未经历十二年的光阴啊！”

“嘿！”B 哥拍拍脑门儿，说道，“你说说，你说说，我总以为你们早就结婚生子了呢。”

“没有啦B 哥，”明哲宇解释道，“其实对于我们来说，太空乐队大赛那还是刚刚的事儿呢。不过，我是肯定会娶那位姑娘的。是的，我们还在一起，她现在就和我住在一起。”

不知不觉两个人就聊到了晚上，在B 哥家中和他共享了由其私人厨师特别烹饪的顶级晚餐之后，明哲宇就站起身来准备离开。

“宇，”B 哥把明哲宇叫住，还有话要讲，“如果你这次来澳大利亚的目的是要介入到地狱彩虹和斯卡列蒂家族的纷争的话，我想我可以再次出山为你保驾护航。”

闻听此言，宇当然知道B 哥这是要真心帮他，也知道这位大佬和澳大利亚军方的关系。但是并不想连累B 哥的宇没同意这位兄长的建议，直接拒绝了他。

“其实B 哥，”宇解释道，“这次出面的人不会是我，而是我的一个朋友，想必你也有所耳闻了。”

“你是说爱德蒙公爵吗？”

“是的，正是他。”

明哲宇并没有把易容术的事情告诉B 哥，而这也是他对B 哥保留的为数不多的秘密之一。

“那么，”B 哥想了想爽快地说道，“那我就派两名国家级保镖前去保护他的人身安全吧！毕竟进出黑手党的门庭可不是你们想象得那么简单的！这样，我让他们明天直接到爱德蒙公爵那里报到，快把地址告诉我……”

而B 哥所说的这两位保镖是两位土生土长的澳大利亚白人，身材健硕，武艺高强，且身高都在两米左右。有了他们的帮助，明哲宇的这次行动就会获得更多的安全保障，虽然名义上的受惠人是爱德蒙公爵。

在离开B 哥的宅邸之后，宇就星夜兼程找到了当年在事业上有恩于他的杰克和利奥波德。紫金坦克的队长分别给了两个人一笔不菲的资金作为当年对自己知遇之恩的感谢。随即他立刻回到下榻的酒店，休养调整，准备明天以爱德蒙公爵的身份继续展开他的复仇之旅。

第二十二章 黑白色的自画像
Black and white Self-portrait

看着自己的仇人正在被一刀一刀地凌迟处决，明哲宇产生了十足的快意。就算闭着眼睛，紫金坦克的队长也可以看见他那犹如利剑一般的双手，瞬间插入敌人的心脏。然后他会再把这把沾满鲜血的利剑拔出，审视，凝视，最后再用舌头来舔舐这胜利的果实。

就在明哲宇只身一人准备在澳大利亚一展拳脚之时，林夕还是成功地拿下了丹尼尔，为他的阴谋服务。事实上，如果一个人受到了以家人为人质的死亡威胁的话，他就失去了自主选择的权利。也正因为此，丹尼尔被迫答应林夕，为他偷出紫金坦克最新专辑的母带，以便后者能够提前“临摹”一张类似的专辑。

我们知道林夕这样做不但能够以一张精良的专辑赚得一笔价格不菲的版税，还可以起诉紫金娱乐公司抄袭而获得巨额赔偿。

而丹尼尔思来想去，经过充分的调查之后得知紫金坦克乐队的后期技术基本是由新晋吉他手小翼负责。于是他以谈工作为名，在当天晚上就把小翼骗到了一个酒吧，用一种特别的“说真话幻觉药剂”得到了他的电脑密码。

第二天上午，得到了紫金坦克同名专辑的林夕做了三件事。第一，他迅速组织力量，照着这张专辑在一天之内抄袭了一张几乎相同的全新专辑，名叫《天空之战》。第二，他把这张专辑于下午稍晚的时候神不知鬼不觉地进行了发布。第三，他于当晚再次利用黑客技术潜入小翼的个人电脑，并将紫金坦克的最新专辑也进行了发布。

《天空之战》和《紫金坦克》两张专辑一先一后发布，相差时间不到一个小时。

紧接着，林夕在当天深夜就立刻召开媒体发布会，状告紫金坦克抄袭侵权，并准备诉诸法律。由于事发突然，直到林夕的计谋全部得逞，小翼才意识到自己的电脑曾经被人入侵，星和翔也才明白紫金坦克已经被林夕再次蓄意陷害。现在新一波的负面新闻甚嚣尘上，紫金坦克的队长又不在中国，这可如何是好？

布里斯班比北京的时间要早两个小时，明哲宇也在第一时间得知了这一消息。然而面对后院起火的事实，这位男生很难在极短的时间之内摸清事情的脉络和全貌。再加上紫金坦克的队长明哲宇此时根本分身无术，只能让他的队员以及受雇律师对此事率先进行调查。

虽然暂时无法直接应对林夕的全新攻击，但是这个疯狂对手的此次突击让明哲宇明白了一个事实，那就是他必须加快他复仇的效率，否则如果在时间上落后于林夕如此高效的进攻速度的话，自己看似胸有成竹的复仇之旅恐怕将会功败垂成。

所以紫金坦克的队长立刻预订了后天回京的机票。也就是说，他只给了自己一天时间完成他本打算用两天完成的任务。他必须在明天见到胡里奥的大儿子和地狱彩虹帮的现任老大。

第二天上午，B哥派来的两名澳大利亚保镖到位，明哲宇也顺利化身为爱德蒙公爵，向着位于布里斯班市中心阿德莱德大街上的斯卡列蒂家族总部挺进。

今天天气阴沉，下着小雨，整个城市弥漫着一种冰冷的气氛。这种氛围像极了一幅安大略湖上的积雨云以极快的流速覆盖在多伦多上空的深灰色调寒冷画面，纵使现在正值澳大利亚的夏天，但此时的气温并不温和。

爱德蒙公爵和身边的两位保镖均以一身顶级黑色修身西服、白色衬衫和黑色皮鞋示人，再加上B哥提供的纯黑色劳斯莱斯库里南（Cullinan）大型SUV（多功能运动汽车），让他们的这次行程充满了神秘的严肃之感。他们三人看起来真就像另外一个成熟帮派的老板和保镖，想要跟地狱彩虹和斯卡列帝家族分庭抗礼。然而事实上明哲宇只是想要借钱给这两方势力，以达到他的既定目标。

上午十一点，爱德蒙公爵一行人来到了斯卡列蒂家族在澳大利亚的总部门前。在胡里奥被杀的几年之后，这个来自意大利的黑手党家族把总部从悉尼转移到了这里。而他们盘踞的地方是一个叫作“黑色魅力”（Black Charm）的夜总会。这家夜总会的正门向西而开，黑色的砖墙垒砌出了浓郁的意大利风格和四层的高度。黑色魅力表面上看起来只是经营一切与夜总会有关的合法生意，然而事实上这家黑手党把所有重要的谈判都放在此地。比如势力划分，比如保护费的收取，等等。

爱德蒙公爵这次属于不请自来，但中国有句古话，叫作伸手不打送礼人。所以他们一行三人也就迅速通过了保镖的各种安全验查，顺利抵达了位于俱乐部一层深处的一个包间之内。

整个房间有着两百平方米左右的面积，属于混合型的现代意大利风格设计，黑白两色的气氛充满了整个空间，既有斯堪的纳维亚（Scandinavian）半岛的元素，也蕴含着法国巴洛克时期的气质。

爱德蒙公爵被一名黑手党成员让到了一个纯黑色的顶级牛皮绷扣单人沙发之上，而他的两位保镖则分别站在他后方的左右两侧。一会儿工夫，斯卡列蒂的长子吉尔伯特和他的两个随从也走了进来。而他今天同样穿了一身黑色修身西服、白色衬衫和黑色皮鞋，基本属于日常行装，并非为了接见公爵而特意准备。在简单介绍之后，这位斯卡列蒂家族的现任掌门人就坐在了属于主人的三人沙发正中间的位置。

这是明哲宇第一次如此近距离地审视自己兄弟的这个杀父仇人，仔细端详，仔细审视，他巴不得现在就把他砍了。然而为了他的复仇计划，也为了所有人的安全，紫金坦克的队长现在必须忍着。

“说吧，”吉尔伯特开门见山，看着公爵质问道，“你是谁？你为什么要给我钱？”

“我是谁并不重要，”公爵沉稳地说道，“因为我只是一名投资家。我的生意遍布全球……但是有谁不想在意大利人的地盘上得到点好处呢？”

“我明白了，你是想要投资我们的商业版图。”

“是的，”爱德蒙公爵平静地说道，“只要是钱，我都想要。就像你的这个房间，不管是黑色还是白色，只要是那象征着财富、荣誉和地位的绿色钞票，我就都想要。”

“但是想必你也知道，黑手党的生意只能对内，绝不对外。”谁知吉尔伯特直接回绝了公爵，起身准备离去，“你走吧，这里不欢迎你。”

“好吧，”公爵也站起身来假意离开，边走边说道，“但是我知道以你目前的实力，根本就打不过地狱彩虹吧！我知道你不但要为你的父亲胡里奥报仇，还要借此机会掌控澳大利亚政局。”

“等等！”吉尔伯特闻听此言，立刻意识到这位公爵绝不是一个普通商人那么简单，顺势问道，“你还知道些什么？”

“哈哈！我还知道什么呢？”此时此刻，公爵突然加重语气加快速度一气呵成地高声说道，“我还知道你的父亲胡里奥·斯卡列蒂就是被地狱彩虹所杀，而天创航运的老板，年仅十二岁的阿天却让你误以为他的父亲恒泰才是杀人犯，于是你还杀了恒泰，阴差阳错地帮阿天获得了巨额遗产，对吗？”

“噢……”吉尔伯特托着下巴想了想，平和地说道，“请坐，让我们再聊聊。”

双方再次坐定之后，吉尔伯特率先发问：“那么，你是怎么知道这些的？”

“这个你不用知道吧，”公爵靠着椅背跷起长腿悠哉地说道，“我身为世界最著名的投资家，我的情报总是最可靠的，不然我还怎么赚钱呢？”

“等等，”吉尔伯特思来想去，突然厉声问道，“是不是一个叫作明哲宇的告诉你的？我依稀记得紫金娱乐公司开业那天的派对（After Party）就是在你的住所举行的。而明哲宇又是爱新觉罗·翔，也就是我妹妹男朋友的铁哥们儿……你绝不可能平白无故地交给你朋友的杀父仇人这样一笔数额巨大的资金吧？”

“说！你来这里的目的到底是什么？”说罢吉尔伯特就从上衣内侧掏出一把金色手枪，突然起身指着爱德蒙公爵，厉声问道，“说！你来这里到底是要干些什么？”

说时迟那时快，只见双方的四位保镖也同时拿起手枪指向对方，局势瞬间升温，火并一触即发。

“慢着！”爱德蒙公爵正襟危坐突然发话，示意自己的保镖先把枪放下，“看来吉尔伯特先生还是那么冲动。不过，其实我只是想告诉你，我根本就不认识你说的什么爱新觉罗·翔。他是谁啊？很有钱吗？在做什么生意？我在前几天举行的天下第一乐队大赛上倒是看见过这么个人，你是说那个打鼓的吗？噢，他的鼓打得不错嘛！对了，他是不是还是紫金娱乐公司的小股东，你是在说他吗？”

闻听此言，吉尔伯特的脸色瞬间就涨得通红。他显然应该意识到，站在自己面前的这个人是一个顶级投资人，是一个万亿富豪。他怎么会为了一个乐手的家事而与自己大动干戈呢？

想到这里，黑手党老大大手一挥，示意自己的手下把枪放下，有话好好说。

“至于那个明哲宇，”公爵继续反击道，“他是我的朋友。但是，再说一次，我是一个商人。在这个世界上，能把素昧平生的两个人，紧密地连接在一起的东西，就只有钱了。你怎么也不想想，我为什么会帮着我千千万万个合作伙伴之中的随便一人，去给他朋友的仇家投资呢？是吧？”

“因为在我眼中只有利益，”公爵张开双手，高声说道，“想必这也和贵公司的理念不谋而合吧？”

“要想干掉你，我是不是应该把钱放在地狱彩虹那边啊！我要是明哲宇的朋友的话，我肯定会这么干。你说如果能让地狱彩虹直接杀了你该有多好哇！”

“哈哈哈！”吉尔伯特站在那里尴笑道，“误会误会，可能是我的职业习惯吧，实在太过于敏感了。你说谁会跟钱过不去呢，是吧？”

“好哇！”爱德蒙公爵干脆乘胜追击，将戏演足，只见他突然起身凑上前去，信心十足地说道，“那我就按照你们斯卡列蒂家族的规矩来吧。我先给你们打两百亿，等到赚钱以后我再来收取红利吧！”

经过了半个小时的合约拟定，双方就完成了这笔投资生意的签署，爱德蒙公爵也在随后迅速离开了黑色魅力夜总会。紧接着，他又于当天下午只身一人，以明哲宇的身份约见了地狱彩虹帮的老大。在那里，他几乎和爱德蒙公爵采用了同样的策略，顺利地把钱给到了吉尔伯特的死对头手里。

这样一来，盘踞在澳大利亚的两大帮派，都在一天之内获得了一笔巨额资金。虽然地狱彩虹在很久以前和明哲宇有过一些过节，但是毕竟时过境迁，在巨大的利益面前，谁还会记得曾经发生的事情呢？

但是双方并不知道的是，明哲宇就是想要利用这两笔巨额投资，让这两个帮派的怒火烧得越旺越好。明哲宇知道吉尔伯特一定会找地狱彩虹寻仇，这笔钱也一定会进一步坚定他的决心，而地狱彩虹同样会因为所得到的这笔资金而信心爆棚。这样一来，就好像在世界大战中得到了美国贩卖的军火一样，无论是盟军还是协约国，必将因此获得更多的枪支弹药。

明哲宇希望看到两个帮派规模庞大的殊死一战，要是能够帮助自己的铁哥们儿翔报仇的同时，还把这两个作恶多端的黑帮通过自相残杀的方式干掉，那又何乐而不为呢？

但是，明哲宇目前做的这一切，又和他自己的仇敌林夕有着什么关系呢？

“耶律，”在去往当晚返京航班的路上，明哲宇一个电话就打到大管家那里，“我们的计划已经顺利完成了。你尽快易容成为爱德蒙公爵，通知张小波。你告诉他，让他务必在他的网站上登出这样的信息——意大利的两个黑帮同时获得了一笔价值两百亿的神秘资助，双方已经血脉偾张，大战一触即发。”

“我明白了，”耶律回复道，“您是想让林夕看到这条新闻，然后找他们双方同时借钱，对吗？但是……但是您确定他会照办吗？”

“相信我，没有问题。”明哲宇稳重地说道，“为了拿到加拿大多伦多的未来科技城项目，他一定会毫无顾忌不择手段的！”

几乎与此同时，郎正也和自己的老板林夕打了一通国际长途。原来就在明哲宇执行任务之时，郎正也在澳大利亚暗中监视着这位青年的举动。事实上紫金坦克的队长早就发现了自己被人盯梢，而将计就计地只让林夕的这个副手看到了他想看到的画面。比如他特别让此人看见自己以爱德蒙公爵的身份接触吉尔伯特，比如他又以自己本人的身份和地狱彩虹帮进行了会面。在整个过程当中，明哲宇并没有让郎正发现他的住址，也没有让他发现自己和B 哥的关系，更未让他查出自己的双重身份。所以明哲宇应该能够猜到郎正和林夕的对话内容。

“老板，”郎正汇报道，“正如您所期待的那样，爱德蒙公爵和明哲宇根本没那么要好，只是生意上的关系而已！”

“此话怎讲？”

“明哲宇应该是给了地狱彩虹帮一笔钱。”郎正分析道，“他打算让澳大利亚人帮他对付斯卡列蒂的人。”

“继续。”

“而爱德蒙公爵则是斯卡列蒂家族坚实的后盾，”郎正接着说道，“他也给了胡里奥的长子吉尔伯特一笔钱，计划支持斯卡列蒂家族掌握澳大利亚政局。”

“其实想必您也知道，”郎正继续分析道，“澳大利亚的这两大势力从来就互不对付，各种大大小小的战争打了几个轮回。而这一次明哲宇又和爱德蒙公爵分别各自支持其中一方，这充分证明了两个人只是利益上的朋友而已。而且，这两股势力的下一轮对抗势必将杀个鱼死网破、你死我活，可谓精彩十足哇！”

“还有什么消息？”

“老板，”郎正想了想，继续说道，“依我看，我们可以找这两股势力借一些钱来拿下加拿大的项目。”

“什么？”林夕闻听此言惊讶发声，“你疯了吗？地狱彩虹和斯卡列蒂家族可是两个非常凶残的黑帮啊，万一我们到时候还不上钱，可怎么办哪？”

“但是，”郎正无奈地说道，“我们现在根本没有别的办法了，不是吗？没有任何人可以在这么短的时间内借给我们百亿级别的资金。况且，况且黑手党本来就标配向外借钱的业务。”

“我们只要按期还款就可以了，等到项目启动了，还怕没钱还他们吗？”

“你说的也有道理。”林夕长出一口气，冷静下来继续说道，“看来这个爱德蒙公爵还真是一位世界级的投资家，不但放钱在白道上的加拿大未来科技城项目，还想靠着支持黑帮来影响澳大利亚政局。真是不得了！”

“我要是不赶快把他的钱从那两个黑帮手中借出来的话，他是否还会把他金山一般的钞票花在别处，完全不留一点供我使用啊！土豪的世界，我看不明白。”

“郎正！”

“是！”

“你知道明哲宇和爱德蒙公爵分别给了这两个帮派多少钱吗？”

“抱歉老板，这我就不太清楚了。”郎正说道，“咱们安插在两个帮派的线人无法进入黑手党最高级别的谈判空间，只是告诉我那是一个不小的数字。”

“噢，”就在这时，林夕顿了顿，突然叫道，“我想我已经知道这笔投资的金额了。哈哈！真是踏破铁鞋无觅处，得来全不费工夫！”

说罢林夕就挂断了电话。原来，就在林夕和郎正说话的同时，耶律也易容成爱德蒙公爵，并且通过视频电话让张小波把这笔金额的具体数字发到了他的网站上。而林夕也在第一时间收到了这个消息。至此，明哲宇的复仇计划的关键步骤已经完成，接下来就是等待林夕从两个黑帮借到那笔资金了。

而这两笔钱加在一块儿，不多不少正好四百亿。

在回程的飞机上，身穿一身纯黑西服的明哲宇将一张同样颜色的护目眼罩戴上，进行了长时间的内心独白。紫金坦克的队长现在已经完全相信，这个他痛恨已久的邪恶之人已经中了他的圈套。其实就算林夕对爱德蒙公爵仍然有所怀疑，这位青年也百分之百相信他的这个杀父仇人就像嗅到鱼饵香味的鱼一样，定会上钩无法逃脱。然而这一切都是因为欲望。明哲宇利用一个硕大无比的金钱数字，又祭出一个无法推辞的合作计划，好像使用了一个地球大小的吉他功放器，把林夕的贪婪在刹那间就放大了几千万倍。而这力量大到已经胜过了林夕自身的能力值，逼迫他失去判断，昏头昏脑地去找两大黑帮拆借巨额资金。然而我们都知道，黑社会的钱能借吗？答案当然是否定的。找那个世界的人借钱，就等于饮鸩止渴，就等于自取性命吧。

当然，你也可以认为逼迫林夕判断失误的是明哲宇的计谋，不过紫金坦克的队长却坚定地认为，林夕这一次完全是败给了自己的欲望。因为如果他的诱饵小于百亿级别，林夕的理智一定还能控制住他本以不小、但还没有达到峰值的原始欲望。

看着自己的仇人正在被一刀一刀地凌迟处决，明哲宇产生了十足的快意。就算闭着眼睛，紫金坦克的队长也可以看见他那犹如利剑一般的双手，瞬间插入敌人的心脏。然后他会再把这把沾满鲜血的利剑拔出，审视，凝视，最后再用舌头来舔舐这胜利的果实。

然而这个计划是不是太残忍、太血腥了？明哲宇摘下眼罩，冲进卫生间不断地快速地冲洗着自己的双手，就算那些鲜血都是他幻想出来的产物，就算他的手此时洁白无比。

他告诉自己，这一切虽然血腥，虽然残忍，但是想想自己的父亲是如何被惨无人道地杀害——被凌迟、被分尸，那就是他坚持下去的理由。

对着镜子审视着这张黑白色的自画像，他知道就是在这条复仇之路上，他正在不断地改变着自己的真实自我。这场血雨腥风把他硬生生地从一个曾经的单纯少年，变成了一个充满仇恨和血泪的复仇之人。

所以他绝不能停在半途，因为他早已无法回到过去。就算前面的路再凶残、再血腥，他也不能害怕，不能退缩。复仇就是一件一不做二不休的事，箭在弦上，早已没有回头路可走。

不过就算他正在顺利地、不断地布局着这张天网，却还远远没到一剑封喉的程度。他必须小心谨慎地面对林夕的每一次进攻，比如现在发生在北京让他们焦头烂额的盗版事件就正等着他回去处理。虽然他人在暗处，财力也比林夕强大得多，但是这绝不是轻敌的理由。就像他自己所说，轻敌的代价就是在胜券在握之时以一种猝不及防的方式阴沟翻船，正所谓一招不慎、满盘皆输。林夕就像他的容貌一样善于伪装，也不总会给人以强大的气场，但他的内心深处却邪恶至极、阴冷无比。他就像一只打不死的小强，随时可能找到翻盘的机会。所以紫金坦克的队长绝对不能够掉以轻心，必须把能量值提升到满血，继续坚持，战斗到底。

就在明哲宇正在梦中鹰击长空飞越太平洋的时候，北京这边却还有另外一个关于离别的故事正在发生。原来，在大天使乐队惨遭淘汰之后，他们已经决定离开这个伤心之地。路西法计划带着全队去美国发展，而机票就订在了后天晚上十点。

其实我们的故事大部分是从紫金坦克的角度出发，但是作为另外一个同样曾在太空大赛遭遇重创，又穿越至今的乐队来说，大天使们也一定付出了相当多的努力才能够来到北京参加比赛。所以现在的结果对于他们来说是伤心的、沮丧的。

然而现在说什么都没用了。

一切都结束了。

好在对于大天使的其他成员来说，这次离别所产生的不舍更多仅限于比赛层面，但是对于乐队的女主唱兼贝斯手莫菡来说却不仅如此。

她不但失去了冠军，还失去了一份曾经的爱情。虽然她也得到了新任男友，然而这也不能让她抵抗远离这个城市所带来的伤感。

此时此刻，已至深夜，距离这位美丽女生离开北京的时间就只有不到四十八小时了。然而人类就是这样一种情感生命，每每来到离别之时，就会忘记曾经的痛苦，只会记得以往的美好。

以一身黑色的摇滚妆容走在北京最繁华的中央商务区，仰望夜空。就在一颗狮子座的流星从黑暗的天空划过之时，她却转移了视线，将目光锁定在一幢高耸公寓单元的窗户之上。那是她的前男友王子星的家，而灯却是关着的。她知道他现在可能还在公司就紫金坦克的盗版事件继续应对新闻媒体，也可能还在跟翔和小翼一起商量解决方案，总之现在他根本没有在家。

这位女生犹豫着，不知自己是不是该给他打个电话，告诉他她的离别，还是应该再在这里等上一会儿，在他回家之时再和他巧遇，让一切显得没有那么刻意，不用那么尴尬。

不过就在这位女生犹豫之时，迎面急速走来两个人高马大的黑衣人。原来两个人正准备持刀抢劫这位美丽少女。纵使菡的身高超过了一米七五，但又怎能在这个旁无一人的深夜抵抗住两个成年男人的攻击？

然而就在这十万火急的时刻，王子星不期而至突然杀出拯救了一切。只见他穿着一身白色运动装，在公寓楼下一排巨大的广告灯箱之前，和两个劫匪扭打起来。灯箱漫发射的白色冷光，让三人的打斗形成了黑色的剪影。只见紫金坦克的贝斯手用一种类似咏春拳的拳法，以极大的力道拳拳到肉地攻击着这两个黑衣人。菡就在灯箱的对面，坐在地上无助地看着正在发生的一切。在那张巨大而白皙的背景之上，时不时地有着鲜红的血迹向着四面八方喷溅而出的轨迹。

“星！”菡捂着脸，不敢直视。她不知道那血迹是来自自己的前任男友，还是那两个敌人，而看起来现在的星完全可以以一敌二，似乎并未受伤。

然而就算菡的声音再大，也没有人能够听到她的呐喊。

这场肉搏还在继续。

“别打了！”菡凄惨地叫道，“我们给钱，快停手吧！”

又过了五分钟，打斗结束了。两个黑衣劫匪一边流血，一边落荒而逃，只有星傲然地站在原地，向着菡微笑着。

菡起身向着星走了过去，想看看他有没有受伤。但是就在这时，白色的灯箱突然暗淡下去——发光的时间结束了。

星捂着自己的腹部，鲜血止不住地流了下来，无法阻挡地喷洒在这冰冷的地面之上。此时此刻，街头的霓虹宣告着圣诞节即将到来，菡不顾一切地扑倒在星的身旁……就在今冬的第一片雪花降临地球之时，一辆闪着蓝白灯光的救护车飞驰而至。

紧接着夜色彻底暗淡下去，整个大街仿佛失去了最后的光亮。快要到新年了。

第二十三章　起死回生和阿波罗之战
Back to life and The Battle of Apollo

每一个人在放弃一段感情的时候，不管主动被动，都会最终把它放在心中可能连自己都不确定是否存在的一个位置。大多数时候，无论今后的日子多么精彩，你都不得不和这段极为隐秘的感情共存，只可远观而不可近看。但是它不能被激发出来，尤其是被这种程度的冲击力激发出来。

次日凌晨，天空漫天飞雪，明哲宇抵京。可想而知，他并没有去处理任何关于公司的事务，而是在第一时间赶往朝阳医院。他知道他的铁哥们儿王子星这时生死未卜，他知道当年他和叶菲在澳大利亚危在旦夕之时，是星和翔站在那里分别守护过他们。

宇抵达医院的时候已是凌晨四点。直到现在星已经在手术室里抢救了将近三个小时。爱新觉罗・翔、小翼、耶律、叶菲、莫菡和安杰丽卡都站在门口，根本无心坐下。他们有人踱着步子，压着心惊；有人低头靠墙，默默祈祷。

除了耶律还是以一身黑色西服、白色衬衫和黑色皮鞋示人，而莫菡仍然身穿昨夜的黑色摇滚装之外，其余四人也同样身着黑色正装，很显然他们刚刚结束会议从紫金娱乐公司出来。值得一提的是，叶菲和安杰丽卡现在也已经开始以非正式编外人员的角色或多或少为公司出谋划策了。

明哲宇原本计划下飞机之后直接返回公司处理突发事件，所以仍然以其在飞机上的一身黑色西服示人，这样一来，现场所有的人全部身穿黑色系服装，和医生的白大褂形成了鲜明的反差。如果只看现场，除了莫菡的摇滚装束还能让人看出这些年轻人的摇滚金属属性的话，宇、翔和小翼的黑色西服会让人误以为他们是一支英式乐队，准确地说，比如披头士乐队（BEATLES）。

一会儿工夫，一名四十几岁的医生疲惫而无奈地从手术室里走了出来，一脸凝重地摇摇头，说道：“没办法了，准备后事吧。”

一瞬之间，现场突然一片死寂，医生的宣判让所有人都呆呆地站在那里，静止在那里。他们显然没有做好心理准备，无法接受这一残酷的现实——紫金坦克刚刚杀入天下第一乐队大赛的八强，紫金娱乐公司又刚刚成立，昨天还生龙活虎的那位帅小伙儿怎么就这样死了？

明哲宇曾经发过毒誓，绝不允许身边再有任何一人死于非命。他已经不能再失去，不能再分离，他拼了命也要保住自己兄弟的性命。

只见这位男生发疯一般冲了过去，拽着医生吼道：“你们开个价！一定要救救他！多少钱都行！

啊？多少钱哪！你们说！”

谁知医生慢慢地推开了眼前这位年轻人，无奈地答道：“小伙子，我真的理解你的心情，但是我们已经尽力了。而且这并不是钱的问题……”

“不可能！”明哲宇面色苍白，疯狂地喊道，“在这个世界上，这个世界上就没有钱办不到的事情！”

“除了死亡！”医生冷峻地看着明哲宇，悲伤地说道，“没有人能和死神对抗……我们又何尝不想挽救每一个生命？！”

推开明哲宇之后，医生继续向前走着，边走边摘他那绿色的口罩，意思是说一切都结束了。

谁知翔又突然站过来把医生拦住，紧接着所有人都跑了过来，站在医生面前横成一面人墙，明知道根本没有起死回生的机会，但就是不想让医生离开。

说时迟那时快，明哲宇随即三步并作两步地跑了过来，再次把医生截停。

他紧紧地抓着医生的双肩，激动地喊道：“医生，小的时候有一次我突发重病，而我们家的汽车也正好坏掉。当时我们住在山上，根本就没有救护车能够到达那里。于是我爸爸就骑着家里的一辆三轮车，一边载着我，一边让警卫员耶律，也就是我现在的大管家、我身后的这位先生一路跟着那辆三轮车跑到医院。他那天跋山涉水一共骑了二十公里，耶律也跑了二十公里。到了医院之后，我总算因为治疗及时而得到了一线生机，后来医生们又竭尽全力合力抢救了我两天两夜，才最终让我脱离危险活了下来。”

“医生，我拜托你。”明哲宇凝视着眼前的这个人，头发凌乱地恳求道，“我只是想说，只要我们不放弃，一定会有奇迹的，是吗？”

“除非……”医生摘下手套，擦擦额头的汗珠，并未抱任何希望地说道，“除非你们能在一个小时之内，在澳大利亚的托马斯·李（Thomas Lee）博士那里弄来一种新药。”

“你说什么？”闻听此言，宇、翔和叶菲异口同声地喊了出来，因为这三个人也曾在澳大利亚和一位名叫托马斯·李的博士有过颇深的渊源。

“怎么了？”医生看到了三位青年反应的同时，眼睛里也瞬间闪烁出希望的光芒，“我记得托马斯·李博士曾经在十几年前用一种超级先进的技术把一名乐手几乎烧断的手指完美复原。你们知道那根本就是一个不可能完成的任务，因为烧毁的神经怎么可能死而复生呢？简直不可思议！”

“那个男生叫什么来着……”医生摸着头嘀咕着，“好像叫明哲……明哲什么的。”

“明哲宇！明哲宇是吗？”叶菲冲上前来激动地问道。

“是的，就是明哲宇！”

“医生，”紫金坦克的队长再一次抓紧医生的双肩，提高声量说道，“医生，我就是明哲宇！”

“啊？”医生震惊地看着眼前的这位男生，难以相信世界上竟然有如此的巧合。

“你真的就是明哲宇吗？”

“是的，就是我，”明哲宇焦急地问道，“请你务必马上告诉我接下来要怎么办！”

“前几天我在一篇论文上看到托马斯·李医生根据治疗你的手伤药物LN310研究出了另外一种能将神经快速修复的药物。只要能够拿到那个药，王子星就有救了。”

“只是，只是现在这款药在中国还没有得到试点。”医生回过头看看手术室的方向，为难地说道，“我们可以采取液氧技术将王子星的实际死亡时间再拖延一个小时。但是如果一个小时之内你们还弄不到这个药的话，那么他就真的回天无术了。”

“可是，你们怎么可能以如此之快的速度往返于澳大利亚和中国之间呢？最快的飞机也要十几个小时吧？”医生无奈地说道，“你们又不是药神。”

“药不药神我不知道，超级飞机倒是有一架！”

就在这时，从众人后方传来一个熟悉的声音。顺着这个声音看去，就发现了一个高大的身影。那人不是别人，正是顶级富豪朱利安·尼普顿。

没有错，此人正是那个曾经与紫金坦克为敌的朱利安；那个曾经逼迫菲与其结婚的朱利安；那个有着一个疯狂科学家父亲的朱利安。

“是你？！”明哲宇说道。

“是的，就是我。”朱利安身穿一身顶级意大利产白色西装、英伦范儿的粉色衬衫和一双棕色皮鞋，胸有成竹地解释道，“但是我现在不是你们的敌人，而是你们的朋友。或者说，我是王子星同父异母的弟弟。事实上我的父亲已经跟我讲过，你们曾经在过去的纽约救过我一命，否则我早就已经被时间线移除。今天我不是来见证死亡的，而是真的想做点什么，感谢你们在过去为我做过的一切。”

闻听此言，明哲宇第一个冲了过去，紧紧地抓着朱利安的双臂，欣慰地说道，“谢谢你！”

“但是你是怎么做到的？”翔问道。

“你是说超级飞机吗？”朱利安微微一笑，“你们别忘记了，我爸爸是一个连时光机都能够发明出来的人，制造一架超级飞机又算得了什么！”

“走吧，让我们一起拯救我哥，就算还你们一个救命之恩。”

一个小时之后，王子星果然如众人所愿起死回生。北京的黑夜已经过去，天亮了，天晴了。在接下来的一天里，明哲宇等人并没有处理公司的任何事情，而是守在医院，守在王子星的身边。想要跟进盗版事件和采访紫金坦克贝斯手意外受伤这两件事的记者把医院围了一个水泄不通。而明哲宇也派了一百多名黑衣保镖把守在医院周围将媒体隔绝在病房之外。任由外面气氛多么嘈杂，明哲宇就这样稳如泰山地坐在星的旁边，静静地守候着自己的这位好兄弟。所有人都站在明哲宇的身后，没有一人提前离开。此时此刻，这个房间是温暖的，在明哲宇宽厚肩膀的笼罩之下，大家根本感受不到任何曾经经历的、正在经历的还是即将遇到的危险。叶菲在一瞬之间就想到了在布里斯班的那个雨夜和明哲宇初识那刻被保护、被温暖。明哲宇的身上蕴含着一种谁也不怕的力量，重感情，有责任，有能力，跟着他在一起就什么都不怕。她高兴地哭泣着，欣喜自己没有选错人。

同样感到开心的还有莫菡。因为现在这位女生再也不用担心星的生命安危，也不用为此过于内疚了。只是，看着王子星有着这么要好的一群兄弟们，她想到了“亨嘉之会”这个成语。这让她越来越相信星肯定是一个优秀之人。只不过，她仍然坚定地认为，一个人的优秀与是否合适在一起完完全全是两件事。也就是说，无论星如何优秀，大天使的这位女主唱都已经下定决心，按照计划离开这位青年。

事实上，如果王子星昨天没有遭遇意外的话，她在那时那刻就应该和他说再见了。然而就算星为了她几乎付出生命，可是爱情就是这样一件简单无比的事情，合适就是合适，不合适就是不合适，与人品无关。

所以在第三天晚上星醒来之后，菡就和这位帅哥进行了最后的道别，然后即刻搭乘早已订好的航班和大天使乐队一起离开了中国。

此时此刻，星彻底失去了爱情。但是，因为托马斯·李博士的神药关系，他的身体却奇迹般恢复，已经完全可以以最佳状态在下一场决战之中登场亮相，可以以最完美的健康条件毫无顾忌地对抗希美领衔的美丽安琪乐队。

就在第四天清晨星刚刚出院之后，北京警方就电话告知明哲宇，打劫莫菡的两个人已被抓获。可谁知这次的伤人事件却并非看起来那么简单。警方通过调阅档案，发现两名犯罪嫌疑人均和林夕有着千丝万缕的联系。但是目前审讯的瓶颈在于，无论警方使用什么方法，两个人就是一扛到底，不愿透露半点信息。

但这并不能难倒紫金坦克的队长。

傍晚，明哲宇就易容成为其中一个犯人的样子，身穿囚服潜入监狱，从另一个被单独羁押的犯罪嫌疑人口中得到了事实真相。原来正是林夕雇用他们两个人，意欲通过绑架莫菡以达到扰乱紫金坦克乐队阵脚，最终令其止步八强的目的。

那根本不是抢劫，本应是真真切切的蓄意绑架。

事实上，明哲宇本打算让律师暂时代理紫金坦克的“盗版事件”，等到下一场比赛结束之后再去仔细研究应对方案。我们也知道紫金坦克的队长早已策划好了一个长远的计谋将林夕置于死地。

但是王子星的险些丧命让明哲宇彻底惊醒，就算他早已对林夕的各种攻击有心理准备，也意识到绝不可以轻视敌手，然而林夕的招数之多、速度之快还是超出了他的想象。

无论是较早前策划飞机失事，还是拉帮结派文攻武吓；无论是谋杀叶凯宁，还是陷害明哲宇；无论是策划盗版事件，还是意欲绑架莫菡，林夕使用的手段可以说全部非常实用且招招见血。作为一个没有任何特异功能的人来说，那些攻击手段就像一组力道强劲的组合拳，一般人早就被搞臭搞倒。

明哲宇、王子星和爱新觉罗·翔之所以能够撑到现在，其中有着太多的原因。比如使王子星免于飞机失事的人是明哲世勋的灵魂；比如将明哲宇救出监狱则是易容术的功劳；比如将翔拯救出狱的是一大笔金钱；再比如刚才救星一命的是朱利安的超级飞机和托马斯·李博士的绝世神药。

想到这里，明哲宇开始意识到了一个问题，那就是直到现在他在与林夕的对抗之中也只是处于防守姿态，根本没有正儿八经地回击一拳。纵使有着一个长久的复仇计划支撑着他，但是这位男生却一直用着“费钱费力的超常规手段”努力招架、摆脱着林夕“稳、准、狠的常规攻击”。要不是他如有神助，他也许早就死了。或者如果林夕如有神助，他也早就死了。而林夕之所以能够让神通广大的明哲宇如此狼狈，则是因为他干的所有坏事都属于极端卑劣的违法行径，而明哲宇的手法却完全建立在决不伤人的道德基准之上。简单说就是，明哲宇可以拥有大量金钱和易容术，但林夕的绝招就是毫无底线和不择手段。

而林夕也算准了明哲宇决不允许自己使用同样卑劣的手段对他进行反击。他认为紫金坦克的队长一旦使用了这些手段就不再是个好人，就会堕落下去。但是这个反派人物忘记了一件事，那就是如果法律能够帮助善良之人伸张正义的话，那明哲宇当然可以不用违法手段攻击林夕。然而如果正义一直迟迟未到的话，必要之时使用一些超越法律但又不至于闹出人命的方法也不失为一种策略。因此，紫金坦克的队长决定以其人之道还治其人之身。就算最终还是要用一记重拳克敌制胜，但是在此之前，他也绝对不会任由林夕嚣张下去，决不允许任何人再次受到林夕的伤害。

而这次的盗版事件就是一个突破口，明哲宇认为既然你能入侵我的电脑，为什么我就不能拿走你的终端？

耶律在来到明哲家之前一度混迹江湖，曾在一次打斗中解救过一名飞天怪盗。为了反击林夕，耶律此次将那名怪盗引荐给了明哲宇。而后者迅速将其收归，并在当晚派他神不知鬼不觉地把林夕的电脑拿出。通过硬件破解，明哲宇很快便获得了这次盗版事件的真相、细节和反诉林夕的证据。

次日一早，明哲宇又让飞天大盗把林夕的电脑完璧归赵，完全没有让后者发现任何异样。而取得进展的明哲宇并未立刻反击林夕，而是打算把反诉林夕的证据放到和希美的比赛结束之后再用。一来因为他还需要一点时间进行程序上的准备，二来是因为天下第一乐队大赛四分之一决赛在明天上午就要开始了。

在大战之前的这一天之内还发生了两件事。第一，明哲宇为女友叶菲投资兴建了一所天文台并且已经开始动工。这所天文台坐落在北京西山，名叫“紫金天文台”，在超强的人力财力的投入之下，这所天文台只需要一个月的时间就可以完成。在这里，曾经被时代杂志评为“世界十大科技新星”的叶菲将继续其父叶凯宁的遗志，继续进行科学研究。而她的研究方向包括但不限于时空旅行、平行宇宙、外星人、超能力和变种人等。第二，小翼当晚在酒吧认识了一位女生，名叫夏侯春丽。这位女生现年二十一岁，身高一米七五，是一名纯正的CBC（Canada Born Chinese，在加拿大出生的中国人）。偏瘦的身材和一头长期染成紫色的超短发型是她的标志，特别炫酷，像极了游戏世界的人物。她的爸爸是加拿大一家军火商的老板，而这位女生现在来到中国则完全是因为一次长达一年的毕业旅行。

日落日出，时间转眼就来到了天下第一乐队大赛四分之一决赛的比赛当天。希美领衔的美丽安琪乐队和明哲宇率领的紫金坦克乐队，均于上午十点来到了比赛现场——那是一个足有四百平方米的铁灰色封闭空间。和之前的比赛完全不同，这一次双方没有任何乐手需要拨动或打击任何“实体乐器”，所有进入这个空间的人已经被电子系统进行了扫描录入，并可以根据每个人的位置选择一样可以隔空传感的“虚拟乐器”和一个可以被操纵控制的虚拟化身。其余的一切，都将发生在一个纯粹的虚拟世界之中。我们知道，那个世界叫“阿波罗”，是由林夕创造的虚拟战场。

此次比赛的现场没有任何观众，但是全球所有注册用户都可以通过手机看到发生在阿波罗世界里的一切。在这里，双方音乐的熟练度、配合度、优美度等一切看似很主观的评判标准，都将被超级电脑转换成为攻击值、防御值等客观数据，而率先被击出阿波罗的乐队即告失败。

明哲宇认为虚拟音乐世界将是唱片界的未来。事实上除了最近去了趟澳大利亚之外，这位新晋老板也开始着手发展属于紫金娱乐集团的虚拟空间。

在明哲宇的计划中，他的音乐虚拟世界不会以众神的名字来命名，而是将其直接纳入他的“紫金系列品牌”当中。既然已经知道现有的科技已经能够实现时空旅行，那么在他宏伟的未来预想图里面，他一定要把女友叶菲的研究成果整合进来，比如平行宇宙、比如外星世界等。而这也是他为何要投资紫金天文台的目的之一，绝不仅仅是在取悦女友，也是在为他的构想布局。

值得一提的是，关于林夕提出的未来科技城项目，明哲宇其实是真心考虑对其投资，不仅仅只是为了设局报复林夕。

只不过他是绝对不会和他那不共戴天的仇人共事罢了。

回到今天的比赛。在双方准备就绪之后，整个封闭空间就被分割成为两个房间，这样一来双方就都看不见彼此的样子，只能在虚拟的阿波罗世界里对阵了。事实上，整个阿波罗像极了电子游戏世界，大红大紫的楼群和一个直径五百米、有着十米高的悬空圆盘是今天的战场。

紫金坦克此役并未采用任何化身，只是选择身穿紫金战袍的自身形象稳妥应战。然而当他们看见美丽安琪乐队的化身之时，则彻底惊在那里，动弹不得……

“这……”星看着眼前的这些化身，难以置信地说道，“难倒……他们都被复活了吗?”

希美的美丽安琪乐队一共五人，全部都是女生。而在阿波罗世界，她们可以是任何人、任何人种、任何性别。事实上在阿波罗系统里一共有着几万支乐队。而每一支乐队的实力加上化身的实力等于最终实力。也就是说，你选择的化身能量值越高，你的各种数据就会随之增强。化身的能力占到了全部能力比例的百分之五十。所以，在阿波罗虚拟世界的乐队大多数时候都会选用能量值较高的化身来为自己加分。而大多数人会为了能够选择一个更好的化身，在这个虚拟世界不停地选择不同的乐队对战来赢得积分。只有挣到足够多的积分，才能选择更好的化身。然而在没有得到高阶的化身之前，每一支乐队的制胜法宝就只能依靠自身技术或者花钱买到更好的虚拟乐器了。

不过因为这次天下第一乐队大赛属于以现实世界为主、虚拟世界为辅的性质，所以进入了八强的乐队自然而然就有权利选择最好的乐器和最棒的化身。

但是谁也没有想到，紫金坦克用的就是自己的化身，而美丽安琪乐队则复活了传奇歌王猫王（Elvis Presley）、摇滚之神迈克尔·杰克逊（Michael Jackson）和被枪杀的音乐鬼才、披头士乐队的灵魂人物约翰·列侬（John Winston Lennon）。

其实，就凭这三个世界顶级化身给美丽安琪乐队的加分，紫金坦克就算拼尽全力也难以招架。但是让王子星在刚才感到震惊的还不止这些，因为在他的震惊里还包含了另外两个已死之人——那就是紫金坦克乐队的老队长谭辉月和曾经和明哲宇爱得死去活来的顶级美女、紫金坦克的前任主音键盘手、林夕的亲妹妹林静。五人全部以黑色皮衣、黑色烟熏妆示人，显得冷峻而阴暗。

而在阿波罗的这位林静则是希美的化身，是希美操纵着林静的外表演绎的一出戏码。

“坏了！”

翔看到这里马上就意识到了问题的严重性。他不是不知道林静之于明哲宇意味着什么。这个女人的去世曾经让这位男生痛不欲生，曾经将其彻底击倒。而林静在音乐上的能力又绝不逊于明哲宇，应该说不逊于紫金坦克的任何一人。而老队长谭辉月的能力就更不用说了，只能用登峰造极、无与伦比来形容。

翔随即猜到这一定是林夕的计谋，而希美只是照章办事。林夕想要用世界级偶像的化身来集中攻击紫金坦克，然后再利用明哲宇对林静和谭辉月的感情来消磨他的意志，用软硬兼施、刚柔并济的方法取得最后的胜利。

而从比赛的过程来看，林夕也确确实实达到了他的目的。

当明哲宇看见静活生生地再次出现在他面前之时，惊讶得根本无法动弹。要知道，静在紫金坦克穿越之前就曾经从死亡之国回到人间拯救明哲宇于危险之中。然而因为接受了冥王哈迪斯的超度，林静无论是肉体还是灵魂事实上早已离开这个世界，不可能再次返回人间。可明哲宇却完全不知道这件事。所以当他再一次看到曾经的初恋突然出现在面前之时，竟然在一瞬之间根本不愿分清眼前的林静到底是希美的化身还是一个从死亡之国回来的灵魂。

明哲宇对于林夕有多恨，对他的亲妹妹林静就有多爱。他对林静的爱和对叶菲的爱并不一样，一个是毫无保留的初恋，一个是倾尽一切的责任。

人类就是这样的一种生命，可以把曾经的美好记忆按照自己的意志，经过多年的不断筛选、优化和排列组合，最终整合出一场更为鲜艳的往事。而此时此刻的林静，无疑比以前的她更具象、更美丽了。只见以一身暗黑摇滚装示人的这位女生冷酷漂亮，像极了她在十七年前在北斗风暴酒吧第一次拯救紫金坦克于危难之中时的潇洒模样。

每一个人在放弃一段感情的时候，不管主动被动，都会最终把它放在心中可能连自己都不确定是否存在的一个位置。大多数时候，无论今后的日子多么精彩，你都不得不和这段极为隐秘的感情共存，只可远观而不可近看。但是它不能被激发出来，尤其是被这种程度的冲击力激发出来。

就在这时，明哲宇最爱的人率领着她的军团用他毕生追求的音乐，对他发出了第一轮攻击。只见美丽安琪乐队的所有音符瞬间变成无数道金色的闪电，把紫金坦克全员打飞。

无论是美丽安琪乐队的哪一位化身，发射出来的能量和速度都远远超越了羸弱至极的紫金坦克。明哲宇根本看不清对方的速度，更别说他现在还处于蒙圈的状态。而且就算他和他的乐队把能量值提升到极限，从目前的局面来看，他们也未见得是美丽安琪的对手。

因为希美的这支乐队现已达到九千万的攻击力，貌似预示着比赛已经提前结束，而紫金坦克的攻击力只有零分，根本没有机会翻盘。

“宇，”星爬起来，焦急地喊着，“别想静了，你知道这是林夕的阴谋不是吗？我知道你现在看不见叶菲，但也请你想想她，她才是你现在最应该爱的人哪！宇，静已经死了，我们现在必须反击！”

星说的这些道理明哲宇都懂，但是他就是动弹不得，彻底被希美的化身所迷惑。

紧接着，新的一轮冲击波再次袭来，又一次把紫金坦克乐队全员打飞。而在这一轮的比拼结束之后，美丽安琪的战斗力已经达到了两亿，而紫金坦克那边仍然还是零分。

此时此刻，紫金坦克就像一具失去了发动机的残破机器，没有了反击的动力。而与此同时比赛也进入了好似拳击比赛结束之前的读秒阶段。年轻人们必须马上想到办法绝地反击，因为紫金坦克如果再遭一击的话，就会立刻被轰出局，直接领受死刑了。

第二十四章　突破，阿波罗世界
Take Down! The World of Apollo

“宇，”希美操纵着静的化身，厉声质问道，“明哲宇，现在是不是你在彻底失去我之后，第一次见到我？来，看着我的眼睛，我们这么近，你难道不爱我了吗？啊？你能杀了我吗？”

“宇！”翔也在关键时刻爬了起来，呼喊着紫金坦克的队长，“静真的已经死了，不可能再回到人间。你看看眼前的这个人，她是静吗？她只是一个由希美操控的幻影而已。”

“宇呀！”小翼也在身旁焦急地喊着，“你快点起来布置战术吧，我们真的没有时间了。”

就在这时，宇突然感受到了现实世界叶菲的声音，这是阿波罗世界给乐队亲友的一个特权。他们可以将自己的声音通过某种无线技术直接传到乐手的大脑里面，而这本也只是一种既定的加油助威方法。

“宇呀！我真的知道静在你心中的位置。这些我一直都知道，我也从来没有介意过。”叶菲心急如焚地喊道，“也许从过去的纽约回到现在北京的路上，你也看见过我为了能让你们在一起，曾不顾一切穿越时空拯救那时即将死去的林静。我并不是想要标榜自己什么。如果有可能，我真的一辈子也不想让你知道我曾经为你做过的一切。但是此时此刻，我只是想让你知道，就算回到过去也并不能改变一个人的离去。林静已经离开了，她真的回不来了！所以……所以为了你爱的人，我是说所有你爱的人。请你站起来，突破眼前的这层幻境，勇敢地战斗下去！宇，你醒醒吧！你必须忘记过去！无论那个过去对你来说是多么甜蜜、多么痛苦、多么美丽抑或是多么难忘，但是你必须学会忘记！你应该知道你追求的梦想是什么，你的未来是什么，你的责任又是什么！我知道你明白只要你越优秀，过去对你造成的伤害就会越少。如果你连这一关都过不去，那你还怎能成为世界之王？我再说一遍，时间不可能再回去了，你必须马上变得更加优秀！”

“宇，大家都在等待着你的崛起！请你站起来！站起来！我知道你能行，一定能行！”

“宇！”在这一时刻，所有人竭尽全力呼唤着自己的队长，希望他能够迅速起身力挽狂澜。

但是与此同时，美丽安琪的新一波攻击已经袭来。五个人的力量加在一起居然达到了三亿。也就是说，这一记重击已经达到了阿波罗世界有史以来的最强攻击值，几乎提前宣判了紫金坦克的死刑。

“完了！”坐在场外解说区殿堂级导师以一身黑色摇滚装束示人的Marty 激动地跳了起来，惊呼道，

“现在美丽安琪乐队已经打出了1500BPM的速度，综合配合度、优美度等所有因素，她们在阿波罗世界居然转化出了三亿的攻击力。”

“是的，”以类似装束示人，平时面色温文尔雅的Tommy也站在一旁喊道，“现在紫金坦克要想翻盘，除非弹出超过2000BPM的速度才有可能扛住这一波进攻，实在太难了！这是一件几乎不可能完成的任务！”

刹那间，只见阿波罗世界里面的天色转阴，大雨将至。根据经验，一旦出现这种天气的阴晴转换，一定是因为有一股巨大的力量骤然聚集，导致虚拟世界的两极磁场产生了异样。

就在这时，紫金坦克的队长宇从地上艰难地站起，背后燃烧着紫色和金色的熊熊火焰。

是的，明哲宇觉醒了！他知道出现在眼前的一切都是根本不存在的幻境，他必须打败曾经最爱的恋人，还要在这里和老队长的幻影一较高下、决一胜负。

在现实世界之中，明哲宇不断地提高着自己的手速，在一瞬之间把紫金坦克在虚拟世界的能量值也提升到了三亿。

“咣！”

在阿波罗世界里面，宇用自己好像战斧一般的吉他，挡住了美丽安琪乐队的这轮攻击。然而冲击波并未因此消失，随着希美手速的不断提升，冲击波的能量值也在不停地增加。

然而这些都无法阻止明哲宇的崛起。他双手举着吉他，不断地站起，不断给对方施压。此时此刻，紫金坦克的综合能量值已经达到了三亿五千万。只见明哲宇竭尽全力把吉他向着一侧挥去，愤怒地将美丽安琪的这一记冲击波瞬间打飞。

时间仿佛在一瞬之间静止了。

明哲宇将吉他杵在地上，艰难地站起身来，喘着粗气。他知道他扛住了这一波攻击，为紫金坦克赢得了暂时的喘息之机。

“真是不可思议！”以一身金色球状宇航服示人的评委Alex手舞足蹈地惊呼，“我们看到明哲宇为了抵抗这波攻势，居然达到了2500BPM的手速！那已经超越了人类的极限，难道、难道他真的就是超人吗？”

“看来他已经完全摆脱了静和月对他的影响，”另一位身着粉色系西服的评委Funky预测道，“他已经无所畏惧，即将满血复活了！”

与此同时，星、翔和小翼也向自己的队长投去了敬佩的目光。只见明哲宇艰难地站在三人之前，英勇无畏地支撑着自己的身体，即将吹响反攻的号角。

“星，”宇突然发声，“用你超快的贝斯弹速集中攻击老队长谭辉月的吉他，相比于那三位世界顶级的音乐家、摇滚大师来说，我们必须从相对较弱的人开始，我们只能先从我们朋友的化身开始。请全力以赴，不要手下留情！”

“翔，请用你的超快鼓点攻击林静的电琴。”

“小翼，用你的吉他掩护我，我们一起和世界上最厉害的音乐之王决一死战！”

“朋友们，我们要知道，无论对方的化身多么厉害，他们的能力值只占全队能力值的一半。如果我们足够厉害的话，我相信在这些化身背后的真人乐队，也就是美丽安琪乐队，一定无法抵抗我们的攻击。”

“来吧！”明哲宇挺起胸膛，发起了最后的总攻，“现在才哪儿到哪儿呀！现在就是我们的时代，我们拼了命也要拿到世界冠军！”

说时迟那时快，紫金坦克全员立即按照明哲宇的指示对敌发动总攻。只见翔的鼓点被转化成一道紫金闪电，丝毫不留情面地向着静攻击过去；星也把自己的弹速提升到了惊人的2800BPM，以极大的力道向着曾经的老队长攻击过去。宇和小翼更是合力把自己的力量提升到了更高的3000BPM，竭尽全力向着三大音乐天王发出致命一击。

一瞬之间，紫金坦克四位成员的能量竟然全部提升到了惊人的二亿五千万！

“天哪！”在场外观战，以一身黑西服示人的林夕惊呼道，“这是一种何种程度的力量啊！按照程序代码事先录入的标准，一旦这四个二亿五千万的能量值聚合在一个人身上，被攻击一方的化身就会自动离开他们的主体，就会被打出阿波罗！”

“除非，除非防守一方也能迅速祭出同样的力量与之抗衡！”评委Marty喊道，“这样一来，根据能量守恒定律，美丽安琪才不致立刻被判死刑！”

“但是，”Alex喊道，“但是已经没有时间了，这可能吗？”

果然，只见美丽安琪也在这千钧一发之际，电光石火般把五名队员的能量全部提升到了二亿，和紫金坦克形成了某种程度的僵持局面。

“宇！”翔在一旁焦急地喊道，“我们现在必须把全部的能量集中到你的身上，我们必须聚合十亿量级的能量才能最终取胜！”

“可是你们可能会因此被弹出阿波罗世界！”宇大声答道，“因为如此的能量值不但有可能毁掉这个虚拟世界，还会让你们的肉体受损，你们知道吗？”

“但是没有办法了！”星急促地叫道，“希美那边已经祭出杀招，要是让她们率先把力量聚合到十亿，我们就必输无疑了！”

“宇！”小翼也在这关键的时候发出了最后的怒吼，“宇！紫金坦克的未来就看你的了！！！”

根据现场局面，宇在一瞬间就同意了大家的建议，准备聚集全部力量对美丽安琪发动最后的总攻。

就在这时，三个人把所有的能量全部集中在了明哲宇身上，三道紫金光线犹如太阳星辰的巨大爆炸一般，在风驰电掣之间让明哲宇“战甲加身”。

“不可思议！”林夕站在场外再次惊呼，“明哲宇居然获得了阿波罗世界的至高荣誉——阿波罗战甲！”

这副盔甲由稀有的紫色黄金制成，犹如传说中的圣斗士一样让明哲宇全身上下闪烁着紫金光芒。它不但赋予了明哲宇天使之翼，还把他的能量值在一瞬间再次提升十亿，让紫金坦克的队长在顷刻之间达到了二十亿的能量值。而明哲宇手持的那把水晶吉他也在刹那之间变成了一把紫金圣剑，光芒染红天际。

说时迟那时快，只见明哲宇以最快的速度，举着圣剑向着美丽安琪的方向飞去。

而就在这急若流星的分秒之内，美丽安琪乐队也把全员的能量集中到了林静的身上，让她在一瞬间也同样爆出了属于美丽安琪乐队的阿波罗战甲。只见这位女生也同样展开双翼，挥舞着闪烁着粉色光芒的宝剑向着明哲宇砍去。

“咣！”

两股四十亿的能量在瞬间撞击在一起，让整个阿波罗世界产生了仿佛世界末日一样剧烈的地震。与此同时，所有的化身也因为承受不了这巨大的能量爆炸，从主体脱离。在这一时刻，所有的乐手均被弹出阿波罗世界，并有不同程度的负伤，只剩下希美和明哲宇还在用着自己的完美化身在阿波罗世界继续对战。

“完了，”林夕惊呼道，“以这样的能量对抗下去的话，整个阿波罗世界都将彻底崩溃不复存在，不会有任何一方能够获得比赛的胜利。”

只见宇和静悬在空中，将两把圣剑火并在一起，互相瞪着对方的眼神，谁也不愿意后退一步。

“宇，”希美操纵着静的化身，厉声质问道，“明哲宇，现在是不是你在彻底失去我之后，第一次见到我？来，看着我的眼睛，我们这么近，你难道不爱我了吗？啊？你能杀了我吗？”

希美说得没错，这确确实实是明哲宇在静被超度到极乐净土之后第一次和她相遇。就算是在这雷霆万钧的决战时刻，静的脸庞也是那么动人，那双眼睛也是那么迷人；就算眼前的静只是一个化身，但是她毕竟如此近距离地栩栩如生地再次复活。不得不说，这张美丽的面容以如此之近的冲击力，让那段在明哲宇心中尘封的爱情忽大忽小摇摆不定。而且，就算明哲宇可以忘记对静的爱，可是他舍得一剑砍下去，把自己曾经最爱的女生杀死在这个世界，让她彻底消失吗？

此时此刻，明哲宇的能量值就好像他现在的犹豫一样，忽大忽小反反复复地在二十亿的边缘游走。

“这样下去可不行！”已经没有任何能量地瘫坐在现实世界灰色房间的星分析道，“一旦明哲宇的能量值低于十八亿，他将直接被希美轰出阿波罗！”

“宇！”翔扶着受伤的胳膊，努力地呼喊着，“宇！加油吧！紫金坦克的未来全都扛在你的身上了！”

就在这时，紫金坦克的队长突然眼神发光，嘴角上扬，只见他紧紧盯着眼前的这位女生，自信地说道，“你真的是静吗？！我认识的静只会帮助紫金坦克，从来不会与我们兵戎相见。我认识的那个美丽无比的静已经死了！真无耻，你们居然想出这样的把戏，太拙劣了吧！”

“你们以为这样就能迷惑住我了吗？”宇继续燃烧提升着体内的能量值，厉声说道，“你们以为这样就可以阻挡紫金坦克的前进吗？太天真了吧！现在的我已经不需要林静以任何形式起死回生，因为我知道她一定在那个世界一切安好，因为，我记忆中的那位女生永远都在，她就是最完美的。”

“下面请接受用爱行恶的刑罚吧！”

紧接着，紫金坦克的队长将自己的能量值瞬间提升到三十亿，一剑下去将静的圣剑砍断，巨大的冲击力把希美瞬间弹出阿波罗世界。随即，一股巨大的爆破力映红了整个阿波罗天空，将这个世界打得粉碎。

阿波罗世界在一瞬之间消失了，而身在现实世界的明哲宇也在刹那间放下了手中的吉他瘫倒在地。

输掉比赛的希美摸摸头发，坐起身来，已经从游戏中抽离出来。而明哲宇还紧闭双眼躺在那里。他的灵魂现在在哪里？究竟是已经随着阿波罗世界的崩溃而被封锁在无边无尽犹如异次元空间一般的底层代码之中，还是已经回到了他的肉体之内，等待着他苏醒？

就在这时，属于两队的灰色空间隔墙被打开，整合成了一个空间。紧接着，这个灰色空间的墙壁从四面八方脱离，仅剩的底盘被四个镶嵌在其底部硕大无比的引擎推上空中。这个方形铁板好像来自魔界的飞毯一样，一路来到天下第一乐队大赛的主赛场——海淀公园的上空。

降落，降落，直到落地，停稳。

评委们将无限的赞美给予了紫金坦克乐队。但是宇仍然躺在那里，没有苏醒。

这位男生最终为紫金坦克获得了宝贵的晋级名额。可是谁也没有想到，阿波罗之战竟然产生了五十多亿的总能量值，并直接导致了意料之外的人员伤亡。

是的，没有人知道明哲宇还能不能醒过来，所有人都以为他死了。这场胜利没有掌声，有的只是凝重到窒息的空气。

刚刚把王子星从死亡边缘拉回来，这一次又轮到了明哲宇。再加上谭辉月和林静在此之前的相继离世。紫金坦克好似被下了诅咒，仿佛总是在生死之间游荡，而他们的每一次进步，似乎总是伴随着牺牲。但是谁也没有想到，这一次居然轮到了队长明哲宇。

事实上，在澳大利亚的时候，明哲宇就曾经因为胡里奥的绑架而差点被杀。但是来自冥界的符牌为明哲宇挡了一枪，阻止了他向死亡之国前进。本以为大难不死必有后福，本以为在经历了那一次险情之后，明哲宇定会被神仙附体，变成不死之身。甚至就连明哲宇本人也相信，他不可能再死一次。况且，他又是那么年轻，死亡似乎与他还有着很远很远的路途。

可谁知，他现在就躺在比赛现场，在整个世界的瞩目之下，还没能够站起身来。

现在紫金坦克终于晋级天下第一乐队大赛的四强，但是明哲宇却被所有的挚友团团围住。焦急、哭泣，仍然无法阻挡现场的医生直接宣判他的死刑。

明哲宇的心脏停止了跳动，他死了。

整个天空因此暗淡下来，从晴朗的白天，瞬间变成了乌云密布大雨滂沱的黑夜。稍后耶律开着一部十人房车，来到场地接宇回家。同行的还有叶菲、王子星、爱新觉罗·翔和小翼，而紫金坦克的队长就躺在整部汽车的中间位置，已经醒不过来。

“老板，”在整个世界安静之后，郎正在林夕的宅邸问自己的主人，“真的没想到，明哲宇居然死了。”

“是呀”林夕在客厅里踱着步子，叹息道，“我也没有想到故事的结局居然会是这样。”

“我曾经以为我会像杀死他父亲一样把他千刀万剐，但是人生就是这样充满戏剧性，当你觉得胜券在握的时候，却一不小心丢了性命。”

“郎正啊！”

“怎么了老板？”

“你说到底是什么害死了他？”

“这……”郎正摸着脑袋，表示并不知道。

“是欲望啊！”林夕轻声说道，“追求梦想本没有错，但是过犹不及。哎！我是真的没有想到他的结局会这样令人唏嘘，令人猝不及防。”

“走吧！”林夕大手一挥，“载我去公司，我要去查看一下创造阿波罗世界的智能电脑，看看还有什么善后工作需要完成。”

晚上八点，林夕到达了自己的公司，而耶律也载着明哲宇回到了紫金公馆。只见大管家把车停在前院，从车里拿出一副黑色担架。人们将紫金坦克的队长放稳，再分别由星、翔、小翼和叶菲拿起担架的一角，缓慢地向着公馆大门走去。四人将巨大的雨伞同时打开，以防明哲宇的遗体被雨水打湿。而耶律则急步跑向家中，将大门迅速打开，站在一旁等待着明哲宇的回归。

然而就在这时，紫金公馆的所有灯光全被打开，只见一个人双手托着另外一人，慢慢地从门里走了出来。

定睛一看，那个被托在身前的人，不是别人，正是紫金坦克的队长明哲宇。他还是穿着比赛之时的摇滚装束，然而托着他的那人究竟是谁？

四人迅速把担架放在门前的门廊，冲了过去，急促地问道：“你是谁？这究竟是怎么回事？为什么会有两个明哲宇？”

“别着急，各位，请听我慢慢说吧！”

只见眼前那人有着一米九左右的身高，一头金色的短发下面有着消瘦的身材和白皙的肌肤。如果你不仔细去看，你会以为那人就是大天使乐队的队长路西法，然而并不是。那人比路西法的眉宇更加柔和，虽然是白色人种，但是他的五官轮廓却没有传统高加索人那么立体，有一些像东亚人和白人的混血儿。

那人身穿一身黄金盔甲，和明哲宇在阿波罗战斗之时的紫金盔甲类似，但设计上却略有不同。

“我叫唐宁·库柏（Downing Cooper）。”那人稳重地说道，“我来自你们平行的宇宙，我是那里的光之战士。”

“什么？”闻听此言，四人震惊的竟然在一瞬之间无言以对。

“是的，”唐宁平静地解释道，“阿波罗世界产生的巨大能量和我们世界在一瞬间连通了彼此的界限。我看见一个身穿紫金盔甲的战士因为那个世界的毁灭而面临被封印在无限循环的异次元空间之中。所以我不得不出手相救。好了，后来我知道，他叫明哲宇，是紫金坦克的队长。”

“原来真的有另一个世界，平行世界!”叶菲说道，“我父亲曾经的研究方向就是这些。”

“是的，一直都有另外的世界。”唐宁回答道，“现在就让我把明哲宇的灵魂放回到他的肉体之内吧。”

“这样一来，”星问道，“这样一来，他就可以复活了吗?”

“不是复活。”唐宁答道，“他一直也没死去，只是经历了暂时的灵魂出窍。”

一会儿工夫，明哲宇起死回生，而唐宁也转过身来，准备离去。

“喂！你的世界也是虚拟的吗?”小翼追问道。

“虚拟?”唐宁回过头看着小翼，回答道，“我不知道整个世界是否都是虚拟的，现实和虚拟本来就是辩证的吧。也许我们都是由一台巨大的电脑创造出来的，也许我们都是一个数字呢!”

“谢谢你搭救明哲宇!”叶菲扶着明哲宇的身体，看着唐宁说道，“我们还能再见面吗?”

“在那边的世界里，我住在一个叫作泰克(TECK)的城市。我现在还不具备往返两个世界的能量……这一次是意外……但是我知道叶菲你的父亲曾经研究过能量转换的问题……也许，也许以后你也可以通过你的研究，打通我们两个世界的隔断，届时我也会在那边等着你们。”

说罢，唐宁就转回头，背对着所有人慢慢地离开了这个世界，靠着阿波罗世界残存的力量，一步一步消失在紫金公馆的最深处。

第二十五章　2019烟花隧道
2019 Fireworks Tunnel

只要能够举起那刻着无上荣光的世界杯，挨过多少孤独的夜都值得了。

在阿波罗之战结束之后，北京一共发生了三件事。

第一，林夕通过查看创造阿波罗世界的超级电脑残骸，隐隐约约地发现了另外一个平行世界存在的可能性。这让他投资兴建加拿大未来科技城的决心更加坚定，决定立刻向澳大利亚的两大帮派融措资金，以达到最终能够顺利从爱德蒙公爵手里融资全款的目的。

第二，夏侯春丽通过天下第一乐队大赛，不但充分领教了紫金坦克乐队的实力，因此爱上了她刚刚在酒吧认识的小翼，还通过一次约会和这位男生迅速确立了恋爱关系。这样一来，夏侯春丽原计划在中国工作旅行一年的安排很可能会无限期延长，不知道何时才会回到加拿大。

第三，作为紫金唱片集团的创始人兼法人，明哲宇代表公司出席了此前盗版事件的庭审。在法庭上，这位男生递交了一切足以证明林夕就是整个事件幕后主使的证据，包括但不限于他是如何如何威胁丹尼尔，并让其从小翼口中套出紫金坦克新专辑的密钥；如何在一天之内集中力量盗版紫金坦克的全新专辑；又如何潜入紫金娱乐公司的电脑，再通过黑客技术将紫金坦克的全新专辑率先发布，以形成《紫金坦克》盗版《天穹之战》的目的等。

这样一来本来作为原告的林夕一方在一瞬之间变成了被告，面临被明哲宇抓住要害绝地反击的狼狈局面。

然而林夕毕竟老奸巨猾，面对明哲宇咄咄逼人的犀利进攻，这位大佬似乎早有准备。原来他早已使用之前用过的威胁手段，让本来只是协助他窃取密码的丹尼尔被迫站在法庭之上承认自己就是幕后主谋的事实。这样做的直接后果就是明哲宇的这记重拳虽然变得非常务实，但也只是打到了林夕的挡箭牌丹尼尔的身上，并未让真正的事件策划者受到任何直接伤害。

林夕和明哲宇也因为丹尼尔的伏法而双双变成此次盗版事件的受害者，因此逃过一劫。丹尼尔的音乐集团却因此事面临被有关部门调查的命运，而其旗下同样闯入四强的天启乐队更是因此遭受牵连，被迫退出了天下第一乐队大赛半决赛的比拼。顶级吉他手高军表示心有不甘，誓言来年再战。这样一来，紫金坦克就因祸得福，将在新年之后直接站在世界乐队大赛的决赛之巅，而对手正是林夕旗下的顶级乐队——“超级方程式”（Super Formula）。

林夕当然知道让丹尼尔顶包的后果就是成全了紫金坦克的更进一步，但是为了保全自己，他也不得不出此下策，让原本希望天启阻击紫金坦克的想法也在这样一个大局面之下变得无从谈起。只不过，这个顶级坏人绝不会因此善罢甘休，就在他把丹尼尔推向前台的同时，他又祭出了另一个杀招，准备将紫金坦克的队长直接阻止在决赛大门之外。

相比于此前的盗版陷害，这次林夕采用的方法则更加直接、更加残忍。他想要把明哲宇立刻干掉，而地点就在庭审结束以后的法庭之外。

今天天气晴好，以一身顶级意大利产黑色修身西服蓝色衬衫搭配同样风格的粉色皮鞋示人，刚刚在法庭上为紫金娱乐公司洗脱罪名的明哲宇心情舒畅。只见他来到旁听席，和同样以黑色正装出席庭审的星、翔、小翼、叶菲和耶律进行了庆祝。在他们看来，虽然没有彻底扳倒林夕，但是此役打了一个平手也是一个可以接受的结果，而且他们还因此直接晋级决赛，可谓否极泰来。

“菲，”明哲宇站在法院庄严肃穆的石门之前，站在无数级台阶的顶端，温柔地说道，“菲，今天晚上就是新年前夜了，我特别为你准备了一个惊喜。”

“是什么呢?”

原来，宇刚才提到的惊喜，竟然就是那辆和他们在澳大利亚一起经历过风风雨雨的保时捷四门轿跑车帕拉梅拉(Panamera)。

“你知道的，原来的那辆经历了一个轮回的岁月，早已经不知踪迹。”明哲宇解释道，“是的，对于我们这些穿越之人来说一瞬间的短暂时光，那辆曾经立下赫赫战功的宝石蓝色保时捷却可能已经因为多年无人照顾而不复存在。但是菲呀，那辆车记录了我们的初次相识、初次约会、初次旅行，没有错，它记录了我们的爱情和青春岁月。”

“因此，现在我又买了一辆，”明哲宇看着自己的爱人，贴心而优雅地说道，“我要把它送给你。”

听到明哲宇这突如其来的话语，叶菲毫无准备、惊讶不已。不过这完全不是因为这辆车的价值，而是明哲宇的心意。没有错，那辆可能已经支离破碎的座驾就是他们的青春，而明哲宇用这样一份礼物告诉她，他记得他们曾经经历的每时每刻，他记得在他最脆弱的时候，叶菲是怎样帮他走出阴霾。

他知道她为人好在哪里，对他又好在哪里。

他爱她。

星、翔、小翼和耶律就站在二人旁边，笑着，看着。稍后，宇一行人就沿着台阶走下。在通往不远之处停车场的路上，宇一边和大家分享着这次胜利的喜悦，一边给他的爱人介绍着新车的各种细节。

“菲呀！这款全新的帕纳梅拉虽然看起来和我们当年的那款很像，但是这辆却是最新款的。它的内部控制按键不仅全部变成触控，而且两侧的尾灯也连在了一起……这辆车不但能让我们想到从前，还可以让我们看见最新的汽车科技，可谓一举两得。”

但是幸福的时光总是显得如此短暂，总是显得永远不够。就像午后的阳光，充足而明媚，但却无法维持长久。

只听“咣”的一声，就当耶律用钥匙遥控启动紫金公馆的那部银色劳斯莱斯之时，整个汽车竟然在停车场原地爆炸。

浓烟烈火顿时熏黑了天际，焦煳的味道瞬间弥散空中。

准备开车的耶律站在距离汽车十米的地方，差点被要了性命。所有人都站在耶律后方停止了前进的脚步，静止在了那里。

“又是林夕！”明哲宇紧紧地攥着拳头，不用猜他也知道这一切的幕后到底是谁。

明哲宇清晰地知道，眼前的爆炸绝不是一次警告。他明白林夕本来是想杀了他的。因为要不是林夕并不了解耶律喜欢使用汽车的遥控启动功能，如果耶律是率先进入车内才将其启动的话，现在死去的人至少包括准备进入汽车的耶律。对了，林夕并不知道明哲宇刚刚买了一辆新车送给叶菲，他的这颗炸弹本来就是想把他和叶菲首先杀死。

看来明哲宇在法庭上的反击已经把林夕逼急了，触及他的底线，让他狗急跳墙。也许林夕早就发现明哲宇曾经派人动过他的电脑；也许他早就知道明哲宇手中有着反击自己的证据；也许是因为他决不允许明哲宇进入天下第一乐队大赛的总决赛，所以他才决定在祭出丹尼尔这个挡箭牌挡上一刀之后，再布置一颗炸弹让明哲宇死个透彻。

然而因为耶律一次幸运的操作，紫金坦克再次躲过一劫。明哲宇终于意识到现在战火已经威胁了他的生命，他不能再给林夕任何的空间，必须马上对其进行更为凶狠的反击和反制。

“耶律，”看着眼前燃烧着的熊熊烈火，明哲宇发出了立刻报复林夕的指令，厉声说道，“马上给林夕所有，我是说所有的合伙人打电话，说紫金娱乐集团要和他们展开深入合作。林夕能够给到什么好处，我们给双倍，我要在一个星期之内，把林夕所有的合作伙伴全部招到咱们旗下，我是说全部！”

“没有问题。”

“另外，我要和这些合作伙伴签订独家商业协议，明白吗？”

下午的时间明哲宇一行不得不在警局度过。在此期间，耶律也已开始联络明哲宇布置的任务，频繁接洽林夕的合作伙伴。在配合警方完成了一系列笔录之后，他们于傍晚七点终于得以离开。而警方也承诺绝不会让明哲宇再次遭殃，一定要把策划这次爆破事件的恐怖之人绳之以法。

事实上，除了花费重金举办天下第一乐队大赛之外，林夕集团的另一项巨额投资就是阿波罗虚拟音乐世界。林夕的大部分合作伙伴目前也都集中在阿波罗项目之中，包括但不限于负责硬件供应、软件研发、系统维护、广告植入、市场推广等众多中小合作企业。而此次阿波罗世界的崩塌，也让林夕的信誉受到了巨大冲击。虽说这些合作者也或多或少有着一定体量来预判这个虚拟世界在其初级阶段可能产生的风险，然而面对这前所未有的大崩溃，所有人都在怀疑，林夕到底还有没有能力东山再起，有没有能力打造一个更为稳定、更高质量的全新虚拟世界。进而，这个娱乐界大腕到底还有没有更强大的实力去实现他的那个更为长远的加拿大未来科技城项目，这看起来也是一个谜团。

明哲宇正是看准了林夕商业布局拉得过大资金不足，阿波罗世界又刚刚崩溃这样一个千载难逢的机会，迅速祭出更为强大、更为宏伟、更为全面、更为稳定的“紫金虚拟世界计划”，并广泛召集合作者。他这么做一方面是摆明了要和林夕死磕到底，更重要的一个目标则是宣告紫金唱片集团从此进军虚拟世界，以更强大的资金投入，把这种代表未来的商业模式带入全新的高阶时代。

明哲宇本打算再多花一些时间用以斟酌这个项目的一切细节，等到考虑全面之后再和潜在合作方进行商业洽谈。然而今天的一场大爆炸让紫金坦克的队长在一瞬之间就改变了主意，并引发了下午耶律对林夕发起的无限反击。

因为阿波罗世界的突然崩塌再加上大面积失去合作伙伴局面的即将发生，林夕根本无法继续控制在虚拟世界的霸权，只能把所有希望寄托于和爱德蒙公爵合作的加拿大未来科技城项目之上。

因此这位大佬也立刻搭乘当天下午的航班，于晚间抵达澳洲迅速落实资金来源。果然，因为早已和澳大利亚两大黑帮打好招呼的缘故，林夕在还有两个小时就要来到2019年的时候，顺利借到了自己梦寐以求的百亿现金。而他下一个要找的人自然就是爱德蒙公爵。按照他和公爵的口头约定，只要他能够筹措到与公爵相同数量的金钱，他们声势浩大的合作项目就可以正式开始了。

此时此刻，林夕把一切希望都寄托在这关键的一步险棋之上，然而他并未发现自己已经大难临头，还沉浸在项目即将启动的喜悦当中。

站在昆士兰首府超豪华酒店套房的落地窗前，穿着一身精致咖色西服、黄色衬衫和黑色皮鞋的林夕心满意足地笑了起来。品着最高级的香槟，看着以布里斯班河为轴心的美丽夜色，这是属于林夕的庆祝。

还有两个小时，2019年就要到来了。

与此同时，明哲宇一行人也在北京顶级的饭店进行了新年聚餐。虽然他们刚刚经历了生死惊魂，但是紫金虚拟世界项目的提前推出还是让这个新年之夜变得与众不同。

不知不觉时间已经来到了晚间十一点整，还有一个小时就要进入2019年了。这个新年该怎么过呢？按照明哲宇的安排，等一会儿他还会拿出一个更大的惊喜送给自己最爱的女生。

而那将是由无数组烟花组成的长达几十公里的烟花隧道。

果然，聚餐结束之后明哲宇并没有按照常理，和星、翔以及小翼分开，再由耶律开车载着他和叶菲一起回家。在他的计划之中，他将在今夜开着那辆宝石蓝色保时捷，从北京的西五环出发，再沿着整个五环路顺时针方向开上一圈。而沿途将会由事先布置完毕的烟花团队，在道路两旁向着天空燃放烟花。

明哲宇认为烟花隧道将是一个仪式，而这个仪式只有一个意义，那就是让自己的女友能够开心地享受这浪漫的夜晚。

晚上十一点半，明哲宇就开始按照事先的计划，载着自己的爱人由香泉桥出发了。然而原本由耶律开着家里的劳斯莱斯打头阵的安排却因为下午林夕制造的爆炸事件而发生了改变。为了不影响属于明哲宇和叶菲的浪漫，耶律坐进了紫金坦克全队目前唯一一位单身贵族王子星的座驾之内，也让这位男生不至于在这个新年之夜感受一个人的寂寞。

明哲宇驾驶着保时捷一路向南，而星的黑色迈巴赫、翔的银色宾利以及小翼的红色法拉利紧随其后。除了明哲宇和王子星的座驾上面均为两个人乘坐之外，翔和小翼的身旁也并不孤单，因为安杰丽卡和夏侯春丽也加入到了这场浪漫的烟花之夜，让一切显得无比温暖、团圆和幸福。

十一点四十分，第一束烟花绽放天空。随即，在车队可视范围之内的烟花群，随着汽车的前进依次飞向夜空。那灿烂的烟花如此密集，瞬间映红了整个天际。

看到此情此景，叶菲惊喜不已。她开心地睁大了眼睛，努力把头抬得再高一些，微笑地欣赏着这番突如其来应接不暇的美丽风景。

沿途同行的汽车几乎全部靠向环路一侧，停下来拍摄这难得一见、无比壮观、由烟花组成的隧道。而这却给紫金坦克的车队让出了更多的路线和视野，让这次夜游烟花河显得更加尊贵和独享。

烟花的光芒闪闪烁烁地映在明哲宇和叶菲的脸颊上，这位女生不用猜也知道这一切都是她的男朋友制造的浪漫。她知道这些属于明哲宇标志性的浪漫，从他们在澳大利亚的时候就开始了。

叶菲激动地看着身旁的这位男生，看着他已经从以前的一位花季少年，变成了一个成熟男人。有些事情改变了，但不变的还是他帅气的容颜和随时都可以制造浪漫的美丽心灵。

灿烂的光影让叶菲恍惚中感觉两个人都在一瞬之间飞快地成长了。

明哲宇在这一年之内的成长速度，是一个普通人用几个十二年也达不到的。是的，明哲宇在这一年之内经历的人生变故，比一个人几辈子能够遇到的意外加起来还多。叶菲看着自己最爱的男人，知道他在这一年之内经历了太多太多常人难以承受的压力和创伤，让她误以为他为她制造的上一次浪漫已经是久远的过去，而不是对于他们来说只是发生在去年的故事。

是的，去年还略显稚嫩的明哲宇，仿佛经历了几个轮回的历练，只用了不到一年时间就王者归来。

穿梭在这漫天的烟花隧道之中，叶菲知道其实不止明哲宇，包括她自己在内的所有从太空意外穿越至今的人，都在这短暂的一年里经历了太多的物是人非，让人误以为他们就是一群历经多年风雨、年过而立的中年人。

然而他们的实际年龄，没有一人超过二十五岁，其实还是非常年轻。

继续审视着明哲宇的脸庞，亦明亦暗的烟花光线让叶菲一会儿觉得这位男生还是去年穿越之前的那个少年，一会儿觉得他又是一位经历变故之后的成熟之人，恍惚中觉得这位男生的模样让人无比熟悉又有些不尽相同。

也许明哲宇在这一年之内的飞速成长让身旁的叶菲一时接受起来并不容易。然而在这片美丽的光影之中，这位女生终于能够告诉自己，虽然只有一年时间，虽然他们失去了普通人经历的十二个年头，但是这位男生在一夜之间就成熟了，所有人都成熟了。是的，他们从一个没有智能手机的时代，眨眼之间就来到了一个虚拟游戏即将统治世界的时代，没有丝毫的不适应，没有丝毫的违和感，反而如鱼得水，游刃有余，这就是属于他们的时代，现在的世界就是他们的世界。这次穿越印证了一个假说，如果能够拥有一台时光机，英雄在什么时代都是英雄。

紫金坦克全员一边开车行驶，一边迎着天上的灿烂烟花，仿佛看见了天下第一乐队大赛的总决赛现场。是的，曾几何时，世界冠军就是他们的终极梦想。只要能够举起那尊刻着无上荣光的世界奖杯，挨过多少孤独的夜都值得了。现在，年轻的人们知道他们距离这个目标只有一步之遥了，而对手不偏不倚正是林夕的超级方程式乐队。这仿佛就是命运的安排，紫金坦克不但要在擂台之上击败对手，还要在赛场之外将其斩落马下。

然而如何在商业战场上给予林夕致命一击呢？对此紫金坦克的队长早有准备，俨然已经到了收网之时了。

2020年的第一个早晨，刚刚回到北京的林夕果然遭到了意想不到的打击。原来他的合作伙伴竟然在一夜之间相继向他提出了各种程度的拆伙，纷纷欲投紫金娱乐公司。虽说对于阿波罗世界崩溃所造成的负面影响，林夕已经早有准备，但是遭遇如此大规模的解约则是他完全没有预计到的事情。为了保住他在虚拟世界好不容易建立起来的霸主地位，这位大佬也只能采取应急措施，把从澳大利亚黑手党借来的资金临时挪用到阿波罗项目当中，力图和明哲宇向合作方祭出的双倍投资合作款抗衡，并最终挽回失败局面。为了增加效率，林夕甚至已经和其中一些合作方签订协议，并且着急忙慌地把大笔款项打入了对方账户。

与此同时耶律也在一早就来到公司和全新合作伙伴进行接触，并将林夕遭到的境遇第一时间告诉了明哲宇。面对紫金坦克队长提出的计划，多数合作方根本不愿意等待，争先恐后想要签约，他们甚至不想等过这个新年假期。

“少爷，”耶律在电话里面激动地说道，“正如我们所期待的那样，林夕已经把从澳大利亚弄到的钱拆借到了阿波罗项目之中，这个速度比我们想象的要快上很多！”

“是呀耶律，”明哲宇欣慰地回复道，“在这关键的收官阶段，我本打算给林夕的传统业务设计困局，再迫使他把借来的资金补到那里。结果谁也没有想到，意外崩溃的阿波罗世界以及合作伙伴的相继离开让林夕不得不在我们的计划实施之前就把他借到的那笔钱拆分，正可谓‘踏破铁鞋无觅处，得来全不费工夫’。这样一来，我们就可以顺利执行这最后一个计划了。”

“只是……”耶律顿了顿继续说道，“实在抱歉没有按照您的吩咐，把林夕所有的合作伙伴都抢过来……还是让他留下了一些……”

“哈哈哈！”只见明哲宇大笑道，“用借来的钱把那些合作方捆上几天又有什么意义呢？无非是临死之前的垂死挣扎罢了！因为用不了多久，林夕的公司就将彻底完蛋，到时候他所签订的合约就会全部作废了吧！”

“马上联系张小波，”明哲宇厉声说道，“是时候结束爱德蒙公爵这个身份了。”

一个小时之后，林夕果然获得了一条令人震惊的消息。原来，正当这位大佬焦头烂额地应对发生在阿波罗项目的困局之时，张小波的网站却发出了这样一条推送：

“超级富豪爱德蒙公爵死了！”

第二十六章　幻影，真实与虚幻之间
Phantom! A space between the reality and illusion

不过你我毕竟不同。我不会杀掉你，然后变成你的样子。

——明哲宇

“爱德蒙公爵在新年伊始死于公爵府，身体被剁成肉泥撒满房间，只在案发现场留下了他的头颅……不知凶手意欲何为……”

以上便是张小波网站突发新闻的核心内容，而这条推送所产生的爆炸力可想而知。对于外界来说，这则信息不但意味着一位超级富豪的死亡，更意味着明哲世勋的老宅再一次变成凶宅。然而对于林夕本人来说，爱德蒙公爵的突然死亡只能说明一件事：那就是本将来自爱德蒙公爵的投资全部泡汤，加拿大未来科技城的项目更是彻底没戏。

新年的第一天下午，天空湛蓝、天气晴朗。而身着一身顶级法国产黑色西服、设计师款墨绿色衬衫和同样风格的棕色皮鞋的林夕却好似一个疯人一样全力奔向公爵府，怪异的样子和满街的欢乐气氛形成了鲜明的对比。此时此刻，他坚定地认为警方一定已经把爱德蒙公爵的头颅拿走调查，而现场也一定布满了刑侦过的痕迹以及用于封禁的黄色隔离胶带。是的，多年之前，他就是在这里将明哲宇的父亲杀害，把对方剁成了肉泥，而那时的犯罪现场就是这样的一种情况，林夕见过那一幕，对此应该非常熟悉。

没过一会儿，林夕顶着一头乱发冲到了这里，然而令人不解的是，整个公爵府并没有出现任何犯罪的迹象。太阳当空照、小鸟天上笑，公爵府呈现出一片极为正常甚至有些诡异的祥和气氛。

林夕将头发稍做整理，快步流星地走向宅邸大门，心存些许侥幸地希望爱德蒙公爵没死，希望张小波网站上的消息只是误传。只见他边走边喊公爵的名字，完全不愿相信自己的金主已经离去的传闻。刚才说过，爱德蒙公爵的离开则意味着林夕的未来科技城项目灰飞烟灭。然而一个更为严峻的事实摆在他面前——如果没有科技城的项目作为最终的投资回报的话，他已经拆分到阿波罗项目的钱要如何赚回？

他要怎样才能按时还上澳大利亚两大黑帮的百亿资金？

林夕继续接近老宅的大门，继续呼喊着公爵的名字。然而当他推开房门刚刚走进客厅之时，一个人却背身站在房间中央，似乎等着他的到来。这个人身穿一身紫底金边长袍，搭配金色衬衫黑色阔腿裤以及同色中式布鞋，气场极度阴郁，让林夕一时之间无法动弹。

分秒之后，此人转过身来，慢慢地将头抬起。林夕定睛一看，他不是别人，正是紫金坦克的队长明哲宇。

林夕看着眼前的这位青年，发现他的身上仿佛燃烧着烈火，不由得发出一声惊叹："是你?"

与此同时紫金坦克这边还发生了两件事。第一，小翼在协助处理叶凯宁的后事之时，突然发现当年为叶凯宁提供大规模杀伤性实验原料的供应商，竟然来自女友夏侯春丽的父亲夏侯尊所拥有的生化实验室——夏侯生化。但他并未将此事马上告知春丽，而是在第一时间孤身飞往加拿大，独自调查夏侯生化幕后的一切。第二，通过这段时间不断地化装侦查收集证据，爱新觉罗·翔已经初步掌握了阿天的公司天创航运制毒贩毒的事实。翔把这些证据，包括但不限于照片、视频等一切全部交给天津警方，而警察也在第一时间出警缉毒，把以阿天为首的犯罪团伙一网打尽。

就在小翼还在飞机之上，天津警方前往保税区之时，明哲宇的故事还在继续。只见他怒目圆睁，向着林夕阴沉地说道："没错，林夕，就是我。"

闻听此言，林夕吓得后退两步，却不料绊到了客厅的一把红木座椅，摔在了地上。他面色惨白，坐在地上用手支撑着后仰着的身体，惊恐地吼道："明哲宇呀明哲宇，你到底把爱德蒙公爵藏到哪里了？你是不是把他杀了！啊？我知道你对我一直怀恨在心，你也一定知道爱德蒙公爵对我来说意味着什么,所以你就把他杀死，好让我的所有计划落空。啊？是不是这样啊？这都是你干的，对不对?"

明哲宇缓缓地走向林夕，弯下腰俯视对方，故作轻松地说道："爱德蒙公爵……噢……你说的这位爱德蒙公爵是谁呀?"

"什么？什么?"林夕向后移动了两下屁股，迅速站了起来，继续吼道，"爱德蒙公爵，超级大富豪，他出席过你的公司紫金娱乐的晚宴（After Party）。最重要的是，这座宅邸就是他的，而他也是我未来的潜在合作伙伴。"

"快说，"林夕拽住明哲宇的领子，疯狂地喊道，"明哲宇，你快说你把公爵藏在哪里了？你是不是把他给杀了?"

只见明哲宇猛地一下把林夕的手甩开，厉声说道："我不知道你说的爱德蒙公爵是谁？是那个几十年前就死了的英国人吗?"

"你在说笑什么？啊？难道一个大活人会凭空消失吗？怎么可能?"林夕说着说着就拿出手机，不断地翻阅着张小波网站的资料。

谁知他越翻阅就越疑惑，所有爱德蒙公爵的相关新闻竟然在一夜之间全部消失，甚至包括刚才那条死讯。随即林夕又换了一种查找方式，但是就算使用关键词直接搜索也找不到任何结果，就像爱德蒙公爵从不曾来到这个世界上一样。

林夕紧锁眉头，神经质般叫道："不可能不可能，难道是我幻视了吗？此前爱德蒙公爵的新闻满天飞，刚刚又传出死讯，这么厉害的一个大人物怎么可能凭空消失呢？是吧？明哲宇，你说是吧?"

"我想……"明哲宇冷冷地提示道，"我想你也可以在微博、微信、百度、谷歌上面试试，看看能不能找到你的爱德蒙公爵。所有的网站、所有的APP、所有的搜索引擎，你都试试？”

然而结果是可想而知的。十分钟过后，林夕果然没能在互联网上找到任何一条关于爱德蒙公爵的消息。于是他立刻给所有来过这里，出席过紫金娱乐公司开业晚宴的朋友打去电话，想要证实爱德蒙公爵的身份。但是他得到的回复竟然也是惊人的一致，那就是没有人听说过这位爱德蒙公爵，而那次晚宴的邀请函来自明哲宇。

“怎么样？”明哲宇得意地探问道，“你找到了吗？”

“怎么会这样？”林夕怒吼道，“爱德蒙公爵绝不是假的，绝不可能！”

“林夕呀林夕，”明哲宇平静而充满杀气地说道，“在很久很久以前，大概是在唐朝的时候吧，有很多外地人来京办事，但是由于找到官府并不容易。于是就有中间人说，‘喂，来找我吧，我来帮你’。其中一些人相信了中间人的话，以为真的会有人帮助他们，就纷纷给出银两。结果你猜怎么样？结果大部分中间人都是假的，收了钱但根本不办事，然后就凭空消失了。这件事告诉我们一个很简单的道理，那就是你不应该轻信一个看起来富可敌国，但实际上随时可能消失的人，那样的话就风险太大了吧！”

听到此处，林夕的脸色突然变得煞白，完全不知道明哲宇为了逼疯自己，已经把爱德蒙公爵的消失做得滴水不漏、天衣无缝。他完全不知道明哲宇已经买通了所有媒体以及所有相关人士，把爱德蒙公爵的身份在一瞬之间完全隐藏。

也许通过更为精确仔细的搜索，林夕会在随后抓住明哲宇这次计划可能存在的百密一疏，找到爱德蒙的蛛丝马迹。但是紫金坦克的队长就是想在这一时刻，就是想在林夕杀死他父亲的这个地方，利用他无法相信自己被骗，更不会相信自己的金主已经消失的事实，在他万念俱灰之际，毕其功于一役彻底逼疯林夕。简单地讲，这场真真假假、亦真亦幻的“死亡骗局”并不需要做得多真，只要能够在这短暂的时间之内一举逼疯林夕即可。

是的，明哲宇就是要逼疯林夕。

但是，紫金坦克的队长还要把这场棋局做得更真，因此下半场表演才是更精彩的部分。事实上，如果现在让林夕看见爱德蒙公爵又怎么样呢？如果让他知道爱德蒙公爵就是明哲宇本人又会怎么样呢？如果让他知道一直都是明哲宇在幕后操纵这一切，又会怎么样呢？他会不会觉得自己极度愚蠢，抑或他真的就会相信，那个一直许诺要帮助他的爱德蒙公爵，完全是由明哲宇假扮的吗？他会不会坚定地认为，明哲宇率先杀死了爱德蒙公爵，又通过改良精进他们在“阿波罗世界”经常采用的虚拟投影技术，临时复制出来一个爱德蒙公爵来吓唬他呢？

他究竟该相信哪一种结论？事实真相又是什么？他的金主到底死了没死？是不是明哲宇一直都在欺骗他？

这果真是一场仿佛罗生门一般的超级谜团哪！

果然，明哲宇突然祭出逼疯林夕的终极杀招，当着他的仇敌，把自己瞬间变成了爱德蒙公爵的样子。只见这位公爵穿着一身黑色西服、黑色衬衫和黑色皮鞋，轻松地捋着自己的翘胡子，微笑着看着对方。

林夕见状顿时惊在那里，一时之间不知道发生了什么。就像我们刚刚所说，他不知道他是应该凭借自己的欲望，相信眼前的人就是爱德蒙公爵本尊，还是凭借自己的眼睛，相信此人只是明哲宇变出来的一个化身。

然而，欲望在这关键时刻只用了一瞬之间就战胜了林夕的眼睛，只见他奋不顾身地冲了过去，望眼欲穿地大声吼道："噢！我亲爱的爱德蒙公爵，您终于出现了！我来了，我凑到了我们的钱……哦哦哦，等等等等，虽然我现在因为阿波罗的项目危机，把这笔钱的一部分暂时挪用，但是我还是有足够的能力和您一起完成我们伟大的构想！相信我吧，爱德蒙公爵，我是没有问题的。"

"喂，"爱德蒙公爵又在一瞬之间变成了明哲宇，冲着林夕喊道，"喂，你仔细看看我，我不是爱德蒙公爵，我是明哲宇呀！喂，林夕，你看看我，我是明哲宇呀！你是不是产生什么幻觉了？"

"喂，"林夕假笑一声，推开明哲宇，调侃道，"爱德蒙公爵呀，您可真逗哇！您说您也不用为了考验我，故意变成我的仇敌明哲宇吧，您说是吧？喂……您许诺的百亿资金现在哪里呢？我不相信您是明哲宇，您怎么可能是明哲宇呢？您就是我亲爱的爱德蒙公爵呀！"

明哲宇完全没有想到，已经马上就被逼疯的林夕居然在疯癫边缘认定自己就是爱德蒙公爵。于是他干脆将计就计，准备再次利用这个身份顺藤摸瓜地套出他谋杀自己父亲的一切真相。

"哈哈哈！"明哲宇再次变成爱德蒙公爵，拍拍林夕的肩膀，安慰道，"哎，你说说你说说，我怎么能够如此对待我的合作伙伴呢？刚才的明哲宇只是一个幻影罢了！你说得没错，那只是我对你的考验，我得看看你对我是不是足够忠诚，你说是吧？因此当我刚才看见你根本不相信明哲宇的时候，我就知道你是相信我爱德蒙公爵的，你就是我的人。"

"是呀公爵！"看见金主回归，林夕喜极而泣，"我从来没有怀疑过您的身份，所以我们可以继续合作、大展宏图了吧？"

"好哇！"爱德蒙公爵轻描淡写地回复道，"其实你怎么就不问问，如果我没死，张小波的网站上为什么会发布我的死讯呢？你真的就不相信我是明哲宇本人吗？"

"不会的，不会的，"林夕凑近爱德蒙公爵，焦急地解释道，"我想那都是明哲宇祭出的阴损把戏，因为他一直对我怀恨在心，他肯定想要使用一切办法破坏我们的合作，所以才指使张小波放出假新闻来污蔑您！您是如此富可敌国，怎么可能说死就死呢？是吧？您现在不是正健健康康地站在这里吗？"

"可是……"爱德蒙公爵追问道，"可是我有一个疑问……我问问你，你说明哲宇为什么那么恨你呀？你是怎么着他了呀？"

"我和明哲宇吗？"林夕眼珠子一转，想要遮盖事实真相，"我只是和他的爸爸在商业上有过竞争和分歧，后来他的父亲惨败于我，于是明哲宇就怀恨在心，处处与我为敌，甚至想要置我于死地。"

"撒谎！"爱德蒙公爵突然青筋暴跳，面红耳赤地厉声说道，"我以为你会忠诚于我，但你却正在欺骗着我！为什么？为什么呀？"

“不不不！”林夕摆手道，“我说的都是真的。”

“胡扯！”爱德蒙公爵单手指天，大声吼道，“分明就是你杀了明哲宇的父亲，对吗？”

在明哲宇的安排之下，爱德蒙公爵府瞬间黑烟弥散，充满雾气，仿佛一个通往黄泉之路的阴森入口。林夕见状顿时吓得魂飞魄散，好像他曾经害死的所有亡灵都聚集在这里，正在成群结队地找他算账。

“你还记不记得，”爱德蒙公爵好似阴魂附体，冰冷地说道，“你还记不记得在紫金娱乐公司开业那天，就是在这个房间，明哲世勋的灵魂曾经出现并把你逼倒在地。他仿佛复盘了你谋害他的全部路线，从客厅到门廊、从餐厅到厨房等一切地点。你以为我没有看见吗？你以为我忘记了吗？你还说你没有杀人？灵魂会说假话吗？好吧，我就给你一个机会，如果你告诉了我你是如何杀害明哲世勋的，我就履行我的承诺，继续我们的合作。”

“啊啊啊！”已经陷入癫狂的林夕惊慌地说道，“我知道您只想要回我的忠诚，可是您为何想要知道这个？”

“这并不奇怪，”爱德蒙公爵大手一挥，轻描淡写但字句确实地回答道，“我只是好奇，我能不能用一百亿去收买一个秘密呢？一百亿能不能买回你的忠诚呢？”

“好吧，”林夕双手一摊，自我解嘲地嘀咕道，“也许谁的命也不值那么多钱，其实我也明白您只是想抓住我的一个把柄而已，这个策略在商业上也屡见不鲜，我明白我明白……既然公爵想用一个秘密作为制约我的手段，我也愿意直言不讳地把这份厚礼送上……既然我们的价值观高度趋同，对于一个人的死亡想必您也不会大惊小怪吧。”

“你是说其实我也和你一样喜欢杀人吗？”

“难道不是吗？”林夕阴笑道，“这个世界还从未有过一位一尘不染的超级富豪吧？”

“少废话，你快说！”明哲宇强忍着心中的怒火，知道自己越来越接近谋杀案的所有真相和一切细节。

他知道林夕即将复盘明哲世勋被害当晚的一切。

“明哲世勋截获了一串可以将实验成果大规模化的关键代码，”林夕退后一步，平静地说道，“而我的任务是将其拿回。”

“这个故事我知道。”公爵站在原地欲擒故纵，“我不但知道叶菲的父亲因为辐射而性格大变，还派你将明哲世勋杀害。”

“啊！公爵先生，”林夕疑惑地看着眼前的这位英国人，惊讶不已，“这个您都知道？啊，原来您早就对我有所研究，真是什么都瞒不过您的眼睛。”

“你继续。”

“是的，”林夕继续说道，“是我杀了明哲世勋，但是凶手却不止我一人。”

“什么？”闻听此言，爱德蒙公爵感到特别震惊，这让他立刻想到了一个人，只有那个人当时也在案发现场。

“是的，那人就是张小波。”林夕平静地说道，“我的共生体，张小波。”

一直以来，对于父亲被杀一案，明哲宇并非没有怀疑过另外一个曾经出现在现场的涉案人员张小波。但是对林夕的私人恩怨还是让他更愿意相信背后的真凶有且只有一人，因此他从未深入了解张小波的为人。而且林夕口中的“共生体”又是怎么回事？

“叶凯宁、明哲世勋以及我本人共同的科研项目本是一个积极的基因优化重组计划。”林夕解释道，“通过改变人体的基因，达到优化人种、加速人类进化的目的。但是这个项目之所以在后来变成了大规模杀伤性项目，是因为已经变质的叶凯宁研制出来的一个能够让人的性格彻底变坏变疯的代码，它可以令所有人变成冷血杀手。为了防止这种事情的发生，明哲宇的父亲冒死截获了叶凯宁的这一关键代码，好让他的野心功亏一篑。”

“那么张小波又是怎么回事？”

“他是我身上的残影，是附属在我身上的共生体。”

“什么？”公爵惊呼，“你是说你们两个是一个人吗？”

“不完全准确，”林夕用手指比画着，继续解释道，“我是这个项目的第一个牺牲品，而张小波则是一个衍生品。事情的发展大概是这样的：我曾经因为亲妹妹林静的去世和明哲家族有过过节，但是在优化人类基因这样一个伟大的动力面前，我又和明哲世勋形成了合作关系，并且在叶凯宁的主导之下开启了‘人类基因改造计划’。然而因为大强子的辐射，叶凯宁的性格变得越来越坏，而他也在随后查出了我就是那年‘太空演唱会爆炸案’的幕后真凶。他以为她的女儿叶菲已经死了，所以便骗我来当‘基因改造计划’的第一个实验者，美其名曰要把我变得更加优秀，实际上只是想让我成为这个项目的第一个牺牲者——一个杀手。这次实验的结果就是，我确实变成了一个彻头彻尾的冷血杀手，而张小波则是一个意外，一个好像电脑碎片一样的衍生品。”

“你是说，张小波也是邪恶而冷血的吗？”

“是的，”林夕解释道，“他刚刚出现在实验室的时候就十几岁，全身赤裸且没名没姓。虽然毫不了解，但我看到他的第一眼就知道此人的骨髓里充满了我的邪恶基因。”

“你还说是他和你一起杀了明哲世勋。”

“哈哈哈！”林夕突然狂笑道，“我曾经以为我的残影不会比我更坏，而且因为他在后来开公司做网站的关系，我甚至猜测他是不是能够自己变好、改邪归正。不过当我发现此人躲在电脑后面，一次一次不断想要撇清自己也是凶手的事实，并不止一次地试图指认我为凶手的时候，我就发现我错了。但是我并不生气，反而乐在其中。我更愿意做他网站的忠实用户，像照着一面镜子一样，看看自己到底能够坏到什么程度。可是后来我却有些失望，我发现他远远没有我厉害，他没有我的商业头脑，没有我的勇气和魄力，只能畏首畏尾地经营一个半死不活的网站。”

“但是，但是公爵如果我告诉您，”林夕追问道，“如果我告诉你张小波有改邪归正的趋势，您能原谅这个曾经杀害了明哲世勋的人吗？”

“此话怎讲？”

“我能感受到他身体里的善良正在因为一些原因不断增加。只不过，如果有一天我被明哲宇这小子给害死了，张小波这个人也就不复存在了……我们毕竟是共生体……只是张小波还不知道这一点罢了。所以你说，以你对明哲宇的了解，他会原谅张小波吗？如果他能够放过张小波，为什么不能放过我呢？如果哪天明哲宇一定要杀了我的话，不就等于杀了张小波了吗？”

“那天晚上，是我和张小波一起把明哲世勋分尸……”林夕进行着神经质般的总结发言，哆哆嗦嗦地比画着，“我把他的头放在了客厅，张小波把胳膊放在了厨房，我们又一起把大腿放在了门厅。然后张小波留守，而我又出门买了电锯和大型搅拌机……”

“够了！”听到这里爱德蒙公爵七窍生烟、浑身发抖，又在一瞬之间变成了明哲宇的样子。此时此刻，这位青年知道林夕已经彻底疯癫，敞开肚皮可以让他随意捅刺。

他的计划成功了。

是的，紫金坦克的队长不但成功地逼疯了自己的敌人，还进一步了解到了明哲世勋谋杀案的所有真相。

他的目的达到了。

“好了，好了，”林夕疯癫地拍着明哲宇的肩膀，有气无力地笑道，“公爵您别再装成明哲宇来考验我了……我们的合作可以继续了吗？”

“真是笑死人了！”

看到林夕的表现，明哲宇一声怒吼，身材仿佛在一瞬之间变得高大无比。他知道林夕已经完蛋，他知道现在就是一剑封喉的时刻了。

“你以为我还会给你任何的机会吗？”明哲宇把脸凑到林夕面前，鼻尖定在林夕的额头之处，厉声逼问，“你睁眼看看我是谁？啊？你看看哪，我就是明哲宇，爱德蒙公爵已经死了，你的钱已经灰飞烟灭！你认为我会原谅你吗？啊？你杀了我的父亲，我可能原谅你吗？”

在明哲宇凌厉气场的震慑之下，林夕一个踉跄坐倒在地。只见他一手撑地，一手摸着后脑勺，木讷呆傻地看着眼前的这个人，似乎在问自己：“他到底是谁？他到底是明哲宇还是爱德蒙公爵？”一个是他最恨的人，一个是他最爱的人。爱和恨在这一刻像亿万条光束以极快的速度在林夕的脑海中交织在一起，让他分不清真假虚实在刹那之间彻底变疯。但让明哲宇得以慰藉的是，就算是疯傻的林夕，也仍然能够通过潜意识，获知自己已经彻底失败的事实，比彻底失忆好上太多。

“不过，”明哲宇转身背对自己的敌人，傲然地进行了总结，“不过你我毕竟不同，我不会杀掉你，然后变成你的样子。”

随即，明哲宇打开房门，只见北京警方已经赶到。后者立刻把林夕带走，并宣布马上缉拿谋害明哲世勋的共犯张小波。

不知不觉时间已经来到了傍晚时分，站在院落中央看着天空深粉色的余晖，紫金坦克的队长知道自己大仇已报。然而所有的故事就像永远也找不到边境的宇宙，属于明哲宇的战斗还远远没有结束。在新的旅途开始之前，他还有最后一场战役要打，那就是过几天就要进行的天下第一乐队大赛总决赛。

巧合的是，这场比赛和十二年前一样，也被安排在了太空之上。虽然林夕已经被警方控制，但是紫金坦克的对手超级方程式乐队却正是此人旗下的终极武器。对于紫金坦克来说，只有跨越了这最后的对手，他们才能真真正正地站上世界之巅，加冕世界之王。

然而超级方程式毕竟非同小可，紫金坦克能够克敌制胜吗？

第二十七章　北京的冬天
The Winter of Beijing

是的，我的小说从来都充满了淡淡的忧伤，但在这忧伤之中总是蕴藏着金色的力量。我希望所有正在黑暗之中徘徊的人们，不要放弃心中的理想，哪怕前方的路崎岖坎坷，哪怕前方的路看不到尽头，只要能够感受到心中的光亮，都要永不放弃。你是否有勇气面对一切挫折？你是否能够超越最强的你？发掘无限潜能，兄弟，有一天你一定能够达成所愿，变成最完美的自己。”

——方鲁凝/Edward Fang

拿下了仇敌林夕，却还是北京的冬天。

没有错，一月的北京寒风瑟瑟，而今夜尤其寒冷。

一个意外发生了。

紫金坦克的队长明哲宇就是在这样的一个极寒黑暗的气氛之中，被一群训练有素的蒙面黑衣人在街头打成重伤，并在随后被路人送到位于京西的三〇一医院进行抢救。

这是一起突发事件，这是明哲宇最近少有的单独行动，旁边既没有叶菲也没有耶律。得知明哲宇遇险，除了身在回国飞机之上的小翼之外，所有人都在第一时间赶到医院。星、翔二人身穿不同造型的黑色皮衣、皮裤和皮靴，显然刚从排练室出来；耶律还是老样子，以一身黑色示人；叶菲和夏侯春丽则分别穿上了白色和粉色的大号顶级加拿大产过膝羽绒服、紧身瑜伽裤搭配运动鞋；而安杰丽卡则以法国设计师款黑色短羽绒服搭配蓝色牛仔裤和白色老爹鞋示人。因为已是深夜的缘故，大家的状态都不太好，尤其当他们突然面对明哲宇重伤的时候。

在紫金坦克目前的仇敌之中，叶凯宁已经死亡，林夕被警方控制，澳大利亚的两大帮派目前还算不上明哲宇的敌人，而夏侯尊还没有意识到自己的机密文件已经被盗，再加上爱新觉罗・天早已被天津警方盯上，根本无心恋战。

如此看来，能够在短时间之内将明哲宇打伤的人，不是林夕的党羽残部，就是一个全新的敌人。如果是林夕的人，那么他们打伤明哲宇的目的就是阻止紫金坦克最终拿到天下第一乐队大赛的冠军。不过经过成员们在医院之时的分析，这种可能性不大。理由是既然林夕已经大势已去，他就根本没有必要再做无谓的反击。而如果是一个全新的敌人，成员们分析他极有可能是紫金娱乐公司在虚拟音乐世界的潜在竞争者。此人之所以对明哲宇暗下杀招，就是想在这个虚拟游戏即将代替现实比赛的关键时刻，在这争夺主导权的关键时刻，趁其不备一举除掉明哲宇。没错，眼下紫金坦克风头正劲、树大招风，谁又不想在这虚拟世界里面分一杯羹呢？

现在的问题是：明哲宇还在抢救，还未脱险，又急需输血。青年们等在手术室门口，坐立不安、心急如焚，留给宇的时间已经不多了。

几分钟过后，只见一位身着绿色大褂、中等身材的医生从手术室内走了出来，开启了沉重的宣判："如果再有一个小时，这位男生仍然找不到成功的配型血源的话，我就没有办法保他的命了。"

明哲宇这次是被野战军刀正面刺中腹部而伤，并且由于失血过多，现在已经毫无意识。窗外月黑风高，一切看起来并不吉利。

"从明哲宇手臂上的伤痕可以看出他也有着一身功夫，"一名警察说道，"若不是他高接低挡、来回闪躲，应该早已当场毙命。"

"这肯定是蓄谋的，"叶菲坚定地回复警察道，"明哲宇身手矫捷，如果只是一般的抢劫，普通匪徒绝不可能伤他半根汗毛。"

年轻人们从未想过，这个世界上竟然还有比林夕更为毒辣的邪恶之徒，不但内心更加邪恶，还会一身功夫。紫金坦克还是那个紫金坦克，但对手的级别显然在一瞬之间增加了许多。这就意味着青年们须在短时间内再次提升能力值，以便对抗这个隐藏在暗处的全新对手。

直至此刻，所有人已经都把自己的血液和明哲宇的进行了配型，但没有一人成功。紫金坦克的队长在这个世界上又没有一个直系亲属，这可怎么办？

残酷的现实让医院仿佛变成了死寂一般的地狱，阎王爷正等着明哲宇的到来。

"让我试试吧！"

就在这万念俱灰的紧要关头，小翼突然出现在医院之内。原来他刚从加拿大回来就第一时间赶来这里。这位男生身穿一条黑色牛仔裤、一双同色帆布鞋和一件迷彩羽绒服，显得特别低调。他来到这里就是要拯救自己的队长，拯救自己最好的朋友明哲宇的。

"小翼，"翔紧紧盯着对方，遗憾地说道，"我们和明哲宇都不是血亲关系，一切都已经试过了，完全没有办法。"

"死马当活马医，"星接过话来，"虽说只有几万分之一的机会，但还得让小翼试试。"

"对呀！"菲焦急地说道，"这还得快，我们已经没有时间了。"

"据资料显示，血亲配型成功的机会有一半。"小翼沉稳地说道，"我是说，我不是来尝试几万分之一的机会的，我想我也许会有一半的机会拯救我们的队长。"

刹那之间，所有人的目光全部聚集到了小翼的身上，直视、扭头、侧目，全都不敢相信他的话语。紧接着夏侯春丽跑了过去，仿佛意识到了什么。只见她双手紧握着男友的双臂，激动地说道："小翼，难道……这次去加拿大，你找到亲生父母了吗？"

"我想是的，"小翼双眼含泪，轻声答道，"我知道他们是谁了，虽然他们早就已经死了。"

"难道……"星惊讶地看着眼前这位少年，问道，"小翼呀！难道你的父母和明哲宇的父母有着某种程度的亲缘关系吗?”

“如果那份文件中描述的一切准确无误的话,”小翼顿了顿,沉稳地说道,“我的爸爸就应该是明哲宇父亲的亲弟弟了。而我的本名也不应该叫汤翼,而是明哲翼。”

“这就是说,”小翼继续说道,“我应该可以以明哲宇堂弟的身份,试试能否帮上我的哥哥。”

闻听此言,每一个在场的年轻人都在一瞬之间兴奋至极,不但为小翼找到亲人开心,也为明哲家族的壮大欢喜,更仿佛得到了绝世神药,可以帮助明哲宇化险为夷。

“太好了!”叶菲冲上前去,激动地说道,“那就赶快开始吧,我们没有时间了!”

没过多久,明哲宇得救了。

不过,虽然紫金坦克的队长暂时脱离了生命危险,但是行刺明哲宇的人到底是谁还不得而知,而小翼在加拿大到底发现了什么也没人来得及问个清楚。对于夏侯春丽来说,明哲宇已经脱险,而第一时间了解小翼这边到底发生了什么才是她最关心的事情。

硕大无比的医院并不平静,因为各种急病前来就诊的患者让病房永远水泄不通。就算已到深夜,这里依然并不太平,这里决定着许多家庭日后的幸福快乐。

“走吧,”夏侯春丽看着男友小翼,深情地说道,“我们去门口透透气。”

在长安街沿线,就算凌晨时分也有足够多的街灯照明,让悲伤显得并不那么彻底凄凉。此时此刻,有一首歌曲特别符合现在的气氛,那就是著名摇滚歌星汪峰的《北京,北京》。

当我走在这里的每一条街道,
我的心似乎从来都不能平静。
除了发动机的轰鸣和电气之音,
我似乎听到了它烛骨般的心跳。
我在这里欢笑,我在这里哭泣,
我在这里活着,也在这儿死去。
我在这里祈祷,我在这里迷惘。
我在这里寻找,在这里失去。
北京,北京。
咖啡馆与广场有三个街区,
就像霓虹灯和月亮的距离。
人们在挣扎中相互告慰和拥抱,
寻找着追逐着奄奄一息的碎梦。
我们在这儿欢笑,我们在这儿哭泣,
我们在这儿活着,也在这儿死去。
我们在这儿祈祷,我们在这迷惘,

我们在这儿寻找，也在这儿失去。

北京，北京。

如果有一天我不得不离去，

我希望人们把我埋在这里。

在这儿我能感觉到我的存在，

在这儿有太多让我眷恋的东西。

我在这里欢笑，我在这里哭泣，

我在这里活着，也在这儿死去。

我在这里祈祷，我在这里迷惘。

我在这里寻找也在这儿失去。

北京，北京。

北京，北京。

虽然现在夏侯春丽的心情远没有将要死去这般沉重，但是看着小翼的情绪并未因为明哲宇的脱险而彻底改变，这位女生预感到了她的男友一定在加拿大遭到了重击。

与医院的混乱和喧闹形成鲜明对比的是，眼前的街道显得如此安静。两个人就这样平静地蹲在了马路牙子上面，面对着只有少数车辆通过的马路，体会着属于彼此的凌晨两点半。

小翼从兜里拿出一支纸香烟，中等偏长的前发挡住了他的双眼。一根火柴，照亮了夜空，烟雾让一切变得更加虚幻和沉醉。

“告诉我发生了什么，好吗?”

小翼没有说话，挣扎着是不是要把实情告诉女友。他本不是一个沉默寡言的人，但是面对着夏侯春丽的亲生父亲就是自己杀父害母的仇人之时，他在一时之间不知如何开口。他甚至还没告诉女友自己这次前去加拿大本是去调查夏侯尊和叶凯宁之间的关系的。

但是即便如此他也能够明明确确地感受到，夏侯春丽是相信他的，而且这位单纯的女生对自己的父亲应该没有任何了解。思来想去，他决定把实情和盘托出，也想看看夏侯春丽在得到答案之后又会做出什么反应。

他想知道她是会继续支持他，还是选择离开他。

“其实我这次去加拿大，是去查你父亲和叶凯宁之间的发生的事，而夏侯尊，也就是你的父亲……”小翼目视前方，咬了咬牙关，平静地说道，“他不但和叶凯宁早就狼狈为奸，还是二十多年前杀害我亲生父母的元凶。”

然而在抛出这番话以后，小翼本来预想的质疑与质问均未发生，随之而来的竟然是夏侯春丽出奇的呆滞与无语。也许就算春丽对自己的父亲并不了解，但是一些潜在的与亲生父亲之间的超感知，还是让她不能完全放弃继续聆听小翼言论的机会。况且，他的血型又正好和明哲宇有着血亲关系，这也在侧面一定程度上佐证了小翼的话语的可信度。

不过，无论如何，她仍不知道现在应该做出什么回应，不知道是不是应该完全相信小翼。

“我的父亲名叫明哲世章，是明哲宇父亲明哲世勋的亲弟弟。也许当初爷爷给我们的爸爸取名字，就是想让他们两位多为这个世界做出贡献，就像一枚闪闪发亮的男子汉勋章一样。”

小翼继续说道：“在那份文件里，我叫明哲翼。在我还没出生的时候，因为商业利益，你父亲就残忍地杀害了我的父母。”

“等等……”闻听此言，春丽打断了小翼的话语，疑惑地问道，“小翼，如果你的父母死于你出生之前，那你是怎么出生的呢？”

“其实这也是一个一直困惑着我的问题。”小翼说道，“我从小在孤儿院长大，对我的父母一丁点的印象也没有，也没有任何人能够告诉我谁是我的父母，或者告诉我关于他们的任何事。不过当我看到你父亲夏侯尊的文件之时，我就完全明白那些年到底发生了什么。”

“请继续。”

“其实我本是一个试验品。”

“什么？”

“是的，”小翼解释道，“我刚才说的话来自你父亲加密文件的一级加密内容。随后我在飞机上破解了你父亲机密文件的二级程序，得到了我身世的全貌。”

小翼吸了一口烟，轻轻皱眉，“就像我刚才所说，其实我这次去加拿大，原本只是去调查你父亲和叶凯宁之间曾经存在的供需关系和合作关系。结果我却发现，原来早在他们之间形成同盟之前的二十多年前，夏侯尊就开始和我父亲一起研究基因改造工程了。”

“基因改造工程？”春丽疑惑地说道，“之前好像隐约听明哲宇提到叶凯宁他们也在做这件事。”

“是的。”小翼回答道，“但是你我父亲的合作却发生在更早以前。在大概20世纪80年代中期，我父亲率先提出了基因优化改造计划，同时他找到了当时已经移居加拿大的夏侯尊进行合作。他们准备研究一种血清，通过精子和卵子的结合达到彻底进化人类的目的。当时的分工是，我父亲负责理论研究，你父亲负责生产制造。”

“后来夏侯尊在得到了我父亲的生产配方之后，就和他说想要开始进行人体实验。我父亲思来想去也想不出更好的人选，就说服我妈妈取出她的卵子和我父亲自己的精子进行试管婴儿试验。”

“可谁知夏侯尊在得到了我父亲研究的配方以及试管婴儿之后，却想着把我父母杀掉，独揽这次研究成果。”

“在一次发生在深夜的争夺之中，我父亲把试管婴儿抢了回来，并把一部分配方植入其中。可想而知的是，夏侯尊为了成就他的野心，不但追杀我的父母，还在世界范围内寻找内置了我父亲另一半研究成果的那个试管婴儿。好在我父亲通过当时最先进的技术将那根试管用太空级别的密封铁盒封存，并在临死之前将其移交给了一个神秘孤儿院的院长。”

“后来，院长隐藏了我所有的身世，令我姓氏为汤，让我幸存下来。而夏侯尊也因为无法找到蕴含着另外一部分研究成果的我，而不得不放弃了那次基因改造项目。一直到多年之后认识了已经变态的叶凯宁，他才准备东山再起，重启曾经的基因改造计划。”

“再后来的事情，”小翼站起身，轻声说道，“想必春丽你已经知道了。”

“那孤儿院的院长怎么样了？”夏侯春丽抬头问道。

“我对他就像父亲一样，”小翼答道，“但是他已经在几年前因病去世了。”

“小翼，”春丽也站起身来，坚定地说道，“虽然我和你才认识不久，虽然我并不了解我的父亲，但是，如果你说的是真的，我先向你真诚地说声对不起，并且我也会坚定地站在正义一方，站在你这一边一直支持你。”

不知不觉天色已经开始转亮，医院里没有任何人提前离开，几位年轻人全都围绕在明哲宇身边。而在医院外面深谈一晚的小翼和春丽也因为这次事件而增进了彼此的感情和信任。事实上，就算出于保护小翼的目的，夏侯春丽也并未打算立刻与自己的父亲夏侯尊对质，但是她对其父亲在生活之中时不时地表现出来的怪异也让她隐约意识到小翼的正确。

这位姑娘准备独自返回加拿大，暗中调查父亲夏侯尊的一切。她把起程的时间定在了天下第一乐队大赛决赛之后，希望能够亲自见证男友的登顶并带着胜利的吉兆回国展开行动。

又过了两个小时，时间来到了早上七点整，鱼肚白过后的北京已经大亮。此时此刻，我们已经知道了明哲宇的脱险和小翼的身世。然而发生在紫金坦克乐队的故事还远没结束，这里我说的是王子星。

一月的北京让我想起了老狼的一首歌《北京的冬天》。

我想在此把这首歌的歌词抄录给各位读者，只是为了烘托《紫金坦克》贝斯手现在的心情。没错，队长的脱险并没有让他摆脱阴霾，因为有人忧愁，有人想着过去的朋友。

北京的冬天，嘴唇变得干裂的时候，
有人开始忧愁，想念着过去的朋友。
北风吹进来的那一天，
候鸟已经飞了很远。
我们的爱，变成无休的期待。
冰冷的早晨，路上停留着寂寞的阳光。
拥挤着的人们里面有让我伤心的姑娘，
匆匆走过的时候，不能发现你的面容。
就在路上，幻想我们的重逢。
北京的冬天，飘着白雪，
这纷飞的季节，让我无法拒绝。
想你的冬天，飘着白雪。

丢失的从前，让我无法拒绝，
飘雪的黑夜，是寂寞的人的天堂。
独自在街上，躲避着节日里欢乐的地方。
远方的城市里，是否有个人和我一样，
站在窗前，幻想对方的世界。

是的，就在明哲宇终于起死回生之际，王子星的爱情似乎永远回不来了。因为就在同一时间，他收到了前女友莫菡来自大洋彼岸的喜帖，原来这位女生要和路西法在美国登记结婚了。

本来北京的这个冬天已经让一切冬眠，冰冷的空气让王子星的伤痕并未彻底撕裂。然而现在，这封请帖就像一把利剑，一下子戳到了这位美男子的心脏之中。

他曾经认为两个星期以前的那次圣诞节分手是最彻底的；他曾经以为他再也不会花上一丁点的时间去回想这段过去的爱情；他曾经认为他已经忘了她。

但是事实果真如此吗？其实莫菡每天都会出现在紫金坦克贝斯手的脑海之中，只是他那分手之后就决不回头的想法总是把那位女生从他的心里迅速抹去。他曾经以为随着时间的推移，他们之间的关系可能还会发生某种程度的变化，并不是说是积极的或消极的、主动的或被动的，他只是希望时间能够在他们的关系上面做点什么。

但是时间没有给他这个机会。

仅仅两周之后，她的前女友就要结婚了。

但是王子星该怎么办呢？他已经想好就这样彻底放弃了，还是绝地反击杀到美国挽回败局呢？

与此同时，还有一句歌词特别应景：“这是一个恋爱的季节。”

是的，冬天之后就是春天，一个春风送暖的季节，有人恋爱，有人幸福。

这里我指的是翔和安杰丽卡的爱情，最近发生的一切让他们的关系变得固若金汤。

值得一提的是，天津警方已经在证据确凿的情况下，于昨天聚集力量一举破获了以爱新觉罗·天为首的特大制毒贩毒案件。唯一遗憾的是，阿天因为提前得知了内情而逃亡国外且地点不明。对此中国警方已经通过国际刑警组织向天创航运的老板发起了红色通缉令，力图尽早将其绳之以法。

不过，就算并未彻底将自己最大的仇敌制服，却并不影响翔和安杰丽卡的心情。对于他们来说，这就是一个恋爱的季节。

这就是北京的冬天，有人忧伤有人幸福。同样生活在这个城市之中，感受着不一样的心情。还是老狼，还是中国初代摇滚人的歌，我想起了那首经典无比的《蓝色理想》。

把所有的心情都摊开来体会，
把全部的话都说出来你听。
看看还有什么让人担心，

不要考虑得太多自己迷惑。

可是我的蓝色理想现在哪里?

我曾幻想的未来又在哪里升起?

世界总是反反复复错错落落地飘去,

来不及叹息。

生活不是平平淡淡从从容容的东西,

不能放弃。

是的,我的小说从来都充满了淡淡的忧伤,但在这忧伤之中总是蕴藏着金色的力量。我希望所有正在黑暗之中徘徊的人们,不要放弃心中的理想,哪怕前方的路崎岖坎坷,哪怕前方的路看不到尽头,只要能够感受到心中的光亮,都要永不放弃。你是否有勇气面对一切挫折?你是否能够超越最强的你?发掘无限潜能,兄弟,有一天你一定能够达成所愿,变成最完美的自己。

此时此刻,紫金坦克乐队距离梦想只有一步之遥了,天下第一乐队大赛总决赛就在眼前,他们已经准备好了吗?

第二十八章（终章） 最终决战
The Final Battle

飞行器

飞行器，在天上，
承载着理想也飘浮着梦想。
不明的未来，模糊的希望，
还有什么在游荡？
飞行器，在天上，
承载着理想也飘浮着梦想。
不明的未来，模糊的希望，
还有什么在游荡？
当外星人侵略的时候，
飞行器坠毁在天空，
化成一抹光辉，
我拔出了龙的宝剑。
展开我的翅膀飞向天边，
不恐惧，因为有你在身边，
战斗在这个孤独的星球上。
如果世界毁灭未来会怎样，
我是不是一直有勇气，
来拯救这一切？

在明哲宇出院一周之后，时间终于来到了天下第一乐队大赛的总决赛，而对手正是林夕旗下的头牌——超级方程式乐队。按照赛事计划，这场比赛将会在太空举行。和十二年前那场独一无二的太空比赛并不一样的是，一个轮回之后，人类飞向宇宙的技术已经突飞猛进，仅仅需要一周的身体训练和准备，乐队成员、工作人员、现场嘉宾以及指定助威团就可以登上宇宙飞船，参与和见证这场举世瞩目的超级对决。

一共有五十多个国家购买了此次决战的卫星转播权，全世界所有人都把目光聚集到了这两支乐队身上。对于人类来说，这一次太空比赛的意义重大，不仅仅是人类在时隔十二年之后再次在太空举办星际演唱会，还意味着更多的事情。

是的，这次的比赛现场录像，将会在太空直接被制作成为24K足金材质的金牌蓝光碟片，搭乘最新的嫦娥十号无人探测飞船，进行伟大而漫长的星际探索。而来自宇宙那边高智慧生命体的回应到底是怎样，需要多长时间都不得而知，不过可以确定的是，这将是人类历史上第一次把在太空现场录制的演唱会作为一份厚礼，送给未知的地外智慧型生命，作用非同小可。

另外一个极具意义的事情是，十二年前由澳大利亚举办的那次太空决战之中，主办单位所采用的载人宇宙飞船是美国制造的阿波罗二十三号。而这一次的宇宙飞船则完全采用中国自主研发的嫦娥十号和嫦娥十一号。这就意味着中国不但将会负责太空演唱会的一系列主办和承办任务，也将首次在地外文明的探索之路上迈出人类的又一大步。

今天是星期日，天空晴朗，万里无云。早上六点，双方队员全部准备完毕整装待发。在位于中国甘肃酒泉火箭发射基地，两艘硕大无比、足有二十层楼高的银色载人飞船已经矗立在那里。基地四周万众齐呼、礼花齐放，而基地内部也将所有调制工作准备就绪、只待飞船升空。

只见紫金坦克乐队四人均以一身紫色金花皮衣示人，精神抖擞。值得一提的是，就算是在十二年前，太空演唱会也早已摆脱了宇航服和氧气罩的限制。只要服用一粒特质的太空胶囊，就可以为身体提供长达二十四小时的氧气储备。所有参与者均有三粒这样的胶囊，足够负荷半天的演出和半天的往返时间。

而紫金坦克的最终对手超级方程式同样来自北京，成员有六人。他们分别是队长兼主唱Duke、DJ Lofer、键盘手草莓、吉他手Rocketeer、贝斯手鱼雷和鼓手Racer。超级方程式平均年龄只有十九岁，除了键盘手草莓是位女生之外，其余五名成员均为男生，他们是标准的“○○后”。而紫金坦克乐队除了小翼出生于20世纪90年代之外，其余三人全部都是“八○后”。虽然穿越的十二年让他们事实上也只有二十多岁，但是出生和成长的80年代让紫金坦克和超级方程式乐队在不经意间产生了无法避免的代沟。

如果说电子音乐是时下年轻人的最爱的话，朋克摇滚则显得更像是上个时代的产物。所以说这次终极对决已是两个时代的对抗。现在胜利的天平在比赛开始之前就倒向了超级方程式一边，这是因为本次决赛的结果将全部直接根据全球注册用户的投票数量决胜，而这些注册用户的主体则是那些更年轻的青少年群体。

超级方程式乐队的队服极具识别度，所有成员全部佩戴头盔身穿紧身皮衣。没有人在任何公开场合看见过他们的真容，在网络上也无法查到任何他们真正的身份，以至于甚至有传言说他们是一群披着人皮的智能机器人。然而超级方程式给出的解释是，他们的穿衣风格受到了著名电子音乐前辈“蠢朋克”（Daft Punk）的影响，和他们不同的地方是，超级方程式乐队的服装颜色各不相同，分别为“运动红”（Racer）、“宝石黄”（Lofer）、“深蓝”（Rocketeer）、“海藻绿”（鱼雷）、“艳粉”（草莓）和“金属黑”（Duke），颇有一种电子游戏既视感。

不过在平均身高方面，超级方程式就稍矮紫金坦克乐队一些。除了队长，身穿黑色紧身战衣的Duke有着一米八五的高度之外，其余的成员身高均在一米七五到一米八之间。所以从气势上来说，紫金坦克乐队还是略胜一筹。而双方使用的乐器全部都由知名厂家定制，品质不分伯仲。

今天的比赛场地被设立在距离国际空间站一公里外的太空区域。通过特殊的引力设计，所有参与者包括但不限于参赛选手、评委、制作团队等所有人都可以悬浮在太空之中，行动毫无限制。而声音传播可行性则是采用了上一次太空决战的老方法，通过覆盖在那块区域的人工氧气解决，毕竟在真空的环境之下，声音是无法通行的。然而就算有着空气覆盖，服用氧气胶囊仍然必要，这是因为传播音乐的空气比人体在高强度对抗之下所用的氧气量要稀少得多。也就是说，要想彻底安全，除了必须保持在演出范围之外，还必须服用给出的三颗氧气胶囊才行。

除此之外，整个演出现场被制作成了一颗直径足有一公里且悬浮在宇宙之中被称为“闪电之球”的透明球体之内。乐队所发出的所有音符将被转化成为各种电子光效组合，显示在球体表面。而这样的设计完全出于主办者林夕对于自己乐队的偏向，因为很明显的一点是，由于音乐属性的关系，电音乐队注定将会在舞台之上发出更为绚丽的色彩组合，而朋克金属乐队的光效相比来说就单一了不少。当然这也是林夕在入狱之前唯一能对自己乐队所表现出的偏心，也仅此而已。

上午八点整，在地球众人的振臂欢呼之下，两支乐队分别乘坐两艘印有双方乐队字样的载人飞船，一飞冲天。而早在三天之前，在太空之上的球状舞台就已经准备就绪了。

“准备轰炸了吗？”

此时此刻，在加拿大多伦多CN电视塔东部的一间仓库里，一个身穿黑斗篷的神秘暗影正站在一个身穿金色斗篷的人身后请示任务。他们的头部被连衣帽子所覆盖，没有人能够看得清楚他们的全脸。

不过从两个人的整体感觉来看，他们并不是夏侯尊的人，而的确就是上星期在北京把明哲宇暗中打成重伤之人。从他们的装束分析，这两个人极有可能是一股来自魔法世界的邪恶黑暗势力。

“轰炸是必须的，紫金坦克对我们的威胁实在是太大了，必须将其除掉。”站在前方的金袍平静地说道，“但是，在此之前，还是让我们观看一场精彩绝伦的视觉盛宴吧！如果这是人类最后的太空盛会的话，我们还真要好好欣赏一下，哈哈哈！”

随即，二人便乘坐一架黑色宇宙飞船，从安大略湖的湖心岛直接飞向外太空，神不知鬼不觉地消失在地球尽头。

与此同时，在经过了两个小时的飞行之后，北京时间上午十点半，紫金坦克和超级方程式所乘坐的两艘宇航飞船一同抵达演出现场——闪电之球。

读卡、进舱，两架飞船分别进入场地之内。随后双方队员下船，并在球体内部搭建的属于自己的颇有金属质感的正方形休息间休整，准备下午开始的终极对决。而在这场比赛之中所需要的一切供给品包括但不限于太空食物、饮品等一切，则暂时存在不远之处的国际空间站，以供闪电之球里面的所有人定时取用。

决战舞台由虚拟光线拼接而成，可见但触摸不到，地球演唱会的一切元素全部由6D成像技术在太空合成出来，五光十色、特别绚丽。而四位评委均以黑色摇滚皮衣皮裤和同色战靴搭配各式金银首饰示人，他们被安排在了球体中央偏右的四台巨大的悬浮座位之上，而一位身穿五颜六色奇装异服的黄发主持人则可以利用背在身上的一个背包形状的银色火箭推进器悬停在舞台中央，主持并串讲比赛的流程。

值得一提的是，这场比赛虽然耗资巨大，然而全球的转播权、广告收益再加上手机用户端的分成，林夕的公司其实已经做到了收支平衡。不过我们之前说过，他本就没有打算或者说没有能力从这次赛事之中盈利，只是想让其作为自己获得加拿大未来科技城项目的巨大广告和筹码而已。然而现在无论这次赛事如何精彩，都和林夕没有任何关系了，我们知道事实上他已经疯了。

身在狱中的林夕并未因为身体状况而得到保释的机会，不过他仍然因其曾经的特殊身份而在单间号房获得了一台五十英寸平板电视机来收看这场本属于他的比赛。

经过一个下午的准备，北京时间晚上八点整，太空决战在广袤无际的宇宙之中正式开始。

只见双方队员均利用绑在身后的火箭喷射器，来到了舞台中央并悬浮站定。紫金坦克在右边，超级方程式在左边。由于球内设有传播声音的空气，所以所有在此球之内的对话也能被人相互听到。

需要知道的是，之前被淘汰的乐队全部作为观众出现在比赛现场，朱利安、希美等人纷纷盛装出席、到场观战。而助威团成员均以舞台为中心被安排在四周，叶菲坐在舞台的正前方仅仅稍后于评委的位置，而耶律则坐在这位女生的身边负责保护她的安全。

在主持人一系列的开场白之后，就轮到乐队相互发言。然而不知道是因为自己的老板林夕被捕，还是因为对紫金坦克天生的仇恨，就算人在太空，超级方程式也有话要说。

只见他们的队长Duke飞上前来，悬停在明哲宇对面的五米之处，极具侵略性地挑衅道：“紫金坦克吗？我已经等待多时了。但是，但是其实我早就有着一个疑问，那就是你们凭什么站在这里跟我们一起比赛？我们从七八岁就成立少年团体，开始了星光之路；我们经历了十几年的战争，大大小小几百场登台。纵观中国乐坛的发展，无论他们来自哪里，但是每一年站在舞台之上的乐队都和前一年的不一样。我们虽然年轻但也是为数不多一直活着的。你再看看那些死了的，谁知道他们现在人在哪里？历史已经模糊了他们的样子，只有录像还历历在目，只有照片才能证明他们曾经的存在。而你们是从过去穿越而来，根本不知道这十多年间都发生了什么，你们本应该和我们的长辈一样大，也可能已经死了，但是你们现在却如此年轻，你们有什么资格站在这里？”

明哲宇怎么也没有想到，面对全球的直播，Duke竟然率先抛出这样一段极不友好的言论。也许超级方程式的队长并没有想为他们的赞助商负责，可能这样的话也是在林夕被捕之后的真情流露，抑或是某种揪住对方所谓的短板加以攻击的某种战略。但是无论如何，这样的指责也不应该出现在浩瀚的宇宙之中，显得和漫天的繁星太不搭配了。

“我经常在写歌的时候，嘴角就会不自觉地上扬起来。”明哲宇飞上前去，悬停在一个和Duke平行的位置，并未看他一眼，只见他面对主摄像机，沉稳而深情地说道，“我想紫金坦克的歌迷一定也是这样，是积极的，是幸福的。再看看这灿烂的夜空和浩瀚的宇宙，你们就明白我在说些什么。”

明哲宇转身，用另一侧脸庞面对相机，继续说道：“紫金坦克的宗旨就是让歌迷听到最优秀的音乐。而我们的乐队从1999年成军以来，起初每年都有演出、比赛和新歌的推出。在你们的支持下，我们也取得了不错的成绩。回想起来那段日子真美好。但是后来因为老队长谭辉月和主音键盘手林静的相继去世，再加上身为乐队队长的我遭遇伤病，我们不得不沉寂了一段时间。”

听到这里，地球之上所有的粉丝均说没有关系，仿佛偶像的身体才是最重要的一件事情。反倒是Duke被完全晒在了一边，彻底成为紫金坦克队长的陪衬。

“可是就当我们重整旗鼓，再创辉煌的时候，我们就是在这里，在这片宁静的太空，遭到了史无前例的、人为制造的大爆炸。对此我并不想谈论太多，但是我们确实因此穿越了时空。”

“是的，”明哲宇顿了顿继续说道，“我们穿越了，我们确实比同龄人年轻了十二岁。但是在缺席的这十二个年头之中，也许我们的音乐曾经过时、技术也必然落伍，不过我们从未因此惧怕挑战任何人。我们通过坚持学习和不懈努力，提高了技术水平，也迅速弥补了这十二年的缺失。在这次赛事当中，我们过关斩将，一路杀进决赛。因此我认为我们有资格站在这里，对吗？”

听到此言，紫金坦克的粉丝沸腾了，所有人都明白了这支乐队的进步和不容易。

“但是让我难过的是，我们也让喜欢紫金坦克的歌迷等了整整十二年，我在这里跟你们说声抱歉。我们没有在这十二年间让你们听到紫金坦克更新的作品，非常对不起，但是我们保证在今后会好好照顾自己，决不再让你们难过。”

“现在我们回来了，我们也第一次正面解释了所有媒体对我们的疑惑，因此我们也释怀了。”

“下面就是比赛时间了，”明哲宇终于将目光转向Duke，倔强地说道，“到底谁是最后的冠军，请拿出你们的本事吧！”

随着地球方面的巨大欢呼，主持人发出了最后的指令，宣布比赛正式开始。

“听好了，”Duke首先号令全队，知道他们今天将要率先出场，“听好了各位，我们的人数比他们多，我们的音乐风格比他们丰富多元且先进时髦，我们理应在这宇宙之中制造出最绚烂的舞台效果，我们一定要冲击比赛的最大数值，因为我们就是冠军。”

“Tommy，”看到此情此景，评委Alex问道，“你觉得今天比较有把握夺冠的数值应该是多少？”

“我想怎么也要十个千兆瓦，相当于十次闪电力量的总和。”

“是的，”闻听此言现场主持人解释道，“各位观众也许还存在疑问，那就是：为什么观众的加油之声能够爆发出相当于闪电的力量？”

“我想在赛前的暖场节目之中我们已经说过很多遍了，但是我还是会在这里解释一下，而这完全是通过一个特殊的超大功率电量转换器所达成的。有了这个设备，所有来自地球的加油之音全都会被转化成为硕大无比的电力，而这些电力将会直接驱动整个闪电之球的声光效果……总之，哪支乐队的支持率先达到十个千兆瓦，哪支乐队就很有可能拿到世界冠军。”

“没错！”评委Funky左右看看笑道，“比赛到了这个份儿上，也就不用我们再做评价了。今天的比赛结果将由所有观众决定，我们就安静地做一个导师，做一个嘉宾，做一个纯粹的VIP听众吧！”

紧接着，超级方程式弹响了全场比赛的第一个音符，首先由DJ Lofer用搓碟（Scratch）开始了整首歌的前奏。然后键盘手草莓把所有的音符做到了行云流水，贝斯手鱼雷和鼓手Racer则在其中加上了极为密集的低音和鼓点。

这是一首新歌，名叫《重返金字塔的机器王子》。

主音吉他手Rocketeer的Solo通过混音变成了某种具有机械质感的外星语言，仿佛乐队的每一名成员都是一个来自未来的、智能的自动机器人。而队长Duke的声线也通过合成器变成了一种极为扭曲失真的旋律，仿佛能够带着所有的观众进入一个更为虚幻的高级维度。

“翘曲空间，”明哲宇低声说道，“他们这是在作弊。”

“此话怎讲？”王子星问道。

“他们的主音吉他手，”明哲宇示意队员看过去，“你看看他的指法和音阶，他们这不是电音，而是迷魂曲。和时光穿越的理论一样，如果某种力量能够让时光扭曲，那么翘起来的部分相互之间的距离就会变得更近，然后时间就找到了更短的路途。”

“我也发现了，他们就是在设置捷径。”翔小声说道，“我想明哲宇的意思是说，如果他们也使用某种办法，利用音乐催眠了观众，这样他们就找到了能够获得高分的捷径，他们可以通过控制观众来达到给闪电之球增加电力的目的。”

“那怎么办？”小翼问道。

“按照比赛规则我们不能干扰他们，”翔解释道，“或者我们可以祭出一些反制旋律，让他们的诡计落空。”

“是呀，”此时此刻星已经有些微晕，脸色泛红，“他们这个节奏很好听啊，听着很舒服……”

“糟了！”台下的叶菲可能也意识到了超级方程式的诡计，激动地喊道，“面对着超级方程式的攻击，紫金坦克距离超级方程式最近，很可能最先中招.”

“明哲宇你在干什么？”小翼喊道。

说时迟那时快，只见紫金坦克的队长正在以极快的速度拨动吉他琴弦，让金属噪声通过现场耳机的封闭回路传递到紫金坦克成员、评委以及现场观众的大脑中枢。如此一来，这些噪声迅速在这些人身上形成了某种保护力场，足以抵御来自超级方程式的电音洗脑。

是的，超级方程式的音乐无法穿透紫金坦克的保护，全部无功而返。

然而林夕旗下的头牌却并未受到紫金坦克的任何影响，轻而易举地控制了身在地球的所有听众。这一波音乐下来，他们直接获得了十五个千兆瓦的成绩，几乎不可能推翻。

再加上他们的音乐确实表现出来了一种超越当代音乐水平几十年的优秀，让他们的成绩更具说服力。而上一位超越当代音乐水平几十年的那个人，出生在20世纪60年代，名叫迈克尔·杰克逊。宇宙级别的投资和包装再加上他无与伦比的舞蹈技术和声音条件，让杰克逊迅速成为家喻户晓、名副其实的流行之王（King of Pop）。他的音乐经久不衰，以至于新时代的年轻人第一次听到他的音乐，仍会认为那是一首新歌，几乎没有任何老歌的成分夹杂其中。

对于超级方程式来说，在林夕被捕之前，他们一直享受着仿佛杰克逊一般的超大投入，一直被电音粉丝奉为国王，所以他们在这次比赛之中展现出来如此级别的力量也就不足为奇了。

在超级方程式之后，紧接着出场的就是紫金坦克乐队了。

“如果说他们制造了音乐中的翘曲空间，”明哲宇环顾四周，自信地说道，“那么我们就必须找到他们的那个翘曲点。”

“你是指什么？”小翼问道。

“我想明哲宇是想复制他们的音乐元素，然后进行反向操作，让所有观众摆脱控制，然后再唱我们的歌曲，让观众对我们进行投票。”星解释道。

“紫金坦克想要取胜，唯一的办法就是在现场即刻逆转超级方程式的旋律……难道……但是这可能吗？”看到这里，评委Alex睁大眼睛，在远端分析道，“超级方程式是电音乐队，而紫金坦克的音色远远少于他们，他们根本不可能复制他们的音乐元素。而且，想要把他们的音乐逆转……除非明哲宇记住了他们的每一个音符，并且可以像录音机倒带一样记住他们的反向旋律，这太难了，应该说基本不可能。”

“是呀，”Funky回应道，“喂，Alex，我唱一首你从未听过的歌，你能哼出它的反向旋律吗？”

“嘿，你就别开我玩笑了。”Alex摆摆手说道，“你别说让我反着唱一首没听过的歌了，就是给我一首百听不厌的歌我也不会反着唱啊。”

此时此刻，镜头再次对准了紫金坦克乐队，而音乐人的讨论还在继续。

“宇，”翔问道，“复制音乐元素，我们早有准备对吧？”

“是的，幸好我们早有防范。”明哲宇自信地说道，“我们早就录入了一些采样，再加上多种音乐合成器，这样就能把咱们的乐器模拟成为电音的样子……”

“所以复制不是问题。”小翼说道。

“没错！”明哲宇激动地说道，“是的，复制不是问题。”

“但是宇，”小翼疑惑地问道，“你能反着唱一首歌吗？”

“小翼呀小翼，”星笑对道，“看来你还是不太了解你哥哥，他从小就喜欢把音乐反着听。”

说时迟那时快，紫金坦克的队长在谈笑之间就发起了对超级方程式的第一波反击。只见他右手拨动琴弦，开始把超级方程式的音乐进行“倒带”。

“不会吧？！”超级方程式负责编曲的主音吉他手Rocketeer惊呼道，“紫金坦克这是要破解我们的迷魂阵法的节奏哇！”

“最要命的是，”Duke紧接着说道，“最要命的是明哲宇还能反着唱出来自我声线的旋律，真是不可思议!”

“我以为我们就够像机器人了,”鼓手Racer激动地说道,“谁知明哲宇竟然就是一个录音机,竟然可以随意倒带!”

“我们的这首歌让他们这么一弄,好不好听另说,”贝斯手鱼雷分析道,“但是他们如此下去肯定可以破解我们的迷魂阵法。”

果然就像鱼雷所说,紫金坦克在明哲宇的率领之下,轻而易举地摧毁了超级方程式乐队的诡计,让地球上的所有听众从受控的状态之中摆脱出来。紧接着,紫金坦克乐队又祭出了自己的经典同名单曲《紫金坦克》进行反击。只见歌曲以强劲有力的姿态迅速圈粉无数,观众的投票所转化的电力,几乎快要把闪电之球打爆。

“看看这能量值……一支普普通通的朋克乐队竟然可以聚集整个地球的民意,如果将这股力量吸收利用的话,我们必将天下无敌。哈哈哈!”

与此同时,正在这闪电之球的不远之处,正在这茫茫宇宙的一个角落之中,一架小型黑色飞船正在暗中监视着太空决战的一切。没错,刚才说话的人正是来自此前黑暗势力的黑袍神秘人,而他正站在这架飞船的驾驶舱内准备着一会儿的轰炸。

“不不不!”金袍站在黑袍身后靠近指挥台的位置,回应道,“他们绝非等闲之辈,乐队的成就只是一个方面,但重点在于虚拟世界这块必争之地。”

“那天晚上我们差一点就干掉他们的队长明哲宇了,”黑袍目视前方,说道,“可谁知他使用了一种类似于易容术变异体的幻术,逃脱了那次暗杀。”

“有时候我也会感到奇怪,什么时候地球上也开始出现变种人了……”金袍说道,“那么就让他在这太空之中彻底消失吧!化作宇宙尘埃,和繁星为伴也是一个不错的选择呢吧?哈哈哈!”

再次回到太空决战现场,第一轮比赛之后紫金坦克乐队竟然超级大爆发,以六十千兆瓦的数据直接获胜。这个数据比之前评委媒体普遍预计的十千兆瓦取胜的估算多了整整六倍。

紧接着,紫金坦克又在第二轮比赛以绝对优势再次击败超级方程式,让对决只剩下最后一轮。目前两轮比赛相加的结果对比是六十比一百二十千兆瓦,在第三轮如果不出重大意外的话,比赛就会以紫金坦克的获胜而告终。

现在比赛进入了二十分钟的广告时段,全员得以进行短暂的休息。

“宇……”

此时此刻,叶菲飞到了舞台中央,来到了紫金坦克队长的旁边。今天这位女生穿了一身白色紧身皮衣,有一点像新世纪福音战士绫波丽。

“怎么了,菲?”宇温柔地看着自己的爱人,知道她有事要嘱咐他。

“宇,”菲轻抚着宇的脸庞,担心地说道,“我有一种不祥的预感。”

“不祥的预感?”

“嗯,”菲回复道,“还记得上一次的太空决战吗?我们就是在这里遭到了重创。而今天,不知为何，我总觉得我们还会遭遇同样的命运。”

“不会的。”宇倔强地安慰女友，虽然他的心里也对此没底。

“宇，”菲并未放弃自己的主张，紧接着问道，“我是说，如果，如果再次出现意外，如果我们再一次面对时空穿越，你会选择回到过去，还是留在当下？”

是呀，如果再有一次机会的话，是回还是留？虽说明哲宇也对今天是否能够安全返回地球完全没底，也预感将会有不好的事情在演出之中发生。但是他从未真正仔细思考过，如果再给他一次机会，如果那个机会真的出现，他又将会如何选择？

回到过去，还是留在现在？

但是短暂的二十分钟休息并没有给他提供一个仔细思考的时间，只听黄发主持人一声令下，比赛就紧锣密鼓地继续开始了。

果然正如大家所料，超级方程式祭出了威力极强的终极杀招，让自己在一瞬之间获得了八十千兆瓦的成绩，把比分直接反超为一百四十比一百二十。

但是即便如此，只要最后一轮不出意外的话，根据紫金坦克目前的表现，他们打出超过二十千兆瓦的数据还是手拿把攥、十拿九稳的。

随即紫金坦克乐队又推出了自己的全新单曲《飞行器》，希望用这首有些科幻色彩、讲述孤胆英雄的歌曲，在这太空之中取得最后的胜利。

飞行器[①]

飞行器，在天上，
承载着理想也飘浮着梦想。
不明的未来，模糊的希望，
还有什么在游荡？
飞行器，在天上，
承载着理想也飘浮着梦想。
不明的未来，模糊的希望，
还有什么在游荡？
当外星人侵略的时候，
飞行器坠毁在天空，
化成一抹光辉，
我拔出了龙的宝剑。
展开我的翅膀飞向天边，

① 《飞行器》是由我本人（方鲁凝/Edward Fang）作词作曲，于2017年发表的一首流行单曲。

不恐惧因为有你在身边，
战斗在这个孤独的星球上。
如果世界毁灭未来会怎样，
我是不是一直有勇气，
来拯救这一切？！

不出所料，紫金坦克的这首《飞行器》也同样获得了八十千兆瓦的成绩，以二百千兆瓦的总值，一举击败超级方程式乐队并毫无疑问地获得了世界冠军。

欢呼与雀跃、烟花和礼炮、所有欢笑与泪水、所有的幸福与感动都和这布满天际的璀璨星辰交织在一起，感动了所有人的心灵。

是的，紫金坦克等待这一天已经很久了，今天他们终于得偿所愿，一举成为世界之王。

但是福无双至祸不单行，还没等颁奖典礼开始，叶菲担心的事情终于发生了。只见一直潜伏在宇宙那边的黑暗势力终于对闪电之球发出了猛攻，让整个演出现场瞬间变成了一片火海。

不过好在因为有着之前的遇险经验，所有在场人员均在第一时间登上逃生飞船，迅速离开闪电之球向着地球返航。只有紫金坦克乐队成员和叶菲，阴差阳错地被困在现场无法移动。紧接着，一阵超级巨大的爆炸，让闪电之球瞬间坍塌，把五位青年直接甩出舞台。

准确地说，现在他们已经飘浮在宇宙之中，无法获得场地提供的氧气了。

而现在为五人备用的氧气胶囊全部留在指定区域被炸弹打得无影无踪，所以一旦储备在身体里的氧气消耗枯竭，他们将会在太空中死于窒息。

好在天无绝人之路，就在这时，宇突然发现天空飘过来了四颗本属于其他人的氧气胶囊，他迅速将其抓住分给四人服用下去，却打算欺骗大家自己也有胶囊。

“宇！”当菲看见其实男友根本没留下氧气给到自己的时候，焦急地痛哭起来。但是宇却摆摆手，只是略带感伤地说道：“菲，可能这就是命运的安排，我们又在这里经历了曾经的故事。然而这一次紫金坦克终于夺冠了，因此无论未来怎样，我们都已经是世界之王。我们已经在这个地球之上刻下了自己的名字，我们成功了！”

“不，不！”菲抓着紫金坦克队长的双臂，不顾一切、撕心裂肺地哭叫喊道，“宇，我什么都不要，我不要世界冠军，我只要你活着！只要你活着！”

“朋友们！朋友们！”明哲宇环顾四周，看着叶菲和他的哥们儿们，激动地说道，“留给我的氧气不多了，然而留给你们的氧气还足够撑到下一班救生飞船的到来。还记得我们上天之前的培训吗？一旦意外发生，谁有备用胶囊，谁就还有一次生还机会。别傻等，如果看见宇宙之中飘浮着其他氧气胶囊，赶快吃上，这样就会更加安全了。”

“不！”菲一把拉住明哲宇的手，叫道，“宇，你别走，你要干什么去？我们都留在这里，看看能不能找到更多的胶囊，啊？！星、翔、小翼，咱们快去找哇！”

“都别动！”明哲宇坚定地发出了最后的号令，“此时此刻，我还是队长，你们必须听我的。听着各位，我清楚地知道我要做什么，而你们的氧气胶囊只够维持到救生飞船的到来，但前提是要时刻保持静止，不要剧烈运动。”

“是的，如果你们为了给我寻找氧气而消耗过大的话，我们没有一个人能够活下来。”宇大声说道，“牺牲我一个能换来四个人的命，那是值得的。所以请你们全都留在这里，千万别动。”

“宇！”

无论菲如何挽留，宇都迅速挣脱了她的双手，飞向宇宙尽头。只见他使用着绑在身上的火箭推进器向着一个方向飞去，越来越远，直到消失在众人视野当中。

原来，他已经发现了不远之处黑暗势力的太空飞船正在吸收来自闪电之球的能量。是的，闪电之球虽然损毁，但残余部分仍然有足够的能量飘浮在宇宙之中，而黑暗势力以为紫金坦克已经全员阵亡，并未追击这五位青年，打算把闪电之球的能量全部吸收才能作罢。

遗憾的是，此时此刻星，翔、小翼和叶菲四人的火箭推进器已经坏掉，只得留在原地，帮不上明哲宇任何忙。

然而，就当明哲宇登上黑暗势力的飞船之时，他并未跟黑袍金袍二人决斗。原来就在紫金坦克的队长到来之时的前一秒钟，二人却正巧完成任务，乘坐一艘体积更小的黑色双人逃生艇撤离了母船。

紧接着飞船产生的巨大爆炸，把明哲宇从舱口直接轰到宇宙之中。而身在远端的星、翔、小翼和叶菲四人看着那耀眼的火焰光线，目睹了一切，以为明哲宇已经阵亡，全都悲痛欲绝地流下了伤心的泪水。

但是明哲宇并没有死，而是被离奇地打入了时光隧道，正在不停地在五光十色的扭曲空间中坠落。是的，时空之门再一次为他而开，然而就像菲之前所说，明哲宇现在应该怎么办？是回到过去，还是留在当下？此时此刻他的推进器还有一些残存能量，还能把他推出隧道。

现在的情况是，如果明哲宇选择回到过去，他不但能够像上次一样坠落在地球某处幸存下来。而且根据宇宙法则，如果他果真能够回到过去的话，和他一同穿越的三人——星、翔和叶菲也将与其一同穿越回去。如此一来，他们之间的一切相互关系都可以被完美保留，而且发生在他身上的一切都将变成从未发生。是的，明哲宇可以回到过去和自己的父母相聚，阻止他们的死亡；叶菲也有机会阻止自己父亲叶凯宁作恶；而紫金坦克亦可以在更早之前就击败大天使并拿到世界冠军，更不会因此错过与粉丝共同经历的十二个年头……

总之，如果他们能够回到过去的话，这本书中所有的故事都将不会发生。明哲宇现在有机会改变历史，有机会重新来过，然而他会怎么选择呢？

到底是留下，还是离开？